The River Wife

大河之妻

Jonis Agee
约尼斯·艾吉 著
聂清风 译

人民文学出版社

著作权合同登记:图字 01-2011-3839 号

Jonis Agee
THE RIVER WIFE

Copyright © 2007 by Jonis Agee
Copyright © 2008 by Random House, Inc.
This translation published by arrangement with Random House, an imprint of Random House Publishing Group, a division of Random House, Inc. All rights reserved.

图书在版编目(CIP)数据

大河之妻/(美)艾吉著;聂清风译.—北京:
人民文学出版社,2012
ISBN 978-7-02-008894-2

Ⅰ.①大… Ⅱ.①艾… ②聂… Ⅲ.①长篇小说-美国-现代 Ⅳ.①I712.45

中国版本图书馆 CIP 数据核字(2011)第 269463 号

特约策划:蔡　耘
责任编辑:吴继珍
封面设计:董红红

出版发行　人民文学出版社
社　　址　北京市朝内大街 166 号
邮政编码　100705
网　　址　http://www.rw-cn.com
印　　制　山东新华印刷厂德州厂
经　　销　全国新华书店等
字　　数　274 千字
开　　本　890×1240 毫米　1/32
印　　张　10.5
印　　数　1—10000
版　　次　2012 年 2 月北京第 1 版
印　　次　2012 年 2 月第 1 次印刷
书　　号　978-7-02-008894-2
定　　价　29.00 元

献给布兰特·斯宾塞

没有邪恶的天使,只有爱。
　　——《爱的努力的失落》

序幕

海蒂·瑞丝·杜查姆

大树参天——这就是第一印象,那时我甚至还没有注意到大河。 陆地像毯子一样在眼前铺展开来。轿车停在新马德里以北密苏里雅克码头法院大楼前,我下了车,觉得有一丝眩晕。我手扶车门,克莱门特·杜查姆一定以为我在犹豫,因为他用手托起我闲着的胳膊,把我从车门边拉开。我比他高两英寸有余,他似乎因此而骄傲。只要出现在公共场合,他坚持要我穿高跟鞋。接下来的几个礼拜,他为我一双接一双地买鞋子,全是高跟,露出脚趾,而且往往系着细带子、钉着充满风情的小钻石钮子。初浴爱河的我对于爱情深信不疑。

马路上疲惫的农场主来来往往,愁肠满腹,因为纳税和赎回权的丧失,也因为那些没有到手的钞票。正是二十世纪三十年代大萧条的日子,除了我们,大家都穷困潦倒,没有人停下来说些什么。

棉絮在空中漂浮着,时高时低,仿佛有一股看不见的潮汐在镇上冲刷着,附在门窗玻璃上,落在一盘盘的豆子、玉米面包和新鲜土豆上。一开口讲话,它又黏在舌头上,弄得你发现自己老是舔着发出每一个音节,好像你用舌头擦着前牙又吞咽着蹦出一个脏字来。

沿着被脚打磨了八十多年、已经出现凹槽的旧石板,我们踩着凹陷的灰色花岗岩台阶来到绿色大理石的圆形中庭。克莱门特指着头顶三层楼高的天花板——一朵彩色玻璃镶嵌的绿玫瑰——让我歪着脑袋看右边修理好的玻璃。

"北方联邦的加农炮干的。"他说。

实际上我很快就发现是比利·夏特——南部联邦的入侵者干的。市镇被占领后没多久发生了一场短暂的冲突,比利的来复枪开了火。

拱顶上的灯发出绿光,夹着些乳白色,有一会儿我在考虑要不要把眼镜戴上。这是当初我保留的唯一秘密——我眼力不济,看不清面前的文字或细节。

但是我看到了绿色光柱里漂浮的灰尘和他灰色马甲肩膀上的棉绒。无情酷热里,收割很早,收成微薄。他在农场庭院里留下一辆装得半满的小货车带我去镇上。临行前他刮了胡须,在下巴上留下一道伤口。我一定要解释一切吗?十七岁母亲让我离开家,姐妹们袖手旁观。接下来的十年里她们不欢迎我回去,十年后我也回不去了。

我未婚夫耐心地站着,太阳晒得他脸发红,又生出雀斑,焗了油的橘红色头发垂了下来,有一绺垂在右边,看起来好像是用剃刀剃出来的,头路上的头皮是鲜红的。他设法剪了一个不是锅盖的头发,在耳朵下面可以看到一抹月白色。就算放牧的时候他也保持整洁。他把指甲擦洗干净,显得洁净甚至有点纤柔了。每天晚上他都用盐和一段光滑的河柳树皮清洁口腔。牙齿在树皮两端固定住的小点之间滑动。结婚仪式过去几个星期以后,我就会对他说:"你的牙齿白得像小孩子的。"

尽管等一会儿就要回到法院大楼,走向我自己选择的命运旅途,但是那天我沿着比利·夏特的坐骑迈出的步伐走上台阶,并且感受着比利倒下那一刻他的铁鞋掌在大理石地板上弄出刮痕时,脑子里面却全然没有闪过了解我未婚夫家族史的念头。鞋跟上的皮最薄,走着神我忙着把脚趾头放在鞋板的凹处。我们站在中庭,等克莱门特的舅舅基顿来给我们做证婚人。

"你舅舅来吗?"我终于忍不住问了。他看了看法庭门口挂着的时钟又看了看自己的手表——那块汉密尔顿金表,出汗一多褐色的美洲鳄鱼皮表带就发出点异味。

"你有没有告诉他婚礼一定要在法院关门前完成?"我问。心照不宣,我们都知道还有别的原因。家我已经回不去了。买到这里的车票和给他买礼物——一枚猫眼宝石尾戒,用光了我的全部家当。离开莱赛莱科逊的那天早晨,在詹森珠宝店我只能买到这个尺寸的戒指,而我又不能空着手就拿着母亲吝惜再三才给我的纸板手提箱。

过了一会儿脚痛起来了,我移动重心要把身子靠着柱子,脚后跟踩在一块马蹄铁上，眼看要跌一跤了。但是他抓住了我，简洁地抱住，耳朵贴在我胸膛上，隔着白色套装的厚亚麻布料，他仿佛可以听到两颗心的悸动。那是我有过的最后一套白色套装。

"你觉得……"我又开口，但是他把手指放在我嘴唇上，手上一股烟草味，夹着淡淡的薰衣草香，他每年两次从理发店订购薰衣草香水。就像别的东西一样，他的体味让我充满欲望。我太年轻而神秘正拆解开来，一扇通向另一个世界的门正被打开，那个本来作为孩子旁观的世界突然变成了你自己的。你长大了，于是这个世界带着殷红血色脉动起来。

到四点的时候克莱门特把脸转过来，点了点头。他把下巴收住，咬紧嘴唇。我本不想在结婚当天面对这样一张脸，但是我所拥有的就是这样一张脸，所以我挽着他的胳膊，两人共同笔直地穿过中庭走向法官内庭。该给我戴戒指了，他拿出一枚白金戒指，上面镶着一粒大大的圆形黄色钻石。它太大了，我不得不用旁边的手指抵着以防它滑落下来。

轮到接吻的时候他悄声对我说："把戒指戴好，别滑落了，听到了吗？"

他想彻彻底底地占有我，这让我激动。他付钱给法官，然后我们手挽手骄傲地穿过炽热的夹着乳白色的绿光走进了黄昏。

以上就是我结婚当天的情形。他舅舅基顿三个月后才来看我们，实在为时太晚。不过我们并不在意，我们愉悦。而且几乎没有什么能够削弱那种愉悦。我们将在家里迎接新生命，这个家一直在迎接他们家族新生命的到来。我毫无畏惧。他待我极好，送我鲜花，喂我冰激凌，每次一大勺，在天色暗下来后让人喘息的热浪里，大河哗哗冲刷着两岸，在偷窥者的高涨情绪下，牛蛙深沉地唱着低音。然后，他和我做爱，他吮着我膨胀的乳头，直到我感到一阵渴望，一阵如此强烈的燃烧，我要他把我撕开来、掏空，然后用他自己充满我。我撕扯他的皮肤，还有我自己的皮肤，努力把我们拉得近了又近，仿佛血液交融才能达到这个目的。白天我们在风扇吹过冰块的凉风里打盹，夜里则一边等待新生命的到来一边做爱。在那些日子里我不在乎有没有别人来。事实上我不想有别人来……

这就是爱，当我躺在浴缸里，而他把海绵挤出凉水浇灌在我的肩膀和面孔上时，我一直这样对自己说。这就是爱，黄色钻戒深深嵌入我肿胀的指头里，在戒指两边形成一对小肉山。这就是爱，午后的暴风雨压暗房间，我俩出来站在二楼走廊，一丝不挂地沐浴在绿雨中，看着河岸边的树枝在风里屈服着向水平方向伸

3

展,身后走廊上的电话响个不停。

"克莱门特,"我望着在热浪里摇曳的平原说,"这块土地不该被爱,对吗?"

他摇摇头:"布西欧这个地方完全是另一个世界。"

雅克码头位于新马德里西部,流淌于奥扎克高地山脉间平坦低洼地河流的北部,西面是一段疏离的不毛之地,东面是密西西比河。往北仅一百六十五英里就是圣路易斯。东面搭着肯塔基和田纳西,西面搭着阿肯色州。多少年来它就像是整个密苏里州要摆脱的一条发育不全的尾巴。

我思念奥扎克高地:深山峡谷,铁色树丛,头顶穿梭于林间的鸣禽就像是姐妹,我在林间草丛里穿行,找寻紫色的万寿果和熟透的柿子,靠在花岗岩造就的以为只有我家的人才知道的天然架桥上,剥去果皮,吸吮肥美香甜的果汁。我思念潮湿树皮和松针的馥郁香气,浓烈的气味弥漫大脑直到你一阵眩晕,倒在湿透的叶子和野草上。驻足静听,森林在你周围滴滴答答、沙沙作响。那里仿佛永远潮湿,雨后,雨前,甚至雨中,原始而温润。脚下的泥土,枯枝干叶上留下篆书君平滑银光的足迹,岩石潮湿的背面浸在森林的空气里。少女时代的我从不知畏惧为何物。是克莱门特教会我恐惧。

我躺在二楼走廊的白色柳条长沙发上,腰背部塞着个枕头,这让我疼得不能熟睡。"你就是等得累了,"克莱门特说,"过来躺下我们亲热亲热。"他领我离开。我刚要转身,小东西就在体内又是打滚又是脚踢,直到我感到自己被彻底打扁,不能忍受任何进一步的触摸,仿佛克莱门特的手会把我弄得青肿起来。

我看杂志,《哈伯》啦,《国家地理》啦,《斯克莱布诺》啦,等等,只要是过去的就好,关于现在和未来的东西我可受不了。我竭尽全力能够做到的就是度过又一个大热天,任何外面的东西我想都不愿想。我开始整夜失眠,手捧肚皮就像在两条腿之间抱着个装满水的西瓜,在阳台上对着热天气喘着,汗水浸透了胸前的毛巾,而克莱门特大睡特睡,直到电话响了起来。

我问他:"天天晚上是谁往这儿打电话?"

"睡你的,"他回答道,"天亮前我就回来。"

我看着他的车灯在马路对面的柳树上左右晃动,然后从一边猛转到另一边,车子从车道上转到公路上了。新雨过后的公路上点缀着孔洞和车辙。帕卡德巨大引擎的呼啸浸润在湿气里,并被尖利刺耳的蝉鸣所替代。要是有火把,我要把所有活的东西都付之一炬,我忖度着。一艘驳船溯河而上,发出嘎嚓声,借着船上亮着的灯我看到甲板上的人们笑着传递一扎走私酒,甚至能异常清晰地听到他们的咒骂。一个人拉起小提琴,另一个用口琴和着,另外两个就站起来肩并肩跳起山里人熟悉的笨拙的舞蹈。我努力用这个场景来安慰自己。努力去想大盆里溢出的褐色的热水,但是我只有十七岁,医生只承诺说孩子出生时我什么都不会记得。他们会给我打一针,等我醒来就成了妈妈。

穿起一件薄棉睡衣,我下楼去图书室。那里四壁暗绿,家具是沉重的红褐色,还有亮色的蒂凡尼电灯。伴着好听的飒飒声我坐进摩洛哥皮沙发里,把脚抬起搁到脚凳上,因为终于逃离热浪而长舒一口气。我决定等克莱门特回来。看看周围堆起的书,想要找本能够彻夜陪我的。右边最低的书架,一排清一色褐色皮质镶边、书脊上没有标题的书引起了我的注意,人们通常拿它们来写日记、记账或画素描。我站起来,笨拙地跪下去,抽出第一本。很明显它已经在那里待了太久,和边上其他书粘在一起,直到一声撕裂,皮质镶边才松开,这本书来到我手上。封面有水渍,翻开来上面写着:

安妮·拉克·杜查姆,1811—1821,卷一。
玫瑰那么红
百合那么美——
桃金娘那么靓
挂着翠绿的露珠——
他教会我爱他
唤我是他的花
用盛开来愉悦他
度过生命中沉闷的时光——

一朵原始森林的花

是他的曾祖母吗?克莱门特从没提起过。这个名字多么奇怪啊。我翻了翻,注意到一些画,上面画着昆虫、飞鸟、蝴蝶和花朵。可能是自然领域的书——专注于精确而显得无趣,但又用上一手整洁的书法记录着一些叙述段落。我觉得它看上去已经内容丰富,可以让我保持清醒。

但是书的开头不同寻常,声明以下内容属真人真事,是对新马德里大地震震后死亡与复活的见证。我的第一反应是扔掉它:我可没心情读什么宗教传单,那场灾难过后布西欧布满了"地震基督徒"狂热分子和神圣活动分子。但是接下来的句子吸引了我,看上去几乎可以说熟悉……

就这样曾经居住在雅克码头老房子里的女人们开始向我诉说她们的故事,并且在我居住在这里的这些年来把这些故事讲了下去。有时我阅读她们留下的文字,有时她们进入到我的梦里,很多时候她们直接大声地向我倾诉,而我从没对任何人谈起——直到现在。以下内容属真人真事,有时用她们的话,有时用我的。时间如一层尘埃之幕,每当我们穿行在独臂雅克·杜查姆建造的这所房子的各个房间里时,它就把我们隔离开来。这就是唯一的奇迹。

第一部

安妮·拉克·杜查姆

"世上的奇迹无穷无尽。"

1

她窄窄的床是铁制的,铁线弯成可爱的白色蔓叶形状——对于一个十六岁的女孩来说有些奢侈,女孩的爸爸从一开始就不赞成。但是眼下这张床却在隔墙后面前前后后地滑动,仿佛漂浮在一条河上;咆哮震天,就好像她父亲预言的那样——灾难中一千头野兽被放逐到陆地上。接着保护她隐私的隔墙轰然倒塌。木屋的墙壁晃动得如此剧烈,她的床像一艘船在波涛汹涌里起起落落。石头烟囱倒了下来,差点砸到她的兄弟们。大地一动他们就跳起醒了过来,穿着睡衣逃了出去。

"妈妈!"她呼喊着,因为如果这真是最后的审判,在这个世界上她想最后见一见的就是母亲的面庞。"妈妈!"明知道自己不再是倒在母亲怀抱里的婴儿,她却依然渴望着。"妈妈!"木屋南面,古老的橡树吱嘎作响,带着巨大的震动开始倒下。马和牛也吼着。她紧紧依着临时当作小舟的床,却恰恰犯了错。"妈妈!"

但是母亲此时正忙着照管弟妹们:急匆匆地把穿着睡衣的孩子们抱出木屋

放到跪地祈祷的父亲和兄弟身边,洪荒时代的松柏在头顶颤抖着像发怒的天神,鸟儿们尖叫着成群聚集,大地龟裂开来。她能闻到木屋地板绽裂发出沙石燃烧的恶臭。

铁钉从木头里进出来,木板被撕裂开来,房顶一分为二,它们发出毛骨悚然的锻造声和嚎叫声。"啊,万能的主啊,"她祈祷,"带我入你怀中吧。在你怀中我别无所求。"

就在此时,仿佛作为回应,传来深沉的隆隆声,接着头顶发出一声巨大的摩擦,房梁突然一声叹息,剥离墙体砸到她的腿上。突如其来的无法承受的重量压得双腿失去了知觉,将她置于死地。

她试着推开房梁,但是它太厚太重。她没有放弃,又推又抓,指甲裂开淌血就用拳头敲打,努力提起双腿踢出去。但是所有的努力都无济于事,推她不断下坠的重量使她完全动弹不得,把她逼到不能忍受。她喊到喉咙嘶哑,但是周围的混乱盖过了她的喊叫声。

震颤减弱后,父亲举着灯笼出现在家门口,兄弟们紧跟着站在父亲身后。他们看上去害怕极了,她几乎要为他们感到难过了。

"安妮?安妮·拉克?"父亲冲着黑暗叫道,黑暗里满是倒塌的烟囱排出的灰尘和煤烟。大地再次颤抖,她听到兄弟们正抬脚离开。

"她死了!"哥哥吼道。"随她去——"她和哥哥一向不和,所以他现在要把她推给地狱。

"我在这儿,"她喊道,"房梁把我困住了。"她确信父亲会来救自己。

"在这儿——"空中有什么东西飞过砸在身旁的地板上。她伸出手臂但是够不到,一阵撕心裂肺的疼痛贯穿双腿。

"爸爸!"她呼喊道,伴着一阵新的震动又有一块屋顶坍塌下来挡在门口。

"为力量祈祷,亲爱的安妮,读《圣经》里的经文并祈祷吧。上帝会解救你的!"父亲从正在倒塌的木屋前步步后退,他的声音也随之远去。

她继续呼喊:"帮帮我!求求你,妈妈!"

木屋嘎吱作响,和着树木的倒塌和鸟儿的惊叫。父亲又走近门槛。

"我挪不动房梁,安妮,没时间了。你的兄弟、马,能帮忙的都不在附近。请让我们走吧。"他的声音不再像往常那样深沉、自信、充满权威,而是带着她弟弟特有的请求的柔弱。弟弟是个满怀恐惧和渴望呵护的孩子。

房梁厚约两英尺,长二十英尺。要搬动它对于狂乱的家畜、哭泣的孩子和他们那恐惧的内心来说都是不可想象的。

让她吃惊的是他们没有像对待一头断了条腿的牛或马那样给她一枪。房顶吱吱嘎嘎,把灰尘散落出来。月光突然照进来,灰尘里满是破碎小星星脆弱的残渣。

"给我长颈灯和蜡烛,"她说,"还有毯子。我冷死了。"她没有提到灼烧双腿和后背的疼痛。

过了一会儿,父亲鼓足勇气踏进木屋,找到灯并点了起来,又收罗了几支蜡烛和硫磺。他把一张单层的薄鹿皮盖在女儿脚上,那双脚在严寒之下已冻僵许久。她明白其他的毯子父亲要拿去给全家人用。他浑身颤抖着把女儿自己的被子盖在她身上,吻了女儿的前额。

"永别了,亲爱的。"——他的声音变得刺耳起来——"我们会在世界的尽头再相聚,并笼罩在主的光辉愉悦里。"

房顶又开始吱吱嘎嘎。他的眼神变得疯狂,开始后退,绊到了压在她腿上的那块木头上,几乎摔一跤。为了保持平衡他把手按在房梁上,这让她疼得大叫起来。他往外逃去,在跑出家门进入黑夜之前,他竭尽所能拿走了枪支、火药和一切能拿的东西。千言万语在心头,她咬住两片嘴唇,在父亲夺路而逃的时候不让它们说出对父亲永远的诅咒。这是她与家人的永诀。

疼痛如波浪一般从双腿向上蔓延,牢牢钳住胃,在两臂里面撒播,冲击到头脑中。她气喘吁吁,有韵律地呼喊着,仿佛在这恐怖之夜一个人独自分娩。

她躺在那儿等待着《启示录》里记载的野兽们的吞噬,等待着《圣经》里的洪水席卷而来把自己卷走,等待着上帝呼出一股强力的气息把自己碎尸万段、万劫不赦。透过右面墙上开着的一小扇窗,她看到远处的大火吞噬了房屋,听到河岸上的树夹杂着大块的泥土轰然倒塌时发出的残忍怒吼和激流,感觉到从地狱里逃生的湿潮热气。山崩地裂,冤魂呼嚎。厉鬼的呼吸——这污秽的嘶嘶蒸汽侵袭了整个世界。

一开始她在疼痛发作的间歇祈祷,但毫无结果。然后她开始推房梁,努力把手指伸进床垫以弄出个洞好把腿抽出来,没成功。她试着侧身,不成;试着把自己往外拔,不成;试着从某个角度抽身,不成;试着往下钻,从床脚底下爬出去,不成。她气喘如牛,被汗浸湿的睡袍又让她冷透了。她要喝口水,刚才忘了跟父亲讨。那天夜里她发现人们总是对光明情有独钟。当我们只能看到面临的困境时,想象逃避总是可能的。在黑暗里除了灾难什么都是无望的。因此,她点起了长颈灯。

尽管口渴,但人有三急。她一边感到羞耻,一边享受着短暂的快乐,尽管事后不得不忍受着在潮湿里待几个小时。那是她自己的,不是她弟妹的,这可大不相同。哎呀,我丢尽了这张床的脸面,她想。就这样透过那扇窗她见证着黎明的到来:一开始是灰白色,然后是蓝色,最后就亮起来了。她陷入一阵阵的半梦半醒之中。第一天就这样过去了。

再次醒来的时候,太阳正普照大地。她可以清楚地看到自身处境的毁灭和孤独。眼下她的腿只感到又沉重又疼痛的麻木。长颈灯燃尽了。父亲居然不能留下点灯油给垂死的女儿一丝安慰,对此她感到格外惊异。然而看看木屋四周,她确信家里人永远不会回来了。隔墙倒塌了,整个家变成了一个大房间,她看得到门口的壁炉。烟囱坍塌的时候,一些大石块落到了炉边。天气冷的时候她兄弟们就睡在那里。夏天他们则搬到室外的走廊上,用暖融融的毯子把身子包裹起来以防虫咬。那口巨大的黑色炖锅滚到屋里来了。父亲没把它拾起来拿走真是奇迹。这口锅每天忠实地为他们一家服务,母亲会想念它的。沿着她左边的墙铺着地铺,妹妹们就挨着父母的床在上面睡觉。现在上面滚落着碎掉的陶器和装生梨的罐子。那些生梨是母亲从头一年的收成里保存下来的。孩子们多么喜爱那些生梨呀,成熟以后它们是那么香甜啊,汁水就从他们的手指缝里淌下来!

匆忙之中母亲一定抢出了家里仅有的几件衣服,现在她看不到一件值钱的。父亲也的确拿走了所有的毯子。她迫切需要的油罐子被打破了,油洒在满是灰尘的地板上。万幸的是这场地震发生在没点蜡烛和油灯的夜晚。炉膛的火烧得只剩灰白的炉渣了。她用原木为弟弟做的木马完好无损地倒在了父母床边。他永远不会知道姐姐有多么爱他了。房间的中央,禁锢她双腿的房梁用另一端压垮了父亲亲手做的粗制橡木桌子。长椅子也未能幸免。只有母亲的摇椅仍然在角落里,奇迹般地完好无损,黑色涂漆在朦胧的光线里发出单调的光芒。母亲把每个孩子都放在那张摇椅上摇,但是雕刻在上面的狮子头张着凶猛的血盆大口、怒目圆睁。它吓坏了女孩。因此她从不羡慕获准坐在上面的其他孩子。现在她想象着那些狮子眼睛瞪着自己、洋洋得意,而她甚至都不敢往门边的那个黑暗角落望过去。那里,皮制合叶断开了,门半吊着。

　　弥漫在空气里的地狱般的味道消失了,她猜测取而代之的是巨树被连根拔起时释放的浓烈的泥土气息,深处的根如今像树杈般伸向天空。新近开裂的木头的香味、浓烈的泥土气息正盖过尿液的刺鼻气味、战战兢兢汗出如浆后盐巴的结晶,这一切奇怪地令她感到安心。

　　过去她想呆呆地躺在床上做梦,她回想起那些日子。现在她遭诅咒将要死在这里,口中的干渴越来越强烈,舌头肿起来了,喉咙干得难以吞咽。这会是一个漫长的死亡过程。父亲说得对,她一定是罪孽深重。像她这样生活能得到什么好果子?祈祷的时候她努力改过自新。她乞求豁免。她发誓将自己全身心地奉献给主。她要变得如女仆般纯洁,只在主的荣耀里欣喜。但是没用。因此她转而开始诅咒,开始东撞西碰,开始挪动身子,开始在房梁的千钧重负下撕扯双腿。终于她有感觉了:伴随着双腿的毁灭,麻木又变成了令人无法忍受的疼痛。她扯着嗓子喊了起来,希望过路的人可以听到来救她。但是回应她的只有这个毁灭世间的咔哒响声和从房顶上吹落几片雪花的风。她张着嘴试图收集更多的雪花解渴,偏偏雪花在舌头上消失得太快。

　　听到木屋前敲门的声音时已经是午后了。她听出来那个唤自己名字的声音了——是马修。在一次交谊舞会上她和这个男孩跳过舞、调过情。他家住在新马德里镇上。

　　"我在这儿!"她喊道,"在这儿——"

　　他犹豫着走了过来,就像一头鹿战战兢兢地走向一块草地,每隔几步就停下来看看有没有危险。他高挑个儿、瘦身板儿、金色头发、面庞瘦削,显得多愁善感——水汪汪的充满同情心的蓝眼睛,窄鼻梁,双唇丰润。这张嘴长在小姑娘身上兴许更吸引人,但是她喜欢他,让他快速地吻了自己的嘴唇。男孩尝到了茴芹的味道。

　　似乎为了保持礼仪,男孩在离她几英尺远的地方停了下来——她毕竟是一位躺在床上的女孩——他取下红色绒线帽,把手藏在胳膊底下,问候她健康。他看上去也不怎么好,蓝眼睛周围是缺乏睡眠的黑眼圈,两颊上挂着擦伤,头发因为出血而纠缠在一起,褴褛的衣衫上粘着刺果和干草。

　　然而她还是感到羞耻,为身下的潮湿,为这股酸臭气味,为自己曾经引以为傲而现在像疯女人般纠结在面孔周围的满头棕发。她告诉自己不能赶他走,她必须吸引并勾引他,说服他帮助自己。

"马修,"她开口道,"能否劳驾你把这块原木搬走呢?"她为自己如此彬彬有礼、窈窕淑女而自豪。只要他再靠近一点,她就抓着他的脸用指甲把它掐出血来。"赶紧!看在上帝的分上,赶紧啊!"她想尖叫。昨天晚上到现在已经发生了五次大震二十次小震。她一直数着。她听得到大河在慢慢逼近。很快外墙就要坍塌了。

男孩皱起眉头,惊奇地在木屋里左顾右盼,嘴巴一张一合地自问自答。当抬头看见开天窗的屋顶、下陷的木瓦和木板时,他的眉头锁得更加深了。

"大河到哪儿了?"她问道。他爬上房梁,绊到脚,心不在焉地下手去扶。她想杀了他,但是咬紧嘴唇克服疼痛,被压着的双腿又抽搐起来,她却微笑了。她的嘴唇开裂,出了血,颜色正适合勾引。

"我渴了。"她说,发后两个字时她声音嘶哑了。

他惊恐地抬起头来望了望门外边。她不想把他赶走。

"不,"她说,"别离开我。"

"我去看看那口井,"他回答道,"可能那口井也裂开了,可是我有水壶,就在外头——"

"别离开。"她哀求道。

"只是去弄点儿水来。"他的嗓音柔和而抚慰,双唇却在颤抖。

从他的眼神里她看见自己正濒于死亡,她也看见出于怜悯他会给自己水喝、给自己片刻的抚慰,但他不会解救自己。那么他们俩还是对此心照不宣吧。让他觉得他自己是个失败者于事无补。她了解男人,通过她的父亲和兄弟,而现在通过这一场痛苦万分的教训。

当初把房梁立起来的时候用了六个人、五匹马以及两头牛。一个尚未成年的男孩怎么可能挪动它呢?父亲是对的。房梁被紧紧地楔进两堵墙之间。要把它剁成能够搬动的小块需要太久,甚至根本就不可能——木料是老橡木,硬得像铁,斧头很快就会变钝的。

马修拿着水壶回来了,水慢慢灌下喉咙,有股铁皮味道,又冷。

"你拿着吧,"他说,"慢慢喝。井里满是泥沙。"他朝炉膛看了看,又看看远处墙壁上的空架子说:"我去找点儿吃的。"

残破的桌子倒在屋子中央,桌子下面平底锅翻在那里。她发现了锅里晚饭剩下的紫花豌豆,用手指了指。他取出平底锅和调羹,并嘟嘟囔囔为什么而道歉。她攥紧调羹往嘴里填冰冷的有沙砾的糊状物,顾不得自己的形象。马修拉出一条木凳,在她身边坐下来。往嘴里填了几调羹之后,她把锅放在了一边,突然意识到来日方长。

"跟我讲讲别人的情形,"她边说边把手放在他手里,又搂住他的膝盖,仿佛他是教堂里最棒的男孩,"我家人——"

大地轻微地震动了一下,伴着木屋墙壁的呻吟,更多的雪和尘土从天花板上落下来洒在床上。那口炖锅滚动着狠狠撞上了垒烟囱的石头,发出"桄榔"一声响。两人都吓了一跳。她更紧地握住了他的手,男孩的脸变得苍白,紧紧咬住嘴唇。他比大多数男孩更勇敢。

"镇上所有人都逃到内陆去了。"他朝外面看去,女孩现在明白了。"真是地狱般的一夜——大家都确信明天只能是最后的审判日。大多数乡亲不顾他们的财产开始祷告。牧师和祭司守着我们,遗弃了已经震坍的教堂。他们宣称这是上帝不满的明证,并说我们必须抛弃上帝摧毁的一切。大河会来接管的。"他偷偷看了她一眼,女孩努力地挤出一个充满勇气的笑容,好像她不在上帝和大河的计划之中。

"我家人呢?"她用拇指摩挲着他脱了皮的手指关节。女孩几乎已经不能忍受把他继续留在这里了,她明白他必须离开。

"你母亲哭着哀求你的父亲和兄弟,然后又哀求任何愿意倾听的人,返回来打听你的消息。"他的声音哽咽起来,眼睛里噙着泪水。男孩咬着下嘴唇,看看房梁,又看看女孩被压在下面的双腿,摇了摇头。他带回去的消息将比死亡更加糟糕。男孩把头贴在两人紧握的手上,他的背颤抖着。女孩感觉到泪水打湿了手指,如果不是几个小时前在茫茫黑夜里哭干了眼泪,她现在也会哭的。

"大河近了,对吗?"她问。黎明时分她已经能够听到它发出的特殊的声音,汇入其中的众多溪流咕哝着、你追我赶地提出疑问,打着漩儿,反抗着,献着殷勤,落荒而逃。大鱼游弋其间的满是泥浆的水域变成了坟墓。

男孩抬起头,用袖子擦干眼泪,凝视着她,仿佛这就是他的极限。"洪水来的时候有一艘定期客船、两艘划桨船、几艘平底船和驳船。但是现在都不见了。镇子上游在河岸设陷阱的皮草猎人、印第安人的村子——就在我们南面,叫肖尼还是奥色治的——都消失了。整晚随着那些筋疲力尽、犹如惊弓之鸟的落难者的蹒跚到来,流言漫天。现在这里变成了可怕的地方。大家都在等着耶稣复活,牧师和祭司说指日可待。"他最后一次看了看她的腿,站了起来。

"不。"她努力攥着他的手,不让它逃走,但是他离开了。

"对不起,安妮·拉克。我原希望——"他又后退了一步,戴上那顶红色绒线帽,红色在废墟里显得那样兴高采烈。她多么希望自己能说服他留下来,陪伴她一直到——

"别离开我!马修,求你了!我怕!"男孩往后游走,她的眼泪夺眶而出,时间仿佛倒流了。

"对不起,安妮,我本以为我们会结婚的。"男孩的脸因为痛苦而抽搐着。

"没错,"她哭喊着,"我们会结婚的。帮帮我。我们会的,马修。"

男孩好像没有听到她的哭喊一样继续前行,却被自己的失败和羞愧绊住了。"原以为——唉,不行!我帮不了你什么了!"木屋的墙壁震颤着、轻轻地摇晃,男孩转过身去,逃走了。她听出男孩忙着应付他受惊的马,朝它叫喊着,终于骑了上去,因为最后她听到的是马蹄踏在翻起的冰冻泥土上发出的声音。然后,外面幸存的树林里只有鸟儿的惊叫。还有她认为的大河坚定地冲向门口的飒飒声响。

她像洒水一样把平底锅里的紫花豌豆洒了一地,发誓要逃脱大河的索命。随后她眼睛一闭,昏睡过去,只有在余震和由此带来的喧嚣中才醒过来,周围的世界继续沦陷着。她感到高烧开始发作,继之而起的是汗水浸透的寒冷,有声音在脑袋里面生生作痛,天亮时的光芒就像长钉钉进她的头颅。双腿的疼痛又变成了麻木,这一阵麻木又蔓延到腰间,蔓延到两臂,终于到达胸腔。她半死不活地被困在床上了。精神恍惚中她又见到了母亲,母亲怀抱家里的老幺与她永诀。但她没有理睬父亲和兄弟们,男人们舍妻弃女、狼狈西奔。

"不!"她的呼喊把自己惊醒了。 第三天了。喉咙堵到无法呼吸,双目酸痛只能眯成一条缝。尽管如此她仍然看得到小股水流开始染指木屋地板,左右逡巡,急速前进,又沮丧地飞溅开来,就像倒进面盆的牛奶。看起来她要面对一个悠长的死亡过程了。

冰冷的雪从屋顶上飘落下来,而她即将被烧死。她喉咙肿胀得只能发出野兽般的呻吟。最后说出的话语是自己的否定。太阳总不肯落下,总不肯把光从她脸上拿开——她朝着光伸出手去——

"轻轻地,我亲爱的,轻轻地。"粗哑的嗓子说着法语。上帝是法国人?不可能!这是一把汤匙发出的声音,它正撬开她的牙关,一阵舒爽淅淅沥沥穿过口腔冲下喉咙。她艰难下咽渴望更多,但是汤匙消失了。"当然。"他说着又递上了汤匙,是有点呛又带着灼烧感的水。她睁开了眼睛。

"白兰地。止痛。不要?"他又舀了一汤匙灌进她嘴里。然后用一只臂膀轻松地扶起她的头和双肩,把金属酒杯送到嘴边要她自己呷。他的臂膀闻起来带着动物脂肪烧焦的味道又带着薰衣草香。薰衣草香?又呷了几口,她的喉咙打开了,呼吸起来不再哽咽了。她都不知道自己是怎样开始轻浅地喘息起来的。

他穿着点缀着花珠的鹿皮夹克,耳朵上架着一顶白色貂皮帽子,下身着一条污秽的油锃发亮的鹿皮裤。脖子上洋洋得意地系着一条女士天蓝色丝绸围巾——啊,薰衣草香,原来大难临头,他却还在与姑娘们调情!他把内里衬毛的鹿皮手套不经意地放在她腹部。父亲曾经警告女儿当心像他这样为了获取皮毛设陷阱捕猎的法国佬。他们是捡破烂的,娶印第安人老婆,制造出数不清的小生命,没等他们长大就舍弃妻儿,前往新大陆。他们传播疾病,没有信仰。父亲曾经宣称女人一旦被这种捡破烂的碰过就应该自杀。法国佬!父亲对着这个字眼儿吐着唾沫。只有在谈到这个话题时,母亲才会三缄其口。

"还有呢,全喝光吧。"这回他把白兰地斟满酒杯,只掺了一点点水。他看着她喝,好像暗暗地下了决心。他的眼睛往下游移,又把目光放回到她脸上,点了点头,似乎很满意,尽管她满身污垢。

"漂亮!"他咕哝着,又拿起她的双手,把手掌翻过来,用拇指摩挲着厚厚的老茧,"能干!"

她点点头。现在无论他对她做什么都不要紧了。

"必须挪开这根小木棍。"他用一根又粗又长的手指敲了敲原木,仿佛它只是一株小树苗。

她看着他在水深没膝的地板上拖拖拉拉地走了。现在唯一要做的就是不能让他把自己撇下。不论他要什么,她都不能放他走。就算不惜夺下他的刀枪绑架这个男人,她也不要一个人去死。然后她注意到门口堆着的家用物什。这么说他的确是捡破烂的了。他不会扔下她的。她可是他的大发现——一个遭家人遗弃的年轻女人,一个女孩,会烧饭,会洗衣,还会——

她哆嗦起来。她必须主动让他喜欢自己,让他动起拯救自己的恻隐之心,并且,当自己的双腿愈合后,让他爱上自己。她当场做了决定:如果他救了自己,那么她就——

令她惊奇的是他又回来了,手里拿着一长串沉重的链条。他用一端绑住房梁,把另一端拖出房门,叫喊着,用法语咒骂着,对着什么呼号着。后来她发现那是两头牛、两匹马。主人逃了,牛马又是疑惑又是恐惧,四处乱走,结果被他撞上了。

起初巨大的房梁仅仅挪动了一英寸,这一英寸足以唤醒藏在她腿里的碎骨头。她以为自己要昏死过去。但是她拿起酒杯狠命喝了一口,伤痛远去了,在意识的边缘而不是中心栖息下来。那男人又呼号起来,跟着她听到皮鞭打在那两头牛宽阔的侧腹上。她在脑子里想象着男人的手臂举起又落下,又用想象力在手臂上使劲让它挥得更用力,自己的手臂也因此而疼了起来。房梁又挪动了几英寸,末端现在就悬在她头顶,威胁着她的性命。一个声音诱惑着说:"他不会移走它的,你没救了,你自己知道的。"但是面对畜生他又呼号、哄骗,又鞭挞,房梁一英寸一英寸地朝她脑袋移动,迫使她侧过脸去。接着,她的右腿自由了。随着被提起的这块木头咯吱作响着滑离左腿,她放声大哭起来。

那男人用一种奇怪的跨步跑上前来,仿佛踩着水里滚动着的原木,又一阵地震来袭了。"期待①,"他操着生疏的半法语半英语说。但是她明白他在说什么。

她努力试着抬起被压的双腿,但是徒劳无功。他见状飞快地把她抱起来,让她把脸放在那些可爱的红红白白的花珠上,摩挲着面庞,对此她心怀从未有过的感激。她用双臂紧紧搂住他脖子,顾不得与企图吞噬自己的黑暗斗争带来的伤痛,让他把自己从湿漉漉的坟墓里拯救出来。

屋外目之所及遍地疮痍。上帝变得反复无常。他让一些树耸立在那里,却碾碎了其他的树,把大地撕裂开来,把肥沃的红壤用沙砾涂成黄色,把地层深处的骨骸和煤炭翻出来,随后又把人间的大门关上,仿佛死亡发生后要把尸体扫地出门。现在河水变得更宽而且流向也随意起来了。在一些地方,河岸往旁边撤退,甚至被河水吞没了。按照科学规划,建立起来的新马德里小镇呈简洁的正方

---

① 原文均为法语。

形,现在看上去好像被一只巨狼用爪子划得支离破碎。房屋有的倒塌,有的被烧焦,有的只剩下断井颓垣,路面开裂,大河早已围困了这些地方,然后席卷而去。连风也不见了踪迹,除了水流喷溅,一片寂静,仿佛世界末日已经到来,吞噬了世上一切的美好,最后残存下来的就只有这个了……

面对世界的颓骤和身体的伤痛,她闭上了眼睛。他把她安置在高轮马车的后排座位上,那里堆着他从别的木屋拾来的衣服和货物。他就像母亲那样慈祥地把她放进车厢。她听到他把鞍辔装在牛身上,又把那两匹马拴在马车后面,急匆匆地淌过冲着他们汹涌而来的水流。

"木马——在里面,拿上它!"她拼命呼喊,希望他能听到自己嘶哑的声音。因为她觉得自己必须从眼下的生活里保留些什么,以便自己能够进入到下一个新世界,在那个新世界她永不再是女儿也不再是姐妹。他立刻把木马塞了进来,放在她身边权且当作床铺的上面。她摩挲着被水浸透的木马,再三道谢。他爬进来,马车随之颠簸,然后蹒跚着在不断上涨的水流里前行。迟些她才知道马车上的货物当中有那口铁制炖锅和那张摇椅,椅子上的狮子脑袋在未来的日子里会嘲笑她。

双眼噙着为安妮获救而欣慰的泪花,我合上了她的故事。我放纵自己痛痛快快地哭了一场,好像自己就是安妮,身陷囹圄,需要帮助。然后我用宽松棉睡袍的下襟擦干眼泪。翻日记页码的时候,我看到有什么在门口阴影里移动。

克莱门特回来了!我从椅子上挪下来,唤他的名字,但是没有回答。没有人。我又坐回去,支起耳朵听,只有风沙沙吹过树林,撩起敞开着的窗户前面的织锦窗帘。我最后环顾一眼房间四周的黑暗角落,安慰自己说这一定是想象。本想上床睡觉,但是又不觉得困,所以又一次翻开书页。寒冷袭过双肩,我把腿放在椅子上,从椅背上拿起轻薄的丝绸披肩把自己包起来。

2

她的双腿已经像弯曲的小树枝一样痊愈并且能够承受她的体重。 那个夜晚,他们像往常一样在火炉边躺下来,她的双腿开始异常疼痛起来,雅克不得不使出浑身解数分散她的注意力来止住她情不自禁淌下来的泪水。他拉着小手风琴唱起歌,尽管那恼人的尖叫充斥着他们的小屋,他的歌声还是让她发自内心地大笑起来。她对这个粗野的法国佬心存深沉的感激。他唱船员和猎皮手的色情小调，比如《骑白天鹅》，但是带着十二分的虔诚，这使得那些色情小调涂上了情歌色调。她明白这就是他的风格。因为他真的爱她。尽管她觉得自己是个累赘——永远需要他的跛子——他却心甘情愿地承担起来。当他们闭上眼睛双双睡去，她就像是一枚完美无瑕的蓝色知更鸟蛋，被他惬意地捧在手心里。

五年来他们远离安妮已经逝去的家。他们跟着天气和消遣游走，捕到什么就吃什么，有皮草生意就做。第六年上，他们回到了位于奥扎克高地上的这间小屋。这里消遣众多，又可以避开北部最冷的季节，待在印第安人告诉雅克的有医疗作用的温泉边。安妮在这里正好可以养身体。

终于他们到了，她可以整日躺在老鹿皮堆上。每天一早，他出门检查陷阱、打猎。小屋倚在岩石山上，掩映在树丛中。半上午时才有一丝光线透进来，弥漫着影子和壁炉上升腾而起的浓烟。到半下午的时候，光线、影子和浓烟又全都消失了。

在过去的四个冬天里安妮逐日康复并且每一分每一秒都在快乐中度过。第一个冬天她一心养伤。第二个冬天她努力想烧得雅克那样的一手好菜，无果而终。第三个冬天她着手学习珠饰细工和羽毛细工，就像他们遇到并与之交易的印第安人那样。第四个冬天她把时间用在阅读并反复阅读他找到的书籍上。而现在，在她和雅克共度的第五个冬天，除了睡觉她该用什么法子度过夜长的这几个月呢？她整晚都在盘算。

第二天一早她把自己拖到壁炉前几英尺的地方，拿起刮肉刀，开始继续完成昨天晚上雅克没有刮完的那块鹿皮，照着他的样子小心翼翼地用刮肉刀凹陷的下侧把肉从兽皮上刮去。用了将近一天她才学会必需的灵活动作，在兽皮上用双柄刀一次刮去一二英寸的肉。短腿支架支起一截宽大的原木，形成斜坡。兽皮就搭在上面。这比把兽皮铺在泥地上刮要轻松些。但是弯下腰把刀朝自己怀里刮让她腰酸肩膀痛。几个小时里她停下来只为了添柴以便采光取暖。当小屋的门被猛然推开，她才吃惊地发现外面的天已经黑了，自己太过专注了。

起先雅克瞪着眼睛，眉头在两颗黑眼珠之间皱了起来，慷慨的宽嘴巴紧绷着。随后他挑起眉毛，头往后一仰，大笑起来。

"我的袖珍太太！"他说，"晚饭呢？"他朝她母亲的那口炖锅挥一挥手，板起面孔。她把刮肉刀扔到他脚底下,他上蹿下跳假装被伤到了。

"既然如此我不得不诉诸武力了,我的小知更鸟!"他弯下腰去抱她,她顺势拉他的肩膀,他失了平衡,压在她身上倒在地板上。她用双手捧着他冰冷灰色的脸,用他教的方法吻他的唇,温软而坚定,等待着他的舌头追求她的唇。他的脸颊上残留着一抹凝固的血迹,身上散发出木头烧着的烟味,夹杂着血腥味和尸体的味道。皮衣和裤子冷得僵硬。但是没关系。他拥着她,解开她鹿皮衬衣带子的时候,她愿意为他变成任何什么。他救了她的命,又教会她男女怎样相爱。不论外人怎么说,他们两个是完完全全的夫妻。衬衣脱落,他爱抚她的乳房,吻上乳头,用吮吸把她逼到狂野,解开鹿皮裤的带子把它释放出来,他们管它叫"野兽",然后他把她压在下面做爱,同时小心地控制重心,以免伤到她的腿和背,但是当痛和快乐交织着席卷而来把他们融为一体时,谁还在乎痛呢。

那天夜里他教会她使用刮肉刀的上侧刮削,教会她改进手法刮得又长又顺又不伤到皮革。他们吃了炖鹿肉,相拥着躺在床上,望着熊熊火苗,小屋外面狂风怒号,风从烟囱冲进来,似乎要把保护他们免受祁寒侵袭的火扑灭。

第二天下午,他带回来一对红狐、一只貂和一只兔子。她在兔子身上练习而他则忙着剥其他动物的皮。他把兔子柔软灰白的尸体放在炉边。它的两只长耳朵是那么精巧,好像火光透过他们苍白的长度发着光。这只动物身上弥漫着一种纯粹的沉静,让她想起兔子在危险面前吓得呆住不动的样子。她想立即把它临摹出来。这只兔子可能本来跳着跳着犯了困,迷迷糊糊入了圈套。

"我们晚饭就吃你弄的这一堆玩意儿,"雅克说,"只要兔子还没僵掉。记住,"他用深褐色的眼睛盯住她,"如果后腿僵掉,还可以吃。但是如果关节松掉,扔掉它。"他将一抒垂到面前的褐色头发,然后拢在耳朵后面。

在某些方面她完全不了解他,比如他坚持留一头打了发油的长发,用鹿皮绳扎在脑后,而不是像她父亲和兄弟那样把它剪掉。而且还每年两次要她用他的大猎刀把头发修剪到垂肩的长度。说到这儿,还有一件事她不明白:那把他时时插在镶珠刀鞘里挂在腰上的刀,他从不让别人碰,除了她。刀出鞘的时候迅捷无比、悄无声息,比枪支还危险。她曾经要求有自己的刀,他哈哈大笑,声称自己美丽小巧的妻子根本不需要。她决心让他改变这个想法。

她毫不犹豫地接过兔子,丝毫不理会粘在灰色毛皮上的滴滴鲜血。血从肚皮上割开的口子里流出来。刚才他就是从这里把内脏取出来的。

"看呐,我亲爱的。"他提起兔子的脑袋,用拇指掰开上唇的裂缝,"年轻鲜活的兔子,唇裂狭小,还有这个——"他用拇指和食指捏起一只脚爪,按了一按把爪子分开,"光滑、锋利。"又把爪子侧过来,"年老的兔子有裂纹。"

他撑开兔子耳朵,轻轻地揉着说:"摸摸看。"

柔软而且很容易弯折。

"幼兔永远最美味。但是别让毛皮碰到肉。"他露出一副不悦的表情,摇了摇头。她和母亲烧的肉都是她兄弟和父亲打来并扒了皮的,但是经常被抱怨说味道不好。现在她知道为什么了。

"血用来——你们怎么说来着——做血肠、烧汤。"他举起一个装了瓶塞的葫芦。看她并没有表现出感激,他耸耸肩把葫芦放到一边。"还有这心脏。"他用手指着心脏,"以及肝脏。"这些内脏他喜欢用油煎然后趁热吃,这一举动烫伤了他的手和嘴巴。

他跪下来,拎着拴住后腿的长皮绳把狐狸提了起来,它本来吊在用来劈柴的壁炉架的钉子上。他用那把大猎刀把前腿割下来,又把后腿割下来,然后一刀从肛门直割到喉咙。他始终保持刀刃锋利。

他充满期待地望着她,看她一手提起屠刀一手抓过兔子。

"切下去。"他指着兔子的前腿关节用刀比着锯开的动作。见她把刀尖刺向关节,他轻蔑地哼了一声,在那条腿上奏刀鏗然,仿佛对着一块奶油。她不得不转到另一条腿上乱砍一通,但是好歹算是成功了。然后她看他像翻手套一般把狐狸皮剥了下来,只在连接组织处用一下刀,那些连接就纷纷解开了。剥到头颅部位,他让毛皮吊在上面,低头看看她。

兔子皮好像不像狐狸皮那么容易收拾。有些地方肉被削了下来,有些地方因为刀子不听使唤又在毛皮上弄出洞来。剥到头颅她把刀一扔,毛皮垂在割破的鲜红兔肉上。她既气急又气馁。

他点点头拿起狐狸头,用刀锋在下巴那里划了一下,把毛皮小心翼翼地割了下来。狐狸的脸似乎被提了起来,接着像一件衣服似的滑落下来。裸露的肉体和蒙眬的眼睛丝毫无损,以至于能够看到肌肉组织紧绷着在头颅上延伸。在那些精致骨骼和裸露部位的分界处有一种骇人的美。当他忙于翻转毛皮把上面的肉刮掉的时候,她目不转睛地盯着似乎是用来固定上下颌的那些肌肉条纹。在这些条纹的末端是毫无遮拦的牙齿。

回去继续弄那只兔子,她发现自己暴殄了天物:毛皮遭到乱戳,被迫离开身体。雅克咋着舌头表示不以为然,拣起兔子的残骸把头切了下来。殷红的无头兔子像一个被母亲遗弃的婴儿一样柔弱地躺在地上。尽管被自己弄得乱七八糟,她仍然可以分辨出它后腿上那孔武有力的肌肉和后背,又一次感到那种骇人的美。在这间木屋过冬的所有日夜里,这一刻,一种强烈的好奇心萌发出来,它将会永远改变他们两人的命运。

两星期后她已经学会了磨刀,尽管磨得不如雅克,而且很快又钝起来。她学会了剥各种动物的皮——狐狸、貂、海狸、浣熊、负鼠、麝鼠、水獭、山狗、水貂、臭鼬、鼬鼠、猞猁、山猫、獾、熊,当然,还有兔子。

那年冬天,又过了一些时日,她开始能够小心翼翼地整个儿煮兔子,把骨头上附着的肉分离出来,如此一来就可以观察它的构造,弄明白后腿跳跃和飞奔的原理。兔子和我们人类的身体结构似乎相同:头颅、脖子、脊椎、肋骨、足、肩、臀部、腿,却又大相径庭!起初对于她的好奇雅克觉得很好玩,声称喜欢每天在汤或炖菜里吃到煮出来的肉。当她开始煮其他动物以便观察时,他帮她分离出干净的骨头,又像小孩子搭积木一样把骨头搭起来。她欣赏围绕在眼窝周围的那些骨骼的精致,有些骨骼那么纤细以至于光都可以透过,而结实厚重的上下颌与此形成鲜明对比。牙齿因功能不同而各异,她发现:兔子前排的大牙用来啃植物,水貂和貂的利牙用来撕扯肉类。各种动物的白色骨架像幽灵一样挂在木屋四壁,她仍然感到惊奇,同时又感到沮丧。她知道每一块骨骼都有专名,但是自己对此一无所知,而别人是知道的。这让她自惭形秽。她发誓不再猎杀那些不知名的动物。既然他们以此为生,她就要对猎物了如指掌。她的腿残疾了,可是眼睛不瞎,她还有视觉、味觉、听觉、嗅觉、触觉。她永远不可能见识整个广袤的世界——这她知道——但是她要知道关于这个世界的无穷无尽的细节,还要把它们写下来并记住。如果能学会今年冬天获得的一切,那她就能学得更多。

忽如一夜南风来,大地终春细雨裁。 安妮整个早上把门敞着,望着山坡上冰消雪融,散发出泥土和岩石的馥郁芬芳。眼前暗淡潮湿的树枝肥硕起来,苞芽也看得到了,仿佛随绵绵细雨不断鼓起来。她摩挲双臂,又把双臂在清新的空气里舒展开来,兴奋得没法画画也没法整理毛皮。她要给雅克一个惊喜,因了这个惊喜,这一天变得美好起来,就连屋檐上滴下的水也好像在清洗空气、磨利刀锋。

眼下她正站在门口左顾右盼。就在这时她看到左边树林里有一丝响动。她往后退去，眼睛盯着树丛，伸手去抓摆在门口的那杆枪。可是她不但没有拿到，反而把它打翻了。啊，又动了——巨大的、灰色的。是熊吗？胸口一紧，她呼吸急促起来。熊跑得太快了，如果她移开眼睛，它会不会在她拾起枪准备射击之前就进攻呢？如果她把门锁了，它能撞倒。这头野兽走出树丛，后腿撑地站了起来，饥饿地嗅了嗅空气。目不转睛地盯着熊，她放松下来，拄起拐杖，找到了那杆燧发枪。熊一定注意到她的举动了，开始把它的大脑袋转向她，嗅她的味道。她祈祷湿气下沉到地面把味道锁住。忍着大腿的酸胀和臀部的疼痛，她一动不动地等在那里。熊似乎被弄糊涂了，伸长鼻子闻着，最后叹了口气，把前腿放回地面，快速拖着爪子穿过木屋前的空旷地面，留下一股腐烂的恶臭和深深陷进泥里的脚印。它的爪子踩出银色的水洼。黄昏时分雅克回来了，那些水洼依然在那里。

她急于倾诉自己的遭遇，但是雅克要她立刻闭上眼睛伸出双手。一声奇怪的凄厉叫声，雅克用法语咒骂着，她没有睁眼，直到感到手上有温暖的长了羽毛的重量。是只乌鸦！试着一脚着地保持平衡，另一只脚上夹着树枝做的夹板，这只忐忑不安的乌鸦挣扎着站在她手掌上。她轻轻地合起手掌，触摸它的骨骼结构——天哪，它在挨饿！

乌鸦用明亮聪慧的眼睛傲慢地瞪着她，好像期待着她来招待自己。她大笑着把脸送给雅克来吻，这一举动让它又凄厉地叫了起来。一个女人怎么会不爱上拯救这样一只飞禽的男人呢？雅克按着乌鸦，她用鹿皮带子绑住它折掉的腿，喂它刚刚炖出来的兔肉。一开始乌鸦还在犹豫，用乌溜溜发光的眼睛打量她，然后它的喙突然刺向她的手指头，偷到一小块肉。嘴上叼着肉，这只乌鸦侧着脑袋盯着她，看她有没有一丝恶意或者耍什么把戏，终于它把肉吞了下去。她喂它一些碎肉，又喂它一些珍贵的干玉米粒，最后拿出盛水的锡制杯子，把指头浸在里面让它看到里面装的透明液体。它还是先看看她才把喙伸进去，装满水，头一仰把水喝了下去。喝饱以后，它把粘在喙上的水甩干，侧过脸把喙在杯子边上磨着，然后换个方向磨另一边，似乎要把喙磨利了。它终于看了看修补过的腿，它把腿伸直了，就像小姑娘在欣赏一个新手镯一样。

雅克和安妮笑了，他们把乌鸦放在炉膛边的毛皮堆上，安妮经常在这里休息劳作。她把炖肉盛在两个锡制碟子里，又拿出早餐时没做成功的饼干，两人坐下吃了起来。这只乌鸦看着他们吃完，同时试图用那条好腿来个金"乌"独立。最后终于依偎在毛皮里,闭上了眼睛,火光在它油亮的羽毛上跳跃着。

"叫它卡尔吧,"她说,"纪念我消逝在大河里的弟弟。我仍然想念着他。"她的声音哽咽了。雅克抱住她,抚摸着她的头。每当想起失散的家人,她都泪流满面。

"我是你的家人,亲爱的。"抱着她,他的呼吸变得急促起来,开始解她的鹿皮上衣。

"我就是想再看看它,"他把她的衬衣从大腿上撩起来的时候,安妮悄声说,"我想念那条大河。"

"很快树木就会变绿了,那时我们就可以卖掉皮草。去年收获很好,亲爱的,我们会赚到足够的钱来盖房子。"他把手在她两腿之间上下滑动,"我给你做一张豪华大床,好不好?"

直到第二天早上她才想起那只熊的事,雅克发现了脚印,每个爪子划出的裂痕上都冻上了冰。她想让他看看自己是多么勇敢,但是他又给她复习了一堂射击课,并且在床边她的高度那里放了一把枪。他批评她不该把门敞着,又发着理所应当的脾气大步流星地走了。直到确信他已经走了,她才把门打开迎接新一天的春雨。"我可不要做个犯人。"她对乌鸦说,乌鸦用欢快的叫声来回应她,单腿跳着来到盘子边上,里面有她吃剩的早餐渣。"等我们回到家,一切都会不同的。"

"**雅克,雅克,雅克,雅克。**"卡尔突然叫了起来,语调跟安妮的一模一样。她及时回过头去,看见雅克仰着头哈哈大笑。乌鸦也学他,最后变成沙哑的乌鸦嗓子,把身后树上的麻雀吓得四散而逃。突然看到这么多翅膀在扇动,卡尔也扑腾着翅膀,而且迈步向前想要跟上去,但又停了下来,看着安妮。

"它痊愈了,是吗?"雅克问道,在烧午餐的微火前斜躺下来。他知道他们太累了,烧不出太丰盛的晚饭了。

"是的。但是好像它自己还没弄明白。"

"它更愿意陪在漂亮姑娘身边,是吧?我明白。"他笑了。为了即将到来的出行,她给他刮了胡子,原本长着胡须以抵御寒冷的面庞现在看上去苍白而且有些柔弱。她还帮他剪了头发,坚持用粗碱肥皂洗头。肥皂是她用灰熊的肥肉做的。他习惯把油脂牢牢地黏在特定的地方,而她把这些油脂藏起来。现在它们闪着鲜明的深褐色。对于整日泡在烟灰和油脂里的鹿皮衣服,她则无能为力。

卡尔在炉火边逡巡,然后站在她面前,看着地上吃剩的饼干。

"好吧。"她掰下来一点儿,它精明地从她指头缝里叼走了。她喂它牛肉干,它一口吞了下去。

"它必须记住怎样自己觅食,亲爱的。"雅克温柔地提醒她。

"还不到时候。"她伸手抚摸它黑得发亮的脊背,巧妙地在它后脑勺儿上挠挠,它喜欢这样。卡尔像个小人儿一样摇着脑袋走上前,把喙搁在她胸膛上。她感觉到自己温暖急促的呼吸落在衬衫带子下面裸露的肌肤上。最近她的衣服变得紧了,肚子也越来越膨胀,裙子都要系不上了。乳房也变得极端柔弱,只能承受雅克最轻的爱抚,就别提一只乌鸦那尖利的喙以及锐利的爪子了。她急忙把它黑色的身体抱起来放在地上。它站了一会儿,忖度着这一最新变化,然后飞快地叼了一下她的手,嘀嘀咕咕着走开了几步。

雅克一脸狐疑地看着,很快就明白过来了。"啊,"他感叹道,"当然,一定是。"

她羞得从两颊一直红到了脖子。

"还有多久?"雅克问道。

"今年秋天。"她说。

"那我们得抓紧了。我的孩子必须出生在我自己的土地上。"他跳了起来,喝光锅里和杯子里自己煮的茶,信誓旦旦地说。

安妮大笑起来,卡尔扑腾着翅膀远离这场骚动。"还有好几个月呢,雅克。"在他们身边,一条小溪平静地流过,溪水甘甜清冽。她只要侧卧着就可以看到水底鹅卵石上倏忽游荡的小银鱼。她把指头伸进水里,鱼儿们仓皇四散,但没过多久他们就会鼓足勇气重新聚首,好奇地轻啮她一动不动停在水里的指头。他们轻轻的啃咬好似小小鸟儿的啄食。

他看看她,又越过小溪望着对岸墨绿色的森林。"要建的东西太多啦。跟我来。"

他们把货物装上车,给牛装上轭,又把马拴在后面。这一回他们的皮草多得扑出来,就必须将那些车上装不下的放在马身上。两匹马骨碌碌地转着眼珠,如果不是雅克牢牢拉着缰绳,他们会反抗得更厉害。安妮坐在里面驾着车,尽可能舒服地坐在皮草上,下面垫着他们为数不多的几件家具。那只名叫卡尔的乌鸦一会儿站在她肩膀上,一会儿跳到她头上,一会儿又待在马背上的货物上面。用他们教它的话喋喋不休地讲着,又有一句没一句地唱着雅克的色情小调儿。雅克则徒步走着。

"你不能一路走着到小柯特斯。"第一天中午当他们停下来咀嚼干粮和牛肉干的时候,安妮提出了抗议。尽管他们可以边走边吃,但雅克坚持停下来生火、烧水、泡茶。红茶是他最近用两张上等的海狸皮换来的。她知道他做这一切是为了她。如果只有他自己,他会不停歇地赶着牲畜往前走。每天,在剩下的漫漫旅途上,他让牲畜赶路赶得精疲力竭,然后坚持要安妮休息好长一段时间,随后又让大家匆匆上路。前进途中卡尔选择在树林里飞行,紧跟他们,又落下一截,然后又跟上。它开始捕食了,而且可能开始担心将要离去。每天晚上当安妮呼唤的时候,它就又出现在她面前,依偎在她身上,唧唧咕咕地说着她教它的话,比如她的名字,她肚子里那个小小女婴的名字——她现在知道是女孩儿了——朱拉。

当他们终于来到大河边,沿着大河往北走,在新马德里遗址前停下来的时候,他们都已经筋疲力尽了。雅克拴住牛和马,卸下皮草铺在地上,两人没有生火就睡下去了,大河生生不息地从身边流过。拂晓时分,听到大河温柔的喃喃自语和鸟儿第一声试探性的鸣叫,安妮醒了。她睁开眼睛看到灰色的雾霭从树上弥漫而下。"我们到家了,我的先生。"她低声说,蜷着身子靠在雅克结实的后背上,第一次感觉到肚子里的婴儿在踢她。

第二天一早,雅克和安妮站在大河里寻找新马德里镇的影子,但是大河早就改道,旧河道填满了死去的树木和岩石碎块,新河道正穿过原来是镇子的地方。一度曾经丰饶的土地现在堆积了二三英尺的沙子。曾经是整块的陆地现在变成了暗涌如潮的危险水坑。到处都是填满沙砾的无底深渊。曾经古树参天遮阳蔽日的地方现在长出了小树苗,点缀着腐朽树桩和遍地狼藉。江河、小溪、细流改了新的水道,有些曾经注入大河,现在却仓皇止步于大地隆起的地方。

"明年春天怎么样?明年我们盖房子。看,船现在回来了。"雅克朝一艘在波涛里颠簸的小型平底船点了下头。安妮用手挡住阳光,话到嘴边又咽了下去。她知道男人需要规划未来,不管那规划有多不现实,也不管它有多困难。

"我们会成为最先到的。"她说。

"很好,"他笑着说,"你会有很多很多房间,每一间都有大炉子,把你烤得暖暖的。还有衣服,每天换一套新行头。还有仆人,烧饭给你吃,照顾你的起居。"

"还有你。"她放低声音。他伸出双臂拥她入怀,她蜷缩着靠在他裸露的胸膛上,体毛扎着她的双颊舒服极了,她想象不出还有什么比这更安全、更温暖。

但是她脑子里又闪过二人世界充斥着外人的场景,便说:"可是雅克,我想做那个永远照顾你的人。我不想让别人给你刮胡子、擦背、烧饭。两个人就好。我们在一起就好,就我们两个。"

他大笑着把她抱得更紧些。她顺势把鼻子埋进他怀里,舔他散发着烟草味的皮肤。

"你是家里的女皇,你想把我怎样就怎样——我是你的仆人!"

"我不在乎什么女皇不女皇的,雅克。"既然到了大河这里,他们终于可以卸下鹿皮了,而且可能是永远,如果雅克的承诺是真的话。她早就开始渴望能够拥有一套衣服,她可以把它洗得干干净净,晾在太阳底下晒干,闻上去带着风的味道。

他严肃起来:"必须带你去看圣路易斯的医生,亲爱的,这笔开销比你想的要大。我有个计划。你以后会明白的。保证你健健康康的!"他把她抱在身上,出乎她意料地疯狂做爱,野兽再一次出洞了。

在过去的日子里,她曾经被房梁困住,压断了双腿;曾经渴望死亡以求解脱;曾经把他当作不情愿的求婚者,向他献殷勤。但是现在她已无所畏惧。他们会盖起自己的房子,养育自己的孩子,在这条伟大的大河蜿蜒的庇护下面。他们给这个地方起名叫雅克码头。她想象着雅克即将盖起来的房子,房间里充满快活的光芒,还有像人一样陪伴在他们左右的爱。这份爱全心全意地对待他们,养育他们,让他们相互扶持,使他们身心愉悦满足。在接下来的日子里,卡尔会遗弃他们,回到自己的族类当中。但是这已经不要紧了。

读着安妮写下的文字,我感到一股暖流充斥着全身。这所房子是用爱为雅克的新娘和孩子而造的,而我现在就住在里面——我们的经历如此相似!忽然,生平第一次,我觉得自己似乎属于这里,似乎即将分享所有在这里生活过的人们的好运气,尽管我失去了自己的家庭。我想知道克莱门特有没有读过安妮的传奇。不知为什么,我觉得他没读过。他不太阅读,而且像那些我在家乡认识的男孩子一样,他对过去不感兴趣。我开始意识到,是现在和未来在引发他们想入非非,就像雅克那样。对他们来说,过去就是一件丢弃的衣服,而我一旦发现就会拾起来穿在身上试试看。

3

　　到一八一七年春天，两人在大河边的空地已经变成了人们聚集的地方。人群中有的在大地震中失去了一切，变得一文不名；有的在皮草生意西迁后留了下来；有的厌倦了大河之上棕色的单调旅途而选择了上岸。他们打猎，把猎物在那口架在火上的炖锅里煮，谁饿了就吃；旅途劳顿之后他们停下来休息，诉说有关自己离开或失去的家庭的故事；并且，他们帮雅克建造房屋。因为"特库姆塞①的预言"，印第安人尽量避开这个地方，不知是不是真的，反正雅克的朋友，设阱捕兽手，法国人查勃是这么告诉他们的。查勃携他的克里克人太太和两个年纪尚幼的孩子来到这里的第二天一早就把这个故事传播开来。天一亮印第安人就消失了，把这块地方留给了查勃。他身材高大，和蔼可亲，脸颊红润，鼻头肥大，红唇殷殷；是生在小男孩脸上的那种嘴唇。他哈哈大笑，把拳头在脚下的大地上捶着。

　　"我总是被老婆抛弃，雅克，男人要怎么做才能与像安妮这样的美人儿白头偕老呢？"

　　雅克展开双臂："如今的行情是这样的，我的朋友。马匹、牛群、林子里的猪、那些鹅啊、鸡啊、狗啊，看，甚至猫，现在都想跟着我。"安妮递上一杯咖啡，他接了过去。"就像这些在我们眼前贴膘变懒的动物一样，查勃，我的安妮什么也不干，整日坐着闲谈，而我在为她造房子。"

　　雅克呷了一口咖啡，是昨天用皮草跟下游平底船上的商人换来的，他身上穿的原色亚麻衬衣也是从那儿来的。他温柔地摸了摸她的肚皮，自顾自地微笑起来。

　　"跟像安妮这样的女人在一起我会很乐意。"查勃说着，摘下帽子，轻轻鞠了

---

① 特库姆塞(1768—1813)：北美洲肖尼印第安人酋长。美国独立战争时参加过英国和印第安人对美国人的联合袭击。一七九四年与A.韦恩将军的军队作战失利，后成立由克里克人和其他国家军队组成的联盟。随着一八一二年战争的开始，特库姆塞在英国旗下组织军队，占领底特律。取得了几次小胜利之后，他在安大略湖的泰晤士河中战死，标志着印第安人对旧西北地区抵抗的结束。

一躬。安妮递给他咖啡。

"讨论完我的美德以后,你们两个也许可以开始种我的菜园了。这样一来冬天我们就不用因为没有皮草来交换东西而挨饿了。"

河边有人开始叫喊,雅克和查勃迅速站了起来,朝广袤无垠的褐色区域望着。

"有船来了。"雅克说。他脱下新衬衣,小心翼翼地把它挂在树枝上。他冬天里的苍白肌肤现在已不见踪迹,取而代之的是骄阳炙烤下鲜明的橡果褐色。他伸手去拿那件旧的鹿皮衬衣,宽阔的肩膀上强壮的肌肉绷紧了。他对自己的力量信心十足,对于自己的才能却缺乏自我意识。他站在那里眺望大河对岸,左肩上的刀疤殷红发光。然后,他穿上了衬衣。

"他们要上岸了。给我搭把手,查勃!我们必须为我的甜心赚到点儿什么。"他吻了她的额头,"哗"地站了起来。"这场暴跌——这场不景气——长不了。很快我就会拥有一切啦!"

查勃朝她瞥了一眼,一双蓝眼睛若有所思地落在她龌龊的衣服上、她沾满了泥的赤脚上以及她污垢横陈的胳膊上。一阵羞耻把她的脸染红了。

她说:"以前我不富裕,雅克。我们一家很卖力地干活。你看到了。"被晒黑又布满雀斑的双颊泛出深红色。她把眼睛飞快地转向查勃。查勃给了她一个鼓励的微笑,微微耸了耸肩。

"我干活也很卖力,安——妮——"雅克拖着长腔回答,又把脸转回去盯着渐渐驶近的船,扳着修长的指头数船上的人手、牲畜和大桶。

"等我盖好了这间客栈,我们就有生意,可以发财了。看着吧。"雅克说道。眼睛继续盯着那些新来的人。安妮摇了摇头,垂下眼皮。

"可是我怎么应付得了那么多的人,供他们吃,还要打扫?"

"我们会有办法的。"雅克数到第十根指头,把双手攥成拳头。

安妮环视狼藉一片的宿营地,地上散布着垃圾、牲畜、被褥衣服的破布条、还有炊具和猎具。跟他俩在一起的人们大都带着大量的私人用品,在他们的驮马上塞得满满的——甚至还有那些毫无用处、多愁善感的物品,像梳子、瓷质碟子、少了把手的陶瓷杯、脱了弦的小提琴琴弦、木质学生尺以及主人看不懂的诗集。她已经见识过所有这些东西,甚至更多。每天都有猫啊狗啊从沼泽地里捡回性命。这片沼泽向西吞噬了部分的森林,又南北双向占据了一片被地震毁坏了的陆地。排水、清洁的工作总是那么多。她弄不明白怎样在这一季里把地震带来的破坏全部清理干净然后挺过即将到来的冬季。她想起她的家人在最初的几个冬天里食不果腹、衣不蔽体的煎熬。这让她浑身打颤。

"雅克,也许我们应该搬去上游的定居点。我们可以——"他脸上的表情让她结结巴巴地住了嘴。

他转过身把脸对着她,眼里闪着光。"这里就是我的,亲爱的。在别的地方我有什么?我能索求什么?这里就是我的,为了我的儿子,为了你,亲爱的!"他跪了下来,把脸颊贴在她胸脯上。

她的表情缓和下来,用手抚摸着他的头,担心在她眼睛里消失了。查勃微笑着,默默地为他朋友终于拜倒在一位女性的石榴裙下而高兴。开客栈也算是不错的主意,等他厌倦了打猎,厌倦了寻花问柳,就有个地方可以闭门修养,可以惬意地喝上一杯。小安妮对这样的愉悦绝不染指多问。

"你的船靠岸了,"查勃大声说,"看看今天我们的偷盗水平如何。"安妮瞪大了眼睛,雅克大笑起来。"指的是贸易,亲爱的,实物交易,查勃的技艺可是远近闻名的。有一次他用一匹瞎马换回了两头奶牛和一箱瓷质门把手。"

查勃举起一只手:"现在,方圆百里每一个女人都戴着。"

"一个瓷质门把手?"安妮问道。

两个男人哄笑起来,相互拍打着背,往码头方向走去。

他们到达空地上的时候,船员们已经开始从船上卸货,跟聚集在河岸上前来接应的人们交谈起来。在货物当中站着三个非洲黑人,脚踝被铁链拴在一起,身着做工粗糙的黄褐色外衣。他们是两个男人一个女人,女人怀孕的肚子挺得很大,为了平衡重心不得不微微叉开双腿往后靠。

安妮本想跟两个男人,但是又不想把自己暴露在陌生人面前。身怀六甲让她身体膨胀,衣服下面除了一件无袖内衣已经不剩什么了,而且她还常常发现在别人面前有必要限制自己的行动和工作。现在眼看雅克忙着和船上下来的四个白人交谈着,做着手势反复指向那些奴隶又朝着营地挥着手,安妮开始诅咒起自己的身体来。终于,大家握了手,开始离开岸边走了上来,包括那些非洲人。有个人手里拿着答杖戳这些非洲人,好像他们是反应迟钝的牲畜。

怀着决心,安妮挺直了身子,准备阻止男人们达成任何邪恶的协定。但是当她靠近的时候,雅克挥了一下手,迅速地摇了一下头,不动声色地摆出了"不"的口型。所以她停下来等待着。

怀孕的非洲人打了个趔趄,她身边的两个人在她没有往前跌倒前迅速冲上去扶了她一把,分别拉住她的两条胳膊。为了不被拴住他们的链子缠在一起,他们的行动变成了一种窘迫、甚至是疼痛的混乱舞步。走近牛圈的时候,手拿笞杖的那个人指了指树下被牲畜践踏过的泥泞地面。

"不。"安妮蹒跚着走了过去。雅克试图用胳膊阻止,她把他推开了。

"先生,"她大着胆子说道,"这个女人要临产了,远离牲畜的蹄子对她可能更安全。"

那个人第一次用眼睛看安妮,注意到她粗陋的衣服比他奴隶身上的好不了多少。他穿着茶色牡鹿皮马裤、棕色靴子。靴子上系着鞋带,靴筒几乎没膝,包住粗壮的双腿。上身穿一件龌龊的白衬衫,套着黄马甲。所有装束都太小了,看起来他的肉随时都可能爆出来,溢出衣服的包裹,变成一个崭新的大一号的人来。他考虑了一下,用前牙咋了咋舌头,然后摘下他种植园主的草帽,露出粉色的秃头顶,又用袖子擦了擦额头,耸了耸肩。

"可是不能给她松绑。不行。"他暧昧地笑了。

"带他们去炉火边,"雅克说。他看了一眼安妮,领他们去了临时搭建的帆布大棚,把他们安置在火坑边。这个大棚是安妮挡风遮阳烧饭用的。

又一次,那个男人没有碰这三个非洲人,几乎带着正式的礼貌,这种礼貌有些人是用在马匹、狗以及仆人身上的。他指着一个离火最远的位置,把他们安排在那儿,然而又允许他们躲在帆布屋棚下面。两个男人帮女人把姿势放低坐到地上。很明显,挺着个如此大的肚子她没有办法独立坐起来。两个男人见状来到女人身后,面朝外边坐了下来。这样女人就可以像在椅子里一样靠在他们的背上。三个人很快睡了过去,疲惫如释重负般降临到他们的面庞和四肢上。女人尽管因为怀孕而肿胀,脸上却沉淀着饥饿。事实上,这三个人的胳膊和腿就是骨头外面松松垮垮地包着一层薄到极点的皮,有些湿榆树皮的颜色。

"真不赖,是不是?"拿着笞杖的男人摇着头说。

安妮往他们那边挪了过去,但是这一次雅克把手搭在她肩膀上阻止了她。

"他们这个民族可凶着呢,夫人。"这回这个男人的声音听起来几乎带着尊敬了。"他们是从牙买加买来的。那儿很野蛮,我想。"他又用前牙发出咋嘴的声音,"他们可不像你们美国土生土长的农场工人。那两个男人不会找碴儿的,除非有人企图碰那个女人。所以,小心点儿。"

"他们在挨饿。"安妮说。

"我想是的,女士。"他看起来后悔了。她不得不更仔细地端详那张乏味的胖脸,以确定他不是个演员,可以瞬间转换表情。他有一双小蓝眼睛,瞪大和眯起的时候把整张脸的面貌都改变了———一会儿是彻底的天真无邪,一会儿又是满脸横肉、充斥着残忍和厌恶。他的脸很奇怪,几乎完全就是由肉组成的,下面没有构成框架的骨头。就连鼻子也像四面匀称的塑了形的血肉的延续隆起。他的头发是如此的金黄而纤细,软塌塌地顺着脸庞垂着,尽管他试图用一条破烂的黑色带子把头发扎在脑后。他的眉睫又黄又细,给人一种幻觉,好像他真的不长毛发,不生胡须,也根本不用刮胡子。

"喂过他们吃的吗?"雅克发问了。

男人耸了耸肩:"我试过了。"

"我的上帝!"雅克跺着脚来到火坑边,跪下,开始往木盘里盛炖鹿肉和饼干。但是当他试着把食物递给那三个非洲人时,他们摇了摇头,又把眼皮垂下来看着地面,尽管喉咙因为浓郁的香味上下吞咽着。

雅克看了看,因为失败准备把食物倒掉。这时安妮走了上来。

"让我来吧。"她在那女人附近坐了下来,把拐杖放下,示意雅克把木盘放在自己面前。

"把水和牛奶拿来。"她说。雅克点点头。

铁制脚镣把女人的脚踝磨得皮开肉绽,有些地方甚至几乎磨到了骨头,血肉殷红,而且还化脓了。尽管上面爬着苍蝇,但她要么因为太累太虚弱,要么已经彻底绝望了,对此熟视无睹。安妮帮她赶走了苍蝇。

对于这样的接触,那女人死死地盯着,坐了起来,用修长瘦削的双臂保护性地紧紧抱住肚子。

"快生了吗?"安妮指指那女人的肚子,又指指自己的,问道。"今年秋天,树叶变黄的时候。"她解释说,然后意识到对一个牙买加来的黑人说话无异于对牛弹琴。她完全不知道牙买加在哪儿,但猜想那里比这儿要热。她伸出五根指头代表五个月,又指了指自己的肚子,然后指指那女人的。自始至终那女人一直看着安妮。逐渐明白过来之后,她那瘦削的长脸稍稍减轻了痛苦的表情。她的眼睛呈深褐色,就像雅克的,但是眼角有一些向上挑,使她的脸显出些优雅,又凸显出那狭窄挺拔的鼻子和丰润的嘴唇。嘴角上翘,似乎时时挂着微笑,直到最近。她的头发剪得很短,在椭圆的脑袋上密密麻麻地打着卷儿。她的耳朵修长,像鲜嫩的生梨树叶,上端几乎是尖的。耳垂上挂着用马鬃和黄黄红红的珠子编成的耳环。

安妮举起手点着自己未经修饰的耳垂,又指指那女人的,说:"好看。"女人扭动面部,显然是想挤出一个笑容来,却又放弃了,只是盯着安妮看。安妮也盯着她看。

"这儿。"雅克放下一桶水,带着舀水的勺,还有一杯宝贵的牛奶。奶牛是最近他们从一家从西部返回东部安全地带的人那儿得到的。他跪下来仔细审视她脚踝上的伤势,咒骂着又飞快地站了起来。

"我来烧水,然后拿工具把那些东西拆掉。"说着他走开了。

"现在你给我听着!"奴隶贩子叫道。

"孩子需要食物。"安妮说。她掰下一小块饼干,用它碰了碰自己的肚子,然后把饼干塞进嘴里,细嚼慢咽起来。女人仔细看着安妮,等到安妮把饼干咽了下去,她马上拿起一块咬了一口。很明显她的喉咙因为太干而噎着了,安妮把牛奶递给她。但是她忍着痛苦拒绝喝它,直到安妮亲自嘬了一口咽下去,她才抓过杯子一饮而尽。喝完以后她拍拍喉咙底,把杯子还回去,脸上的笑容转瞬即逝。

奴隶贩子抻着脖子注视着事态的发展,轻蔑地歪着嘴。

拿着一把原木调羹,安妮又试吃了木盘里的炖肉,甚至用手指头舀着吃,那女人快速地狼吞虎咽起来,安妮担心她又会噎着。吃完以后,女人又试了试其他木盘里的食物,递给了两个男人。随着食物下肚,他们呻吟起来。他们用水把食物冲进胃里,直到整桶水被消耗殆尽。

就在这时雅克带着热水回来了,手里还拿着药膏和用来包扎伤口的布条。查勃,这个印第安人和白人的混血儿,拿着工具跟在后面,迅速解除了三个人身上的钢铁枷锁。帮助他们的时候,雅克轻手轻脚,就像照顾自己的妻子一样。包扎好女人的脚踝后,他又去帮那两个男人,他们的腿上也有化脓的伤口。

一切弄妥以后,那女人开始用本民族的喉音咕咕哝哝地说出奇异的话来。这一举动让在场所有的人大吃一惊。

肥胖富态的奴隶贩子一直在审视着,等着自己来掌控局面。但是随着事态的发展,他不高兴了。"现在我怎么去阻止这些人逃掉呢?有人出不菲的佣金买了这三个人呢。我可不想损失这笔钱。"说到这儿他掏出一把大刀,那女人倒抽了一口气。

雅克抬起脚用一根指头比划了一下,悄声说:"他要割断他们的跟腱防止他们逃跑。"

"不。"安妮发出嘘声走上前来,但是雅克使了个眼色阻止了她。

奴隶贩子现在正站在那女人面前。但是不等他举刀,牙买加女人就低声开了腔。"他们不会逃的,"她说。"他们发誓要保护我。"她抬头望着他,她的声音带着轻蔑,"你会拿到钱的,苏兰斯先生。"

他凝视了她一会儿,转了转脑袋,然后突然点了点头,把刀放回刀鞘,转身离开了。

这一天,大家在坚硬的地上把剩下的时间美美地用在了休息上。与此同时,营地继续为了客栈而运作着。这间客栈是他们未来的家,也是他们将来的生意场。安妮正在准备晚餐,烤鹿肉、煮野菜。这时风越刮越猛,天空也暗了下来,大团底部呈紫色的云迅疾地从西面压了过来。她看了看头顶支撑起帆布大棚的柱子和上面系着的绳子,看起来还结实,不过她要抢在大棚湿透前多备些柴火。可是眼下男人们正忙得团团转,急着把货物盖好,把牲畜安顿好。

那两个非洲男人跳了起来,起初笨拙地移动着,仿佛脚上仍然拴着铁镣铐。雨倾泻下来以前,一大捆柴火已经被放在了雨浇不到的地方。看起来这两个人乐于此道,不像她之前在小柯特斯看到的奴隶那样心怀怨恨与垂头丧气。

"请到炉火这儿来吧,"他们完工后安妮说,"坐在那儿会被淋湿的。"

那女人在两个人的搀扶下吃力地站起来,走过来挨着安妮坐了下来。她的两个兄弟一边一个又把自己摆成让她可以依靠的姿势。

一阵密集的电闪雷鸣过后,雨倾盆而下,给雅克帮忙的人们躲起来了,有的在树下,有的在自己的帐篷里,还有的在小屋里。雅克带着查勃回来了,任由奴隶贩子苏兰斯站在外面被淋成个落汤鸡。

"他应该回到自己的船上。"雅克说着耸了耸肩。

"没人在这儿看着我们,他不肯走的。"那女人说。

"杜查姆先生?"苏兰斯把头探进大棚,窥伺着里面,"我可以进来跟你,还有我的货物在一起吗？"雨水汇成小溪从他的脑袋和肩膀上流了下来。

雅克望着安妮，那双黑色的眼睛满是诙谐。他从不拒人于门外，但是此刻他正享受着让苏兰斯站在外面被淋成落汤鸡的快乐。

"进来吧，苏兰斯先生。"安妮说。"你可以坐在那儿——"她朝先前非洲人休息的地方点了点头。衣服上的水滴滴答答，他走进来又犹豫了。但是最后他还是走了过去，尽可能远离炉火，毫无疑问他在那儿感到越来越冷了。

人们围坐在炉火边，虽然有烟，但是比外面的狂暴景象要好得多了。外面，弥天大雨锁住了营地，锁住了大河。他们听到树木在头顶摇动，但是在暴雨笼罩下一无所见。安妮沏了热茶，把杯子递给每个人。大家坐着，外面大雨倾盆，里面却舒适惬意。苏兰斯冷得直打哆嗦，安妮请他往炉火边挪一挪。他应声而起挪了过来。在他身上似乎看不到别的奴隶贩子身上常有的对黑人奴隶的厌恶，因此安妮好奇起来。她把脑袋枕在雅克腿上，打量起新来的这四个人。过了一会儿，她眼皮一沉，心率也伴着均匀的雨点慢了下来。

手里的灯火开始闪烁游移，仿佛风儿逡巡潜入室内。我听到走廊上传来沉闷的声响，好像有人朝地上扔了一只重重的靴子，又像是扔了一块柴火。心脏在胸腔里乱撞，我把手放在肿胀的胸脯上。"克莱门特？"我轻声呼唤，其实知道他并不在那儿。这所房子里充斥着各种声音，我要慢慢适应。或者说至少我已经开始对大部分的声音适应了。我的思绪被自己畏惧的东西追慑了——楼梯上的脚步声。一步一步，缓慢，经过计算，抬起来又重重放下去的脚步声上了二楼。我知道最好不要走去那里偷窥那些楼梯。我以前看过很多次，已经知道有时候什么都没发现可能更令人毛骨悚然。所以我原地坐着等待那声响攀完楼梯，跋涉过走廊来到最后一间卧室。那间卧室就在单身厢房前面，面积狭小，只容得下一张床、一个梳妆台以及一把直背椅子。

脚步声一停，我就等着最后的声响，想象有人站在紧锁的门前，手搭上门把手，指头在把手的铜雕塑上面摩挲，又握紧了，慢慢地转动，聆听从没出现的滴答声。我亲眼看到门把手转动着，感觉到门外空气里弥散的沉重和屏住的呼吸。那正是我的房间，明白吗？当我睡不着而又不想吵醒克莱门特的时候我就去那间屋子。

过了好一会儿，我又继续读起来，心脏仍然怦怦直跳。

她醒来的时候天色已经暗下来了。雨仍然在下,只是小了些,可以看到周围影影绰绰的小小营火。人们已经来瓜分了鹿腰肉,从客人身旁摆放的木盘看来,她酣睡的时候大家已经吃过饭。她没料到自己如此疲乏,并把这种疲乏归因于肚子里的婴儿。现在她的孩子每天都让她惊讶。

"你吃呀。"黑皮肤女人用木盘盛了饭摆在她面前。肉、蔬菜和饼干巧妙地摆放着,不像她自己老是把所有东西堆在一起端上桌。

谢过那女人以后,安妮狼吞虎咽起来,比平常胃口还要好。当然,她错过了中饭,而且早晨起来的时候只吃了一丁点儿。难怪她又累又饿!雅克用一只胳膊肘撑在地上,吸着香烟,望着炉火,但是却用一只眼睛看着那三个非洲人,听苏兰斯低声讲着故事。安妮时不时听到一两个字,但是弄不清整个故事。大伙儿中间的地上放着一瓶威士忌,安妮发现苏兰斯比雅克喝得更勤,雅克几乎已经滴酒不沾了。

安妮用饼干把盘子里剩下的汤汁蘸蘸干净,放进嘴里。那女人侧身躺着,两只胳膊抱着肚子,像是搂着个大葫芦。雅克把鹿皮折一折给她当枕头用。她看看坐在对面的那两个年轻男子。他们伸开手脚躺着,盯着点缀着水珠陷下来的帆布棚。

非洲女人看了看苏兰斯,摇了摇头,他的衬衫前襟被洒出来的威士忌弄湿了。一阵蠕动的痉挛在她肚皮上画出了波纹,她用手顺着撸一撸,就像在抚摸着那样。然后又把手拿开,美丽修长的手指弯曲着握在空荡荡的掌心里,仿佛她已无能为力,只有接受孩子美貌的赐予。

雅克看看苏兰斯醉了,后者每贪婪地喝一大口,雅克就小小地喂一口。

那女人擦擦脸,用力揉搓着头皮,把指甲深深埋在厚羊毛般的头发里,似乎要伤害自己。

她的肚皮又起了波纹。这回她用指头轻轻敲一敲那隆起的轮廓,讲起非洲话来,她的话是从喉咙深处涌出来的。隆起消失了,肚皮又恢复了平滑。

苏兰斯打起了呼噜,像一头正在埋头拱地的猪。大家头一转正好看到他一个狗啃屎摔在了地上,张开的嘴巴淌出来的口水在他的舌头上粘成了一块泥。家乡的威士忌把他灌晕了。雅克小心翼翼地把他手里紧紧攥着的酒瓶拿下来,对着火照了照,看还有没有剩下的,又把酒瓶摇了一摇,对着嘴把最后几滴喝干,在口腔里涮一涮,咽了下去,就好像在喝法国酒。春天里他们卖了皮草就去小柯特斯买那种酒。

发现女人们正望着自己,他眨眨眼笑了。他悄然起身,蹑手蹑脚围着不省人事的苏兰斯转了转。又蹲下来,说:"该走了。"

非洲女人眨眨眼,点了点头。

两兄弟帮他们的姐姐站起来的时候,雅克看看安妮,把食指搭在嘴唇上。他那双深色的眼睛映着炉火闪闪发光,手里攥着一把短斧。有那么带着野性的一会儿,安妮觉得他要伤害大家。

"去轮船残骸那儿和查勃一起等着。"他指了指下游,"那儿很安全。"查勃走出大棚,手里握着一把长刀,神情却镇定异常。

"雅克?"安妮唤道,努力把嗓门压下来,但是隔着炉火苏兰斯翻动起来,睁开眼睛眨了眨,好像不确定自己身处何方,最后突然一跃而起。他坐了起来,捂着头,仍然努力想把注意力集中在面前的这几个人身上。雅克攥紧手里的短斧,转过身把脸对着奴隶贩子。苏兰斯凝视了一会儿,终于弄明白了状况,把一只手偷偷摸摸进衬衫。

"我的金子。"他说道。

雅克点点头,把一根指头按在嘴唇上,举起了短斧。苏兰斯紧紧盯住他,双目圆睁,张开嘴巴要喊救命,但说时迟那时快,短斧已经冲进了他的胸腔,带着的力道让他踉跄着向后倒了下去,发出一声失望的叹息。

生平第一次,她感觉不到自己双腿的疼痛,斧头落下的瞬间一阵麻木贯穿全身。什么都不存在了,只有大河湍急地拍打着河岸,还有苏兰斯胸腔上汩汩流淌着殷殷鲜血的伤口。

雅克把苏兰斯的衬衫猛地拉出裤子,用刀割断了系钱袋的带子,像从剖开肚膛的鹿体内取出内脏一样把钱袋拉了出来。几枚硬币叮当作响着掉出来滚到了泥里。雅克匆匆跟在后面捡起来。"走啊!"他压着嗓子对那些非洲人说,又指了指大河。他严厉的容貌看起来异常凶残。

查勃用刀比划着。三个非洲人面面相觑,神情惊恐,呆站在那里好像马匹对着洞开的大门一般不知所措。他们瞥了一眼苏兰斯,意识到是因为自己而引发了命案,绝望袭上他们的面庞。然后,他们看看安妮,安妮正挥手示意他们悄悄离开,不要弄醒周围熟睡的人们。谁知道有多少人已经见证过太多发生的事情。

"谢谢。"那女人悄声说,又用自己的语言说了些什么,指了指安妮和自己的肚子。安妮努力地微笑着,点了点头,心里只想赶在船上的人们发现以前尽快摆脱他们以及苏兰斯的尸体。

三个人见状跟随查勃走了。尽管安妮竭力倾听,试图捕捉到三人逃走的一点声响,他们却悄无声息地消失在茫茫夜色之中。与此同时,雅克用绳子把尸体捆了起来。他抬头看看炉火对面的她,手肘上染着鲜血,一双眼睛黝黑又愤怒,一张长脸苍白无色。

安妮起身跟在他身后蹒跚着走进树丛,尸体被树枝勾住,卡在小树之中,仿佛这个男人就算在阴间也要拒绝让雅克得到他想要的和需要的东西。来到大河边,雅克脱去苏兰斯的衣服,把它埋了,然后把裸露的尸体绑在鱼线上,等待大河前来吞噬。明天一早,尸体就会消失了。

回到炉火边以后,安妮把雅克拉近身边,张开双臂拥抱他。她的拥抱带着绝望,仿佛能够把他从刚才残忍的那一刻里拉回来,从短斧闪着寒光的弧形白刃边拉回来。她告诉自己说苏兰斯不得不死。雅克只是把那些非洲人从毕生的苦难和过早的夭折中救了出来。现在那些人保住性命了。这才是重要的。他们会有新家和新生活。孩子会被生下来并且茁壮成长。查勃从即将熄灭的炉火的另一边出现了。

"他们逃走了。"他悄声说,耸了耸肩。

雅克站了起来,用一只大手擦擦脸,四处寻找水壶:"你什么意思?"

"刚才他们还在那儿,就在我面前,正如我们计划的那样绑在一起。一眨眼功夫,他们就不在那儿了。不见了。哎哟。我四处找过了,但是又不愿引起人们的警觉。对不起。"

"你放走他们。我该扣留你的那份金子,查勃。"雅克压低嗓门小声说道。

查勃气呼呼地涨红了脸:"先生①,今晚你脑子不太对。明天早晨见。"他站起身,手搭在腰间别着的那把刀上,消失在黑夜里。

"没那些非洲人我怎么造房子啊?"雅克压低声音说,但是嗓门仍然大得让好几个睡客嘀嘀咕咕在毯子里辗转起来。雅克黑着脸走进夜幕里。

整晚安妮反反复复看见鲜红的血液在刀刃上汩汩冒泡,齇齇的白衬衫上布满鲜血,血流成河、漂地三尺,冲向炉火,在炽热里孜孜作响,鲜血升成蒸汽,红雾

---

① 原文为法语。

在头顶随下垂的帆布大棚屋顶起伏,弥漫天空,又变成血滴如雨般打在身上,仿佛空气就在淌血。梦里她反复追问:"那东西什么时候能停止流血啊?你难道不能另找个地方杀他吗?"

醒来后,她迁怒于所有人。

天一亮,雅克告诉船上的人苏兰斯已经把那几个非洲人带往内陆了。他偷走他们打算一个人卖,而不是为了赚佣金把奴隶还回去。船上的人想要沿大河发布一个广泛的警报,但是被雅克劝住了,他要他们最好保持缄默。一旦走漏风声,所有的人都只会惹祸上身。这个故事很有说服力,船上的人们没发几句怨言,当天早晨就散开了。安妮多做了一炉饼干,又在里面塞了一些昨天夜里烤的鹿肉,船上的人们感激地收下了。没人会想念苏兰斯和他那些当作货物贩卖的人口。大河之上的商人和移民大都穷得用不起奴隶,要么就像安妮的家人那样从宗教的感情上痛恨奴隶制度。因此,这种由于非洲人的出现而带来的深刻不安在露营地已经解除了。

她开始发现差遣人员以及攫取他们的财产是再简单不过的事情了。在这片土地上,人人都可有可无。雅克和查勃就是用实物交易和商业往来揭示这个道理的吗?也许苏兰斯该死。她不确定。望着平底船驶向大河上游,没有了苏兰斯和他的三名俘虏,她情不自禁偷偷往下游瞥了一眼,希望那些非洲人藏得好好的,直到天黑再出来。

4

第二天,雅克携众人又开始了建造客栈的工程,这个客栈将会是他们的家,也会是他们用来谋生的手段。 人们砍下树木拖回来,在空地边上堆起了一大垛原木,用来建造即将完工的客栈的墙壁和房梁。每天早晨雅克都要就客栈的位置问问安妮的意见——离大河够近吗?在河里行驶的船看得见吗?离规划中的谷仓够近吗?有没有留够地方,日后一旦攒够了钱就能在西面的小山上面盖房子呢?他要她陪着他在菜园里晃悠,又去看果园,打算秋天就开始种果树,又去看熏肉房、谷仓,以及制造啤酒、葡萄酒、威士忌的蒸馏房,还有夏天用的厨房,两人打算把这间厨房一直用到天寒地冻为止。不仅如此,他还在离客栈远一点的地方建了四间小木屋。今天早晨他说苏兰斯让他开了眼,他打算买几个黑人奴隶,并把他们安置在这些小木屋里。

安妮沉默着,祈祷雅克当了父亲以后会改变主意。一个营救了小女孩又营救了一只受了伤的乌鸦的人不可能变成奴隶贩子的。她仔细端详着他的面庞。尽管有失眠的黑眼圈,他今天看上去是平静的。他瘦削的身体动作迅捷,意志坚定地拔出树桩又敲进地里,以便建造供奴隶们居住的木屋。一旦他们两人独处,她就会说服他让他意识到自己的错误。她认识到当两人独处的时候他几乎变成了另一个人,一个更让她爱恋、让她尊敬的人,现在又加上一些害怕。

海拉·威尔斯曾经在平底船上当过小贩,后来因为打牌出老千被赶了出来。他在马尿和成的泥里滑了一跤,两手双膝纷纷着地。安妮见了,精神为之稍稍一振。海拉是个圆脸,玩游戏的时候只要逮着机会就会去骗一个寡妇的微薄收入。但是除此之外他心肠还不赖,而且在营地里四处帮忙,尤其小心照顾安妮的需要。所以当大家笑起来的时候她一直屏着,直到看到他自己的脸上也堆满笑容,这才加入到大伙儿的笑声里。雅克假装递给他一只手,那只沾满污泥、臭气熏天的胳膊一伸出来,他又抽了回去。大家开怀大笑,直到海拉自己跟跄着站起来,在半空中甩着手,泥浆四溅洒在看热闹的人们身上。人群惊慌乱叫,作为回应他又把膝盖上的泥刮下来抛向四周。一场混战眼看就要打响,这时雅克走上前去,揪住海拉的头发,毫不客气地把他拽到洗衣桶边上。大伙儿见状都回去工作了。

打从一八一七年春天开始,雅克的梦想不断膨胀。最开始,他用大槌、斧头、锯子和原木盖起了房子。雅克和查勃向营地里的十个人示范了怎样把原木弄成方形,这样房子的外墙就是平的,而不像安妮的父亲盖的木屋那样外面还是圆的。父亲盖房子就像干其他事情一样,匆忙又草率。看着高高耸立在空中的房梁,安妮打起冷颤。她赶紧埋头忙着烧饭,免得自己叫出声来。她想起过去经历的痛楚,两股颤抖。

墙立起来以后,他们把四方形的木料在墙角部位一块一块扣起来,凹槽是一个叫斯卡格斯的人用斧子灵巧地刻出来的,至于他姓什么,没人知道。他曾经先后移民到俄亥俄和肯塔基,在那两个地方学会了今天的手艺。还有福利家的两个表兄弟——弗兰克和麦考德,魁梧健壮。他们可以一下子把好几块四英寸厚八英尺长的木板举起来放在肩膀上,稳稳当当的。建造墙壁的还有佛瑞斯特·科林奇,地震发生当天晚上他太太就丧了命。还有一名中年男子裴澈尔·威尔,很瘦,郁郁寡欢的样子。地震毁坏村庄以前,他曾经跟印第安人住在一起,沿着大河安营扎寨。他们两人一组搬运木板，稳扎稳打、步步为营，白天就这么过去了，仿佛共同的悲痛让他们变成了志同道合的朋友。

营地里的人还有：波特拉姆三兄弟、尼古拉斯、米切尔以及阿施兰。他们年龄在十六到二十之间，来自弗吉尼亚。他们说那里太过文明，所以现在还在寻求冒险。每天晚上他们都围坐在炉火旁，为了往西还是往北前去"名副其实的"边疆而喋喋不休地争吵。在还没有最终作出决定以前，他们愿意留下来帮忙。雅克安排他们去修筑牢固的牲畜木栅栏，那地方离空地很远，只能偶尔听到空地上传来的一两个字或一两声吼叫。

房子既是旅行者和船员的客栈，又是他们自己的家，所以被建成了一长排，两端分别有一间大屋子，沿走廊修建了小客房。雷特·迪克·扫特勒和犹特·奎克做了双层叠床，放进那些没有特别标出的房间里。安妮则忙着做床垫，又把树叶、苔藓、芦苇、河岸上巨大的棉白杨结出的棉花和干草等等一切从周围原野和树林里能够收集到的东西通通塞进去。不管床垫里塞了什么，对于那些疲惫的身体来说总是受欢迎的。他们自己的床要大得多，她把去年冬天自己弄得那些卖不出去的天然晒黑的毛皮铺在上面，又在上面铺好被子。被子是雅克从一个逃离边疆的人那儿买下的。他的老婆和孩子们在边疆身患肺炎，一个月里先后离他而去。安妮把被子在开水罐里抹了碱性肥皂里里外外洗个干净，又让迪克临时搭了根绳子把被子晾在上面，让阳光和风把病毒赶走。被子收回来以后，又用花、树叶和树皮熏了熏。这是她能够想到的最奢华的床了。床上散发出阵阵木烟和动物的麝香气味，这种气味一直在皮草上逗留着。

雅克用沾着锯屑和汗水的双臂把安妮抱起来，放在床中央。迪克·扫特勒和犹特·奎克脸上满是艳羡地在一旁看着。三个男人站在床边，安妮陷进毛皮的奢华深处。三人开始抱怨安妮没有完成她的工作。看着他们脸上的表情，安妮希望营地里每个人都有太太。这些日子如果可以和其他女人交谈，那会是多么不同啊。但是她努力锤炼，保持缄默，并怀揣着一颗感恩的心。她曾经那样接近死神，生命中的每一天对于她都是毋庸置疑的奇迹。雅克把她从床上抱起来的时候，她立下誓言要和他谈谈有关找女人来这里和他们一起工作的事情。也许她们可以住在他正在修建的那些小木屋里。

客栈还有两个礼拜就要落成了，人们开始转而修建牲口厩。迪克·扫特勒和犹特·奎克留下来帮助安妮进行内部装修。她为弟弟做的小木马被安放到他们房间里那个巨大壁炉上面的石质炉架上。她母亲的炖锅挂在铁挂钩上,悬在炉火上摇动着。雅克早就开始购买茶壶和其他器具了,这些是客栈里的客人们必需的。他们把这些东西放在屋子另一头那间大房间壁炉两边的架子上。迪克·扫特勒和犹特·奎克雕了新的木盘和调羹给客人用。他们还在嵌进墙面的小窗上贴上了浸过油脂的羊皮纸以便透光。在漫长的冬季里,当雅克出外设陷阱捕猎的时候,她就只能一个人待在小木屋里。现在,她对于那些小窗子很是满意,尤其眼下自己还要照顾肚子里的婴儿。

房子渐渐成形,她的肚子也日益鼓起来,这孩子仿佛知道等待,等待她的摇篮床雕好并且头顶有一个结实的屋顶。这些日子雅克对她格外上心,他把客栈一堵墙的三面围起来以便天气热的时候烧饭,而脸上始终挂着满足的微笑。其他人则忙着把马厩以及小木屋的墙垒起来。大家对她尊敬甚至体贴,从树林里采来熟透的桑葚和覆盆子给她,又摘来一束束的野花捏在手里弄得有些变了形送给她。劳累了一整天,大家各自倾诉心事,安妮一边听着他们的故事一边帮他们缝补衣服。妻子和母亲的双重身份为她赢得了尊敬。对此她并不反对。成为众人的焦点感觉挺好,连雅克似乎也开始喜欢眼前的场景了:大家拜倒在她脚下,喝着酒,她的指头捏着针在破了的袖子和裤管上辛勤劳作,构成了一幅如家的画面。

仲夏时节,房子造得差不多了,雅克马上着手兴建码头,以招徕货船和客船。在这儿,货物和人手将被转去龙骨船和平底船。要溯流而上拐一个弯回到他们原来所在的地方是很难的。这里既有顺流也有逆流,船只不得不沿着内河岸打一个圈到达顶点,然后划过河面。有时候这个小心翼翼的过程可能要用上几个小时。风浪大的时候,雅克常常停下手里的活儿张望一下,以防有船陷入困境。他的名声越来越大,引来越来越多的客人。雅克的手下时不时还得帮忙把龙骨船和平底船往上游拖,因为要用到纤绳,所以这种工作叫做"拉纤"。拉的船十有八九是装着货物的平底船。安妮总是急切地盼望平底船的到来,因为它们可能带来圣路易或新奥尔良的消息和货物。

不管工作多么繁忙,雅克一天中总要好几次来到她身边,而且常常带着礼物,一些他认为能够让她开心的东西:一只刚刚孵化出来的小箱龟①,四肢在拇指

---

① 箱龟:几种水龟科箱龟属陆栖爬行动物的统称,产于美国和墨西哥。

和食指之间无助地攀爬;嵌有贝壳的岩石;一片长有五片叶子的三叶草;一根削得很尖的箭头;一块远古时代的下颚骨,上面的牙齿比他们所知道的最大的还要大得多;一个大理石雕的小人儿,一望即知是移民来的小孩儿丢失的;鲜红羽毛;心形树根;还有一条小狗,是在营地边缘游荡的半家养半野生的狗生出来的,地震的时候被人们遗弃了。有些被遗弃的狗因为恐惧和悲伤发了疯。这条白色的小狗长着两只黑耳朵,背上的斑纹像一只松鼠。从爪子的大小来看,它长不大而且会很瘦,正适合和她的孩子一起成长。她给它取名花斑,意思是花斑马。

离生产越来越近,这些日子天气炎热,正是夏季,安妮过得很快乐。大河上来的人告诉她一八一二年战争①已经结束了,蒸汽机车带动的轮船开始驶入大河,密西西比州将要加入合众国,有人发明了一种可以编织的机器,还有人发明了一种仪器,叫照相机,可以用来生成人的影像,而且可以永远收藏。但是更能引发她兴趣的是柏树和橡树的叶子绿得越来越深,深得几乎都可以吃了。每一种动物,比如带着红黑斑点的瓢虫,又比如画着虎斑的长尾蝴蝶,都在呼应别的动物,同时也在呼应忙碌在柏树阴凉下的她自己。这些天她发烧了,昏昏欲睡,半梦半醒。夏末一个午后,她正躺在一条被子上,看到什么东西在树下堆起尘土。一会儿一颗小小的黑色脑袋探出来了,随后它那圆筒身子也出来了,大约两英寸长。身上湿湿的又不辨方向,它犹豫了一小会儿就摇摇晃晃走到一块阳光下面,展开翅膀把它晒干。它的翅膀薄如蜻蜓。它开始发出刺耳的尖叫,这种叫声可以持续不断地维持好几个小时。她一听马上明白过来眼前的这个东西是蝉。她用两根指头捉住它,小心翼翼地捏着,在它身体下侧发现了一对角状铠甲,就生在最后两条腿后面。她小心地拨开铠甲,露出两张薄膜,像小鼓一样,还有一排发达的肌肉——这就是那叫声的来源!那天起她开始在一本空白本子上记录这些发现。本子是雅克为了供她消遣从刚刚离岸的商船上弄来的。画好这只动物的背面像和腹面像,又列出发现以后,她放了它,结果发现自己的观察要了它的命。她哭了起来。听到哭声雅克急忙冲了过来,当弄明白她悲伤的原因以后,便大笑着试图安慰她,说自己愿意捉一箩筐那种吵吵闹闹的动物,如果那

---

① 一八一二年战争:英国和美国之间的一场不分胜负的战争,因美国在法国革命战争中不堪忍受英国在海上的凌辱行为而引起。一八一四年十二月二十四日,双方签署了《根特条约》。在签订这一条约的消息到达美国之前,美国在新奥尔良的胜利,使美国人声称自己赢得了这场战争。

样做能够让她停止哭泣的话。

那时候她还不能忍受杀生,但是当他用她的裙边给她擦眼泪的时候,安妮笑着挥挥手拒绝了他的建议。他的体重压在她身上,惹得肚子里的孩子不停翻滚。他喃喃地说"期待",轻柔地拍拍她的肚子,在她深蓝色的裙子上留下一些锯屑。上个月他一直在为孩子和安妮置办衣服,而她一直搞不清楚他是怎样付的钱。可能是卖肉干和干果赚来的吧,也可能是卖从树林里收集来的新鲜鸟蛋和蜂蜜吧。昨天他还从一条前来拜访的平底船上牵下一头母牛来,关进了小牲口棚里;又拿下来一箱小鸡,她确定会被狐狸吃掉的。但是他是对的。他们需要这些牲畜来为客栈提供好的伙食。旅途劳顿的人们一定会很满意这样的饭菜的。

夏天就这样过去了,唯一不顺心的就是大地偶尔的震颤和她为孩子缝衣服的时候针尖扎在指头上。前者带给她噩梦,后者就在衣服上留下一滴血,洗也洗不掉,就只好在上面绣上花和蜜蜂。她的身子在炎热里仿佛膨胀起来了,乳房的尺寸让雅克惊异,又让她自己的肩膀痛苦不已。有时她会想起那位年轻的非洲女人以及她的两个兄弟,既祈祷他们平安、孩子健康,又祈祷孩子对母亲脚踝上的疤痕感到好奇,而永远不知道它的来源。风将雨吹进来的夜里,她就会回忆起苏兰斯的被杀以及大家的逃散。她庆幸自己的孩子还没有出生,没有目睹父亲的暴行。

这年秋天异常漫长,一直持续到十一月中旬,但是有一天狂风大作,寒冷终于降临。 那天下午,风刚刮起来的时候,猛烈得可以让抵抗到现在的花儿草儿通通凋零。下午过了一半的时候,风变了,风口开始携寒冷到来,而且寒意向晚越发的紧,水槽上面结起一层薄冰。自打房子建起来,她第一次非要紧挨炉子坐才不会觉得冷。整晚狂风怒吼,企图揭起房顶上的木瓦片,又拍打着窗子上浸过油脂的羊皮纸,发出铁匠风箱般的声音,门外铁罐也被风吹得撞在客栈墙上,叮叮当当、嘎嘎作响,柏树橡树像小树枝一样随风摇摆。外面呼啸四起、咯吱作响,树枝没有折断、砸坏用来避难的屋顶真算得上是奇迹了。在他们两人单独的房间里,安妮已经坐得离火不能再近了。她肚子太大,坐着不舒服,而且显然又太重,既使拄着自制的拐杖,两条可怜的腿蹒跚着也撑不了几步。尽管雅克不停地要扶她去角落里的床上,但安妮坚持要待在原地,像所有普通动物一样贴在温暖上面。她的背疼得厉害,又干渴异常。最后雅克放了一桶水还有舀子在她身边,尽管熬夜正变得越来越困难。终于,她把手指头插进水里,又拿出来吮上面滴下的水。雅克去了房子的另一头,照顾那儿的人们。隔着关闭的门,伴着外面的风暴,她仍然听到那边传出来的放肆笑声和高谈阔论。生平第一次,她希望能再度拥有过去捕猎狩皮的漫漫冬夜里的那种寂静。

雅克终于又回来了,手里拿着一碗炖鹿肉和一大块厚面包。她受不了他身上野蛮游戏的味道,叫他把饭菜放在够得到的地方。他从床上又拿过一条被子盖在她脚上。那双脚早就穿上了厚厚的羊毛袜,又套在一双印第安鹿皮鞋里。这双鞋是查勃的,他冬天外出设陷阱打猎,用它跟雅克换了食物和住宿费。查勃走后,雅克就没人说家乡话了,不免觉得寂寞。查勃启程离开,驮马身上装上沉甸甸的行李和一路的干粮,雅克的眼睛里闪烁着悲伤的渴望。两个人眼睁睁看着查勃的驮马转了弯,消失在树林里,雅克马上开始检阅自己的建设成果,还拍了拍双手,引得小狗花斑在洞里叫了起来。它把洞挖在门口的长椅上。

"我的小东西!"雅克把它抱起来,怜爱地晃了晃,这种故作姿态的惩罚得到了回报:小狗舔了舔他的脸。这条狗一心一意跟着雅克,尽管每当它碍事或偷了一只靴子而被拖到屋外兜着圈子,惹得其他狗儿纷纷加入的时候,雅克就一直威胁说要炖狗肉汤要么就烤狗腰腿肉。那三条新近加入的半野生的狗则待在营地边上,拒绝玩耍,同时坚持独自为伍,一旦有人靠得太近,它们就竖起毛发,露出牙齿。有一种猜测说它们是跟着一个叫福特·琼斯的阴沉男人一起来的。那男人从不正眼瞧人,而且就像他的狗一样离群索居。

一天早晨,雅克正在一条新奥尔良来的平底船上买面粉和军火。那三条狗偷偷靠近了货物,它们靠得太近了,雅克不得不朝它们的头顶开枪才把它们赶走。迟些时候,他警告福特·琼斯说一定要把那些狗处理掉。厨房棚边的树上吊着刚刚屠宰的鹿,雅克正忙着把肉割下来准备晚饭炖肉,那些狗又鬼鬼祟祟靠了上来,低声吼着。雅克扣了扳机,要不是他先看了看安妮,想了想又改了主意的话,那些狗早就命丧黄泉了。他转而命令琼斯把狗拴起来。那人本想反驳说营地上其他的狗都自由自在地到处闲逛,但是他一定注意到了雅克绷紧的肩膀和紧绷的下巴,这意味着没什么好商量的了。琼斯允诺不出两天他和他的狗就会消失,他们原有的平静也就会回来了。

眼下,安妮听到在走廊的另一头,男人们开怀畅饮用当年收割来的玉米酿造的酒,歌也唱起来了。身边只有火炉、砰砰作响的窗子和呼啸哀悼的树林,这让安妮很恼火。外面那些狗又来了,它们咆哮、怒吼着,好像在为全世界最后残存下来的一口食物而战斗。她试着唤雅克让狗儿们闭上嘴,但是隔着重重紧闭的门、悠长的走廊和呼啸的风,他哪里听得到。最后她坠入一种狂热的睡眠状态之中,就是那种你觉得自己是清醒的,但是又睁不开双眼的睡眠。她看见那些狗一跃而起,穿过敷着羊皮纸的窗户,一条又一条,把自己围在当中,淌着口水,炽热的嘴巴懒懒地垂下来,上面爬满了饥饿,它们死死盯住她的孩子——她抱着孩子!安妮不记得自己抱着孩子,但是孩子就在这儿,就抱在自己怀里。狗围了上来,开始往自己身上扑过来,它们离她太近了,近到可以看到它们喉咙上肌肉的颤动。这些野兽要杀了她们母女二人!她大喊救命——

然后她醒了过来,发觉身下液体的流淌。母亲四次分娩的时候她都在身边,所以很清楚这意味着什么。毫无疑问,很快一阵一阵的疼痛就会接踵而至,慢慢地加剧,然后又会缓解。她努力在疼痛间隙呼喊,请求帮助,但是男人们依然在嘈杂喧闹。起先疼痛还不太厉害。几个月的等待,总算让人稍觉宽慰。就是嘴巴太干。她试着坐起来喝水,但总是打翻舀子,弄湿衣服,而她下面早已经湿透了。她把被子撩开,在宫缩间歇把裙子解开。身子获得解放以后,她往后靠了靠,气喘吁吁,等待命运下一步的安排。火燃得小了,她挣扎着抓起一块木柴往火焰上推了推,希望搭在壁炉石头上的一端不会引燃柏木地板。在这过程中,她打翻了装炖肉的碗,不得不忍受让人屏息的味道——又是肥肉、又是玉米、又是洋葱,组成了深褐色的肉冻,摊在地上,像是呕吐物。离自己近得让她担心自己的脑袋会和这一堆东西混在一起。

一阵阵的疼痛从容不迫地降临而且持续了几个钟头,她蜷起身子,双腿抽筋,压迫她的胸腔直到她觉得无法呼吸,但是随后又渐渐远去了。她时不时陷入浅睡,又清醒过来,毫不在意身下湿透的床垫。醒来的时候她就和孩子说说话,要她放轻松,要她不必害怕窗外的风,因为爸爸妈妈会保护她。嘴上虽然这样说,她却逃不脱噩梦缠身:那些狗怒吼着,冲上前来沿着木屋墙边嗅着,用爪子在门上抓着,试图入侵,它们仿佛嗅到了血淋淋的分娩。

夜里不知什么时候雅克终于跟跟跄跄地走下大厅,醉醺醺地把门撞到墙上,紧挨着她重重摔在地板上。他原地躺了几分钟,然后神志清醒过来,开始意识到有什么不妥。他坐起来,凝视着湿透的被子和裸露的肚皮,一会儿,他明白过来了。

他俯身用指尖摸上她脸颊。"还好吗?"他问道,嘴里酒水发酵的酸味让她作呕。

尽管如此,他到底还是来了,她松了一口气,喉咙哽住了。

"亲爱的,亲爱的,"他咕哝着,试图把她抱进怀里,但是宫缩又开始了,她把他推开,嘴里是一阵快速的诅咒。他呆呆坐在那里一动不动,眼睁睁看着她死撑着对抗疼痛,最后当疼痛达到顶点的时候,她已经气喘如牛。半明半暗之中,她清楚地看到他完全震惊了,面色苍白,好像就要晕厥过去。随着疼痛减弱,她大笑起来,发出的却是严酷、刺耳的声音。她咬住嘴唇阻止自己嘲笑他。他绝望地环顾周遭,一跃而起,开始往火里添木柴。火苗熊熊燃烧起来,他收拾起打翻的炖肉,又帮她把身边湿透的被褥和衣服松开。尽管她拒绝了他,要他由着她自己,但事实是,他给她换的松软干燥的床垫让她觉得舒服多了。她好像化身为两个人了,愤怒的那一个占了上风,温柔的那一个只得无助地旁观。她想要把那个梦说给他听,但是又一阵疼痛侵袭而来,来势更凶猛,紧紧钳住她,久久不肯松开。就好像那根灾难性的房梁又一次切断了她的下半身一样,慢慢地,一点一点地。她想敲自己的肚皮,要她停下来,就此放弃,但是雅克捉住她的双手,当她尖叫着把诅咒撒在他身上的时候,泪水从他的脸颊上滚落下来。疼痛终于过去,她崩溃了,陷入半梦半醒之中,对于在另一边等待着的狗的恐惧依然纠缠着她。

这一场挣扎一直延续到第二天早晨,又到了下午,再进入夜里。她已经精疲力竭,头也抬不起来了。她依稀记得母亲说起过,延续时间过长的生产会要了母子两条命,要么就把孕妇的身体拖垮,永远得不到恢复。雅克痛不欲生,一言不发,时不时被炉火惊吓到,似乎进入了一种精神高度紧张状态。

不知什么时候,风停了,死寂的寒冷占据了房间,直到她发现他已经由着炉火熄灭了。用了好几分钟,她集聚起足够的力量用哽咽的喉咙和肿起的舌头吐出几个字来。听到说话声,他抬起头凝视着她,像一只受伤而沉默的野兽一样。她又重复了一次,指了指炉火。他跳起来把火点着,一股暖流就像雪中送炭的围巾一样在她疲惫不堪的身体上蔓延开来。终于做了一件好事,他把胳膊垫在她的头下面,喂她水喝,又压了压棉被,站着环顾房间四周,似要证明自己的良好行为。

有人敲门,她一下子就听出来了,他忙去应门。随后就传来鸽子般温柔的窃窃私语。她又睡了过去,一阵宫缩袭来,但是持续时间太长了,以至于她的身体已然麻木,几乎就没醒来。直到疼痛消减下去她才意识到发生了什么。再次睁开眼睛的时候,查勃就跪在她身边,把一杯热水送到她嘴边。

"你回来了。"安妮努力着说,但是声音已经不能分辨了。

"忘了新行李。"他笑了,脸圆圆的,嘴唇上面留着标志性的颇引以为豪的髭须。他平静地谈起自己的太太,说起她在逝去以前在荒野里生产的情形,一边还用手指理着髭须。

"情况并不算最糟。她太年轻了,这就是问题所在。年纪小的人一开始生产都不会太顺利。"就算说这些话的当儿他的声音依然温润,"如果她能蹲着或坐着就会好多了。"他举头看了看房梁,低头瞧了瞧她萎缩的双腿,耸了耸肩。"有些人乔迁之前总要在房梁上绑个鸟窝。带来好运和"——他摸摸髭须——"安产。"他拉了拉围在脖子上的围巾,望着熊熊炉火。"给婴儿洗澡用的热水和布准备好了吗?"他朝水壶点了点头。雅克马上付诸行动,查勃则在她身边跪了下来。

"我要看看小东西对于降临到这个世界有什么看法。"他用生了老茧的手掌在她裸露的肚皮上摩挲着,但是她早已精疲力竭,顾不了这么多了。她看到过那些肚子里怀着胎位不正或早已胎死腹中的母牛,知道自己脸上现在就是同样的绝望表情。

"死了吗?"她问道,声音就像一只叽叽喳喳的小麻雀。

"就像母亲一样在休息。"他仔细端详她的脸庞,"雅克,我们得给你的女孩儿减轻痛苦。她已经累得四分五裂了。"

眼泪突然夺眶而出,让安妮自己都觉得吃惊,她闭上了双眼。她原以为自己已经哭到眼枯,已经到了眼泪变得毫无意义的阶段了。她又睡了过去,醒来后发觉舌头上停着苦涩的液体。她本想吐出来,但是听到查勃要她吞下去。是玉米酒!

"你们这些天杀的!"她的声音嘶哑低沉,确信他们胡作非为,把自己的喉咙烧焦了。查勃立刻把杯子放在她嘴边给她灌了一口,她别无选择,要想不被呛着就只能咽下去。即使咽下去还是呛着了。等到声音恢复以后,她又诅咒起他们来了。

"现在我们要让你坐起来。雅克扶着你呢,感觉到了吗? 下次孩子推你的时候,你要反着推回去,听到了吗?"查勃注视着她胯下,但是所谓的端庄早已被抛到脑后,如果能够活下去的话,她怀疑这辈子自己都不会在意端庄不端庄了。

她刚刚放松下来靠在雅克身上——的确舒服多了,她本来还没有感觉到躺在硬地板上一天半后身体有多么酸痛——宫缩裹着一波疼痛的巨浪向她腹部袭来。

"推,安妮,用力生!"查勃大叫起来。她忍着剧痛往下用力,直到身下传来一股新的剧烈的撕裂感,她嚎叫起来。

"出来了,来了,出来了——"雅克抵在她肩膀上,看着一团滑溜溜的红色出来,滑到了被子上。

查勃把婴儿抱起来,用大刀把肚脐割断,拍打她的屁股直到哭出声来。

"是女孩儿,"他说,脸上挂着胜利的笑容。"我来给她洗干净。"他迅速而有效率地用湿布把孩子擦干,把她包裹在毯子里。孩子一送到她手上,安妮就感到雅克的泪水突然夺眶而出打湿了自己的脸颊。他们是充满幸福的一家人。在这短暂的一刻,悲痛远离了他们,尽管很快就会卷土重来。

5

波澜不惊的冬天舒舒服服就进入了一八一八年,松软的积雪很快融化了。短促的霰雨带来的亮晶晶的美妙清晨却不会毁坏树木。风在客栈的角落里温柔地吹着,既没有吓着孩子也不会惊醒熟睡的人们,他们睡得心安理得,梦里却包裹着秘密,这些秘密就像从黑暗里延伸出来的布满荆棘的地貌上镶嵌的云母石。每天早晨,安妮醒来就惊喜地看着抱在怀里的女儿朱拉,雅克则睡在火炉边上以保证屋子足够暖和。冬天里他戒了酒,一有空就陪在家人身边,完全不理会走廊另一头传来的嘈杂喧闹声。

男人们的活计结束了。客栈建得结实而精准,谷仓按时竣工,及时地为牛马挡风遮雨、储存割下来的夏草并晾干。玉米堆在四面钉有木板的棚里,以免发霉。木柴堆到与客栈一样高。每天的工作就是把木头劈开,再劈些用来点火的细小柴火。这一季真是惬意,在以后的日子里,安妮终身都珍视这一段岁月。尽管有时她担心他们在透支未来的幸福,这就像是用借来的盐烧饭,迟早都要为此付出代价。

朱拉不吵不闹,嘴上一直挂着笑,父母爱她爱得深沉,来看她的所有人都爱她,视如己出。仿佛建造出来的整个客栈、谷仓以及篱笆就是为了给大家这个唯一的孩子挡风遮雨的。孩子出生后查勃又一次离开了,眼里噙着泪水,嘴角抽搐着说不出话来,唯有举起戴着手套的大手挥一挥作别。

当天开始降温,带来寒冷的死寂,在空气里填满闪闪发亮的银色小粒,拂过脸颊和手背,就像幽灵行色匆匆地擦肩而过。大家都消沉起来了,整天都待在室内,眼睁睁地看着木柴烧成灰,又木然地添了些柴火上去。终于,斯卡格斯从火炉边抓起一大块柏木雕刻起来,他用刀和用斧子一样上手。当他弯腰聚精会神的时候,斑驳的褐色头发在脸孔周围浓密地垂落下来,而他那双指头僵硬、力道十足的手却从一块木头里雕出形象来。很快脑袋就雕好了,接着五官也出来了:是一个软嘟嘟胖乎乎的孩子脸。随后他把脑袋放在一边,开始雕刻躯干、手臂、双手、腿和脚。每个部分都雕得惟妙惟肖。

身体各个部分完成了,他转而雕刻关节,又在上面装上不可思议的木质铰链,这样整个木头人就可以动起来了。但是安妮的注意力集中在他放在身旁壁炉上的那颗脑袋上。这个洋娃娃会表现出怎样的行为呢?她想知道。

最后,斯卡格斯像对待一只小鸟那样温柔地把各个零部件放在一起,起身穿过走廊回他的房间,那间房里还住着其他七个人。再次回来的时候,他开始用拉成弦状的腱固定四肢。头也是用腱固定的,这样一来就可以前后左右地晃动翻转,像一个真正的孩子一样。整个下午他都在忙着这件事,只在喝檫木①树皮茶的当儿稍微停了一下,他把茶杯放在壁炉上放凉。

这个时候波特拉姆三兄弟也停下手里永无休止的牌戏和与之相伴的毫无止境的争吵,挨到斯卡格斯边上目不转睛地看他的一举一动。众人之中最为年长的尼古拉斯紧跟着斯卡格斯拔出小刀也开始在一段木头上削一削、雕一雕。米切尔紧随其后,接着最为年幼的阿施兰也动手了。每个人都望着眼前长着精雕细琢的四肢和表情的玩具娃娃笨拙地行动起来。最后阿施兰嫌恶地丢下手中的木头,捂着被切到的大拇指。他眼看就要说出脏话来了,尼古拉斯狠狠地瞪了他一眼,他只得住了嘴,坐下来,像个被惯坏的孩子一样生闷气去了。

雕刻一直持续到天黑,蜡烛点起来了,为了采光,雕刻手们聚在炉火边上。雷特·迪克·扫特勒已经熟练到成功雕成了一个弯腰驼背、双臂扭曲的老头儿。

---

① 檫树:北美樟科的树木。其带香味的树叶、树皮和根被用作香料,也是传统的家庭药物和茶叶。该树最初种植在缅因到安大略和爱荷华,南到佛罗里达和得克萨斯的沙壤土中。

他炫耀说自己打从孩提时代起就开始雕刻了。他理了理挡在眼前的蓬乱的红头发,怎么看都只有十四岁。事实证明,犹特·奎克懂得描绘动物和人的躯体。他用绳子把马鬃绑在细木棍上,做出各种尺寸的刷子。他尤其擅长赋予动物各种各样的面部表情。佛瑞斯特·科林奇的公鸡皱着眉头,海拉·威尔斯的乌鸦一副轻薄相,弗兰克·福利和麦考德·福利的双胞胎小猪眉毛双挑,像极了学校老师。迪克的老头儿透过用胶水粘在头上的那一撮迪克自己的红头发频送秋波。很快大家伙儿纷纷剪下自己的头发,黏在各自手里正在雕的动物或人身上。

接下来的几天里,大家都热衷于雕刻,开始根据每个人的面相制作木偶。海拉天真无邪的圆脸上面顶着一头芽草头发。雷特·迪克·扫特勒一双大大的蓝眼睛从一个小女孩儿脸上看过来,他垂落的红头发也扎在那女孩儿腰上。老爹那挺拔的肩膀、宽阔的脑门儿让人们想起波特拉姆三兄弟。大娘身穿格子衣服,戴软帽,这身打扮让人怀疑是安妮,又或者是佛瑞斯特·科林奇的太太,根据他的描述,她就是这副模样,可惜地震发生的第一天夜里她就死了。似乎大家伙儿雕刻的正是他们的家人。只有福特·琼斯和他那三条恐怖的狗没有被雕成木偶。据安妮所知,他拖了条长椅到角落里,然后在上面喝着老酒蜷缩着呆了几个星期。外面,风一刮起来或是丛林狼一有动静,拴着的那三条狗就狂吠不止。尽管如此,这几个月仍然让人觉得舒心。

凭她短暂的人生经验,安妮知道男人们一辈子就在不停地建造和拆解——东西、动物,还有人。一旦一件事结束,他们就会转去另一件。因此,一到三月,他们的心情就变了。男人们变得焦躁起来。肉、面粉、蜂蜜以及玉米开始短缺。他们去年买的干果和蜜饯也所剩无几,而自己的果树才刚刚种下去,去年夏天营地的人又太多,安妮只能晒干一点点野生浆果。天寒地冻的月份里河流运输也停了,他们只能完全依靠自己的库存和狩猎。春天里他们开始意识到所剩无几的物资还要再多撑几个月。随着天气转暖,男人们开始抱怨又油又薄的玉米饼和用野生菊苣和胡桃果煮出来的索然无味的咖啡。安妮不止一次地提醒说几个月前他们用珍贵的玉米酿了酒。去年夏天还到处可见的鹿现在已经难觅踪迹,兔子肉又少得只够成年男人塞牙缝儿。当终于有船溯河而上到来的时候,他们已经迫不得已宰了三头猪和那两头母牛中的一头。

早晨,安妮把朱拉放在腿上,从自己的盘子里捡软骨渣和一块背部肥肉喂给她的狗,她意识到房间里一片寂静。波特拉姆兄弟蜷缩在她对面的长椅上,阴沉着脸盯着她看。斯卡格斯摇着头,用刀尖从桌子上撬碎片。撬开以后,他拿起碎片剔牙。种植耕作还得再等几个礼拜,男人们无所事事,开始对周围的一切吹毛求疵。她的饭做得不够吃,雅克应该开始付真正的工钱给他们了,船永远也不会来了……等等。

"那条狗应该自己谋食。"斯卡格斯说。飞快地瞥一眼就能看到他的左眼皮在抽搐。眼皮因为有疤而变得更厚。那条疤一直延伸到脸上。他一激动,左眼皮就颤动,仿佛那只坏眼珠在正义的愤怒驱使下就要冲出来。她由着狗用它温润的舌头舔着自己的手指,又把盘子放在地上让它去打扫干净。它跟他们一样过了一个贫瘠的冬天,因为饥饿而憔悴。安妮一有机会就偷偷摸摸喂它吃的。

"它还太小,不能猎食,斯卡格斯,"她说,"你知道的。"

斯卡格斯用细木棍掏着又长又黄的牙齿,眼睛骨碌碌地看着那条狗。"这杂种可以捕田鼠、耗子,甚至可以捕到只兔子,要么一只松鼠。喂它桌子上的渣滓会毁了它。狗需要饥饿来保持头脑灵敏、嗅觉敏锐。"

"或者我们可以烤了它,一旦喂肥。"麦考德·福利说。

安妮感到自己的脾气也坏起来了,说:"怎么你们不给福特·琼斯些意见来处理他那三条狗啊!它们可是肥得流油呐。它们整个冬天都在吃些什么呢?我很想知道。"

斯卡格斯踢了踢靴子上掉下来的一块泥,低声嘀咕着。

弗兰克·福利噗嗤笑了,把喝光的锡制杯子推给斯卡格斯。"福特都是自谋其食的,对吧?"

斯卡格斯用眼角看看弗兰克,示意他不要乱说,但是年轻人不管不顾。裴澈尔·威尔大声清了清嗓子,把腿在长椅扶手上荡了荡,站了起来。

"我们该去大河那儿看看,看有没有船来。天气不错。说不定今天会有船来。"他穿过房间走向门口,安妮注意到他的皮裤和羊毛衬衫在他瘦弱的小身板上比去年秋天晃得更厉害了。他的脸瘦削不堪,已经是皮包骨头了,透过粗糙的皮肤似乎都看得到下巴上长的臼齿了。她很快看了看周围的人——每个人的脸都显得憔悴和饥饿,眼睛深陷进黑眼眶里。他们行动起来更加小心,也更慢了。上帝啊,他们在挨饿!所有人。除了琼斯。

"琼斯吃什么?他从哪儿弄吃的?"她问斯卡格斯,但是他只是耸耸肩。她看看裴澈尔,他抬起手把门打开。

"弗兰克?"

他伸出手拿回杯子,仔细端详起来,好像手里拿的是古代的圣餐杯。

"麦考德?"

他背过身去。

海拉·威尔斯用他尖尖的嗓子从摆在黑暗角落的床上说起话来,上个月他因为肺充血一直卧床休息——"他带着狗外出打猎。逮到什么就吃什么。方圆十英里内活的东西都要被他们杀光了。我们大家挨饿的时候,他们吃得可欢呢。"他悲怨的话语以一阵剧烈的咳嗽作为结束,咳嗽声听起来异常刺耳,似乎要把他的背折成两段。

"你为什么不早点儿告诉我?雅克知道吗?"安妮把狗推开,它开始啃浸过肉汁的木头边缘了。

弗兰克·福利耸耸肩。

"他怎么说?"

"说随他去。"弗兰克把杯子在手里小心地转着,"所以我们就随他去了。"

她轻蔑地哼了一声,把朱拉抱到肩上,站了起来,说:"好吧,我不会随他去,该死的,绝不!"

听到她这样说,弗兰克和麦考德猛地把头抬起来。大家在她面前尽量不说粗口,她之前也从没说过粗口。

外面,她看到雅克和琼斯肩并肩正看着那三条三分豢养七分野放的狗,仔细看一看就会发现它们膀大腰圆,毛皮锃亮。它们双眼放光,上下打量着安妮,喘着气,血盆大口露出邪恶的獠牙。琼斯看上去也比去年夏天刚来的时候显得更富些。事实上他每隔几分钟就要炫耀地拍一拍突出来的肚皮。

雅克指着其中一条狗说了些什么,惹得琼斯阴森地笑了起来。他抬起靴子踢向它,在距离垂涎三尺的上下颚仅有一英寸的地方停住了。那条狗一跃而起,往两人身上扑了过去。每次它的身体都颓然地弹了回去,一条粗链子把它拴在一根四英尺宽的粗树桩上。雅克此时似乎更像那个出事夜晚的雅克,而不像她所熟悉的雅克。她默默走开,等待和他说话的更好时机。

天气开始热得莫名其妙,逼得你上午不得不脱掉羊毛内衣,甩掉脚上的鞋子,天黑以后又把你丢进冰雨里。微风在正午时分风力陡然加强,几乎要把新奥尔良来的平底船撞到码头边布满泥浆的岸上。男人们一看到在风高浪急的褐色大河里上下浮沉的小点儿般的船,就放下手里本已磨洋工的工作,聚集到岸上,互相推搡着、大笑着胡闹,直到船靠近,人们相互招呼起来。

船和码头之间一铺上木板,出人意料,第一个下来的人居然是查勃!还没过四个月,狩猎应该还没结束。至少眼前的这个人拥有查勃那双快乐的蓝眼睛,看到面前一伙穷光蛋,那双眼睛笑得泛起了皱纹。还有那双不曾改变的宽大而有能耐的大手,手背上长着雀斑。这双手帮她接生的时候,她发誓自己永记不忘。但是除此之外他完全变了个样儿,当他走上前来的时候,大家伙儿一下子散了开来。他脸上本来引以为豪的棕色大胡子和髭须不见了踪影,倒是一把美髯经过精心修理,看上去就像他们在别的船上瞄到的在甲板上走来走去的绅士老爷。他的头发也刻意打理过,用发髻挽在脑后。每当他转动身体,每当他伸手去摘高耸的黑色帽子跟人打招呼的时候,就发出一阵让人腻味的薰衣草和百合香气。大家伙儿站在那里,目瞪口呆。

"新形象,是不是?"他微笑着鞠了一躬,大家往后又退了一步。听起来就是原来的那个查勃。但是那件剪裁合身的棕褐色马甲,还有外面这件做工考究的草绿色外套,从前大家可从没在他身上见过。他褪下棕褐色的小山羊革手套,那手套正配他衣服上的滚边,燕尾服后面的燕尾飘动起来,他伸出右腿。波特拉姆三兄弟用肘子互相推了推。查勃穿的不是长裤,而是马裤,颜色有点儿像安妮祖母的象牙梳子。一双黑色低腰皮鞋在马裤脚蹬下面,露出白色的丝绸长袜。

"看上去更像只该死的绿白公鸡,不像个人。"裴澈尔·威尔咕哝着说。

但是,跟十一月离开时相比,查勃瘦多了。异常苍白的皮肤紧紧裹在骨头上,兴奋的蓝眼睛周围满是黑眼圈——看上去就像刚从病床上爬起来。

安妮走上前,抓住他一只手。"哎呀,查勃,你生病啦!"

他犹豫了,端详着她的脸,然后很快地耸了一下肩,回头看看船上。顺着他的眼神,她见到一个高个儿女人。天气很热,她却穿着皮草。密实的黑色面纱遮住了脸,但是她挥了挥手,兴奋地朝通往码头的木板指了指。

"我的上帝!"查勃惊呼了一声,推开众人。他飞快地穿过码头,走上木板去帮那个女人。那女人欢快地大笑着,笑声扶摇直上,穿过他们的头顶,攀上悬着的棉白杨以及河柳。大家抬起头,仿佛正看着一只稀有而奇异的鸟儿。当他们回过头来的时候,这对夫妇正朝他们走过来,女人手里搭着一件黑色外套。一到众人面前,她就把外套递给查勃。

"亲爱的,你可要保暖啊。"她笑着嗔道。羊毛大衣上点缀着海狸皮条纹,在这样的天气里一定会让他汗流浃背的。但是他还是披上了它,尽管苍白的脸已经显出了深红色。

弗兰克和麦考德·福利兄弟俩用肘子推推对方,摆出嘲笑的鬼脸,还好查勃没看到。斯卡格斯和佛瑞斯特·科林奇在他们身后屏住笑,把视线转开看着船上。雅克被查勃的转变弄糊涂了。

她太高了,和查勃一样高。她理了理查勃的领子,撩起面纱,在他脸上飞快地吻了一下。当她转过来的时候,宽阔的面庞因为幸福和胭脂而容光焕发。"蒂丽·黛儿·查勃。"说着她伸出一只戴着手套的大手,雅克接过来用嘴唇拂拭了一下。他突然的彬彬有礼让安妮觉得困惑,不由自主也开始行屈膝礼,但是又忽然停下来看着哈哈大笑的查勃。波特拉姆三兄弟偷偷笑了起来。她皱起眉头朝他们飞快地瞪了一眼。蒂丽拿一双锐利的褐色大眼睛把她上上下下打量了一番,安妮沾满污点、又破又旧的蓝色纯棉衣服显得不成形状、破败不堪。她把裸露的腥腿脚趾蜷缩起来,用交叉的手臂遮住充满奶水的乳房。空地边上长着一棵橡树,朱拉的摇篮就吊在树枝上。刚才还在小睡的朱拉现在醒了过来,嗷嗷待哺地哭起来了。安妮突然感到手臂上湿了。她红着脸,高一脚低一脚地走向孩子,急匆匆地解开包住朱拉的毯子,笨拙地蹒跚着回到住处。雅克找到她的时候,她蜷缩在床的一角喂着孩子,却泪如泉涌,迁怒于所有人——朱拉、雅克,还有——尤其是——自己。

"亲爱的,轻轻地,我的小东西。"他低声说。

"我不是你的小东西!"他试图抚摸她缠在一起的脏头发,她却一把推开。像其他人一样,她也变成了野兽。她从那女人愉快的轻蔑眼神里看出了这一点。而且自己还得拖着烂腿一瘸一拐地走开……

"他怎么能就这样出现了呢?"她开腔道,"她又是谁?"

"嘘,"雅克把指头抵在嘴上,"他们刚经过走廊。"

孩子噎住了,开始咳嗽。安妮不得不把她放在肩膀上拍拍背。立刻她就感到热烘烘的凝固的奶汁溅在自己的脖子上。这真让她受不了,眼泪再次涌了出来。她想说些什么,但是呜咽堵住了到嘴的话,喉咙肿着痛起来了。

"查勃带了礼物。孩子睡着以后,你快过来看看吧。"雅克伸出两根指头拍拍她肩膀,但是她摇摇头。

"太好笑了,他把她带到这儿来,两个人穿成那样。查勃到底怎么了?"她的声音自己听来都觉得悲哀,像个孩子极力否认着自己的快乐。这让她想笑,但又不肯轻易就范。

"她救了他的命!一只豹子让他的马受了惊,他摔了下来,伤了手臂和肋骨。他不省人事,在地上躺了一整天。有人发现了他,把他带到一块居留地。黛儿夫人住在那里,正在回新奥尔良家的路上。她护理他,伴他度过了高烧、肺部充血,还帮他装好了胳膊,现在才没事了。等他身体稍微好些,他们去了新奥尔良,在那儿她有一所房子,还在做一笔重要的买卖。查勃真幸运。"雅克望着装了羊皮纸的窗子,好像能够像玻璃一样看穿它,"一个有钱的寡妇。"

"也许你该跟他们回去。找一个风骚的美人儿,给你穿上迷人的衣服。"她把他的手指猛地从肩膀上拿开。

"我的上帝,你疯了!——快别这样!亲爱的,你就是我的美人儿。"他搂住她的肩膀,一把把她搂到自己怀里,孩子吓得吸了口气,抗议地尖叫起来,直到他放手。

"看着我!"安妮拽着一缕油污打结的头发,徒劳地把头皮弄得生疼,难过地说道。

他慢慢悠悠,上下打量,点一点头,啧啧称赏,最后笑了。"你是我的小疯女孩儿,安妮·拉克,那个我从洪水、地震里救出来的女孩儿。你现在看上去跟那天一模一样。"

她抡起拳头敲打他的手臂,雅克大笑起来,揉揉挨打的地方。

"所以你想要的就是一个身上满是小便、饿得奄奄一息、拖着两条残腿的疯女孩儿喽?你是怎样的男人啊?"这次她狠狠捶在他的胸膛上,雅克疼得直往后退,紧紧钳住她的手,让她动弹不得。

"够了,"他说道。他的眼睛暗了下来,宽厚的嘴唇也咬住并绷紧了。"这种自怨自艾,太愚蠢,太丑陋了,亲爱的。"他站起来,走到壁炉边,靠在壁炉架上,背对着她。孩子慢慢睡着了,渐渐在她肩膀上变得沉重起来。安妮把她放在床上,盖上被子,嘴上带着微笑。她躺下来吻了吻孩子,这一刻她是自己生命中唯一的美好。

外面,早晨还温暖明亮的天现在暗了下来,头顶雷声阵阵。

"见鬼!我们得把船拉上岸,绑好!"雅克夺门而出,冲下走廊。如果雨带着风,就会把船撞在码头上,船只和码头都会撞个粉碎,变成一堆柴火。这时安妮想起她在外面阅读的时候铺了被子,还有那本珍贵的希罗多德①著作的英译本,几个星期前一个旅行者经过时留下的。最后看了一眼熟睡的孩子,她拄起拐杖,一瘸一拐地走出门去,好好把门带上又扣紧,提防福特·琼斯依然豢养着的那三条半野狗。尽管她抗议过,它们仍旧被拴在客栈南面的树林里。它们咆哮得格外邪恶或者夜里越吠越欢的时候,福特就说它们是看门狗。她跟雅克说这比被狼群包围更糟,雅克则耸耸肩以示回应。

外面,天空布满墨色的巨大云团,盘旋着、碰撞着,西部南部不断有新的云团加进来。风越发紧,演变成癫狂的状态,码头上的人们大喊快些,要赶紧把船拉上岸绑好。大雨欲来,让她两腿疼得厉害。她用双拐笨拙地撑住自己,一步一步挪着脚,在摇篮下面铺着的被子边上跪下来。她探出身子去够那本书和书写用具,失去了平衡,往前栽了下去,扭到了臀部,膝盖重重地砸在地上。疼痛摇得背部直晃,她挣扎着抹去刺痛眼睛的泪水。花了好一会儿,她才又站起来,拄着拐杖。办不到!她只能听任一切在雨水中浸湿了,包括那本珍贵的书。撑住自己的同时抱住被子和书只会把自己的背扭得更厉害。一寸又一寸,她慢慢站了起来,这时她感到一双粗糙的手扶住她的手臂把她搀起来。

福特·琼斯弯下腰,一下子把被子拿起来塞在腋下,然后用另一只手臂搀她起来。

"不。我自己能行!"喊声穿过隆隆作响的云层。雨点开始打在她的面庞上,她挥手示意他回客栈,"快,别让雨水把书弄湿了。"

他犹豫了,一双冷漠的黑色眼睛,眼球深处一片漆黑。她意识到一阵颤抖,那是一种被邪恶触及时才有的颤抖。这种邪恶纯净无比,就算偶一为善也不会背叛。

风已经发狂,在他们身后,一节枯萎的小树枝折断跌落下来。他转过身迎着狂风往客栈走去,横扫一切的风吹落树叶,扬起尘土,刺痛她的双臂和脸颊。她抬头看看沸腾起来的墨云——大雨眼看就要倾泻而下。豆大的雨滴重重打在她的头上和背上。墨云把白天掩成黄昏。大河边的人们继续吼着,咒骂着。仿佛

---

① 希罗多德:希腊历史学家。曾在雅典居住,后迁居意大利南部的图里。他曾游历了波斯帝国的大部分地区。所著关于波斯战争的《历史》一书是古代第一部叙事体的伟大史书。

脱缰的野马般抗拒纤绳的船只,扭转着就要没入越发湍急的水流。

琼斯把她的东西放在炉膛上,急急忙忙离开了,因为查勃和蒂丽正站在床边,朱拉咯咯笑着,好像认出了眼前这个帮助自己来到这个世界上的人。蒂丽摘了帽子,脱下外套,露出深蓝色的羊毛礼服,腰身开在丰满的乳房下面,裙子一直垂到脚踝下面。她抬起手理顺头发,安妮注意到她袖子和下摆处装饰着盘旋状的黑色锦缎,整个礼服因此而显得更加华丽。她浓密的黑发从头顶正中分开,在脸庞边上打着卷儿,脑袋后面的发带有点儿松开了,散开的头发贴在温润的脖颈上。她微笑着朝孩子摆摆手指,又朝安妮使了个保证的眼色,把朱拉抱了起来。

"哎呀,你生得可真是标致啊,等你长大了我就带你去新奥尔良。让你成为舞会上的焦点,你说怎么样?和像查勃这样的帅哥通宵跳舞、共饮香槟,怎么样?"

蒂丽把两只手臂晃得像树林里的摇篮,在屋子里穿梭;朱拉大笑起来,发出咯咯声。与其说蒂丽漂亮,不如说她英俊,她肩膀和背部暗藏力道,这股力道让昂贵的套装看上去更像戏服,与她格格不入,好像衣服是查勃的一样。她那双大手看上去好像也分担了他们的工作,粗大的手腕和胳膊在美丽的外套下显出强健的肌肉。

查勃把摇椅往炉火边拉了一拉,蒂丽坐下来以后,他又跪下来往炉灰里添些柴火。安妮在雅克对面坐下来。炉火被拨了一拨,熊熊燃烧起来了。朱拉在人群里看到安妮,开心地咯咯笑起来,小小的手指死死抓住蒂丽手上戴着的金镯子。蒂丽瞥了一眼安妮,笑了,她把手镯退下来,握着给朱拉。朱拉直往嘴里塞,高兴地咬起来。

"哎呀,不行。"安妮摇晃着走上前,但是蒂丽挥手示意她坐下。

"孩子只是在长牙,"她说,"没关系的。"宽脸庞,方下巴,高鼻梁,所有这一切使她给人具有权力的印象。安妮看得更仔细些,发现她比自己认为的要老些,薄嘴唇和褐色大眼睛的边缘长着鱼尾纹。她的表情带着率真的和蔼可亲,透露出她对谁满意、一生中曾去过些什么地方等等诸如此类的信息。

她有过几个孩子?安妮看看查勃。他直了直身子,靠在壁炉架上,一双深邃的眼睛充满了对这个曾经救过自己性命的女人的赞赏,她让他穿什么衣服根本已经无足轻重了。的确,他看上去很古怪,安妮真想朝他身上丢一块劈柴,看看他是否会像小鸡仔一样尖叫着逃开。

室外,雷声轰然而起,绵延不绝,又在四壁回环反响,像一场地震要把大伙儿都摇动。紧接着,一道巨大的闪电撕裂天地。一阵眩晕突然袭击了安妮,她晃了晃,抓牢椅子,轻轻喊了一声。

"安妮。"查勃跪下来握住她的手说,"只是打雷。"他的手掌出奇柔软,就像一个婴儿的手一样,要不是眩晕她又该笑了。

"春天里暴风雨太多了,这声音让我想起它来。"她低声说道。

"把灯点起来,"蒂丽的声音温柔却充满威势,"给她一口白兰地。"

查勃放开她的手,站起来照蒂丽说的去做了。灯点起来,驱散了窗外暴风雨的阴沉和嘈杂。查勃立刻从马甲里掏出一个小银壶,让安妮喝。看到她摇摇头,他自己大口饮了一口。

盖上盖子,他把酒壶又放回口袋里,对着安妮笑了:"比玉米酒好多了。"

对此她摇摇头。她再也不要尝蒸馏出来的任何酒水了,她在计划着今年夏天用种出来或者采来的水果酿酒。

又是一阵雷声,墙壁似乎颤抖起来。紧跟着一阵大雨袭来,重重砸在装了羊皮纸的窗棂上,似乎就要冲刷进来。在走廊另一端突然传来人们匆匆进屋发出的声响,又是叫嚷又是欢笑,毫无疑问,船只已经安全了。

"我去看看。"查勃朝叫嚷的方向点点头,蒂丽笑笑,低头看看孩子,孩子正忙着咬明晃晃的金属戒指。

"我生了三个了。"查勃一把门带上她就回答了安妮没有说出口的疑问,"而且还想尽快再生一个。"尽管她说得客观公允,眼睛却盯着安妮的脸,看她作何反应。安妮点点头。

"遇到他之前我已经埋葬了三个孩子,吓着你了吗?"她微笑着抬起眉毛。安妮耸耸肩。

她低下头,把气息温柔地吹在朱拉的脸上,逗得孩子笑着把头靠在她丰满的胸上。"我所失甚于所得。"她又看了看安妮,笑了起来,"孩子就是这样。轻而易举就倏然而逝,不是吗? 就像蒲公英的种子——"她的声音带着一丝悲凉,也可以说是苦涩。她拍拍朱拉的腿,把那件发黄而且沾满污迹的衣服拉上来,盖在小家伙胖墩墩的膝盖上。

"你永远不知道他们能陪你多久。"她望着安妮褴褛的衣衫和乱糟糟的头发,又对着炉火思量了几分钟,继续说下去。

"你累了,是吧?"

面对她坦率、诚实的脸庞,安妮无力抵抗,只得点点头。

"你需要帮手。你得分分秒秒陪在你的孩子朱拉身边。但是你做不到,因为你还得给大伙儿烧饭,洗衣服,缝缝补补,照顾雅克,诸如此类——"她把手在屋里挥舞着,"你需要帮手。"

"雅克和他的伙计能帮忙的时候都会来帮我。"

她大笑起来,好像安妮讲了个笑话,然后把朱拉那件手工缝制的衣服又提了起来。

"冬天这儿肯定挺难打扫的。"

安妮羞愧难当,脸红了。

"我会派个女孩儿来给你打下手的。"蒂丽抱起孩子放到大腿上,这样她就可以面朝安妮。与此同时,朱拉还在金手镯上忙着磨牙。"到秋天她得回去帮我,如果我——"她摸摸自己的肚皮,"她有点儿幽怨,但是劳有所值。"

安妮摇摇头。

"哎呀,孩子们喜欢她,你又累得筋疲力尽,安妮。"

"我们不用奴隶,"她说,"雅克绝不会同意的。"

蒂丽又大笑起来:"他当然同意!而且只是借来暂时帮帮手。算是一份礼物,为了接下来的几个月。然后你就可以——"她突然住了嘴,飞快地朝安妮腿上瞄了瞄,她早就注意到了而且之前肯定有人跟她讲过,"可以站起来了。对不起,安妮,我不是那意思——"

她的宽脸庞烧起来了。安妮抬起脏脚,又把裙子撩起来,蒂丽见状吓坏了。"看起来我用脚用得太多了。"现在她得拄着两根拐杖,站起来的时候就更加疼痛。"只是暂时的,"安妮说,"隔天就好。等到朱拉学步的时候我还能和她赛跑呢。"

蒂丽抱着孩子,表情严肃地看着安妮:"知道吗,我对奴隶很好的。我确保他们吃得跟我家人一样好,他们的衣服干净整洁,生病的话还有药。我从不拆散他们的家庭,我教他们读书、写字、算算数,他们可以过上有益的生活。如果条件允许,他们甚至可以赎回自由。"

安妮不知道怎么反驳,但是想不出还有什么比去年夏天逃走的非洲人所面临的生死未卜的命运更糟。

蒂丽以为安妮已经默许了,就继续说下去:"新奥尔良就不同了,那里到处都是解放了的奴隶,还有混血。法国人在那儿培育出了一个美丽的种族,一个高度完善、艺术的社会。我自己商业的成功就仰仗那儿的艺术,依赖于人们对美酒、织物、食器、家具以及绘画的渴望。我把欧罗巴整个儿进口过来。很快,对这类东西的爱好就会溯大河而上,连你们这样的地方也不例外。"她把胳膊伸展开来,囊括了他们粗朴的柏树墙面、未完工的地板、屋顶上的粗木天花板、角落里臭烘烘、乱糟糟堆在床上的皮草,还有坐在炉膛上她母亲那口烧黑了的炖锅。

不知为什么,安妮只是一个劲儿摇头。她不想有任何改变,不需要别的房子抑或生活。她只要这所房子的庇护,走廊下面男人们开怀的大笑,敲打在屋顶上的雨滴,稳稳地吞下柴火的炉火把温暖送上她的衣服、双腿、双臂以及面庞。

两个女人在缄默里坐着,直到朱拉开始吵闹起来。安妮把她从蒂丽手上抱过来,两个女人的独处被男人们迈下走廊的靴子踢踏声打破了。

门外传来呜咽,又有刮擦声。蒂丽起身开了门。安妮那条可怜的小狗连滚带爬地进来了,全身湿透,沾满泥浆,哆哆嗦嗦,显然暴风雨来的时候它被困在外面了。安妮找不到拐杖,又不知道该拿朱拉怎么办,小狗溜到椅子边,靠上她的双腿,把泥浆粘在她的裙子上。

蒂丽低身把朱拉抱过去,安妮把小狗抱上膝盖,用裙子把它包裹起来,用双腿和腹部感觉着它惊悸的颤抖和冰冷的体温。它的一只耳朵里塞着块泥,全身洁白的皮毛被泥染成了红褐色。雷声再次袭来,它呜咽着往大腿里再缩进些。朱拉号啕大哭起来,走廊门猛地被打开了,雅克和查勃昂首而入,琼斯紧随其后。

"亲爱的!我们有酒了!法国葡萄酒!查勃带了好酒来,还有别的好东西。来啊!"雅克早就喝上了,酒气熏天。他毫无预兆地伸出手来把安妮拉出椅子,饱受惊吓的小狗顺势被摔到了地上。

雅克一抱起它,小狗就叫了起来,局促不安,倚在一双粗糙的大手上呜咽着,眼里满是恐慌。雅克试着摸摸它的头,它低吼着努力把牙齿嵌进他的指头里。

"当心。"安妮伸手要抱小狗。

"怎么了?"雅克问道,脸上满是疑惑。他已经喝高了,脑子转不过弯儿来。

"它被什么东西吓坏了。"查勃说。

"和大狗们玩儿呢。"琼斯说着,发出一阵短促、阴郁的笑声。

"你说什么?"安妮问道。

"它每天欢腾地过来,朝狗儿们拴着的地方靠得越来越近,试探它们,明白吗?小不点儿。"他耸耸肩,"它们当然想抓住它。幸运的是它逃开了。这事儿可不常有。"他看看雅克怀里的小狗,好像它欠他什么似的。小狗呜咽着把脑袋直往雅克袖子里藏。

琼斯说话的方式让安妮全身颤抖,接着火冒三丈。

"我要你离开,琼斯先生。带上你邪恶的狗离开吧。就今天,就现在!"她伸手去抱小狗,一碰到它的腹部它就呻吟着站了起来。认出是她以后,它把脑袋靠在她的胸膛上,安妮明显感到它的心在扑通扑通乱跳。福特快速瞟了雅克一眼,开了门,走进雨里,又把门在身后"砰"地关上。

雅克碰碰她的肩,小狗低吼着。"我亲爱的——"

他以前从不曾站在别人的立场上反对过她,她被伤到了。躲过他的手,她朝门边上的长椅走了过去,那里放着水壶和晾干的衣服。没有拐杖又带着狗,她艰难地拖着双腿走着。

"他今天就得走人。"她咬着牙说道。

安妮坐着,衣服也弄潮了,小狗安静地呆着。但是当她想要清理它耳朵里的泥块时,小狗叫了起来,努力挣扎着要从她腿上离开,牙齿也露出来了。她不得不把它重新安顿好。

"不行,亲爱的,福特不能离开,"雅克宣布道,"我需要他在这儿。"她瞪着他,又把注意力转回到小狗身上。

"好吧,就这么办,"蒂丽开腔道,然后起身把孩子放在床上。一边一个搀着查勃和雅克,"让我们弄几个拿手菜下酒,你们男人们对这酒可是青睐有加啊。"她笑起来声音比说话的时候要尖,男人们跟着她往门那儿走去,好像都被她迷住了。

这时查勃停下脚步,转过身:"我弄点儿东西来让他保持镇定,安妮。"他看看雅克。雅克正低头听蒂丽咕哝着什么。"等我。"

门一关,安妮的眼泪就淌了下来。

6

那天夜里孩子很烦躁,雅克像往常一样挣扎着醒来要抱她,安妮制止了

他:"你酒喝多了,当心失手把孩子扔了。"没有争辩,他翻了个身继续呼呼大睡,鼾声如雷,空气里弥漫着一股潮乎乎的酸味,这让她反胃。

"你这个恶心鬼!"她咕哝着。朱拉靠在她的胸前,两手搭在她的肩上。她撑起两只拐杖艰难地走出房门来到外面。她火冒三丈,然而这个温润的春夜究竟是惬意的。第一批苏醒过来的雨蛙开始歌唱起来了,它们的音阶比青蛙的要高。而青蛙很快就会从河泥里爬出来,栖身于新生在大河岸边的香蒲和灯芯草中间了。

铜色月华穿过树丛在大河之上起伏游走,仿佛月亮本身被风儿推着走。她低头看看朱拉,孩子正困顿地吮着小小拳头。她本想带她出来喂奶的,但是现在,孩子已经满足了。

如果天气就这样维持下去,男人们就可以清理出更广大的草地,并在沼泽地里挖排水沟了。想到自己的牛羊在身边吃草,她感到很舒心。

温暖的天气持续个几天,枫树、棉白杨、柏树、榆树、紫荆就会发芽了,李树甚至可能会早点儿开花。今年他们得更加努力地采集果实然后储藏起来。她决定画张图,把所有的李树和浆果树都标出来,这样就可以派人在适当的时候来采集了。但是身边还有朱拉,她怎会有时间去把所有的果实风干,然后储藏起来呢?她又开始思量蒂丽许下的帮助他们的诱人承诺。

正准备转弯来到屋子正面的时候,她听到一声低声咆哮从位于她和大河之间的树丛里传出来。她停下脚步,把身体的力量撑在一根拐杖上,做好了战斗的准备。该不该喊救命呢?

又是一声低吼,随后咕噜一声戛然而止,有东西敲在肉体上。

"现在没事儿了,"压低了的嗓音从黑暗里传出来,"但是别沿着这条路走去大河。"

这声音和先前的咆哮都来自于通向码头路边的李子林和纠缠在一起的葡萄藤那儿。她眯起眼睛企图穿透黑暗,但是连个人影也分辨不出来。

"你最好进屋去,杜查姆女士。"那男人低声说。

她正要作答,这时,透过眼角发现大河之上有动静。她转过身看得更仔细些,咆哮又开始了,这回声音更响了,几乎成为嗥叫。

"你需要进屋去,"男人提高音量说道,而且更坚决,"就现在!"

一个男人的黑影在离她仅仅几英尺的地方突然现出形来,手里还有什么东西在闪闪发光———一把刀？她转身深一脚浅一脚地急忙往客栈后面躲。把手扶在门闩上,她上气不接下气地喘着。她让自己停了下来。是谁胆敢指手画脚指挥她？她又转回去,窥视月光下的暗夜,天更黑了,更像一场黯雾,仿佛她的视线试图穿透羊毛毯子。她伸出手,想要把雾拨开,却赶紧靠到原木墙壁上,因为有两个人正由码头沿着小路走过来。他们无视时间、嘻嘻哈哈的高谈阔论飘入了她的耳中。一个人影挡在他们面前,把那两个人吓得停了下来。

她又听到了咆哮,几乎可以说是嗥叫,琼斯的一条狗从矮树丛里走出来,正对着她。它块头很大,方形的野兽下巴,撕裂的嘴唇露出尖利的獠牙,破损的耳朵平架在楔形脑袋上。一片片长着黄色褐色长毛的毛皮缠着刺果,又涂着一些似乎是血的暗色东西从身体上耷拉下来。它站在那儿,高过她腰身,正好在朱拉所在的高度上。她用手臂护住孩子,竭力避开这只野兽的眼睛,但是咆哮还在继续,它的声音低沉悠长,身体也随之摇晃。它步步为营,每一步又谨慎小心。她想要把拐杖举起来,又担心它受到惊吓说不定会做出什么来——上帝啊,它可千万不要朝自己冲过来呀！相反,她强迫自己抬起眼睛凝视着它的——金色斑驳的眼球,它们深深浸在墨色里面,显得深不见底,将所有光线都推进黑暗、空洞的颅骨之中。尽管极其凶险,却又让人着迷：一只动物的眼睛看上去可以既那么空洞又那么幽暗,让人精神恍惚,就像一汪无底的水塘。

她盯着它,越看脚步越慢,仿佛被她眼里的无畏迷住了。她坚持面无表情,不露一丝察觉得到的恐惧,专心于让自己站直显得高大,把两肘抻出来。父亲曾经告诉过家人遇到黑豹的时候就这么做,黑豹在考虑攻击如此庞大的猎物时就会三思而后行。她想起琼斯对待狗的时候表现出的冷淡,努力让自己也变得冷淡。那条狗犹豫了,随即收住脚步,困惑起来,咆哮也软了下来,声音变尖,最后变成了呜咽。它微微抬起头,最后看了她一眼,又把目光转向暗处的矮树丛,拿鼻子贴在地上大声嗅着。终于,它抬起后腿在客栈的原木墙壁上撒了泡尿,退后三步,嗅了嗅撒尿的地方,躲进了树丛之中。

她的腿抖得厉害,几乎就要瘫软下来。她闭上双眼,颤抖从脚底传遍全身,又慢慢平息下去。当她再次睁开眼睛,朱拉咯咯地笑起来了,两只眼睛闪着光芒。她举起一只小拳头伸向安妮,安妮接过来吻了吻手指头,上面带着温润香甜的牛奶味。她不知道事情发生时朱拉是不是始终醒着,也许正是因为她,那条狗才没有发动攻击。

增大的嗓门把她拉回到男人那一边,他们现在互相靠着站在一起,讲出来的话也被身体蒙住了。牵着狗的那人一定是琼斯,她直想冲他怒吼,谁让他把一条狗松开了。但转而一想,重要的是看看这个时候他在干些什么。她穿着靛青色的睡衣,悄悄接近他们的时候,很容易就融汇在了原木墙壁的暗影里。

"个把月后我们就带他们来,但是我们可不出旅费,明白吗?告诉雅克如果他再问我们要钱,我们就不来了。"其中一个从紧密相连的团伙里迈了出来,一只手搭在腰上,上面似乎别着大刀的刀鞘。

琼斯耸耸肩:"悉听尊便。"他低头看着膝边那张脸,做了一个不为人察觉的手势,那手势肯定是要它攻击,因为没有任何警告,那条狗突然冲上去,抓住那人的肘,他本能地举起手来。那狗把他撞翻在地,钳得更牢。那人痛苦地呻吟起来。

"住手——我没有任何异议!"那人大叫道。

琼斯说了句话,似乎是印第安语,那条狗很不情愿地松开那人的手臂,退了回去。她开始担心第三条狗去了哪里。她看了看矮树丛,但是一无所见。躺在地上的男人站了起来,揉着胳膊。

"我的意思并不是如果他要我付钱我就不付——我从没说过,"他抱怨道,"但是让那条该死的狗离我远点儿,下次再这样我就毙了它。"

另一个人双手叉腰站在那里,好像一会儿望望天上的星星,一会儿看看大河上流淌的月华。自始至终他没看过琼斯,没看过同伴,也没看过那条大狗。

"就这么定了。"他说。琼斯点点头,他伸出手拉了朋友一把。

"我的母狗会把他的小弟弟扯下来的!"受到攻击的那人说道。

"那就用另外两条狗去结果她的小命儿。"琼斯回答说。

"我有枪,不许它们乱来!"

没有开口的那位趁琼斯还没有放出狗来咬人,沿着小路把他朋友推到自己前面。

"个把月后。"那人转过头说。

琼斯看着他们上了平底船,撑着篙离开了码头。他站在那儿,安妮悄悄沿着墙壁溜了回去,一双赤脚尽量避开树枝以免被发现。手再一次摸到拴着皮筋的门闩时,她停住了脚步。琼斯朝她刚才所在的地方看了一看,退回灌木丛,他的狗紧紧跟着。他看到她了吗?

她站在那里一动不动,刚才因为陌生人的造访而安静下来的雨蛙又高声歌唱起来。朱拉又睡着了,似乎夜里的声音让她安心。灌木丛里窸窸窣窣,声音毫不停留地过去了。过了一会儿,安静下来了,琼斯黑色的身影从灌木丛里出现,走向客栈前门。她仍然等在那里,直到过了许久,确定他睡下以后,她才偷偷溜进去,把朱拉放进摇篮。她满心提防,毫无睡意,就又走了出去,把门轻轻带上,站在那里。

魁梧的褐黄色狗悄无声息地走出灌木丛,停在她左腿边,它是如此的近,甚至可以感觉到它温热的呼吸吹在她拄着拐杖的手上。它会不会扯下她的手指?这次它为什么没有警告?接着她感到手腕上面一阵热的湿润——它在舔她。

她站着,一动不动。

慢慢地她抬起手指,摸上它的鼻子、宽大方正的下巴、耳朵后面以及脖子,穿过厚厚的毛发触摸到皮肤。慢慢地它顺从地把脑袋搁进她手里,又慢慢地开始把整个身体靠在她身上,蓬乱的尾巴有韵律地摇着,轻拂她裙子的下摆。她碰到了一颗刺果,深深埋在它毛皮里,针状尖刺生生扎着颈部的皮肤,它哀号起来。她小心翼翼地把刺果挑出来,丢到墙壁边上。它舔上她的手、胳膊,还有衣服,粉红色的舌头潮潮的,轻轻颤抖着。

"天啊,你原本是只宠物,是吧?"她低声说道,"真是个好孩子。"

她摸一摸它的头颈、背部,它畏缩着逃开她的手,等到她摸上背部这才又放松下来。它背部和侧面布满一条条伤痕,似乎惨遭粗暴鞭打,只是一身长毛掩盖了真相。难怪它脾气暴躁。有些纠结或蓬乱的毛皮已经得起太厚,与刺果缠在一起分也分不开。她得用刀,明天一早把它们割下来。

她的手又回到它头颈后面,把手指伸进这一块特别密集的毛皮里,然后就被项圈一样的东西挡住了,每隔一两英寸就有一枚钉子扎在厚皮上。她用手指轻轻绕项圈摸了摸,寻找锁门,只发现项圈是一个坚固的铁环。她努力把一根指头伸进皮革下面,这条狗大声哀号起来,慢慢又变成了哀鸣。很显然,这些钉子就分布在那些狗一动就会扎进脖子的位置上。它的皮肤上渗出血来,钉子下面溃烂的伤口发出令人作呕的气味。她一定要把项圈取下来。

"来。"她低声对那条狗说。客栈后面是斜屋顶,下面堆着柴火——一堆乱木头,是盖房子剩下的,还有去年砍倒的。两把斧子,还有一把短柄斧嵌在用来劈柴的树桩上面。她靠在树桩上,双手合力把短柄斧拔了出来。它很小,像个玩具,只有一英尺长,但是柄很粗,头是平的,就像是把斧钺。斧头只有一面是锋利的,易于控制,而且大小也正合适。

一看到她手里攥着把短柄斧,那狗咆哮着往后退开。她放下斧头,坐到地上,背靠在树桩上,两手空空放在大腿上,掌心朝上。过了几分钟,那狗终于开始嗅他们之间的空地,又走了过来。她抚摸它的腿,安慰它,又抚摸它的胸膛。终于它喟然长叹,她要它坐下来。

它毫不犹豫地把后半身放了下来,接着是前半身,这条大狗现在就在她大腿上跨着。她笑了起来,给了它一个拥抱,小心翼翼地不碰到它的脖子,爱抚它全身直到它把头放在两个爪子之间。感觉很奇怪,可是她不觉得危险。

只有当她不得不拉一拉或挪动一下项圈以便找到动手的适当角度时,它才蠕动一下。其他时候它一动不动,喘着粗气,听候命运的安排。它的体重压在她腿上,让她想起那个决定命运的地震夜晚,她小心翼翼逡巡着在厚皮革上面割着。午夜早已经过去,云层飘过月亮,把月华掩成暗影,不过她就像庖丁解牛,以神遇而不以目视,她把食指抵在斧刃边缘,以免割到皮革以外的地方,也防止在不知不觉中就割断了项圈。皮革上了年岁,是精心处理过的牛皮,坚如钢铁。

突然一下轻微的松动,斧刃开始快速挺进,她浑身一震,想要从另一场残忍中拯救这只可怜的动物。放下短柄斧,她摸了摸自己刚才割过的地方。已经断成了两截,可是奇怪的是项圈仍旧套在它脖子上。她试图把它拉下来,那狗呜咽着挪动前腿,似乎准备跳起来逃走。

"放松。"她悄声说。她沿着一枚又一枚的钉子摸索着,并在有钉子的地方一节挨一节地把项圈拿开。显然,那些钉子已经嵌进肉里,制造出不可愈合的痛楚。沿着这一圈金属的肉肿了起来,试图包裹疼痛的来源。它一边呜咽一边蠕动,努力忍着疼痛把头抬起来,但是被她用双肘压了下去。最糟糕的地方正是咽喉部位,项圈、毛发和刺果紧紧缠在一起,最后她不得不用斧刃把纠结的皮毛割掉,项圈这才掉落下来。

项圈一掉落在他们面前的地上,那狗就把前肢撑起来,打着哈欠开始站起来。尽管脖子上的伤口需要清洗,还要敷药,今晚她做不了什么了。她拾起项圈,就着西沉的月光把它翻过来。钉子在血液和毛发里已经生了锈。愤怒给了她双臂力量,她站起来把项圈丢进灌木丛。

那狗一跃而起,把前爪搭在她肩膀上,张开了嘴巴。

"不要!住手!"她大叫起来,挣扎着保持站立。

那狗久久地凝视着她,狠狠把她的脸舔了个遍。

"这儿怎么了?"

她转过身把脸迎着雅克,雅克手里举着一盏灯,脸上奇异地嵌着阴影。他另一只手里攥着把手枪,直直地对着他们。她不假思索地迈步上前把狗挡在身后。

"没事儿。"

"我是不是看到了一条狗?"他的话含含糊糊,充满睡意和酒气。

"上床去,雅克。你喝多了。"她忍不住最后一次嘲笑他。

他愚蠢地眨巴眨巴眼睛,把手枪放了下来。他看上去的确好笑,除了一双软拖鞋一丝不挂。他不是那种脱了衣服更加迷人的男人,但是他的确强健有力,除了自己的兄弟在孩提时期的酮体外,这是她看过的唯一的男人。据她所知,他们一旦赤身就黯然失色,尽管荷马描述了阿喀琉斯和赫克托耳身体的美,还有那些古老传说中的英雄们。

"你的小狗呜咽着,所以我把它带到床上了。进来的时候当心点儿。"他说。

"谢谢。去睡吧。天气不转好的话明天我们还要忙一整天呢。"她心里满怀感激。他心眼儿不坏,她全心全意爱他。只不过这些天来有时候他变得不是他自己了。当他无视正义的时候,她需要站出来维护。

他转身去睡觉,一双平底软拖鞋好笑地在地上拖着,就像她家老母猪的肚皮,奶头在土里拖曳着。这让她产生了爱怜,又让她忘记先前他惹恼了自己。她决定对今晚发生的事绝口不提,但是当她一转身,那条狗已经不见了踪影。她发誓早晨要和雅克再好好谈谈琼斯。

她喂了朱拉,又把门闩插上,外面天已经开始亮起来了。在她身后,天空中挂着一条条淡粉色和黄色的条纹,树枝变黑,旋即又变成了灰色。大河流淌成粉红色,又流淌成杏黄色,再飞溅出银蓝色,太阳眼看就要升起来的时候大河又成了深褐色,就像吐司面包。她早就习惯了鸟鸣,以至于要忽略它的存在,但是现在,她倾听着红雀含含糊糊的大声鸣叫,知更鸟用三四个音符唱出抑扬顿挫的旋律,啄木鸟则顶着红色脑袋沙哑地砼砼叫着。

回到床上,她双手搂着丈夫,把裸露的胸部贴在他背上,就像他们在那几个冬天还住在狩猎小木屋过二人世界时那样。她怀疑他是否还在熟睡,就把双手下移到他的两腿之间检查一番——它昂然挺立！没等她把手收回来，雅克的手已经握紧了她的手，深沉地吃吃笑了起来。

"我的小贼骨头！你被捕了！"

两个人大笑着扭打起来，他把她压在身下，两个人欢愉地气喘吁吁。他发酸的呼吸撞在她舌头上，尝起来是香甜的。他粗壮的胡须让她脑门发烫。

"现在你得接受惩罚。"他慢慢进入到她身体里面，轻声说。

"那我整天都要淘气。"她答应着。

7

四月快要结束的时候，蒂丽和查勃已经搬进来了，开始管理日常膳食与客栈的经营，安妮则忙着照顾朱拉。 从很多角度来看，这样的安排减轻了她的负担，因为白天雅克拼命地工作，夜里则与蒂丽和查勃一起，一边喝着法国老家产的醇厚红葡萄酒一边追忆往昔，闹到很晚。安妮更喜欢一个人呆着，来去自由——深夜当雅克终于上床以后她是他的情人，然后又会有另一个造访者把她吵醒。她只能一小段一小段地睡，疲惫不堪。令人欣慰的是大多数时候朱拉一直睡得很香甜。

那条狗每天晚上都来，一直等着，直到男人们都睡着了。通常它只在门上抓一下，或是大声嗅一下，让她知道自己的到来。她睡得很轻，朱拉舒舒服服地躺在她和雅克中间，雅克打着呼噜，美酒浸透了他的梦，让他辗转反侧。天天都有船进来，食物供应开始稳定起来，她每天都可以神不知鬼不觉地给它留下好些吃的。只是那条小狗——花斑，有泄露机密的危险，尽管最近它开始跟着蒂丽不离左右，因为现在是她掌勺，整天喂它好吃的。它几乎夜夜在蒂丽的床脚睡。

五月初的一个星期五下午，她一个月前看到的那两个人出现了。雅克欢迎他们的到来，好像老熟人似的，随他们来的还有好几艘船。黄昏的时候，晚饭桌上聚集了太多的人，大家不得不轮流吃，还得打地铺。要不是她反对，连他们自己的房间都要贡献出来了。她害怕起来，可能在内心深处已经知道他们在计划些什么，因为只要她一靠近，他们就奇异地缄默了。

"伙计们今天不去清理沼泽，也不挖沟渠了，"第二天早晨雅克说。他颓然地坐在桌子边上,把头埋在手里面,"不用给他们准备午饭了。"

她看着他把奶油倒进咖啡里,咖啡是查勃从新奥尔良带来的。这种咖啡经过特殊加工,又浓颜色又深。她心里升起一股怨恨,埋怨雅克从没有照顾过一次奶牛却拿了奶油,但是随即她提醒自己说因为累了今天早晨有些不高兴。照顾雅克,照顾孩子,半夜还要照顾狗,她开始慢慢被拖垮。她需要和雅克谈谈这个问题了,但是眼下他还宿醉未醒呢。

"你需要来一杯柳树皮茶。"她安静地说,声音里面暗示的满是爱和关心。

他拿起咖啡。

"它能医好你的头痛。"她起身开始找茶叶罐和药罐,它们就放在炉火边的原木架子上。

"我不需要你帮忙。"

她又把罐子放了回去。在这样的情绪下跟他谈话只是徒劳。她从摇篮里抱起朱拉,用羊毛毯子把她裹起来,放在背带上,等会儿她会用肩膀背起来。她穿上斗篷,那是一条厚厚的羊毛毯子,对她娇小的身体来讲过于沉重了。雅克见状开腔道:

"你想去哪儿?"

她猛地转过身来面对着他:"我高兴去哪儿就去哪儿。"

没等她抱起孩子他就站了起来,把背带从她肩膀上卸下来说:"今天你得呆在家里。"他把手搭在她肩膀上,吻了吻她的头顶,朝外面望了望,似乎隔着贴了羊皮纸的窗子能看到外面的天气。"太多事情发生了。"他低头看看她的腿,"你和朱拉只会碍事。"

他注意到她的表情,又补充道:"为了孩子。"他又坐下来,低着头,拿起咖啡,把杯子抵在前额上。

要是现在祛头痛茶可以救他命的话,她才不会帮他弄呢。她想这样说,但是没有。相反,她脱下斗篷,解开朱拉身上的毯子,又把她放回摇篮里,让她咬着蒂丽的金手镯。

"我可以取些水来吗?"她在自己的声音里加进了屈从和腻味。他瞧也不瞧,朝她挥挥手。两个人都讨厌争吵,但是今天她没那么容易就范。

水就在客栈后面的圆桶里,她利用这个机会四处寻找那条狗的下落,轻柔地唤着它的名字,拿出一些饼干碎屑。它没有出现,这让她担心。万一琼斯找到它

69

怎么办?

她正要伸手去够门闩,人们成群结队从客栈前门出来了,他们在和煦的阳光下伸起懒腰,闹闹哄哄。只有琼斯和那两个从大河上来的人例外。琼斯带回了那两条狗,正使出吃奶的力气不让它们攻击别人。显然,人们的走动让它们兴奋不已——没有吠叫也没有发出警告的咆哮,它们静静地呼吸,牙缝中吧着空气,一次又一次地拗着、冲撞着链条的末端,扎着钉子的项圈每嵌进脖子上本已柔弱的皮肤一次,它们就更狂暴一些。

有一次那条红色的狗转向琼斯,要不是那根陌生人用来挡住狗的棒子,它早就咬到他的胳膊了。

现在人们停了下来,一言不发,围着狗站成一个圈。红狗围着圈子走着,似乎在等着什么,嘴巴里的口水形成银丝滴落下来。不知为什么,弗兰克·福利对着它伸出脚来,那狗给了他点儿颜色,用有力的上下颚紧紧钳住他的靴子,獠牙轻而易举刺穿了皮革。

"快让它松开!"弗兰克叫道,他兄弟麦考德在一旁扶着。"松开!"他踢了踢靴子,但是那狗毫不松口,直到琼斯用链条的另一端缠住它的脑袋和喉咙,猛地一拉,它才哽咽着松了口。不出一分钟,它恢复过来,又开始对着弗兰克·福利喘气,这一回他可变聪明了,后退着挡在人群后面。

大家伙儿觉得这太有意思了,若不是雅克亲自出面怒吼着要大家散开的话,那狗还要继续遭受折磨。收集起铁铲、螺丝钻、木锯、扁斧、大斧,以及其他各种各样的工具,大家伙儿跟在雅克后面离开客栈前往供奶牛吃草的那片小空地。她也想跟着,但转念一想,决定趁大家忙的时候把那条狗找出来。

她用拐杖拨开干枯的葡萄藤,进入最后一次见到它的那片矮树丛里。石南、刺果扎在裙子上,她不在乎。有一条模糊的痕迹把枯草和野草分开来,直通向大河。她犹豫了一下,抻着脖子听听有没有朱拉的哭声,但是什么也没有。她继续前进,立刻被落下的树枝绊倒,双膝着地的时候她发出一小声惊叫。春雨把地面弄得泥泞不堪,她把手抬起来的时候,泥已经涂上了手腕。她试着在一株细柳树的树干上把泥蹭干净,但是效果不佳。拐杖的把手变得滑溜起来,她不得不集中精力牢牢抓着。她用嘴角吹出一声低低的口哨,又发出喀哒声,希望把那条狗从藏身之处唤出来。沿着那条痕迹,她继续走下去。

通向河岸的斜坡是那么和缓,陆地突然让位给一汪褐色水涡,她差点儿跌进去。夹杂着春天的雪融水,大河浩浩荡荡,裹着上游洪水卷来的树枝和灌木。她退后一步,眼看褐色的水流拍打着靴子趾头。那条狗不可能去了大河里。她回首四望,模糊的痕迹又出现了,这一次沿着河岸通向码头。

她在矮树丛中尽全力快速前行,有好几次绊倒了,手和膝盖撑在地上,不得不再站起来继续走。现在离码头太近了,不能再呼唤那条狗了,她埋头苦苦寻找。

一到那片码头边的空地上,她就看到了它。它正望着系在岸边的一条平底船,上面有三条毛发蓬乱、身材魁梧的黄褐色狗。它们被拴在一根铁杠上,铁杠和船的宽度相当。它们咆哮着,看得出谁也容不得谁,更不用说一条陌生的狗了。这三条狗看上去带有狼或美洲狮的血统——消瘦,黄眼珠,长獠牙。一看到她,它们发出邪恶的咆哮,引得一个人急急忙忙走出甲板上那间四英尺见方的小屋。他朝她挥手示意她走开,又捡起一根长木材敲打甲板引起狗的注意,并在它们面前丢了几条生鱼。

那些狗贪婪地大吃起来,他转而面对着她和那条自由的狗。

"那不是福特的狗吗?"他的声音慵懒而温柔,油腻的黄发一簇簇垂到肩上,一张粗糙油腻的脸上两只蓝眼睛朝外瞄着,却毫无神采,仿佛盲人一般。另一方面,他的面部皮肤深深地刻上了岁月的痕迹,就像在一块软泥上用指甲刻出来的一样。

安妮走上前,把手放在狗背上。"不是。"她把手埋进厚毛皮里,"不,不是他的。"

那人的脸上刻上了笑容,却只让他的表情更加空洞。"肯定是他的。就是那只褐色的杂种把我的指头咬掉的。"他举起左手露出没了指头的小指,"我会小心的,要是我是你的话。"他举起一根长木棍,顶端系着铁丝环,跳下船来到甲板上,动作迅疾,悄无声息,就像一只猫。

"离我们远点儿!"她举起右手的拐杖,狗开始咆哮起来,听起来就像船上的狗一样抓狂。

那人满意地点点头,继续走上前,快速移动着,身体仿佛是静止的,威胁着逼近了。她把手指伸进毛皮里,想要抓住它,但是当那人离他们还有十英尺的时候,它说时迟那时快地飞身一跃。狗跃在空中,那人巧妙地如舞者一般一转方向,把狗的脑袋和脖子套在铁丝环里,飞快地转动木棍,铁丝便绷紧了,然后猛地一拉。那条狗重重地侧身摔在地上,它咕哝一声就静静地躺在那儿了。

"终于逮到你了,"他说。

"救命!救命啊!"她大叫起来。她听到人们的声音,查勃跑着赶来了,后面跟着蒂丽和琼斯。

查勃径直跑到那人面前,朝胸部一揉把他撞倒在地上,但是那人紧紧抓着木棍和铁丝环。

"不。他伤着了我的狗——"

查勃一把从那人手里抢过木棍,把套索松开,安妮跪在倒地的狗身边,把指头伸进铁丝环,将它松开来,从狗的脑袋上取下来,抚摸着它。它轻轻嗅一嗅,看着她,好像素昧平生,咆哮着露出牙齿。

查勃撑开手把蒂丽挡在后面。"安妮,往后退,"他说道。

她摇摇头,继续抚摸狗的侧身直到它抬起头,猛地一咬,差点儿咬到她的手。她赶快把手拿开,蒂丽倒吸了一口冷气。

"这个狗娘养的。"琼斯第一次走上前来,拿过缠着铁丝的木棍,"我还在奇怪它去哪儿了。它可是个卑鄙的家伙。今天是你的朋友,明天就要了你的命……"他看着她,似乎洞悉一切。"我把它从一户人家带走的,它差点儿结果了人家的女儿。我发现它正站在她旁边,女孩儿腿上有牙印儿。我说我把它带走,给它的卑鄙脾性找个用武之地。"

"那是谎言!"她叫道。

"别让一条狗太沾沾自喜了。女人也一样。"

他再一次看看她,一双心照不宣的眼睛告诉他他早已亲眼见过她喂他的狗并且照顾它,现在又让这件事自己败露出来。她恨他。真的恨他。这种感觉丝毫不掺杂其他什么,现在汇合成了坚实明亮的一点。如果是个男人,手上拿着枪,她会当场结果他的小命。

"快下地狱吧,福特·琼斯。"她起身一瘸一拐地走回客栈,没法儿眼睁睁看着那条狗被拖走,同时又并不肯定它与琼斯的描述大相径庭。

"安妮——"蒂丽从后面跑了上来,但是安妮毫不理会。他们都该下地狱,一个不剩。

回到客栈的时候,朱拉饿得正嚎啕大哭。孩子在怀里吃着奶,她开始盘算怎样把狗弄回来。

那天晚上男人们回来时已经精疲力竭,但是依然喧闹异常,清洗脸上和手上的泥的时候像孩子一样相互推推搡搡。随后他们排成行等着吃肉汤,炖鹿肉装在木盘里,蒂丽管它叫褐色沙司,还有玉米面包和煎苹果。蒂丽用中药和调料给鹿肉增添了一种奇异却美味的芳香。但是无论什么都提不起安妮的胃口。她满脑子都是那条狗。

大家伙在长椅上落了座,有的沿着客栈的墙壁坐在地上,安静地吃着。在人群里她看到了自己的丈夫,今晚他没喝酒。相反他和琼斯以及那个看狗的黄头发男人热络地交谈着,但是她不敢靠近,她怕自己又会火冒三丈。大家吃完以后,雅克把她拉到一边。

"今天你对我的话置若罔闻,你差点没命。"他用食指抬起她下巴,"谁来照顾朱拉呢?"

她把头挪开,皱起眉头想要开口,但是他摇了摇头,脸色缓和下来:"还有,谁来照顾你的丈夫雅克啊?他会寂寞而亡的。"

他的嘴角垂下来,脸颊上淌下一滴眼泪,她忍不住笑起来了。

"我很高兴你今晚没喝酒,"她说。但是即刻就开始后悔,因为他的嘴唇崩成了一条线。

"别误会我。"他低声说道,严厉的口气让她错愕:他居然敢用这种口气跟自己讲话。"今晚待在这儿。和蒂丽、朱拉待在一起。如果给我发现你违抗我的话——"

没等他说完她就转了身,一把抱起摇篮里的孩子,急忙穿过走廊回到了自己房间,"砰"地一声把门关上,又上了锁,不让他跟着进来。外面的锁也锁上了,她这才坐在壁炉旁,往里面不停地加柴火,直到炉火熊熊燃烧起来。朱拉在摇篮里望着这一切。

直到夜深了才传来犹豫的敲门声。"安妮?让我进来,安妮。"是蒂丽。她想装作睡着,但又起身开了门。

蒂丽和男人们一起喝了酒。她脸颊通红,两眼放光,双手背在身后轻轻走进房间。

"你一定得尝尝那酒!"她手一挥把一瓶酒和两个杯子放在桌子上。

"我对酒不感兴趣。"安妮斩钉截铁地说,但是蒂丽直摆手表示不同意。

"这酒人人都爱喝!世界一流!"她斟满杯子,递给安妮一杯。安妮想拒绝,但是蒂丽坚持要她喝。"就一小口,让美味满口留香吧。"她醉醺醺笑起来了,"就像情人的吻。"

这葡萄酒的确柔和,香味四溢:泥土的气息,葡萄、黑莓,还有——她说不好。但是下咽的时候,酒精让她咳嗽起来。"还不错。"她努力挤出话来。蒂丽大笑着狠狠喝了一口。

"男人一定要有乐子,你知道。"她微笑着抬起手把脑袋后面挽成结的头发弄一弄,那发结总是要掉下来。她已经放弃了脸庞两边正式的发卷,也放弃了整洁。岁月流逝,蒂丽的衣服也开始变得简单起来。没有佣人帮手,她发现自己也能每天将就毫不起眼的蓝色棉长袍了。今晚她的上衣和裙子上甚至沾了一些油点子。现在蒂丽开始像她了,这让安妮稍感快慰。

"再来一口,"蒂丽催促道,"对还在吃奶的孩子有好处。"

这一次她喝得凶些,随着葡萄酒在四肢蔓延开来,她感到脸庞发热、身体发软。她笑了。

"雅克是个好男人,"蒂丽说,"一心一意要造大房子,赚大笔钞票,好让你开心。"她笑着又喝起来,让酒在嘴巴里逗留片刻再咽下去。安妮再一次注意到蒂丽的手臂和手腕异常有力。还有别的什么,今晚蒂丽手上戴着一枚硕大的黄宝石戒指。

安妮喝着喝着开始觉得沉重,自信又开放,好像她的话句句都比蒂丽的更真实一般。"我不稀罕那些。"她环顾整个屋子,"这样已经完美了,这间屋子,还有我们的生活。我不需要别的。"她继续喝着。

蒂丽盯着她看了一会儿,然后把注意力转到炉火上。"男人渴望被一个女人需要,尤其是像雅克这样的男人。他会迷失自己,除非他相信自己必须要造更多的房子来讨你欢心。赚钱和创造是他的天赋。"她对着屋子点点头。

"你理解他因为你像他。"安妮说道,酒让她突然开了窍。

蒂丽耸耸肩。

"那么查勃呢?"

蒂丽大笑起来:"他是那种你有了钱才养得起的人。一个美妙的情人,一个懂得女人和生活的男人,一个热衷女人和生活的男人,他是如此热衷,让你心甘情愿付出,看他享受的样子。如果你提出要求他也会工作,但是他不工作的时候才最妙。"她的笑声华丽又富于暗示。她摩挲着衣服前襟,戒指在火光里熠熠生光。

"他送戒指给你了?"

她举起手仔仔细细端详起来,从各个方向转动戒指,光在上面闪耀。她摇摇头:"不,是前夫送我的。无可挑剔的黄钻,极其罕见,而且美丽,关于它可有段来历了。"她勉强笑笑,把手放在喉咙上,"不是我迷信,但是据说它对婚姻是个诅咒,而不是祝福。"她再喝了一口酒,悠悠地咽下去,"丈夫送我这枚钻戒没多久就死了。这是我第一次戴它。"

远处传来的呼喊把她们的谈话打断了。朱拉醒来了,欢快地笑着,在摇篮里看着她们。安妮站了起来,惊奇地发现两杯酒下肚自己站得稳当多了。给朱拉换了尿布,又喂过奶,安妮又把她放回摇篮让她睡觉,耳朵里不断传来男人们越来越响的吵闹声。

"怎么了?"她问道。可蒂丽摇摇头,继续把注意力埋在火光里,手里的杯子又斟满了。"我的小狗上哪儿去了?"它总是鞍前马后跟着她,但是突然就不见了。

蒂丽瞥了她一眼,满脸惭愧,又耸耸肩。"吃晚饭的时候就没见它。"

"看着孩子。"她说着从后门溜了出去,披着斗篷。

"安妮,别——"

他们用原木搭出一个圈,在圈上摆上火把。这个圈直径约有二十五英尺。圈中央点着篝火,男人们依着齐腰的木桩或站或靠。他们喝醉了,为着什么东西狂热不已——暴力气息、烧焦的衣服以及狂怒。佛瑞斯特·科林奇和裴澈尔·威尔也在人群里。波特拉姆三兄弟正传递着一壶酒,叫着骂着催促每个人快些传递下去。空气里弥漫着危险。她在圈子边的山坡上犹豫着。斯卡格斯在斧头上绑了根绳子套在身上。雅克去哪儿了?火光下是什么把大地弄得如此阴暗?

随着船上那个黄头发的陌生人从黑暗中现身,一条狗系在铁丝环上,答案很快就揭晓了。那狗要么就往前冲,要么就呆在后面,因为棍子老是从中作梗不叫它去攻击人们,但它很想这么做。獠牙露在外面,它咆哮着企图扑向人们的腿,人群见状纷纷躲避。狗越过栅栏,那人一个箭步把它拉回来。狗一出现立刻引起一阵哄叫,黄发人趾高气扬地带这条狗绕场游行了两周,任它对那些靠得太近或伸出胳膊和腿的人扑腾叫跳。走到弗兰克·福利那儿的时候,它停了下来,死死盯住他。

场面一时安静下来,接着人们大声下开了赌注,雅克、查勃和海拉·威尔斯则离开人群围着栅栏开始收取赌资。他们身前刀枪,看到人们递上来的钱,眼珠子贪婪地直放光——苏联小铜板、荷兰银币、西班牙里拉、大英先令、墨西哥和南美铸造的银币;五十美分、二角五分、一角二分五毫、六分二毫五……货币的混杂在河上贸易以及客栈贸易中经常导致币值估算的混乱,物物交换仍然是最常用的方式。雅克、琼斯和海拉一定早已定好了各种货币的价值,因为他们飞快地攫取着那些钢镚儿,丢进贴身的皮口袋里面,不停地记着数目,只有当陌生人投下银鹰徽金币①时才稍作停留。

赌注一投好,琼斯就从黑暗中走出来了,身边还有那条红色的狗。它一看到栅栏上的人群就疯了,咆哮着冲上去,露出獠牙左右摆动着。它是如此渴望攻击,琼斯不得不在栅栏上把它半提起来。尤其要说的是,这条狗比黄狗凶猛得多,因为琼斯带着它匆匆绕场一周时,一看到那条黄狗,红狗就死死盯住它,目不转睛,站在那里,脖子上的毛立了起来,发出一声低沉的咆哮,那声音震得它肋骨直颤,黄狗则叫跳着,抓狂的黄眼珠在火光下闪动着红色。

"最后一次下注!"雅克叫道。

人们很快地再一次下注,然后静静地等待着。雅克越过栅栏来到场子里,手里拿着个白色的东西,壮着胆子靠近那条不同寻常的狗,把手里的东西亮出来。立刻传出一声惊恐的尖叫,那声音使得魁梧的大狗进入癫狂状态,一跃而起要从雅克手里撕下那只蠕动着的小生灵。

"那条粪便不如的破狗还要挑战两条狗吗?"一个陌生人叫嚣道,众人跟着起哄。"我赌它输!"陌生人洋洋得意。

雅克朝琼斯转过身,安妮立刻发现原来是她的小狗!没等她走上前说什么,雅克又去逗那条红色魔鬼,哀鸣着的小狗被递上前,红魔亮出牙齿逼了上来,它靠得如此近,差点儿咬了雅克的前臂。

"雅克!"她叫起来,敲着别人的背,"给我让开!"但是那人,是个陌生人,转过身冷笑着。

"离开这儿,女士。"他说,一把抓过她的拐杖扔进黑暗里。

---

① 银鹰徽金币:一种在美国正式使用过的金币,背面印有鹰的图案,其面值为十美元。

雅克又爬过栅栏,她开始朝他那儿挤过去,但是那两条狗发出邪恶的叫声,想要结果对方的性命,这声音堵住了她前进的道路。雅克丢下小狗,它在人们的腿中间爬着企图逃开,被人踏了两脚,终于逃到黑暗的庇护之下,它白色的皮毛暴露了目标。她一来到,它就起身让她把自己抱起来,哆哆嗦嗦、呜呜咽咽。可怜的小花斑。雅克今晚疯了——那些钱就像毒品,毒害了他的神经。

随着那两条狗的声音渐渐消逝,人群发出野蛮的嚎叫,又爆发出呼喊。她把小狗抱在怀里,用斗篷盖住它,这样他们就隐蔽在空旷地边上的阴影里。

"诅咒你们,"她叫道,"上帝诅咒你们所有人。"

栅栏边的人群分开来,黄发男人把狗举过头顶,一抡把它丢到她旁边的野草丛里。它死了。鲜血从喉咙里裂开的伤口中汩汩流出,脑袋不自然地摆动着,脖子折断了。那人踢了踢尸体,骂骂咧咧扬长而去。他离她很近,近到可以看见布满刀痕的脸上血迹斑驳。他臭气熏天,就像一块腐败的烂肉,衬衫前襟和裤子前面满是鲜血。

雅克帮着琼斯把红狗扶起来靠在原木上,但是他们一撒手,狗就瘫倒在地上。琼斯把它挽在手臂上,重量压得他摇摇晃晃,也消失在夜色里。

人们喝得更起劲了,对刚才目睹的战斗高谈阔论,时不时满怀期待地把头往后转。雷特·迪克·扫特勒喝得摇摇晃晃,眼看要跌进圈子里,要犹特·奎克和阿施兰·波特拉姆两个人才能扶住他。

黄发男人又第一个出现了,在棍子可控的势力范围内牵出了另外一条狗。这条狗更有尊严,像一名上了年纪的武士。对于脖子上的项圈它毫不介意,对于棍子另一端的人也并不在意。经过那具尸体的时候,它仅仅闻了闻空气,抖了抖身子,绷紧身体朝栅栏走去。这一次人们知趣地走得远一些,以免被咬到,但是它对他们熟视无睹。轻身一跃跨过栅栏,它停下来等着黄发男人,游行的时候也没有引起人们的大惊小怪。它的冷漠让人们摩拳擦掌,吵吵嚷嚷下了赌注。雅克、查勃和海拉又绕场一周,把赌注丢进早已沉甸甸的口袋里面。

安妮起初没看到蒂丽也加入了人群,直到她出现在查勃身边,挽着手臂在他耳朵里嘀咕着什么,把一小袋钱币塞在他手里。他大笑着把它放进自己的口袋,然后把她领到栅栏边一个可以容身的地方。她醉得厉害,靠在原木墙上仍然跟跟跄跄,酒壶传到手上她喝得更多。朱拉肯定睡着了,安妮想。琼斯的狗一出场,她就把小白狗带回去疗伤。救另外那条狗可能来不及了。

但是它一出场,安妮就认出了它的阔嘴和蓬松的毛皮,她知道自己不得不出面阻止他们。它脖子周围的毛皮沾上了新鲜血迹,琼斯要它爬上栅栏的时候它的双眼闪烁着仇恨。由于无法靠近,琼斯不得不用棍子逼迫它翻过栅栏。一进到圈子里,这条狗就前腿离地愤怒地咆哮起来,避开另外那条狗的时候差点儿拽倒琼斯。那条狗静静地站着,振奋精神蹲伏着,张着嘴巴,准备进入战斗。

雅克、查勃和海拉匆忙地绕场子走动着,口袋装得满满的,不得不把钱币塞在衬衫里。没必要再把两条狗调整到狂怒状态了。

安妮突然明白过来自己照顾了一个礼拜的狗不是杀手。它在试图逃走,试图逾垣而遁。惊恐的人群纷纷后退,发出不自然的笑声。她一定要阻止这场战斗。

她把手上的狗放在一棵大树旁边,等待机会。人群也安静下来了,专注于两条狗以及它们的初次交火。她得赶紧,就在几码开外——

在人群之中挤出个位子,她开始呼唤那条狗。她不知道自己为什么想象它会听到,抑或在听。她用自己给它取的名字呼唤它:"桑尼。"它定住了,朝她所在的方向望着。这时黄发男人松开了手里的狗。那巨兽死死咬住它头的侧面,眼珠子被挖了出来,但是没咬到喉咙。桑尼跃起,扭动着,压在那条狗身上,让它松了口。它不得不转动脑袋以便用剩下的那只眼睛看清楚,这使得桑尼处于劣势,因为对手想从它眼睛瞎掉的一侧和后侧进攻。把脖子后部当目标,它成功地撕下了桑尼肩部的一些毛皮。战斗就这样持续着,轮流遭到对手的攻击,然后用敏捷和力量逼退对手,直到两条狗累得气喘吁吁。人们静静站着,等待着结果。

在几乎悄无声息的一刹那,她似乎听到朱拉在嚎啕大哭,不是那种悲伤的要妈妈的哭声,而是生气的、饥饿的、请求的哭声,大得可以把树皮扒掉。那条陌生人的狗竖起耳朵,露出牙齿,咆哮起来。桑尼似乎作出了一个刻不容缓的决定,毫不犹豫地把自己的身体抛向栅栏。它靠得如此近,她赶紧蹲下,它朝客栈飞也似地跑去。它一跃而起,人群离开了安妮,留出一个空档。它赶紧冲上空档,消失在通往客栈的方向。

过了一会儿,雅克和其他人方才明白过来她到底怕什么。她早该在战斗的嘈杂声中听到朱拉的哀号——那是一种不同的、更加疯狂的、恐怖的嚎叫——

没有什么比这更骇人了。没有。

一个男人把手脚撑在地上,发出诅咒,这才又站了起来。其他人跟跟跄跄,穿过黑暗，坠落着，诅咒着，左右摇晃；剩下的两条狗拴在树上，在黑暗里发出邪恶的嚎叫，对抗伤痛累累的暗夜。蒂丽在哭，安妮哭得无休无止，无休无止，她不知道，她不知道，她不知道，她诅咒上帝，诅咒雅克，诅咒蒂丽，更诅咒自己和自己那两条跑不动的腿，她最后一个进入房间。房间里，两条狗互相咬住对方的喉咙，满身鲜血，那么多的血，孩子就躺在那儿，静静地，血肉模糊地，缄默地。头悬在撕开的喉咙上，像一个被撕烂的破洋娃娃。挤进房间的人群吓得一动不动，连雅克也是。还得她来。她抽出雅克腰带上的猎刀，插进黄狗的胸膛，直没刀柄。它看上去一点儿也不惊讶。只是把眼睛闭上沉了下去，把嘴巴从桑尼喉咙上松开。她拔出刀，举起来又插进桑尼的胸膛，但是直直看到它眼睛深处，看到些东西，好像既有爱又有恨。她明白过来了——它曾试图保护孩子，为了自己的这一努力，它断送了自己的性命，因为死狗松开嘴的时候，桑尼的喉咙里开始涌出血来，溅得她满身都是，她唯有从桑尼嘴里把那条死狗松开，抱着桑尼正在死去的头颅。如果她做这件事，她就不用做那件事——面对脚边尸首不全的自己的孩子——如果她做这件事，他们赊来的将来或许就不用今晚偿还了。

过了一会儿，传来一声哀恸，她想一定是小狗醒来了，在外面树丛里孤孤单单，而且受了伤，身上带着陈血。她想要走过去救它，把桑尼的头颅轻轻地放在浸满鲜血的地板上——她永不能清理干净血迹了，她想，他们两人的余生都要与它共同度过了——她在擦洗地板与拯救外面的狗之间挣扎，那个声音在她耳朵里呼啸，她鼓掌想要压住那声音——然后，她意识到是自己，是自己在尖叫，不停尖叫——

8

　　卷一结束了，我合上书，眼泪滴落下来，随后在摩洛哥皮沙发上睡了过去。 灯一直点到破晓，我醒过来，挣扎着坐起来。克莱门特还是没有回来，这房子感觉不友好，似乎变得反对起我来了。面前的墙壁上有一个奇怪的阴影，形状很像个人，惊险地升到天花板上，弯下腰就要靠近我的脑袋……眼看就要……但是我甩一甩头把它抛开，站了起来，心扑通扑通直跳。肚子里的孩子也不消停，慢悠悠地打着滚，整个早晨不停用肘和膝盖撞我。可怜的安妮！还有那可怜的孩子。我用手围住肚子保护着。狗。世上真是有太多危险了，我该怎样做才能保证孩子的安全呢？根本不可能！我根本不可能把孩子生下来,这才是真相。克莱门特回来以后我就告诉他。我环顾四周,房间被玫瑰色的朝霞照亮了。他去哪儿了？他是不是有别的女人？不,没有女人敢半夜三更打电话进来的。是生意,他说过的,总是生意！什么生意一定要半夜去做呢？我安全吗？会不会有人来把我们杀死在床榻之上？我一直在看有关禁酒令、酒类走私贩以及土匪的故事。克莱门特在做违法的事情吗？身上布满枪眼的画面让我更加担心。我关了灯,把书塞回到书架上。

我发誓再也不看那女人可怕的故事了,于是缓缓穿过半暗半明的房间来到走廊。视线穿过门边上又长又狭的窗子,我期望能看见芒缇·吉恩和她丈夫。一条黑狗在院子前面四处嗅着,看上去是流浪狗,因为它的皮毛纠结着,肋骨根根凸出。我敲了敲窗子,即刻后悔起来,因为当它抬头看的时候,一双黄眼珠在玫瑰色的晨光里放出可怕的光芒。

"别傻了。"我骂自己,把门开了一条缝。那狗目不转睛地看我把头伸出去,我坚决地喊道:"你马上给我走开,走啊,走开。"它低下头把鼻子凑在草地上,很响地嗅着气味,再一次把那颗小狐狸般的脑袋转向我,这一回眼神平静,最后头一转,一路小跑沿着车道上了马路。安妮一定会这么做的——把狗通通赶走,管它是两条腿的还是四条腿的。

隔着树林和灌木丛我望向大河,瞥见一摊闪闪发光的棕色水流,它像是有生命一般,如此沉重,即使你看不见也能感受到它的存在。客栈肯定一度非常靠近河岸,那块地里的地基肯定是奴隶们曾经的住处。谷仓原来就在那儿吧？家族墓地在那儿,栅栏旁边。孩子就葬在那儿吗？我打了个寒战。昨晚露水很重,阳光普照下就像在草地上结了一层薄霜。牲口圈里的母牛哞哞叫着。猫头鹰也叫了几声,又缄默起来。它住在单人厢房的屋檐上,房顶已经破损,得叫人修修了。这幢房子不需要野生动物。我打着哈欠关了门,不理会那些阴影以及头顶传来的叽叽嘎嘎声。我累得已经顾不上害怕了。

"一切都会好的。"我摸摸肚子,开始爬楼梯,一手扶着楼梯,一手撑着腰背部。每次爬楼梯我都要往后拗以保持平衡,而腰背部就会疼起来。我得出了结论:怀孕期间不宜阅读如此悲惨的故事。我把羊毛围巾朝上拉,一直拉到下巴,然后闭上了眼睛。下次得找本快乐点儿的书。但是一睡着,安妮的声音就在我脑际回响起来,似乎变成了我的声音,诉说着我的故事。几个钟头过后我醒来,汗流浃背，心悸不已，又没办法想起做了什么梦。

那天下午克莱门特回来了，睡了个把钟头又起来，吃了晚饭又走了。 他仍然对自己的行踪三缄其口，只是拍一拍我肩膀，吻一吻我额头，弄一弄软毡帽帽檐，让帽子俏皮地顶在头上。拥抱的时候他手臂下面有什么凸出来。我又抱住他，悄悄把手伸进他西装马甲里。是一块皮草，里面裹着金属：枪！

我往后退，准备问个清楚，但是他一脸温柔地注视着我，我开不了口。一颗心随爱而悸动就像一条狗被训练成会耍把戏，有什么不对吗？他拍拍我的肚皮，微笑，吻上我的唇，举起帽子跟我道别。

他一手握着门把手，把一根指头放在嘴唇上，然后用那根指头指指我。我沉默了。我发誓等孩子生下来一定要把枪和夜里发生的事情弄个水落石出。

再次回来的时候他在家呆了一个星期，我放松下来，不去想安妮的事，努力一小段一小段地睡过去，这已经是我最好的状态了。肚皮如此的肿胀意味着夜里我总要好几次起身，要么小便，要么就为了舒缓一下背部的疼痛。有一次我去找那把枪，在楼下发现了它，装在枪套里，挂在衣橱背后。我想起父亲那把手枪，总是藏着不给郡治安官看到，又大又沉，长长的银枪管经过精心雕琢，象牙握柄上镌刻着父亲的名字。克莱门特的枪要小些，枪管短，是黑色的。因为冷酷它看上去更有杀伤力。不知为什么，我把它凑到鼻子前闻了闻。这味道是新近开火时产生的吗？身后传来咯吱咯吱的声音，我赶紧把枪放回去，关上衣橱的门。我意识到一个女人作出了选择，在孩子和孩子以外的世界之间。我的选择是不言而喻的。

第二天，我开始忙着整修在客厅发现的一把摇椅。 我把报纸塞在洞里，这样摇椅后背的杆子就更紧了。黑漆磨光已经开裂，镀金的图案也已剥落，但是椅子仍然坚固，摇摆起来幅度很大，坐上去又深又平滑。椅背上雕刻的吼狮头让我想起我第一本识字书上的一张图画，我认为这是一个好兆头。在楼下一间客厅里我发现几个红色和金色的陈旧的土耳其织锦垫子，就把这几个垫子垫在摇椅后背和座位上，这样以后就可以坐在上面抱着孩子喂奶了，这是从医生给我的书上学来的。

约莫四点钟的时候，克莱门特把摇椅搬上楼安置在卧室里，以后我就不用晚上离开房间了。他睡得很好,安安稳稳,无忧无虑,超凡脱俗得像个孩子。"你不用担心会吵醒我,"他说,"我可以一路睡到地狱,醒来时又身处天堂,却不会感到有什么不同。"

他又变回了往日的自己,风趣、开朗。我放心了,沉溺于舒适的生活,任之前的怀疑烟消云散。两个钟头以后,在晚饭桌上他送我一对式样老套的翡翠耳环,后面还有钩子,可是我没有耳洞。他答应等孩子一生下来就帮我穿,我们都笑了起来。我告诉他想要芒缇·吉恩来帮手,而绝口不提这个主意会让我信奉循道宗①的母亲感到震惊。她会说只有吉普赛人、黑人和白人人渣才穿耳洞呢。再嘲弄她多一次的想法使我对克莱门特的感情又加深了一层。他的确是我的真命天子!

当天夜里我们刚关灯上床,电话又响了。 我十分气恼,他低三下四同我道别,而我则充耳不闻。我身体僵在那里,听到他从衣橱里拿出枪,前门关上了,车门"砰"地一声,引擎发动起来,他呼啸而去,砾石在轮胎下面弹开来。这次他顾不得安静了。

可能是因为带着脾气睡着的缘故,半夜醒来我仍然心绪不宁。我一屁股坐起来,几乎忘了自己有孕在身,把腿一甩跳下了床。不知为什么我没有在摇椅那儿绕得再远一点儿。最近我开始撞到东西,好像挺着的大肚子使我对刻度、比例和尺寸的感觉不准了。我的脚绊到了摇椅腿,身子开始往前倒,只好跟跟跄跄侧身去抓铁床架的床腿。双膝着地,我感到一股震动沿着大腿衍入腹部,双腿之间忽然湿了,我跪在水中央。

"太快了!"我悄声说道,因为身边没有人帮忙。晚饭过后洗了盘子,芒缇·吉恩总是和她丈夫——罗,一起回家。克莱门特也开车走了。只有马匹和马车,我又没办法把车套上。我试图站起来,但很快又跪下去。我不能把手从铁床架上拿开,因为肚子前面生出一阵疼痛,像拳头一样抓住我又猛地一拉,后背回应着疼痛,我觉得自己站不起身,但又必须站起来。我挣扎着立起来,一边呻吟一边诅咒,多么希望自己没把灯全关掉弄得一团漆黑。我极力思考着该怎么做,这

---

① 循道宗:十八世纪在英国由卫斯理发起的新教运动。其教义强调圣灵的力量,建立个人与上帝的关系,礼拜仪式从简,且关怀下层民众。

时第一阵痉挛袭击了肚子。我知道应该去电话那儿打给别人,但是打给谁呢?

我蹒跚着来到走廊,一丝不挂,羊水滴滴答答,下身完全松散开来了,孩子又是踢腿又是翻滚。我努力调整呼吸,镇定声音,拿起听筒,听到接线员困乏的声音:"喂?"

他没有告诉我他去了哪里,也不说接线员是怎样找到他的。 孩子出生了,不像医生允诺的那样不痛不痒,就出生在楼下的走廊上,我全身赤裸,孤身一人,尖叫着要孩子让我一个人呆着,停止伤害我。然后我醒了,克莱门特从前门正冲进来,把阳光撒在我们母女身上,撒在血淋淋的一团混乱上,撒在缠在她脖子上的脐带上,撒在那张瘦小、青色的脸上,撒在永远睁不开的双眼上,撒在紧闭的双唇上,撒在挥舞着愤怒的青色、小小的拳头上,拳头挥舞着愤怒。

"对不起。听到吗,海蒂?真的对不起,亲爱的。听到吗?"

声声入耳,但我没有把眼睛睁开。我早就知道。感觉到她滑出来以后,我疲惫地把眼睛合上了,一分钟而已。我想我有那个时间,那一分钟。然后就得挣扎着起身,拿刀割断脐带,给我们两个洗个澡,把她的世界打理得井井有条。

"我需要一分钟让自己恢复一下,"我用血淋淋的手掌扶住她的头,闭上眼睛轻声说,"嘘——嘘——"

睁开眼睛的时候,阳光正从前门边上的窗户照进来。外面一只嘲鸫①在挨着房子边的古老橡树上筑了巢。房子本身安安静静的,闹钟滴答滴答,温度也涨上来了,尽管玫瑰色的朝霞表明现在还不到七点。我知道了。她没有挣扎,她的头颅和我的手掌在我们的血液之中永远封印在一起,她曾经默默地挣扎,然后死去。

你不能一直都能原谅自己的所作所为。十七岁那年我学到了这一课,而且,不论后来克莱门特做了什么,我永远和他一样深感罪孽深重。

我们把她葬在房子东边家族的墓地里,就在大果栎树下。夏天树荫遮住草丛,那里湿润又阴凉;冬天落叶堆积,那里始终温暖。言不尽意,我们唯有立起墓碑,碑顶一只羔羊,边上刻碑人简单地镌刻了一行字:上帝的可爱羔羊。

---

① 嘲鸫:雀形目嘲鸫科几种擅长模仿的鸣禽的统称。

之后，我们开始陪着小心，彬彬有礼得像两个陌路人，夜里流着泪躺下去。但是克莱门特睡不着，而我总也睡不醒。我们从不觉得饿。我们在失去体重，仿佛抖落照亮我们未来的幸福一样。我只有十八岁，却在一年里失去了孩子，失去了家庭。母亲毫不知情。她去世以后我的姐妹们才又一次联络我，但到那时我已经不在乎了。

后来我才知道，关于那把摇椅，还是安妮·拉克说得对，就把它流放去了单人厢房。过了些时日，我又拿起她的书，我们失去的是如此相像，这让我既困惑又烦恼，做梦都梦见我们两人的孩子遭受同样的命运，同样的遭遇夜夜重复上演，而我既救不了她的孩子也救不了我自己的。一次我半夜醒来，认为自己听到了一只大狗在门外走廊上踱步，它的爪子又粗又利，深深嵌进柏木地板里，我只能躺在床上，浑身颤抖，独自一人，克莱门特又去接电话了。他是个土匪什么的，我知道。早晨我趴在地上，看见细小的爪印沿着长长的大厅里排列下去。

我发誓再也不看安妮·拉克写的东西了，大白天就爬上了床，芒缇·吉恩时不时朝里面瞄瞄，啧啧舌头，好像我是一个生闷气的孩子。我听到她在前厅大声向克莱门特抱怨着，说我应该从床上下来，说一个人就这么下去没好处。克莱门特的回答声音小得听不见，但是芒缇·吉恩跺着脚走下大厅，任我随心所欲，然后带了晚饭上来。我假装睡着了，她把托盘搁在门边的梳妆台上。我永不会离开这张床了。也不会吃东西了。

克莱门特再次离开，当晚我的决心就消失得无影无踪。房子在寒冷的北风里咯吱作响，冰雪夹岸，大河顿失滔滔。我打开所有的灯，电唱机唱起来了，收音机调到圣路易斯的一个通宵音乐频道，又在图书室里燃起熊熊炉火，把像衣服般悬于四壁的阴影全部赶走。突然我饿了，事实上是饿极了，便进厨房翻箱倒柜，在盘子里装满芒缇·吉恩做的饼干、一片火腿、草莓酱，想了想又抓起那瓶落满灰尘的法国白兰地，克莱门特把它放在了食物架子上。坐在皮椅子上，我拿出一本沾了更多污迹的歪歪扭扭的书，书名叫《安妮·拉克，卷二》——相信自己对即将到来的一切已经有所准备。但是现在安妮的故事开始从书页上飘舞起来，在夜晚的清风里发出断断续续的声音，在滑动的爪子里穿行，无休无止地穿行，穿行在头顶的走廊里。

9

几乎有一整年,她悲伤欲绝,靠鸦片酊才能睡着。 有些时候,大家伙儿雕的那些木偶会活过来,跳一支死亡之舞,舞蹈里,猫儿狗儿就像孩子一样啜泣悲嗥。人们拿出刀子,孩子们狡黠地一瞥。所有的动物都难逃腐烂,它们被吊在角落里嘲笑她,她只有把自己深深埋在各种毛皮之中,那是前些年的冬天,他们把捕到的野兽的皮剥下来。她孩子的味道和它们的味道混合在了一起,她知道朱拉就在这高高堆起的毛皮之中的某个地方。她滑下床,在上面一寸一寸地寻找,寻找藏匿于其中的孩子的小小身躯,直到指尖酸痛得没有办法碰任何东西,直到指尖断裂,鲜血直流,鲜血——是她的,她的!有一天雅克把这些被褥匆匆付之一炬。

时间一天天过去。风起风又落。树叶变了颜色。一天早晨,雅克走近她:"我开始动工造我们的房子了。过来看看!"他把床垫扔到一边,把她抱起来,即刻惊讶于她的体重。她一直在隐藏食物,把盘子里的食物刮到地上给狗吃。门开着的时候感觉好些,但是那花花绿绿的世界离她如此遥远,她记不起来该怎样去那儿,直到他抱起她,把她带进炫目的阳光里,她不得不把脸藏进他的衬衫里。

那是一八一九年的早春。一轮红日光鲜夺目,就像一枚刚刚破了壳的鸡蛋,空气里夹杂着各种各样的味道,砍下来的木材、绽放花朵的树木以及泥泞的水。她陶醉了。房子坐落在山巅,下面用四英尺高的木头撑着,防止大河泛滥时的急流。房子是如此庞大,好像他们在建造一个容器来容纳所有的悲伤。他指指点点,她凝神注目:一间他的,一间她的,一间——孩子那间在哪儿?孩子们住哪儿?

"楼上楼下都有阳台,为你准备的。等房子盖起来你就会恢复的,是不是?"他想要一个承诺,瘦削的脸上刻起希望的皱纹。他瘦了许多,肩胛骨就像硬掉的翅膀戳着皮肤,从天堂被放逐的软骨天使,她想说,或者她已经说出来了?

安妮指指下面河岸上的三棵大果栎树。在那儿,她想,她应该就在那儿。不知为什么,他听到了。她指着那棵最高最粗的,它的树枝几乎伸展到大河对岸。他说:"好,我知道该怎么做。"就像以前一样,她思量,他们心有灵犀,异口同声——在狗排泄以前。他们对此十分受用,好像这种两个人的同步就像鹿心一样又嫩又香甜。

第一天上树异常艰难。 拉绳子的人们手不太稳,小小的平台像没有被驯服的马匹乱蹦乱跳。一阵清风吹过,她左右摇晃、头脑晕眩。这让她紧张,令她想起朱拉摇曳的摇篮,她钟爱那温柔的摇荡,好似她正在飞。她开始认为这一段向上的旅程是朱拉送给自己的礼物。也许最终她还是原谅我了,她思忖,又想说出来,但是做不到。那晚以后她变得一言不发。

雅克,她原谅我们了。她努力摆出口型来,但是就连这也变得不可能了,好像喉咙被切开来一样。她一把抓起画图纸和炭画笔草草地写给他:"她原谅我们了。"她把纸折起来任它飘走。它就像一条船航行着,游向大地,仿佛有一双看不见的手在领航。

"这是什么?"他边说边把它打开。

他点着头,用手掌把它烫平,泪水涌上来。字迹弄花了,只有暗淡的轮廓藏在炭迹后面。这一团炭迹成了他们两人之间的生活。

第二个礼拜她每天都上去,大地像一张巨大的毯子在她面前铺展开来,大得足以笼罩四野,掩住逝去的一切,催促活着的卖力劳作。她是唯一一个不劳动的,而且奇怪的是没人来打扰她。一些人把沼泽边上的树木砍伐干净,一些人在安放房梁,还有的开掘出一个巨大的花园,要么就在照料广袤无垠的玉米地。空气里回荡着铁榔头的叮当声,敲打出马蹄铁、木桶板,还有一口钟。钟是给客栈用的,那些被浓雾围困的船只可以循着钟声前进。

马匹越来越多,多到她数不清:褐色、红棕色、黑色、灰色,各色名目俨然构成了一首诗! 她见证它们的繁衍生息,见证欲望,见证黑莓和月桂馥郁芬芳,见证河泥泛滥,见证春天蔚蓝天空里浮云倏忽游荡,见证新生的叶子,它们是那么绿,绿到影子也发光。有一天用刀修理头发的时候她还见证了晒在自己后颈的光辉的太阳。她要出海,必须轻装上阵,不能带上丈夫和孩子,也不带朋友和敌人。一阵微风摇动小船,手帕也随之飘扬。它在招摇的树枝间航行,在举起双臂的人们头顶航行,在灯心草丛和矮小的河柳树上投下简短的影子。它游过码头上铺着的木板,游向大河,犹豫起来,又乘上目力不能穷尽的褐色的大河水面。

"再高些。"一天早晨她手往上指着说道,似乎自她最后一次开口到现在这段时间里这三个字失却了一些意义。雅克以及大伙儿都停下来,惊讶于她沙哑的声音。船滑脱,开始打旋。但是大家及时抓住了绳索,继续牵引。绳索嘎吱作响,平台摇摇晃晃往上升,下面四个人用力把她往上送,雅克设计了精巧的滑轮系统。她紧紧抓住两边拴着的绳索,一边比另一边高了一英尺,她感到系在身上的简易保险绳开始拉紧。

"保持平衡!"雅克大叫起来,平台又恢复了平衡。雅克监督着将绳索打好结,脸上的表情又舒缓又开心。他想说些什么,却不敢开口。

她赶紧查看了一下柳条筐,里面装着笔记本、书、工具、画具、水壶、食物以及望远镜。早饭刚过,不到晚饭时间她是不会下来的。

空地边上的大果栎树高耸入云,又向四面伸展开来,欢迎般的树枝伸出河岸又跨过大河,什么东西都逃不过她的眼睛。处于这一有利的位置,就算命运降临她也可以看得到。下次她可不会因为毫无准备而感到惊讶了。

今天,厚厚的树皮褶皱做了一群大黑蚂蚁的家,它们正嚼碎枯树干里的微小通道。这棵树的三分之一树干都是枯的。她怀疑黑蚂蚁造成了相当大的损害,把树干掏空了,夏天来一场暴风雨就会倒地。这棵树位于空地边上,风一旦有规律地吹过来就全打在它身上。但是她并不担心自己位于树上的小舟,雅克是个建造好手,过去一年他呕心沥血把一些欢乐带进她的生活。他忍住悲伤,通过建造房屋发泄出来。只要能造得够高够广,他就可能造出一条路,一条走出悲伤的路。

她发现自己越来越被蚂蚁和它们的等级社会所吸引;尽管大多数蚂蚁是微不足道的工人,而女王却身躯庞大、慵懒松散。连着几个钟头,安妮细细观察这种勤劳的昆虫,用各色食物来检验它们的胃口。它们喜欢甜的——水果、糖、别的昆虫,不像蒂丽厨房里的小红蚂蚁,钟爱收集油腻的残渣和没洗的盘盘罐罐上的剩余。她用小刀戳树上的洞。木头纷纷散开,露出巢穴,里面装着小小的白色虫卵、幼虫还有包裹在丝绸般茧里的蛹。它们看上去很美,从容不迫,躲在高处不为下面的危险所骚扰。成虫把其他种类的昆虫放在别处,以它们为食——真是一个有效率的系统。它们的天敌当然是攀树的鸟类,那些鸟长着分开的脚趾、锋利的喙,专门用来挖掘树皮间蚂蚁用来走动的裂缝。

她飞快地素描蚂蚁那黑色的身体,有两部分,细细的腰把这两部分连接起来。她多么渴望知道万事万物的名字啊!

头上顶着触角,在关节处弯折着。一双与身体尺寸不协调的大眼睛,大小有自己小指指甲的一半。她把小指伸过去,它咬上来却并不觉得痛。她发现了一件事:这种蚂蚁不会咬人。她只想看看蚂蚁王国的内部,剪下一块偷偷观察一番。

今天早晨穿过树林的阳光似乎多了些尘土,微粒夹着潮气,在她身后的树林里拢成阴霾,她的这棵树的叶子和枝条就更衬得鲜明。没有一片树叶在摇晃,现在所有一切都纹丝不动。鸟儿们从一棵树唱到另一棵树,鸽子在唱丧歌,麻雀叽叽喳喳,啄木鸟一路叩叩打打上了树,停下来看了看她的小舟,又飞快地在她揭开的蚂蚁窝上忙碌开了。一个礼拜以来它已经来拜访过好几次了,开始把她当作这棵树的一部分。

这个平台是个正方形,六英尺见方,是用厚木板扎成的,仅能容得下她和一些补给品,还有一把帝王般的座椅,是雅克用弯柳树枝做的。这把椅子让她能够放松臀部和双腿,一年来她的臀部和双腿萎缩不少。她现在似乎完全失去了行走能力,雅克花费大把时间和金钱给她制造运输工具,仿佛她是一只体型硕大的幼鸟,不停地从一个巢穴转去另一个巢穴。在上面她根本用不着出声,而她却出声了。第一天上去她就开始跟树世界的居民倾诉心声。自她大声说话那次过了好几天,雅克依然为他自认为的进步而眉开眼笑。他相信自己救了她两次。

啄木鸟背上生着黑白相间的条纹,大小跟知更鸟差不多。她又在画它了,这礼拜的第十次,努力抓住它在运动中的型体。它要能停下来就好了。昨天又有一只跟它一起来了,她开始明白过来更花哨的那只肯定是雄的——红冠红颈——雌的则只有红颈。由于处在特殊的角度,她可以看到两只啄木鸟的腹部都有一块玫瑰色的斑纹。雄啄木鸟在啄树吃蚂蚁的间歇,会反复发出颤鸣或者嚓嗑——嚓嗑——嚓嗑的声音。她记录下来,想再画一次。

"把蚂蚁吃光吧。"她轻声说。

她把食物篮子打开,拿出一罐冷的甜茶和一块饼干。安妮不肯多吃一口蒂丽烧的饭,这让蒂丽羞愧难当。带着负罪感,她越发痛苦和懊悔,但是还有别的秘密在燎灼着她的面庞和双手,又在眼睛周围画上了黑眼圈。

安妮发现一旦摆脱人们的视线,蒂丽就立刻失去了理智,似乎有什么奇异的魔法在作祟。某种巫术。从她所栖息的地方望出去,雅克买卖各色物品,提供各色服务。一个礼拜里每天都有特别的比赛,使雅克更快地累积财富。今天斗鸡,明天赛马,接着又是拳击、摔跤、猎鸟、耍刀,等等。晚上他就睡在她身边,把他的王国细细梳理一遍,让她知道各部分分别贡献了什么,让她知道他为她积累了多少财富。"你看我爱你有多深,亲爱的?"见她默不应声,他就接着说,"房子盖好以后你就会同我讲话吗?"

大家不理解他的意图,尤其是今天早上。"我以为你要我们铺柏木地板呢。"斯卡格斯说。他搔一搔花白的胡子,抬头看看雅克建在这座小山上的豪宅。去年秋天屋子的外部结构已经竣工了,但是内部装修迟迟还没有开始。窗棂又没有装玻璃,鸟儿和其他动物已经做了窝。

裴澈尔·威尔拾起一把用来开槽的犁刨。"木板切割好了,就等开槽了。再在外面放着会变形翘起来的。不该无谓浪费那么好的木材。"他朝那高高堆起等待拖进房子里的木板点点头。

雅克一扬眉毛:"先做圆桶。用橡木。"斯卡格斯刚要开口,就被雅克抬起的手堵住了。"我知道橡木是用来做门的,但是现在不再是了。"他看看头顶赫然耸立在山上的房子,"现在我们需要更多的钱,不单单建造一所房子而已。"圆桶是用来装啤酒的,雅克要自己生产啤酒。一个德国酿酒师傅昨天才到,而且并不打算要留下来,到夜半时分他把钱全部输给了雅克,又输掉一包衣服。玩牌的时候就连马甲上的银钮子也输掉了。雅克把他囚禁起来——"你教我的伙计酿造和在德国一样好的啤酒,我就放你走。"

斯卡格斯叹了口气,朝柏木板看了最后一眼,把目光转向山下,看看树上的安妮,她似乎漂浮在那棵老橡树的繁枝茂叶之中。他摇摇头:"可惜了好木料。"

雅克伸开两臂:"这就是我想要的!我想要的就一定要得到。如果我选择把客栈送人,住在树林里,就得这么办!"

"需要多少圆桶?"威尔问道。

雅克的手下现在对他的恐惧多过尊敬,而且人数越来越多。 尽管大河上下客栈为数稀少,但他的客栈却开始臭名远扬。是她的错,她知道,因为她没有尽到做妻子和助手的责任,没能让他专心致志为这个家庭谋幸福,而幸福这个词让她痛苦。

斯卡格斯和威尔开始做圆桶,雅克坐在她那棵树下的长凳上望着大河。就在大家刚才站着的地方她看到有什么东西在发光,她又一次举起望远镜。是酿酒师傅的银钮子,一定是雅克掉的。她想叫他,但是没有出声。这种丢钮子的疏忽反而更适宜,因为这样他就没有足够的钮子来做马甲了,他乘人之危捞进。她想要雅克回复到过去那个样子,回复成她仍然爱着的那个男人。

一只乌鸦滑翔着落在丢掉的钮子旁边,让她想起他们的宠物卡尔。它歪着光滑的脑袋,看着那粒钮子,又看看客栈、树,把眼睛又放回钮子上,最后看看雅克,走上前去把钮子衔起来。它站了一会儿,这才衔着钮子飞走了。就在它将要消失在树林里的当儿,三只麻雀闹腾着俯冲下来啄它。尽管乌鸦努力不去理睬麻雀,却挣扎起来,飞得更低,又振翅上冲,忽左忽右,想要摆脱麻雀的攻击。最终乌鸦丢下钮子往山上的房子那儿飞去了。明亮的银钮子翻滚着,在阳光下闪了一下就消失在矮树丛里。

听到她重重的叹息,雅克从马甲口袋里掏出剩下的银钮子,在两只手里倒着,微笑起来。

"能再次听到你的声音真好,亲爱的。"他顿一顿,等她出声,然而很明显她无意开口,他继续讲下去,过去一年来他一有心情就会像这样讲着。她发现,他只要她做个听众,而且怀疑一直以来都是如此。

"当我还是男孩的时候——很难相信我曾经是个孩子吧?——我祖母给了我一盒钮子玩儿,自己找乐子,懂吗?跟这些不一样,但是很好看。我把它们串起来,做成一条漂亮的项链,可是母亲不肯戴。她很虔诚,是胡格诺派①的教徒。是她把我带到这个世界上来的。但是那串项链啊,真是太漂亮了——银色、珍珠色、贝壳的颜色、骨头以及玛瑙——五彩缤纷。所以我想干吗要放弃自己的财宝呢?"

他站起来,朝上看,手遮住眼睛:"我看到你的袖子了,亲爱的。如果你非得躲着我,就应该穿绿色或褐色,那才配这棵树。"他把手伸进黑色锦缎马甲口袋里。最近他才开始穿,是蒂丽给他做的。他坐下来,把腿伸直,颓然倒在长凳上。她可以看到他朝上的面庞。

他下巴动了,她想象自己能够看清楚每一条肌腱,只要用刀再刮一小下他就

---

① 胡格诺派:十六至十七世纪法国新教徒形成的一个派别,又译雨格诺派。该派反对国王专政,曾于一五六二年至一五九八年间与法国天主教派发生胡格诺战争,后因南特敕令而得到合法地位。后又遭迫害,直到一八〇二年才正式得到国家承认。

完了。有些人的脸需要肌肉来填补,免得太像死尸。雅克的面庞就是这样。他逃脱了年龄的羁绊,而现在又要永远脱离肌肉的羁绊了。

"它们后来怎样了?"她轻声问道,真奇怪他居然听到了。

他看看停在手掌里的钮子,就像自己捕到的许许多多银色的嘴唇。"钮子吗?当然啦,我把它们埋了。"他忧郁地稍微笑了一下,"我决心不让任何人染指我的财宝。"

他薄薄的双唇因为浅尝辄止的微笑而分开来,他的眉毛扬起来了,似乎在询问她什么。但是一双参不透的黑色眼睛在她身上徘徊,让她感受到雅克言语的分量。她永不得逃脱。就算她想逃都逃不脱,仅此一点就在安妮的心里种下了暗黑的种子。所有那些药物,那些治疗,盐浴,一副接一副的药,强迫她吃下去的动物脑子、心脏和肝脏,一层层的毯子裹了冰把她包住直到她感冒,躺在滚烫的石头上背上烫出脓疱,捆在柱子上,捆在床上,烈酒灌进喉咙,浇在身上,水蛭爬满每一寸肌肤、脸和剃光的脑袋,用吸杯吸她,流血直到昏厥,她身上布满他照顾的伤痕,就因为这样他就不会失去那些属于他的东西。他的女儿逃走了,但是太太没能逃脱。这个天杀的!她从没想过要离开他,直到这一刻。同时一股新生的叛逆涌上心头,呐喊着:"他胆大包天!"

她把戒指从手指上退下来,丢到一边,恰好落在他脚边,埋在土里面。推测她的举动,他伸出手去接,但是没接到。他弯腰捡寻的时候,她把一瓶难闻的奎宁水全部倒在他身上。"绝对可以提升精神!"游方医生眨着眼向雅克吹嘘。其实不过是玉米汁和糖蜜。

"见鬼!"他低声诅咒以防被人听到。

"我不属于你,雅克!"她的声音很大,附近的狗儿纷纷抬起头,耳朵警觉地竖了起来。

"晚上再谈这个,安妮,安静。"他的手向下压。

暗黑种子在安妮心里发了芽,她满腔怒火:"我不下来了。"

夜里很暖,而且与其睡在雅克边上还不如就睡在这里。

"让我永远呆在这儿。"她朝下面喊道。她不愿被他看到,不管什么代价。他以为他拥有她!什么?一旦有小贩或船工来,她就和他私奔。

他瞪着眼睛看她,试着用手帕把肮脏的褐色液体从衬衫上吸掉。"母牛,"他咕哝道,"母牛。"

"我知道那个法语单词的意思,雅克,但是别异想天开觉得自己就是那头公牛了。现在你只不过是个老男人罢了,没有生育能力了——"她用手拍拍嘴巴,憎恨的言语让她闭了嘴。

"你太过分了。"他把手帕塞回口袋,但是拒绝抬头向上看,她看不到他的脸。他说得对。

"对不起,雅克,我——"但是似乎在她沉默的这一年里另一个女人占据了她的话语权,这个女人不惮于说出任何尖酸刻薄的话,而这些话就在她心里面的黑洞里生根发芽了。

"我发现你的时候你还是个孩子,"雅克淡淡地说,"现在你长成了泼妇。"他敞开手臂把空地上的一切都包容进去,"这些就是我的感恩戴德。"

"你的感恩戴德?你的感恩戴德!你——"她拿起一本书丢向他来代替余下的话。

他躲到一边:"我算什么,安妮?你要跟你的丈夫说什么?他失去了第一个孩子,而你一直无视他的存在。"

"做一个丈夫吧。"她不假思索,冲口而出。这六个字让他愣住了。他看看自己张开的双手,握成拳头,摇着头坐在长凳上。她错了。她知道自己错了。他从没有停止尽丈夫的责任,然而现在,她要赶他走。

然后她开始意识到他可能不会再尽丈夫的责任了。忽然她的心里充满恐惧,寒夜里他们可能再也不会在毛皮覆盖的床上做爱了。他们再也不会生养了。一阵心酸逼她伸手抓了一把树叶塞进嘴里,用牙齿研磨着,直到舌头被粗糙绿色的后悔弄疼了。

"非常对不起。"她张开嘴,但是喉咙不肯放一点声音出来,暗黑的种子已然开出花来。

在她下面,雅克的肩膀抽搐着,一声不响;在他上面,她搂住空荡荡的肚皮不让自己的呜咽发出声来。微风吹过平台,她睡过去了。

下午过半的时候她醒过来了,天气热到冒烟,雅克正在拖一条上游驶来的货船,船上载着北方的木料和钢铁。 一艘北去的平底蒸汽轮船加好了木头燃料,船上的旅客还在客栈吃着饭。过去一年来一直是波特拉姆三兄弟负责木头燃料的供给,保障大河上下正变得越来越多的蒸汽轮船和明轮推进船只的需求。有三个西印第安人奴隶给他们打下手,是蒂丽和查勃从新奥尔良带过来的,雅克买下了他们。尽管从穿着上看,这几个奴隶和波特拉姆三兄弟没什么差异,但真正的平等却是不存在的。这些西印第安人挤在一间狭小的小木屋里,就在柴房边上,晚上就被拴在一起,门上装了横木。高温让人汗流浃背,所谓的窗户其实只是几道通风的缝隙。

福特的一条狗就拴在门外边,这样一来看守就更严密了。对于这件事她三缄其口,既然现在赶走了雅克,她也没权力说些什么了。

货船上的船员很是粗暴,一群粗声大气、骂骂咧咧、兴高采烈的家伙。他们乐得享受停泊在雅克码头上的危险,就像享受穿行于大河之中的犬牙差互以及湍流漩涡。蒸汽轮船停靠之处的另一边,有两个人推推搡搡从尼古拉斯·波特拉姆身边擦过,背着一捆柴火的尼古拉斯失去平衡栽在河里。米切尔和阿施兰幸灾乐祸地看着大哥在水里扑腾着解开肩膀上的绑带以免淹死,货船船员自顾自地继续朝河岸走去。

"雅克!"领头的那人重重捶在她丈夫的背上,几乎要让他趴下去了。那人脸庞很宽,面色发灰,一口黑色烂牙,一双明亮的蓝色眼睛。雅克站直,狠狠搡了一下来人宽厚的胸膛,来人往后打了个趔趄。然后两人握手。

"麦克唐诺。"雅克说着看看他身后的那人,是个陌生人,衣着比较新,似乎不那么自在。

"这是奥特朋。"麦克唐诺顿了一顿,似乎在回忆这个名字,"约翰·奥特朋。新手。刚刚接过来——亚伦又进局子了。"他大笑起来,在那人肩上开玩笑地搡了一下,但是他早有准备,只是稍微晃了晃。他长相平庸,几乎可以说是居家男,三十岁左右,眼睛很大,又黑又亮,还有一只很大的鹰钩鼻子。颧骨略微突起,前额又高又宽,这让人可以仔细研究他的脸。他的嘴唇很有特点,上唇淡薄,下唇婉转。安妮透过望远镜发现他的脸很有趣。他穿得干干净净,配着一把枪,肩上耷拉着一个口袋,似乎要去打猎。他的夹克、马甲还有白衬衫和货船船员的工作完全不搭,她很想知道他到底是谁。他的脸坚强而高贵,往后梳的褐色长发夹着些许灰色披在肩上。这副样子显得不伦不类,她猜想他在躲避尘世、躲避家庭、躲避当局。码头一直有经历那次地震的基督教徒光顾,还有走丢的人们,他们在外漂泊数年,终于恢复理智,发现没了家庭那些恐怖的噩梦没有丝毫意义,还有一些穿着朴素的逃犯。最后一种人最多。他们在睡梦中没被杀死真算得上奇迹了。

太阳一定反射了她望远镜上的黄铜,因为他突然转过眼神朝这棵树看了过来。安妮确信他看到自己了。她呼吸急促起来,但是没有躲,而是继续看着,看着他望着自己。她的手一抖,因为就在这时顺着那人的眼神雅克也朝她看了过来。

10

"我叫约翰·詹姆士·奥特朋。"陌生人微微鞠躬,一双眼睛格外大,专注于她的脸上,无视她那两条可怜的腿,当天晚上她被从树上转移到客栈里。雅克抱着她,两只手调整重心,弄得他不得不越过他的肩膀朝奥特朋看。他对她微笑着,这让她非常吃惊。他的举止像个绅士,她很想知道他怎么会沦落到今天这步田地。

"今晚让我和旅客们坐在一起吧。"她凑上雅克的耳朵悄悄说道,然后吻了上去。

他抱得更紧了,因为得到原谅而放宽了心,快速点了点头,抱住她大腿和背部的手加了力道。一过门槛就是巨大的惊喜。过去一年他们的房间发生了巨大的变化。窗户上装了玻璃,此刻正敞开着迎接新鲜的空气,镶着白边的窗帘和窗子搭配得天衣无缝。墙被涂成了淡黄色,上面挂着画,绘着马还有其他动物。两幅相映成趣的挂毯在相对的两面墙壁上从天花板直拖到地上,挂毯上织着宗教图案。壁炉两边立着桃花心木书架,摆放着珍贵的书,还有生活用品——软拖鞋、烟斗、工具等,还有手工雕的小动物,她看得出是那年圣诞节雕玩偶的那些人的手艺。她哽咽了,重重地咳着才能呼吸。

粗制滥造的桌椅被精雕细刻的桌子和椅子所取代,桌子带弯转的腿,椅子带靠背。房间被精心布置的油灯点亮了,灯上还罩着蚀刻玻璃罩,而不是光秃秃的蜡烛。巨大的胡桃木碗橱靠在近河的那堵墙边,两边都是窗户,里面摆放着一叠叠的瓷盘、水晶盐罐、锡镴酒杯、玻璃器具以及银器,应该够很多人用。这可不错,因为很快餐桌边就会坐满了。露出来的柏木地板经过擦洗,又打了蜡,剩下的地方则铺上了宽大的红黑相间的地毯。壁炉的石头没有烟灰,烹调的味道也不再散发。事实上,到处一尘不染,只有一对巨大而精美的柴火架子。所有这一切都是为了大河之上的粗重的商业贸易吗?雅克的野心一望而知。

"在哪儿准备饭菜?"她问道。

"隔壁,"雅克说,"坐。"他把她放在柔软的长沙发椅上,上面盖着黑色的马毛织品,旁边挨着三把扶手椅,椅子上铺着深红色的丝绸织锦。

雅克解下肩膀上她背包的带子,把背包放在她大腿上,悄然走出去,把门带好。奥特朋立刻把眼睛从那些画上移开,径直朝她走了过来,再次微微鞠躬,指了指离她最近的椅子。她报以微笑,他坐了下来。

"真是意外。"他用手指指屋子,环顾四周。

"是呀。"她说。他的眼睛太大了,根本不可能错过任何细节。

"还有你,杜查姆太太,你在树上做什么?"他把一双深邃的大眼睛集中在她脸上,说话的语调暗示在这个地方见到一个女人再正常不过。刚才感到的不自在现在又向她袭来,她把头别过去不让他察觉。毕竟自己是已婚妇女。

"学习。"她把一只手放在背包上。

"原来如此。"他把打猎用的袋子拉到大腿上,拿出一本黑色书脊素描本。他快速翻动页面,找到一页,举起来给她看。是一只秃头鹰,头犀利地转过去,张着嘴,双眼放光,单爪立地,另一只爪子伸了出去,好像要抓住什么,又好像在保护自己。素描画得很好,那种傲慢的庄严呼之欲出。

"啊,太棒了。"她伸出手摸着画页,"你怎么——"

"它缠在我们的钓鱼线上,伤着了腿。他们把它带到甲板上,它攻击船长的狗,被人打得稀巴烂。我抢在前面把它画了下来。"

听到这些描述,她缩作一团。他见状耸耸肩,抱歉地摇摇头。

"可以吗?"她伸出双手,他把素描本递上来。

"还有几张。"他往前坐坐,她把书放在大腿上,这样他们两个人就可以一起看了。的确有好几张素描,除了动态外,还从不同角度描绘了那只鸟身体的各个部位——头、身体、脚,还有翅膀。前面更有数不清的其他鸟类和动物,像是野兔、仓鼠、鹿、蛇、鱼、蝴蝶,不一而足。他是一个艺术家,出类拔萃、鹤立鸡群,她感到又卑微又感激。

"你能教我吗?"她问,同时为自己的大胆而吃惊。

他坐直了,拨弄修长的十指,把她仔仔细细地端详了一番,好像单从长相就可以看出她的性格和天分来。也许那一双眼睛是可以的。

"给我看看。"他指了指她大腿上的背包。她笨手笨脚把钩扣打开,拿出拙劣的素描和文字。他接过素描本,开始检查里面的内容,慢悠悠的,让人精神紧张。

旅客到来,渐渐填满了桌子,他们的高谈阔论把他俩团团围住,她分了神。两个未曾谋面的奴隶用白色方巾包住了头发,穿着朴素干净的长服,他们飞快地布置好了盘子、银器以及酒杯。

"密苏里妥协案①什么也改变不了!"一个粗壮的鼓手(要么就是推销员)嚷道,"世道艰难,奴隶制就要被废除了。"

两个黑人奴隶竖起耳朵,手上的活儿慢了下来,他们的手脚太慢了,好像喝醉了一样。

"南方应该各自为政。"带着欧洲口音的这位是个小贩,他穿着混杂,蓄一头褐色的油腻长发。他把货车和马匹留在了马厩里,希望自己在吃饭的时候有人会喂马匹。他挥手示意收拾座位的女人让开,一屁股坐了下去:"制造才是关键。往东北走,那里有工厂。人们需要制造出来的商品。去年的经济恐慌逼得我们往西走,不知不觉之中我们已经可以去任何地方贩卖东西了。"

粗壮的鼓手摸摸秃头顶,顺手用指头梳一梳右边一缕金黄的头发:"看看这儿吧。猪肉和玉米粥已经不能让人满意了,在费城一个叫纽卡威的宾馆里已经开始生产一种叫'冰激凌'的东西了,不知道下一步又会出来什么?"

"别抱怨了,看在上帝分上,我们有牛肉、玉米饼,还有大豆可以吃。"

雅克的小酿酒师踱了进来,湿头发贴在脸上,看上去呆头呆脑,身后跟着斯卡格斯、科林奇、威尔、以及福利的两个堂弟。查勃出现了,站在门口,环视整个屋子。当他的目光定格在安妮身上时,他灿烂地微笑着朝她这儿挤了过来。

"安妮!"他清晰地叫道,重重坐在长椅的另一端,"小可爱!"他隔着她的腿靠上来,握住她的双手,吻上她容光焕发的双颊。见他没有理睬奥特明,她介绍他们两人认识,同时注意到两人之间的拘谨,就好像两只公鸡围着一只蚱蜢。

---

① 密苏里妥协案:一八二〇年美国国会达成的同意接纳密苏里为第二十四个州的议案。在该准州申请获得没有奴隶限制的州地位后,北方的国会议员试图提出修正案来进一步约束蓄奴,但没有成功。当缅因(最初是马萨诸塞的一部分)也要求州地位时,克莱提出了折衷方案,允许密苏里作为蓄奴州加入,缅因则作为自由州加入,此后奴隶制在密苏里南部边界以北的领土被废止。克莱的妥协方案似乎解决了延长奴隶制问题,但凸显了地区间的分歧。

"你看上去……不错,"为了找到恰当的措辞她停顿了一下。事实上,查勃看上去糟透了——他太瘦了,脸上棱角分明,又添上些新的阴影,比受伤回来的那个春天还要糟。他的身体消瘦,似乎寄生虫把他的肉身挥霍殆尽;尽管刚刚和大伙儿在外面辛勤工作很久,但仍然面色灰白。自从神志恢复、上到树巅之后,她就再也没仔细看过他。事实上她意识到自己不关心任何人。沉浸在自己的痛苦之中,她不去想身边重要的人了。

"我的情况恰恰相反,安妮。"他看着关上的门,"疟疾——我努力不让蒂丽担心。这些天发作得越来越频繁了。"他把手一拍,挤出一个微笑,"想象一下! 我现在帮雅克和蒂丽两个人管账! 不能再无忧无虑了。"他颓然地笑着环顾四周。

"新奥尔良那边怎么样? 她的房子还有生意——"她问道。

他耸耸肩膀:"她说我们的生活现在就在这儿。这对我的健康有好处。孩子们在奥尔良上学,跟家庭教师在一起。"他又咕哝着一些她听不到的话。

"嗯?"

"'不正常',我说。母亲离开孩子,不正常啊。你不觉得吗?"他盯着她。

那天夜里发生的毛骨悚然的事情又一幕一幕闪现在她眼前,她几乎就要哭出来了,这时查勃靠上来再一次握住她的手。

"对不起,安妮。高烧这些天来把我烧得迷迷糊糊,原谅我。"

他往日欢乐的脸庞现在看上去是那么沮丧,她强忍悲痛点了点头。她觉得再不换口气自己就要昏过去了。

"蒂丽还在继续新奥尔良的进口生意吗?"她努力装出漫不经心的样子,但是手指却疼了起来,她握奥特朋先生的素描本握得太紧了。奥特朋装作研究从身边经过的人们,友善地冲他们点点头。

查勃用手指拍拍嘴巴,越过她朝关着的门看看。"你不知道? 她做了雅克的搭档。"他把手摊开,"这间客栈,所有的家具,以及——"他朝那两个摆桌子的奴隶点点头,"他们的另一项进口生意。"

"雅克不会的。"她生气了,又克制住自己。在她精神失常的这段时间里,一切都变了。似乎她同时失去了朱拉和雅克两个人。

查勃靠近一点:"我让你不安了。"

他的气息里夹杂着几乎有毒的酒精和药物的混合味道,她把眼睛睁开,挥手让他退回去。"热——"

查勃握紧拳头,充满血丝的眼神有些抓狂了。"我对雅克说你不去树上了。明天一早我就驾车带你去看看苍鹭,趁天没热再把你安全地带回来。天一亮就出发,如果你愿意。"

她回答说好。

"我可以加入吗?"奥特朋问道,一双大眼睛里满是兴致勃勃,"恕我冒昧,但是,你瞧,对于鸟儿我有浓厚的兴趣。"

查勃看看她,她微微点点头。他勉强同意了。她觉得他希望两个人能够单独相处,以便能够更具体地谈谈双方配偶的事情,但是她还没准备好面对这样的谈话。她意识到自己对雅克越来越生气,同时也意识到自己对这场气愤深感满足,这种满足她有很久没体会到了。她不想太早释怀,也不想对任何人谈起。

"哦,看起来大家都聚在一起准备开饭了。"蒂丽出现在大家面前,厨房里的温度把她的脸蒸得红通通的,湿头发软软地散乱着贴在脸上。安妮想知道蒂丽是否意识到自己堕落得有多厉害。

蒂丽注意到她正盯着自己,蔑视的神情写在脸上,就说:"你不吃,对吗,安妮?坐了一天没胃口吧。"语气用关心打了掩护,但是锋芒依然划伤了安妮。

她想要问问蒂丽孩子们在哪儿,但转念一想,又甜甜地笑了起来。"你管事的时候我就陪陪你的丈夫和奥特朋先生,蒂丽。"她做作地学着蒂丽深沉的嗓音。

雅克出现在蒂丽身后,把手搭在她肩上,对她叽叽咕咕。她马上滑到屋子前面宣布开饭。

查勃站在一边,雅克抱起安妮,把她安置在似乎是家庭长方桌子的第一把交椅上,那张椅子很宽大。奥特朋悄无声息地进来坐在她旁边,另一边则坐着查勃。雅克见状后退一步看着,他的表情颇费揣酌。之前她把奎宁水浇在他身上,现在他已经换了衬衫,打从她认识他起,他第一次穿着体面:饰边打褶的白衬衫、鹿皮马裤、黑色的宽皮腰带,大大的银质环扣上面镶着一个女人的头像[①],脸上的表情既恐惧又吓人,头上群蛇乱舞,好似乱发。脚穿一双精工细作的黑色小山羊皮及膝皮靴。是蒂丽把他打扮成这副模样,还是他自己?腰间配着枪还有他那把刀。她确信靴子里还藏着一把。他这身富丽堂皇的打扮顿时成为众人的焦点。众目睽睽之下,他绕餐桌一周,坐在安妮正对面,举起一只手示意上菜,一盘

[①] 女人的头像:即美杜莎。

一盘的菜由六个奴隶端上来了。她原以为蒂丽只带过来三个,但是现在她不得不猜到底有多少奴隶了。是不是已经把那四间小木屋填满了?

分好食物,斟满葡萄酒、啤酒,开饭了。蒂丽偷偷溜到雅克右手边的空位子上,他们的举动比桌子上任何其他人都更像夫妻——相互倾诉、朝她所在的方向看看、指挥仆人们。查勃不理睬他们,一杯接一杯喝酒直到眼皮垂下来。他推开桌子,踉踉跄跄站起来。蒂丽一招手,两个奴隶上来扶他离开。

看着他离开,蒂丽显得舒坦多了。她突然发现安妮正盯着自己,就把头轻轻摇一摇。

奥特朋简单地把手放在安妮手背上,一股暖流沿着她的臂膀蔓延开来。"我保证明天早晨他会很健康地带我们出去的。"说着安妮把手收了回来。

第二天太阳一上山,查勃轻快地用马鞭拍打马背,马车摇摇晃晃地离开客栈上了马路。 起初马路沿着大河以及雅克的土地往南延伸。田边他的手下正在垦地,他们砍倒树木,要么就连根拔起,或者干脆烧掉。然后开出渠道把水排干。她手里举着的优雅阳伞挡不住黎明的灼热,热浪已经席卷大地,造成一片白雾,仿佛远处的火上升腾的烟雾,一路跟着他们前往西部内陆的沼泽。

奥特朋坐在她身旁,倾斜着身体指着左边低低飞过的苍鹭,它又大又蓝,脖子弯成钩状。

"我们还会看到更多这样的苍鹭呢。"查勃说。他今天早晨精神好多了,尽管脸上依然带着破损的灰色倦意。

路开始接近沼泽,她指着在芦苇丛中上下跳跃的一只红色翅膀的山鸟,小小的黑色爪子紧紧握住芦苇顶端,黑色的小眼睛闪着愤怒的光,投向这三个入侵者。

"等等。"奥特朋举手示意查勃把马车停下来,指着树丛里一个用芦苇精心编织的杯状物,里面有三枚淡蓝色的鸟蛋,蛋壳上点缀着深褐色以及紫色的斑点。离他们最近的鸟儿飞了起来,围着他们盘旋,朝马匹和戴在查勃头上的草帽俯冲下来。他用闲着的那只手朝它们拍打着,同时扬起缰绳。马儿愉快地小跑起来。

路面很快变得崎岖狭窄起来,地上偶尔有马车车轮印,路正中杂草峥嵘,窸窸窣窣地扫过马车底部和旁边,然而小黑马似乎不为所扰。橙色的土地在某些地方变得更加松软、更加沙化、浸满了水。

他们越过了一个鼹鼠丘,在她这一侧的车轮轧在了沙地沼泽的边缘,马车一歪,草帽遮住了她的眼睛。马匹挣扎着要把他们拉出来,查勃轻轻地鼓励着,而不是一把抓过就立在旁边架子上的皮鞭。

伴随地震的这些年,沙地沼泽在地上制造了一个个的坑洼,有些离马路还很近。夏天最热的月份里,它们干透了。一下雨又很快积满了水,变成无底洞。雅克的伙伴们已经从这些沼泽里拖出很多马、牛和猪,决定把那些大家伙圈起来。他们刚刚开始清理这块地方并竖起栅栏,有些沼泽还没碰过,危险又被包绕在黄色沙地边缘的绿色土地所掩盖。

马车恢复了平衡,查勃让马匹停下来喘口气。左边沼泽和右边林地里满是吵闹的鸟儿,它们倏忽乱飞,又是捕食又是鸣叫。一只肥大的灰色负鼠招摇地穿过马路,它显然刚刚在沼泽地里觅食过。它不紧不慢,笃悠悠地走着,肚皮一摇一晃,小小的粉红色撅嘴颤动着。光秃秃的长尾巴和尖利的白色爪子让它看上去有点像大老鼠,又像只浣熊。它的脸因为专注而挤作一团,奥特朋飞快地记着笔记,把它素描下来,它不疾不徐地进了矮树丛,最后消失在一棵巨大的古老的柏树后面。

终于他们走完了这段路,查勃微微转过头,指指前面,阴冷的湿地和沼泽掩映在光秃秃的柏树、蓝果树、沼泽女贞、水莲、白蜡树、水生胡桃、水榆以及黑柳之中。蚊虫嗡嗡,她赶紧把帽檐上的网拉下来遮住脸,把蒂丽坚持要她带着的白色纯棉手套套在手上。天气热得直发霉,从林子里蒸腾出来,在空气里蔓延开来,依偎着双唇,钻进鼻孔。最后她什么也闻不到了,只有闹心的水和发霉的空气的味道,和着腐败的、甜甜的恶臭。

"远处可以看到黑鬼的羊毛浸在水里,"查勃说,"只有独木舟可以穿行。印第安人可以在此打猎,白人最好还是离得远一点儿。"他突然站起来下了车,缰绳缠在皮鞭把手上,"在这儿等着。"

他手持弯刀,开始在一团几乎水泄不通的乱麻中砍出一条通道。石南、葡萄藤、紫藤、夹竹桃、毒常春藤纷纷让路。站在没膝的臭水里,他一把扯下柏树上垂下的藤蔓,卓有成效地清理出视线。一条手腕般粗细的水蝮蛇从他身后的池柏根膝上滑过来,把悠长的身体放进水里,脸上似笑非笑的表情凝固住了,似乎在凝视查勃的腿,又悠闲地回到布满植被的水里,游得不见了踪迹。

她看看奥特朋,他完美地捕捉着那条蛇的面部表情,来复枪毫无用武之地,闲倚在膝盖上。她手忙脚乱地在包里摸着手枪，不耐烦地说："该死。"他闻之吃惊地抬起眼睛，子弹刚好上了膛，直对着他。

"我投降。"他说，表情严肃，微笑在嘴角抽搐。

她把枪放低在大腿上，拂一拂眼前聚集在网上的蚊虫："那条蛇。"

"水蝮蛇虽然好斗，可能也不会攻击手握弯刀的人吧。就是蛇也有常识。"他微笑着继续把素描完成，又在底端记了笔记，注明日期。

"我讨厌用那玩意儿。"

观察周围的时候，他抬起眉毛睁大眼睛，似乎要把一切都装进去。素描的时候，他就眯起眼睛，咬着嘴唇，好像每次只专注于一个细节。或者他只是需要一副眼镜。一滴汗珠从他的大鼻子上滴下来，他把它拭去，却没有停下正在描画线条的手。

查勃把水溅得四散回来了。他爬上马路，又爬上驾驶座，累得直哼哼，一边拍着那群找上门来的蚊蚋。他脸色苍白，泛着潮湿油腻的光。

"别出声，"他悄声说，"看那儿。"

她从包里拿出铜望远镜，架在鼻子上。"一群白嘴鸦！"她把望远镜递给奥特朋。奥特朋深吸一口气，定睛注视着沼泽水塘，水塘里满是白色的鸟，它们涉水、筑巢。

"啊，"他呼了一口气，"要是能抓住一只就好了。"想到这儿他的嘴角绽出微笑。

查勃静静地笑了："你要是印第安人就可以神不知鬼不觉地设个陷阱了。或者——"

隔着奥特朋他看看她："你可以开枪吗？它们没在动。"

奥特朋好像在考虑这个主意，他看看她，摇了摇头，微微皱起眉头："今天不行。"

她想起那只秃头鹰，他不情愿的素材，考虑起在科学名义下追求精确的代价来。

"拿出素描本。"他命令道，突然把自己的放在一边。他严肃地望着她，就好像她成了正在被采集的物种，她脸红了。还好她今天带了空本子出来，他没机会再次细细审查她早些时候的笨拙努力了。她摘下手套，拿起铅笔，着手画鸟。

没等她勾勒出三只正在涉水的高大鸟儿的轮廓，绘画课就提前结束了，飞蝇、蚊子、鹿虻同时发起了进攻，它们来势汹汹，任何裸露的皮肤都未能幸免。飞蝇立刻集结在马耳朵上，开始在上面筑一个个血腥的小巢，引得马甩头、颤抖、跺脚，拴着的锁链随之叮当作响，嚼子咬得喀哒直响。马车也跟着摇晃起来。安妮拍打落在手腕背部的鹿虻，但是它已经黏在上面，咬得太厉害了，简直就像蜜蜂在蜇。最后她急匆匆地把它抓起来丢到沼泽里去。男人们被咬得更厉害，他们的帽子和手在空中拍打着。奥特朋脸上结着小小的血块，被一只蚊虫叮过了。查勃拼命眨眼，不让飞蝇在他汗津津的额头上聚集。马匹后退一步，接着就往前冲，四肢踢着甩掉攻击腹部和侧腰的蚊虫。

"该走啦！"查勃喊着松开缰绳，马行动自由了。它乐意地拖着套轭朝前奔去，但是又突然停了下来。再试一次，这一回套索嘞得它发出低沉的声音。安妮看看马车边缘，巨大的轮子已经被沙子吞到车毂了。

查勃和奥特朋爬下车以减轻分量，手臂在脑际挥着击退虫子们的围攻，然而马车纹丝不动。她也要下来，但是两个男人纷纷摇头。查勃离开马路，一边扇草帽一边检查马车。他找回弯刀，砍倒沼泽边上的小树。奥特朋把它们推到车轮前面，直到马路被铺成了一块绿色地毯。

查勃把缰绳递给她，踽跚着走到马车后面。他的脸色更加苍白，呼吸在胸腔里急促不安地起伏着，仿佛肺气肿正发作。他不能待在太阳底下，更不用说还要推马车了。

她注意到奥特朋泰然自若。他脱掉褐色夹克和马甲，叠得整整齐齐放在她对面的座位上，仔细地卷起袖管，好像将要参加休闲野餐，只是因为嫌麻烦而在脸上显出小小的不自在。他站在她旁边准备推车轮，这时查勃用后背抵着马车，点了点头。他的衬衫被汗水浸透了，脸色苍白憔悴。

出于对查勃的担心，她做了一件明知不该做的事。她拿起架子上的皮鞭，高举过头，抽在马背上，只听查勃喝道："别！"

马一跃而起，想要撒开蹄子飞奔，但是轭具把它箍得紧紧的。她的皮鞭又落了下来。这一次马不顾车套的束缚直往前奔去。它把后腿埋在土里拼命拉，马车咯吱作响。突然，马车朝前飞了出去。身后没了重量，它再次往前冲，急于得到自由，差点儿跌倒在车轮上。

安妮调整好平衡，猛一拉缰绳，马回转过来，这样他们才能原路返回。马车沉重地摇摇晃晃，在车辙和孔洞之间穿行，安妮把两排牙齿咬得咯咯作响，大腿和背部的骨架都要散开了。两个男人站在路当中想要阻止它,马一咬嚼子在地里狂奔起来。它已经狂怒了,缰绳打在侧腹上它就报以嘶鸣。安妮错误地想要把它慢慢往回拉,但是她的力气怎么敌得过马。要是她还记得把嚼子左右拉动就好了。但是眼下马车左歪右扭,在颠簸的地上起起伏伏。要想保住命她就得坚持住,要么就会被甩出去。

"吁,停下!"她大叫,但是她的声音让马更加兴奋,在辄具束缚下焦躁不已,大股大股的黄色沫子从马嘴里淌出来甩在安妮脸上。最后它转向田边上的一个小口子,嘚嘚踏过一条狭窄的排水沟,轮子差点儿陷在里面,又被拉出来,继续在一片广袤的土地上疾驰,这块地已经被收拾出来,并且排干了水,因为某种原因春天里没有耕种。几星期前这里经过火耕,地上积了一层厚厚的灰烬。马蹄扬起黑粉,呛得人马一起咳嗽,但是马并没有停下来。后来,它居然停了,好像撞上了一堵石墙。一根车轴裂开来,断成了两截,连接的杆子顶端参差不齐,危险地吊在马隆起的侧面。

如果现在马转动方向再动一动就会……但是它站住了,低着头,气喘吁吁。

安妮上气不接下气,但是终于松了口气,除了断掉的车轴以外并无大碍,尽管还有一种奇怪的动感在继续。慢着,他们还在动,马车在颤抖——地震——她喘不上气!她飞快地朝四周看看,但是一切似乎都很正常:阳光耀眼,鸟儿没有成群结队飞舞,也没有鸣叫,蛇没有从洞穴里窜出来,兔子、狐狸和鹿群躲起来了,更重要的是她没有感到失去平衡,胃也没有难受,血液也没有在四肢沸腾。但是马车在动,不是往前,她终于意识到是在往下!他们正往沙涌里陷落!

就在这时马开始无力地挣扎起来,它已经精疲力竭,逃不出正在吞噬他们的沙砾了。安妮又抡起鞭子打在它背上。它一动不动。她又在它头上打响鞭,鞭子在它脸边挥舞着。马车陷到甲板了,污浊的水开始渗进来。

"走啊!动起来!走啊!"她声嘶力竭,挥动双手。

沙砾已经淹到马肚子了,它把一只前腿拔出一些,发现没有什么坚固的地方可以摆放蹄子,就挫败地任它陷进去。隔着马的肩膀,安妮看到它双眼充满了恐怖的颓然。她把他们两个害死了。慢慢地它把头垂了下去,一声呻吟带着马套躺了下去,重量把马带着往前倾。安妮疯狂地死死抓住马车边缘,不让自己摔下来。

"救命啊!"安妮尖叫起来,"救命!"但是毫不见那两个男人的踪迹。

她再一次猛拉缰绳,作为回报,马把头稍稍抬起几英寸。但是这沮丧的家伙把夹杂沙砾的水从鼻孔里喷出来,又闭了眼,头再一次低了下去。这一次安妮放开左边的缰绳,倾尽全力拉右面的,把它绕在权充杠杆的驾驶位上。马头一离开搅动的水,她就把缰绳缠得更紧些不让它再松开。

刚开始马一动不动,然后挣扎起来了,试图拉扯缰绳挣脱束缚。要不是两边固定着,马嚼子可能已经从它嘴里滑出来了。感谢上帝,马笼头皮革是新的,缝合处还很牢固。安妮开始试着跟它说话,就像查勃先前那样。

"好孩子,站起来,快,站起来,你行的,你是个强壮的孩子,站起来——"

因为感兴趣,马耳朵前后拍动着,不知什么原因马车的沉陷也慢了下来,这给了安妮希望,也许这不是个无底深渊。

她许下大愿,保证好吃好喝好照顾。马似乎在听,眼里闪过光亮。

"来吧,孩子,你再也不会受到伤害了,我保证,来吧——"

由于右车轴断了,马发现自己可以朝头颈扭曲的方向转身。安妮松开缰绳,啧啧称赞。她的靴子已经浸在浑水里,水没膝盖,马车咯吱作响,咿咿呀呀,甲板扭曲着膨胀起来,威胁着要插进他们的指甲和关节。

马半游半蹬,来到了水边,与马车形成一个有利的角度。一碰到陆地,它就找到了蹄子的支撑点,把前半身拖了出来。随后精疲力竭地把头搁在地上,气喘吁吁。

"好孩子,"安妮安慰道,水浸湿了裙子,直漫到腰际,在身后脚间拖着。该死的腿!她挥起拳头敲打大腿,夹着沙砾的水溅到了脸上,又溅到了口中。她啐了一口,牙齿磨着沙粒。

要是能下车就好了——

她四处寻找背包,包里有刀。她差点把这茬儿忘了。背包跌落在地上,浸满了水,费了一番气力才拖上来。在包的最底下她找到了刀,上面叠着湿透的书本和素描。她把刀从镶满珠子的刀鞘里抽出来。刀鞘是朱拉出生那会儿查勃送给她的。一阵熟悉的绝望波动再一次袭来,但是眼下她已经顾不得了。

她飞快地把裙子从中间切开,扯下腰际,把腿松开来,接着又把长衬裙脱下来,只留下内裤。两条腿看上去太弱了,根本帮不上什么,萎缩,扭曲,带着疤痕,但是现在它们必须得帮忙。

首先她得把马解放出来。她蹒跚着爬上驾驶位休息了一小会儿。她不敢犹豫,把绑在驾驶位上的缰绳解开,给马头自由,把缰绳缠住胸腔,就在胳膊底下。既然唯有自己的力量可以使用,她就把自己当作滑轮了。滑进翻滚的水里比她想象的要难,还得等马车再下沉一英尺,带着马后退,推她在车轴之间滑动才得以下去。骄阳似火,水却冰冷刺骨。她得趁指头还没冻僵之前抓牢马车行动起来。她得把车轴松开,捆住马和马车的绳索、炮索都得割断。当最后一根皮带松开,马抬起头,转过来看看她。这一次,缰绳上的重量就是安妮了。她挣扎着逃离吸纳的沙砾。她双手交替攀着缰绳一英寸一英寸前进着。问题是她不能期待用腿来支撑。尽管马的侧面累得起起伏伏,它也不得不把他们两个拉出刺骨的水塘。她有力气吗?

安妮舔舔嘴唇,把沙粒吐出来。突如其来的黑暗的无助让她想起地震发生的那些日子,她被困在床上,身上压着房梁。这次她得自救。

他们并排躺着,气喘吁吁。安妮把脸放在马肩上,一股汗臭直冲鼻子,但是热度又让她安心。马身体里面流淌着斗志昂扬的血液——它会生还的。安妮已经知道了。

"我们还有最后一件事要做,孩子。"她把马头转过来,在它耳朵里轻声细诉,"我们不会死在这儿的,两个都不会。从今往后你就是我的孩子了。"她拍拍它,摩挲着它的鼻子,把缰绳系在它脖子上。她小心翼翼,生怕启动的时候自己的体重撕裂了马口。

安妮抬起肩膀,小声鼓舞马:"站起来,继续拉,拉呀,孩子,把我们俩拉出去。"

仿佛可以感觉到身后的水潭正一步步将驾驶位吞噬殆尽,马撑起前腿,朝前冲去,蹄子扒住了陆地,再踏进去,再抬起一条后腿,又抬起另一条,腰部剧烈摇动,缰绳缠在腿上。

安妮保持姿势,不想失去平衡。终于马一举站了起来,从头到脚仔细抖了一抖。

"继续,拉——"听到呼唤声,马回过头,双眼噙满了温柔和理解,这般情景安妮之前只看到过一次,就在那年春天她照顾过的那条大狗的眼睛里。"来呀,把我拉出去,孩子。"她又轻声细气地说。"请快一点儿,"她悄声说,松开外面那根缰绳。

马挺直身子,低下头,迈出一步,挣扎着把蹄子扎稳了。稳住以后,它深吸一口气,克制住颤抖的肌肉又伸出另一条腿。就这样一步一步,它把安妮拖出了沙砾水潭,就好像安妮是一段木桩。一旦他们离水潭够远,安妮唤它停了下来。马又转头看着她,由于之前的用力,浑身都在颤抖。

"好孩子。"她迈步上前,摩挲着马颤抖的后腿,"谢谢你。"她把缰绳松开,从后腿上解下来。马一动不动直到完全自由,就算一只巨大的绿色马蝇落在跗关节上它也没动,因为安妮正在它脚下。他们相互救了对方一条命。感到身上的束缚没有了,它马上转过身,站在安妮身边。它朝下看着,眼里充满了好奇。又把头低下来,用鼻子爱抚安妮松散、纠结的头发,她的帽子早丢了。接着温柔地朝她脸上吹气。这是自朱拉以后她体味到的最甜蜜的呼吸——

怕吓到它,安妮慢慢地抬起手,放在它鼻翼两面,黑色天鹅绒上面点缀着黄色沙粒。她轻柔地把气息送进它鼻孔的阴影里。马的鼻子撞上安妮的额头,推推她的肩膀,吃起周围的草。它就在那儿,给她遮阳,呵护她直到下午,直到那两个男人终于找到他们。

11

等他们深一脚浅一脚踏上坚实的大地时,大半个下午已经过去了。 他们的身上被苍蝇、虫蚋、蚊子叮得血迹斑斑,在烈日曝晒下都快被烤焦了,以致开始觉得查勃精神错乱的呓语变得有意义起来。马一瘸一拐,他们从它身上下来的时候它四蹄酸胀,不停发抖。蒂丽急匆匆冲出客栈,使唤她的奴隶扶查勃上床休息,安妮则坚持要去马厩照看那匹马。一个黑人男孩马夫在一旁帮手,她把马牵到水槽和一个干净的畜栏边上,要那个叫波士顿的男孩给马彻彻底底洗个澡,把蹄子挑干净,并且要给马涂上擦剂以舒缓酸痛。

在畜栏里她拍着马背悄声说道:"从现在开始你是我的了。等你恢复过来我就驾着你走走。再也不用拉马车了。我们走遍天下,给你吃苹果、胡萝卜,还要偷蒂丽的糖。"安妮抚摸着它的长额头,直到它闭上眼睛,鼻孔里发出满足的叹息。

蒂丽叫一个奴隶把安妮扶到柴房隔壁的澡堂,这是蒂丽的另一项革新。男女澡堂分开,铜浴盆很深,还有不断供暖的炉子。一泡到热水里,安妮的眼睛就闭上了,头直往后仰。小小的房间里万籁俱寂,雪松木墙壁散发出令人沉醉的馥郁香气，炉火哔啵作响，燃成一个结。她感到体内有什么东西彻底松懈了下来，似乎她以一己之力把一棵支离破碎的树木拼起来了，那棵树曾经分解、死亡。她把双臂交与止水，她把后背交与止水，最后，她把双腿交与止水，感到一阵死死箍住自己的紧张，它必须死掉，而且已经死掉，并且消失了。难怪每天这样下来她夜夜腰酸背痛。难怪思绪上来她的小腿就会抽筋，那疼痛直侵大腿，又攥起拳头捶打下腰，但是这一次她还击了。她要把它说出来，说出来——朱拉宝贝死了。她死了，她还有其他人不论做什么说什么都于事无补了。不怪雅克。不怪她自己。也不怪蒂丽。

外面一只鹩鸟不停地唱着自己的名字，一遍又一遍，声音短促甜蜜，一只大苍蝇慵懒地撞上高高的窗玻璃。她睁开双眼，望着下午过半房间里夹杂着尘土的一条条光柱。她不知道自己会不会像别人坚持认为的那样在另一个世界再见到朱拉。也不知道朱拉是否会恢复以前的健康和恬美，小小的拳头抵在粉粉的嘴唇上，眼珠子那么蓝，眼白似乎就是衬托光明天体的乳白色天空，柔软的卷发散发出她特有的气味。可能最终她所见到的只是她曾经戴过的血淋淋的帽子，可是她不能再想下去了。她必须停下来。必须。答案是存在的，但是现在还不属于她，也许明天也一样。这一点她很清楚。所以她抬起头，去够香皂和毛巾。

那黑人妇女说过她准备开始洗的时候让她知道，但是她可不准备让奴隶来代替她做那些自己力所能及的事情。此时此地她决心重新开始自己信仰的生活，重新开始相信自己生活下去的权力。她沉在浴盆里，直到没顶。当天下午和那匹马经历了那件事之后，她脑海中浮现出一幅不属于当下的画面。所谓伊人，宛在水中央，大河扼住她的喉咙，水流湍急，推着她打旋，她不断下沉，无法呼吸，最后只得把水吸进肺里，她溺水了，河床上的瓦砾和泥浆绽开来，把她埋进去，好像她是世界尽头这个泥泞大屋最受欢迎的一位客人。安妮猛地把头伸出水面，气喘如牛。

"你差点儿在外面要了查勃的命。"安妮一坐到厨房那张橡木大桌子边上，蒂丽就大声说道。

"我们陷在沙子里了，"安妮垂着双眼说，"接着马就受惊狂奔了。"蒂丽把一杯带着薄荷叶的水重重放在安妮面前，安妮拿起来喝了，又小心地把杯子放下。

"可能只是疟疾发作，"安妮推论说，"很快就会好的。"

蒂丽在胸前交叉双臂,摩挲着皲裂的红色手肘。今天她看上去更加疲惫了,头发也不梳,胖脸和脖子上油腻的汗水闪着光,浸透了蓝色礼服的上衣。她拖出一张椅子,坐在安妮对面,两只手摊在桌子上,反复翻转着,好像不熟悉它们似的。她抬起头,两眼噙着泪水:"他要死了,安妮。你看得出的。"

安妮的确看出来了,但是听到这几个字被大声说出来还是让她感到难过,薄荷水似乎在胃里面翻滚起来了。"我很难过。"

瑞特,那个把她扶出浴盆的黑人妇女在他们身后"咣当"一声把煎锅摔在了炉子上。蒂丽跳起来朝她皱眉头。瑞特的黑皮肤僵住了,好像早就感觉到了责难的降临。她平时不主勺儿的。蒂丽快速地点一点头,又转向安妮。

她的声音缓和了,说道:"别向他打听任何事情,安妮。就算他想主动说什么也别打听。像今天这样的外出会要了他的命。"

瑞特把水倒进坐在炉子上的一口大壶里,加入鸡块,鸡肉白得就像赤裸裸的人体,上面满是鸡皮疙瘩。

蒂丽把身体靠在桌面上,她的脸离安妮只有几英寸,招手示意安妮把耳朵伸过来。"我又怀孕了。我想在他有生之年看到孩子,安妮。"她坐直了,声音当中夹着哽咽,"但是恐怕——"

安妮拉过她的手,把脸颊贴上去,说不出话来。蒂丽身后,高大瘦削的黑奴站在那里望着她们,带着一副知情的表情。

奥特朋第二天就离开,去游历大河流域,并且答应尽早回来。 他允诺每天给她写信,这让她感到惊奇,他居然认为他们两个人已经这么亲密了,但与此同时又因为他的关注而感到高兴。

很快他的信就到了,是通过他在旅途中结交的船员递送的。她在树上的阁楼里反复读着直到默诵于心,那些话在脑际萦绕。她想把信烧掉,但是这是有生以来第一次收到信,写着字的这些纸张对她来说非常珍贵,她天天攥着它们发誓要每天作画。有一封信里还附上她和他的素描,在画上两个人摆出默契的姿势。安妮急匆匆把那幅画和别的信夹在笔记本里。他记录了旅途见闻,时不时还夹杂了他妻子露西的消息以及家里困难的生计问题。但是他总是鼓励她"每天以泰半之时日用力于绘画"。他常常提起两人的初次见面:

余于此日得晤吾爱安妮于雅克坞,此后无一日未尝不思汝之黑发绵密,一如林中之子。祈悦干涸,落吾画中,栖于林屋,在云巅之上,恍若惊鸿——画中飞鸟,吾与汝固习知,他人远弗逮,惟以汝厕身其间,聊慰吾怀。脱此画与他画,吾必以汝芳名字之。脱吾画出版有期,众人必于此画赞不容口,一如吾于所历之岁月,惟忆与汝共度之良辰,亦如吾因涕泪而眚目,徇吾心非席之征。嗟乎天,此情期期不可语汝夫,汝夫闻之其断吾怨乎。脱情非得已,吾亦不愿吾妻闻之心哀。苍天佑汝,吾此生之至爱君子。

安妮再一次惊讶于他措辞的亲昵,并被他的宣言震惊了。他从哪儿得来自己要离开雅克的看法?不错,她身心日渐坚强独立,但是绝不会委身于他奥特朋的。

接下来的六个星期里,她实践诺言,日日画画,重操学业,又恢复了脚力,可以骑马了。她说服查勃把那匹马送给了她。至于查勃,他整日卧床,身体孱弱,高烧不退,一卧不起。他的房间挂上了网,又拉上了窗帘,炎热的下午遮成了沉寂的黄昏,安妮就在里面照顾他,给他念书。尽管话题涉猎广泛,他的阅读兴趣却倾向于旅行、探险和默。他喜欢华盛顿·欧文①的《杂拌》,梅森·威姆斯②的《乔治·华盛顿的生平和事迹》,鲍德士③的《新美洲实用航海》以及沃尔特·司各特④的小说。一位撑木排的人出于下流的幽默感曾经送给安妮一本名叫《亚里士多德的杰作》的书。但是只消看过第一页,瞄一瞄那些刻画男女交媾场面的木版插画,安妮很快就发现这本书与那位希腊哲学家毫无关系,与撑木排的人也毫无关系。查勃看出其中的奥妙,也看到安妮涨红了的脸,就挤出一个微笑。她把玛丽·雪莱⑤的《弗兰肯施泰因》读给他听,却对他造成了伤害,让他精神错乱,因为查勃惧怕自己的畸形。

---

① 华盛顿·欧文(1783—1859):美国作家,有"美国文坛第一人"之称。著有《见闻札记》、《布雷斯布里奇田庄》。
② 梅森·威姆斯(1756—1825):美国出版商、作家、小提琴手。
③ 鲍德士(1773—1838):美国独立后第一位数学家。专注于航海方面的研究,是现代航海技术的开山鼻祖。
④ 沃尔特·司各特(1771—1832):苏格兰作家,常被推崇为历史小说的创始者与最杰出的作者。
⑤ 玛丽·雪莱(1797—1851):原名玛丽·沃斯通克拉夫特·戈德温。英国浪漫派小说家。一八一四年,她与 P. B. 雪莱相识,并与之私奔。一八一六年,两人正式结婚。其代表作有《弗兰肯施泰因》、《最后这个人》。

蒂丽肚子里的孩子日夜长大,让她转身都有困难,就好像腿脚不听使唤的安妮一样。稍微走几步她就气喘吁吁,脸色越发的紫。事实上那紫色从没有消退过,因为生病而渗出的油腻汗珠也从没有减少过。尽管她宣称自己非常健康,有好几次安妮看见她正捂着胸,五官因为痛苦而扭曲。

"我只需要清清肠胃。"有一天她说,"吃得有点儿不对。"

"山楂茶对心脏有好处,蒂丽。采山楂叶又不费什么气力。"

主人要求瑞特陪在安妮身边。尽管现在安妮挂起一根拐杖不需要什么帮助就能行动自如,瑞特坚持一路陪着她穿过矮树丛,又沿着大河支流和沼泽边缘溜达。几个礼拜以来安妮一直骑着那匹马驰骋,雅克的一条裤子剪短了穿在她身上,外面再套上女装。蒂丽的身子不允许她骑马,所以她把自己的横座马鞍贡献出来给安妮用。安妮老是往外面跑,胳膊和脸都晒黑了,身体也一天天强壮起来,装马鞍上笼头都自己来,同时还靠在马的肩膀上保持平衡。上次的事故没有对这匹耐心的小马造成什么伤害,也许是因为有安妮的贴身照顾吧。马夫小孩儿波士顿打下手,她给马刷洗身子,一干就是几个钟头,马身上现出光泽。

一天早晨,安妮奉命去完成一件轻松的小事,身后跟着瑞特。瑞特骑着一头骡子,这头老骡子长着花白胡子,后背塌陷得厉害,橙色的土路上留下瑞特的光脚拖在地上形成的两条足迹。安妮的两条腿一直疼到骨头里,但是全凭自己伸展开来直直坐着让她感到舒心。而且还是奉命行事。雅克教她怎样找山楂树,她去采山楂叶给蒂丽泡茶治心脏病。

尽管天气很热,马儿却走得很轻快,似乎在用脚尖,以便面对任何刺激时都能立刻逃走,但其实它不会逃的。安妮俯身拍拍它,这时突然有人从林子里窜出来挡住了去路。马儿驻足,惊得直往后退,它用力朝右躲避,安妮不得不抓住它的鬃毛恳求它待在原地。

马儿停住了往后转回家的脚步,它一安定下来,安妮就看了看站在路当中的那人。奥特朋!

"你的头发——"她惊奇地望着他直长到肩膀那儿的满头卷发。他一只手抓着头发,仔仔细细地打量她。

"杜查姆太太。"他彬彬有礼地鞠躬,帽子挥得很低,帽檐掠过地面。

他的举动弄红了她的脸。"你在这儿干什么?"

"我正在寻找象牙嘴啄木鸟。"他把帽子戴上,朝树上望去。

她向他解释了山楂树的用处。他步行跟上,讲述最近在下游的旅行见闻、画笔底下出现的一些物种和一路上遇到的各色人等。他在信上表达的亲昵让她尴尬,她努力与他保持距离。

最后,既然有奥特朋照顾自己,她就让瑞特先回家了。瑞特低头望着地面,望了好一会儿,把包解下来递给安妮,包里装着水和火腿饼干。她骑着骡子回去了,一路上不断回头望着他们俩,直到消失在视野之中。奥特朋立刻把她扶下马,把她贴在自己的胸膛上,她感觉到亚麻马甲的粗糙纹理印在自己脸颊上。他比雅克矮,也不如雅克强壮,甚至有一种女性的宁静。雅克身上有一股狂热的野兽般的强力,一股不论遇上什么都能据为己有并且随意摆布的力量。奥特朋则唤醒了人们身体里的另一部分,让人想要坐下来,学习,交流,而几乎完全不为他的肉体所打动。她必须承认自己在某方面很喜欢他,但是又本能地要抗拒这种欲望。与雅克度过的日子使她绝不可能再选择柔弱的人了。

他没有做出想要吻她嘴唇的举动,只是闻一闻她的头发,然后吻上了她的额头,就好像她还是个孩子。他搂住她,问道:"画得怎么样?"他的眼睛发出饶有兴趣的光芒,脸上满是渴望,渴望着她的回答。

"我帮着照顾查勃,"她说,"还锻炼腿部肌肉。"她对自己的成就很得意,并且希望他也能注意到。

"好吧。"他不耐烦地用手把这个话题挥走,"可是你到底画得怎么样了?"

她转向马鞍,把手伸进新皮口袋,那口袋与他的很像。手指摸到了笔记本,她把它拿了出来:"你自己看吧。"昨天晚上她弄平了一块草地,现在他们就在上面铺了鹿皮坐了下来,马上了足枷,在一旁吃草。

"蝴蝶?"他的指尖游走于页面之上,这些蝴蝶是她在一片开满雏菊和锦葵的地方画的。

"这又是什么?"他翻开一页,上面画着一只大蝴蝶,尤其注意描绘淡蓝色的翅膀上衬托出的深黑褐色斑纹,非常夺人眼球。"啊,"他感叹道,"太棒了。斑蝶[①]。我明白了,这种蝴蝶已经从南美洲流浪到这儿来了。"他又翻过去几页,上

[①] 斑蝶:属中型至大型的美丽蝶种。常以黑、白色为基调,饰有白、红、黑、青蓝等色彩的斑纹,部分种类更具有灿烂耀目的紫蓝色金属光泽。

面画满了蝴蝶、蛾子以及甲虫。"但是鸟儿呢?"他的表情又迷惑又伤心。

她从他手里拿回笔记本,合上说:"我想独自做些研究,研究带着马在田里就能看到的东西。再说,我永远也不可能把鸟画得像你那么好。"

他看看那匹马,再看看她,眼神缓和下来。他拉过她的手,沿着拐杖形成的老茧抚摸她手掌,又把它翻过来,太阳晒黑了手背,直到手腕那里。

"你有一双劳动人民的手,我勤劳的小云雀。"

听到这些话她连忙把手抽回来:"你是有太太的,先生。"

他大笑着抓住她的手:"而且你有丈夫,夫人。但是描述一下你看到的鸟儿吧。我确信你看到不少。"

她轻蔑地望着他,但是要拒绝他阔嘴唇周围的稀疏胡须和眼睛里明亮的欢乐是不容易的,她深深叹一口气,似乎在说他得寸进尺。她把笔记本翻到最后几页,上面记载着地点和日期。

他大声读出来:"隐士画眉,沼泽鹰,射鹬,乌鸦,公火鸡,母火鸡,黑秃鹰,白头鹰,卡罗莱纳鹦鹉。但是你居然不为所动,画也不画。"

"我不想杀了它们。而且画蝴蝶更容易。"也许正因如此她才不能成为一名伟大的画家或科学家,但是他对此三缄其口,这让她感激。他声音里夹杂的失望对她已经是莫大的惩罚了。

"看那儿。"他指着一只停在离他们几英尺远的蝴蝶,从包袱里抽出一支铅笔,她则把笔记本翻到一页白纸。"用这样的单线把它画下来。"在奥特朋手里这支铅笔拥有了生命,蝴蝶外形似乎依照铅笔的意思落在了纸上,"用眼睛观察,让铅笔跟上眼睛。"

他握住她的手,轻轻地,她的手顺从了。他用另一只手抬起她的下巴。"别看纸,看着蝴蝶。现在开始素描。别想你的手在干什么,用眼睛观察细节,眼睛会告诉手的。"

蝴蝶正停在朴树叶子上,深褐色的翅膀有些发黑,铺展着。这只蝴蝶其貌不扬,只在翅膀边缘镶着草黄色,旁边还有蓝色斑点。他说得没错。最后她把头低下来一看,整只蝴蝶已经跃然纸上。她飞快地记下颜色,以便晚些时候可以把颜色填进去。

"丧服蛱蝶。"他拿开手让她记下来。

"谢谢你。"写完后她说道。

"应该把彩色铅笔带来给它涂上颜色。"他躺在草地上,两眼望着天空。田的另一头,隔着一排树,弗兰克和麦考德·福利正在掘沟把沼泽里的水抽干。波特拉姆三兄弟在清理木料。他们远远的笑声和偶尔的叫嚷不时打断这边下午的宁静。

"要是那只副王峡蝶停下来你还可以再练习。注意看那条横穿后翅的细条纹,与黑脉金斑蝶的不同。"他打起哈欠,把身子侧过来,脸朝她。

"别盯着我看。"她飞快地勾勒出蝴蝶轮廓,然后低头画黑色血管和白色斑点构成的格子。

肩膀上的紧张感松弛下来,她手上感到一阵轻松,这种轻松在他盯着自己看的时候是感觉不到的。一只蓝色的松鸦在头顶忽然叫着飞上了另一棵树。她的孩子开始像小猫一样喵喵叫起来。空地上的人们一定在休息了,因为他们也安静了。一群小黄蝴蝶扇着翅膀穿过几英尺外的苜蓿地。她写下它们的名字"沉睡橘",然后急忙画起来,特别注明翅膀边缘的黑边,使得它们看上去很像黄粉蝶。学名得问奥特朋才知道。

一只很大的红棕色蛾子落在了奥特朋肩膀上。两只后翅上各长了一只巨大的圆眼睛,周围是一圈浅灰褐的色带。两只前翅上长了一对小斑点,就好像眼睛本想在前翅也成形可是没能得逞一样。除此以外,前翅上还长着不很明显的肉桂色扇形辐射以及镶边。它的尺寸和花纹是如此迷人以至于她想伸出手捉住它。它叫多音灭蚕。羽状触角微微抖着,一英寸一英寸地爬下他的袖子。她目不转睛盯着它看,它又大又美丽,几乎显出几分神秘来,发出好像预言般的声音。

连着好几天她刻苦自学,辨认那些花纹、斑点、翅膀形状以及微妙的着色。她心无旁骛,一件事原来可以完全占据一个人的心灵,根本想不到去用双手把它记录下来,好像这个举动会把整件事情搞砸而不是把它保留下来。取而代之的是,盯着它的眼睛给安妮一种奇怪的感觉,她沉溺于此。什么东西正升腾起来,但又不在表面,让她觉得胃里轻飘飘的,空气陡然冷了,她打个激灵。

她突然站了起来,开始收拾东西。奥特朋睁开眼睛,手肘撑地。"我还要找山楂呢。"说着她焦急地朝西望望。

"我来帮你。"他捡起手杖,把行李扛在肩上。安妮跨在马上,奥特朋跟在后面,他们出发了。

"我要解释一下。"他开腔道。

"别。"她不假思索,冲口而出,但却是心里话,"看呀——"

一只鲜红色的鸟拍着黑色翅膀降落在沼泽边上的一棵橡树上。

"雄唐纳雀,"他说道,"听它的叫声——退后,退后,退后,退后,退后,退后。"

"它说得对。"她说。

他们经过的时候,它伸长脖子直朝他们张望。张开肿大的嘴,它又唱起来了:退后,退后,退后。

树上爬满蔓藤,遮住了沼泽地里的树木。奥特朋一度在蔓藤间穿行,消失不见人影。再次出现的时候,他宣称最好还是沿着小路走。

"阿拉巴马句儿茶,"她说,"那种蔓藤叫阿拉巴马句儿茶。可以做家具,但是果实会染色,所以小心别——"

但是为时已晚。他马甲上已经溅上一片紫色。他低头看看,徒劳地擦着。

她忍不住大笑起来,这让他若有所思地皱起眉头。他摘了一把丰满熟透的蓝黑色果实朝她身上丢了过去。马受惊了,直往后退,安妮不得不抓牢鬃毛坐稳了。但是衬衫前襟还是染上了紫色。

"现在我们又扯平了。"他说着大笑起来,连手杖也举了起来。他转过身,她拾起大腿上的浆果朝他后背正中心扔过去,浆果粘在他身上,然后才慢慢滑落,留下紫色条纹,就像褐色衣服上蚀刻了一根某种奇妙野兽的椎骨。她这才满意了。

他荣幸地再一次笑了起来。"人们跟我说过这是个狂野之地。"他用拐杖指着一棵矮小的树木,"这就是你要找的山楂。做茶是用果实还是用叶子?"

这棵树同奥特朋一般高。"母亲曾跟我说奶奶是用山楂果做果冻,每天早晨涂在吐司上吃来医治她的心脏病。"

"太早了,还没果呢。我们采些叶子吧。"他小心避开芒刺,折下一根小树枝,递给她。

"雅克对山楂了若指掌。他曾经和印第安人住在一起,从他们那儿学会了治疗技术。"这提醒他她是有丈夫的,奥特朋一时沉默了。

过了一会儿她问:"你要呆多久?"

他拿黑黝黝的眼珠子盯着她:"时间不多。我来看看你,当然啦,但是必须得为我的画儿找到买家。"他盯着自己的一双手,指甲边缘染上了黑色、褐色的颜料。"我得养家。"他又把目光转向安妮,表情严肃而疏离,似乎不想给她看出来自己的窘状,"你的丈夫会买你的肖像吗?"

她把眼睛转向丛林,沉默半晌。他的请求明显在伤害他自己,而她的思忖同样也矛盾百出。这一番谈话让她心动,它涉及了两人共度的时光,她曾经坐在那儿让他描画自己;可同时她又觉得羞愧,他居然打算利用她从雅克那儿赚钱。

"这你得问他。"她静静地说。

他"刷"地脸红了,开口想要说些什么,但是终究闭了嘴。树林里的鸟在鸣叫,蓝色的松鸦叫得像个孩子,两个人倾听着。她怀疑奥特朋之前所有的善意都是为了在这一刻赚到什么,怀疑他把空闲时间用来给大河上下像她这样的女人们——写了信。

终于她拿起拐杖和笔记本,站了起来。他想扶一把,被她摇头拒绝了,但是即刻又意识到自己还真需要他帮忙上马,她的左腿依然虚弱。他的手扶在她腰上,安妮马上感觉到他的体温传上了自己的后背,她开始意识到自己不得不让雅克去买那幅画。这种对奥特朋的眷恋让她气恼。马挪动着以平衡背上的重量,安妮把马口的缰绳拉得太紧了。她幡然悔悟,拍拍马脖子,唤它的名字,直到马儿叹口气放松下来。她没邀请奥特朋和自己一同骑马,他也没要求。

他们一到家就听说阿施兰——波特拉姆三兄弟之一,在距他们不远的地里砍树的时候伤到了腿。 他兄弟尼古拉斯和米切尔带他去了科林奇家,科林奇擅长缝合伤口,从不化脓。当奥特朋和安妮双双来到阿施兰床边看望他的时候,雅克抬起头,脸上的表情安妮完全猜不透。后来她才明白他一定在看自己和奥特朋身上的紫色斑点。

大家等待着阿施兰挺过来的迹象,日子就这么静静地一天天过去了。一个炎热的下午,奥特朋决心找机会让安妮坐在大果栎树下开始为肖像画打草稿,肖像画已经呼之欲出了,只要雅克点头。

一只苍蝇慵懒地在她周围飞舞,又落在她手上,沿着袖子爬到胳膊肘,然后停下来摩挲脚趾。她挥一挥把它赶走,奥特朋马上说:"请保持姿势。"他的训诫把她逼得失去了耐心。

"为什么不干脆毙了我,然后用想象力作画呢?"奥特朋一言不发,全神贯注于创作。

一只蚊子在她耳边呻吟,她不敢多动,只把脑袋摇一摇,就引得他不耐烦地叹起气来。

他把铅笔一扔,叹了一口气,勾起大拇指把手吊在马甲口袋里,抬起头看着房子:"你丈夫的亲手设计,我画下来了。"

她缄默不语,他指着屋子的正面说:"典型的文艺复兴风格,但是入口是一个败笔。采用高高的入口走廊,再用四根柱子撑起山形墙,效果就会大为改观了。应该多用柱子,哪怕是两层的走廊也好。屋顶为什么一直延伸出去?他肯定并不打算用那么多柱子。还是他打算建造帕拉迪奥①风格的三步计划?"他摇摇头,似乎这所房子丑陋得可耻。"还有那些窗子,不应该一个挨一个,真不应该。"

她抬头看看这所房子,想象那些从正面一直延伸出去的走廊,她和雅克可以在对岸望着大河以及河岸了。她也不用再爬到令人难受的树屋上去,而可以整天待在室外了。"他建这所房子正是为了我。"她说。

奥特朋用眼角看看安妮,耸起了肩膀:"建造一所伟大的房子,一所真正伟大的房子,是为整个世界奉上一份厚礼。"

"亲爱的人啊,你永远也不可能奉上这样一份礼物的。"她大笑着搂着他的臂膀,拄着拐杖走向客栈。

雅克从客栈里走了出来,冲到门口:"安妮,你去哪儿了?"

"出什么事儿了?"

他愁眉苦脸地摇摇头:"查勃他……"

客栈里幽暗、死寂,只有查勃的房间里发出一抹暗淡的光亮。

进屋之前安妮碰了碰雅克的手臂,问:"他是不是?"但是他躲开,走了进去。她一回头,发现奥特朋已不见了踪影。

房间里,蒂丽坐在床头,身体抵在床边,脸埋在双手里。直到安妮进到屋里,她才把头抬起来。看到她自然流露的悲痛,安妮震惊极了。蒂丽的面容已经浮肿,泛着腥腥的红光,又浸在泪水里,双眼红通通的暗淡无光,嘴唇抖得厉害,努力再三才说出话来。

---

① 帕拉迪奥(1508—1580):意大利建筑师。

"他要去了,安妮。查勃他——"强烈抑制着的哭泣动摇她的双肩,这份抑制把悲恸挤到隆起的肚子上,一阵疼痛绞得肚子抽搐起来,透过她污浊的衣服那疼痛历历在目。蒂丽疼得喘着弯下了腰。"不!"她开始拍打肚子。安妮摇摇晃晃走上前抓住她的手。

"你伤着孩子了!"她压低嗓门大声说。蒂丽挣扎了一番,颓然靠在安妮身上,无声地哭起来了。哭声时不时被有规律的喘息打断,她要分娩了。

安妮看着雅克,他走到床的另一边坐在查勃身旁。他扬起眉毛用下巴指指蒂丽,但是安妮唯有摇摇头。他们怎么可能在目前这种情况下把她和他分开呢?

雅克声音哽咽着说:"他越来越虚弱。体温高得把血液也煮沸了。所有的方法我都试过了——"雅克摊开双手,两手空空。"克里克人想把他浸在水里,让大河给他降温,但是她死活不肯。"他把头朝蒂丽点一点,眼睛里面是无尽的悲伤,"现在一切都太晚了。"他怜爱地抚摸朋友前额。查勃的眼睑抖动起来,柔弱地垂在身边的手牵动了指头,两片嘴唇也分开了。他似乎有话要说,但是只发出一声奇异的低声喘息。

安妮俯身悄声说:"查勃,是我,安妮。听得到我说话吗?"他停住呼吸,似乎在思考,随后胸腔一个起伏又吸了一口气。他听到她了。

"查勃,我爱你。照顾好朱拉,查勃,别再让她一个人孤零零的了。"他的指头又动了动,嘴唇分开来又闭上,似乎又在挣扎着想要说些什么,但是唯有低低的呼气。

雅克眼里噙满泪水。蒂丽大声呜咽着,把安妮推到一边,爬到床上来到丈夫身边。宫缩逼得她抽搐翻转,她极力反抗,重重撞在查勃身上。

"蒂丽——"安妮朝蒂丽伸出手,但是被挡了回来。她看看雅克,雅克摇摇头。

奇迹这时降临了。一声响亮绵长的呼吸过后,查勃从床上坐了起来,把蒂丽猛地推开,盯着门口的什么东西。"我来了!"说着他把手伸向黑暗的空洞。接着身子往后一仰,断了气。

"查勃?"雅克摇着他的肩膀,查勃的头毫无生气地靠向安妮,皮肤早就深陷入骨,血肉湮灭,他早就已经像一个死去的人了,我们的集体遗产,我们共同的祖先留下来的无名头骨,他的容貌已经难于分辨了。

啜泣撼动雅克的肩膀。蒂丽抱着查勃的头,两只眼睛撕成两条肿起的裂缝。

她抬起查勃的双臂想要用它们抱住自己，偏偏肚子里的宫缩越发剧烈。她嚎啕大哭，抡起两只拳头砸向肚子里的孩子。雅克和安妮一同出手才制止她。他们把她拖出病房，抱回到她自己的房间，把她安顿好准备生产。查勃的死和蒂丽的生产是如此巧合，安妮不禁开始怀疑有一种更大的力量在起作用。她希望明天埋葬的仅仅是一个人，而不是三个。

他们来到蒂丽房里，瑞特正盘着腿坐在她女主人床边的地上，面前点着一根蜡烛，还有几块小骨头，手里攥着一只麻雀。她无视他们的存在，手拿一把尖刀扎进麻雀喉咙，用一个小铜盆接住流出的汩汩鲜血。蒂丽精神痛苦，肉体痛楚，见到眼前发生的事情还是忍不住火冒三丈，想要把那女人和蜡烛一脚踢开，但是被雅克制止了，并且把她拖到床的另一边。

"她要分娩了。"他简洁地说道。瑞特跳了起来。她没有去拿床单和水，相反，她俯在蒂丽身上朝她肚子上滴血。有一瞬间血液好像沸腾了，又好像变成了酸液，闷烧起来，烧透了衣服。

"把它弄掉！她要活活烧死我！"蒂丽大叫，疯狂地扯开衣服，想要扯掉。雅克把衣服扯开，露出肿胀肚皮上点缀着的斑斑红印。

"滚出去！"雅克朝那奴隶大吼，她举起那盆血似乎想要泼在他身上，又放下手，转身悄悄溜走了。

蒂丽撑了下去，她呐喊、诅咒、挣扎，孩子不要帮助就出来了。不消几分钟安妮就发现了孩子抹着鲜血的弯曲的头颅。肩膀有些难弄，但是蒂丽最后死命一用力，一个健康的小女孩儿就降生在床上的血泊之中。依照查勃教的，安妮把她倒挂起来清了肺，然后打了她玫瑰色的小屁股，她立刻还以一声喘息，大哭起来。安妮把孩子放在蒂丽怀里，用雅克的刀割了脐带，母亲和孩子就自由地来到了这个世界。

"她长得像谁？"蒂丽问道，声音有些尖利。

"查勃，"安妮不假思索地说，"她长得和她爸爸查勃一模一样。"她把声音弄到十二分真诚，正好撞见蒂丽和雅克交换着眼神。他们以为我不知道，她思忖道，可是他们错了。我不在乎是谁的种，事情已然发生了。我愿意把这孩子当成自己的。查勃走了，朱拉走了，细节已经不重要了。这是件好事，新生命诞生了。应该欢迎这个孩子来到这个世界。

"该给她起个什么名字呢？"安妮问道。

"查勃想给女孩儿起我的名字,"蒂丽说着又要哭起来了,"但是我不想让她像我一样命苦。"

"那就叫麦蒂吧,"雅克说,"马德琳的昵称,我母亲的名字。我们要让她生活得富足美满。"他再一次用那种奇怪的眼神望着安妮。

查勃的死去和女儿的出生让蒂丽筋疲力尽,但是她仍然抱着孩子给她喂了奶。孩子一睡着,蒂丽就吩咐他们叫瑞特进来给自己擦身子。雅克和安妮面面相觑,不知道这样做是否安全。蒂丽又重复了自己的请求,雅克耸耸肩走了出去,似乎在说他永远也搞不懂女人。

"你确定?"安妮问道,"她刚才还想伤害你呢。"一边用沾了血迹的床单把脐带包起来。

"放那儿吧,"蒂丽说,"瑞特是在保佑我女儿的健康降生呢,安妮。这种事她比你我都在行,相信我。我见证过她的法力。正因如此我才买下她,而且从不肯把她转手。我大脑失控了,因为——"她哽咽了,眼里噙着泪花。"我可怜的查勃,"她说,"没能见着自己美丽的女儿。"她盯着安妮的眼睛,"你觉得他看得到我们吗?你觉得他会知道吗?"

安妮没有信心说出来,只好点点头。

蒂丽微笑着合了眼,瑞特端着热水、干净褥子和睡衣进来了。安妮道了晚安,小心翼翼地不去和那黑奴有身体接触,甚至不让她的眼睛盯在自己身上,也许可以说不让她的巫术在自己身上停留。

12

查勃被安葬在新房子旁边,上面生长着橡树和柏树,身旁就是朱拉。 这里很快成了他们的墓地。几个月前蒂丽订了一块花岗岩,上面镌刻着他们的名字和出生日期,顶部蚀刻上简单的十字架。尽管雅克并不特别擅长摆弄凿子,但还是亲手在墓碑上刻上了查勃辞世的日期,字有点儿歪,大小也不太一样。他指指自己失败的手笔,蒂丽拍拍他的肩膀。没有更多的抱歉,墓碑竖立在新挖的坟岗上面。

每个人都很难过,查勃生前广受大伙儿欢迎。平日里吵吵嚷嚷的客栈安静下来了,晚上也不再有音乐或者别的什么娱乐项目了。雅克在客栈入口挂上了黑布,告诉旅人他们在治丧,安妮用柳条和黑布条编了花圈挂在门上。

查勃死后,再没有人提起安妮的肖像画。奥特朋本人也很少出现了。雅克拂晓就出门,日落才回来,筋疲力尽,只剩睡前扒拉两口饭的力气。他在忙着夏天的活儿,两个人有一句没一句,交流不多。

因此安妮只有从每天发生的那些小事上找乐子,比如麦蒂小宝贝可喜的进步,可她同时也让安妮怀念起朱拉和查勃。她开始记录自己的生平,从那次地震写起。查勃的去世让她觉得人总是突然亡故,不等最后的清算,就从记忆里倏忽而过。没有孩子延续生命的话,我们就这么溘然长逝,与土壤混同,被踩在旅人的脚下。想到这里她难以接受了,就动笔留下他们生活过的转瞬即逝的痕迹。

失了丈夫、生了女儿,蒂丽再也不能继续管理厨房和仆人们了。 渐渐地,这项工作就落在了安妮肩膀上,就像过去一样。她没法像蒂丽那样管理厨房,所以就把它大部分托付给了欧胜娜和菲尼思,这对黑人夫妇从蒂丽第一次结婚开始就一直跟着她。他们在厨房里安静地忙着,创造出和谐的气氛,同时制作出美妙的食物,很少有混乱,安妮猜想准备食物绝不会有任何问题的。

早晨安妮就坐在厨房里一把宽大的软椅上,指挥仆人们打扫房间,监督食品原料的进出,分派经营家庭和客栈所需完成的任务。瑞特整天忙着照顾蒂丽和孩子,从不和安妮讲话,除非安妮抓着她的胳膊强迫她停下来。欧胜娜和菲尼思从不和瑞特打交道,总是远远避开,不愿碰她从蒂丽房间拿出来的盘子,除非那些盘子在开水里煮过并且撒过灰。这意味着又得再洗一次。安妮试图以理服人,告诉他们热水和肥皂已经可以消毒了,但是他们置若罔闻。

欧胜娜小巧玲珑,身高不足五英尺,短发,她涂很厚的油,又用头巾帽压住,终于把头发弄直了。她的右脸横着一道很深的伤疤,破坏了娇小迷人的外貌,微笑起来也不平衡,稍稍拉扯一只眼睛,使它看上去比另一只大些。她第一个主人一直往她床上爬,最后女主人让她二选一:要么毁容要么丧命。

"那菲尼思什么反应?"听了这个故事以后安妮问道。

"他不能接受。"欧胜娜尖着嗓门说道,就好像在控诉史上最残忍的罪行。

"但是他留在了你身边。"

她的眼睛第一次和安妮的眼睛对视了,一个女人和另一个女人。安妮开始明白她们两人共同分享着生存下去的骇人听闻的秘密。

"哦,我们还有个办法。我一直把脸别过去,这样他就看不到了。"

那些早晨大家都怀念查勃,安妮坐镇厨房几个星期以后,他们开始谈论他,但是从不提及他的名字,欧胜娜和菲尼思警告过他们,只有讲起美好的抑或是好笑的往事的时候他才出现在对话当中。一天早晨,安妮背过身去的时候,欧胜娜问道:"今天出去学习吗?"刚来的时候,安妮还不知道奴隶们注意着他们的一举一动,而且对他们的情况了如指掌,不像他们,对奴隶们的状况所知甚少。这让她回忆起自己的童年,静静地观望着等待自己的机会,记住各种手势和情绪,记住当权者的强势和弱点,就像妻子观察着丈夫性格的每一个转变。

"愿意跟我一起去吗?"她问。

欧胜娜转过脸,不常见的微笑带起了变形的嘴角。"蒂丽女士病倒了,厨房离不开我,"她迟疑了一下说,"谢谢你。"

安妮也笑了,并且向她保证这邀请仍然有效。欧胜娜又把脸转过去,窗户里射进来的光正照在伤疤上,伤口边上粉色的皮肤反射出光芒,马上又暗淡下去。

她说:"别带瑞特跟你出门。带波士顿,他能帮你照看马。别让瑞特把事情弄糟了。让她和蒂丽女士在一起,随她去忙自己的事情吧。"

"她在忙什么?"安妮用手掌撑着桌子站了起来。

"别担心。离她远一点儿就对了。"她从炉子上端起一个铁壶,又重重放回去。

没了朋友,雅克似乎又有了新的能量,一心一意要把房子盖好。 他让手底下的人停下几乎所有别的工作,都来造房子,还从日渐膨胀的村子里雇来新的劳动力。安妮想要率先让菲尼思帮着设计建筑和内部装修,因为她和雅克都不知道这房子应该造成什么样,而菲尼思则像他太太欧胜娜说的那样"对于美独具慧眼"。打定主意她就上了山,站在房子前面要见雅克。

阿施兰·波特拉姆恢复得很快,已经可以坐在长凳上,给架在一楼和二楼前面的走廊安装精细的装饰线了。

"安妮女士。"阿施兰低下脑袋说。意外发生后他变得越发害羞了。

"雅克在吗?"她问道。

他朝房子里面侧一下头。

"你能代我叫他一下吗?"她不想进去。她想一直等到他做完手里的活儿有空来见她,这会让他大吃一惊的。

阿施兰转过头大声吼了起来,工地上的敲敲打打一下子全停了下来,米切尔跑出来,出现在走廊上。

"出什么事儿了?"他问,一边掸掉衬衫和头发上的锯屑。

"雅克在里面吗?"安妮问道。

米切尔看上去吓了一跳,回头看看,又朝客栈望望:"不知道他去了哪里,女士。我看到会转告他你在找他。"她看看散落在地上的木头残骸以及各式工具,抬眼的时候正好撞见两兄弟交换暧昧的表情。"谢谢。"说着她转身走了。

快走到马厩的时候雅克赶了上来,气喘吁吁。

"你不应该打扰正在做工的人,"他说,"冬季到来之前我们没有多少时间了。"他红着脸,努力掩饰着,想要挥去某种感情或表情。他刚才去了哪里?

"对那房子我有个建议。"

他两眼放光,绽开的嘴唇幸福地微笑起来了。"是吗?是什么?"她终于开始对他庞大的计划感兴趣了,这让他高兴。

她告诉他自己和欧胜娜的谈话以及对菲尼思才能的发掘。

"我用得到一些帮助,"他妥协道,"对于整所房子的外形,如你所见,我已经有计划了。但是房子正面是个问题。太过平淡无奇了。我是在河里的,生活在河里的,可以这么说。"他把一双大手放在她肩膀上,俯下身,吻了她前额。"谢谢你,我亲爱的。"他似乎从失去查勃的悲伤里稍微恢复一些了,如果他没有过度操劳的话晚上他们会做爱。想到他的身体再一次急切地抵在她身上,安妮兴奋起来了。

她抬头看见他开心的脸,雅克身上散发出某种特殊的香甜,弄得她鼻子直发痒,喉咙直紧绷。这味道让她想起一个月前蒂丽从新奥尔良订购的橘子和柠檬,那是为了让查勃身体好转买的。

"要是你让他帮忙造房子,厨房那边就需要更多帮手。"

他拍着手说:"当然,当然!我可爱的小女皇,你想怎样就怎样。"

他搂住她的腰把她举了起来,转得她头直晕,就像他们初次相遇时那样。他把她放下来以后,安妮开始检视他的衣着,就像一位太太认真检查着丈夫的每一寸,裤子、宽松棉工装,代替了原先的鹿皮衣服。如果说雅克身体的某些部分变得更年轻更强健了,还有一些部分则相应地变老了。他粗糙的脸变得滑润了,晒成金色,黑色眸子显出深褐色。笑起来像个孩子,牙齿也更白了。这一切难道是她想象出来的?是不是最近发生的事情蒙蔽了双眼,她已经不记得自己丈夫的样子了?她真的不知道。

"亲爱的,你盯着我看什么呢?"他咧开嘴笑着,似乎知道了什么秘密。他抓起她的双手,拿手指与她纠缠着,用一种秘密的手法,这手法传达出双方的欲望。

她觉得脸红了,赶紧把眼神避开。为什么自己表现得像个村姑?

"在这所房子里我们会很快乐,安妮。"说着他把她搂到胸前。她感到他的呼吸急促起来,下面那活儿也硬了。"我变了。"他一字一顿小心翼翼地说道,这三个字让她双手颤抖。

"你冷了,亲爱的!"他把她搂得更紧些,把脑袋搁在她脖子和肩膀相交的地方,将上衣推开,温柔地啃着,他知道这会让她疯狂起来的。一阵温暖的汹涌在腹部澎湃起来,直往两腿浇灌下去,然后又冲上乳房。她想要屈服了,这很容易,不必等到房间里暗下来。

但是突然雅克站直了,飞快地松开手,要不是还用一只手扶着她的胳膊,安妮就要跌倒了。

空地边上的树丛里走出看书的奥特朋,他没有留意到他们两人,看起来好像是。

雅克咆哮起来:"又是奥特朋!这家伙四海为家,像只苍蝇围着我们的残羹冷炙打转。不劳而获,只丢下一两幅素描或者油画———钱不值,不是吗?钱在哪儿?我不同意这样的物物交换——你呢?"他狠狠钳住安妮的胳膊,事实上已经把她举起来了,她不得不踮着脚尖。两个人望着奥特朋。奥特朋把书翻过去,专心致志地读着。

安妮从他的手里挣脱出来,揉着胳膊,疼得直喘气:"你说什么呀,雅克?"

他冷冷笑着,两眼愤怒地闪着光:"你用不属于自己的东西在做一笔交易,我亲爱的。是不是真的?我听说。"

"你开始听信谣言了?真可笑!"她转身朝奥特朋挥手,要他走开。奥特朋这才注意到他们。

雅克压低嗓门愤愤地说:"这么说是真的了,女士?我要和你离婚,我要阻止你!"

她转过来面对着他,非常生气,自己没有丝毫不忠,他却坚持认为——

"你是个蠢蛋,雅克!你以为我不知道?蒂丽的孩子毫无疑问是你的。可怜的查勃,查勃真是可怜极了,你本可以要了他的命!"

雅克的巴掌打得她朝后一个跟跄倒在地上,上臂和膝盖撑着地。脸颊火辣辣地疼,但是他还是克制了大部分的力道。她吐唾沫,好像伤到了她的嘴唇,其实没有。她又抽抽鼻子,好像流了鼻血,其实只有羞辱的热辣。

"起来,"他把她扶起来,让她站好,"不要羞辱我。"他在安妮面前竖起一根指头,警告她。

"不要羞辱我!"她大叫道,朝他脸上挥舞着拳头,却并没打算伤着他。他把头别过去,但是她的手肘还是砸到了他的鼻翼,鼻血立刻飙了出来。雅克摇摇头,晕了,手指一摸,又伸出来,怒目而视。两个人都说不出话来。

他一转身,不发一言,大步流星回到屋里去了。

"该死的,雅克!"他不是那种你可以伤害的人。

当奥特朋终于从书上抬起头,走上前来的时候,她仍然在颤抖。她想把他打发走,让雅克赢回尊严。她会跟奥特朋说第二天一早他必须离开,没有她的允许永远也不要回来。用这样一个计划来解决雅克和她之间的分歧让她觉得好受一些——一场愚蠢的误会。她了解奥特朋的个性。他依靠别人的善意来生活,的确如此,可他是个艺术家,是个科学家,人们因此要原谅他。她会跟雅克解释的。他一向我行我素,并且毫不犹豫地希望其他人也如此。

而且,这所房子、这块地既是他的也是她的。这是双方都认同的。她已经把生命交给了它。她也可以像他那样邀请宾客。她看不出有什么不可以。想到这儿她站得更直些,用头发遮住发红的脸颊,灿烂地微笑起来了。同时,她非常需要奥特朋帮她分辨新发现的一个物种。

"你学习还顺利吧?"寒暄过后她马上问道。

看着面前矗立的房子,他说:"我发现一只路易斯安那莺。朝它开了枪,结果发现一个新物种!母的被打死了,可是公的跑了。好吧,我已经尽力而为画了下来。"他的眼睛一如平常一刻不停地骨碌碌转着,寻找有动物栖息的山水,观赏它们,捕杀它们,如果可能的话。

她觉得一阵眩晕,便说:"好吧,你慢慢欣赏吧,我走了。"她回到自己位于客栈后部的房间,躺在床上抱着枕头无声地哭着。哭完就睡过去了。醒来惊讶地发现下午已经过去了,急忙冲到厨房检查晚饭的准备情况。

欧胜娜让她坐在桌子边上,及时端上来一杯绿蔷薇茶摆在她面前。喝了几口,安妮的不安渐渐褪去了,就告诉欧胜娜雅克愿意用菲尼思。

"因此呢,"欧胜娜叹一口气,"我们这儿需要找个人帮忙。"似乎读得懂安妮的心思,欧胜娜又补充道,"她不行。瑞特不行。她要踏进厨房一步,你就把我卖到下游去吧。"

"会有办法的,别担心。阿施兰那小子可能帮得上忙呢,他走路还是有困难。我跟雅克说说。"

"他不能走,那对我也没什么大用处。"她端起一大碗蟞虾倒进油面糊里,搅拌着把虾尾巴埋进去,再加点水,又搅拌起来。如此重复了好几次。

"鹿肉派好了吗?"安妮问。

"就差玉米棒和姜饼了。"欧胜娜双手扶胯转过来,微笑着,"奶油搅拌好了,放在奶牛场。这里太热了,要变坏的。"她撸起袖子擦擦脸上的汗。

"粗面包呢?"

"昨天晚上就做好了。早饭准备了吐司。"

"很好。奥特朋特别喜欢吃。"

欧胜娜扬起眉毛,轻轻摇了摇头,但是没说什么。

"喜欢吃什么?"雅克突然出现在走廊里,左手背在身后,脸上热得发红,安妮是这样看的。接着一股酒精发酵的气味冲了过来。"奥特朋特别喜欢吃什么,除了我可爱娇小的妻子以外?"

"你喝醉了。"安妮说着推开桌子,吃力地站起来面对他。

他捏住她的脸,粗鲁地用拇指抬起她的下巴,仔细看着:"你的脸已经晒得像个野人了,女士。"

她盯着他,一言不发。他咯咯地笑了起来:"但是你不光研究昆虫吧,是不是?这些天你甚至顾不上看好日记了。还好有我看到你遗失的那本。"他拿出藏在身后的日记本。

她伸手去拿本子,可是他又缩回去了。

"这太幼稚了,雅克。"

他沉下了脸,她沉下了心。

"让我们看看你的'作品'进展如何。"

他翻开日记,飞快地翻着,好像已经知道该往哪儿翻似的。两个人都知道在哪儿。奥特朋的信柔弱无力地捏在他巨大污浊的手里。他打开最上面的一封,手指颤颤巍巍,撕烂了信纸。

"'我的至亲,'"他读了起来,一脸愤怒随着高声朗读熟悉的文字而变成了悲伤,"'我发誓要命名一种新的物种以向你致敬,而且越快越好。希望每当我看到那物种的时候就会想起你。'"

他停下来,把她上上下下打量一番,脸上卸了伪装,显出脆弱,就像当初两个人在一起的日子。也许他想让她明白这封信剥夺了什么。

"'我是你顺从的仆人,而且比这更多。'"他读完,把柔软的纸片揉成团儿丢进壁炉,颓然垂下手去。安妮看着火苗变红,飞快地把纸上的字烧成灰,一颗心摇摇坠落。

"还有这封,妙极了。"雅克愤怒地提高了嗓门儿,急赤白脸差点把第二页撕成两半。"'我的爱乘着翅膀飞向你,我的心在她的喙上寻求庇护——'"他把信纸卷起来,朝上面吐了口唾沫,又丢进炉子里。

"你为了信哭?那么为了婚姻你又会怎样呢?"他晃着日记,近得擦到了她的脸颊。

"我是为了你哭,你这个笨蛋!"她伸手够那本子,但是他又一次缩了回去。

"还有这个,这个——"他举起奥特朋送的那张素描,"真有夫妻相啊,不是吗?也许他还想要我的房子,来配我的太太!"

"没人想要你的房子,雅克,因为太丑了。"她想要伤害他,并且得偿所愿。他挥在半空中的手忽然僵住了。

"那你就不用住在那儿了,我亲爱的。"他的声音清醒、冷酷。

"我不会的。别求我。永远也别求。"

他上下打量着她,她则努力站得更直。

"你用一条龙去换一只虫——而且那只虫子还结了婚。他不会养你的。那家伙跟乞丐差不离。还是个贼骨头。"

他洋洋得意,笑了起来,让她觉得在自己专心致志、心无旁骛的时候一定发生了许多事情。尽管如此,他显得越发年轻,也越发强壮,几乎成了长生不老。他到底藏着什么秘密?

"雅克,你到底怎么了?"想到可能会失去他,安妮忽然惊慌失措起来,尽管还在气头上。她本想浇灭他的妒火。而且并不在乎他和蒂丽曾经有过什么勾当。

"这么说吧,我已经拥有骷髅之舞①了,"他张开双臂,似乎在炫耀新获得的力量,"而且我赢了!"

一声喘息伴着平底锅"咣当"一声掉在炉子上。安妮望着欧胜娜,欧胜娜手里拿着一块冒烟的布头,直勾勾盯着雅克,双眼充满了恐惧。

"欧胜娜,小心点儿。"安妮说。欧胜娜低头看看那块布头,丢进炉子里,就好像那是一条毒蛇。火焰立刻吞噬了它,欧胜娜出神地望着。安妮又转身面对雅克。"我什么也没做!"她呼喊道,"我没做任何亏心事,雅克!你听到吗?雅克?我一心一意。我一直爱着你——远远超过你的言语形容的!雅克!"

欧胜娜把头凑过来,悄悄对她说:"你难道看不出来吗?那家伙受到诅咒了——离他远点儿。他、瑞特和蒂丽女士都卷入了那场交易。与魔鬼做了越权交易。而代价将是他付不起的。"

雅克对欧胜娜熟视无睹。他用只有自己才听得见的声音读着日记,撕下那些恼人的章节,一把扔进火里。

安妮用愉悦甜美的嗓音说:"请问您我可以拿回我的日记了吗?"雅克盯住她的眼睛,盯了一会儿。他的眼睛黑暗、幽深、捉摸不透,就像琼斯那几条令人毛骨悚然的狗的眼睛。在那双眼睛里面她什么也分辨不出来。忽然他一转身,一言不发地离开了厨房。

安妮尾随他来到餐厅。餐厅里挤满了四处游走的旅客,站在椅子的后面。菜一上来,他们就能就坐了。雅克和斯卡格斯坐一桌,福利的两个堂弟、科林奇和威尔环绕在他身边,就像士兵在等待将军的发号施令。

没等安妮换上一身新装,蓬头垢面的蒂丽就出现了。她身穿一件红色和金色相间的拿破仑收腰晚礼服,礼服太紧了,胸部几乎就裸露在外面,袖子有好几处开裂,赘肉就从这些地方绽出来。她头戴玫瑰色丝绸穆斯林头巾,上面绕着珍珠,顶上还插着一根弯折的鸵鸟羽毛,头发打着油腻的结从四面八方伸出来。她

---

① 骷髅之舞:交响诗《骷髅之舞》,又名《死之舞》,乐曲根据法国诗人亨利·扎里斯一首奇怪的诗写成的。旋律采用了中世纪末日审判的圣咏《愤怒的日子》的曲调,给人以阴阳怪气的感觉。

好像刚刚被打劫过,甚至更糟。她的右手拿着酒杯,斟满了酒。

"蒂丽,你不该从床上下来!"

"我孤独极了。"蒂丽抱怨道,环顾熙熙攘攘的餐厅,"我原以为雅克可能陪我玩玩呢。"

安妮突然来了灵感。眼下蒂丽可能比自己更能说服雅克。

"你能想象吗?他坚信我和奥特朋是情人,"安妮说道。

蒂丽大笑起来:"这真荒唐!"看到安妮一脸的严肃她马上收了笑容,板着脸说,"你们不是情人吧,是吗?"

"当然不是。你为什么这么想?"

蒂丽喝了一口酒提提神,咂咂嘴,半张着嘴巴微笑了,露出淡紫色的牙齿,深紫色的舌头。"跟雅克比他没什么吸引力,"——她顿了一下,边想边用大拇指抠着牙齿——"但是似乎的确发生了什么。我亲眼所见。"

"你能跟雅克说说吗?告诉他他误解了?"

蒂丽呷一口酒,望着窗外正聚集起来的杏黄色的黄昏,眼睛呆滞了:"今晚可能不是个好时候。"

"他在那儿。"安妮指指雅克所在的方向,推了蒂丽一把。

蒂丽摇摇晃晃穿过房间,在人们身上跌跌撞撞,被人扶起来,又继续推推搡搡往前冲,终于来到雅克身边。她俯身朝他耳朵里说了些什么,雅克就朝安妮这里看过来了,和她对视了一会儿,让她觉得事情有了转机。

到目前为止餐厅里的人还没有太注意他们。就在这时,奥特朋被带了进来,被雷特·迪克·扫特勒和奎克左右夹着。波特拉姆三兄弟像看犯人一样把他围住。奥特朋焦急地东张西望,在忽然好奇起来的人群中扫视着,希望能够找到一张友好的面庞。当他发现了安妮,就朝她挥挥手。这是他做过的最糟糕的事了。雅克被他的手下制止了,尼古拉斯·波特拉姆把奥特朋的手拉下来,强迫他不要动弹,米切尔一把扯下他肩膀上的皮口袋,把里面装的东西散落在雅克面前的桌子上。雅克把素描本抽出来,举给站着的奥特朋看。雅克成了法庭上的法官大人。

"贼骨头!贼骨头!"雅克喊道,高高举起素描本给所有人看。奥特朋一动不动站在那里,表情僵硬,肩膀紧绷,双手握拳放在身体两侧。

"雅克!"安妮叫着,毫不理会人们的凝神注视与窃窃私语。她用拐杖把人群往两边推,想要穿过房间。

服务生端着热气腾腾的汤盘挤进来,一见雅克和奥特朋面对着面顿时停了下来。整个房间变得鸦雀无声。

仇人相见,面面相觑。奥特朋想要拿回素描本,雅克朝他胸膛上猛地一推,把他推开去。奥特朋朝后一个趔趄,撞在米切尔·波特拉姆身上,米切尔再把他推起来。

"好,让我们看看你从我这儿偷了什么。"雅克大声说道,声音因为酒精变得含含糊糊。

"啊,这儿有一只属于我的鸟儿。"他从素描本上撕下一页,把它揉成团儿,丢在地上。

"还有这只——这只——以及这只——"连续撕了好几张以后,他故作一脸惊奇地看着奥特朋。"哎呀,奥特朋,什么都被你偷去了!"他不停翻着,撕着,直到很明显地看到那些他在找的画。

"当然,当然了。最珍贵的鸟儿!"这回他撕下来以后,小心翼翼地把它们折起来放进衬衣口袋。但是安妮已经走近,她清清楚楚地看到是自己的素描。

他继续翻弄着素描本,不撕了,只是用法语嘟嘟囔囔自言自语,最后终于"啪"地合上了本子。她不敢去抓他的胳膊,尽管已经够得着了。相反,她想诉诸公众势力。他一定忘了在一旁观战的大家伙儿,他们宁愿放弃一顿美食也要欣赏他奉献在舞台上的这出好戏。

"先生,这出戏演够了吧。"她低声说道,把头朝四周的桌子点一点。人们面面相觑,露出担心的神色,又瞪着眼睛看着雅克和奥特朋。

雅克慢慢转过身,狂怒的眼睛似乎没认出她来:"不许你再跟我说话。"

她就此毁灭。

蒂丽把手搭在他肩上,他把它甩开,朝伙计们一挥手:"奥特朋先生要离开了。"大伙儿架着奥特朋的胳膊,朝门口走去,雅克拿着皮口袋和素描本跟在后面。

"让他们住手,蒂丽!"安妮大叫道,但是蒂丽摇摇头。

"让他们住手!谁——"她环顾四周,望着互动起来的人们,他们早就起身,朝门口涌了过去,欣赏着这出好戏,饭也顾不得吃了。只有阿施兰·波特拉姆坐在那儿,看着她,后生的脸庞因为困惑和羞耻火辣辣地烧着。

"我来阻止他们。"蒂丽说。她提一提裙子,抖一抖身体,扶一扶歪掉的穆斯林头巾,朝门口走了过去。安妮紧紧跟着,身后的阿施兰一瘸一拐。

安妮最后看了一眼黑人服务生们,他们呆呆地挨墙站着,望着手里汤盘上面落着的苍蝇和正急速凉下来的炖肉,对那些白人们相互施加的暴力行为毫不在意。其中一个瘦的好像是用木棍搭起来的,望着手里的汤盆饿得直舔嘴唇。

他们把奥特朋拉到安妮那棵树下,把他反绑起来,脖子上绕一圈绳子。雅克高高举着素描本,直冲奥特朋吼,但是让人钦佩的是,个子稍矮的奥特朋纹丝不动站着,直视前方,夕阳西下,给眼前这个场景涂上一抹血色,整个白天聚集起来的愤懑为正在进行的事情祈福,并诅咒黑夜充满幽暗和懊悔。

穿过层层人潮,蒂丽的神智现在完全清醒了,一边骂着一边推开不情愿让道的看热闹的人们,阿施兰和安妮跟在后面。当他们到达人群中央的时候,蒂丽伸出手狠狠扇在雅克脸上,留下红彤彤的指印。

"给我立刻住手!"她叫道。

他目瞪口呆,颓然放下手臂,退了一步。血再一次从鼻子里飙出来。接着他好像恢复了神志,走上前来面对着她。

她变作泼妇,把脏话堆在他身上,骂他是婊子养的、黑鬼私生子,等等等等,还用法语和英语威胁他。对待这样的攻击,他采取面对恶劣暴风雨的法子,坚韧不拔,却慢慢被逼到要么转头躲过去要么被毁容的地步。

"把那东西给我!"她提出要求。他把素描本递过来,她沿着小径来到大河边上,把它丢了进去。眼看着素描本沉了下去,不见了踪迹,奥特朋猛地吸了口气。

"把他解开!"她冲福利两个堂弟直嚷,两人躲躲闪闪,好像被她的鞭子而不是话语抽打在身上,急忙照办了。

"还有你!"她转向奥特朋,指着大河,"那条船,上去吧,别回来了。你听到了吗?永远也别回来!"

他望了她一会儿,点点头,捡起素描本沉没以后被雅克遗弃的皮口袋,步履蹒跚地走向码头,上了船,身影渐渐被吞没在黑色的影子里。雅克挤过人群,瑞特,那黑奴女孩儿跟了上去。她穿着蒂丽的浅绿色天鹅绒骑术装,由于疏于打理,上面沾着泥,破旧不堪。头发上别着串珠蝴蝶夹子,是朱拉出生时查勃送的。雅克和瑞特大步流星地穿过田野,走向远处的沼泽。

连续七天两人都没回来。再次出现的时候，雅克衣衫褴褛、疾深病笃，手上脸上被茂密的灌木丛刮出一道道血痕。他命令伙计们立刻把房子造好。此后他逼着每个人没日没夜地忙，绝不容忍奴隶或者伙计的任何违抗，需要商量客栈事务的时候就只同蒂丽讲话，拒绝与安妮交流。蒂丽和安妮也不讲话了，因为蒂丽一直避开她和雅克，夜夜喝到昏死过去。

　　瑞特带着新身份回来了。只要逮着机会她就朝安妮眯眯笑，一脸傲慢和狡黠。伙计们正忙着给内部装修收尾，安妮自然也就知道谁和雅克睡在一起了。她再一次被伤到麻木。一个人不可能再一次失去一切，或者应该说第三次失去一切，而苟延残喘下去。

　　尽管发生了这些变故，安妮的脑子里却开始充满了奥特朋。可怜的奥特朋。他的素描本，几个月的辛劳，全部打了水漂。他会恢复过来再执画笔吗？她不敢问。

　　接下来的几个月，接下来的几年，雅克说到做到。他们两人不交一言。很多夜里她从她位于橡树上的平台上张望，看见在二楼走廊里雅克雪茄烟上一闪一闪的红光。

　　蒂丽和她的奴隶们首先离开了，马车上装满了他们市侩的货物。雅克这才意识到蒂丽对于客栈的营运是多么重要。没了大部分家具、盘子、银器、炊具以及仆人，旅客们只能面对贫乏的食物，夜里肮脏的房间和龌龊的被褥。雅克常常和瑞特大吵特吵，因为她没做自己应该承担的工作。雅克甚至和他的伙计们吵。

　　就这样，一个接着一个，雅克最忠实的伙计纷纷离开了。取而代之的是面相凶神恶煞的家伙们，成天只想着喝酒、打架、偷盗。一到晚上安妮就把门锁了。

　　一年年过去，他们的爱褪成了灰色的废墟。

　　一个晴朗的六月天，大河来归，慰藉她心灵。一开始大河发出咝咝声，接着汩汩流出低低的隆隆声，最后变成了缄默的怒吼，来势汹汹，毛骨悚然。大河吞噬了河岸，一块田地一块田地席卷过去。马、牛、猪、平底船、独木舟、马车、货车、谷仓、鸡舍随大河漂移。树木跃起，投入大河，在波涛汹涌里翻滚。木屋上的原木被一根一根拆解开来，又撒播在田野里。整幢房子系着河船在波涛里上下起伏，窗子里闪着光，好像一家人刚刚坐下来准备享用礼拜天的晚餐。

不知道上涨的大河是夺去了昏迷的安妮还是清醒异常的安妮,但是当大河来到的时候,她正在她的那棵树上,隔着空地雅克站在二楼走廊上,吸着雪茄。

有人说洪水是因为过多的降雨。有人说是因为北部发生了地震。还有人说是因为不可抗拒的命运之手。

最后,安妮抱住那根最粗的树枝,大河猛烈袭击她的树,颤抖传遍她全身,她和树幻化为了一体。她望着走廊上的雅克,望着他雪茄烟上的红光。树倒下的当儿,她呼喊救命。雅克飞快地脱了衣服,在腰上绑了绳子,手里拿着绳环。可是当他到那儿的时候,一切已经太晚了。安妮已经在远方的河岸上等着他了,他们可以一起步入天堂,再一次成为丈夫和妻子。

13
海 蒂

那些天我躺在床上想了很多,可没像芒缇·吉恩和克莱门特想的那样只顾着睡觉。 我变得聪明起来了,开始偷听克莱门特的电话,并正确推断出多余钱财的来路。

"你什么意思?是十二箱。不,我没有……好吧,是的,是的。我答应过,是不是?好吧,一个人。"

这样的对话让我害怕,但是我一声不吭。我需要知道更多,所以监视他在走廊里等电话。他坐在那儿,忐忑不安,香烟一根接一根,把烟灰掸在裤子翻边儿里,又把香烟屁股塞在口袋里,活脱脱一个山里的农场主。抽完一根他就站起来踱步,用手搔头皮,沾上头油的手发出亮光,他似乎也全不在意。他进来吻我,跟我道晚安,在我脸颊上留下香甜芬芳。看着他眼睛底下焦虑的眼袋,我真想把他拉到床上,轻轻拍着他入睡。

他是成年人,一天夜里我听到父亲如是说。让他照顾你吧,就像我照顾我的妻子和孩子们那样。

我没有反驳。对幽灵是无法反驳的。他们早就不讲什么前因后果或者据理争辩了。"是的,父亲,"我说,"好吧。"

我开始溜到克莱门特的床上等他回来。好吧,我知道他酒气熏天,乌烟瘴气,有时还带着香水味,让我直想操起芒缇·吉恩的大铁锅砸他的脑壳儿。但是一天夜里他回到家,手指关节擦破了,颧骨也肿了起来,肋骨又青又肿。我意识到在克莱门特闯荡的那个世界里,他九死一生。我开始打理他的衣服,缝补衬衫,要芒缇·吉恩用汽油清洗他裤子上的斑点,再晾出去。我给他刷皮鞋。为什么要这么做,你可能会问。因为这个男人接纳了我,在他不必这样做的时候,还因为我爱他。我把他的鞋刷得亮亮的,这样他就可以在那个想要把他打翻在地的世界里昂首挺胸前进。我脑袋里装着父亲的声音,身体里还流淌着他的血液。

一月底,克莱门特和我去了阿肯色的温泉城,医生说这有助于我的恢复。我没生病,我自己最清楚,只是和以前不太一样了。

在佛戴斯浴室泡澡,悠长、滚烫、充满矿物质的水让人心旷神怡,终于我全身放松,能够一觉到天亮了。我的生活变得规律、安逸。早晨泡温泉、和克莱门特共进午餐,下午休息,一个人吃晚餐、阅读,准备上床睡觉。过了些时日,我开始闷得发慌,一有空克莱门特就带我出去。通常我们沿着中央大道散步,逛逛商店橱窗,大手牵小手,计划着重新装修房子。那些日子他总令人惊叹的计划。

"我们生一屋子的孩子,"一个午后他握紧我的手发誓说,"我要赚一大笔钱,待在家里和你一起把他们抚养成人。他们不会像我一样成为孤儿。"他忘了松手,握得我手生疼,赶紧收回来。他没能开口说出来的是,他不想我们的孩子像他一样被遗弃给一个酒鬼舅舅、满脑子奇思怪想、装着去南方的回忆。克莱门特的内心深处生活着一个走丢了的少年,只有我看到那少年透过一双招人喜欢的眼睛朝外张望着。一笑两只眼睛就成了桃花,一排细牙钉在牙床上,小巧的嘴唇,鼻子上生了雀斑,就像阳光底下那些少年脸上生的一样。我想他最为享受的时光就是去商店买东西来讨好我的当儿,似乎那就是他一生的愿望。

一天早晨,他带我去一家帽子商店,给我买了一顶我们见过的最难看的帽子——一顶繁复的缠头巾帽,上面插着羽毛,编着金线,还缀着玻璃首饰。他从一叠厚钞票上剥下一些一元小钞,富丽堂皇地递给不苟言笑的售货员,她肯定知道我们在嘲笑她的创意和铺子。然后,我们像孩子一样沿着人行道蹦蹦跳跳,克莱门特一路搂着我的腰,骄傲地看着来来往往的其他男人。

"这些天你太瘦了,"他凑上我的耳朵悄悄说,一边把帽子拉到边上,"要多吃点儿才行。"

我把帽子扶正,仔细端详起正在经过的一家馆子的橱窗。

"我们歇一歇吧。"我说。

"这儿？你想进这家？"他问道。

"招牌上说供应家常菜。我正想换换酒店里精工细作的食物呢。"

这家馆子的四壁贴满了磨损的桃花心木镶板和写着深绿色文字的有些年头的纸张。油画以及加框相片挂得到处都是，上面尽是些赛马，还有五颜六色的赛马师衬片，微型马鞍以及钉着生锈嚼子的马笼头。所有东西都披了一层锈掉的油腻，连朦胧的灯光也因此厚重起来了。我注意到这里的空气闻起来有点儿奇怪，不大有食物的味道，倒是有股子香烟、雪茄和甜谷子的味道，可是又看不到有谁吸烟。可能在楼上吧，我推测，因为几声重重的捶击把头顶劣质天花板上的灰尘震了下来。可能我恰巧把我们带进了一间地下酒吧。我决定默不作声，看克莱门特怎么逗我开心。

服务员懒散地拿来两张发黄了的满是污迹的菜单，克莱门特做了个鬼脸，要服务员把拿手好菜一一呈上来。我们尽力吞咽，可是牛排过了火候，浸在僵掉的油脂里，边上还有一堆灰色，是半生不熟的土豆和软哒哒的莴苣。男男女女络绎不绝从我们这桌经过，挤挤挨挨贴到窗边，从外边就看得到，可是这间屋子总也填不满。我问克莱门特到底怎么回事，他耸一耸肩膀，但是接着就往后一靠，用肮脏发黄的亚麻餐巾揩揩嘴巴，笑了起来。他望望屋子的后面，身体前倾靠住我，朝正走过去的一对夫妇点了点头。

"我们可能是唯一在这儿吃东西的人了，海蒂。楼上有个酒馆。"

我极力用咳嗽掩饰笑声，他直朝我斜眼睛。

"万一发生突袭怎么办？"我悄声说。

他摆出一副自豪的模样："幸运的是有我在这儿。不怕一万，就怕万一，你最好别在这种地方呆。我是男人，懂得观察布局，但是你——"他抓起我的手，亲了亲手背，花了点儿时间把黄钻给我戴正。一笑起来，他那少年的喜悦就传到明眸，让他整个人熠熠生辉。"一直泡浴室和室外运动，你不想让我去租匹马骑骑，或是租条小船划划吗？"

我摆摆手："可以跟你一道出去吗？"我把手放在他胳膊上，他把手又撂上来，捏住我的手。

"时常有生意要照顾啊，甜心，你明白的。"他的眼睛追寻着我，看我是否听进去了。

"别缠住他，"父亲的声音告诫道，"他要成为一个跟其他男人打成一片的男人。你可不想要一个整天拜倒在你石榴裙下的男人。"

"行啊,"我说。"给我点儿买东西的钱行吗?我想把这顶帽子退了,去买——"

我意识到他把注意力集中在一位衣着华丽、满头红发、一袭黄袍的女人身上。她正穿过房间,肆无忌惮地看着每个男人。当她撞上克莱门特的眼神,他立刻把头低了下去,而她把下巴抬得更高。他们相互认识。

油腻的食物突然开始在胃里翻滚,我一下子站了起来,餐巾落到黑白瓷砖镶嵌的肮脏的地板上。我想拿起盘子扔到她脸上。

"海蒂,你没事儿吧?"克莱门特抓住我的手肘,我快速摇摇头,那顶帽子从本不稳固的地方滑了下来,结结实实落在一个大盘子里,盘子里盛着炖大黄①,还有结了块的奶油。服务员把它摆上桌,作为对我们胃口的最后一场凌辱。我们两个盯着这可笑至极的帽子,最后服务员终于慢条斯理地踱着方步上前把它从盘子里拉了出来。我们俩大笑起来。

"不要了。"克莱门特说着在桌子上放了钱,又递给我一叠钞票。我把钱放在手袋里。

"她是你的朋友?"他的胳膊勾起我的胳膊,舒舒服服走回酒店的时候,我问道。

"哦,我亲爱的,生意罢了。仅此而已——当然生意也是为了你。"他松开胳膊,从香烟盒子里摸出一根烟,那银质盒子上面印着字,上礼拜我们一起买的。他停下脚步,用配套的银质打火机点着了烟。香烟盒子和打火机真是精致,让我联想起在电影里看到的女人们吸烟的做派。吸烟让他看起来更老成些,可同时又让他显得不自在,因为我一直见他在家里的走廊上踱来踱去,等候电话。如果电话不响,那会怎样呢?我们要躲起来吗?人行道上那些膀大腰圆穿深色西装的家伙们正把行人挤下去——克莱门特会怕他们吗?我常常梦想能有自己的钱,但是既然嫁给了他,我就为克莱门特祈祷,祈祷他日进斗金。他是那种只要给予机会就能做个好父亲、好丈夫、好人的人。我就是知道。也许我能想出办法来拯救他,或者至少帮帮他,一刹那我做了决定。这时他帮我拉开酒店的玻璃

---

① 大黄:蓼科大黄属几种植物的统称,尤指食用大黄,一种耐寒的多年生植物,其叶柄巨大、多汁、可食。

门,吻上了我的脸颊,留下一个带着淡淡烟草香味的冰爽烙印,挥手跟我道别,随后匆匆沿着马路走远了,身后拖着一尾烟线。

我假装上楼去,在楼梯口停了下来,藏起来张望着,确定他走了以后再悄悄跟上去。

他返回那家餐馆,径直走上楼梯。我在外面等着,害怕进去的话会被他逮着。路人纷纷侧目,而我佯装不知。渐渐太阳燃烧起来,我开始觉得不舒服,就回到酒店去梦会周公了。

一觉醒来,晚饭时间都过了,我睁开眼睛看到克莱门特穿着夜行衣,戴好手表,收好钱,又把我送他的猫眼戒指戴上,悄悄把门带上走了。

自那以后我常常跟踪他,而且想尽办法掩饰我的目的。我想他还蒙在鼓里,因为一个月之后他更加肆无忌惮了,一天夜里居然和那个红头发女人昂然地在大街上散步。他们俩看上去就像老朋友抑或老夫妇,两人之间又随意又亲密。他们这样令我窒息,而我还不能大发雷霆。她是他的老友?还是生意伙伴?我要做的是把丈夫留在身边,而不是把他扫地出门。

"克莱门特,"一天吃中饭的时候我说,"我想骑马。你能帮我弄匹马吗?"为我效劳令他欢喜。这让他感觉自己很有用,而且还能吸引他的注意力。我风雅地吃了一块华夫饼,上面涂了一层厚厚的草莓、糖浆以及黄油。他容光焕发,一脸的赞成。夜夜迟睡加深了他的棱角,皮肤苍白,眼圈发黑。还散发着一股淡淡的气味,有点儿油腻,有点儿香甜,还有点儿酸腐。

"还要上几节课,"我补充道,"我只在祖父的牧场里骑过没装马鞍的马。你知道,我强壮如牛。"

克莱门特大笑着拍拍手:"还需要骑装。"他从马甲口袋里拿出一叠钞票,递给我四张五十元大钞——这么多的钱,我从来没拿过。"只能用现成的长筒靴来对付啦。"

我接过钱,努力在脸上把愉悦的笑容保持住:"今晚能跟你一起出去吗?我想学学轮盘赌。"

"多多练习晚上睡得香,"他说,"再说,那种地方不适合像你这样的已婚年轻女士,海蒂。我拼命工作,为的就是不让你沦落到那种地步。相信我吧,好不好?"

"你已经精疲力竭了,克莱门特,我只想帮你。"

他摆弄着手上的猫眼戒指,皱起了眉头:"要是基顿能省着点儿花,再撑几个月,棉花价格就会上涨的。"他望着我,眼睛睁得大大的,忽然充满了泪水。

"哦,亲爱的,真希望我们还能再等等。我想让你拥有所有你想要的,但是我不能失去雅克码头。那是我们的全部家当。"他把头转过去,含糊地说,"别对我失去信心。"

我握住他的手。我刚一怀孕母亲就叫我离开,把我许配给了克莱门特,我知道那种滋味,当你竭尽全力想要勇敢面对现实的时候,人们却对你失去了信心。他努力照顾这个家,就像父亲,父亲也曾尽力经营,鞠躬尽瘁。银行倒闭,他们破产以后,母亲从没给父亲好脸色过。在生命的最后几个月里,父亲坐在走廊前面的直靠背椅上,供人瞻仰,他太太去了一家服装店做店员,那地方从前还曾遭她耻笑。父亲黯淡下去,衰败下去,像一只在黑暗之中身外无物、颓然燃烧自己的灯盏。脑子里血管爆裂,整整一个礼拜他不发一言。"他已经疲于解释,给出的理由也牵强到不值一提。"母亲这么说。在克莱门特身上,我不会让历史重演。

我学会了骑配鞍的马。事实证明无鞍骑马给了我天然的座位和平衡。我又开始享受自己的身体了。这种乐趣里还夹杂了认知:克莱门特需要我做这些事来证明他是成功的。如果我上骑术课程,接受矿物水疗,买光鲜衣衫,就说明他事业蒸蒸日上。也许这还使他更容易与那些生意场上的人打交道,有一天我萌生了这种想法。那天,我注意到有个人骑着马跟在我的马后面,我停,他停,我跑,他跑。我在马厩那儿下来,仔细看了看那人的脸,这才意识到一个礼拜里我已经好几次看到他了。我提高警惕,每次外出或购物都不让自己独处一地,但是没对克莱门特透露一个字,他这些天来一筹莫展。

在温泉城呆了三个月以后,一天下午我们去了奥克朗看赛马。此前的一个礼拜他夜夜外出,回来倒头就睡,一觉睡到中午。能跟他在一起太让人高兴了,一颗心都放了下来,我们欢笑着,胡乱取笑人群里的这个那个,职业赛马骑师和人们的赌局都没能幸免。暖风劲吹,马儿们走向起跑线时四只脚直跳舞,身上的衣服被汗打湿,后腿上的汗也越积越多。一匹黑色的马一跃而起,把骑手甩下来,接着单枪匹马地在跑道上飞奔,小小马镫敲在肚皮上,引得它把头从一边甩到另一边,缰绳也松了。其他的马也被煽动起来,纷纷跃起,人们努力把它们稳定下来。那匹马急急忙忙上了非终点跑道,发现一堵人墙挡在前面,终于停下脚步,朝其他马嘶鸣。一个人趁机走近拉住了缰绳。马儿温顺地跟着那人走了。

克莱门特直摇头,撕碎马票的时候双手抖得厉害:"那蠢货让我损失了五百块。它明天就要给狗吃了。"我们出发前他刚理了发、剃了胡子,身穿黑色细条纹乳白色西装。

"这套西装新做的?"我问。

他盯着比赛日程,这时把头抬起来,笑了:"早上我们去购物吧,如果你愿意。"他说着把手搭在我左手上。钻戒一直左右晃荡,嵌到旁的指头里,我瘦了不少。

"要多吃点儿,"他提醒我说。"我喜欢我的女人骨架上有肉。"他提高了嗓门儿,站在我们身后的两个男人听罢大笑起来。我回头一看,跟踪我的那个人就站在那儿。我把手缩回来,戒指一滑,掉在了地上。

"是不是,艾斯?"他转身朝那个陌生人眨眨眼,陌生人高高挑起眉毛点了点头,算是对我的评判。我想说艾斯应该知道,他跟在我后面观察了我一个星期。有那么一会儿我想就把钻戒丢在那儿,可是它黄殷殷的光晕在撕碎的赌票和香烟屁股中间闪闪发光。我弯下腰,把它拾起来,再滑上手指。我把手插进裙子口袋,钻石敲在骨头上沉甸甸地响。克莱门特花钱雇艾斯盯梢我?还是我与某一单生意有间接关系?想到这儿我一阵恐慌,连忙摇摇头把它甩掉。

"要是你想买礼物给我,"我还击了,"我想要那匹马。"

克莱门特看看手里的比赛日程,再看看我,眼光犀利,好像自打结婚以后这是我第一次让他感到吃惊。他迅速、坚定地点点头,把注意力转向比赛,牙关咬紧。下一场比赛他的马赢了,他拥抱我,吻我,往我的皮夹里塞了一百块钱。"你是我的女人。"他悄悄咬着我的耳朵说,又吻了吻。我看到艾斯正盯着我们,脸上没有透露半点儿讯息。

最后,我厌倦了跟踪克莱门特,再说还要忍受把自己暴露在他常常光顾的那些夜总会外面,供人们放肆地观看和评论。 如果有支枪,一支像父亲当治安官时佩戴的柯尔特和平使者手枪,那我想去哪儿就去哪儿。没有保护的话,就只能受制于像艾斯那样的人了。所以我独自一人吃晚饭,饭后要么直接休息,要么读点儿什么,努力不去面对那些显然的问题:克莱门特赌博手气好吗?他偷盗技艺高超吗?他去诈骗寡妇钱财吗?他动手杀人问心无愧吗?想到这儿我浑身一颤,可是我们的生活就靠它了。我睡不着了,望着街道上酒店对面的路灯柱子,柱子边上有个阴影,一根香烟一闪一灭,像行走的闹钟,滴滴答答搭着我们的未来。我发誓一回到家就弄支枪学习射击。我的未来可不能由那些想要摆布我的狗娘养的家伙们操纵。

刚刚经过中央大道上的浴室,一长排赌场夜间纷纷开放,热烈欢迎着各路绅士以及其他各色人等。 女士是不准进入的,一天夜里我哄着克莱门特要陪他进去,遭到了断然回绝。埃米——在宽敞、奢华的佛戴斯浴室给我擦背的女孩儿,说城里到处都是赌场,到处都是地下酒吧。大桥路夜总会、南方夜总会和肯塔基夜总会是其中比较大的。哈莱姆小鸡棚以及巴特勒烤肉店的一楼是餐馆,二楼则用来赌博、饮酒。埃米还说在一些地方的三楼开着"幽会的地方"。我什么地方也不去,但是现在又节外生枝——我又开始流血,止也止不住,令人筋疲力尽。我疏远了克莱门特。骑马课程也停了。

那时候浴室由政府监管,尽管在佛戴斯有一间集会室,供男男女女在接受沐浴治疗的间歇,相聚在一起听听音乐,但是政府禁止一切曲子,只允许在钢琴上弹弹那种最安详的调子。爵士乐也在禁止之列,尽管已经是一九三一年了。"太多生病的人们受不了刺耳的声音。"埃米如是说。

浴疗是为了医好那些不肯愈合的伤口、关节炎、痛风、癌症等无所不包的各种疾病。可是我在那儿的时候就没看到过同龄的女人接受治疗,只有些夫人,是病痛把她们带到这儿来疗养,在水里舒缓疼痛以后,她们的皮肤皱起来又松垂下去。她们像我一样带着叹息轻轻浅浅地把空气吸进肺里,似乎呼吸变得不安全起来,又用水充斥着自己的躯体,像海绵般鼓起,矿物温泉把疼痛和悲伤都去掉了。

人们始终相敬如宾,这真让我精疲力竭。照顾我的那个女孩儿,埃米,头发稀稀落落,黄中带白,皮肤洁净,平时不大开口。白天她泡在池子里,为我们洗走病魔。一双小手似乎很知道怎样在你的四肢游移,温柔地依次抬起你的腿给予按摩,帮你在水里抡胳膊、画圆圈而不起一丝涟漪。波光粼粼,她的皮肤也显出蓝色,像夜色里的脱脂牛奶,笼罩在月光里。一双洗过的蓝眼睛总看着别处。

"出去吧,"一天下午我跟她说,"离开这儿。你没有朋友吗,男朋友没来看你?"

她一拉我肩膀,让我把头靠在她狭小的胸膛上,她才十六岁。"痣生脖子,天降票子。"她悄声说着,摩挲起我的头颈和脸颊。闭起眼睛,我慢慢感到失重的享受,没过几分钟,水开始把我往下拖。我们全家没有一个人会游泳。"我们一直都把自己塞得太满了。"父亲试着教我游泳的时候母亲这么说。"离水远点儿。"她告诫道。母亲从不把衣服全部脱光,就算洗澡也不。就像修道院里新来的修女,洗这里的时候就把身体的其他地方通通遮起来,似乎裸体受到了上帝的终身诅咒。

也许就是因为这样我才嫁给了克莱门特,一个知道怎样脱我衣服的人。后来,我开始想知道母亲和父亲是怎样做爱的,尤其是当父亲告诫母亲说她若再动我一根汗毛他就和她离婚以后。五岁以后我就再也没挨过打。"这就是为什么你得了报应,"把我打发给克莱门特的那天母亲说,"你被宠坏了,现在堕落了。"

"我来止血吧。"埃米细声细气。我感觉到她把指头轻轻搭在我腹部,朝里面伸着,却丝毫不痛,终于抵达某个特定的点上,让身体短暂地兴奋了一阵。我睁开眼睛,看着她双臂擎天,喃喃念叨:

在主耶稣的坟墓上

绽放三朵玫瑰。

停止呀,鲜血,停止呀!

她的双臂轻轻落下,像开败的花瓣。"从十二岁起我就给人止血啦,"她说,"我邻居从前是治病方士,他把技艺传授给了我。现在你好好休息吧。别再担心了。"她用又尖又细的嗓子哼起了调子,听起来让人舒坦。一阵涟漪划过腹部和大腿上的肌肉,可能更像一阵寒意,或者一阵松懈。我的眼睛又闭上了,手臂也沉重起来。埃米身上有一种东西,让我时时想起安妮·拉克,又经过一番努力,最后一点心悸这才消逝。

在那个重大的日子里,一年以前,我一边等着巴士载我前往雅克码头与克莱门特相会,一边想起了父亲。 父亲已经死去三年了。银行的破产一夜之间毁了他,毁了全家,毁了全镇。他千辛万苦还储户的债,半年后就脑出血,死时一张长脸上挂着茫然的表情。但是记忆里最清晰的部分却是一个从没有看到过的场景——父亲骑着白马,踏上寇尔坎普车站的月台,接他的新娘。故事进行到我这儿的时候,白马换成了种马。新娘从火车上下来,父亲一把抱起她,把她放在马鞍上,坐在自己前面。双腿一夹,马儿啪嗒啪嗒穿过木地板,一跃,跨过月台尽头。父亲头戴斯泰森宽边牛仔帽,佩戴治安官徽章,没人敢阻止他。

一匹白马,姐妹们和我一边喘着气,眼睛里充满了幻想,一边望着父亲优雅地把大片吐司切成一英寸见方的小块。母亲烧的饭难吃极了,但是父亲从不抱怨。一个骑白马、抱起女人绝尘而过的男人事后是绝不抱怨的。那她的行李呢?坐在司凯利车站外的木制长凳上我有些疑惑,车站外烟雾弥漫,人们好奇地望着我,坐进各自的汽车。母亲就像我现在一样是带着褐白相间的硬纸箱到站的吗?她的行李箱跟我的一样吗?即使在那时我也已经意识到随着时间的推移有些东西失去了。克莱门特是绝不会骑在马背上来接我的。那天,他开着轿车,手里攥着结婚证书,我唯有拍拍一路上粘在皮肤上的烟熏粉尘,然后说,我愿意。

"想开开眼吗?"过了几天,我们等待入池的时候,埃米问道。 我耸耸肩,把长袍上的腰带收得更紧些,她溜出队列,朝大厅走去。出血的确止住了,所以我不得不信她。站在指向男士大厅的牌子那儿,她扭过头望了望,把员工门推开来。小小的房间里空空的,只有两双鞋和两摞衣服放在一条红色长椅上。她把房间尽头的一扇门打开一两英寸,望了出去。接着,她挥手示意我过去,把门再打开些。

"朝上看。"她说。

屋顶上是一面巨大的穹庐形马赛克玻璃画,蓝色和绿色占了绝大比例,给下面热气腾腾的泳池笼上了一层美丽柔和的光。

"尼普顿①之女,"埃米轻声说,"总共八千片玻璃,从圣路易斯运来。看那儿——"她用下巴指指大厅另一端的一尊陶瓷雕像。

"德索托②从印第安人喀多③公主手中接过水,"她说,"也是用瓦片拼的。德索托来到此地寻找青春,泡了温泉。"她转过身,笑了,牙齿像皮肤一样呈现乳白的蓝色。一过三十,这样的美貌就会消逝不见,四十岁的时候就年老色衰了。母亲曾经说过,山民比平原上的人们老得要快。

埃米,我想对她说,你要喝牛奶,还有,德索托从没来过阿肯色。当然,后来

---

① 尼普顿:罗马宗教中的水神。原为淡水之神,但到公元前399年,人们把他同希腊神波塞冬等同起来,成为海神。
② 德索托(约1496—1542):西班牙探险家和征服者。
③ 喀多人:北美印第安人之一族,主要居住在路易斯安那州、阿肯色州以及德克萨斯州东部。

事实证明我是错的。相反,我说:"它们可真漂亮。"她似乎对我的回答很满意。尽管埃米平时话不多,浴疗的时候她还是会跟我轻轻说些关于她自己的事情。我常常并不确定自己听得是否准确,那些话是不是就是它们听上去的意思。昨天她告诉我她和她两个姐姐以及堂妹进行了一场"沉默的晚餐",看看她们各自将要下嫁的男人,男人们的幻影一时散尽,通通不见,只有她的男人还在。

"我悄悄地搅拌玉米粉和食盐,不弄出一点儿声响,似乎我就应该这么做。"她激动起来了,"风越来越大,始终在吹着。蜡烛吹灭了,大家一坐回原位就认出了自己的男人,除了我。"

她越发激动。"可能并不包含什么意思呢。"我说。

"不,"她说,"那意味着我会终身不嫁。"

我看着她用指尖在水里打圈圈。

"至少我没有看到一个脸上没有五官的黑色身影——"她看着我,咬住了下嘴唇。上礼拜我把孩子的事情讲给她听了。"对不起。"她说。

"也许你可以用治疗的力量给自己找个丈夫。"

她摇摇头。"你不明白。"她说。

她是奥扎克族一员,把石头和一簇头发缝进衣服褶边里,他们的世界里充满了危险和神秘,没有防护绝不迈出一步。我的衣服口袋里时常塞了一些杂草和树皮,鞋尖里又有药草。我们拥有的一切无不脆弱,不能承担生活的重担。

沐浴以后,埃米蘸了蜜油给我按摩肚子,又在腰上贴了一块红纱。

"明天以前千万不可取下。"她说。

五月一过,一个跟我年纪相仿的年轻女人来做沐浴治疗了。她一头又黑又直的头发,一双深褐色的眼睛,皮肤黝黑,与她那白色西装正好形成鲜明对比。当然,浴疗是仅限于白人的,黑人们在别的地方有他们自己的设施,所以我得出了结论:她一定来自意大利或者西班牙。她沿着泳池边走着,在离我只有几英尺的地方站住了。我在等埃米来进行治疗。

"我叫凯特玲,"她说,"来自圣路易斯。"她信心满满,丝毫没有我所感到的跟陌生人说话的矜持。

接着她拉开浴袍,反正本来也没遮住多少,说:"你是海蒂·杜查姆,对吧?"

她环顾四周,仿佛置身于一个盛大的好友聚会,她对着砌了瓷砖的蓝色墙壁微笑,其他洗浴的人们要么坐着把腿浸在水里,要么站着从水里露出脑袋和脖子,面无表情地等待着。顺着她的眼神,我注意到了黑色模子,蚀刻在底部瓷砖之间的薄灰浆上。接着在女更衣室门口,我看到了一直跟踪我的艾斯。他朝后靠着,嘴里叼着香烟,尽管指示牌上清楚写着"严禁吸烟"。几名工作人员抬头看着,却没有一个走上前去制止他。好吧,我说服自己,随他去吧。

"关你什么事?"我把一缕湿头发从前额往后梳。她甚至连头发都还是干的。她的眼睛盯着我手上的黄色钻戒,我把其他指头攥起来,以防戒指落到水池子里。

"有天晚上我在赌场遇见你丈夫了,"她说,"我感冒了,所以他就把夹克借给了我。"

我看着她,嘴巴又红又大,下巴上留着一个小小的半月形伤疤,我不相信她所说的。她一口细牙长得很整齐,看上去比屋子里的任何东西都要白,连她的白色西装也相形见绌。

"这一定是从他口袋里掉出来的——"她把手伸进怀里,拿出一枚猫眼戒指,就是我买给他的结婚戒指。他从不戴戒指,他跟我说。但是当我们穿正装的时候,他就会戴上它,为了取悦我。她把手伸过来,掌心里放着那枚戒指,要让它物归原主。

她是个美丽的姑娘,就是下巴有些瑕疵,两只眼睛也分得太开了,为了弥补这些缺陷她把刘海留得又浓又长,更在靠近前额正中的地方稍稍染了颜色。她的瓜子脸很是吸引人,一头秀发更是烘云托月。我试着想象戒指放在他口袋里的情形,低头看她的手腕,看她是不是还戴上了他的汉密尔顿金表。

"戴着合不合适?"我问,身体一动不动。别动,我思忖着,别做你将要做的事情。借着余光我瞥见埃米入了水,朝我们这边滑过来了。别过来,我用眼神告诫她。别过来。

凯特玲笑了,试着把猫眼戒指套进无名指,可是戒指太小,到第二个关节就下不去了。她体态丰盈,手又粗又大,手指很长,椭圆的指甲上涂了暗红色的光亮指甲油,戒指不合手。

我转身,抬起一只脚,再抬起另一只,小心翼翼走上石阶,周围的温泉水似乎紧紧贴在身上,又拉住我的腰。意外发生的时候必须格外当心。埃米张开嘴,我朝她摇摇头。

"这东西该怎么处理?"那女人在我身后叫道,笑声在贴了瓷砖的墙壁上大声回响,大家都把目光集中在我们两个身上。我就要走到门口了,有东西"砰"一声砸在我边上的墙上,又滚落到地上。不用看都知道是那枚戒指,一个我倾尽荷包买来的微不足道的便宜货。我想要捡,想得连两个肩膀都摒得疼了,但是终于没有,我走了出去,艾斯的笑声热闹地掺了进来。我不愿相信克莱门特和她睡在一起,但是可以确信的是她努力想要煽动我做些什么——也许她想让我离开克莱门特,如此一来克莱门特就属于她了。我可不想这么做。父亲教会我为想得到的东西而战斗。

"我要你回家,"几个小时以后克莱门特如是说,"我这儿的工作快结束了。周末就回家,最迟礼拜一。"他系好袖口,把手颤巍巍伸到最上面的梳妆台抽屉里,拿出一个信封递给我,手上光秃秃的。你的戒指呢?我想问。那该死的戒指到哪儿去了,亲爱的?

"听着,今天发生了点儿事儿,"我说,"一个男人和一个女人——"

"这是火车票。"他一挥信封,把我的话堵了回去,"告诉售票员你在雅克码头下车,接着打电话给芒缇·吉恩让罗伊完成家务就去车站接你。打电话。好吗,亲爱的?"我接过信封,他紧紧地抱住我直到紧张不安从我的肩膀上松懈下来,尽管他松手的时候我感到他身上一阵微微颤抖。

他整一整黑色领结,掸一掸新做的晚礼服的黑色长袖,动作就像整个秋天都在检查棉绒的棉衣。

"那个叫凯特玲的,你认识她吗?还有那个一直在跟踪我的家伙——"我停下来拽住他手臂,让他面对着我。

"亲爱的,所以我要你回家啊,这样才安全。别打破砂锅问到底了,收拾行李吧。"油脂把他的红头发染深了,浅褐色的眼睛炯炯有神,像狐狸似的闪闪发光,薄薄的嘴唇弯成一个微笑——他可真英俊。我不知道自己该留下来还是离开。

"你连发生了什么都不想知道吗?"我坐在床上。

"瞧,我早就告诉过你,这不是个好女人该呆的地方。现在对我来说你把这个地方弄得危险起来了。我不能时时刻刻盯着你,同时又照顾好生意。"

"所以你雇了艾斯那家伙?"

他把头发朝后理理好,叹了口气:"我本该告诉你的。不是,他也是你需要离开的原因之一。我还要讲得再清楚些吗?"

"你在这里做些什么,克莱门特? 告诉我,我能帮你。"我伸出一只手,他接了,摆弄着我的指头,翻转着黄色钻戒似乎在忖度着把它要回去,作为赌注,我想象着。

他弯腰吻上我的额头,留下湿湿的一块,让我感到一阵刺痛。"我在努力赚钱供我们开销,海蒂。我们可不是山里的贫民,也不是什么流浪者,不靠典当珠宝还债。你一定要相信我。"他举起我的双手,一往情深望着我的眼睛。

"能照我说的做吗,亲爱的?"

我点点头,生怕一张口就会脱口而出,不! 他收起钱和钥匙,望了我好一会儿,然后点点头。

"你看上去好多了,海蒂。我回来之前千万不要绕着房子四处闲逛,听到了吗? 去买东西。回去以后需要添置些新东西。有惊喜在等着你。"他又补充道,"多么希望能亲眼见证你看到它时的样子啊。"

"早点儿回家。"我说。

"哦,甜心,"他开腔道,但是一阵阴影笼罩上他的脸,"我们房间里的壁橱后面有一把装了子弹的滑膛枪。白天挂在前门上,夜里睡觉的时候就放在身边。"他停下来,看看双手,又把它们翻过来,就像晚饭前检查手有没有洗干净一样。"你懂扣扳机的,是不是?"没等我回答,他又说,"把枪握紧了,灾祸从来不会事先敲门。"他再次看着我,用手擦擦脸。"该死! 看上去真是一团糟,是吧? 我应该手把手教你,而不是纸上谈兵。一回家我们就立靶子操练,还要给你专门备把枪。值得期待,是不是? 安妮·奥克莉①。"

我大笑起来:"还老妈巴克尔②呢。"

"别放任何人进屋子,海蒂,别和陌生人搭讪,也——"

我站起来吻上他的唇,用舌尖轻叩他的牙关。"亲爱的,克莱门特,那儿的每个人我都不认识。放轻松,我坐了巴士,横穿大半个州来嫁给你,我敢打赌自己会平平安安等你回来。现在让我睡一会儿吧。"我拍拍他的肩膀,摘掉一个线头,挥手让他离开。克服重重困难,我期待以一己之力想出办法来帮助克莱门特。

---

① 安妮·奥克莉(1860—1926):原名菲比·安妮·奥克莉·摩西,美国女神枪手。
② 老妈巴克尔(1873—1935):原名亚利桑那·唐尼·克拉克,美国传奇罪犯。

第二天一大早我就爬起来，面对着空空荡荡的房间，急急忙忙穿了衣服，收拾好行李，手提箱我随身带走，大箱子他会寄回家。要是母亲能亲眼看看这个上好的牛皮箱子、黄铜锁以及风情的妆奁该有多好啊。

我去浴室跟埃米道别，她把一枚锡镴钮子塞在我手上，是南部邦联制服上的钮子，中心缎带十字上有一朵花，开出六瓣。

"用有魔力的细绳穿起来，系在脖子上，"她说，"还有那块红纱，蛇蠕动之前万万不可从腰上取下。"

我给她二十块钱，想了想又添上二十块，离开前从梳妆台上拿的。她的反应就好像得了一笔财富似的。

"症状复发的话，别忘了喝美类叶升麻根茶和荨麻茶。"她在我身后喊道。我眼角一扫看见护士长急急忙忙责骂她，说她太吵了。有些人就是喜欢让你觉得你是被扣在一个广口瓶下的黄蜂，在炎炎烈日下慢慢被榨干。

14

卡特，克莱门特给我的惊喜就是它，一匹黑马。 我骑着它在土地上逡巡，一边等着克莱门特回来。这匹马跑得还是太快，我不得不花时间让它慢下来，在炎热的下午走好几英里。一开始它扯得很厉害，我两只胳膊拉得生疼才不至于从它头上栽下来。渐渐地，它安定下来，开始蹦蹦跳跳，最后终于稳重地走起来了，而且一走就是好几英里，似乎决心要一路走回阿肯色，如果不能跑着回去的话。我一直跟它说着话，哼着歌，把脑子里的那番对话复述给它听，就是与在温泉城遇到的那个女人的对话——那个叫凯特玲，手上戴着猫眼戒指的家伙。我本来倒是很中意褐色和黄色的，因为它们与克莱门特的发色如此相配，但现在我变得讨厌它们了。我告诉她我会让她遍体鳞伤，谁让她做第三者呢。有时候我会因为克莱门特连续两天不接我电话而对他大发雷霆，又或者因为他送我新的缰绳和刻花的银柄短鞭而大为恼火。我想让他回家，平平安安地，但是就算我想一个人回温泉城把我的丈夫带回来，父亲的声音也会萦绕在耳际，他要我保持耐心。

直到六月中旬克莱门特才回家，迈进门槛的时候，他瘦得只剩皮包骨头，又生了病,整整一个礼拜吃了睡、睡了吃。终于,他起身,照顾起农场来。

他第一天下来吃早饭——而不是等着饭菜被送到他卧室——的时候,我亲自服侍他,他吃饭的时候我吻他,又握住他的手。他把眼睛从饼干和肉汁上抬起来,充满了感激,挤出一个暗淡的微笑。我的小可怜,我想说,但是又闭了嘴。在他的旅行箱里有三沓账单,只有通过想象我才能估计出这花了他多少钱。

"让罗伊继续负责苹果园、牲畜、割第二轮草、耕种玉米以及给棉花除草的工作吧。"放下刀叉时他说。他用餐巾擦擦嘴,仔细地叠好了,放在盘子边上。

"芒缇·吉恩和我来分担家务,她还教我烧饭呢,克莱门特。"他刚吃的饼干是我做的,我很引以为豪,我还会用四种不同的方法烹调鸡蛋,还会烤松饼、搅拌黄油,奶油撇得不多不少,牛奶不会太稀薄。我想要做一个好太太。

他先端详了一会儿咖啡,然后才把它凑到嘴边。"奶油不错。那头棕色奶牛一定恢复健康了。"

我点点头:"是头可爱的小奶牛,就像它妈妈一样。还要点儿别的吗?"

他提起一边嘴角,露出一个顽皮的微笑,把我揽到他大腿上。我们吻了好一会儿,芒缇·吉恩动静很大,进了厨房,我赶紧跳起来。

"一会儿见,小姑娘,"他说,"对了,我们为什么不出去学学骑马呢?那儿还有东西给你看呢!"

他走以后就再也没人开过那辆轿车,我们用抹布给挡风玻璃擦灰,随后才把车子从车库里开出来。我对他丢在后座上的皮包感到很好奇。他沿着田地和牧场之间的车辙缓慢地开着,直到远处有沙涌的地方将我们俩遮住,我们的房子看上去也小小的。

"我们干什么呢?"我问。

"首先最重要的是,"他说,我紧张起来,因为他的表情严肃极了,"你还没有好好谢谢我呢。"

"你什么意思?"我问。

"哎呀,看看你自己吧!"

我低头看看自己的工装裤:"马上换,等我——"

"不,你很美——而且健康——拜那匹马所赐。不记得是谁送的了?"他哈哈大笑。

我攥他的胳膊,他顺势抓住我,我们吻了好一会儿,这才意识到我们得下车在田野里做爱,于是我们停了手。

"我的主人,真想你。"我们理着弄乱的衣服,他气喘吁吁。

"我可一直在这儿等着你呢。"我提醒他。

他用指尖触摸我的脸颊。"事出突然,回报又太高。你知道我带什么回家了吗?五万块,海蒂,想象一下会给这个农场带来什么!"然而他的兴奋随即就陷入了沉思。他望望后视镜。"我们下车吧。"他说。

小包里装了几把左轮手枪,看上去小巧而致命。在沙涌边上,克莱门特垒起几块石头,又在车厢里找到一个空威士忌酒瓶,把它也竖起来,开始教我怎样瞄准、怎样精确射击。我们反复操练,弄得我两手直打哆嗦,耳朵里嗡嗡直响。

"就到这儿吧,亲爱的。"他接过枪,分外小心灼热的枪膛,"干得不错。"他的两只眼睛里浮现出崇拜的神情,弄得我有点儿轻飘飘了。

"我可以跟着你,克莱门特。我帮得上忙,是不是?"我搂上他的脖子,吻一吻他的脸颊,但是他皱起眉头往后退。

"你在说什么啊?"

"你知道……"我听到自己的声音越来越小。

他交叉双臂,望着地面,在沙涌边的沙砾上拿鞋磨着。"亲爱的,你要出什么事我可受不了。我的雇主们可都不是什么省油的灯。女人可能因为重重原因而受到伤害,男人……男人就不同了,难道你不明白吗?"他的声音带着哀求,希望我能明白,逼得我不得不就范。我勉为其难点点头,他开心了。"我来告诉你干什么,帮我想主意扩展这儿的农场。我们现在有钱了。该怎么花?"

自从骑上卡特以来,我就梦想建个马厩,里面养满马匹,但是现在我决定过些天再提这件事。我可受不了被他嘲笑,所以默默走到他身边,两个人双双朝轿车走去,我的头靠在他的肩膀上,确信会让他看到我能帮上大忙。

"坐驾驶位。"他眨眨眼说。

"我不会开。"我抗议道。

"此时不学,更待何时?"他边说边兜个圈子爬进乘客位。

他教我打开离合器、换挡、转方向而避免猛拉方向盘。车子时不时停下来左摇右晃。开到农场空地,他指挥我把车开上前往市镇的那条路。

"我没换衣服。"我语重声哀。

"你很美,就算是个大花脸。"他说,我想搧他胳膊,结果车子差点儿翻进沟里。

在市镇上我们去了车行,他买了一辆四门黑色帕卡德。推销员问我们是否打算把开过来的两人轿车卖掉,他微笑着说:"不,这辆车是太太的。"比得到一匹马还要好吧,我判定。现在我有四条腿、四个轮子——任何人都阻止不了我了。

但是很快,电话半夜三更又响起来了,在黑黢黢的走廊里响啊响。我醒过来,感觉到他爬下床,听到他匆匆朝走廊走过去,铃声戛然而止,取而代之的是他低低的嗓音。毫不例外,他折回房间,穿起衣服,出门,帕卡德慢慢地开远了,为了不吵醒我,头灯也没开。可是我还是被吵醒了。我一直都在观察,站在阳台上的阴影里,抱着双臂。

"是谁啊?"我大声问道。他从不问,一定是本地人。可能是瑞尔福特湖那一伙儿人,芒缇·吉恩和罗说起过。现在有了车,哪天晚上就跟踪他吧。大河之上浓雾升腾的夜晚,我听到各种声音纷纷浅吟低诉着他们各自的故事;站在窗边,我瞥见一个身穿蓝衣的幽灵般的女人沿着路边一瘸一拐。

第二天我出去骑马,克莱门特则在车库里同罗伊一道修理割草机。我穿着泳衣,这样在离房子远些的地方就可以脱掉衬衣,让太阳好好晒晒肩膀和后背了。

"他可真挑剔。"芒缇·吉恩今天早晨感叹道,她看到我给他冲了杯咖啡,把浓浓的奶油加到陶罐里,又拿出上好的碗装满方糖。

"你要惯坏他了。"她眼睛一斜,告诫我说。似乎在我面前的人生路上她只看得到不幸。芒缇·吉恩个子很高,跟男人一般高,足有六英尺,尽管四肢强壮,行动起来却带着沉静的风韵。跟我不同,她从不撞在家具上,也从不手滑把东西打碎。她还会给鸡施催眠术,让那只鸡面对举起的斧子,一动不动躺在砧板上。她双手就有那样的力量,指甲又黄又长,从不修剪。

我不想解释自己多么想把丈夫留在身边,所以对此只是微微笑,耸耸肩,而她则认为我太年轻太愚蠢。

我看她从一大块咸肉上切下一片片厚厚的培根,然后丢进架在炉子上烧热的大铁煎锅里。她的手腕有我的两个粗,戴一块廉价的男士手表,表带很紧,旁边的肉也勒紧了溢出来。

"跟我说说瑞尔福特湖吧,"我挑起话题,"那儿发生了些什么?"

她迅速瞥了我一眼,把注意力又转回到培根上,用一根长柄叉子叉住培根在冒泡的脂肪里翻着。

"我不明白——"

"你不需要明白任何事。"她翻起一块培根,培根哗啵有声,滚烫的油脂飞溅开来,她往后倚着。"最好离瑞尔福特湖那档子事儿远远的,亲爱的,"她的眼睛直直盯着煎锅,眨也不眨,"最好别掺和。"

"什么那档子事儿?"我问。

她把叉子举在空中,张开嘴准备说些什么,终于还是三缄其口。

"吐司烤了吗?鸡蛋已经煎好了,培根也要好了。"

就算夜里出去,克莱门特第二天也要早起吃早饭,修过面,面色红润,头发整洁地梳到后面,身穿一件干净的白衬衫。芒缇·吉恩教我怎样用熨斗烫衬衫,把克莱门特的衬衫烫得笔挺,可以站起来。不管是在农场干活还是开车去市镇,他每天早晨必定穿一件洁白的衬衫、一条烫过的棕色全棉长裤。他是那种永远保持井井有条的男人,我也因此而崇拜他。

我在复活城遇见他的时候,他正在商务旅途当中,他说,因为合同的事停下来去看一个人。他在润思酒店待了一个礼拜,顿顿都在酒店小小的餐厅里吃,放学后我就在那儿做女招待,周末则帮家里干活。我还可以在那儿免费用餐,这就为家里省了一个人的口粮,家里那几块钱也可以撑得更久些。父亲中风的时候,我正在沃伦斯伯格一所大学里念书,被家里人叫了回去,从此再也没有重返校园。我还留下一箱书和衣服,以及女孩子的一些愚蠢琐碎的东西,但是我们负担不起再叫人把它们送回来了。父亲去世,我在市镇南面的山区学校谋了份教职,挣到的每一分钱都上交母亲,一个月二十五块。姐妹们等待出嫁,所以她们都在市镇工作,希望在当地有男孩子看到自己并向自己献殷勤。克莱门特对于她们每个人来说都是惊喜——一个向我献殷勤、引诱我、然后答应同我结婚、让所有这一切在一个礼拜之内发生的男人。

那一年我十七岁,山区学校里最大的男孩与我一般大,他连续留级三年。有一次在衣帽间他堵住了我,从此每天放学后都等着看有没有更多机会。我不能诉苦,生怕被学校开除。我谎报了年龄。

"你是我的。"他把我抵在原松木墙壁上,双手搂住我肩膀。直到克莱门特说出这几个字,我才真正体会到其中的分量。

"做你的功课去,奥维尔。"我一边说,一边把他推开。

事后想想,这就是爱,就像奶奶说的那样,那种爱感觉像一列火车向你直冲而来,面对它你躲闪不及,尽管感觉得到它会将你未来所有的幸福与苦难如数装载。奶奶说,我们家的女人知道哪些男人会伤她们的心却又嫁给他们。她的话我总是置若罔闻。

我向芒缇·吉恩请教,她说:"你要把一条狗留在身边,就把它的毛埋在前门下或者压在台阶下面。"接着又摇摇头说:"对于男人就没这么管用啦。"

卡特和我沿着大河走了一会儿,它走得很慢,时不时低头吃着路边一丛丛的蒲公英。很快它的胃口更大了,用肩膀抵着冲进灌木丛,长长的漆树叶摇摇晃晃洒下如面粉般的尘土,覆盖在它脸上。它很响地喷喷鼻子。接着传来一声响动,卡特和我都僵住了——响尾蛇的警告,我不敢转身看地上。

"站着别动,它可不想找麻烦,"一个男人的嗓音慢条斯理地说。

"你打算杀掉它还是等它老死?"我想找出声音打哪儿来,但是灌木丛偏偏在这儿浓密起来。我甚至连那条蛇也看不到。

"在这儿呢,兄弟,从那儿走出来吧,别打扰别的动物。"那个声音劝道。一阵轻微的沙沙声,接着空气似乎也明朗、空闲起来,我知道蛇已经离开了。卡特又找到了呼吸,跺了跺蹄子。我拍拍它汗湿的脖颈,把它带回到路上,在一株矮棉白杨下面走过的时候我忘了低头,树枝刮了我的脸。眼角被一片叶子戳到,眼泪直流,脸颊也被刮得灼烧起来。我从头发里摘下两片叶子,把它们揉在一起,散出一阵绿色馥郁。

"先生?"我叫道,希望那人能够现身,接受我的谢意。

"是的,女士。"一个黑人男子头戴浅黄色草帽出现在路上,头上系着带子,带子上系着一个沉甸甸的粗麻布口袋。

"它不会就是那条蛇吧?"我朝那个颤颤巍巍的口袋点点头。

他没有立刻作答,看了看我们前面的路,又走到我们身后,终于看着我微笑了。"鲶鱼。鲶鱼惹来大混乱。"他又微笑起来,露出两排光洁美丽的牙齿,映着紫色嘴唇和栗色圆脸,发出闪烁的光芒。

母亲教我们对黑人要彬彬有礼,但不可以表示亲密友好,我嘴上说"海蒂·瑞丝·杜查姆",脑子里却闪过克莱门特,我伸出手,他不得不走上前来,伸手毫不犹豫地握住。握上来的大手结着厚厚的老茧,皮肤感觉又脆又硬,就像金龟子的壳。手指孔武有力,粉色的指甲干干净净,呈椭圆形。他身穿一件褪了色的红蓝格子法兰绒衬衫,洗得已经很薄了,贴在颀长健硕的手臂和肩膀上。我盯着他看,他清了清喉咙,把手松开。

"耶西·佳图。"他说,眉毛一挑,怀着疑问。皮肤平滑有光泽,就像花心埋在深处的花瓣,又像黑鸟的羽翼,太阳照射的时候发出温润的光泽。草帽底下一对小巧的耳朵紧紧贴在头颅上。他把粗麻布口袋换到肩膀上,再一次望着前方的路。

"谢谢你赶走那条蛇。"我说。

"它不想惹麻烦。"

卡特打着响鼻,朝那人直抻脖子。耶西任它在工装裤的口袋里啃着,他摩挲卡特的鼻子,又抚摸上它的耳朵。

"觉得自己很了不起,是不是?"马儿从口袋里拽出一条红黑手帕,他大笑着说道。

"它还在摸索怎样在这个世界生存。"我拍拍它汗湿的脖颈,用手掌抚摸湿透的鬃毛。

"它就是克莱门特先生在温泉城买的那匹马?"

"就是它。"

耶西点点头,翻开马的上唇,看看刺在上面的数字。"啊哈。"

"怎么?"我拾起缰绳,绷紧双腿。马儿抬起头,转过来看着我,咀嚼起我靴子的鞋面。

"没怎么,女士,它长得很好。很好。"顿一下,他再一次看看前面的路,摘下帽子,整理一下帽檐,摇一摇粗麻布口袋。

"把它们拿回家吧。"然后他看看我,眼角堆起皱纹微笑了,"你喜欢鲶鱼吗?"

"我想它还不会驮任何东西,还很容易受惊。"我用下巴指着马首。

耶西把头朝山上一倾。"你还没尝过我太太烧得最美味的炸鲶鱼和炸玉米饼呢,"他一转身,开始上山,回头喊道,"你来吗?"

卡特兀自迈开脚步,我也就随它了。

小小的屋子坐落在一片矮松后面,掩映在一小片黑胡桃林树荫里。等我们走近,纱门打开了,一个比我略小的女孩子站在那里,一侧臀部靠在走廊扶手上,手臂和双腿交叉着,板着个脸。她美得出众,并且以此自傲,一望即知她有烦心事。她把头发精心弄出波浪,又别在头上,小巧的臀部和纤细的腰包在一袭柔软的黄色人造丝套装里,向下展开形成褶皱,无袖V字领紧身上衣影影绰绰开出领口。这套衣服是给年龄再大些的女人穿的——一个经历世事的女人、一个懂得脚穿高跟鞋、腰肢乱颤的女人。女孩涂着艳红的嘴唇,一双迷人的大眼睛涂了眼影。看到父亲走近,她把嘴一噘。

"这是怎么了?"耶西卸下口袋,三步并作两步走上台阶。他用拇指和食指勾起她的下巴,拉近了盯着口红看。她黄褐色的脸孔暗了下来,变成红褐色。

"我告诫她不许跟那个小混混出去,"黑暗的房间里传出女人的声音,"可是你看她,已经打扮好了。"

"那小子是干什么的?"耶西看着那女孩。

"这位是谁?"女孩把下巴朝我这儿一抬,气定神闲,平心静气地说。

耶西盯着她看了一会儿,把帽子摘了,给我们相互作了介绍。

女孩名叫印迪尔,她咕哝着打了声招呼,就把注意力转回到父亲身上了。"他不是混混,爸爸,他有车。妈妈说像他这个年纪有车就不是好东西,可是,求您了,真的不能和他出去吗?每个女孩儿都去了,去新希望圣经教堂。我独自住在这儿,什么地方也没去过。求您了?"

尽管身穿一袭套装,印迪尔靠在父亲胸膛上,双手搂住父亲的脖子,亲着父亲的脸颊,父亲的帽子也撞翻到地上。他大笑着把女儿抱到一边。

"薇诗缇?"他冲纱门叫道。

"我就知道。你又纵容那孩子了。先是那套衣服,现在又是交谊舞。记得接下来会怎样吧,忘了?"

耶西严肃地望着女儿:"不许喝酒。那小子有酒,但是你得回家,听到了吗?那小子开车很疯,但是你得回家。那小子,嗯,最好午夜以前把你送回来。"

"谢谢,爸爸。"她靠上去又吻了父亲的脸颊,眼里充满了胜利的喜悦,尽管她努力不给父亲看出来。

"现在回房吧。体面的姑娘不会在走廊上等小伙儿。"

"他不敢把车开到我们的路上来我家。我跟他说要他在路上摁喇叭,然后我就出发。爸爸,他会以为我不去了如果我不——"她两眼噙着泪水,又低沉了脸。

耶西重重叹了口气,弯下腰去够口袋,口袋开了口,露出里面肥大的鱼,鱼身上沾满了泥,正大口大口吸着空气。

"下次那小子可得堂堂正正来门口,听到了吗?"她又想吻他,被他手一挥打发走了。她一边往路上走,一边看看他,对他的交换条件不为所动。

然后他想起了我。"把马牵到后面去,杜查姆女士,可以陪我的骡子一会儿。这对它有好处。"

我做了个决定,而且有意为之,因为我清楚地知道克莱门特可能不同意我对朋友的取舍,而且知道母亲会转动着眼珠,说我和下三滥的人鬼混。我知道就是芒缇·吉恩也会劝我待在家里,管好自己。但那时我实在是太孤独了,就差登上他们房子后面的台阶,冲进厨房,第一个坐在饭桌上了。我猜薇诗缇不得不喜欢我,她没有选择,我已经把鱼头剁掉,和耶西一起去了内脏,我把鱼盛进洗碗盆端到屋里,端着盆的手血淋哒滴,谷仓院子里的几条狗为了内脏打得不可开交。洗好手,我马上开始显示厨艺,做起了饼干,薇诗缇一边怀疑地看着,一边拿鱼在玉米粉里翻转,一边做着玉米饼和鱼一起油炸。
　　回到家已经是晚饭时间了,我解开卡特的笼头,安置在马厩里,喂它谷物和干草。天色已晚,就没给它刷洗。检查水槽里水量的时候,一双手从后面捂住了我的脸——薰衣草和着百合的香气——
　　"克莱门特!"我大笑着转过脸,正好撞上他双唇。我们渴求地吻着,我用手解开他的皮带,他的手则忙着解开我上衣的钮子。我们同时摆脱了裤子的束缚,他推着我穿过走廊进了一间空马厩,拉开我的泳衣,吻着,我伸手够上他,一跃释放出自由,他扯下我的内裤,我们就在那儿做了,站着,我的腿缠在他的大腿上。哦,我们如此渴求对方,就像两个饥肠辘辘的人儿找到了一块蛋糕。
　　"我一直在想你。"我轻声说。
　　"不会让你白等。"他呼吸急促,更加深入,感觉他把自己埋在我里面,我缠在他身上,随后经历了跃动地激情爆发。
　　"你越发健康了,"他气喘吁吁,"很强壮。"两条腿因为支撑着两个人直打颤,但是我依依不舍,不想分开。
　　"要归功于骑马。"我回答道,把他头发理顺,用牙咬住他的耳垂。
　　"我一直在等着你。"他说。
　　"我就在这儿。"我小声说。两个人沉进稻草深处。
　　"芒缇·吉恩准备的晚饭要凉了,"他说。
　　"我喜欢饭凉掉。"我吻他的胸膛,一路吻向他结实、紧绷的小腹……

　　克莱门特完全回归了,我们又开始规划未来的家,尽管我没能像第一次那样轻松怀孕。他在的夜晚我们讨论改善农场,计划八月里把房子和谷仓粉刷一遍。我一直在研读农场纯种马手册,在上面画线,之前还从没人做过。卡特正是我们农场母马的后代,我跟克莱门特解释的时候,他和我一样兴奋不已。整整一个礼拜我们在走廊上过夜,听着收音机里大型乐团的演奏,我把双腿放在他的膝盖上,他坐在宽宽的秋千上,两条链子从天花板上垂下来,我们计划着再过过以前驯养冠军赛马的日子。电话不再响了。

我开始向他吐露一些自己发现的杜查姆家族史,可是他只对有关雅克的部分表现出兴趣。"要是能找到那老强盗的财宝,我们就能买地,一直买到大河那里。就再也不用听别人或看别人了。"正是这句话让我明白为什么自己要对拜访佳图一家之事三缄其口了。克莱门特活着就是为了有一天能够过上离群索居的生活。就算做个隐士他也一样快乐。可是我不行。

十月方早,庄稼早经收割,苹果也已采摘,酿成了酒,装成了罐头。新马厩刷了石灰,白得发光,我已经用牲畜把它添了个半满。克莱门特高兴极了,买了个大篷,门上漆了绿色,上面用金色和红色描上"杜查姆农场"五个字。大篷装有四个马位,还安了斜轨,装马的时候可以放下来。他要我订制配套的毯子和高级皮笼头,带着铜铭牌,以及各色马鞭和各种装备。

他肯定认为自己已经找到了雅克的财宝。我一直想说些什么,但又不愿破坏两人之间美好的感情,所以就缄默了。大马车上路的那天,他骄傲得满面红光,马车四处走,上面卸下两匹母马,它们的父辈曾在肯塔基赛马会上勇夺亚军。当那匹上了年纪的红棕色普利克尼斯①种马被卸下来的时候,克莱门特鼓掌欢庆,拥抱着我,好像是我让他的梦想成为现实一样,事实上恰恰相反。

每天傍晚,吃完晚饭以后,我们在马厩里砖砌的走廊上散着步,把苹果喂给马匹。克莱门特兴奋得脸上直放光,薄薄的嘴唇一直在笑,小巧的五官像极了马戏团里的小丑。他耸起肩膀,挺起胸膛,简直就是他强健祖先的翻版,只是更小些,更紧凑些。普利克尼斯种马在他的白衬衫上涂了一抹绿,我吓得喘不上气,他却笑了,又塞给它一个苹果。

面对打扫干净的走廊和近乎一尘不染的空气,他点点头,说:"你跟我一样,海蒂,也喜欢整洁。这样的经营会有回报的,将会带来真金白银——就像基顿舅舅认识的那种人。"

---

① 普利克尼斯:美国重要的赛马赛事,参赛马匹年龄需三岁,每年在马里兰州举行。

"我还需要更多的人手呢。"我擦拭着种马光滑的头颈。

他的眉毛拧了起来,我想我扯远了。已经雇了一个人负责喂马和打扫马厩。

"训练和管理。明年春天得把买来的一岁牲畜隔离开来,"我赶紧解释。要是能修一条训练跑道就帮大忙了,我还想补充。

他弯下腰,捡起沾了口水的苹果,递上去。老种马吃了,朝克莱门特脖颈吹吹气,又舔一舔他的手掌。

"有后备人选吗?"他问道。马又开始舔他的手掌,更舔上手腕,克莱门特似乎颇为受用。它是为了舔你皮肤上的盐,我本想说。

相反,我深吸一口气。"沿着路往北走住着一户黑人。耶西·佳图有一些训练赛马的经验。我们还可以雇他太太薇诗缇。这样芒缇·吉恩就可以做更多打扫的活儿,而且薇诗缇饲养家禽很有一手。"

他的眉头拧结着:"你想让我雇两个人?"

隔着克莱门特,我看见那匹种马正用鼻子爱抚他的头。马儿长叹一声,把下巴放在克莱门特肩膀上,这件事就这么定下来了。

"好吧。行。我想我们能应付,"他跟马说,"得给我们生几个好马驹啊,棒小伙儿。"

我猜事情就是这样开始发生的。耶西和薇诗缇答应一周工作六天,早晨六点半开始,下午一点半收工,如果还有额外工作要做,他们的女儿印迪尔也来帮忙,全家就待在一起了。

马越来越多,除了其他杂事,耶西开始教我训练马匹。尽管芒缇·吉恩擅长管理家务,但因为印迪尔,她和薇诗缇最终达成了一种不自在的休战局面。需要两个女人出面才能让印迪尔长时间专注于一项工作直到完成,两个女人还要劝阻印迪尔不要消极怠工以示抗议,不要一不高兴就跑出去跟父亲诉苦。她们经常发现她在某间卧室里试穿衣服、试戴首饰,游手好闲,似乎这是她这个年龄的女孩子们的通病,甚至是我这个年纪的人的通病。可是我们毫无相似之处,我认为,完全没有。

我们不知道,没有一个人注意到,还有个人在盯着她。

第一次发生的时候,我穿过前门,停下来在楼梯下面的壁橱里找手套和头巾。我听到楼上薇诗缇和芒缇·吉恩起了争执,关于怎样才能把玻璃窗擦得最干净的问题,她们嗓门儿很大,盖过了其他动静。尽管薇诗缇通常安安静静、有所保留,但芒缇·吉恩待她总是粗声大气,引得薇诗缇不能同意,嗓门儿常常也提了起来。一会儿两个人就会觉得自己可笑的。我急匆匆冲进厨房,对于她们的争吵并不太在意。克莱门特和印迪尔两个人看上去就像不当心摔了最好的盘子在地上一般,甚至好像刚刚打破盘子。

"我们这儿有了一个聪明绝顶的女孩儿。"克莱门特微笑着说。印迪尔脸沉了下来,她转身拿起一块抹布,在流理台上懒懒地画起大圈儿来。我注意到她头巾也掉了,落在水槽边上。我也没想太多,直到走近她身边往咖啡壶里灌水,看到她耳朵上吊着红宝石耳环,我握在水龙头上的手顿了一下。耳环好像在哪儿见过——我摇了摇头,打开水龙头。我又看看她的耳朵。宝石太大了。印迪尔究竟打哪儿弄来这么好的东西? 薇诗缇从不戴珠宝,而且他们显然是买不起这种东西的。

"你知道吗,我觉得印迪尔不应该忙家务,她很聪明。"克莱门特说。我一转身,正好撞见他朝那姑娘使眼色。他在耍什么把戏? 与其说嫉妒,我更觉得烦恼。最近我们花了大量时间不让印迪尔成为问题,他会让这一切努力泡汤的。

"让她帮我整理农场账簿怎么样?"我把咖啡壶放在炉子上的当儿,他捉住我的胳膊,把我搂在怀里。他把鼻子凑在我的脖颈上,闻一闻,忽然后退,手指捏紧了鼻子。"呦! 有些人闻起来简直就像匹马呀,亲爱的。"

印迪尔捂着嘴大笑起来,不再假装揩流理台了。

他让我出丑来逗印迪尔开心。他怎么可以这样? 我指着她面前的橱柜:"把咖啡罐拿出来。"

她盯着我看了一会儿,脸上毫无表情,仿佛我只是把这几个字说出来,而不是大声命令。终于她晃晃屁股转过身去,尽可能慢地拿了咖啡,重重摔在流理台上,似乎在说,放那儿了。

她只是目中无人,我提醒自己。她把我当成除她母亲和芒缇·吉恩之外又一个横加干涉的大人,尽管我只比她大两岁。用调羹舀咖啡往壶里放的时候,我的手直发抖。

"就这么定了。"克莱门特拍拍手,"现在就可以开始。开支账目不够及时,而且还要把工人工作时间记录得更准确。棉花收成我连记也没记过。上礼拜来的税单放在什么地方了? 你看到过吗,海蒂?"

我不开心,可是当他说需要帮手的时候我相信他。他日夜操劳。他这样撑不下去的。

他把手放在那姑娘的腰背部,领她走出门去。

"别忘了头巾。"我说,看到印迪尔闻声回过头瞪着我——我得承认我很高兴。

"哦,她不需要那个。"克莱门特说。

"那匹四肢白色的红棕马好像生疝气了。"我说道,只是为了让他担心。他猛一回头,不带丝毫温柔地把印迪尔推到走廊里去。

"那是什么意思?"

"剧烈腹痛,不过对于马来说问题就更严重。它们不能呕出来,所以除非症状缓解,否则它们会死。我们牵着它走了两个钟头。它老想躺下来打滚,这会扭结肠子的,那可就要它命了。"

"对不起,亲爱的。"他走回来抱着我,而我相信了他。

第二部

奥玛·杜查姆和劳拉·伯克·夏特·杜查姆

"我的灵魂是个陌生人"

15

八月的夜,高温和大河把时间打了旋涡,盘旋而去,睡觉是不可能了,吸着浓稠、潮湿的空气已经让人精疲力竭。很自然地,听到大河汤汤流淌,奥玛起身,站在雅克·杜查姆山上大房子的窗前,父母去世后她就搬了进去。正在驶过的明轮船上,她听到男男女女的欢笑以及男人们打架时发出的怒吼。雾整夜不断聚集过来,把人们的欢笑声和夹杂于其间的话儿弄得又远又闷,复又变得清晰,仿佛这些人和她在同一间屋子里。雾霭就是这样变幻莫测,改变着事物的距离和形状。雅克告诫她晚上起雾的时候不可离开房子。她很容易消失,跌进大河,没人能找到她。她打了个激灵。但是并不是那些声音让她困扰。一阵清风,雾稍稍散开,她再一次听到窗子底下发出声响。她吓坏了,朝下直看。

昏黄灯光下,一张脸,没有身体,经过了雕刻,显得光怪陆离。她大叫一声,一跃退了回去。

那张脸低声唤起她的名字,嗓音高高低低、灵魂出窍。"奥玛!"她听出那个声音。

独臂雅克·杜查姆的富有超出所有人的概念。就连终身为他工作的奥玛的父母亲也从没有计算过他到底有多少财产。尽管最后雅克给了他们自由,他们还是留了下来,因为当初装载他们的船在前往圣路易斯的途中撞上了浸在水里的木头,大河之上,暴风雨撕裂了船,是雅克救了他们的命。船上其他的奴隶全部遇难,只有几匹马和几头牛撑到了岸边,父亲和母亲相信雅克是大河之母派来专门救他们两个的。雅克肯对他们施手相救,不仅仅是因为他迷信,更因为他清楚他们会为此对自己感恩戴德。他找不到更忠心耿耿的仆人了。忠实的像条狗,奥玛一有机会就提醒他们。但那时她还是个孩子,对自己所认知的事实充满自信。

又叫了,"奥玛!"她慢慢朝窗子又一次靠上去,朝下张望。那盏灯,雅克过去举过的那盏,把他骨瘦苍老的脸映衬得格外毛骨悚然。

"下来。"他说。她盯着他看了一会儿,听到母亲在脑子里叮嘱自己要小心男人。雅克上了年纪,老得没人知道他到底有多少岁了,但是她清楚地记得他是多么强壮,父母亲坟墓上的花岗岩石板他单臂就能举起,还能毫不费力地压满两大桶水,单手把水挑到房里不洒一滴。可不能轻视雅克,她一边告诫自己,一边把雅克亡妻精心编织的黄色羊绒披肩搭在肩膀上,下楼了。

一个月前,不过几小时父母亲就因为肺部感染先后病倒了,雅克送来了食物和药物,可是父母亲吃什么喝什么又全部吐了出来。几天以后,他们虚弱得抬不起头,徒劳地张着嘴,奄奄一息。整整五天,正是七月里,奥玛在小木屋里燃起熊熊大火,为了父亲和母亲的温暖和舒适。雨把空气打得又沉又湿,呼吸也变得困难,热浪弄得她直想吐,她尽力照顾父母亲,不吃也不睡。雅克叫来当地医生,她在外面一直等着,直到医生看完病人,见医生走了就往他的马和马车上丢土块。她是大孩子了,不该那么做,厨子玛丽说她。

父亲和母亲窸窣作响的肺一起停了,恐怖的寂静立刻笼罩了小木屋,守在床边椅子上打盹的奥玛被这场寂静惊醒。她知道自己微不足道的呼吸不足以与这寂静相抗衡,意识到自己突然变得如一缕在充满尘埃的光柱里漂浮的棉絮般无足轻重。她的约鲁巴人①父亲本来有机会在祖父去世后戴上奥巴珠状大王冠成

---

① 约鲁巴人:尼日利亚境内两大民族之一。

为国王的。可是父亲被抓了去，运往新大陆，一切都泡了汤。但是在梦里，父亲时常返回故乡，与他的人民在一起。母亲，父亲众多忠诚妻子中的一个，永远没机会把王冠戴在父亲头上，站在父亲身后，告诫父亲不可沉溺自我，因为随之而来的会是不得明鉴。奥玛自己不太记得曾经的风光了，那时在家里她可是众人的掌上明珠啊，现在再也不可能了，她突然觉悟了。跟父母亲作别，她也告别了自己。

现在她开始明白茕茕孑立、形影相吊的滋味了。要是能让父母亲回来，她情愿吞下一整桶的河泥。父母亲一去，她体会到了自己吹嘘的自由，她不知道往哪儿去，也不知道该做些什么。她还从没有离开雅克码头过。一个十六岁的黑人女孩儿能去哪儿呢？外面的世界有什么在等着她呢？对着父母亲遗体，她嚎啕大哭，出于悲恸，出于恐惧，她拿起三个破碎的陶瓷杯，上面用手工绘着玫瑰，把它们丢在炉膛里摔个粉碎。又一把撕下轻薄的蕾丝窗帘，母亲生前很引以为荣，因为这是从雅克老头家拿来的。糟掉的蕾丝曾让她害臊极了，现在在她手里无力地碎裂开来——它难道就不能再牢点儿吗？它为什么不会反抗呢？——她把手上的黄色碎片丢在地上，踩了又踩，又把还挂在上面的窗帘全部扯下来，丢进火里。

雅克来到他们的小木屋，带着玛丽。玛丽帮她收了父母亲的尸体。雅克和一名手下挖了坑，把他们两个并排安葬在房屋边的小小家族墓地里。雨还在下，连着下了两个礼拜。雅克竖起十字架，那是从雪松上砍下来的，无尽的雨把它染成了红色，她阻止了他，向他讨那块花岗岩，那块石头是七年以前雅克从一艘搁浅的驳船上弄来的。孩提时代起她就在隔壁木屋里整齐码放的石板中间玩耍，感到热了就躺在凉爽、粗糙的石板上。对于出没在那儿的蜘蛛和蛇她全不介意。好像除了她就没有谁喜欢花岗岩石板了。她依然记得雅克当时踌躇了一番，隔着马路望望褐色的大河，水与岸齐，黄色的汩汩水沫驾着汹涌波涛，就像惨淡盛开的花朵，追赶上卷进大河的树干，直到远远消逝的点缀着泡沫的河岸上，仿佛巨人在一盆泥水里泡澡。雅克头一点，巨大的鹰钩鼻子在鼻梁上显出一抹白色，下巴纠结着。

她先用木炭画了鸟，试着用凿子凿出形状。母亲曾经告诉她鸟代表女性的力量，她把鸟的图案送给男人去戴。奥巴王冠上就有一簇簇的鸟儿。母亲的回忆和警告奥玛只听进去一半，现在能记起的就只有一些黑色身影，穿行在林间，降落在母亲小小的菜园篱笆上,竖起油亮闪光的黑色脑袋好奇地望着忙前忙后的母亲。这些鸟儿是阿伊,看得见摸得着的现世的化身吗?还是奥润,祖先、神灵和灵魂看不见的精神界域的化身?母亲曾经说过这两个世界是不可分割的,可到底是怎么回事呢?雅克老头有时操着法语诅咒自己的上帝,闯过一段危险的大河之旅就亲吻脖子上的金质奖章,可他似乎根本就不关心精神上的事儿。他从不去村里的天主教堂做礼拜。他的信仰与母亲和父亲的信仰有何不同?她自己的上帝到底又在哪里?

她发现要想整洁地勾勒出鸟儿的轮廓实在是难,近乎不可能。雕刻名字和生卒年的时候锤子也一路打滑,总是敲在手指甲上,凿子凿在手掌上。她很快就放弃了,发誓有朝一日请人雕刻,而不是像现在这样自己在石板上乱刮。

一天晚上,她正把受伤的双手浸在母亲留在桌子上的草药精油里,雅克来了,猛敲房门,手里拿一顶草帽。

"你好?"他问,"手怎么样了?"

她摇摇头,举起被凿子伤到的手,指尖又薄又软。他看看她自制的裙子,三年来惟一的一条裙子。她长了个子,裙子只到膝盖,上衣把胸脯包得紧紧的,她不敢把胳膊伸得太远,生怕崩了母亲密密三春晖的针线。新裙子四分五裂地躺在母亲生病那晚小心翼翼放置的地方,就在门边的架子上,旁边还有几片碎瓦、一对煎锅。母亲成功挫败奥玛把布料过早从染缸里拉出来的企图,把它染成了完美的深黄色。雅克上下打量自己,她把肘关节紧紧贴在身体两侧,膝盖也抵了起来。

"来,"他说,"这儿不安全。"她眼睁睁看他开始收拾没有破旧蕾丝窗帘遮住的窗子,收拾用没刨光的原木搭的床,上面铺着草垫,还有褪了色的薄被子。她陡然见证了自己的生活。

"这是我的家。"她说,同时伸开手臂挡住窄厚木板桌子,死死抓着桌角,免得给他拿了去。

"当然,"他说。"当然。"

他又站了一会儿,朝门外望了望,看看通向单身厢房的独立门。他的手下——圣·克莱尔、奥林·奈特、弗兰克·鲍竺、利兰·琼斯——正坐在草地上,用刀玩梭镖猎野猪游戏,一边还喝着酒。最近他们工作都不怎么努力。

"一个姑娘在那儿可不安全,我亲爱的。"他看看她,又把目光转向那些手下。

这回他需要她的帮助了。奥玛一看见他站在外面朝她在二楼的窗子望着,雅克就转过身,手里拿着灯笼举在两个人面前。一场浓雾淹没了二人,他牵着她的手,把她领向大河,她想着,可是她迷失了方向,不敢确定。奥玛踮脚走着,因为没穿鞋。他们好像在穿越草地,接着开始走下一座小山,她的脚绊在缠绕植物上,植物像蛇一样缠住了她,她栽了个跟头,叫了出来,立刻感到雅克拉自己起来,把她半举着淌过壕沟,上了满是灰尘的路面。他们穿过马路,奥玛脚趾头间的灰尘凉飕飕的,像是面粉,她认出了河岸,腥臭的河泥发出气味,河水拍打出声响。一株柳树拂过手臂和面颊,她摸索着把它推开。

水拍打上脚趾,雅克就停了下来,把灯笼放在脚下大堤上,发出小小的黄色光晕。他转向她,放开手,脸上显出黑暗的空洞,满是严肃。

"我需要你帮个小忙。"他说。暗色眼睛里点缀着灯笼发出的黄光,陌生极了,像野兽。

她打了个激灵,他伸出双手,把披肩围在她肩膀上。

"好。"她说。自己好像被催眠了,母亲杀鸡前也是如此,抚摸它们的喙,直到眼睛打架。

"上这艘小舟,哎,船。"他迈到一边,奥玛看见雅克身后系着一条有些年岁的平底船,随波进退。

"为什么?"

"为了我,你能照做吗?"他把手搭在她肩膀上,好像把全身的重量都压在了她脆弱的肩胛骨上。

"好吧。"

他领她上前,一边把平底船扶稳了,一边帮她慢慢上去,撩起她的长袍以免被水打湿,一眨眼她就跪在船中央了。

"很好,"他赞不绝口,"很好。轻轻地,慢慢地。真是个好姑娘。"

他举起灯笼,脸上又没了表情,像是挂上了面具,把她上下打量着,她站在粗糙的甲板上,碎片扎着她的小腿。他要在这儿把她放了吗?把她还给当初发现她的大河吗?她颤抖着,咬住嘴唇不让自己喊出来。他疯了吗?她看见有什么东西从灯笼发出的光圈边上爬出来了,紧接着一声闷响,一块重物落了水。这里不安全。

"最好脱了睡袍,"他温柔地说,"睡袍。"

"什么?"她用手挡住眼睛,仿佛这样就可以把他看清楚,弄明白他的意思。

"立刻把衣服脱了。"他说。这一次他的声音严厉地带上了警告。

她拉一拉披肩,把睡袍裹得更紧些,盯着他。

"别动。我不会伤着你的,我亲爱的。只需要一点儿小小的帮助。"他放低灯笼,跪了下去,把船拉近身边,勾住她的胳膊。

"很容易的。"他一边向她保证,一边帮她把睡袍从头上脱下来。粗糙的手擦过上臂和后背,她赶紧躲开,低下身去,不让他再碰到身体的其他部位。披肩被他从手里拽走,和睡袍缠在一起,卷成一团,丢在他身后的河岸上。

"我把你推开,水流卷着你走,很快有艘船来,你就呼喊,大声喊。你迷失了方向,惊恐万状。喊救命,这很重要,好像一条命全靠它了。"他举起盘绕着系在船上的绳索。"船就在我手里,你瞧,就等你发出声音了!"她知道如果自己不按照指示去办,他就会松手,而她自己会被放逐在险恶的大河之中,淹没在黑暗里和大雾中。

"你不会有事的,亲爱的奥玛。我答应你。只是做这么件小事,你会在月亮升起之前回到你的床上。"他对她微笑,想使她再次确信。但在令人恐惧的光线中,他更像是在对她做鬼脸。

好像接收到信号一般,他那四个手下手握长杆从大雾里走了出来,站在雅克身边。她蜷成团,想在他们虎视眈眈的黑眼睛下把自己裸露的部分包起来。高高瘦瘦的叫奥林,他舔舔嘴唇,咧嘴笑了。利兰·琼斯矮矮壮壮,朝她抬着下巴,好像他们在路上经过。弗兰克·鲍竺朝大河上游望着,抻着脖子听着。圣·克莱尔好像隔着她看过去了,似乎和她一样对目前的状况感到尴尬。雅克一点头,手下们用长杆把船推开去。圣·克莱尔迈进水里给船掌舵,他跟着绳索,水流正一步步把她没吞。水深齐腰的当儿,他们两个的脸相距只有一英尺,他低低地说声"对不起",最后猛力一推,终于把她和河岸以及河岸上的人们分开了。

最初几晚她都待在雅克的大房子里,满腹狐疑,她把门锁了,又在门把手上抵了把椅子,为防万一还在窗子上留了条绳子,但是雅克和他那些住在单身厢房的白人手下一个也没来打扰过她。母亲曾经说过有些人对爱情终生不渝,就像家鹅和天鹅,雅克就是这种人。尽管后来又娶过几次,第一任妻子永远是他的最终选择。他对一个解放了的黑人小姑娘是毫无兴趣的,而且很明显,他还警告其他人不许走近她。

父母亲去世后,她在雅克的房子里刚刚呆了一个礼拜,一天早晨玛丽叫她起来,手里拿满了衣服。衣服发出雪松味道,在箱子放得太久,弄出很深的褶皱,穿在奥玛身上宽松、舒适,就是短了点儿。她照照走廊上雕着花纹的胡桃木镜子,礼服离踝关节还远呐,她开始注意到一双光脚上残缺的脚趾甲和老茧。她想把礼服扯下来,可是玛丽制止了她,旧衣服将要成为拖把、抹布了。

这些衣服是安妮·拉克的,玛丽严肃地小声说道,好像提及死者需要保密一样。一开始奥玛想要离开,偷一件玛丽的衣服,远走高飞,不愿穿什么死女人的衣服,但是再一想又改了主意。她挑了三件颜色柔和、裁剪朴素的全棉衣服。有时她把手伸进衣服口袋,就发现了东西——一根蓝松鸦羽毛,长在房子边上的花坛里的百合结出的荚果,有一次还摸出了一小张铅笔画,上面画着个婴儿,搁在椅子上,双眼紧闭。她不记得自己曾经在哪儿拾过这么些个东西。刚开始她怕,但很快就开始把它们放在自己房间的壁炉架上。烛光下它们的轮廓好像开始发光,似乎用了镀金法描画过,夜里她开始做梦,属于别人的梦,对此她很确定,因为梦里那些人和那些地方她全不认得。

等在大雾里,唯闻大河之水在船底惊拍,其他声响皆发闷走调,她咬紧牙关,不让它们打颤。她强迫自己回忆起白天里的所见所闻,免得忍不住喊出他的名字,求他把自己救回去,因为知道他不肯。她就像是一只绑好的羔羊,等待猎豹的到来。

她能够感觉到时不时绳索被拉动,防止漩涡从边缘袭来的时候船不停地打转。那些男人眼睁睁看她滑进白色浓雾,眼神冷漠,就像飞禽似的。只有一个人除外,圣·克莱尔。她早就注意到了,他的眼神更沉静,更深思,看她的方式也与别人不同,脸上露出不同一般的兴趣。

没穿衣服,又冷,她缩作一团保护自己,但是雾气就像几千只如烟小手,把她找了出来,用指头拨弄她的头发、耳廓、后颈、乳首、臀部上面的山谷、小腿两侧、足底,把湿漉漉留给她,就像恶毒的吻。她抖得厉害,不相信自己还能叫喊,还能发出什么声音。听着马达的轰鸣,水声四溅,深沉悠远,她觉得自己没办法完成任务。她等了等,想确定一下再说,然后就等了下去,因为终于知道那些男人要干什么了。她不肯张开喉咙,不能张开嘴巴,她意识到就算声音再响船也会把她撞翻的。绳索突然拉动了,几乎就要把她掀翻在大河里,她尖叫起来。

"救命!救命!救救我!"

她被往回拉,坚持侧着身,尖叫。一束微弱的光穿出重雾出现在右面,接着一艘巨轮高高耸立在她头顶。有人朝下喊道:"出什么事儿了?"

她又叫起来。"在这儿,我在这儿呐!"她本能地跳起来,以便给甲板上的人看到她,一位美丽、裸体的姑娘,孤身一人在大河之上。

然而她的小船松弛下来,开始往左飘,巨轮跟了上来,人们大喊着给她指令,为怎样救她以及她该归谁而争吵不已,越来越驶近雅克和他手下早已安排好的巨大的水中暗桩。巨轮撞了上去,往前一冲,咯吱呻吟着停了下来,倾斜在一片叫喊和诅咒声中。

几分钟后大雾变薄、消散,雅克和手下划着船桨靠近那艘巨轮。奥玛察觉到自己不再移动了,能够看到绳索安全地拴在了河岸上。如果想的话,她可以自己把自己拉上岸。但是她没有动,而是看着船体爆炸,出现一个洞,船体发出更大的呻吟,重重地歪到一边,像一个受伤的人抵着一只膝盖跪了下来,甲板上的人们忙着刀枪相见。一声巨响船着了火,船上的人们在橙红的火光里变成了参差不齐的黑色轮廓,疯狂地跳起舞来。

两匹马从她身边游过,眼白在黑暗里一闪一闪,气喘如牛,发现河底还差几码才够得到,它们大声呼告着恐惧,使尽最后的力气爬上河岸,站在那里直打抖,四肢一软慢慢颓然地趴下了。一箱小鸡飘了过来,她把它们拉到船上,死去的鸡仔浸透了水,很沉,累得她气喘吁吁。她拿出幸存下来的一只,把柳条箱推了下去,将奄奄一息的小鸡贴在自己的皮肤上给它取暖。它没有反抗,微张的喙吐出气息,眼睛因为某种超乎恐惧的东西而昏昏欲睡。什么东西又大又沉颠簸着上了船,又是打转又是摇晃,撞在她身上,几乎要把她推到沿着河岸的灌木丛里。她拿脚把它推开,它安静下来,卷进一个小漩涡,她发现原来是个年轻白人;脸朝天,在月光下天真得像个孩子,只是前额正中有一个小黑洞。她敞开双臂,在一场新梦里安逸地飘去,消失了。

"快。"她听到雅克吼着,他手下挣扎着把好几个箱子放下来,装到等在下面的小船上。

突然船开始倾斜,她开始往水里沉——什么东西抓住了她的腿。她松开小鸡,一边下沉一边大呼救命,她被拖了下去,嘴里灌满了水,一只大手要把她困在

166

那里。她挣扎,但是那人的手臂孔武有力,她根本挣不脱上去换口气,而那人又开始继续把她往下拖。最后她听任自己被困在水下,那人松懈了一会儿,正好够她把双腿缠在他脑袋上,把自己推了上来。她像一颗子弹冲进夜的空气里,吞到双肺充满,他则在下面狂舞,被她的重量以及压在喉咙上的大腿的挤压困住了。他抓住她的两条腿,可是很快就衰弱下去,挣扎不得。她静静等待着,抓住船边不让自己沉下去,直到确认他已经死了。然后放开尸体。她努力往船上爬,可是筋疲力尽,甲板又不断剧烈倾斜。现在大河之水已经比夜的空气暖和了,索性倚仗绳索,唱起毫无意义的非洲歌曲,等雅克来发现自己。那些歌是母亲哄自己睡觉时哼的。她把敌人杀了,就像母亲那些古老故事里的男男女女一样,筋疲力尽中她感受着自己的幸运。

大家纷纷上了岸,男人们立刻把那些重箱子拖到房子后面,雅克用毯子把她裹起来,领她去厨房,让她坐下来。

"告诉我,"他说,仿佛已经看到在她身上发生的事情。她把自己的遭遇向他叙述,雅克脸色似乎缓和下来了,露出些满意。看见她大腿和腹部那个人留下的深深的伤痕,雅克别过脸,很明显被打动了。倒了两杯白兰地,他举杯向她致敬,又一饮而尽,眼睛里充满了对她的钦佩。她也举杯畅饮,感到一阵美好的辛辣在肌肤里燃烧起来,任毯子从肩膀上滑落。他是个老头儿,她告诉自己,一个老老头儿。

"嘿。"他从腰间抽出一把刀,象牙刀柄,刀刃很长,是安妮的。刀柄向着她,把它递上去。她接过刀,沉甸甸地蕴含着古老的力量,沉睡的约鲁巴人血液似乎也因为这把熟悉的武器而苏醒过来了。她把食指在刀刃上轻轻一刮,锋利得就像毒蛇的噬咬。她大笑着把流出来的血吸干净。现在,再没有什么能吓到她了。

16

"轮到我了。"大家晚上的工作一结束奥玛就宣布道。他们处理了尸体,飞快瓜分了钱、衣服和武器,只有马作为证据留了下来。到了早晨,鲍竺就会把马运过河,卖给一伙半游牧的人,这些人在田纳西瑞尔福特湖边上安顿下来,那湖又大又浅,新马德里大地震后形成的。这些人从不多问,南部邦联的军事当局也不敢惹他们。

雅克试了试那人的深红色高腰皮靴,但是穿不进。

"见鬼!"他咒骂着,把靴子丢到一边。

奥玛捡起来,轻轻松松把光脚塞了进去。"小脚。"她说,把靴子拉直盖住小腿,抬起来端详着。

雅克一挥手,不假思索。"拿去吧。"

她微笑了——不要钱白拿的!老雅克在想别的事情。

"我准备好了。我的枪法至少能跟鲍竺打个平手,带把刀就和你一样啦。"

"五英尺开外鲍竺要想打中谷仓都成问题,我亲爱的,和我一样?"雅克摇摇头,冷笑一声,中指敲着死去那人的一叠信件,这些信一放到餐桌上他就读过了。

"战争正在改变世道。要想生存下去我们现在就得抓紧。"他拾起自己那把大刀,割下一大块奶酪,涂在新鲜面包上。这些面包是玛丽留在桌上,等他们回来吃的。

"战争很快就要结束了,"奥玛嘲笑地回答。接过雅克用刀尖递过来的奶酪,她细细在边上咬了一点儿。她几乎要嘲笑他的老迈和胆小了,可是在烛光下,他看上去一如既往,强壮结实,好像从不见老。是真的吗?那些奴隶盛传的,雅克用一只胳膊从魔鬼那儿换了长生不老?魔鬼可做了一笔不怎么高明的买卖呀。奥玛笑了,把头摇一摇。

"不,亲爱的奥玛,战争会继续进行下去。北部联邦逼近,那些黑人已经在酝酿逃跑计划了。北方想要攻下大河。双方都想控制漕运。我们能帮上手,可是无人问津。"

"帮哪一方?"她问。

"这一方,那一方,这个问题嘛,双方都帮。"他大笑着拾起镶着玛瑙的金戒指,是从那人指头上撸下来的。

"那些搞突袭的也是,为了保卫家庭他们抗击侵略者,但是其中有些人跟我们一样——为自己而战。"

奥玛顿了顿,听到风吹过树林,把紫丁香撞在窗子上。雅克听任房子外表一日一日破旧下去,窗子破了,房顶上的木瓦断了,他也不修,几年过去也不重新油漆一下,旧漆唯有白中带黄,长长卷起,剥落下来。他想让外人觉得自己是穷人,不名一文。他和奥玛把家具、黄金、珠宝、衣服藏进好几个密室里,又在地里挖了菜窖一样的隐蔽场所,把值钱的东西藏起来。房子破败,好像给北方士兵征用了去,他们自己也因为背叛被绞死,他们在世间的货物被运走了。

到目前为止,雅克的每个举动都让他们走在战争前面。尽管如此……

"该轮到我策划一场行动了。我们打下新奥尔良来的船以后你亲口答应的。你说要是我把我那一份酒给你,下一次突袭就由我来策划。都已经过去一年了!"

雅克笑了。"你应该学会喝酒,我亲爱的——上帝的果实。就像古老的谚语说的,喝得越多,唱得越好!"

奥玛注意到只要他想,他就可以带上很重的口音,年龄也随之变化:一分钟前还是个强健的男人,转眼就变成上了年纪的农民老粗。他正在教她使诈呢。

"你现在有立场了吗?"奥玛问他。

雅克哼了哼。"谁给的钱多就帮谁。现在北方上校也向每一个男子征收保证金啦,连奴隶也要——见鬼!他们这些贼骨头比我们还要恶劣!瞧,我们需要采用新策略。这些信说北方联邦想要夺取新马德里旁边那条河上的岛屿,在叛军加农炮控制之下的那个岛,十号岛。"

奥玛抬起眉毛,疑惑不解。

他拿出戒指,在她面前把它一丢,戒指弹起来,打着转滚到破损的柏木地板上,就像垃圾。他只对贵重宝石感兴趣。

"漕运就断了,我们没法开工了,明白吗?"他手一抬堵住她的嘴,"像今晚这样的日子一去不复返了——会引来军队的。不行,我们得看看军队需要些什么,向他们供货,不是吗?"

奥玛倦怠地点点头。昨夜漫长,现在她想要把白天都睡过去,在梦里见见圣·克莱尔,也许吧,要么看看新奥尔良,看看战争前的模样,那时雅克带她顺流直下,见见世面,他自己则收集上游船只的消息。随雅克去设计他的计划吧。她已经赚了一大笔,战争结束的时候另一笔又会进账。她对此很有把握,因为雅克碰什么什么就变成金子,尽管他是她遇到的所有人当中最不快乐的一个。他帮她在几英里以外买了一幢房子和一块地,参股好几门生意,又在圣路易斯买了地产租出去,可是他从不拿自己的钱出来经营。据她所知,他把偷来或盗来的东西通通藏起来,装出一副贫病交加、风烛残年的样子。唯一能让他真正活过来的时候就是袭击船只、抢劫马车以及打劫旅人的时候。那当儿他仿佛同她一般年纪,十八二十岁,搏斗起来他凶猛异常,蛮劲十足,将自己置于险境,好像他早知道别人奈何不了自己——刀枪不入，死伤不侵。

雅克弯腰把那戒指拾起来。奥玛打着哈欠起身。

他的眼睛盯着玛瑙，好像占卜某个幻境。奥玛咯咯笑起来了，心想奴隶们会怎么说啊；她摆脱他们的迷信看法，曲曲折折穿过空房子走到楼梯那儿。这些日子没有其他人住在这所大房子里了。两年前战争一打响他就把手下人和奴隶赶去木屋住。只有奥玛的存在让他闹心，她不来打搅他，命令干什么她就干什么，就像他说的，她已经成为"我们这一行"里重要的一员。

她把手放在中柱上准备爬楼梯了。一边爬，她一边扭头从前窗望出去，忍住叫喊，跟跟跄跄退回来，磕磕碰碰又爬到了底楼台阶。

穿蓝衣的女人正透过窗子窥伺里面，眼睛直勾勾地望着她。奥玛倚在护栏上，仿佛那幽灵可能把她丢到房间另一端又或者把她从窗子里拉出去……

她努力把注意力集中在那女人的面部特征上，但是窗玻璃似乎太厚了，波浪和漩涡又太急，她分辨不清楚。过了一会儿，那身影把身子一转，继续行走在长长的走廊上，拐杖重重敲在地板上，令奥玛惊奇的是雅克居然没有冲出来。

奥玛现在睡意全无，急匆匆爬上楼梯，多一秒钟也不愿意拿后背对着那女人。

这不是她第一次遇上蓝衣女人，可是今晚她的身影似乎预示着危险将至。她在找什么？她是谁？刚搬来的时候奥玛问过玛丽，又问过雅克，没想到挨了责备，说她想象力过剩，都是人种惹的祸。可是奥玛知道那蓝衣女人的确存在，并且不遑宁处，甚至可能对什么事情正光火呢。那天晚上，奥玛床头点着油灯睡了，三月天，竟然离奇出现了白蛾，往滚烫的灯罩上直扑。

第二天下午，她很晚才醒来，灯油已经燃尽，上面围上一圈铺满灰的翅膀和生满白色茸毛的尸体，弄得油灯好似支离破碎了。

雨降下来，打在身上，又疼又冷，他们站在大河边，与联邦政府军队一起，等待暴风雨过去，时间正是一个礼拜以后。他们不能再等了。事实上，这场暴风雨今晚可能给驻扎在十号岛上的叛军错误的安全感，雅克向奥玛拍了胸脯。

"算了，"他说，不愿再争论下去，"有钱赚呐。"

总共四艘小船，其中三艘人满为患，需要携带的铁杆又太多，平底船一解开就快要覆没，他们不得不再划回岸边，每艘船上又放出三人，游到岸上。这才重新出发。

雅克、奥玛,还有四个奴隶在第一艘船上,波涛起伏,小船似一片树叶穿行其中。在她身后,奥玛听到人们发出惊恐的呼号,雷声霹雳,电光抽在大河之上,一片光明转瞬即逝。

"他们最好闭嘴,要不大家都得死在枪口上。"奥玛斗胆提高音量对雅克说。

雅克朝后看看,其他小船携带辎重在风雨中飘摇,他一筹莫展。他们要能成功渡河就已经很幸运了,更别提还要完成任务,可是他所担心的并不是这个。他得把大家伙儿弄到岛上,还不能给人发现,穿越那些沉船,躲过那艘炮舰,协助大家登陆。事成之后他就能赚一笔。雅克已经确定金子就在上校那艘船上,紧跟在他们后面,万一有变他也可以盯紧一点儿。

大河浩浩荡荡,北方融化的溪流携着岩石碎片和着近几天来的雨水,纷纷汇入大河。河水甚至猛冲上奥玛脸颊,就像裹着沙砾的冰晶。那四个奴隶个个精壮,雅克买下他们让他们去给北方联邦挖运河。现在,他们低着头,抢起肩膀划船。他们没戴镣铐,穿着也与奥玛、雅克并无二致,最保暖的羊毛裤子、衬衫以及外套,都是在密室里成桶成箱的衣服里拿的。

羊毛披肩松了,在风中湿湿地拍着,奥玛收收紧,缠在帽子上,把两头塞进大衣。她穿着长裤,脚蹬靴子,身穿一件男式皮草衬里大衣,闻起来一股潮湿的雪松味道。她从一口箱子里把这件大衣拉出来,递给雅克,他一把扯过去,往地下一丢,耸耸肩膀。

"有障碍。"她抓着他的衣服,指着说。他点点头,用长拐杖轻叩身边最近的划手,所有伙计卖力地牵引船桨,从眼前的障碍面前摆过去,又回头望着,确保其他船只也避开来。一回头,正好看见最后那艘船卷入了漩涡边缘,慢慢打着旋儿,划手努力想挣脱,然而船越转越沉,越旋越快,把船员全都甩了出去,船倾覆了,一切消失在水中,大河这才合上。

幸存的船员一时沉默了,打起十二万分的精神注意着险恶水面上任何一条波纹和起伏。奥玛努力回忆着他们在大河这一段所使用的陆标,但是很多都已经浸在水里了,风雨交加,辨认起来又困难重重。她不知道雅克到底凭什么来导航。

最后他们终于看到了岛上黑压压的栅栏,赶紧蜷伏起来,或者干脆躺下。他们的船在岛上哨兵看来不过是大河卷来的又一些残骸而已。感到小船和河岸起了摩擦,雅克和奥玛一跃而起,把绳子拴在突出来的木头上,这些木头是用来抵御入侵者的。

几分钟内,所有小船都上了岸。

"枪就在那儿。"雅克指指河岸,河岸蜿蜒,消失在视野里。

"出发。"上校手一挥,命令属下前进。

雅克把手放在刀上。

上校不耐烦了。"我们刚才已经损失了不少人手。现在正需要你。会给你钱的,很多钱,但是要事成之后。现在趁着还没被发现,快点儿行动吧。"上校又一次朝属下挥手,快步疾走出发了,在泥泞的灌木丛中打着滑,磕磕绊绊行进着。

"见鬼!"雅克吐一口唾沫,看看奥玛,又望望原先放置金子的地方,现在空了出来。"我被贼骨头包围了。上!"他挥手示意奴隶们下船,带领他们跟在士兵后面,奥玛殿后。如果他们被抓——她打了个激灵,不敢再想下去了,要是把那条黄狗带来就好了,这些日子它一直给她遮阴凉呢。今晚他们暴露得特别厉害。简直太多了,这次行动可不比往常对付那班在河上航行的人那么手到擒来。这一回是士兵,逡巡看守,戒备森严。可不能被绞死,她发誓道。要在战斗中死去。

他们来到加农炮台,发现暴风雨把叛军赶到屋里去了,可是上校的属下在钉火门栓的时候又有了麻烦。

"看着,"雅克说着把一枚铁栓塞到加农炮火门上,猛击两下,敲得铁栓直冒火花,加农炮就这样报销了。一门接一门,他以同样的高效率把火门栓都钉进去了。奥玛对于自己先前的愚蠢差点笑出声来。她怕什么呢?连砸铁锤的声音也被发狂的暴风雨卷了进去。没遇到任何阻力,他们返回到等待着的小船上。可是雅克已经出离愤怒了。

上校再一次拒绝付钱,要求雅克保护他们安全渡河返回。奥玛看到他在考虑割了上校的喉咙。其他士兵可怜极了,又冷又湿,害怕返回的路途,尽管一回去等待他们的将是注目与照顾。

她把手放在他胳膊上。"等会儿。"她声音很轻,尽管暴风雨正肆虐,不知什么原因他还是听到了。

回程更加艰难。他们得跟水流作战,向上游移动几英尺,却又被卷回去十英尺。要是被水流卷到岛屿那儿去,他们就将暴露在小型军火底下,就算没有加农炮也够致命了。最后,奥玛爬到最近的黑人身边坐下,双手与那人的手并排,和他一起划。

雅克到船身另一侧,单手划桨,对划手们带着嘘声说:"要是主人抓住你们,他们会怎么做?"

听到这话,划手们扎得更深了,船一英寸一英寸划过波涛向上游行进,雅克始终不让上校的船以及船上的金子离开视线。有一次在暴风雨里他大声冲奥玛说:"要是他们的船覆没的话,系上这根绳子,游下去把金子捞回来。"她点点头,尽管并不打算为了一袋沉下去的金子纵身跃入翻滚的大河。漩涡再一次在四周盛开,威胁要用边缘把他们吸进去,除非他们加倍努力反抗,浪掀得更高,一叶扁舟一会儿隐没不见,一会儿又攀上与岸边大树齐高的浪巅。他们身后,好几个士兵开始大声祷告,上校两只手忙着拽住他们,不让他们往漩涡里跳。当他们终于杀出血路爬上岸,那些黑人奴隶、奥玛以及雅克都已精疲力竭,喉咙发炎疼痛,胸腔痛苦地上下起伏。最后他们坐了起来,发现上校的船正在登陆,其他的船都已经覆灭了。起初上校拒绝偿付,雅克用刀说服他为得到的服务付出代价,尽管他的手下损失惨重。

"十号岛上的加农炮钉了火门栓,北方联邦的船可以避开新马德里,取道新开的运河,从下游逼近十号岛并占领它,新马德里和我们的镇子就不得不投降了,明白吗?"那天夜里晚些时候,雅克向奥玛解释道。

她摇摇头,把金币三三两两重新排成行。

"谁控制了密西西比河以及河上的漕运,谁就赢得这场战争。现在明白了吗?"

"北部联邦会占领我们?"奥玛问道,突然警觉起来,"那好吗?"

雅克爽朗地笑了:"很好!他们黄金更多,我亲爱的,纸币又坚挺。对像我们这样的人来说可是好时机。他们会赢,我们也会过得好。"

"那你的黑人奴隶呢?"她问。

他一耸肩:"他们会被释放,我再把他们雇回来,他们会就范的,因为他们怕我,可是他们更怕北方士兵。这就是战争,亲爱的奥玛。"

几个月过去了,奥玛被院子里马笼头的叮当声和人们的高声喧哗吵醒了。
"雅克。"她从床上一跃而起,蹲在窗子底下。

院子里站满了南部邦联的侵入者,他们的衬衫五颜六色,还经过了刺绣,是女人们为那些多情种子准备的,这些多情种子扑向农家院子和各处城镇,冲着反叛者大呼小叫,见着什么值钱的东西立即掠走,对于北方联邦的支持者以及士兵,则格杀勿论。在人群中奥玛看见比利·夏特那小子骑着一匹红棕马,一阵怜悯袭上心头。去年,他母亲麦蒂·夏特把他拽去军营,要求给他参军,为死去的父亲报仇。那时他十五岁。安德森和昆特里尔同意了,但是要他母亲拿出五十块金马洋。十六岁上,比利戴上了愠怒的表情,是一个孩子努力想要变成杀手的表情,可是并不很成功。奥玛确信自己十六岁时的表情比他的可要强硬多了。

一个精壮的高个子男人俯身越过身下灰色马匹的脖颈,低声说了些什么。

"别想操控我或我的人。"雅克表明立场,来复枪从胳膊上一抡直指那人的脸。那人慢慢直起身子,双手举在空中。

"只想拜访一下街坊,杜查姆,"那人大声说道,"我们会在这儿附近呆上一阵子的。大河上的局势很紧张。你我都不想陷进彼此的圈套里。我们的比利"——他把头朝那孩子一歪——"说大河这一段受你控制,所以我问自己那些该死的北方佬儿如果没有你的指点怎么可能打得通那片黑人羊毛沼泽呢?博雷加德①,麦科恩②,斯图尔特③把他们全包围起来了——接着全没了!"

雅克想要慢慢退到门廊那儿,但是他们已经笃悠悠骑马围了上来。

"那个年轻人搞错了,先生。我是个老头儿,一个农民。我对北方佬的战争一无所知。"

"南方士兵本来在大河上把他们团团围住,没想到他们穿过整个镇子,突然来到十号岛下面——两面夹击。好吧,没有一个北方佬,甚至波普④,也没那么聪明,能够独立地在沼泽地里挖一条地道来运船,没有当地人的帮忙和奴隶的协助根本不可能,我听说。"

"先生,考虑一下我的身份吧,北方佬怎么可能相信一个蓄奴者呢?不,您错了。"

奥玛去拿手枪和来复枪,就在她床边,时刻准备着,观察外面的动静。侵入者忐忑不安地看看奴隶区,又大眼瞪小眼相互看看。事实上,挖通道的所有奴隶

---

① 博雷加德(1818—1893):美国军事领袖。
② 麦科恩(1815—1879):美国军官。
③ 斯图尔特(1833—1864):原名詹姆斯·厄威尔·布朗·斯图尔特,美国军官。
④ 波普(1822—1892):美国内战时期联邦军少将。

都在雅克指挥之下。

"他还是个老强盗！加农炮被钉火门栓可能他也有份儿！"比利·夏特猛然从红腰带上拉出手枪,可是边上的人迅速用马撞了他,从他手里把枪夺了去。

雅克大笑着摇摇头："孩子的故事,哈？"

"他富得就像克罗伊斯国王①,告诉你们！"比利说,他的马跺着脚似乎也在强调他的话。

雅克微微弯腰。"千真万确,如您所见。"他从头顶摘下破草帽,一挥,指向褴褛衣衫以及破败的房子。围栏里、田野上杂草丛生,鸡、猪、牛、马连个影儿也不见。雅克把它们好好地藏在林子和工棚里,甚至还藏在沿河那些洞窟里。

侵入者把周遭研究一下,注意到一条骨瘦如柴的黄狗从路上夹着尾巴逃进了屋子,误把它当作无能为害之辈。实际上,一声令下它就会展开攻击,大开杀戒,一口死死咬住喉咙直到猎物咽气。

"我们走吧。"其中一个咕哝道。头儿耸耸肩膀,点了头。

"我会一直盯着的,先生。"他把一根指头抵在帽檐上。

雅克再鞠一躬："您没有多余的食物吗？"

来人咯咯笑着,骑马上路,只有比利·夏特把马朝雅克这儿骑过来,说："我知道是你干的。我知道是你出卖了我们,你这个老杂种。我会回来找你算账的。"

奥玛把来复枪枪筒伸出窗子,在窗格上一敲。比利猛一抬头,眼睛里满是仇恨,奥玛手里握着枪,吸一口冷气。

"还有你,黑婊子！"

比利疾驰而去,奥玛立刻下楼。

"他是怎么发现的,雅克？"她喘着气。

"没关系。我们有事情做了。是时候用新消息来赚钱了。这回两方面都得协助我们闯关,我亲爱的。否则老头儿怎么开饭呢？"他把一只手扣在耳朵后面,"我听到鸡叫了吗？"一个奴隶从房子里走了出来,手里握着两只鸡,腿绑着,喙粘着。

稍后他们坐在餐桌边,把烤鸡撕开,雅克说："孩子们不该拿战争开玩笑。如

---

① 克罗伊斯国王(？—公元前 546?)：吕底亚最后一代国王,以财富甚多闻名。

果夏特先生没学会闭嘴，我们应该帮他把嘴闭上。"

雅克等待着，这是他擅长的。 奥玛观察着。 早秋时节传来了上校和比利·夏特的姐姐艾玛即将举行婚礼的新闻。镇上传出消息，说北方佬又是罚款，又是征税，又是没收，激怒了整个镇子，没有教堂愿意给他们成婚；卫理教、天主教、基督教都将这种渎神行为拒之门外。听说结婚仪式将由法官执行，雅克诡谲地笑了。

当天夜里他派奥玛前往北方的布恩维拉，据推测入侵者们就埋伏在一户支持者的家中。

"告诉比利·夏特，他姐姐三天以后就要下嫁北军军官。要是他快马加鞭，疾驰如风，还有可能阻止这场婚姻。"

起初奥玛不想把这条消息告诉他，打算对雅克说她找不到比利·夏特。后来她想起那孩子对他们的恐吓，意识到老头子是对的。他一直在捍卫大家的安全。

作为一个黑人女性，她只要稍事伪装就能穿过北方联邦的封锁和巡逻，要是个男人就会被当作游击分子关进监狱，甚至被当场击毙。唯一的风险是她会被关进监狱，作为奴隶被迫为侵略军服务。

口信一传到，她就急赤白脸往回奔。奥玛知道要想见证接下来会发生什么就必须迅速。与此同时，比利却耽搁了，周围的人都劝他不要回家，努力说服他这是个圈套。最后，他力排众议，装上马鞍飞奔回家。

当男孩手拿荷枪实弹的亨利来复枪冲进镇子的时候，他姐姐和上校眼看就要在郡法院结合了，法官背插佩剑为他们举行仪式。

法院二楼，奥玛站在雅克身后，俯瞰圆形大厅，坐等好戏上演。

年轻的艾玛·夏特，脸上满是沐浴爱河的幸福神情，她竭力忍住不让自己做一个流泪的新娘，那会毁了婚纱前襟的。就在这当儿，她看见弟弟比利手持来复枪，驾着那匹摇摇晃晃的马跃上法院门前的台阶，从马鞍上突然冲来，准备朝面前的一群北军开火。

马颤颤巍巍，奔了一夜，累到半死，这时开始慢慢倒了下去，膝盖弯折，身体侧面结了盐分，一起一伏，鼻孔流着血重重撞在绿色大理石上。一声长长的呻吟卡在喉咙里，像是伴着最后一口气的呜咽，但是男孩哪敢把眼睛从面前的军官身上移开,众人纷纷退到大理石柱后面寻求掩护,一边掏出手枪、佩剑来。一泡腐臭的褐色尿液开始在马周围蔓延开来,艾玛提起绿色棉布长裙,踮起脚尖淌过尿液向弟弟身边走去。他眼神疯狂、筋疲力尽,就像他的马,由于吃得太少,马骑得太野太久,他面容憔悴枯槁。她知道那匹马,名叫瑞拜尔。战争打响以前瑞拜尔是她弟弟最好的朋友,而现在为了阻止自己,比利把它杀了。从那件刺绣粗糙的天蓝色衬衫看来他已经被入侵者接纳了,他们正努力在北方占领区保护那儿的人民。那儿的联邦军队已经开始惩处抵抗者的家庭了,妇女儿童锒铛入狱,农场房产一律查封,密苏里西境整郡整郡撤空。她堂兄妹正在圣路易斯的监狱里挨饿,她一定是想起他们来了,因为她伸手去够那杆来复枪,只想在弟弟被杀以前阻止他。她没有牵挂自己未来的丈夫,嫁给联邦军官时也没考虑过余生将要面对镇上人们的永不饶恕。她只有一个念头,她弟弟,亲爱的比利现在太累了,不可能打好来复枪的。

他们把这一对姐弟埋葬在镇子边上的墓地里,地震过后那里生出一汪很大的泉眼,那时依然活跃异常,大地震刚刚过去五十年。可是两个人并没有被埋在潮乎乎的墓地里,镇上的人们确保了这一点,但是还是得等到联邦军官离开,去其他地方执行任务了,他们这才把骨灰盒挖出来,移葬在另一处更好的地方,与夏特家族的其他成员安息在一起。

葬礼以后又过了几天,一天夜里,比利和艾玛的母亲——麦蒂·夏特出现在雅克的门廊前,那场屠杀过后雨就下个不停,水从她身上滴下来。

她大步从奥玛身边走过,也顾不得靴子上的泥,在前厅找到了雅克,阴郁地望着冒烟炉火,雅克喝干了第二杯酒。他没有给她酒杯,尽管她颤抖着跪在炉火前,把手伸出来烤。

"烟囱需要打扫了,"她发表意见,"是鸟,一定是的。"羊毛斗篷上水滴下来,壁炉发出呼呼声,水汽随之从袖子上升腾起来。奥玛觉得如果那女人在那儿多待些时间会被烤熟的。她头发花白,纠结在一起,眼神显出些疯狂,奥玛见了不免心生恻隐。她默默进了厨房,烧饭炉子上坐着热水壶,她倒了一大杯白兰地,又添些热水进去。

她把杯子递上去,麦蒂起身坐在雅克对面的椅子上,把杯子接了。她一边小心地喝着,一边努力压抑不让情绪出现在脸上,终于平静下来。

雅克始终不作声,她打破了沉默。

"他们也是你的亲属。"她说。

他的眼神飘到坐在面前的这个女人身上,然后才注意到奥玛正站在她身后的阴影里。

他一耸肩。"可能吧。"

"我母亲——"

雅克手一举。"——是我朋友查勃的太太。"

"——说你是我——"

"最好不要说逝者的坏话,夫人。"雅克一饮而尽,再添一杯。

"——因此这些孩子——"

"人死不能复生。"他说。

"最起码要为他们报仇。最起码,那样——"她将白兰地一饮而尽,把杯子用双手滚动起来。

"我是个穷苦农民。"雅克耸耸肩,"他们拿走了一切。看看你周围吧。"

"胡说。母亲告诉过我——"

雅克竖起食指,抵在嘴唇上。

"我不会原谅他们,雅克。别妨碍我,这是我唯一的请求。我不知道你是谁,也不知道你对我的家庭做过些什么。原本还希望你与我们有血缘关系,可以帮我的。"她说道,眼睛一直盯着炉火。

他挥手要她走。"还好那军官走了。战争会结束,现在这些可怕的事情将会被遗忘。"

"胡说。等他们的哥哥阿莱尔回来再说。"她起身离开。前门被悄悄关上了。

一天半夜,奥玛听到雅克在单身厢房翻箱倒柜;过了一会儿明显痛哭起来,接着听到酒瓶在楼梯上翻滚。然后一切安静下来。雅克亲手杀了自己的外孙?这个想法在奥玛脑子里一闪而过,她赶紧把它打消。但是终于知道雅克能够胜任些什么以后,奥玛相信奴隶们被吓着是理所当然的。生平头一遭,她自己也被雅克吓着了。

17

奥玛日后回忆起在雅克码头度过的岁月中的这段时光,麦蒂女士(郡上的人们都这样叫她),曾经和一个叫克莱门特·夏特的十足混蛋结了婚。母亲蒂丽·查勃去世以后,他就对奴隶和其他白人施行起了恐怖统治。克莱门特育有一子,名叫阿莱尔。阿莱尔一长大就离家出走,坐上一条驳船顺流直下,又漂洋过海去了英格兰,辗转跑去印度。尽管还没来得及回国为弟妹报仇就先一步撒手人寰,阿莱尔身后却留下一位遗孀,劳拉·伯克。劳拉到的第一天夜里,两个女人坐在炉火边喝着热威士忌。劳拉编织起一段美好的历史,其中就包括一项声明,睡在壁炉边简陋小床上的基顿正是阿莱尔的亲生骨肉,虽然事实上那男人几乎就没正眼瞧过这孩子。迟些劳拉还要直言不讳地向奥玛叙述自己结婚离婚结婚离婚再结婚再离婚的传奇呢,这一番叙述几乎让她们双方都晕倒。

麦蒂这一边是有关她丈夫不可思议的意外事故的叙述,他被一匹役马①踢死了。随后,同情就都放在那匹马身上了,它一条后腿膝关节严重撕裂,在牧场上度过余生。奥玛说在这儿再没有第二匹马比它更膘肥体壮、皮毛闪亮了。那匹马天天都能吃上苹果和胡萝卜,炎热的夏天里有阴凉,寒冷潮湿的冬季里有热毯子,据说能够证明的不只麦蒂女士一人。

克莱门特死后,一天早上麦蒂门前来了个找活儿干的人,她就和他上床了。既然她更喜欢守寡而不是婚姻,在这场恋情里诞生的两个孩子就被赋予了夏特这个姓,事情就这么着了。看上去麦蒂没有孩子缘,就像没有男人缘,四十五岁上她就茕茕独立,孑然一身,对于自己的损失耿耿于怀,直到劳拉和基顿抱着阿莱尔的骨灰出现在她面前。

在这儿住了两年以后,劳拉做了一件让所有人大跌眼镜的事情。她开始拜访独臂雅克·杜查姆。大家算了算,一致认为雅克跟周遭的高山一样老,他依然经营着农场,尽管规模缩小不少,损失仆人,损失奴隶,战争结束的时候农场还有五百英亩。据说他能把农场继续经营下去就靠他向联邦政府提供女人和酒,以及时不时的一点谍报工作。战争结束后,他买通所有不得不买通的人,确保那些不愿让他一个人呆着的家伙们消失。

这样劳拉和独臂雅克就成了朋友。她告诉婆婆说自己在照料他的疾病,又把儿子带去谷仓和奴隶区玩耍,自己则和雅克呆在长长的跨越整个房子前部的走廊上,一聊就是几个钟头。有一次她让他架起小马车,两个人坐在上面围着农

---

① 役马:不用于比赛或乘骑而用于劳作的马。

场转悠,那时还有五百英亩沿着大河的低洼地以及两百英亩沼泽地。

他是个老头儿,缕缕白发,肌肉松弛,一只胳膊只剩残肢,能有什么害处?她是一个有主见的女人,带着个需要抚养的孩子;已经是一八七三年了,她不再年轻,而且据她所知,在整个地区雅克·杜查姆是唯一一个有钱的单身汉了。虽然婆婆告诫她说雅克不是他看上去的那样,劳拉每个礼拜还是坚持要看他好几回。直到订单送到镇上蕾费纺织品店,人们这才知道了事情的真相。

婚纱摆在那儿了:法国丝绸,手工镶嵌上小粒珍珠,边上缀着比利时蕾丝,上衣开得那么低,腰收得那么细,劳拉不得不节食好几个礼拜才能把身子塞进去。一场凉爽的九月的雨下过以后,天突然又热了起来,劳拉穿着婚纱,差点儿没昏过去。还有苹果树,枝条用湿漉漉的袋子包扎着,种在锯末里,从北方纽约州装箱一路运来。保证成活,标签上说。代价是他五十英亩的苹果树。女人带来的孩子送往东部的寄宿学校,婚后一年还要送他去上大学。他没有走漏一丝风声。

结婚计划一步步进行,麦蒂望着儿媳妇,士别三日啊。她只提出一个要求,还回儿子的订婚戒指。一段蚀刻花朵的黄金,中央嵌着一颗完美的两克拉方形黄色钻石。劳拉还回来的时候,钻石被掉了包。原来镶钻的地方现在换上了一颗深血红色的红宝石,把光芒都吸了进去,只有原来蚀刻在上面的花朵还剩下一鳞半爪。

"钻石掉出来了,"劳拉解释说,"丢了。上面的花也太老套了,阿莱尔把它送给我的时候我叫人把花去掉了。"

"我明白了。"麦蒂说,把戒指放进口袋。她怕现在连孙子基顿也要失去了,所以就没有多说什么。

五月艳阳天,万里无云,温暖舒适,这是春天最后的日子,接下来就是炎炎夏日了,高温会像毒药一样侵入人体。昨晚奥玛刚刚从圣路易斯回来,现在出去清理父母亲坟头的杂草。这时马车停在了门口。

雅克急匆匆地亲自走出来,步下台阶,扶那女人下车。她轻盈地下了车,扶着帽子,歪一下头,发出清脆的笑声,惹得奥玛盯得更紧。那算是调情吗?那女人把胳膊滑进雅克的臂膀,上了台阶,小心翼翼躲过门廊上坏掉的木板,屏风门只有一个合叶,危险地倾斜着,她见了高兴地惊叫起来。

奥玛丢下镰刀,赶紧进了房子。毫无疑问,她一到,雅克就被迷住了。为什么呢？因为奥玛回来的时候，雅克几乎还没有打招呼就忙着回卧室忙他自己的琐事去了。奥玛累极了，对此毫不介意，可是现在她明白了。

这只老公鸡终于找到了一只母鸡。她看见他们在客厅，灰尘满布的黑暗里，那女人的红头发光泽闪耀，帽子随意挂在椅子上，她靠在雅克臂膀上，雅克指给她看画像和书籍。奥玛不在的时候，他又开始布置房子了，尽管家具放的时间太久，大部分看上去已经又破又旧，难得女人芳心——尤其是对于这样一个女人。

"雅克?"奥玛说。

他把头一转，她在他脸上看到了不耐烦。老糊涂！

"劳拉，"他叹道，"这是奥玛。"没了下文。就这样？就好像她是他的女仆？或是女佣？劳拉转过半张脸，把头一点，对站在门口的黑姑娘毫不在意。

奥玛大为光火，她上楼，抓起一个小包，塞满了东西，叫着跳着下了楼，径直去马厩给马上鞍。他要是照这个样子行事的话，她就回自己的房子。

因此，奥玛只能依靠流言以及仆人的报告来了解雅克和劳拉风流韵事的进展情况。她不敢接近老麦蒂·夏特，劳拉的婆婆，怕她打探出自己的背板，正是那场背叛导致了她孩子比利和艾玛死亡。不，战争一打响，奥玛和雅克就远离了夏特一家，而现在却有一位夏特就生活在他们中间。雅克是不是疯了？

后来，劳拉告诉奥玛，雅克和她圆房那一夜，她本来睡得正甜,却被身边塌下去的床垫惊醒了。一搬进来她就养成了锁房门的习惯，可是他还是进来了。有七次，她遵照他的意思尽了做妻子的责任，在黑暗里等待他完事儿，然后和困倦战斗，直到确信他打起呼噜。她不想让他听到自己从床上溜走，用麦蒂女士煎的药擦洗身子以防怀孕。但是她总有疏忽大意的第一次，而那一次就证明她之前所做的都是徒劳，三月一到她就确定了。

她的肚子一显形，雅克码头的人们就笑开了。老公牛给自己找了头好母牛。过去几个月大伙儿都充满了怨气，驳船上卸下她的新家具，她的新盘子，她的新布料，都是特制的，装在马车上，拉进她的房子——他们自己的房子却被占领军一天天掏空，还有那些北方佬投机客，他们尾随而至，清扫占领军的战场。太多人遭受了失去家人、家产以及地产的痛苦，理所当然的，大伙儿开始再一次仇恨起雅克和他太太。人们甚至后悔五十年前原谅了他，那时他的跛脚太太消失在大河之中,老恶棍把自己锁在那幢大宅子里。大宅子在镇子外面,横跨在大河上,这一点那时的确帮了忙,因为大伙儿不用时时看到它,可是现在,嫉妒又回来了,带着重揭旧伤的恶意。

成对的红木长椅,经过华美雕刻,上面覆着紫红色织锦;奇彭代尔式样①的临时桌椅,弯曲的桃花心木腿异常精致,底下的爪子抓着圆球仿佛要溜起来了;黑胡桃法式维多利亚椅子,椅背雕成气球形状;桌子上雕着玫瑰、藤蔓和树叶,有一块还可以放下来写字。沙发背嵌着团花图案,上面覆着沉甸甸的黑马毛毯子,和奇彭代尔式样的桌子以及没有扶手的路易十五风格②的椅子可能不搭调,可是那又有什么关系呢,只要能抓住劳拉的眼睛,只要价格够昂贵,式样够新潮,她就下订单。加有厚软垫的土耳其式维多利亚金丝长毛绒沙发,坠着穗子的椅子,这种搭配在东部很流行,劳拉知道了,立刻就想弄到手。房子里美帝国式样的家具大多都被拉到马厩阁楼去了,樱桃叶形装饰板上布满灰尘,铜玫瑰花饰失去光彩。当初造房子以及后来经历穷困潦倒的那一段时间,雅克曾经用柏木和橡木做了些粗糙朴素的家具,她把它们放到佣人房、育儿室以及厨房里去了——只有雅克那把"断头谷③椅子",集丑陋与笨重之大成,他却坚持要放在书房里。

十月刚过一半,一个红头发的女婴降生了,跟着祖母取名为小麦蒂。劳拉迫不及待说服雅克把麦蒂女士和新找的乳娘接来一起住。雅克把摇椅从干草棚里拖出来,把椅背上的狮子头擦干净了,放在自己床边。劳拉赶紧把它挪到育儿室去了。麦蒂女士一来,又把它搬到楼下客厅里,每天下午劳拉被迫在雅克和麦蒂女士赞许的眼光下花一些时间摇摇孩子。摇椅椅背上,狮子张着嘴,卡在她肩膀上,每次摇过以后她都带着酸胀的肌肉离开,有时疼得厉害,好像狮子的牙齿正嵌进她身体里面。

劳拉·杜查姆意识到,丈夫雅克和麦蒂·夏特女士打算用孩子把她禁锢起

---

① 奇彭代尔式样:仿英国细木家具制作大师奇彭代尔设计的家具风格。专指十八世纪五十年代和六十年代按经修改的洛可可风格制作的英国家具。
② 路易十五风格:路易十五时期法国装饰艺术的洛可可艺术风格。
③ 断头谷:美国著名小说家及历史学家欧文以断头谷的故事为基础,创作出的经典作品《断头谷传奇》(The Legend of Sleepy Hollow)。

来,她的身体就转为不适。唯一的药方,根据西斯科顿来的医生的建议,是去阿肯色沃希托山,那里有供疗养的温泉城。那位医生受当地最新最大的阿灵顿酒店委托,已经开始把所有疑难杂症患者送往那里的温泉去接受浴疗了。

把孩子丢给雅克和麦蒂女士,劳拉带着一颗已经好几年没有感觉到的无忧无虑的心,踩着台阶上了火车。她终于自由啦,有钱有闲,可以好好地享受人生啦。她期待去一个新地方,找一些新乐子。她还很年轻,她对自己说,什么都有可能。她落了座,正打算闭上眼睛,不去看丈夫那张久经风霜的老脸,而且对于自己的离去满心失望,还有那孩子,在麦蒂女士怀里哇哇乱哭,这时一位高个子黑女人打开车厢门,在她对面坐了下来。显而易见是搞错了,黑人车厢在火车尾部呢,列车员会处理的。那女人衣着入时,所以也没什么可真正抗议的。再说,这样的陪伴说不定还能解一会儿闷呢。

劳拉坐直了,朝窗外瞥了瞥站在月台上送行的人们。雅克正朝车厢走过来,嘴里说些她听不懂的话,手里还比划着。他怎么了?麦蒂女士摇着孩子,微妙地笑着。哎呀,这些人都疯了!怎么他们就不能让她出去走走吗?

可是当雅克来到火车边,他没有和劳拉说话。他跟那个黑女人说,黑女人把手伸出窗外,接过一个棕色纸包着的小包裹,上面还缠了麻绳。他们相互认识。雅克操着法语大声说着,可是声音淹没在汽笛和轮子的滚动呜咽中。终于出发了!雅克一定为太太雇了个女仆,劳拉得出了结论。

出于冲动,劳拉吻了戴着手套的手,透过窗子朝她的小家庭挥了挥手,又坐回到绿皮座位上。内心深处她为自己的女儿感到可怜,可是劳拉真的需要这一次出行,打她还在爱尔兰那会儿开始,这么多年了,她还从没有度过这样一段时光。在爱尔兰,她被推上迈克尔·伯克的马,两个人骑马跑了,她听到身后人们在追,被他们的叫喊吓坏了,是父亲、叔叔和弟弟。她被信基督教的表弟诱拐了,他是个劫匪,可是遇到帅哥她就是没辙。哎呀,为什么她家里人就不能骑得再快点儿,为什么他们就这么轻易把她放弃了,难道她是被一阵风暴吹来的吗?她的眼里满是回忆,回忆她是怎样命中注定被安排在斯莱戈①一间废弃的小茅屋里,在那儿,她的耻辱兼情人占有了她,她孤苦一人把孩子生下,只有远古的牧羊人听见她的呼告。跨在迈克尔·伯克的马上逃跑那会儿,她身穿舞会礼服,脚穿舞

---

① 斯莱戈:爱尔兰北部一自治城市,濒临斯莱戈湾,为大西洋上的一个小港。

鞋,完全不知道日后的生活会多么艰难,但是这么些年来她始终坚强。她保住了孩子的命,现在他的前途一片光明。她也保住了自己的命,现在她是自己土地的主人,种植一个果园,让一所古旧的大房子焕然一新。老雅克一死,她还要进行更大规模的改造。她开始明白自己是一个伟大的规划者,没有什么是她得不到的。她往后一靠,叹了口气,怀着善意朝那黑人微笑起来。那黑女人瞪她一眼,算是回报。这女人到底有什么问题?

火车启动了,月台被煤烟和尘埃笼罩着,那黑女人开始拆包裹。既然她先前表现得十分粗鲁,劳拉也就肆无忌惮地看着。首先是一张折起来的纸,她认出那是雅克的厚信纸。那黑女人把它打开,看了看里面的内容,递给劳拉。真的,是丈夫写给自己的短笺,告知她旅行的伴侣,还不许她把那人当作佣人对待。劳拉微笑着抬起头,正好撞见那厮把另一封信和一叠厚厚的钞票塞进她自己的手提袋里。当然了,她拿了雅克的钱来供她们两人开销。所有事情雅克都考虑到了!劳拉发誓一到目的地就拍电报谢谢他。而且还发誓回去以后要做个更好的太太和母亲。有个女佣事情可就简单多了。列车员和服务员经过的时候,她会向他们解释的。

可是当列车员前来检票的时候,他只是朝那黑女人点了点头,小心翼翼不去看她的脸。天呐,雅克的确把什么都考虑到了!所以她们不用去餐车了,那里只许白人进入,午餐是两个年轻的服务员送到车厢来的,他们战战兢兢,生怕撞到那女黑鬼,倒是有好几次把可移动餐桌撞在了这位白人妇女的膝盖上。

那黑女人脸上闷闷不乐的表情要把生梨色拉和包在油酥面团里的鹌鹑胸肉都毁掉了,劳拉放下叉子,朝她瞪着,直到那黑女人把眼睛从盘子上抬起来。

"要想两个人融洽相处,你就一定得把你的撅嘴给我收回去,否则逮着机会我就把你扔下去,自己一个人走。"她故意说得很严正,但是那黑女人正在搅毁她的午餐。

"你以为你在跟谁讲话呢?"黑女人把华丽庄严的头颅提升到一个新的层面,两只眼睛闪着危险的光芒。

"这个问题你得问问你自己。"劳拉说着把刀子拿了起来,以防那黑女人冲到桌子这边来。由着雅克雇了这么个货色。他根本不知道一个好佣人该是什么样的。

那黑女人上嘴唇皱起来了。"我知道你是谁,劳拉·伯克·杜查姆太太,戈尔韦①人后裔,跟驻扎在斯莱戈的某英军士兵有过一腿,还要我说下去吗?"她举起叉子,轻轻咬一口生梨,细细嚼着,一边欣赏着划过窗子的美景。

她什么都知道了?她是谁?一个侦探还是什么?基顿长大一些,她马上从那间茅屋搬去了斯莱戈,立即发现那些军人欢喜花钱让她陪着,最后和一个少校同居了,那少校因此名誉受损,发配去了印度。可是这个板着脸的佣人是怎么知道的?

"我叫奥玛。雅克请我在旅途上陪你,我是很不情愿接受的,相信我。我不是你的女仆、佣人、梳妆女或者黑人女侍。"她指指主菜,罩在一个雾气腾腾的玻璃穹隆下面,放在两人中间,"我们继续用餐好吗?"

火车开到阿肯色的马尔汶,他们不得不上了一辆公共马车,在狭窄、肮脏的多石路上颠簸着去往温泉城。 车上除了劳拉和奥玛,还有三个男人。劳拉把他们打量一番,他们穿着南方邦联的制服,破破烂烂的。她发现他们各有欠缺,但同时也注意到他们带着手枪,还有来复枪,就放在手边。她想拉开自己窗子上的皮窗帘,过道对面的男人用手挡住她,摇了摇头。他的手指很长,食指永远伸不直了,可是指甲很干净,修剪得像个绅士。她把他看得更仔细些。他的脸上胡子拉碴,皮肤发灰,云母色的深灰眼睛从一双黑眼圈里凝望出来。马车在一段特别崎岖的路上颠簸着,他的表情因疼痛而扭结。他额头潮湿,好像发烧了,难过地挪动身体,手扶着侧身,他的眼睛一直盯着她的。这本该让她紧张,可是她却好奇起来。褐色的头发夹杂着灰白,软软地搭在肩膀上,身穿布满灰尘的黑色大衣,那大衣本来是很值钱的。

他忍不住呻吟起来,坐在身边的伙伴紧张地望了过来。那人更年轻,更健康,她注意到,虽然一只胳膊从肘关节以下没了,但是比她新丈夫的截肢情况还是要好些,而且那件粗鄙的灰色羊毛衬衣也割掉了袖子,并缝了起来。他的衬衫尚属干净,深灰色裤子两边有黑条纹,沾满了干掉的泥点子,还粘着野草。她假装打哈欠,低头看见坐在对面的男人脚穿一双昂贵的黑色靴子,靴子上沾着泥。

她抬起头,过道对面的男人碰了碰帽子,嘴角翘了起来。"格雷森·斯塔克少校,女士。"他说。

---

① 戈尔韦:爱尔兰西部一郡,西濒大西洋。

她抑制住挂在嘴上的微笑,礼貌地点点头。"劳拉·杜查姆。"她伸出手,他诚惶诚恐挽过指尖,顿了一下,这才把嘴唇贴上去。

"佛瑞斯特·佩特。"格雷森把头朝旁边一歪,那人点了点头。

"坐在你黑人女佣另一边的是查拜尔·琼斯。"奥玛有些不自在可是没说什么。坐在旁边的那人用一根指头撩开皮窗帘,朝外面张望着,完全无视他们,斯宾塞来复枪就放在两腿之间,枪管指向车顶,膝盖上放着科尔特海军手枪,手指抵在扳机上。膝盖以下有一些看不太出的干掉的泥浆,靴子同其他人的一样,褐中带红。

"说点儿什么吧?"斯塔克问。

"不了。"琼斯年纪最小,脸上有一道可怕的疤痕,像是被缰绳鞭打出来的。马刀伤。劳拉在印度常常见到,英军和当地人之间常常为了荣誉展开殊死搏斗。她变得厌恶所有的刀具。她更喜欢枪,愿意看到人们把刀藏在靴子里或胳膊底下。除了两把手枪,雅克还送她一把刀以防身,但是被她拒绝了。

"看什么呢?"劳拉问。

"看到它你自然就会知道了。"琼斯说。

斯塔克的灰眼睛亮了起来,转而凝望着窗边的那个人。琼斯舔了舔干裂的嘴唇,思忖半晌,好像在判断她是不是够坚强接受真相,然后开口道:"温泉城没有银行,女士。行人们携带了太多现金。像这样的马车是一个滚动着的财宝箱。"他把横跨在膝上的斯宾塞来复枪举起一两英寸。佛瑞斯特·佩特,那个没了前臂的家伙,清了清喉咙,四处望望,咽了口唾沫。他的来复枪,一杆更老些的军用亨利来复枪,靠在他的膝盖上。

劳拉把手从搁在大腿上的手提袋里拿出来,把雷马特九连发左轮手枪放在膝盖上,瞄准人和门之间的空当。

斯塔克第一次微笑了,点点头:"这就够了。"他微微拉开窗帘,阳光猛地照射进来,他眯起眼睛,微笑停留在嘴唇上。尽管有四磅重,雷马特有两根枪管,能够独立开火,上口径 40 毫米,下口径 63 毫米,装大型铅弹,威力可以媲美机关枪。是她从印度带来的,原本佩戴在她那英军少校的身上。她不仅把东西从他那儿拿来,还把包加固了,把它装进去,学会轻盈地拎着,仿佛里面只装了些女性必需品。

"到温泉城之前你可能也不想戴着那枚黄色钻石吧,女士。"缺胳膊的那个人抱歉地把帽子歪了一歪。

劳拉拧着眉毛点了点头,把戒指褪下来,藏进旅行行头的衬衫口袋里,那口袋是她自己偷偷缝上去的。在印度,她不得不学会用各种方法来保护自己。有一次她甚至不得不枪杀了一个乞丐,那人企图爬进她的车厢掳走钻石。她仍然记得他眼睛里流露出的吃惊神情,看着一把枪出现在眼前,又开了火,打掉了他的下巴。她仍然能感觉到他倒下去的时候小手在她肩膀上的撕扯。后来别人告诉她那男孩只有十四岁,是个小偷,无家可归。

劳拉悄悄地用两根指头把藏了钻石的口袋上的钮子扣好了。衬衫外面有一串钮子,掩藏了戒指藏匿的地方。她明明带着戒指离开了麦蒂女士和雅克,却得处处小心,真让人恼火。但是她是不会把戒指交出去的,经历了这么多,交出去可不行。阿莱尔·夏特把它给了她,如此不同寻常的巨型黄钻,她怀疑过它是不是真钻,拿去给珠宝商鉴定过。是传家宝,阿莱尔告诉她,从祖母蒂丽那儿传下来给他媳妇的。所以他也是有家底的,劳拉意识到。这一场婚姻会很不错。的确,结婚两个礼拜之后阿莱尔就死了,要让她既深刻又长久地难过是困难的,但是她一直觉这枚戒指只属于她一个人。麦蒂女士向她索要戒指的时候,她可是费了九牛二虎之力才在丈夫的财物里找到那枚红宝石,镶在那枚假戒指上,还给她。

马车又开始了颠簸,剧烈的倾斜和摇晃弄得斯塔克少校紧紧抓住侧身,脸色也变得苍白了,昏厥过去,直往前栽。劳拉扶住他的肩膀,独臂男人挣扎着要把昏迷的少校扶上座位。短暂的一会儿,劳拉感觉到他把全部重量压在自己的胸脯上,在他呼吸里闻到一股香甜辛辣的松香味。奥玛帮忙把他推回到座位上,她感到突然失了他的重量,脸也红了。她擦擦淡紫色亚麻衣服,发现上衣留下一滩他的汗湿。一回到平坦路上,她就俯身把他的领口解开,把贴在脸上的湿头发梳回去。另外两个人一直盯着她,似乎在说只要她把他伤着他们立刻就冲上来。他眼睑开始闪起来了,她从手提袋里掏出个小瓶子,拧开盖子,凑近他鼻子,又放在他嘴唇上。

"白兰地。"她说。他呷了一口,咳嗽起来,接着又喝了一大口,停一下,闭着眼睛又喝起来。

"谢谢。"他轻声说。呼吸慢了下来,也更深了,指头无力地搭在来复枪上。几分钟后他小声打起呼噜,头抵在车厢上。皮肤凉了下来,不再是黏糊糊的了。劳拉看得出战前他是个英俊小伙儿,虽然头发提前灰白了,因为受了伤,而且从没愈合过,他脸颊和眼窝都深陷下去。少校举起弯折的手指,在梦里嘀咕着什么,好像在跟人吵架。

佛瑞斯特·佩特轻拍斯塔克的手,哼着小调,好像在哄孩子。斯塔克的呼吸又沉重起来了,佩特看着劳拉,把头一歪。"在田纳西那条该死的雷克河上受的伤。诺克斯维尔围城,听说过吧。真不该又回去科林奇山脉。家乡的人永远离开了。父亲对我说,从今往后任何人都不许回去。然后我们被派去格林维尔的佐利科夫。差一点儿就逮着他们,他们断粮了。可惜功败垂成。布鲁斯普林斯,在那儿打了一仗。又派回到弗吉尼亚。再回到雷克河。好像我们就一直在那座该死的桥上逡巡。围城没什么可说的——冬天,大伙儿挨饿,如此而已。朗斯特里特①终于战败。我们大家那时并不是特别害怕。"

他摇摇头,用新为人母的怜爱和温柔抚摸着胳膊的残肢。

"又过了些时日,惨剧才发生。十二月,我们开始撤退,撤到了密苏里。少校的手下都被炸成了灰,同伴从哈伦郡一直埋到摩西河,我们没有了阵地,一无所有,所以我们一路撤退,加入了家乡的叛军。大家都是亲人,我猜。我们输了。"

"闭嘴,佛瑞斯特。"另一个人往地上吐了一口唾沫,用靴子抹一抹。

"看好你的窗户,查拜尔。"

年轻人瞪着他们,头往后一仰,撩开窗帘。这时一把左轮手枪伸进他撩开的空当开了火,打中了他外耳的软骨。

"哦,你满意了!"他嚷道,一把夺下手枪,转向开枪那家伙,扣动扳机。皮窗帘一阵抖动,一个男人的躯体弯进缺口,头颈后面一个大窟窿,喉咙里的鲜血从绽开的伤口中飙出来。

"你那边!"查拜尔朝劳拉吼道,劳拉举起左轮手枪,准备好了坐在那里,皮窗帘突然膨胀起来。她把枪管调成 20 毫米口径,小心地扣动扳机。一声吃惊的哼叫,接着又是一声痛苦的嚎叫,斯塔克也打中了,他跌了下去,皮窗帘摆动着,上面两个洞闪着外面的光。斯塔克警惕地把边拉开,朝外张望,枪抵在下巴上,随时准备开火。劳拉也拿着枪,准备迎接下一位入侵者。她有些喘不过气来,脉搏在胸膛里直撞。她确定他们是想要钻石,就像以前一样,也确定自己又一次杀了人,保住了钻石。又一次证明它就是属于她的!

---

① 朗斯特里特(1821—1904):美国陆军军官。

马车摇摇晃晃着前进，车夫鞭打马匹，马飞奔起来，在崎岖的路上要把他们全都转晕。斯塔克少校把窗帘拉开，朝劳拉微笑着，一边还点着头。

"你行的。"他说。

佛瑞斯特往后一靠，咧开了嘴，露出一颗黑色的犬牙，直摇头。"好吧，现在我算开了眼。"说着把来复枪抱在身上，抵在残肢上。

奥玛在这场危急中始终不露声色，双手交叉在胸前，望着对面那些男人，眼下她正从手提袋里拿出一块白棉布手帕，递给琼斯，血从耳朵上淌下来，从领口流进外套，又要溅在她衣服上。他犹豫了一下，接了过来，压在耳朵上。他看着她，头微微一点，算是道谢，然后拿帽子朝劳拉致敬，继续守他的窗子。劳拉瞥见刀锋在奥玛黑色的皮肤上闪着光，一眨眼就被奥玛收进衣袖里。值得注意啊，她想。

几分钟后，马匹终于从狂奔中放慢了脚步，劳拉擦擦后颈，头发松了，粘在潮湿的皮肤上。直到皮肤凉下来，感到有些冷，她才意识到这一趟冒险果然令人振奋。她掏出手帕，轻敷喉咙和前额，少校赶紧瞧着她，她的手到哪儿他就跟到哪儿。她把胸衣弄平整，往后拗着，同时深深叹了一口气，靠在座位上，闭上了眼睛。事情过后，只消一两分钟，她就不再大惊小怪了。多年以前她就学会为了生存、为了保住自己的东西而不择手段了。

18

劳拉·杜查姆去泡了两次温泉，就宣称生病的人们让她泄气，里面的空气又太闷，水也不干净。她更愿意有格雷森·斯塔克少校陪着去兜兜镇子或者山岭，马车后面，他的手下骑着马慢慢跟着跑，那些马在他们到达温泉城的第二天就奇迹般地出现了。事实上，虽然第一次遇见的时候他们衣衫褴褛，但抵达目的地以后他们都换上了新装，又有了钱。劳拉对他们突然变得富有起来感到很吃惊，决定过后找个适当时机打探出他们财富的源头。眼下，她正陶醉在一场盛景之中呢，这光景引得人们纷纷侧目，注视着这位美人儿和她那班荣耀的战争英雄保镖。

夜里他们四个就参加各种在战争中如雨后春笋般出现的娱乐活动。其中最重要的就是由军乐指挥帕特里克·基尔摩尔奉献的表演"当强尼正步回到家乡"，斯塔克少校和他的手下看得流下了充满思绪的眼泪。再有就是由诗人朗诵

"大麦里的雷声"和"死亡,他致命的标枪",紧随其后的是基尔摩尔先生所写的歌曲重现。劳拉和她的伴侣们也成为娱乐活动的一部分。他们一冲进某个舞会或宴会,关于他们的流言蜚语就成为大家的谈资。劳拉肆意挥霍雅克的银子、宴会、旅行的时髦衣服、各种音乐会和戏剧的包厢,还有送进房门的食物,她和奥玛每天饕餮牡蛎,是货真价实的牡蛎,而不是那种用玉米、鸡蛋、黄油和面粉炸出来的冒牌货。战争刚刚结束那会儿奥玛可没少吃。

劳拉也闹不清奥玛怎么就成了自己的闺中密友,但是奥玛坚持要住在自己的套房里,与劳拉门对门,而不愿遵照传统睡在女佣住处,从那以后,两个女人就亲密起来了。出于安全考虑,劳拉也想有个伴儿,睡了第一晚之后她就请奥玛来和自己一起睡。这样的安排很快证明对双方都再合适不过了:两个人几乎整晚都各自出门在外头,拂晓甚至更晚些才又回到酒店,倒头就睡,直到下午很晚,即便拉着厚重的红天鹅绒窗帘,还关着窗,她们的房间仍然变得很热。

就这么过了好几个礼拜。一个春天的早晨,躺在劳拉边上的奥玛突然醒了,离她们平常起来的时间尚早,两个人赤脚相碰的地方正放射出热量,把她弄醒了。她一跃而起,把衣服穿好,悄悄在身后把门关好,下楼去订早餐,放在冰上的牡蛎、冰镇香槟、茶点、新鲜黄油和两个人都喜欢的进口法国黑莓果冻。

关门声引得劳拉睁开眼睛,可是她躺在那儿一动也不动,望着乳白色墙壁上的暗影,墙壁上绘着西洋玫瑰,她注意到胳膊带上了一抹玫瑰色调,几乎成了浅红胡桃木的阴影了,那可是奥玛的颜色。终于有另一个女人可以交谈,而且又是那么善解人意,这是怎样的安慰啊。虽然她自己没有孩子,奥玛知道一个母亲、一个女人为了生存必须做些什么。劳拉早已透露了一些关于阿莱尔的事情以及关于她儿子基顿的骗局。奥玛是那么富于同情心!她抱住劳拉,紧紧搂着,任她因为基顿的父亲——一个爱尔兰劫匪,而哭泣。

劳拉刚刚穿上晨衣,爬回床上,奥玛就敲门,服务员拿着早餐出现了。他一走,奥玛就把衣服脱了,又上了床,只穿一件白色纯棉内衣。

"今天要把《包法利夫人》读完吗?"奥玛把装牡蛎的小银盘放在大腿上,欣赏着柠檬切片。她拣了一片,一捏,汁水滴在一颗牡蛎上,拿起牡蛎壳凑到嘴边,头一仰,牡蛎慢慢滑进嘴里,滑下喉咙,留下淡淡的柠檬清香。感觉到劳拉正在看她,她转过头,笑了。

"真新鲜。"她说着递上盘子。

"先喝香槟吧。"劳拉也笑了,炫耀着酒瓶,瓶子上渗出湿气,冰桶就放在她大腿那边。

"敬艾玛·包法利。"两个人的杯子一倒满,她就发表了祝酒词。

奥玛对这位法国医生太太的麻烦并不十分感兴趣,艾玛没有勇气离开她那个家,独自一人出外闯荡,又不能和自己的家庭一起平凡度日。她更喜欢《名利场》里的贝姬·夏普,充满冒险,不曾虚度人生,也喜欢玛丽·雪莱的《弗兰肯施泰因》,坚持两个人一起看,而不是去读什么伊丽莎白·威瑟威尔的《广阔天地》,叙述某个女人从孩提时代到走入婚姻殿堂的一生。最近她发现了一位作家,一个叫凡尔纳①的,他的小说充满冒险,让她从了无生趣的日常琐事中逃脱出来,感着些满足。私底下她觉得她们两个这样过活真是在愚蠢地挥霍雅克的金钱。真正的问题在于,她自己比任何小说里的人物都更能冒险,而且罪行更加罄竹难书。

尽管她更愿意两个人躺在床上,肩并肩,默默看着同一本书,但这一回她让劳拉大声地把《包法利夫人》最后的章节读完,还忍受了故事结束后的涕泪俱下。

"可怜的艾玛。"劳拉叹道。

"她只不过是个无聊的势利小人!"奥玛嚷着,把小说一把推下床,去够那瓶快空了的酒。

有一会儿,劳拉看上去震惊了,接着她的阔嘴巴就翘起来,把眼睛一斜,粗声呼哧着,最后终于摒不住大声笑了起来。

"月晕弥天。"奥玛做出个表情,模仿艾玛。

"告诉我——"劳拉打了个滚,肚皮朝下,把下巴枕在奥玛大腿上,红头发在奥玛红褐色的皮肤上四散开来。

奥玛脸上突然显出谨慎的神色,小心翼翼地把手放在劳拉脑袋上。

"告诉我昨晚你干什么了。去了哪里,那地方是什么样子,看见什么人,又说了些什么话。跟我说说有趣的新闻或者八卦。上帝呀!"她抬起下巴,看看昨晚穿过的礼服,有金色,有红色,现在被粗心大意地丢在了地上,"生活无聊的要死!"

---

① 凡尔纳(1828—1905):法国作家,现代科幻小说的重要奠基人。作品有《地心游记》、《从地球到月球》、《海底两万里》、《八十天环游地球》和《神秘岛》等。

"你的少校呢,他怎么样?"奥玛把食指穿过劳拉的红卷发,像线一样缠在指头尖上,一放,头发就像一条蛇又松开去了。

"他只在乎他自己!"劳拉撅起了嘴,压低声音懒洋洋地说,"穿着制服四处炫耀,就好像他没打败仗一样。每天晚上我们吃饭的时候总有不认识的人走过来,还免不了要祝一番酒——'亲爱的迪克西①和我们的事业'。"

"多半时间我被扔下一个人呆着,他去谋划什么东西,男人们那么做是想让自己显得危险而重要。终于他回来了,甜言蜜语地恭维我,告诉我他有多崇拜我。其间他又把我推给一对伯明翰,要么就是亚特兰大来的老夫妇,我就得听那太太整晚唠叨黑鬼得了解放,她自己得抚养子女,而她先生玩轮盘赌,打牌,又想把手搭在我腿上。"

她抬起修长的腿,把趾头指向天花板,再放下来,换另一条。"昨晚,人们正在讲故事,有关古老南方的荣耀。故事讲到一半,我就震惊了全场。他们的故事也停下来了。"回想昨晚,劳拉微笑了。

"你究竟说了什么?"

"我说维多利亚·伍德哈尔②应该竞选美国总统,还说只要妇女得到选举权她铁定当选!"

"圣路易斯和亚特兰大的贝蒂格鲁太太脸色变得和纸一样白,她那丑陋的女儿居然胆敢拿眼睛瞪我。所以我就说妇女如果照维多利说的那样施行'自由恋爱',那应该会更幸福,因为婚姻是如此让人厌倦。我甚至还说维多利亚·伍德哈尔和我是旧时同窗。那些女人哑口无言!"

她在空中把两腿交叉。"气氛一下子活跃起来了。吃醋的老娘们儿。"她把腿放下来,转向奥玛,"看看都把我逼成什么样儿了。也许我宁愿夜里没事多它一场芝加哥大火③呢,这样就有事儿可干了。现在该你告诉我了,你出去都干了些什么?"她抚摸奥玛的腿,从膝盖到脚踝,每经过小腿上的圆形伤疤时就停一停,那里曾经中弹,现在已经愈合,周围的皮肤皱了起来。奥玛想把她的手拿开,

---

① 迪克西:美国南部和东部的地区,通常包括那些内战中组成南部邦联的各州。该称呼由滑稽说唱歌曲"迪克西的土地"而普及。
② 维多利亚·伍德哈尔(1838—1927):美国改革家。第一位竞选美国总统的妇女,妇女选举权和自由恋爱的倡导者。
③ 芝加哥大火:一八七一年芝加哥曾发生一场大火灾,整座城市几乎尽数烧毁。

但是又不想让她注意到那口疤。

"通常我会去马尔汶大街,那儿是黑人区,在那儿我们有属于自己的地方,吃喝、跳舞、赌博。不及你们的华丽,可是每个人都盛装出席,把自己打扮得漂漂亮亮的。"奥玛谨慎地说。

"我真是好奇——"劳拉把头从奥玛腿上抬起来,翻成侧身,"你是怎么,我的意思是,你从哪儿弄得钱,你的衣服、珠宝和我的不相上下。"她的问题徒然悬在空中,"雅克付钱给你,是不是?"

"我自己有钱,"奥玛轻描淡写地对着另一个女人微笑,"你要借钱?"

劳拉盯着她,盯了好一会儿,奥玛也不敢把眼睛挪开。她要是知道奥玛为了钱财曾经做过些什么,那可就……

劳拉终于把视线移开,她举起手臂,研究上面又苗条又平滑的曲线,说:"这个国家似乎有那么多人在赚钱、赔钱。真不赖。你永远都不知道谁有钱,也不知道谁将会变得有钱。他们要弹劾约翰逊总统,却又说他是清白的。战争摧毁了南方财富,接着在纽约又发生了金融恐慌。那些钱靠不住。西部那些牲畜大亨,我很想见见他们。昨天晚上,那个白痴贝蒂格鲁说今年纽约就会出现有轨电车。我倒是很想去纽约住住,可是你知道雅克不肯离开的,再说还有那位少校。"她坐了起来。"我怎么才能在这样的地方生存下去呢?这就是为什么我在问你,奥玛。我需要你的指点。老雅克有钱,我感觉得到。他送我珍珠,红宝石,以及各色珠宝,可是它们打哪儿来?"她朝后一躺,看着沿天花板镶嵌的版框。

"有些珠宝非常古老,让我觉得他以前是不是……"她看着奥玛,奥玛正在茶点盘里捡碎屑。"可能他是贼骨头,一个劫匪,还可能是个河匪!"她咧开嘴笑了,点着头,"就是这么回事儿。雅克是河匪——的的确确是个好种子!一个年事已高腿脚蹒跚的独臂河匪。我的丈夫。"她悲哀地摇着头。

奥玛把黑莓酱涂在茶点上,咬一口,不以为意地耸耸肩膀,不希望劳拉太快就把事情搞清楚。但是她会步步紧逼真相的,奥玛不得不警告雅克。她把面包递给劳拉,劳拉大咬一口,一点儿没有淑女样子。

"比家里的好多了。"劳拉说着拉过奥玛的手,把最后一点儿也吃了。

"送我的那条珍珠项链,雅克没有那样的文化也没有那样的品味,他不会买的。还有那枚翡翠胸针,那么古老,可能是我远在爱尔兰的祖母那般年纪的人戴的。"她拿起一块茶点,涂上厚厚的黄油和果酱,一路把红色汁水滴在床单上,终于送到嘴里。她不满地看看奥玛,眉头一皱,把汁水从嘴唇上舔掉。

"你的珍珠项链和我的一样好,钩子也是那种奇怪的缟玛瑙和钻石的。我只在伦敦见过一个宝石匠能做出那样的。"

她顿一顿。"你一直在那儿住,对不对,可是完全不知道他的钱打哪儿来。"她不是在发问,"也许你也是个劫匪。"她的声音轻描淡写。

奥玛想说她应该珍惜所有。可能她根本配不上呢,但是相反,她起身把厚重的窗帘拉开。

"好几年以前别人送的,这些珠宝,"她说,"雅克第一任太太的家非常富有,她去世的时候膝下无子,就把自己的珠宝送给曾经为她工作过的人们。"

奥玛很为自己信口开河的本领骄傲。她一边偷笑,一边捡起劳拉的绸缎礼服,劳拉做了很多衣服,这是其中一件,她刚来的时候还在穿裙撑的大裙子,现在那些裙子都被她淘汰了。礼服下面衬着的小裙撑居然还要用荷叶边和蝴蝶结增加分量,奥玛觉得这样的设计又奇怪又麻烦,可是也好,这样一来就不用为了撑起巨大、老套的裙子再去穿圆环裙了,穿圆环裙老是把女人置于危险境地,要么就是火灾,要么就是和牲畜或马车轮子绞在一起。奥玛自己没有订新衣橱,而是把以前的衣服送去女裁缝那儿重新改过。毕竟她是在花自己的钱,而不是某个男人的。

"洗澡水马上就要送上来了,"她说,"我们得准备好。"

"五月艳阳天。"服务生一边感叹着一边扶劳拉上马车,把缰绳递给她。当着南方邦联少校的面,他小心翼翼不去碰她的手指,少校趾高气扬地跨在一匹红棕马上。马摇晃着嘴里的嚼子,马蹄刨地,另外两个同伴望着周遭的街道和建筑。

"野餐的好天气。"服务生又补充道,一边把篮子递给奥玛,奥玛直视前方,他只好把篮子整齐地放在两个女人中间的地板上,退了下去。

在奥玛看来这真是道风景。劳拉的红鬃毛被清风吹起,在太阳底下放肆地闪烁着光芒,三个男人骑着高头大马,招摇地慢跑着护送她们出城。一行人往南进发,一路经过涨满的小溪、牧场、沼泽和沟渠。因了淡粉色的豌豆和马鞭草,沟渠显得生机勃勃,更有野玫瑰和马薄荷。他们走进风凉的树荫下,最后的紫荆,花瓣翻飞,在马背上落下一场让人目瞪口呆的粉红雨,树叶新绿,绿如水芥。他们从林子另一端闯了出来。

斯塔克少校朝一边弯腰,低得厉害,有些危险,他摘了一束蓝铃,送给劳拉,她微笑着把花塞在衣服前面,迷倒了他。他的眼睛直勾勾地盯住她的指头,她的指头"美味地"滑进胸脯中间的阴影里,奥玛知道劳拉想起了艾玛·包法利。有些人相信书籍给了他们放肆的权力。酢浆草勾住了少校的马,马蹄踏碎了它星星般的黄色小花,又嚼了起来,散发出一股刺激却并不难闻的气味,奥玛几乎都可以尝到那股火药般的滚烫味道了。蒲公英、酢浆草和水芥组成了母亲春天里的色拉。"一味补药,"母亲发誓,"赶走这个季节想要还阳的鬼魂。"

"别让我太太出事。"她们动身那天早晨老雅克说,又往奥玛手里塞了一根古老的金条以达成约定,好像她是个佣人!为此她大为光火,但是这么多年来她一直遵照他的吩咐行事,因为她发现自己对他心存感激,一如她的父母。

他们找到一片矮树林,是舒适的野餐场所,在镇子南面两英里,道路到了这儿以后就开始爬坡,穿越松树林以及起伏的岩石地表了。地处偏僻,他们安顿下来以后鸟儿开始鸣叫,只有这叫声和树林的沙沙声打破此地的宁谧,饶是如此,斯塔克少校还是匆匆安排了两个手下四处巡逻。奥玛把盘子端上来,里面盛着烤鸡、凉拌芦笋和草莓,他们只是把头一点。劳拉也没闲着,打开香槟,给三个人满上。奥玛畅饮美酒,有一次还从劳拉盘子里拿了一颗草莓放进自己的酒杯里,少校的两个手下不住地看她,而她心知肚明。她才不怕佛瑞斯特·佩特和查拜尔·琼斯呢,以前她就和他们这种人打过交道。

谈话慢了下来,昏昏欲睡,奥玛来到一棵又矮又粗的大果栎树荫下,在那儿她可以躲在一簇簇树叶底下和厚重起伏的树皮下面监视四周。

尽管眼睛已经眯成了一条缝,奥玛还是可以看到少校的手指头游移到了劳拉的肩膀上。劳拉在睡梦里抖了一下,像匹赶苍蝇的马,可是他没有动,熟练地把蓝宝石和钻石耳环从耳垂上取走,神不知鬼不觉。他把首饰滑进自己古铜色的丝绸马甲口袋里,抬头看看周围,但是奥玛早已把眼睛闭上了。

她摸摸衣服口袋里的那把刀,刀锋犀利,人还没感觉到就已经被封了喉。那是第一天夜里雅克送给她的礼物。

透过眼角她看到轻微的响动,头一转,看到一条黑蛇把巨大的头举了起来,身子有人的前臂那么粗,从断掉的树干中间爬了出来,居高临下,离斯塔克的脑袋只有一英尺。蛇停下来,吐出信子探测空气,这才从小土墩上的洞里探出身子,在顶上稀疏缠绕起来。它一动不动,简直就是树干的延伸。格雷森·斯塔克靠在土墩上,蛇爬上去像是在给他加冕。他眼睛闭着,劳拉把头靠在他肩膀上,睡着了。过了一会儿,蛇把头低了下去,慢慢钻回黑洞里去了。

奥玛想起战前,玛丽有一次说自己做梦,梦见一条黑色巨蟒缠在一幢白色房子上。她把口袋里的刀握得更紧了。假装在衣服上捡一片树叶,她把头一歪看看查拜尔·琼斯,却吓了一跳,他正看着她。在他的黑色眼睛里她什么也看不出来,没有仇恨,没有同情,也不友善。只是专注地看着。她要是用什么方式威胁到他们的安全,他时刻准备着来对付她。她打个激灵,不知道自己的刀在对抗那人散漫地抱在怀里的来复枪时能不能起什么作用。

斯塔克看看太阳,已过中天。"该上马了。你,佛瑞斯特,牵马上路。杜查姆女士,你的仆人一把篮子收好,我们就可以出发了。"

劳拉看看奥玛,跪下来开始收拾盘子。少校皱起眉头,但是也没有朝奥玛身上看,就去装马鞍了。

"你的耳环呢?"奥玛跪在劳拉身边小声说。劳拉伸手去摸耳垂。

"不见了!我的耳环丢了——"她跪在台布上,开始在地上找,疯狂地捡起橡果、鹅卵石以及小树枝,又把它们丢到一边。她拢起头发摇了摇,拿出手提袋往里看,站起来摆摆裙子,又在上面擦拭,好像珠宝会像一片树叶粘在潮湿的丝绸上一般。

"斯塔克少校!"她嚷道,"你看见我的蓝宝石耳环了吗?"

她又转向奥玛。"你干吗不找找?"劳拉斜着眼,"除非你知道在哪儿。除非是你拿了。"

"你知道在哪儿。"奥玛开始把脏盘子往篮子里收。

劳拉一把从奥玛手里抢过盘子用力丢进篮子里,发出不吉利的瓷器碎裂声。

奥玛拿出劳拉带来的银器,满手抓着,塞在盘子旁边。她停下来,盯着那些雕着花纹的银手柄看了一会儿。她头一抬,朝正在收紧马肚带的少校走去。她伸手去摸耳环,手指摸出淡蓝色的宝石,一毛钱硬币大小。

"这是丈夫送我的结婚礼物,"她说,"雅克给的。"

奥玛不必作答。她对蓝宝石的来历再清楚不过了,比劳拉还要清楚,因为当晚他们发现那些珠宝的时候她就在现场。当时珠宝缝在一件破衣服上,一个伪装成乞丐的人穿着,坐着驳船往上游去。这以后新马德里以上的航运就被北方佬完全封锁了。那人的发型和整洁的指甲让雅克识破了伪装。她拒绝了那粒蓝宝石,太大、太炫耀。不要蓝色,她告诉他,母亲一直告诫她要佩戴土地的颜色,而不要戴天空的。她转而收下了配套的红宝石项链和手镯。还有一枚蓝宝石戒指,但是雅克没给劳拉。目前还没给。现在看来他可能不会给她了。

"我会对雅克说是酒店里的人偷了去。"劳拉说。

"把宝石放回到盒子里吧。"奥玛指了指篮子边上的帆布口袋。

劳拉举起酒杯,里面金色的液体有一英寸高,她向另一个女人致敬,然后喝了。"雅克可不在乎。他还会再送我一对的。"

"这我可不敢保证。"奥玛捡起香槟酒瓶,发现只剩个底儿了,就一饮而尽。那些夜晚,在大河之上,他们也是这么喝的,货物藏在船上,从新奥尔良运送到圣路易斯的富有家庭。她想知道劳拉是否能在大河之上生存下去,就像她自己那样。这个想法一闪而过。

"有件事儿,"奥玛把白色绸缎餐巾一把从她手上夺过去,"别介入少校那些勾当。我四处打听过。他是个叛徒,曾经是入侵者,后来叛变了,不是个正经的士兵。相信我,这儿的人们忍受他只是因为一半人怕他和他的手下,还有一半要么同情他,要么就是不在乎。他是个危险人物,劳拉,这一点可别搞错了。"

好像这是她收到的最好的消息了,劳拉脸一红,垂下眼睑。"我以前结识过像他这样的男人。"她拾起装盐和胡椒的形状像橡果的水晶调料小瓶,小心翼翼地放进装瓶子的容器里。

"当心点儿。"奥玛抓住被子边缘,站起来,抖一抖,叠了起来。被子上面是婚戒花纹,某个人的传家宝。现在白色被套上染上了一块粉红污迹,一颗草莓被压扁了,还沾上了灰白的鸡油。她想起了母亲的被子,用纱布裹着,塞在她房间的一个箱子里。她自己盖的锦缎被子是从一艘明轮船上偷来的。船上的人正把辎重搬上他们的平底船,这时战斗打响了,经过短暂的战斗,明轮船冲破罗网继续溯流而上。那晚,她的爱人圣·克莱尔中枪跌入水中,淹死在大河里。雅克把劫掠所得分出一份拿给圣·克莱尔的遗孀,就放在她前门,天黑黑。那是最后一次。奥玛拥有的一切都让她想起大河之上的那些日子。她什么时候才能再过上那种惊心动魄的日子呢?她已经准备好开始新生活,可是不愿意像劳拉那样嫁个老头子。她没有不顾一切,热忱地想要了解这世上的所有一切。正因如此,她与另一个女人躺在床上,相互抚摸,接吻,弄得两个人气喘吁吁,又热,渴望肌肤之亲。这些事她可不准备向老雅克汇报。但是如果劳拉继续允许这些男人介入她们的生活,那她是会说的,是的,她保证会让老头子知道他年轻貌美的妻子的本事。

奥玛挤挤挨挨来到镇上的黑人区。 夜晚降临,喧哗狂欢,她确信有人在跟踪她。是个白人。她感觉到他正尾随而来,拥挤的人行道在她身后被分开来,给他穿行。要是雅克在这儿她就不会这么担心了。他知道怎样摆脱跟踪,而且教她要小心。以前在大河之上的日子,她曾经不顾一切,熟练而致命。她记得有一次自己把圣·克莱尔和另一个人,鲍竺,吓坏了。那天夜里她飞速割断一个人的喉管,血飙了他们一身。是因为那人是个白人?还是因为那人把枪抵在圣·克莱尔身上,她从他身后出现,轻松地在他下巴底下奏刀如同切蛋糕一样?

现在,她把刀握在手上,像个薄片藏在手腕和手掌里,紧紧握着象牙刀柄。黑人男子们让到一边给她过去。他们故作风雅地身穿熟丝衬衫,戴着礼帽,衣服也是从商店买来的成衣。他们把帽子一歪,向这位女郎致意。她身穿黄色荷叶边礼服,里面是旧式衬裙,引起人们广泛的瞩目。现在是十点,还太早,街上挤满了人,夜的严峻还没来得及如面纱般笼罩住从赌场和餐馆传出来的喧闹。来到胖男孩面包师咖啡馆门前,一楼赌博,二楼嫖娼。她驻足四下张望,同时调整了一下刀锋。他就在那儿,查拜尔·琼斯,卑鄙的家伙,站在那儿,像狗场里的一只狐狸。咖啡馆里有人敲起钢琴键盘,力道太大,声音太响,失了韵味,紧跟着又是一阵跺脚。人行道上好几个人狐疑地望着这个白人,但是他明明白白扛着来复枪,没人上去阻拦他。他走上前,靠得很近,她已经能闻到他衣服上散发出来的汗酸和烟草味了。人们转而高声带着戏谑的调子朝她喊"美女"、"上这儿来,善良同胞"等等诸如此类的话。又一时沉默了。她正要转身,他的手伸出来抓住了她的胳膊,攥进肉里。她一个转身贴在他身上,把刀尖抵在他肚子上。他一僵,把手松开来。

"好吧,"他说,举起双手走开,"本来命令我把你带到她那儿的,你女主人那儿。"

奥玛把刀推到他的皮肤上,说:"我没有女主人。"

他耸耸肩,把头一歪,用眼神嘲笑她装腔作势。"杜查姆女士,我指的是杜查姆女士。"三个黑人花花公子搡他肩膀,他把头猛地一转,看着他们大声笑着沿人行道走了,大摇大摆地甩着屁股,胳膊松散地摆着。整条大街似乎都在看着,喧嚣地笑着,她耳朵嗡嗡直响。

"她和斯塔克少校在一起。"奥玛说。

"的确如此。"他慢条斯理地说。他把来复枪枪筒朝下夹在胳膊底下,对着来的路点了点头:"他们在那儿等着呢。"

她毫不怀疑劳拉和少校在一起,可是一定会有麻烦。然而拒绝麻烦不是她的作风,因此她朝他指点的方向眨眨眼,把刀又塞回到腰上隐秘的刀鞘里。现在他已经知道她不是省油的灯了,晚些时候这可能会给她带来麻烦,但是眼下,他会在她身边谨慎行事了,这正中她下怀。

跟着查拜尔·琼斯,她开始惹人注意,那些给他用肩膀抵开的黑人男子盯着她看,公然朝她抛来淫荡的目光,一个与醒醒白种男人勾搭在一起的黑人女子肯定是妓女。快要走完下一个街区的时候,他突然转到建筑物后面,领她来到一座小房子,房子藏在丁香树后面,这些丁香高达十英尺,围成一堵墙,空气里也弥漫着甜香,弄得人喉咙发堵。他一往门那儿转,奥玛就停下脚步,让他一个人往黑暗里走,同时握住了那把刀的象牙柄。微弱的光从一楼两扇窗子里照出来,他推开门,站住,把来复枪举高几英寸,几乎在瞄准她了。

"要是她不在里面——"奥玛说着把重心移到后面那只脚上,慢慢拿出刀子,努力不让他察觉到。

"你不会有事的,"琼斯清清喉咙,压低了声音,"少校就是想跟你说句话。"

他的指头滑到扳机上,来复枪发出声音,直到瞄准了她的内脏。

"杜查姆女士在哪儿?"

他把枪朝她一摇:"进去。"

她后退一步,来复枪稳稳指着她。

"对我来说你什么也不是,只是个带把刀的黑鬼娘们儿,别以为我不敢开枪。"他把枪一挥,头朝房子一摆,"继续。走。"

一进房子,她看到眼前的场景差点儿笑出声来。一间狭小、拥挤的客厅,华丽时髦的格雷森·斯塔克少校小心翼翼地俯在佛瑞斯特·佩特头上,脱了外衣帮他理发,活像个剃头匠。真希望劳拉也能看到这一幕!

琼斯用枪朝深褐色马毛沙发指指,沙发对面有一把龌龊的红色锦缎椅子,椅子后面是壁炉。两件家具上残留着靴子上刮下来的泥和饭菜里溅出来的油点子,她犹豫了,随后耸耸肩,掸了掸沙发,坐了下来。那么这儿就是这伙人的老巢了。她很想知道房子里的居民去了哪里。这儿最近肯定没来过女人或仆人了,酒瓶堆得到处是,壁炉架上尽是脏盘子,窗子边还有一张有嵌入花饰的桌子,是用来打牌的。沙发边上摆着一张临时桌子,上面有块油腻的抹布,抹布旁边放着一把拆了的左轮手枪。桌面有新近的黄色刮痕。她四下环顾,看得出房子已经被他们随意使用了一段日子。厚重的茶色天鹅绒窗帘被他们猛拉,留下了脏手印。壁炉两边的墙上挂着两幅画,上面绘着一男一女,画框直抵天花板。现在两幅画都歪了,男子额头上还有个弹孔。灰积得很厚,长着黑烟囱的煤油灯发出光芒,尘埃就在光里悬着。

"好吧。"斯塔克少校后退几步,擦擦衬衫前襟和袖子,朝奥玛落座的方向转过来。剪下来的头发形成半月形,散落在佩特椅子后面污秽的西洋玫瑰色地毯上。母亲会让她打扫干净每一根头发,然后烧掉,以免落在其他人手里,那些巫师通过这些私人物品会得到你的力量,探知你的秘密。自己在母亲去世以前本该多多注意母亲说的话,她又一次这么希望。

"说说你的主人。"他把手在灰色裤子两边擦擦,裤子上面已经擦得油迹斑斑了。琼斯坐在沙发另一端,板着脸。他就像条水蝮蛇,明明白白的卑劣,固执的卑劣。他不会让开,还可能跟着你,就像一条巨大的水蝮蛇,只要它想,它会在一个炎热午后跟踪你穿过沼泽的,要是没什么娱乐的话。

"我是自由身。"她说,保持声音镇定,但是没有直视他。裤子在膝盖那儿变薄了,布料磨损的地方有一根线也断了。领口、袖口被他拿掉,脖子那里的衬衫一圈黑。

他出人意料地笑了起来,把手又放在裤子两边摩挲着。他的脸开始发福,又因为跟着劳拉在太阳底下而晒黑了。他剪了头发,留一撮嘴唇上的胡子,而不是时下流行的浓密腮须或是络腮胡。他的脸颊鼓出来,鹰钩鼻子也就不显得那么掠夺成性了。这一撮浓密的胡子缓和了又薄又冷漠的嘴唇。眼下,上下嘴唇正冲她微笑呢。

"要是果真如此那就让它这样吧——至少目前就这样吧。跟我说说杜查姆女士的先生,那个叫雅克的老头儿。"

他的声音显得有教养,又圆滑,像是商店里卖的奶油糖,一听就知道是南方人,但是底下暗藏着蔑视和冷漠,这让她害怕,比琼斯那样的人更让她害怕。斯塔克更像一条铜头蝮蛇,美丽又自恋,根本顾不上你,除非你一个不小心踩在他头上,那他就会迅速行动,毫无警示地把毒牙扎在你身体里,紧紧咬住,绝不松口,一直要把全身毒液全部注射到你身体里面,这才又崇拜起自己来了。

他拿出个烟斗,烟杆又长又弯,又拿出烟叶把烟斗塞满,点着,这才开了口:"当然,他很有钱。我知道。"他吐出个烟圈,看着它在污浊的空气里升起来,随即消散。他等待着,脸上什么表情也没有,除了善意和茫然。

然后他朝沙发那一端的人点点头,那人举起来复枪,枪管抵着她的侧脸,很用力,脸颊内侧都给牙齿划破了。

"告诉我,"他又吐出几个烟圈,满意地喷着,"告诉我,他爱他太太吗?他比她年龄大很多,是不是?"

枪管碾进她脸颊。她一把抓住,把它扭到一边去,可是琼斯又举了起来,这一次狠狠抵在她的胸侧。

"琼斯因为枪杀女人而闻名,"斯塔克眉飞色舞,朝琼斯笑笑,"坏习惯,可是我们忍受下来了。"

她身后另一个人也笑了起来。

"我也有门路,但是要花时间。眼下我缺两样东西,时间就是其中之一。所以,请你——"他朝她挥一挥烟斗,嘴唇上的微笑和一双灰眼珠里静若死水的表情并不相配。

她看着他脚上的靴子,满是灰尘的鞋面上点缀着上顿饭滴上去的油点子。雅克知道怎样对付这种人。

"琼斯先生。"少校清清嗓子,举起了烟斗。

"等等,"她说,"他老了。很老很老很老。整天坐在门廊那张椅子上。整天醉醺醺的。就等着死呢。他越早死,我越早解脱。"她的声音带上了奴隶的勉强音调。

斯塔克少校点点头,眼里满是认同,认同她变得听话了。他打了个手势,要琼斯把来复枪从她胸部拿开。"还有钱呢?"

她刻意耸耸肩,做出一副被释放的黑人不想再惹白人的动作。"我不知道他藏在哪儿。他有钱,可是我不知道他从哪儿弄来的。金子,珠宝,还有那——样的卡车。"她担心自己把方言说得过了火,给他们听出来,但是听到财富他们的眼睛泛出光芒,觉得很快就会到手。小小客厅一时安静了,只有壁炉上流着眼泪的蜡烛发出嘶嘶声,又哽咽起来,终于熄灭了。外面,一只猫头鹰在大门边上的林子里咕咕叫着,琼斯听到身体都僵了。斯塔克微微皱起眉头,凝视着她,好像这样就能找出个谎言来。

透过眼角她看到琼斯由对金钱的心满意足转为对猫头鹰鸣叫的恐惧。

"有人帮他看钱吗?就……那些看着东西的手下?"少校用烟斗指着她,她畏缩起来。等她逮着机会,她要把那该死的玩意儿切成一片一片,逼他吃下去。

她又刻意耸耸肩,摇摇头,眼睛盯在地板上,好像她真的怕了。"不,先生,他只雇了个帮手,还有两个收拾房子的黑人。雇来的人给他放牧,不到房子这儿来。收拾房子的黑人两口子比洪水还老,瘸了腿,几乎不能上下他们的楼梯。"她抬起头望着少校,少校满意地点点头,脸上挂着僵硬的笑容,是蛇准备咬人的表情。

"麦蒂·夏特女士在那儿照顾孩子。差点儿把她忘了。"

"孩子?什么孩——别跟我说那老头子还干了她——是杜查姆太太的孩子吗?"少校一跃而起,踱起步子,两个手下望着地板,肩膀抖着屏住笑声。

她又耸耸肩说:"肯定是劳拉女士的,可是我吃不准谁是孩子的父亲。是那老家伙还是——"

"好了,没关系。"少校的手不耐烦地切着空气。他在壁炉前驻足,瞪着她,下巴上的肉哆嗦着。"你最好从实招来,姑娘。我发现你在撒谎,我会把你交给查拜尔,他可不在乎女人或是黑鬼。"

她颤抖着低下了头:"我说的全是实话。可以问任何人,看那老家伙是不是整天坐着喝酒,而我们其他人做牛做马。郡上人个个都知道金子那档子事儿。"

"那么为什么没人偷?"琼斯问道,来复枪管抵在她脖子侧面。

她努力做出惊吓的样子,直摇头。"遭了诅咒。每个人都知道金子被他死去太太的手诅咒了,没有人敢站出来违抗鬼的。特别是像那个女人那样的沼泽老鬼。老雅克就算把金子和财宝摊出来给人看到,也没人敢碰。"她抬起下巴,"连我也不敢。"

少校的脸转晴了。"要是我放你走,你不会跟杜查姆太太说起的,是不是?"

"不,先生,我封起嘴巴。"她把拳头抵在嘴上,努力做出恐惧的模样。

他把烟斗朝她一挥,她从沙发上弹了起来。"让她走。"斯塔克少校说,琼斯起身。

她拍了封电报把这消息发出去,想了想又叫酒店里的伙计骑马把消息带回家。 消息说,"船在路上,把路点亮。"署名圣·克莱尔。回到酒店房间的时候已经过了午夜,可是劳拉还没回来。她开始收拾行李。劳拉如果愿意可以留在这里,但是奥玛,家里需要她。

19

再次躺在雅克房子里自己的床上,奥玛一路从温泉城长途跋涉驾马而归,在酸痛里回忆起在那里的日子。 她一直梦见圣·克莱尔,梦见他们两人单独待在小木屋里,小木屋坐落在奥扎克山中,山中林木繁茂,北面就是复活城,城里住着他家乡的人。两人离开的时候正是深秋,她依然记得雨水滴滴答答撞在沉重的树木上,沿着枯树缓缓滴落。小木屋狭小、阴暗,刚刚到的时候还散发出霉味和土味,又不得不把一窝老鼠赶出去,它们在垫子掩护下把这儿当成了家,直到他们把毯子铺开来才漏了馅儿。两人大笑着飞速把一个礼拜的食物卸了下来,接下来,他们天天都要待在床上。山盟海誓之后的所谓蜜月。第一天早晨他们就被木屋一侧的叩击声吵醒,圣·克莱尔从床上一跃而起,赤身裸体,手里攥着硕大的枪支。她紧紧挨着他脚后跟,握着刀。他一把推开门,一只巨大的啄木鸟头戴顶冠望望他,又继续沿着墙面上了雪松木瓦屋顶,一路啄了上去。

"我们该把它枪毙了,还是把它脑袋割下来烤了吃?"圣·克莱尔慢条斯理地说道。天蒙蒙亮,湿润的早晨,他们拥抱在一起,漆树叶在脚下发出血红的光芒。

"在这儿等着,亲爱的。"他转过拐角解决三急,她则朝相反方向走去,发现一块标界出来的菜园,木篱笆已经坍塌,破布拼凑的长条旗原本是用来吓走动物的,现在已经破败不堪,手指一碰就碎成了片段。晨雾隐蔽下,她在层层累积的蔓藤和野草中发现一块暗橙色。她蹑手蹑脚走过去,跪下来,把蔓藤分开,露出一个圆形。一个南瓜,大小跟小孩脑袋差不多。她砍断把南瓜放在地上的枯藤,把它提了起来。

圣·克莱尔站在门口,一根指头贴在嘴上,又指一指。几码开外,雾色笼罩下一只硕大的雄性火鸡把自己完全展示在几只雌性面前,雌性火鸡低着头慢慢走开,一边嘟嘟囔囔一边在落叶里寻找食物。

圣·克莱尔慢慢举起枪,扣下扳机。雄火鸡突然炸开羽毛一跃而起,然后就倒了下去,丢了脑袋。雌性们一溜烟消失了。

"枪法不赖啊。"奥玛说。

"没什么来由,只是因为连着一个礼拜吃腻了猪肉和玉米粥,"他大笑道,"收拾干净就把它和那个南瓜一起烤了。"

他吊起火鸡把血放掉,两人又上了床,她不敢告诉他说自己不会烧饭。

清晨湿漉漉的雾气在地面上打着旋儿,又颓唐地垂在树上,两个人瑟瑟发抖。他把一双冰脚放在她胫骨上,她笑着想把他推走,但是他不肯拿开,更用一双冰手去触摸她的乳头。他是她的第一个男人,教会她所有取悦自己的方法。她把指甲拂过他光滑的胸膛,在乳头下面的刀疤上打着圈儿,又向下滑去,滑到他等着的地方。他也在教她取悦他自己。

两个人睡死过去,直睡到下午,持续几个钟头的做爱弄得两人筋疲力尽。他们起身,把火鸡毛拔了,去了内脏,在火上嗞嗞地烤着。很明显她根本不知道怎么收拾南瓜,这引得他哈哈大笑,把南瓜塞进煤火里烤着。把酒言欢,烤鸡香甜,这一天就这么过去了。半夜里,也不知道是几点,他们又瘫倒在床上,肚子满着,心里乐着,筋疲力尽,爱也做不动了。

"砰"地一声巨响,什么东西重重砸在木屋墙上,她被吵醒,吓得像个孩子。

"是只雄鹿,"圣·克莱尔说,"正在墙上磨角呢,为了留下气味。它想要我们知道这儿是它的领地。我会告诉它我已经有了女人。"

他一把揽过她,她什么也看不见,带来小小的舒服。天黑黑,月亮被层层云朵遮蔽,树林更加深了这场黑暗。壁炉的火早就熄灭,只在炉灰里剩下一小段烧红的煤块。她觉得自己可以把手伸进如墨似水的空气里,从洞口里把光拉进来。

"这是不是就像死,"她轻声说,"你努力想看清楚,但是就是不成,只有声音,然后是不是连声音也没了,跟着是味觉,跟着是触觉,跟着是嗅觉,然后你就——"有什么东西升到了嗓子眼,她的胸腔跟着一紧,仿佛只要那东西一跳出来,她就会被从里到外翻个儿。

圣·克莱尔把她摇一摇,紧紧揽住她,却只让她更害怕。

"不。"她说,双臂抱住自己,瑟瑟发抖,呼吸打成了结,喘着,停也停不下来。

他笃定地下了床,翻翻找找,终于找到一截蜡烛,点亮了。黄色的光突然蔓延开来,穿越整个房间,把他的脸弄出好几个黑洞,他的眼睛细小,发出光芒,仿佛丛林里的一只野兽。他张开嘴,言辞慢慢出来,回旋又回旋,让她参不透。

"什么?你在说什么?"她从床上跃下来,去够他,却打翻了蜡烛,火苗蹿起,他站在地道里,火光熊熊,他说着什么,空洞的嘴巴在动,但是又是噪音又是光亮,她分辨不出他在说些什么,又不能伸出手,探到火焰里把他拽出来。

醒来,她胸口起起伏伏、隐隐作痛,流着眼泪,喉咙生疼,可是脸上却是干的。 悲伤就是这样在梦里她皮肤底下发作着。

几点了?太阳老高,她看得出快到晌午了,空气里弥漫着浓郁的丁香花气味。这种香味让人沉醉,把人的思绪拉向好的一面。

"一艘船。"她听到雅克正在与手下讲话。总有人听候他的差遣。老雅克早就因为总能找到赚钱的神秘门路而臭名昭著了。而且他的手下,就像圣·克莱尔,在郡里口风都很紧,很难对付。利兰·琼斯,一名老船员,去了南方的新奥尔良,昨天晚上她们回来的时候雅克就告诉她了。从船上掳掠来的财富以及北方佬给的好处让他活得就像个君王。奥林·奈特却还是生活在附近。他用黄金买了地皮,从南面 U 形河曲内的土地直到圣路易斯都属于他。他还种植棉花,手底下有二十个工人。

"他靠得住吗?"她问,两人坐在餐桌旁,嘬着白兰地,吃着冷炸鸡,劳拉早就睡觉去了,昨天半夜才赶回来,她困极了。

"靠得住。"即将到来的战斗让雅克黯淡的褐色眼珠再一次泛出光芒,他的手很稳,往杯子里倒了更多白兰地,没有一滴洒在老柏木桌子上,桌子摆在房间正中,整整占去六英尺面积。"斯塔克少校会带多少人马?"

"有两个一直跟着他。可能还有一些他新招募的,想要夺回在战争中的损失。"

雅克坐在餐桌一端,面对着门,她就坐在身边。他看着她把肉从大腿上撕下来,嘬了嘬指头上的油脂。炉膛里的火焰在他眼里跳跃,把眼睛点燃,给他冷峻的脸庞涂上铜面具般的光泽。他举起白兰地,毫不在乎地撞在她胳膊上,凑到嘴边就喝,又放下来,似乎下了决心。

"这位少校,"他说,"我太太发现他——令人愉悦是吗?"

她点点头。他们之间从不说谎,而且她从没想过他会为此受到伤害,但是他看上去就像被人掴了耳光。长长的下巴垂了下来,布满皱纹的脸颊深陷下去,他也由得它去了,嘴巴也松弛了。他眼里噙着泪水,却把眉头一皱,把指头在厚柏木桌子上敲着。

"我们要把她绑起来,就像对待一头猪,然后等着那小子。"雅克说着朝火里一踢,火花四溅,飞出炉膛,燃尽了,在花岗岩上留下黑斑。

他突然一转身,快速走回桌子边。"喏。"他递给她一串钻石项链,钻石越来越大,直到中央那颗,这颗最大的钻石光芒通透,闪耀着黄色,就像一抹阳光。"拿去吧。"他催促道。

"本来是要送给她的,对不对?"她抚弄着这些黄钻,摸上去冷冰冰的。她想要这条项链,太美了,可能是她见过的最美的珠宝,但是她也知道它的代价。

"你不要我就把它丢进大河。"

她把钻石戴在脖子上,和他坐在一起,静静等待着。

奥玛起得很迟,从楼上下来的时候,玛丽正在厨房把午餐从桌子上撤下来。 麦蒂·夏特坐在桌子边,怀里抱着孩子轻轻摇着。到处不见劳拉的踪影。奥玛朝麦蒂打了招呼,又朝孩子笑笑,赶紧走了出去。她看见雅克和奥林·奈特正盯着两个工人装卸大包大包的棉花,放在房子四周,又堆在后院里。他们留出一个宽敞的口子,通向小小的家族墓地的入口。

奈特朝她简单地把头一点。在大河之上的那些岁月里,他们从不曾交换过一言。他沉默而有效率,而她对他又没什么兴趣。他又高又瘦,头发稀疏,黄得几乎发白,留着中缝,长长地披下来,却早失了形状。稀稀拉拉的胡子底下长着棱角分明的脸,他就像是一只乔装打扮的狐狸,窄鼻子少了一截,在一场搏斗中被砍下来了——那是一个糟糕透顶的夜晚,大家再也没有提起过。这一场毁容的结果就是他一用力气,呼吸就会发出尖叫。可是她不可怜他。毕竟他还是活了下来。

隔着房子和田地,两个人在大河上下张望,又看看锻铁栏杆后面的墓地。他们身后就是一长溜单身厢房,雅克曾经把转手倒卖的妇女们安置在这里——这一场生意最后让他丢了左臂——她相信这么些年来在大河之上掠夺的战利品就安安稳稳地藏在这里。他永远不会放弃这笔财富的。就算牺牲劳拉和自己的亲生女儿也在所不惜。要是劳拉以为他肯就范的话,那她真是太不了解自己的丈夫了。

"麦蒂女士怎么办?"奥玛望望房子。又一个让她紧张的女人,那女人知道得太多,观察得太仔细。大家都说她是奥扎克女巫,给人施魔法,可是眼下她只是孩子的保姆。

雅克耸了耸肩。"把她们送走,"他再次把路面和大河仔仔细细观察了一番,"等她从镇子上回来以后。"

奥玛明白他的意思——劳拉立刻动身去了雅克码头购物,静静地坐几个钟头都不肯。他想等一等再把孩子送走,以便母亲可以和孩子告别,每一个好母亲都会这么做的。他不明白劳拉对孩子感情多么冷淡,也不明白基顿可能曾经是她唯一的儿女。她们在温泉城那会儿劳拉从没提起过孩子,昨天晚上回来的时候她也没去看看女儿。

外面一辆四轮马车停了下来,奥玛看见劳拉从车上下来,把旁边座位上的大包小包揽了个满怀。她上前帮忙,劳拉低声说,"知道吗! 他在路上了。我等不及要看看雅克的脸,当——"

今天她戴着绿色软帽来衬绿色礼服,帽子边上头发凌乱。太阳在她鼻子和脸颊上撒了雀斑。一照镜子她就会用粉把它们扑灭的。但是眼下,她的脸上有一丝诡异,一丝偷偷摸摸的愉悦。

奥玛紧紧盯着她的脸问:"你做了什么?"

劳拉脸一红,眼光一冷。"没什么! 我只是想要——哦,算了!"她想回应奥玛的凝视,却看着房子,"那女巫还在那儿带着孩子吗?"

"你的孩子。"

劳拉指头一挥,好像在赶苍蝇,在喉咙里咕哝了一声,"老山羊糊弄了我。"

"孩子的——"

劳拉抓过座位上最后一件包裹。"为了基顿我已经放弃过一次人生。历史不会再重演了。"她拾阶登上门廊,转过身,"不论为了谁。"她伸手去够门把手,大小包裹在怀里勉为其难保持着平衡,最后门还是被打开了。

"当心。"奥玛说,可是劳拉已经听不到了。

一群乌鸦吵吵闹闹落在屋顶和她身后的橡树上,大声斥责。听不进话的人会变成乌鸦,母亲在她小的时候曾经告诉过她。它们终其一生努力想要向人们诉说,可是终究不被理解。把乌鸦的舌头撕开,它就能像人一样说话。奥玛抬头看看屋顶上这些黝黑发亮的身体,想要知道它们是不是能够看见自己看不见的东西——也许几小时以后路上的骑手就会出其不意前来造访,也许老雅克全副武装的手下正躲在谷仓里,埋伏在河岸边和单身厢房里。今晚她会在哪里?在大河之上,还是和雅克一起埋伏着等待?劳拉又会怎样?她会让浪漫少校杀了自己的丈夫吗?

最大的那只乌鸦走到屋檐边上,歪着脑袋,张开嘴巴发出三声凄厉的叫声,又再重复一遍,身子尽力一耸。阳光在它闪闪发光的黑脑袋上散溅开来,仿佛戴上了王冠。

麦蒂女士抱着孩子出来了,奥玛迅速把她们安置在劳拉的马车上,最后又把哽咽的玛丽塞到她们身边。

"等等。"她伸手去摸后颈,项链搭扣咯得她难受,破晓时分她去睡觉那会儿怎么也解不开。这次搭扣轻轻松松就解开了,冰冷的钻石像只蜥蜴滑下她的胸脯,她把项链从衣服里拽出来。

"万一发生什么……"她把项链交给麦蒂女士,见到这些黄钻她的眉毛挑了起来,它们像极了劳拉号称弄丢了的那枚戒指。她点点头,把项链塞进衣服口袋。

"出发,现在就出发!"奥玛说着在马屁股上一拍,马飞奔起来。不知什么原因,望着这位胆识过人的老夫人抱着孙女消失在马路尽头,她感觉到自己眼睛里噙着泪水。她本该告诉她一有机会立刻离开主干道,但是可能她知道呢。麦蒂女士在战争中和北方占据时代都幸免于难,可能她就像雅克一样深谙生存之道。

雅克从阴影里走出来,她注意到他脸颊上鲜红的刮痕和升及肘部的泥土。他把手放在她后颈上,过去在展开奇袭之前雅克一直这么做。他两眼放出狂热的光芒,在奇袭的夜里总是如此,支起肩膀,挺直后背,他又变成了一个年轻小伙子。他点点头,抬眼朝房子看看,问:"她在那儿吗?"

天眼看就要黑了,他们听到马蹄声沿着大河的石板路来到这所房子。 雅克熄了炉火,夜晚的清凉弥漫房间,夹杂着温润香甜的金银花和青草气息。雨蛙在林中开始唱歌,驶过的明轮船在大河上呜呜。跟着就是马蹄在岩石上有韵律的踢踏声。

雅克和奥玛迅速对视了一下，站了起来。他拨一拨灯芯，黄色的光芒就像披肩洒落在地板上。

"让他们进来。"雅克说。

奥玛摇摇头。

"没事儿。让他们进来吧。"

"所有人？"她用指头碰一碰藏在腰间的刀。

"把门打开。"他拍拍她的肩膀。

没等斯塔克少校敲门，她就把门打开了。

"你太太在家吗？"斯塔克少校还是带着她第一次在马车上与他相遇时的憔悴神情，真实信徒光芒四射的眼神，展开一场永无休止的战斗的疲惫。在他身后，查拜尔·琼斯死死盯住她，来复枪横在胸前，万一需要他一路打进去呢，佛瑞斯特·佩特咧嘴笑了，把头一低，手搭在腰上别着的手枪上。

"请他们进来，我亲爱的。"雅克在客厅喊道，声音颤抖着，活脱脱一个老头。斯塔克少校看看他的手下，嘴角露出隐秘的微笑。

她一声不响让开来，迅速朝外面的拴马柱看看，外面还有四个人骑在马上等着——是老兵，从他们的褴褛衣衫和放肆的眼神看来都是些冷血打手。落日把他们的脸烧灼成橙红色，马抬起头，直往房子转角的雨水桶那儿靠。

"你们都可以去给马喂水，在谷仓那儿。"她懒洋洋地说，就像是一个温驯的黑人女仆。

"多谢。"他们咕哝着去了谷仓。

夕阳终于支持不住，蓝色黯夜布满天空，剩余的颜色渐渐也被扼杀。她听到客厅传来男人们故作友好的声音。

"狗为食忙，"查拜尔·琼斯说，"我无心牵涉政治，这一派或是那一党。我还在漂泊。要去西部闯一闯。"

"该死，"佛瑞斯特·佩特说，"还以为你要回东部呢？你可真是个彻头彻尾狗娘养的。"

斯塔克少校坐着，用一双沉着的褐色眼睛看着雅克。

门廊外面，突然一阵翅膀翻飞的咯吱作响掠过，奥玛吓了一跳，蝙蝠飞出去开始夜间觅食了。她从来都没搞清楚过它们睡在哪里。母亲曾经答应改天指给她看，但是不等诸多允诺兑现母亲就去世了。奥玛想知道今晚自己会不会见到母亲。雅克对于自己的计划信心十足，可是计划总赶不上变化。

"奥玛。"两个黑色的身影偷偷溜到走廊另一端的栏杆上。

她看见那些男人正在谷仓边饮马，不经意地溜达着穿过走廊，经过客厅开着的窗子，里面的人们如坐针毡地坐在沙发边缘。

"多少人？"奥林·奈特轻声问道。她看看站在他身后的那人，这才作答。那人看上去很熟悉，却总也想不起来。

"里面三个，外面骑马的有四个。还有更多可能在路上，目前我只看到七个来对付我们四个。"

奥林呆呆站着，抬起头似乎注意倾听发出声响的马嚼子或者马刺、马蹄的声音，还有马鞍或马身体发出的咯吱声。"我们应该在那儿安排个人手。"

"粗心大意。"另一个人说着慢慢挨上来，这下她看清了他瘦削的身体和方下巴，嘴巴又大又薄，颧骨高高隆起。眼睛几乎被眼睑完全遮住了。

"弗兰克·鲍竺，还记得吗？"奥林·奈特说。

"我溜出去看看马路上的情况。"

"不，雅克想让你呆在房子里，万一他太太——"

"这些人不是吃素的，"奥玛说，"准备好了吗？"

奈特点点头。"如果她阻碍我们呢？"

"我知道。"她说，看到鲍竺的眉毛因为对她的重新评价而挑了起来。

"保持警觉。"他低声说道，然后尾随奈特从栏杆下面溜走了，最后消失在黑暗中，黑暗正把天空里最后一点光明遮蔽。

她原地站了一会儿，因为觉得闻到了那股熟悉的生梨气味。不可能的，可是又是一阵那种味道。"圣·克莱尔？"她轻声喊向黑暗里。为什么你的皮肤闻起来有一股熟透的生梨味？在小木屋的那些日子里她曾经问过他。他笑了，把手放在她脸上，用手指轻轻捏住她头顶，好像只要他愿意就可以把她碾碎，她闻到烟味，还闻到两个人汗津津的性爱气息，还有底下熟烂了的生梨味道。

"圣·克莱尔？"她又一次低声喊道，抬头，看见星星像碎冰一样眨眼，给他时间，让他现身。

"奥玛？"劳拉在楼上走廊里轻柔地唤她。

她看见那两个人了吗？奥玛赶紧轻手轻脚穿过走廊，走下楼梯以便看到劳拉。

"怎么?"

"我该穿今天下午穿的那件绿色镶荷叶边礼服吗?"劳拉在栏杆上俯下身子,只穿束胸和衬裤,丰满的胸脯眼看就要扑出来。

奥玛想告诉她这根本无关紧要。很快大家就要同归于尽了。"绿色那件挺好的。"

"你能上来帮帮我吗?"劳拉哀怨地恳求道,声音尤其刺耳。

"就来。"奥玛叹了一口气。走进房子,她听到雅克正解释说:"家人已经吃过晚饭了,不过我来看看黑人奴仆是不是能给你们准备些吃的。"招呼他们易如反掌,麦蒂女士也能应付,但是这些人不肯,路上他们已经吃过了,夜里再搭个帐篷也就凑合了。他们是来问候杜查姆太太的。奥玛真希望自己也在场,见证那两个人机警的应对。就算开着窗,热浪似乎也要从屋子里涌出来,炉膛里正烈焰熊熊。

"来点儿威士忌?"雅克彬彬有礼。

"如果你能跟我们一起喝点儿的话。"斯塔克少校说。

奥玛上楼,见劳拉穿着衬裙蜷在那里,侧耳倾听。她把灯从房间里拿来搁在地板上,灯光温柔地在她身上聚集起来。

"他们在说什么? 他看上去怎么样?"她兴奋得面带桃花,弄得雀斑突兀异常,像是被虫子咬的。

"他们在喝威士忌,斯塔克少校看上去很疲倦。"

劳拉用两只手抓住她的胳膊,力道让奥玛吃惊。

"他说了要见我吗?"她眼睛里满是乞求,让奥玛觉着些歉意。可能她是真的与他坠入爱河了。

"我帮你把礼服穿上。"奥玛想从她身边走过去,可是劳拉紧紧攥着她的胳膊,用力捏着,似乎要把骨头捏成两半。

"告诉我。"

"是的,他来是为了向'迷人的杜查姆太太'致敬。现在请放开我胳膊。"她把胳膊一拧,终于解脱,把她推开来。"你是有夫之妇。"她揉着胳膊。

"我知道,"劳拉的眼睛湿了,"只是我——"她住了嘴,把下巴抬起来,脸色硬朗起来。"我得把衣服穿起来。"她提起灯,朝自己的房间走去。

也不知道中了什么邪,奥玛冲口而出:"你想要什么雅克都会给你,更何况你们现在还有了孩子。"

劳拉等着,她们进了房间,把门关上,灯放在精美的桃花心木梳妆台上。灯光下房间富丽堂皇。"那他就该让我走,把财富分成两半,一半给我,让我离开。"她涂了口红,指头摸上一个小小的瓷瓶,里面装着黑色的东西,是她扑眼影用的。化妆之后她似乎恢复了自信。

"把礼服拿来,好吗?"她的语气如此冷漠,奥玛忍不住后退。

劳拉掐一掐脸颊,把一缕松散的头发别在发卷上,发卷堆在头上,抬起下巴,站了起来,两手举起去够礼服。礼服顺势下垂,穿在她身上,奥玛忙着把后背的搭扣扣起来。

"孩子怎么办?"话一出口,她已经知道了答案。

"我们已经达成协议了。现在只要再做小小改动。"劳拉坐下来往脸上扑粉,雀斑渐渐消失在苍白的面具底下。

"你觉得我没有人情味?你根本不知道我是谁,"她的手温柔地摊在桌子上,两只眼睛深沉地望着镜子,"有时候,连我自己也不知道——"

望着一张美丽的脸庞在眼前转变是一件让人着迷的事情,一副表情在无情与无辜之间转换,一双蓝眼睛闪烁着狡诈,下一秒却噙满悲恸的眼泪,似乎在这具成年的躯壳里还围困着一个小姑娘。

劳拉翩翩来到走廊,呼唤斯塔克少校,声音里满是音乐。

"哎呀,斯塔克少校,这么晚前来拜访不觉得羞愧吗!"

奥玛等到劳拉走完一半楼梯,这才走去二楼走廊,朝谷仓那儿瞧瞧,看看其余的人在哪里。生梨味——她朝黑暗里张望,刚好看到四个下马的人和他们的马一起等着,他们吸着香烟,发出红光。很好,他们很放松。但是总觉得有些不对。她抬头看看路面,往西,往东——什么也没有。她为什么这么担心?

正在腐烂的生梨,味道香甜浓厚,让她觉得恶心。燃烧的灯火让整间屋子在她眼前跳起舞来,仿佛屋子着了火。地板反射微光,墙上的画摇摇欲坠。她走向门框,感觉就像从大河河床上挣脱出来,颓然地靠在结结实实的木头上面。她站在那里,命令自己不许再沉溺于生梨的腐臭气味中,悲痛恼怒让她哽咽。

地板在脚下纹丝不动,恐惧渐渐减弱,终于消散。剩下的只有忐忑,总觉得有什么不对头。偷袭不顺利的时候,她曾经有过几次这样的感觉,尽管她和雅克总能绝处逢生,仿佛他们两人所向无敌,要么就是受了自己犯下的谋杀罪行的诅咒。她想象不出要结果他们两条命需要怎样的力量。或许死亡是仁慈的。

她深吸一口气,命令自己开始动手。首先她得熄灭所有的灯。完成之后,她摸索着上了最顶层,身后尾随着生梨的香甜。"陪着我,我的爱人,"她轻声说,"让我的手变得有力而忠诚。"她把裙边扎起来,仿佛要进入大河,从腰间摸出刀,下了楼梯。

20

"你的黑人女仆去了哪里?"佛瑞斯特·佩特懒洋洋的好脾气让奥玛的胳膊直发抖。

奥玛站在楼梯上停留了片刻,两只脚始终落在楼梯靠外面一端,就抵在栏杆上,这样就不会咯吱咯吱响了。客厅里出了事。她迅速朝洞开的前门望去,在黑暗里眯着眼睛看是不是有人埋伏在那儿,然后挤挤挨挨走完楼梯,经过客厅门口也没有停下来侧耳听,一个流畅的动作走出前门来到门廊。她始终把自己藏在房子投下的阴影里,蹑手蹑脚来到窗前,却没有贸贸然往里面看。相反,她静静地等了一会儿,确定没被人跟踪,也没被人听见,接着沿门廊折回,经过前门,终于翻过护栏,落到地上。房子后面有两个陌生人,来复枪上了膛,盯着院子四周。勾勒前院的棉花包苍白地站在那里,坚实得就像肥猪。她没办法穿过院子走去远处的墓地和树林。雅克雇来的人呢——鲍竺,还有奈特?

胸中升腾起恐惧,她直喘气,不得不挣扎着让自己保持安静,手中紧紧握住刀。打从大河之上的第一晚开始她还从没有如此惊恐过。突然间她回忆起那个死去的人的脸庞,天真得就像个熟睡的孩子。她低下身,后背贴在房子的厚木板上,白天的热量还残留在上面。温暖的木板就像强健的手指撑住她的肩膀,告诉她站起来行动,她不得不采取行动了。她等在这里的话,迟早要给他们发现的。她朝谷仓望望,期待看到骑着马的那些人,可是他们不见了,消失得无影无踪。一切都不对了。现在一切都变得如此寂静,林中连抚慰的微风也没有了。她应该去哪儿?事情开始错得离谱了——雅克判断有误。人手可能比他们料想的要多得多,而且他们也是有备而来,是一场军事策划,而不是一群驳船或是明轮船上的装满贵族的倒霉蛋们的乌合行动。

她在房子上贴得更紧,把自己弄得尽可能小些,死死握住刀,握得指头生疼。

生梨味消失了,只有初夏里丁香、金银花和青草的气息弥漫在空气里。突然一阵金属腥味夹着汗酸。她屏住呼吸,刀已经待命,可是那人在离她几码开外走了过去,没有停下来。

房子里传来一声重击,接着是玻璃碎掉的声音,劳拉惊叫起来。老雅克的咆哮戛然而止,斯塔克有条不紊地在发闷的重击中间咒骂着:"我……可……不……吃……这………套。"他在打雅克,要么就是在踢他。她身体紧绷,预备一跃而起回到门廊,阻止他们。奇怪的是,劳拉没声音了。他们把她打昏了,还是把她杀了?她站在哪一边?

纱门"砰"地打开,沉重的脚步踏在走廊上。"你,哈泽德,找到她没?"

刚刚从她身边走过的那人说:"还没有。"

"少校说事成之后就把这个地方烧了。到那会儿她还没出现的话,你得留下来继续找。"又是佩特。

"会找到她的。"那人说。

"查拜尔想和她玩玩,所以要活口。他完事儿以后就归你了。"

"她还剩下什么?"

"事儿快成了。"

"那么他放弃金子了?"

"你只消把那黑人女仆找出来,金子的事儿让少校操心吧。"

她听到佩特的靴子重重踏着又进去了,既然已经控制了整个农场也就没什么好着急了。他们轻而易举就能阻止她。她只能希望雅克够强壮。名叫哈泽德的家伙又走过她身边,她屏住呼吸,但是不敢抬头看,害怕他察觉到自己放在他身上的眼光。母亲在谈到看不见的领域时说了什么——一首在敌人面前逃脱的圣歌?奴隶贩子刚来的时候,很多人都得以藏匿,但是这一古老的力量最终开始崩溃了——母亲没告诉她为什么——等到奥玛长大被告知这种力量的时候,它已经几乎不起什么作用了。但是她不得不试一试。她说出这些字,既是祷告又是咒语,等了等,什么也没发生。那斯站在十码开外,慢慢兜着圈,寻找着任何响动。她被下了圈套。只有全力奔跑,希望能跑到大河那里,在那儿她就安全了。

她弯曲小腿,准备起身,就在这时她感到胳膊上被凉的东西碰着了。是一位小巧的白人妇女,简直就像个洋娃娃,身上一如既往穿着浅蓝色的长袍,腰收得很高,五十年前的式样。淡紫色披肩从肘部披下来,她的脸苍白得就像月光花①,光滑极了,仿佛面部特征被刨光了,不剩什么。她一只手拄着拐杖。这女人把一根指头抵在嘴唇上,招手要奥玛跟上来。她慢慢起身,感觉到对方身体辐射出冰凉,像波浪一样将她洗礼,刺痛她双眼。她眨眨眼把泪水收起,摇摇头。那厮看到她们二人了吗?

人影又朝她招手,一瘸一拐开始往前走。奥玛飞快地朝哈泽德看看,他正朝她们所在的方向凝视着,可是很明显他没看到她们两个,仿佛两人都变成了隐身人。蓝色衣服似乎在反射月光,奥玛跟着幽灵般的光芒前往谷仓。尽管脚下地面平稳,那人影却蹒跚着行进。到达谷仓后,女人毫不犹豫滑进了黑暗,可是当奥玛进去以后,她却消失了。是魂魄。奥玛赶紧闭上眼,说出一番祷告以自卫。不论母亲以前说过什么被亡灵玷污的话,这一个是帮助了她。她睁开眼,四处张望。

她一生之中有一半时间是在这个谷仓里度过的,尽管只有一缕朦胧的月光透过满是灰尘的窗子将暗夜稍稍稀释,她却在畜栏间得心应手地移动着,找到了通往饲料间的门,房里装着假地板,过去一旦被追得紧就常常用来藏人和战利品。搬开几个装玉米的五十磅重的麻袋,她放下刀,拂一拂尘土,摸到了小木杯,一拉就可以把地板门打开了。指头刚刚碰上去,一只手上来就捂住了她的嘴——

她试图把刀抓起来,但是那人轻声说:"别。是我,弗兰克·鲍竺——"然后就松开了手。

"上帝呀,"她悄悄说道,分辨出他的声音,朝前跌落下去,手指摸到了冰冷的刀锋,"到底有几个人?"

"就只有我们一开始看到的那七个。奈特出卖了我们。我们没有机会了。"

"我们得通力合作。"奥玛说。她知道该怎么做了。在大河上雅克教会她怎样迷惑敌人,以少胜多。斯塔克少校现在可能太过自信了。他已经把很多手下都打发走了。他们现在只有五个人了,好像是这样。她得解救雅克和他们的钱。时机到来的时候再决定该怎样处置劳拉。

奥玛和弗兰克在上面放了硫黄,积压的棉花刚开始着火就升腾起翻滚的白

---

① 月光花:又名嫦娥奔月、天茄儿、天茄子,日本名夜颜,旋花科番薯属植物。

烟,形成粗壮的烟柱,铺展开来,呛人的烟雾弥漫了墓地、庭院和马路。烟雾后面,奥玛用耙子柄把五头奶牛又拖又打,将它们赶进满是烟雾的前院。浓烟刺鼻,又被女人鞭打,奶牛不明就里,怒吼着撞在一起,让敌人分了心,雅克要的就是这种效果。风向一转,烟雾开始朝它们翻滚过来的时候,一个人快速转到房子拐角,叫嚣着朝牛群开枪。子弹打中了红斑牛的喉咙,一根血柱飙了出来,洒得奥玛脸上胸膛上都是血。红斑牛倒下了,其他奶牛纷纷想要从它下沉的身子上爬过去,吼得更响了。奥玛赶紧用衣服袖子擦擦眼睛,把眼前的红幕擦掉,拼命朝奶牛身上抽打着,大声叫着把它们赶向门廊。枪再一次开火,这一次打中了棕白牛的侧面,它正想转身回谷仓,子弹打断了它的肋骨,又在奥玛上臂划出一道沟痕。她觉得不过就像是被狠狠扎了一下,挣扎着不让奶牛倒在自己身上。奶牛跪了下来,发出低沉的呻吟,没头脑地只顾着攀爬身体底下光滑、血腥的肉身。奥玛双手双膝着地,头脑眩晕,不知道该朝哪个方向走,在牛蹄中间奇怪地觉得头晕,奶牛在地上扰动着、呻吟着,推开两具倒下的尸体,在惊慌失措中想要从它们身上爬过去。

奥玛看到一只牛蹄从后脑勺擦过,连忙对自己说要是不爬起来会被踩死的。她设法站了起来,赤手空拳敲打它们,手臂发软,耙子柄已经拿不动了。又有一杆来复枪加入了扫射,子弹在浓稠的空气里穿行,打在奶牛身上发出沉闷的砰砰声。奥玛赶紧蹲下,爬回闷烧着的棉花包,子弹在四周穿行。在垂死的奶牛像人一样的呜咽声中,马儿一跃而起,向后撤退,缰绳被扯断,它们四散逃开,泛红的鼻孔里喷出尖锐的嘶鸣,冲出小径冲向马路。浓烟滚滚,奥玛几乎已经分辨不出哪两个人在朝自己开枪。一声沉闷的重击,其中一个消失了。

"哈泽德?"剩下的那个等了等,没有回应,他又朝烟雾开火,却徒然打中一个棉花包,引得它摇摇晃晃朝后退,暂时留出了个黑洞,她爬过去把它又推回原位。手上的肉烧焦了她也全无感觉。眼睛生疼,满是泪水,肺里感觉像是刚刚吞了一团团热棉花。她想揉眼睛,又忍住了,这才第一次感觉到手臂上越来越剧烈的疼痛。她一看,手上全是血,浸透了衣袖。又听到一声重击,另一杆来复枪也安静了下来。

烟雾缭绕,她几乎分辨不出通往房子的那扇门,一个人影出现在那里。那人影一到门廊边上,房子里的蜡烛和灯一下都熄灭了。

"奥玛?"劳拉的声音又尖又急,她转头说了些什么。

"没事的,奥玛,"劳拉的声音更自信了,"他们只想要钱。钱一到手他们就会放你——放我们——走的。斯塔克少校已经答应了。"她又转过头朝身后的黑暗说了些什么。"雅克很好。我们都很安全,奥玛。只要告诉我们在哪儿,那些金子在哪儿——"

奥玛吸一口气,接话之前先慢慢数到十。她只希望弗兰克没被击中。

"让我见见雅克!"她喊道,急忙撤到左边黑暗里,这样他们就休想拿枪追踪她的声音了。

协商过后,走廊上传出靴子声,纱门"砰"地关上了。微风又起,卷起烟雾吹向墓地,她突然意识到烟雾变薄了,棉花包里面裹得很紧,火渐渐在熄灭。趁他们还没发现她得赶紧行动。

"雅克?"她喊道。

那扇门又"砰"地一声,两个人出现了,当中还夹着第三个,头朝前耷拉着。

"你们杀了他!"她叫道。

"不,没有,他还活着,我发誓,他仍旧活着,看——"劳拉把手伸进他的外套,停留了一会儿,"我能摸到他的心跳,奥玛。他就是不听,他们不得不动手打他。他们答应只要你说出来在哪儿就不再动手。奥玛,求你了,我不想再有人受伤。"

奥玛就要屈服了,这时她感觉到身边的蒿草,弗兰克就站在她身边。"刚才奈特在远处鬼鬼祟祟,给我撞上了。现在我们有三个,而他们是四个。"他望着她涂满鲜血的脸。

"他们打中你了?"

她微微举起手,疼得又缩回去。他从脖子上把那条蓝色脏围巾扯下来,包裹住她的胳膊。然后关切地望着她:"你顶得住吗?"

她点点头,他望望门廊又望望她,严峻的脸上熏染了煤烟,停留在嘴巴周围的褶皱上和炽热的黑色双眸间,让他显出古老面具般的样貌,这面具是在神圣的血祭仪式上用的。他动身溜走,她把一只手搭在他肩膀上。

"他真的还活着?"

"我们就得这么认为。"他说。

她深吸一口气,不去理会积在胸口和喉咙里的烧焦的棉花,站了起来。"好吧,"她喊道,"我指给你看。但是你们得把雅克留在房子里。"

劳拉和那些人商量了一会儿,随后雅克就被拖了进去。奥玛站在那儿等着,觉得自己在摇晃。要么是她头晕,要么就是又地震了,可是都已经无所谓了。

他们把奈特留下看住雅克,奥玛领着其他人去了谷仓。灯笼光下,她注意到劳拉嘴上的伤口以及肿胀的脸颊,但是也注意到她坚定的表情,她瞪着奥玛,皱起眉头,两眼炯炯有神,又十分严厉。劳拉也是一瘸一拐,绿色礼服的腰身也被扯坏了。斯塔克少校在石板路边上走着,伸出一只胳膊给她扶住,在转弯处她毫不犹豫地把手收了回来,由他带路穿过小径。奥玛被左右夹着往前走,查拜尔的来复枪抵在她流血的胳膊上,弄得她生疼。疼痛让她在重重的眩晕侵袭下保持清醒。他们身后传来一声蒙住的叫喊,她想转身看看,可是又不敢。佩特笑起来了。

"想来是老家伙醒过来了。"他说。

她只能希望是另一个叛徒被结果,鲍竺正穿越黑暗往谷仓这儿来了。如若不然……离谷仓还有几码,这时离奇的蓝白光影在阁楼窗子上出现了,像极了刚才奥玛见过的那个女人穿的衣服。她不确定别人有没有看见,直到佩特压低嗓门发出诅咒,并且拉住她要她停下。

"该死的!出什么事儿了——"在她右边的查拜尔·琼斯举起来复枪,朝谷仓瞄着。

她想挣脱开来,重夺自由,往树丛那儿逃,可是万一弗兰克失了手雅克就依然在他们手里。

"上面有个女人!"佩特说,"看到了吗?一个穿蓝衣服的女人正看着我们!"

查拜尔拿来复枪抵住她侧身说:"走。"

"又给你看到好东西了,佩特?"斯塔克声音里充满了消遣。

佩特摇摇头,压低嗓门咕哝着,手枪却在腰间随时待命。

"希望你的黑女仆今晚不会再耽搁我们了,杜查姆女士。"斯塔克说。

"她比我更清楚。"劳拉用她轻浮的尖嗓门儿说道,听起来是那么假,奥玛直想把她另一边嘴也扇出血来。

"无处可逃啦,"佩特说,"什么也没有,田地四周只有黑人羊毛沼泽。大河——众所周知,黑人姑娘不会游泳。查拜尔早就证明了,是不是,小伙子?不,最好还是乖乖就范笔直走下去吧,我一直对他们这么说。他们也总希望自己听从了我的劝告。"

奥玛感觉到他的眼睛正盯着自己的侧脸,但是拒绝朝他看。走几步枪管就推搡着她的肋骨,这逼得她发疯,她不得不集中精神要把他们都带进谷仓,带进地板门里。行行好,行行好,帮我一把,她向任何可能在倾听的人祷告。用余光,她察觉到有动静,有什么东西在与他们平行移动着,但是安慰很快破灭了,原来是匹马,刚才逃走了,现在正穿越树丛与他们擦肩而过,一转向进了谷仓黑漆漆的入口。

"一定是撞上了其余在路上的人了,"佩特说,"再过几分钟他们就到了。"他停下来,朝谷仓望进去,只听到在远处黑暗里那匹马气喘吁吁的呼吸。

听到还有其他人的消息,奥玛感到一阵恐惧,但是又把它压抑下去了。

"我们现在最好把这儿的事情处理掉。"斯塔克说。

佩特举起灯笼走了进去。

奥玛跨过门槛。有那么一会儿她摆脱了那管枪,又想逃跑,但是再一次克制住了。如果弗兰克成功了他们还有机会——圣·克莱尔?她试着伸手去够他,就像他曾经伸手去够自己一样,但是闻到的就只有烧焦的棉花味。也许穿蓝衣的女士是个幽灵,但是她曾经帮助奥玛逃跑——

所有人都进来了,奥玛立刻四处张望,似乎在努力回想战利品藏在哪儿。

"姑娘,赶紧。"查拜尔用来复枪狠狠推她,她朝前打了个趔趄,差点儿摔倒,给她机会把刀从腰上的口袋里抽出来。没等挺直腰杆,她赶紧望望劳拉,劳拉丢下少校的胳膊,伸手握住藏在衣服褶皱里的手枪。她暴怒的眼睛看见了那把刀,神不知鬼不觉地点了点头。她到底不是个傻子。

奥玛挺直了,突然使了个脸色,慢条斯理拖着脚进了谷物间。只消几分钟就搬开了谷物口袋,门打开了。大家伙儿正专注于地上被灯笼照亮的洞口,奥玛朝房间入口挨上去。

"我啥也没看到。"佩特说。

"让我来,"斯塔克阔步上前,朝下面望去,"你,查拜尔,下去看看。"

查拜尔二话没说,把来复枪丢进洞里,跟着就下去了。佩特把灯笼递给他,大家伙儿一时都站在黑暗里了。

奥玛俯身朝佩特冲上去,他刚转身刀就扎进了肚子里。她用尽全力把他撕开,一推,把他推进洞里。倒下的时候他的指头扣动了扳机,但是打偏了。少校开枪总是太慢,正好给劳拉时间朝他后背开枪。他倒在佩特身上,佩特躺在洞底,流着血,奄奄一息,是推不开少校了。只剩下查拜尔了,最危险的家伙。她已经听到他从尸体底下正在往上爬。奥玛和劳拉往门槛退去,在一片突然降临的寂静中听着佩特垂死的呻吟。接着她们听到有人一唱一和。

"少校在试图说服查拜尔先爬出来,"奥玛低声对劳拉说,"这次好好瞄准。"

劳拉嘀咕着什么。突然,灯笼从洞里飞出来,摔碎在地板上,油洒了一地,熊熊燃烧,火光如此耀眼,她们一时什么都看不见了。她们本能地夺门而逃,两个男人从洞里冲了出来,开火射击。劳拉打光了子弹,却只轻微伤到了少校的一条腿。

"离开这儿!"少校嚷道,两人跃过火线,冲向牲口栏,遇到的是从阁楼里射出的两杆来复枪子弹。这一次查拜尔被打中了侧脸,子弹打碎了下边牙齿,下巴也被打得粉碎,从脖子里穿出来,却没能致命。他咳着血朝上面的闪光开火。

奥玛和劳拉蜷在过道另一侧的一个牲口栏里,背靠着那两个人所在的地方。

"谁在上面?"劳拉在开枪间隙轻声问道。

"一定是雅克和弗兰克·鲍竺。"奥玛说。

"雅克?我还以为——"奥玛在劳拉的声音里明明白白听出了失望。

"什么也杀不死雅克,除非他决定自己要死。"她想起母亲说过,雅克是"老家伙们"中的一个,不知道究竟是什么意思。

雅克从阁楼上叫道:"把枪丢出来,我们就给你们走,没什么可较真儿的。"

子弹做出了回应。"你们在外面等着,谷仓在你们周围会烧塌的。"斯塔克漫不经心地说。

"的确如此。"弗兰克说。

污浊地板上的火焰似乎正在渐渐熄灭,然而房子里满是烟雾。

"金子真的在下面吗?"劳拉问,她的身体僵住了,舌头轻轻拍在肿胀的嘴唇上。她往阁楼上看看,又看看那两个人藏身的牲口栏,准备动手。

奥玛想了想。"就塞在木板后面。看上去这些木板似乎在撑起土墙,但只要用力一拉就会松开来。"钱,劳拉想要的就是钱,而且不允许这些人把钱从她这儿拿走。少校只是用来加快这一进程的工具。

"我们需要你的枪。"奥玛轻声说道。劳拉沿着牲口栏杆慢慢移动。

她转头朝她微笑,会意地、自信地微笑,手掌、膝盖着地,朝饲料间爬去。

"金子要入她手了!"斯玛叫嚷着紧跟其后。子弹打中了他,让他打了个转,倒了下去,查拜尔见状咆哮着冲出牲口栏,一杆来复枪、一把手枪一起开火。

那两个人立刻被击毙。

"他们死了?"弗兰克从阁楼上喊道。

奥玛爬到两个人那里,把两个人都检查了一番,刀尖悬在喉咙上。

"结束了。"她起身茫然地用裙子擦擦刀锋。

阁楼上的人下了楼梯,点着一盏灯笼。

雅克环顾四周,一只眼睛肿得几乎要闭上,嘴唇开裂,淌着血,右边耳朵上方中了彩,流出来的血把长长的灰白头发粘住了。尽管挨了打,一双黑色眼珠残忍地闪烁着光芒,一如大河之上奇袭之后的样子,危险让他又变成了小伙子。他朝斯塔克少校脑袋上踢去,吐了口唾沫。

"我太太呢?"一开口就露出了缺口,他下边的牙齿被打掉了两颗,嘴唇和下巴伤得很重,肿得厉害,言辞听起来含含糊糊。

"在那里,正在找金子呢。"奥玛把头朝谷物间一歪,现在里面满是黑烟。

只有非常了解雅克的人才会注意到因为痛苦和失望而产生的面部扭曲,他全身飞快地抖了一下,肩膀也垂下来一英寸,生机从他面部表情里拿走,他举起手,理一理凝结着血块的头发,手指微微颤抖。他长叹一声,朝门口走去。

"别——着火了——"弗兰克抓住雅克的胳膊,但是老人使出令人吃惊的力道一耸肩挣脱了,滑进烟雾之中。立刻传来"砰"地一声巨响,地板门掉下去了,雅克再次出现,咳着,擦擦眼睛。奥玛心想他们一定和自己一样也听到了劳拉——她的拳头砸在门板上,这扇门她举不起来,就算踩在洞底那些尸体上,在黑暗里。奥玛突然冷得打了个激灵,肚子里的恶心也被压制住了。她周身无力,似乎再也不能承受任何死亡了。弗兰克盯着黑黝黝充满烟雾的房间里渐渐显现出来的摇曳橙光,两眼放射出不确定的光芒,看看雅克,又看看奥玛:"你们确定?"

"由她燃烧吧。"雅克转身,一瘸一拐朝洞开的门口走去。

奥玛看看弗兰克,弗兰克正望着熊熊火焰,迟缓地摇一摇头,脸上突然反光,变红了。劳拉所做的一切,不应该让她落得如此下场——奥玛犹犹豫豫朝火焰迈了一步。可能她还来得及——

"太迟了。"弗兰克说,揽起她那只没受伤的胳膊。她想要挣脱,可是已经没有力气了,他催促她迈进清新的夜晚空气中,任由咆哮的火焰吞没谷仓,吞没死尸,吞没一个老人最后一场幽梦。

21
海蒂·瑞丝·杜查姆

十月一到，克莱门特的生意明显出了问题。 他睡得很少，整夜整夜在客厅里严密注视着，要不就在二楼阳台上，猎枪搁在大腿上，来复枪倚在身边。电话很少响，但是只要一响他就匆匆离开，一手拎着装枪的皮口袋，另一只手拿着来复枪。

"猎枪放在身边，"他站在门口说，"别让任何人进来。车道上一有人来就打电话给罗伊。要是他们想进房子就躲起来。要是没办法去谷仓或河岸，就去厢房。什么也别管，只要拿好梳妆台里的钱。"每次离开他都要重复一遍，似乎他信不过我，觉得我记不住。

"出什么事儿了？"我问，但是他手一挥，闪出门外，上车之前就回过头来，温柔地说，"我爱你，海蒂，记住吧。"

一天夜里我哭喊道："你要把我逼疯了！我该怎么做？茕茕孑立，形影相吊，我就是这样子。"

他伸出手臂把我抱住，但是我感觉到他根本不在这里。

第二天我做了个决定。晚饭时分我骑着卡特去了耶西和薇诗缇那儿，油炸松鼠、苹果派、啤酒，第一次把自己从守夜的焦虑中解脱出来。我从没想到自己正把危险引到他们一家。

"我们玩牌吧。"我们在盘子上开始磨洋工的时候薇诗缇提议道。

"有人手很笨的。"尽管耶西面露难色，我们还是清理了餐桌，拉他入伙，很快开始玩一点赌一分。手一忙我也就平静下来了，开始注意到薇诗缇眼睛下面肿了，嘴角低落，就连抬手理牌的动作也显得吃力，似乎在对抗着比我们更大的地心引力。我差点当场问她。过了几分钟，我发现耶西也一样疲惫，连叫牌也叫不清楚。最后，我们三个丢了牌，面面相觑。

"我猜我们都有同样的问题。"薇诗缇终于开口。我从没想过她会轻易激动或者紧张，可是又发现她已经养成了习惯，每隔几分钟右边嘴角就会抽搐。我想伸手触探一下她的脸颊，看能不能停下来。

"是印迪尔。她疯了。不肯回家。耶西觉得她在酗酒。我们试图把她锁起来,但是她矫健又古灵精怪。"薇诗缇又抽搐了,我知道是为什么。"去年夏天开始,她就变了。我不知道。"她摇摇头,开始挖纸牌边缘,直到指甲把纸牌劈成了两半,才赶紧把牌收收好,洗了又洗,洗了再洗,弄得噼啪乱响,嘴角也跟着抽动。

"她应该在这儿吃晚饭的,"薇诗缇咕哝着看看我,嘴角又抽了一抽,"对不起,海蒂,我不是说有你陪着不开心。你有自己的烦心事。我猜你也不想背起我们的烦恼吧。"

我伸出手拍拍她的胳膊。"我完全明白。"我忍不住一声喟叹。我真的明白薇诗缇和耶西的感受,当然不同的是我知道克莱门特在忙着工作,而不是四处玩耍,因此上我的日子也更好过些。

"哪天晚上让我跟跟她,会发现是哪个家伙闻香而至的。"耶西严肃地说。

"你会被关进监狱的。"

"哦,上帝,"薇诗缇看看窗外,"天已经黑了。"

我正和薇诗缇拥抱着道晚安,这时门被用力推开了,印迪尔冲了进来,就像一阵热风,身上又是香水,又是烟草,还有酒精。她把围巾和皮草外套扔到门边上的靠背椅子上,高跟鞋一脱,露出脚趾的鞋上扎着蝴蝶结,镶了水晶,把手在屁股上摩擦着。她看见我正坐在桌子旁。

"杜查姆女士。"她笑得夸张极了。她的表情是不是有些自鸣得意?我猜想。去年秋天她辞职不肯为克莱门特干了,打那以后她对我的态度就变了。我的眼睛本能地瞄上她耳朵。不会是钻石吧,会吗?

"我们在家想念你呢,印迪尔。"我冷冷地一笑,不知道为什么自己要提醒她曾经在我手底下工作过。

"是吗?"她大声笑着用指头理一理耳朵后面的头发,似乎要确保我看到那对耳环。

"你从哪儿弄来那对珠宝的?"薇诗缇问道。"我告诉过你这身打扮让你显得很廉价。"她双手发抖,嘴不停地抽搐,"又是哪儿来的钱买那样一双鞋子的?"

姑娘的脸上浮现出敢作敢当的表情,撅着嘴转向父亲:"你们都知道去年夏天我是多么卖力地在为克莱门特先生工作。离开那天他给了我一些钱作为我良好工作的回报。我把每一个子儿都攒起来以便去买漂亮衣服。我已经厌倦了,每次出去看画展或去教堂都只有我没有鞋子,没有化妆。我是个好姑娘,爸爸,这你是知道的。"她用食指擦擦眼泪,小心翼翼,免得把周围的眼线弄花了。

薇诗缇望着我,绝望地摇摇头。耶西则急于相信女儿,他走过去把她揽在怀里,她的肩膀摇摇晃晃,他相信是在啜泣,而我相信事实正好相反。

薇诗缇也不相信她的举动。"耶西,跟她说不能再和那小子出去了,不管他是谁。还有,一个礼拜都不许她出门,至少一个礼拜。"薇诗缇期待着,抽搐也停了下来,眼里放出愠怒的胜利光芒。

印迪尔身体一僵,从父亲怀里挣脱出来,有那么一会儿她似乎要对母亲大发雷霆。但是又没有,她脸色缓和下来,来到母亲身边,跪了下来,把手搭在母亲胳膊上。

"哦,妈妈,真对不起。我不是有意让你担心的。你会原谅我的,是不是?看——"她把耳环依次取下来,戴在薇诗缇耳朵上,"看呀,她看上去难道不漂亮吗,爸爸?"她起身望着父亲,一副乖乖女模样。她一晃身体,脚跟着地,微笑起来,薇诗缇的指头在钻石上面摩挲着。

"你是对的,妈妈,对我来说太老气了。"头一仰她放声大笑,听起来比十六岁可要大多了。

薇诗缇把耳环摘下来,对着灯光举着。"啊呀,看上去是真的,印迪尔!你究竟从哪儿弄来的?"她递给耶西一只,要他检验,可是很显然他根本分不清钻石还是玻璃。

"哦,妈妈,就在希斯凯顿那家二手商店买的。你知道那家店的,有一次我们在那儿看到一个漂亮的钱包。只要一块钱。谁会一块钱卖钻石呢?"她微笑着看看耶西和我,想要把我们也卷进这个笑话里面。

薇诗缇又把耳环举起来对着灯光,从桌子中间的笔筒里拿出剪刀,在当中那颗石头上刮了刮。刀锋滑开来,石头毫发无损。薇诗缇呆呆坐了一会儿,大家等待着,只听见印迪尔长吸一口气。

"我们得还回去。他们犯了个错误。"她直勾勾地看着印迪尔,"是吗?"那一刻如果母亲坚持把黑夜说成白天,印迪尔也会同意的,因为薇诗缇的声音带着一种语气,这种语气我从没听过,可是她女儿明显已经领教过了。

"遵命,女士。"印迪尔说。

薇诗缇望着耶西,点点头。耶西把厨房的木质椅子推回原位,站了起来。"我陪你走回家,万一那匹蠢马看见什么它不喜欢的东西呢。"

我们动身,耶西走在卡特的头旁边,一只手打着灯笼,另一只手牵着系在笼头上的缰绳。马匹像矮种马一样步履蹒跚。

"也许我们可以在晚上训练马匹了,室内马场已经修好了。"我说,两个人渐渐靠近了车道。克莱门特不在的晚上我愿意付钱让他陪我。

耶西一直沉默着,我们打开马厩灯,给卡特解下马鞍,把它安置在牲口栏里,卡特叹了一口气,大声嚼着干草。

耶西朝房子看看,暗无灯火,我下午过半才离开。"克莱门特不在?"

我摇摇头。

"他什么时候出去的?"耶西拿一块湿布在嚼子和马鞍上抹,擦掉灰尘和汗渍。吊起来的时候皮革锃亮。

"昨天?"我小声说。

耶西哼了一声,把抹布搭在钩子上晾着。"不该独自一人待在这儿。他在想什么?有什么人来这儿打扰你吗?"

我摇摇头。真奇怪,我的担心一下子就被他说中了。"谁敢呀?我们住得偏远。我又会射击。有杆猎枪,又有手枪,晚上就放在手边。"

耶西的表情在说我感觉迟钝,连一列开过来的火车也躲不开。"他跟一帮野蛮家伙在一起,海蒂。"

"我知道,可是他们从没来过这儿。"

"据你所知。"

耶西陪我走进房子,走过每一间房间,把灯一一打开,壁橱也一一打开了。但是一想到要独自一人我就受不了,所以提出要给他看看古旧的农场种马手册以及雅克的账簿,很明显他分门别类记录下了每一笔经手的数目。

"新奥尔良之星,"耶西大声读出来,"触礁搁浅,船员全部死亡,行李包括:五百个棉花包,一头红牛,三头白花牛(留下)两匹驮马一匹栗色一匹黑色(卖了个好价钱),一百匹靛蓝布料(十匹给了奴隶),各色家具,现金,珠宝,衣服以及其他(均分)。"

另一笔记载了奴隶名单以及他们的后代,包括"奥玛·杜查姆"。

遭遇变故的旅客,倾覆的马车,陷进滚沙丢了性命的人们——耶西高声朗读出一长串灾难,范围如此荒谬,我们不舒服地大笑起来,面面相觑,悲风苦雨。

"这个老劫匪是克莱门特的爷爷?"耶西一把把书合上。

"是曾祖父,我想。"我环顾房间四周,用耶西的眼光看着,一所拥挤的博物馆,各种不连贯的风格、时代和品味,公然挑衅统一做派。生平第一次,我很想知道他们到底偷了多少,剩下的钱又在哪里,劫匪的宝藏。

"看啊,已经很晚了。薇诗缇可能担心了。"

耶西点点头,用一只手撸撸剪得很短的头发,朝前门看看。

"你都好吧?"

我点点头,向他致谢。

在门廊那儿他停下来,盯住谷仓黝黑的轮廓看了一会儿。一只丛林狼轻轻吠了一声,发出一声忧郁的嚎叫,又安静下来。耶西清清喉咙。

"说实话,夜里有一半时间我都是醒着的。薇诗缇早早上床看书。我坐在黑暗里等印迪尔,要么就胡思乱想。这么做没什么好事儿。七八点钟我可能就来,训练马匹,也许还能把你培养成骑手呢。"

不等我回答他就戴上帽子挥手作别。

一个礼拜过去,克莱门特回来了,筋疲力尽,疾病缠身,多肉的上臂挨了子弹,我把他扶上床,照顾他好几天,终于他又站了起来,发誓要找到办法赚更多的钱,这样就不用再玩这么危险的游戏了。他决不能忍受出卖任何一块土地,也决不允许把马匹或轿车处理掉。这方面他很像老雅克,为了保住这块地方他什么都肯做,现在我也成了问题之一。但是我决不袖手旁观。

"来年春天我会带你再去温泉城参加赛季。"一天晚上克莱门特发誓说,他把头搁在我大腿上,我帮他按摩太阳穴以减轻伤痛。他紧紧贴在我大腿上,像一个溺水的人,我俯身把他头发梳到脑后,亲了亲头顶,再次钦羡他又小又尖的耳朵。循序渐进,我们绝望地做爱,两个人都变得粗暴,不能满足,直到穿越了将我们捆绑在一起的肉体。

第二天早晨,几个月来我头一次睡过了头,醒来的时候克莱门特不见了踪影。我首先想到的是看看那辆帕卡德是不是还在,冲上阳台,惊奇地发现一层厚厚的早霜早就覆盖了地板和栏杆。他的车覆在自己的银色光芒里,但是令人吃惊的是前院。在打了霜的草上他踩出一个巨大的心形,在一片白茫茫之中像颗明亮的绿宝石光芒四射。

他在餐桌边等我,一只手拿杯咖啡,另一只手拿份报纸。在我的座位上放着一个小小的绿色天鹅绒盒子。里面装着一枚戒指,镶了一颗巨大的方形翡翠,周围绕着钻石。我喘口气,试着戴上,可是太大,终于把它戴在了大拇指上,我炫耀地把它举起来给他看,两个人都大笑起来。我又试着把它戴在大脚趾上,两个人笑得更厉害了。最后,我向他致谢,说要把它带到镇子上去比照手指粗细改一改。

"别,"他说,笑容一下子不见了,"就让它这样吧。用线裹一裹。"

"它太美了,不能这么对待它,克莱门特。不能送去博艺驰珠宝商店请博艺驰改改吗?"

克莱门特把手往桌子上一拍,把咖啡也洒了。"要是不能这么戴着就还给我。"他的声音犀利异常,我之前从没听过,我摇摇头把戒指放回盒子里,又把盒子放进裤子口袋。他立刻后悔,摸着我的手,百般道歉,但是我看得出他很有问题。迟些时候,他出去监督果园的农活,我拾起他刚才看的那份报纸。不是我们那份满是地方闲话和镇上事件的周报。是圣路易斯日报,好几天以前的,第二版上刊登的一则报道说,尚未能找到在快递途中抢劫价值五十万珠宝的犯罪嫌疑人。我丢掉报纸,又立即拾起来,环顾厨房四周,好像有人可能会看到这则报道,并把它和我们联系起来。芒缇·吉恩!她今天迟到了,但是很快就会来了——我一把抓起整份报纸,又抓过一包火柴,跑去焚烧桶,站在那里盯着,直到不剩下些什么,除了桶底一片片的黑色灰烬。

进屋,我把那枚戒指藏在没人能发现的地方。生平第一次我开始意识到做杜查姆太太意味着什么。起初这让我沮丧,让我害怕,但是到中午我已经决定要和他站在一起了。我带上他给我训练过的来复枪、手枪以及整箱瓶子,驾车去了沙涌。我把瓶子排成一排,开枪射击,瓶子翻进沙涌,消失了。我心满意足,开车回家,把午餐摆好,回避芒缇·吉恩尖锐的表情。

又过了一个礼拜,克莱门特宣布他刚刚给耶西和薇诗缇家里装了电话,一旦有情况我可以给他们打电话。"那些马,你永远不知道会怎样。"他说着吻了吻我的脸颊。

我感动坏了,他一离开去指挥秋耕,我立刻给薇诗缇拨了电话。接下来的几个礼拜,我和薇诗缇煲了好几个钟头的电话粥。不知为什么,打电话比面对面更容易沟通,我们分享成长故事,分享秘密痛苦和欢乐,尽管对于克莱门特和印迪尔绝口不提。我们从不缺乏话题,仿佛黑色听筒里传出来的没有实体的声音就像自己的窃窃私语。克莱门特进来,对着眼前的场景微笑,我的脚在餐桌上,电话贴着耳朵。

一天,他说:"每个在线上的人都在听着,知道吗?"说完大笑起来。

"那我们都能成为更好的朋友了。"我反唇相讥。

每周耶西都会在夜里来个四五次,通常是克莱门特不在家或守在电话边的夜里。时间如白驹过隙。回顾往昔,我猜我是幸福的。当然不像以前,那时我有了身孕,充满绿色的希望。现在的日子更加平稳,不那么天然去雕饰,也几乎并不希望有什么事。

我用忙碌来阻止自己去思考丈夫在那些日日夜夜里忙些什么,又是谁能够对他招之即来,又或者怎样处理那些钞票。他把钱藏在水果罐里,收进地窖、小屋和谷仓。我不想为了他那些显而易见的藏匿场所去烦他,我就简简单单把它们埋在种马草场里,没人会去搜的。我告诉自己这些罐子防水防虫,而且是的,我时不时还会往自己钱包里塞个两张,去希斯凯顿购物,马用毯子,马鞍垫子,或是给薇诗缇买个礼物,她中意我买给她的罐装巧克力和金边扑克牌。她这个人很容易高兴,加上印迪尔在乡下到处乱跑,她需要这些东西。

对于女儿的品行不端,耶西闷闷不乐。最后他们把她送去圣路易斯一个姨妈家,事后证明那是最坏的选择。

我以为生命已经重新来过。多么天真,多么自豪——

一月末的一个夜里,耶西和我放出四只同窝母马,任由它们在室内马场奔跑,外头地面太硬了,它们只能在围场里冻结的泥巴上小心翼翼地走走。

"那匹叫西斯科的母马将来会生产杰出后代的。"耶西指着一匹褐色母马,它在竞技场上健步如飞。

"福尔跟她妈一样好。可以参加奥林匹克了。"

"你在谈论我的赛马吗?"

我一转身,发现克莱门特醉醺醺地靠在我们身后的墙上。看上去被人打了,鲜血滴在白衬衫前襟上,外套右边袖子被扯掉一半。左眼肿得闭了起来,嘴角还有血迹,已经干掉了。

"你受伤了。"我把手伸过去,他把我搂进怀里。

"没什么,亲爱的,"他对着我的耳朵悄悄说道,"打发耶西回家。有惊喜给你。"

他把指头放在我胸脯上,我打了个激灵。

"我进房子,"他趔趔趄趄穿过砖砌的走廊,在门那儿停下来扭过头,"别太晚了,亲爱的。"

耶西已经开始把母马赶到一起,缰绳噼噼啪啪落在笼头上。

"他需要我。"我抱歉地说。

"他当然需要。"耶西说,眼神却毫无表情,脸上的皮肤有光泽地紧绷着。

"明天晚上?"我问。

他把缰绳递给我。

我抓住他的胳膊想要把他拉过来。

"听着——"我说。

但是他跟着三匹高头大马挤了过去。

在房子里我发现克莱门特已经睡死过去了,头埋在手臂里,趴在餐桌上打着呼噜。我原想就留他在那儿,转而一想对芒缇·吉恩又不公平。我自己一个人怎么把他扶上楼呢?朝厨房窗子外望去,我看到了马厩,灯还亮着。耶西还没走。

即便耶西那么身强体壮,我们还是费尽九牛二虎之力才把死沉死沉的克莱门特拽上楼梯,又把他拖到床上。给他脱衣服也是难事一桩。他右侧全是乌青块,像是被踢的。我为他难过,同时又为他醉得感觉不到疼痛而高兴。

他脱得只剩内裤的时候,我觉得尴尬,想要我们两个中的一个把头转过去。

耶西说:"这样就可以了。"我很高兴不用管内裤。

我在前门拦住了他。"我需要你的帮助——克莱门特昏了头,"我望望天花板,想象他在上面注视着,压低了声音,"他让我害怕极了……"

"他是个成年人,海蒂,"耶西打开门,"我说什么都不可能改变他的决定。"他拍拍我的肩膀,离我而去,也离开我的烦恼。

"就这样吧。"我对着黑房间说,可是事情并不就这样。

挨打以后克莱门特努力想要在家里多待些日子,但是夜夜电话在催,不论他想干什么,最终都还是离开去做事,带着装枪的口袋,后座毯子下面又多了一杆新猎枪。跟我在一起的夜里,他在睡梦里翻来覆去,又在噩梦里哭喊着,我把他搂在怀里,用我的声音安抚他,这才停止。他从不为此道歉,我也从不指望。我接过礼物,拿它们与自己丈夫的性命做着比较,直到一天夜里,训练完马匹,我提议耶西和我一起寻找雅克的财宝。

耶西正给一匹母马刷冬天的厚皮毛以保持皮肤健康。它时不时抬起一条腿轻轻地一踢。那是比赛日子里养成的坏习惯之一,尽管她很小心从不去想那些日子。

"那么你怎么想?会帮我吗?我需要个强壮的人帮我撬开厢房那些墙板。"昨晚我做了梦,梦见安妮指给我看雅克把一些财宝藏在了哪里。

耶西点点头,嘴巴毫无表情,刷子朝马屁股上捅得太用力,马轻轻一踢,擦破了他的膝盖。"你向他提议的时候,他会怎么说?认为他会停止犯罪吗?变成一个良好公民?去教堂做礼拜?"

"我不去教堂,"我说,"他可以买更多的土地,我们开始家庭生活,就像我们计划的那样。"

他对母马哼着小曲,它的腿放松下来了。"哦。他想春天里让那些年轻马匹参赛,海蒂,我敢打赌你没跟他说,是不是?"

从秋天开始我们就为这件事争执不下,送两岁马匹去参赛让我们担心,想让它们再多长一年,尽管这意味着可能损失一年的收益。

"他整天倒头蒙睡,耶西,你想让我叫醒他?那他永远都不会同意的。"

我伸出手掌给这匹母马舔,小心翼翼保持水平,生怕它会用牙齿发泄不满情绪。

"最近收到女儿的来信了吗?"

耶西叹了口气,用指头拨拨刷子,把上面的灰尘剥落。

"莉莉姨妈在一间图书馆还是什么的地方给她找了份工作。不太明白,不过要是能让她忙起来的话——"

"你们都想念她,对不对?"

耶西耸耸肩。"我可不想念她给她母亲和我带来的痛苦。"

这些话我忘不掉,就像栖息在皮肤下面的鱼钩。我担心如果没有找到雅克的财富,我就永远都不会有孩子了,甚至永远都不会有身为人母的失望了。因此,经过深入讨论,我们决定先从楼上找起,敲敲墙壁和地板,寻找空洞的声音、不牢固的木板以及建造者留下的隐秘空间。我打算展开地毯式搜索,不去计较同样的屋子被翻了多少遍。

我们在卧室里,正把床推回到墙边,这时克莱门特出现在了门口。"这是干什么?"

我们都吓坏了,心虚地一蹦。"没什么,"我说,"我们只是在摆床呢……"

"我看到了,"他说。声音冷极了,已经超越了愤怒。

为什么耶西一言不发?

"我们在找东西,克莱门特,就是这么回事儿,你看得到。我们从谷仓进来,以为听到楼上有什么动静,在墙里面。"

克莱门特摇了摇头,一转身,跺着楼梯下去了。

"我最好走掉。"耶西说着迅速跟了上去。

我在图书室找到了克莱门特,他喝着白兰地,朝火里瞪着眼。

"好吧,我们刚才在找雅克的财宝,"我一屁股坐进皮沙发,"我想把它找出来,这样你就可以停手,你就可以待在这儿,安安稳稳和我又在一起了。"我的声音听起来在颤抖,所以赶紧把梦也和盘托出,但是他从没看过那些日记,根本不知道谁是安妮·拉克,或是什么雅克的财宝。

"你的意思是基顿舅舅从没向你提起过?"当他说基顿看过全部日记时,我问他。

克莱门特摇摇头,把白兰地重重摔在桌子上,又给自己满上。尽管表情还有些怀疑的阴影,猜疑已经减轻了好多。

"你知道我可受不了不忠,"最后他说道,"我历尽千辛万苦就是为了保护这个农场还有你。"

我走过去,靠在他椅背上俯下身子,用胸脯抱住他的脸,把不安从他肩膀上驱散了。

第三部

小麦蒂·杜查姆

"我们发自内心的改邪归正真的常常撒谎。"

22

"我叫小麦蒂·杜查姆。"她反反复复以此打发了几个钟头。又编出一首歌来搭配自己的名字："我决不结婚,结欢,结交,结果。谁会娶我呢？谁会找到我呢？阿爸有我房门钥匙。"可是他已经离开三天了。她知道,因为窗子上的刮痕。每天她都用母亲的黄钻戒指在窗子上划一道。戒指很大,她不得不戴在大拇指上。父亲把她锁在这里,唤她作劳拉以纪念她母亲,又诅咒她的红头发、蓝眼睛以及一颗不忠的心。

"阿爸,求你了,我爱你,求你了,我永远都不会离开的。"她哭喊着,门闩闩到了底。

水罐已经空了,但是早晨下了雨,她把手伸出窗户缝,接了水像狗一样在小手洼里舔着喝。窗子被钉住了,多开几英寸都不行。他不想让她走掉。三天前的晚上,他透过门上的裂缝唤她作安妮,哭了起来,那哭声让她觉得自己以前从没有听过男人哭泣。她静静坐着,希望他会把门打开,看到自己好好的,把自己揽在怀里。他是自己的亲生父亲,不论他做过什么,她都必须原谅他。

麦蒂在一间不用的房间里翻了个箱子,穿上一件漂亮的旧浅蓝色丝绸长袍,腰收得很高,站在窗子边上,等他坐在自己房间外面走廊里的椅子上,白天他都在那儿度过,阻止她做些她自己都还没想过的事情。他的影子鲜明地映在厚木板上,显出消沉和黝黑的腐朽。她希望他不要瘫在那儿才好。他一穿过门,她就听到地板在他的体重底下嘎吱作响,连忙祈祷这所房子可别像大河和土地一样跟他作对。

他一见她就跟跟跄跄,一只膝盖跪地,把手扶在心脏上,似乎脆弱的身体终于崩溃了。她从没见过这样一张满是痛苦的脸,下巴松弛下来,眼睛悲愁之至,似乎看透了地狱的层层深渊。

她敲敲窗子,喊道:"是我,阿爸,是小麦蒂,是一八八九年了,我只是在玩装扮游戏。"但是他眼睛发直,让她以为他得了脑中风。长长的花白头发油腻结块,脸上的皮肤松弛下来,仿佛生命正在流逝。曾经锐利的眼睛也变得模糊,蒙上了一层膜,老狗、老马也会生,接着就是失明。她想走到他身边,把那层膜拿掉,他已经看不清她原来的模样了——他的小麦蒂。她把手伸出窗子缝,想要给他看清楚自己是谁,可是一看到她大拇指上的黄色钻石,他气喘吁吁,拖着膝盖往后退。她怕他会靠在糟掉的木质栏杆上,翻下去要了他自己的命,连忙向他招手,却让他更加恐惧。"过来。"她温柔地说。

见状他把手在罩衫前襟上擦了擦,这件罩衫既油腻又老旧,最近他一直在穿,奥玛说是他以前就有的。他看上去已经恐惧到失去了理智,手脚并用站了起来,扶着吱吱作响的栏杆来保持平衡,慢慢挪到门边。

"救救我,阿爸,让我走。"她哀求道,他的眼睛恐惧地瞪着。他应该把酒戒了。她得告诉奥玛去把白兰地和葡萄酒再藏起来。从她记事开始已经藏过三次了,每次他的行为变得太离谱,她们就得把酒藏起来。奥玛知道的。她会把他锁在单身汉厢房里,完全不理会里面大逆不道的呼号,直到他身上的毒药酒精散发殆尽。麦蒂学会了在耳朵里塞棉花,又把手蒙上。有时她和马匹一起睡在谷仓里,只是为了从他发出的噪音里逃开。要是奥玛在就好了。

麦蒂整日滴食未尽,一直呼喊到深夜。他来到门前,嘀嘀咕咕,哭哭泣泣。他向上帝祷告,向某个叫安妮的人祷告,向她母亲劳拉祷告,还向其他无数人祷告,但是他醉醺醺的含混声让麦蒂辨不清是谁的名字。她从钥匙孔望出去,他就躺在走廊地板上，望着天花板，两眼一动不动，只有嘴唇机械地动着。她又一次开始怀疑他中了风，要么就是心力衰竭，要么这一次他真的疯了。她寻思到了早晨弗兰克·鲍竺就会来了，他会把自己放出来照顾阿爸。她出生以前他就在为雅克工作了，对于老头子的行为方式了如指掌。望着父亲她脑子里就在想这些事，父亲嘴角淌下执拗的白色唾液，泪水玷污了他皮革般的脸。他慢慢坐起来，把罩衫从头上脱下来。胸部稀疏的银色毛发根根直立，像是过了电，可是皮肤依然紧致！他拥有一副年轻人的体格——坚实的肌肉，而不是松弛的皮肤——她没法儿解释怎么回事。只有他的脸显出些老态。他站着解开裤子，迈出裤管。她应该把头扭过去，可是修长坚实的大腿里蕴藏的力道让她大吃一惊，那是一双年轻男人的腿，甚至还要胜过年轻男人。讲不通的，她在他体型面前挪不开眼睛。

接着他做了件怪事。他高举双臂，朝屋顶吼道："期待！"她以为是"耐心"的意思。顺着他的眼神她抬头，只看到走廊尽头灯盏弄出的再普通不过的阴影。

于是她又开始敲门。"放我出去，你这个混蛋！"以前她可从没有在父亲面前咒骂过，不知道为什么现在居然做了。一时嘴快，为时已晚。他盯着门，眼神已经疯狂，攥起拳头，凶猛地往木门上撞，叫嚣着："小刽子手——你这个婊子，你这个贼骨头！"她忙往后退，确信门就要倒塌了，但是它岿然不动，接着她听到他一双赤脚在楼梯上跺着。

然后，她就没有听到他的声音了，没有任何人的声音了。奥玛搭船去了新奥尔良。麦蒂外婆一个月前死了。哥哥基顿住在纽约城，和她从未谋面。

我们都想属于别人，麦蒂女士，她外婆告诉她。小麦蒂曾经属于父亲，属于这所房子，属于外婆。她曾发誓说要好好看着孙女，然后她死了。你怎样属于一个死者呢？

这天一早，她决定要冲出牢笼。父亲不肯搭理她，她已经前胸贴后背了。如果他强迫她出走，如果他要和她脱离关系，那她就去找母亲，不管她在哪里。要么就去找哥哥基顿。总有人要收留她。她还年轻，对此非常确定。要是不考虑其他的，她能去牧场站在穿行于其中的铁轨旁边把火车拦下来。

陶瓷水罐钟形的中部飞翔着蓝色小鸟，她拿起笨重的水罐朝窗子砸去。水罐砸穿窗子飞了出去，又在朽腐的走廊木板上反弹起来，从破损的护栏中间跌出去。"砰"的一声落在下面裸露的泥土上，碎了。院子里生不出草了。父亲碰过的东西现在尽数死去。是麦蒂外婆给花园带来了生气,让奶牛产奶,让猪长膘,让母鸡下蛋。奥玛说她会将诅咒解除,把大家解放出来。她得抓紧时间了。麦蒂拿过一本厚厚的素描本,把剩下的玻璃弄出去以免伤着自己,素描本上是安妮画的鸟和蝴蝶。窗子又大又低,只要跨一步就上了走廊,丝毫没有发挥出本应有的抵抗她的作用。

"别松开,"她轻声朝颓然倒下的木板说,"把我监禁起来吧。"

她来到护栏边,小心翼翼不去靠腐朽的板条,在接近地面的部分这些板起了鳞,发出暗橙色。她四处找他,穿过院子,穿过龌龊的马路,穿过火树和杨柳,刚进入六月,叶子上已经布满灰尘。她又来到河边,大河宽阔,水流深褐,汽船日夜穿梭,却没有一个人想过她被锁在这所房子里。父亲去了哪里?他是怕大河之上的人们吗?有时候她认为他是怕。对于人们的问候,对于人们向他索要木头或是请求帮助,对于人们好奇的问题,他总是不理不睬。

对着像大河那样的庞然大物,你没有任何胜算,奥玛说。看看那些马匹吧——去年春天没有一匹怀孕。它们现在该繁殖了,她说,朝大河看看,似乎大河将种马的心尽数攫取了。

她小心翼翼绕过最不牢固的木板,一手扶在墙上,似乎这样一来就不会跌下去了,终于来到走廊尽头,她望望畜棚场、田地以及果园。鸡去了哪里?他还没把它们放出来吗?奶牛在谷仓旁边的围栏里乱转,相互撞在一起,痛苦地弓下身,重重的口袋在两腿间碰撞。他也没挤奶。

"阿爸?"她的声音传遍畜棚场。

回到走廊当中,她努力把窗子朝楼梯间推,挤了进去。找遍整幢房子,完全不见他的踪影。餐桌上摆着瓶葡萄酒,几乎已经空了,她不假思索举起瓶子一饮而尽,只剩下些渣滓,红葡萄酒香馥郁,在她饥饿的嘴巴里发出酸味。

"阿爸?"她唤道,"阿爸?"

在烤箱里她找到一盘凉了的饼干,往裙子口袋里塞了两块,又咬了一口——父亲的手艺。饼干又轻又脆,在嘴里留下一股黄油味。奥玛不会做饭。大多数时候都是父亲做,除非他能说服镇上的某个女人,让她出来给他们工作,这种事一年发生一次。每一个都干几个月,然后就辞职,口袋虽然满了,但是心里却对他们深恶痛绝。

麦蒂留下的最后一点黑莓蜜饯味道应该不错,但是没时间了,她喝了几口水,把饼干冲了下去,然后就去了谷仓。可能他去了那儿,倒在地上,醉生梦死,身受重伤,甚至更糟。

她打开鸡舍,红的、白的、黑的鸡,纷纷拍着翅膀,争先恐后跑下斜坡,弄得她差点儿走不出来。恶臭的鸡屎和着身上羽毛热乎乎发霉的气味直往她嘴里钻,她转身落荒而逃。等会儿她会给饮水器加满水,再看看它们有没有下蛋。要么把它们全杀了再从头来过,奥玛离开以前说。这些母鸡要么是在藏鸡蛋要么是在集体拒绝下蛋。现在它们毫无用处了。

可是父亲听不进去。最近他把注意力集中在一些她们看不见摸不着的事情上。奥玛相信那是灵魂的世界。幽灵。

"我见到她了,"父亲坚持说,"就在谷仓里,今天早晨,我正在挤牛奶的时候。"

"你应该把酒戒了,我的朋友,"奥玛说,"劳拉已经死了。"

母亲可能已经回来了,不论父亲和母亲之间曾经发生过什么,都可以弥补的,想到这儿麦蒂的心为之一振。接下来的一个礼拜,她格外小心,始终保持干净整洁,又帮着奥玛和父亲。她把客厅和图书室里的家具擦得锃亮,不等人吩咐就把前面走廊打扫得干干净净。他们错了。母亲从没有出现。

谷仓是最新的建筑。几年前着了场火,老的被部分烧掉了,父亲把它重新建造起来,可是在房梁底下她还是可以看到烧焦的痕迹。而且里面总有点灰烬气味,下雨的时候就像个壁炉。

"阿爸?爸爸?"她冲着满是灰尘的暮色喊道,只听得外面温柔的猫叫喵喵和奶牛哞哞。她把三头奶牛放进来,把它们的头宽松地绑住以方便它们摄食,然后飞快地爬上楼梯来到阁楼,从上面把干草扔进饲料槽。一些草落到了奶牛头上,它们摇头把草抖落,贪婪地抢夺着。你首先必须照顾好你的牲畜,她一不做家务父亲就向她说教。你欠它们的,我亲爱的。

他昨天一定去了雅克码头,她想。他一定是喝醉了,就住进了酒店;又或者他遇到了熟人,就留在了那里;又或者醉醺醺跌进了大河;又或者他——她强迫自己停下来。牲畜一旦打理好,她就拉匹马亲自上镇子去。她确信他就在镇上,他把她锁起来,又饥又渴,一走了之,想到这件事,她就光火。等奥玛听说这件事以后再瞧吧。要是麦蒂外婆在这儿……

奶牛知道她是个笨手笨脚的姑娘,所以花了格外长的时间才把牛奶挤出来。

昨天他肯定挤过了,也就是说昨天他还在这儿。她把脸颊贴在奶牛温暖的腰侧,闭上眼睛,让牛奶有韵律地喷在铅桶边上,然后喷在牛奶里,精神也渐趋平静下来。要是父亲,那她就……奶牛赶苍蝇的尾巴像手指抚摸上她的侧脸,感觉如此真实,她几乎想象着指甲在自己的皮肤上轻轻刮着。

挤完牛奶,她把最后一桶牛奶搬到冷藏间,打算倒进浸在冷水里的大铅桶。可是里面装着昨天的牛奶。他没有拿出去卖给那些住在马路上段的人,也没有拉到镇子上去卖。他去了哪里?

要是他们也像镇子上的人那样有一部电话机的话,她可以打给他们,但是正如奥玛说的,电话只有这一部,能打给谁呢?拍个电报、派人捎个信儿或者写封信都要牢靠得多。她要叫父亲回家。

她不得不跟自己身体里每一根神经作战,它们在说:"快,找到阿爸,别拖拖拉拉,他需要你……快!"她失去了耐心。这一回她要给他看看自己比他要有耐心得多。她要照顾好每一只家畜,在他处于可怜的、醉醺醺的状态中把他接回来。万一他跌落马车,落进长沼里淹死了怎么办?田纳西那边越过大河的瑞尔福特湖上有河匪和强盗,万一他被那些人杀了怎么办?万一他乘着渡船到大河对岸去赌博或打猎怎么办?她摇摇头,把这些坏思绪甩开,往桶里装满玉米。

一些玉米撒在了地上,种马不得不用黑天鹅绒般的舌头把金黄的玉米粒从土里拣出来。她滑过木板,把桶挂在柱子上,又站在马身旁。迅速拍拍马膝盖后面,她说:"躺下。"它就把腿放在了地上。虽然裙子很长,她摇摇晃晃爬上它的背,抓住了鬃毛。感觉到她的分量,马最后吃了一口玉米,转而靠近围栏,这样他们经过的时候她就可以很便捷地把桶举起来了,就像父亲教她的一样。他会为此自豪的。

种马想要跑起来,但是她把指关节压在它脖子上,对它嘤嘤低语,于是它走了起来,脚步迈得很大,踏地很重。也许她应该骑着它去镇上。想象一下当她跨在一匹黑种马上出现的时候人们该有多么惊奇啊。就像那些童话以及浪漫故事一样。勃朗特三姐妹或者福楼拜,就是奥玛给她读的那种书,但是又因为觉得故事愚蠢而放弃了。"那为什么还要读呢?"麦蒂问。奥玛耸耸肩,拿出凡尔纳和马克·吐温的书。她说尽管小麦蒂不能离开雅克码头,她还是可以了解外面广阔的世界。镇上有一所学校,但是父亲从不允许她去上学。"外婆和奥玛教她读书、写字、做算术,很快她就能接手农场的记账工作了。"父亲说。

她一拉鬃毛，"吁……"马停了下来，转头轻轻咬她的鞋尖，转动着眼珠向她显示自己很危险。一如往常，她视察了田地、果园、沼泽和树林，这些迟早都是她的。好吧，也是基顿的，但是大家从没听过他的消息，说一切都是她的也十拿九稳了。如果他愿意他可以和她对抗。她才是父亲的亲生女儿，他可不是什么货真价实的继承人。

她呼喊道："阿爸？回家呀，阿爸。"北上的列车呼啸而过，呵斥她，黑烟把天空喷脏了。火车上载着十辆汽车以及木桶、牛、猪、一匹匹织好的布料，还有家具——每年这个时候都要把这些货物送进城里。父亲答应过，说等她十七岁生日的时候，他们就坐在红色的乘务车厢里一路前往圣路易斯去购物，在餐厅用餐，在一家真正的酒店里过夜。还有三个月就是她生日了，她已经在计划着带哪些行李了。

小麦蒂一遍又一遍呼唤着他，声音越来越大，越来越高，直到把嗓子喊破了才停下来。如果他在那儿，她就会见到或听到他了，除非……她赶紧让思绪停下来。

她强迫自己望望母亲的果园。她仍然记得果树第一次结果的时候，她是怎样要工人们从每棵果树上摘一个果子给她，麦蒂外婆和父亲争吵着，说要是父亲这么固执不肯吃这些果实，那就把它们摘下来送给工人和街坊。最后，好几桶果实进了谷仓的地窖，但是他连一片也不愿意碰。最近大家都对争吵失去了兴致，现在几乎所有的树都在原本生着浓密树叶的地方伸出光秃秃的树枝。至少有两棵树已经死了，灰白树干埋在蒿草里。果园需要淘汰，再重新种过，可是父亲不上心。他已经不上心好几年了。打从小麦蒂记事开始，农场就由奥玛经营着，她还向雅克抱怨说自己日渐疲惫，想要和弗兰克·鲍竺以及两个孩子待在一起。她去新奥尔良是为了解除诅咒还是想要把压在自己身上的诅咒和原来的诅咒交换呢，这样她就自由了？

"你是自由身，想走就走吧，我亲爱的。"他总是提醒奥玛。她嘴里一哼，把头摇着，好像她知道些什么他所不知道的事情，这是可能的，因为他太老了，太太也太老了，麦蒂外婆死的时候都没有他老，雅克码头没有人比他更老。他需要的是麦蒂女士的一剂秘方，好让精神舒缓过来，可是小麦蒂又没能搞清楚用些什么草药和树根。外婆把自己的秘密埋藏得太好了。就像一个奥扎克巫师，雅克码头的人们背后都这么叫她，尽管他们生病的时候还是会毫不犹豫地前来向她求助。

世事如此,她常常说。

父亲再也不费心照顾马匹,奥玛也不管,所以就剩下小麦蒂和雇工鲍竺来照顾了。就算本季它们怀孕迟了,一年里的这个时候它们的乳房也该胀大了,肚子也该低低地摇着,肿胀着,但是恰恰相反,它们长成了老巫婆,肥得像猪,就像那些种马,像是遭了阉割。他们有十匹母马,从三岁到十八岁,每匹每年都该生产一只马驹。但是直到目前还一只也没生出来过。整个春天她都说起这件事,父亲只是耸耸肩,一个人嘀嘀咕咕。她提出建议,认为问题可能出现在种马身上,他轻蔑地看着她,打个喷鼻。

"它难道没有把自己的形象烙在这里的每一个地方吗?"他问,"在这里它的家族是最有生育能力的。也是跑得最快的。"他摇摇头,用手遮住脸,又用发黄鼓起的手指关节拼命按压眼睛,他太过用力,让她担心他会把眼睛弄坏。"问题出在那个该死的女孩儿身上——"

"我母亲?"她愚蠢地问道。

他停下手,又颓然地放下,望着大河对岸,呷一口从新奥尔良运来的白兰地,尽管他声称他们穷得就像田鼠。

"你让鲍竺去负责繁殖。种马不喜欢女的。"

她忍无可忍,义愤填膺,气得直跺脚。为什么男人回答不上来的时候就总是归咎于她的性别呢?

找到父亲以后,她会迫使他把马匹交给她来管理。她比农场里任何人都会打理。想到这儿她更有信心找到他了,也更有信心要他让那些牲畜按照人们期待的那样工作了。这儿得有人采取强硬手段才行,她会对父亲说。

回到谷仓的时候,早晨的阳光直射她的眼睛,弄得她不得不低下脑袋,朝两边看看以确定她和马在往哪儿走。热浪开始刺痛她的脸,回到房子里的时候,雀斑就会爬满鼻子和脸颊了。麦蒂外婆会不高兴的,但是现在已经没有人会说什么了,这在麦蒂的心里面带来一阵剧痛,在那里住着母亲和父亲,但是也只有如人饮水,冷暖自知罢了。

是时候把父亲接回家了,趁天气还没有那么热,没有那么困难。现在她已经确定他在哪儿了。

她停下来只是为了把马笼头装上,心想如果没有马鞍的话一位女士可以跨在马上的。她一把抓起父亲的旧毡帽,帽子边上皱巴巴的,顶上也沾着污点,她把帽子收进去，拉下来遮住脸。后颈上的汗立刻凉下来风干了。她把长裙拉下来，遮住内裤和衬裙，并尽可能遮住腿，但是裸露的脚踝还是泄露了今天早晨她嫌麻烦没有穿袜子这个秘密。她父亲失踪了！袜子又关什么人什么事呢？

马儿昂首阔步了一会儿，她让它慢跑起来，最后变成了狂奔，它把头一低，在身后扬起的云雾里又用马蹄撒上红尘。

终于它慢下来，到了一个T字路口，主路伸向镇子。他们已经离开了大河的U形弯折，四周是平地，河口抽干了沼泽，一直延伸至他们的土地。低矮的柳树、棉白杨和火树栽在路两边，野花遍地，上面飞满蝴蝶，蓝的、黄的、橙的、红的，谢天谢地奥玛不在，要不她一定会要她收集标本给她辨认了。真是个了无生趣的人啊！给我讲讲这个世界吧，小麦蒂央求她，跟我讲讲那些总统和他们的夫人吧，跟我讲讲法国人送的自由女神像和布鲁克林大桥吧，跟我讲讲纽约城吧！一旦时机成熟她就动身。

小麦蒂不知道奥玛从没去过东部，可是她说麦蒂一定是从母亲那里遗传了流浪癖，她母亲，一个年轻寡妇，横穿大西洋来和雅克结婚。听上去她是那么勇敢，那么漂亮，小麦蒂满心希望自己长大以后也能成为母亲那样的人。她还要返回爱尔兰家中。家乡父老为她奉上礼物和宴会，过了这么多年，他们的亲孙女又回到了家人的怀抱！小时候奥玛和外婆跟她讲起过她那美丽的母亲，可是又告诫她千万别在父亲面前提起，父亲已经心碎，受不了再听到她的名字。小麦蒂明白了，她来自一个有着悠久浪漫传统的家族，既然她马上就要长成一个成熟的女人了，那么她很快就要出征，去寻找自己在这个世界上的财富和爱情。

她把上衣和罩衫往下拉拉，希望看到那些妇女杂志上展示的丰满柔软的胸脯曲线，可是只有自己小小胸部的黑色空虚。父亲给她买了缝纫机，奥玛在上面给麦蒂做过于宽大的衣服，不论她说什么做什么都无法改变奥玛的决定。还说宽松的衣服显得端庄。麦蒂不得不剪短父亲的宽皮带，把它系在腰上，这才固定住硕大的裙子，当她要杂志上的那种后面塞着腰垫的紧身衣服时，奥玛脸一沉，眉头一皱，要她管好自己的事。

就在雅克码头外面，在那条通往北方的马路上，一幢新建筑正在施工——是一层楼的红砖建筑，规模和农舍差不多，只有标牌上写着密西西比河电话交换台。就在这时她看到一根根杆子沿着马路通到了城里，也看到那些在地震和战争轰炸中幸存下来的古老高大的橡树、柏树和榆树被剥去了树皮！一根黑线从一根杆子拉到另一根杆子,把心从树梢上驱逐出去。她看着觉得恶心,随后火冒三丈——等着给雅克看到吧!

再远处,有四所破败的小房子,没有涂过漆的走廊倾斜着,台阶要么腐烂要么已不见了踪影,窗子坏掉了,上面钉着油布以挡风遮雨。破碎的瓦罐沿着满是土的路面排到门口,告诉她里面住着黑人。第三幢房子边上的郁金香装在空瓶里吊着,以驱赶游魂。奥玛很少带她走这条路进城,相反她们通常会转弯经过那些当地贵族的大房子。蕾费商店的主人们,殡仪馆、五金家具店农具商店——都聚集在四面回廊的大房子里,每幢房子都占去了半个街区,但是和种植园主们的房子比又是小巫见大巫了,那些豪宅有奴隶区,有马厩,周围的石墙还只是标界出领地的四分之一,让人们回忆起过去。

纽约爆发最后一次金融危机时,他们的小镇子横遭打击,所有一切都需要好好地涂上一层漆。父亲从不为钱担心。不知什么原因他们总有足够的钱用,虽然这些日子他收成不多。"那么为什么你要说我们穷啊?"她问,"你走了以后我可怎么活啊?"他只是笑笑,告诉她不用担心——时机一到,他就把秘密告诉她。现在时机成熟了,一找到他麦蒂就要把这件事宣布出来。如果你要消失,那我就得知道。

接近市镇广场了,种马又昂扬起来,法院座落在这里,以广场为中心,各个商业区向四面辐射开来。两位富态的妇女把束胸和腰垫裹得紧紧的,撑着小小的阳伞蛮横地在街上走着,在初夏的热浪里转过脑袋盯着她看。她像个绅士般歪一歪父亲的帽子,冲她们过于炎热的红脸笑了笑。长长的上衣徒然强调了她们的肚皮,后面的大腰垫看上去就像装谷物的口袋,绑在身上恰好充当了平衡物,防止她们朝前跌倒。脑袋上栖息着小帽子,塞着浅色鸟儿,从鸟窝里探出头来偷窥着,鸟窝是用网和羽毛做的,帽子和衣服配得很好,一顶是黄色的,配白格子衣服;一顶是绿色的,配粉色衣服。她们的头发打着小卷儿,为阔脸烘云托月,看上去乱糟糟,绝对谈不上风月,她想象这后者才是她们想要的结果吧。两个女人在脸前面抖动喷了香水的手帕,驱走红尘和马身上的臭汗味。小麦蒂轻拍自己的头发,头发从一边垂下来,使她看上去像个疯女孩。她一手抓缰绳,想要把头发塞回帽子底下,可是头发又湿又重,就是呆不住,最后她只好把帽子一摘,让头发全部披下来,有几缕头发缠在了一起,她用指头梳一梳。一个人骑着脚踏车,疯狂地踏着脚踏板冲到他们前面的路上,察觉到她的心不在焉,种马猛地一惊,差点儿把她摔下来。

"好啦。"她对住马匹嘤嘤低语,拍拍它的脖子,把嘴上的缰绳松一松,直到它拖着脚步慢慢走着。

夸尔斯酒吧咖啡屋占据了大河酒店底楼的一半,酒店是个两层红砖建筑,里面住着船员、剧院常客之类的人。父亲在这儿脸面很熟,可以赊酒喝,只要每个月奥玛来还一次账就可以了。但是今天她不在这儿,所以就轮到小麦蒂了。

她深吸一口气,调一调种马的方位,直面酒吧双层纱门,用尽气力吼道:"雅克·杜查姆!雅克·杜查姆,你给我出来!"接着又忍不住加了一节轻微而痛苦的声音,她意识到是由内心深处发出的——"阿爸?"

23

两个无赖大喊一声推开了双层纱门,从酒杯里大喝一口,同时把她上上下下打量了一番。她把父亲的帽子戴得更牢些,回以怒目而视。他们咧嘴笑开了,像两个白痴,她认出他们正是曾经为雅克工作过的人们的儿子,他们已经长大成人,无恶不作——一个是小圣·克莱尔,另一个可能是奈特,她记不得了。他们曾在西部呆过一年,现在打扮得就像牛仔。他们本打算猎杀美洲野牛、淘金,结果最后差点儿饿死,一个牧场主可怜他们,教他们用套索、修篱笆、照料牲畜,每个月给他们赚十二块钱。奥玛说把牲畜从德克萨斯赶去内布拉斯加的路上他们帮忙偷了牲畜,又把赃款喝得精光。钱一用完,他们又不干好事了。她不许小麦蒂跟他们讲话,虽然今年春天他们几次三番歪着又大又脏的宽边高呢帽向她致意。看着他们站在门廊上,醉得左右摇摆,她明白了奥玛的意思。牛仔裤太肮脏了,简直可以种燕麦了,在他们没意识到之前还可以有个好收成呢。他们的高跟靴破破烂烂,钉满了补丁,眼看就要一分两半,把光脚丫暴露在大庭广众之下。衬衫上的格子花呢洗得快掉光了,变作黯淡的灰白色,满是污迹,连格子也看不大出了。脖子上围着龌龊的宽幅方巾,既作装饰又能抹嘴还能擤鼻涕。褐色的头发乱七八糟,可能是用扎在腰上的大猎刀剪的。其中一个配了枪,装在压了印花的皮枪套里,低低地吊在身体一侧,另一个则刚刚把枪唐突地塞进腰带。她瞪了他们一眼,又喊起来了。

"雅克·杜查姆!"

两个男孩碰了杯又喝起来了,接着就被人搡开来,又有一个人走出来看看究竟是谁在兴风作浪。种马利用这个间隙被自己的影子吓着了,一阵悸动,把前腿一举站了起来。

她收紧嘴上的缰绳,用脚后跟狠狠踢它肚子。"别这样!"它把前蹄扎在土里,表现不赖。要是它真的站起来,她可能已经滑落下来,一屁股坐在地上,满身是土,成为乡巴佬白痴们的免费娱乐项目了。

"我阿爸在里面吗?"她问这个新出来的人,灰白的胡须和眉毛修理得整整齐齐,黑色裤子和与之一般配的马甲还算干净,看上去更让人尊敬。硬圆顶礼帽稍稍沾着些红尘,因此她估计他是个旅行者什么的,刚来到镇上。

"那得看谁是你阿爸。"那人说道,朝边上那两个笨蛋一侧脸,挤了挤眼睛。声音太过流畅,父亲在她脑子里警告她。

"雅克·杜查姆,你立刻给我出来!"她使出吃奶的力气大声叫道。种马踏起了方步,膝盖举得老高,像是从马戏团来的。

"那匹马不赖啊。"年长一些的那个人斜着眼儿,一只手摸着又宽又薄的嘴唇,让指头勾勒出那一小撮胡须的轮廓,他似乎过于中意自己的胡子了。"像那样的马卖多少钱?"

"她一无所知,"奈特说,"杜查姆一家在金钱和马匹上可是一毛不拔。他们从不向任何人卖东西。"

"你对一毛不拔可是心知肚明啊,我敢肯定。"她说。

圣·克莱尔大声笑起来了,重重拍在他朋友背上,两个人的啤酒都洒了。他朋友一耸肩摆脱他的手,对她怒目而视。

"下次再看见你,你的嘴可就没那么凌厉了。"他说。

"你在恐吓一位女士吗,先生?"蓄胡子的男人的声音忽然变得懒洋洋,语调完全不同了。

纱门被推开了,夸尔斯,酒吧老板,探出身子。

"你可以收声了,他不在这儿。也没来过。而且也不受欢迎。上路吧,走吧——"他手臂一挥,像是在轰狗,又消失在黑暗的纱门后面。

几乎一眨眼工夫,弗兰克·鲍兹就慢条斯理地从门里穿了出来,伸了个懒腰,环顾几乎空无一人的大街,这才把眼睛固定在她身上。意识到她没配马鞍骑在种马上,他咧开嘴笑了。

"幸好你阿爸不在这儿,小麦蒂,否则他肯定抽你的皮。"

"他还有话要对你说呢,弗兰克·鲍竺,浪费时间和乡下佬白痴喝酒。"他引得她自大地光火起来,因为有旁人在听。在家里他几乎从不会用那种语气跟她讲话。

"他没藏在里面?那他人在哪儿?"

鲍竺的笑容消失了,他看看街对面,似乎秘密就藏在五金家具店里。奥玛一走,他看上去已经彻底堕落了——黑头发上满是油腻,披在肩膀上,脸脏胳膊也脏,肮脏的红色长内衣裤上面挂着洞眼,外面穿着同样破旧腥腻的裤子。

"他以为他把你锁在房间里了?"他说。

"他今天没做家务,"她说,"你最后一次见他是什么时候?"

弗兰克挺直腰杆,用一只手理理头发,又在裤子上擦擦。"今天早晨,就像往常一样。"他迅速斜眼朝旁边的人们看看,大家装出毫不在意的模样。"送我来镇上买一副新的颈轭,以便装在挽具上。他在这儿了停一下,为了条狗跟一个人见见面。"他眉头一皱,"他说你被罚在做家务呢。"

白痴们抑制不住咧嘴笑了,旅行推销员检查起手指甲。她终于明白了。"我是做了家务,但是我来向他道歉,并且想问问他可不可以买一顶新帽子,上个礼拜在诺贝尔商店里看中的。你认为如果我去把它买下来,他会介意吗?总之,我的意思是,既然我已经来了……"她把声音弄得很悲哀。

他眯起眼睛,轻轻点了点头,几乎看不出来的那种。"你知道你的父亲是怎样的。花他的钱之前我得粉刷鸡舍或是干点儿别的,你想要讨好他。而且我不会骑着他的良种马四处招摇的,小姐。"

她把头低下去,以隐藏眼里的担心,顺从地点点头,尽管这让她在众白痴和那位旅行推销员面前感到痛苦。弗兰克说得对。她不应该在这儿宣扬家丑。父亲会要了她的命,奥玛则会亲自把柳树鞭抽在她腿上。她正给马掉头,这时旅行推销员开腔了。

"这么迷人的女士需要有人送她回家,你不觉得吗?"

她又把马头调转过来,催促它上人行道。马犹豫了起来,她用脚一踢,马冲进人群,露出牙齿,前蹄咔嗒咔嗒,人们四散而逃,纷纷躲到马匹两侧的木板上。

"别。"弗兰克一把抓住马嚼子下面的缰绳,牵住种马的头,人们骂骂咧咧,站起身来。"回家吧,"他咬着牙说,"把这混账也带回草场吧。"

他放开缰绳,朝马脖子上一拍。它认识鲍竺,就自己转过身,从人行道上下来。

"那姑娘脑子不对劲儿。"旅行推销员说,那两个乡巴佬白痴觉得这句话有趣极了,大声喊叫起来。

"一拿到颈轭我就回去,麦蒂。告诉雅克我还会把猎枪子弹拿回来,在火车站和奥玛会和以后。"弗兰克喊着。她冲下了街道,最后几个字让她的肩膀打了个激灵,她让马慢跑起来。她需要把自己弄回家,锁上门,把枪准备好。有事在发生。奥玛真的在往回赶吗?任何了解他们的人都知道所有的颈轭都是弗兰克亲手做的。他第一次提到的时候,她还没注意。子弹一直以来也是他们自己装的。

一离开商店,她就转向西,绕了个圈又回到路上,然后俯身,任种马飞奔。那些小房子和电话局飞驰而过,在他们身后,扬起的灰尘卷成云,工人们远远地在叫喊。父亲说当他们家里的女人真的骑上了马,通常她们都会骑得像恶魔。直到抵达T字路口,她才让马减速小跑,又慢慢让它走了起来,最后让它拖着蹄子往家走,使它镇定下来。她的背感觉就像是给人画了靶子,满嘴都是土,又干。她还从没有感到如此不安全过。太奇怪了,她的衣服突然粘在了身上,仿佛不够遮似的,而且人人都看得透,因为衣服已经又湿又粘。还有大河,他们到达的时候,大河波涛滚滚,凶险异常,似乎会突然膨胀着冲上马路,把她像只蚂蚁一样卷进滔滔洪水。突然一声凄厉的呼喊,闻之令人颤抖不已。她抬头,只见两只鹰正在头顶盘旋觅食。鲍竺说的其实正是这个意思。他们会追捕她的。要是雅克没了,她就成了猎物。

没时间去给种马把胸前和腰侧的红尘和汗渍擦干净了,她解开笼头,在围栏里放了干草,赶紧往房子里赶。那些狗去了哪里?早些时候她还没想到。就假定它们跟雅克在一起吧,反正它们总是跟着他的。脖子上的头发再一次扎痛了她。

房子里空空荡荡。没有雅克,没有陌生人,尽管她觉得自己听到从房子后面那些古老的单身厢房里传出奇妙的声音,那些厢房有两层,从她记事开始就没用过。那声音又来了,呜咽泣诉。她从入口接待桌里藏着的抽屉里拿出父亲的手枪,进了厨房,把耳朵贴在冲着厢房的门上。千真万确,那声音又来了,一只狗在呜咽。她犹豫了一阵,检查了一下手枪是不是上了膛,转动门把。热力和常年的弃置，门膨胀了，她又拉又在门边敲打，好一会儿才打开。诧异到此结束。当她站在走廊那长长的满是灰尘的微明里时，狗的呜咽转成了狂吠。她想唤它，叫它过来，却只听到在尽头刮擦木头的声音。可能父亲伤着了——

小麦蒂有好几年都没去过房子的那部分了。还是个小孩子的时候父亲就不许她去，当然有那么两次她不得不违抗，可是终究没什么可看的，所以她也就淡忘了。现在她发现那些屋子已经乱了套，旧箱子被掀开了盖子，衣服洒了一地，家具倾覆在地上摔坏了，沿着大厅很多间屋子都是这副德行。若干年前她来这里探险的时候，屋子里装满了老式的或是坏掉的家具和成箱的旧衣服、书籍以及颜色已经发暗的油画，可是不会像眼下这么乱。看起来有人在找什么东西。人们已经来过了吗？她左转右转，用枪指着前方，只要有影子晃就开枪。

还有一股腐烂的恶臭，似乎父亲没在监视的时候那些狗已经在这儿忙开了。她始终注意着眼前的混乱场面，可是什么也没看到，只有扬起的灰尘盘旋着弄出花纹。

她为什么不带盏灯呢？

突然一声巨响，地板开始摇晃。她的心脏剧烈地跳动起来，终于弄明白是火车在牧场穿行，拉着重货弄得房子也晃荡起来。可能奥玛就坐在那辆火车里呢！

她站在走廊尽头最后一扇门面前，刮擦和呜咽就从门后边传出来，臭不可闻，又想到父亲，连那条狗都在大惊小怪，她一时觉得呼吸困难。她跪下来，把脸颊贴在柏木门板上，木质太软了，做门、做地板、做什么都太软了，只能插在沼泽里，多节崎岖。

"哦，阿爸。"她哽咽道。

那条狗听到了，又闻出是她，焦急地沿着门底嗅着。她慢慢把手指头塞进门缝，对它嘤嘤低语。它舔着指尖，刮门刮得更起劲了，把身体直朝门上撞，门在门框里撞得砰砰响。她起身，手抓住门把手。这一刻她真的宁可淹死在大河里，也不愿意开门。

"不是父亲，求求你，"转着门把手她说道，"不是父亲。"门轻轻松松就开了。

小白狗冲了出来撞在她腿上，跳着，刮着，呜咽着，黑色的眼睛已经疯了。它把她的手放在嘴里，没有咬，只是含着拉她进了屋子，里面空空荡荡，只有一张又旧又窄的床，上面铺着一床满是灰尘的玫瑰花被子，还有一张小小的原木桌子，上面有几根残余的蜡烛梗，曾经流出的蜡液蔓延在台面上。墙上钉着木钉，是用来挂衣服的,其中一枚木钉上挂着一件破旧的女式丝绸睡衣。再没有别的什么了。窗子涂了漆,只有一层奶白色的光晕在墙上盘旋着。晚上一定伸手不见五指。怎么会有狗被锁在里面?那味道又是什么?她把枪塞进腰带,跪下来,双手抱住那条狗,轻声抚慰它,摩挲着卷毛头。"雅克在哪儿,皮特?他去哪儿了?你的好朋友弗吉尔呢?去把他们找出来!"

皮特抬头看看她,黑色小眼睛里满是水汪汪的讶异,在那一刻看起来真是充满无尽的哀伤。接着它后退从她胳膊里挣脱出来,在屋子四角嗅着,发出呜呜声,似乎它也被关住自己的这个盒子给弄糊涂了。古旧的地面上铺着宽宽的柏木板,做工粗糙,不像在主屋里,地板都经过刨平,又磨了光。她从没问过父亲厢房是用来干什么的,为什么单身汉需要独自住在一排房间里。那时住着多少人?她的印象是造房子的时候雅克并没有什么兄弟姐妹,母亲除了儿子基顿外也是孤身一人。麦蒂外婆的孩子又都已经死了。那些单身汉到底是谁?她伸出一根指头抹一抹窗棂上的灰,窗棂跟粗糙的柏树墙面一样被漆成了白色。地板扫过了,但是扫得很马虎。朝桌子上一瞄,果然上面积着一层厚灰。为什么要建这一排屋子?她想起刚开始的时候父亲开了一家客栈,用来招待在河上以及戏台上旅行的人们,这所房子建成之后,一场洪水卷走了客栈。他额外建这些房子一定是为了出租。但是只向男人出租吗?一找到他,她就要逼他就范,要他解释清楚。不用再假装她是个孩子了。她提起肩膀,挺直脊背。要是她到了结婚年龄,那么——

皮特开始呜呜直叫,刮起后墙,可是据她所知那里并没有什么暗门。她在地板上跺跺脚,听起来很牢固。

"是堵墙,"她对它说,"来,让我们把父亲和弗吉尔找出来,然后再给你弄点儿吃的。"她把它抱起来,起初它想挣脱,不耐烦地呜呜直叫,但是随后叹了一口气,放松下来。她在身后把门带上,原路返回,离开了走廊。在满是阴影的厢房呆过以后,厨房就显得亮得无情了,她把门一关,把狗放下,它着急地发出几声呜呜就又叹口气,跟在她身后一路小跑。不知什么原因,这狗让她觉得有安全感。要是有人靠近,它会让她知道的。千真万确,它跑过前面走廊,叫得很凶。她跟上去,准备好枪,小心翼翼地打开前门,正好看见农场马车在路上正往回赶。奥玛回家了?她走出去,手枪塞进宽皮带里,小狗冲上去迎接,欢快地叫着,又追着自己的尾巴打起小圈子,这一举动总能引得父亲笑起来。

她的裙子前前后后沾着大片马身上汗津津的污垢,但是她已经顾不上了,沉重的马车一转弯,两匹高大的驮马竖起耳朵,看到谷仓和草场,就笨拙地蹒跚着变成了小跑。鲍竺起身,往后拉缰绳,身边的奥玛一只手抓住帽子,另一只手抓住长椅边缘。他们身后的床上摆着一只大箱子,塞得满满当当,一路颠簸居然纹丝不动。

皮特吠着朝驮马粗壮的腿上快速冲过去,鲍竺给马车调头,朝房子走去。一行人等到达小麦蒂面前的时候,皮特失去了兴趣,跑到院子边上的丁香花那里嗅一嗅,把尿撒在丁香树上。奥玛不同了,穿着新衣服,就像妇女杂志上的款式,显得高贵大方,一袭棕色和黑色格子的旅行装,镶着黑边,长长的格子上衣上面别着一排钮子,穿在一件浅灰色的礼服上,头戴一顶大大的棕色和黑色相间的帽子,上面是一个讨厌的鸟窝,固定住一双翅膀,鸟儿似乎羞愧难当,把头埋了起来。

奥玛把小麦蒂上上下下打量了一番,见她头发凌乱,衣衫褪色,失望的表情很快浮上了脸颊。鲍竺扶奥玛下来,她张开手臂拾阶而上。麦蒂走进她怀里,奥玛柔软的棉手套摸在她的脸上,给她擦去眼泪,小麦蒂喜欢这种感觉。奥玛闻起来香喷喷的,就像母亲那间古老房间里价格高昂的百合玫瑰香水。

奥玛抱住她,把她抵在自己坚实的胸膛上,有力的臂膀安抚着女孩,让她又变回了孩子。随后她松开,抓着她的胳膊。

"告诉我。"她说。

"我找不到他。他失踪了。"小麦蒂一五一十地说了那间屋子的味道、发现小狗的始末,但是完全不见父亲的踪影。

"一条老狗死在了那里,就这么回事儿。"奥玛说着朝厢房看看。

小麦蒂接着说下去,告诉奥玛牛奶挤了,可是没有送出去,鸡也被锁起来了。

"你有多久没看到他或者没听到他消息了?"奥玛飞快地转过头把谷仓院子扫了一遍。

"两天了。"小麦蒂把眼泪吸进喉咙后部,鼻孔胀大了。

"弗吉尔在哪儿?"她问道,同时也是在问自己,又朝厢房看看。

"不知道,"小麦蒂哽咽道,"我不知道该怎么做——"

奥玛严厉地看着她说:"什么也别做。这事儿交给弗兰克和我来处理。当然你也不可以去镇上,炫耀自己是个愚蠢至极的姑娘。现在上楼去,把衣服换了,立刻下来帮我摆午饭,趁那条狗还没去追小鸡,给它点儿吃的。"

奥玛走过去,摘掉手套,打开纱门,进了房子,似乎她比小麦蒂更加属于那里。麦蒂顺从地跟在后面,弗兰克把马牵去谷仓,马车轮子需要上油了,抗议地咯吱咯吱响着,马具叮叮当当发出明亮的杂音,盖过了鸟儿们忙碌的交际,也盖过大河沙沙,水正往上涨,猛烈冲刷着河岸。

父亲失踪了失踪了失踪了失踪了失踪了失踪了。 已经进入十月,这首歌在小麦蒂的脑子里反反复复播放着,同时她还在指挥工人把死掉的苹果树砍掉,修剪活着的,又把上个月订的新果树种上。所有这些工作都得完成,为了不让人发觉雅克的失踪他们暗中展开搜索,夏天就这么飞逝了。告诉人们他卧病在床已经够糟糕的了。突然之间小麦蒂发现想拥有一个平静的夜晚都很难,本地绅士接连造访,而且大多数根本不是绅士。奈特、小圣·克莱尔和琼斯的孩子们尤其难摆脱,直到有一天,当他们还在前来造访的路上时,奥玛朝他们放了枪。麦蒂大笑,借着他们脸上恐惧的神情去睡觉了,他们低下头,趴在马脖子上,马蹄奋飞,逃离了他们的房子。算他们走运,那几匹马及时反应过来,突然转向回到路上,而没有直直往前冲进大河里。那三个人已经有一个月没来打扰了,小麦蒂长长地松了一口气。这些日子工作实在太忙,没工夫还要在夜里赶那些愚蠢的小孩子。干草终于割完,燕麦和玉米也收进来了,现在他们开始在果园忙碌,菜园里的菜要最后一次装罐头,还得修理篱笆和谷仓。但是就像其他农场主,他们得和天气竞赛,抢着收割庄稼,准备来年春天的播种。

今天是个秋高气爽适宜工作的好日子。剩下的苹果,那些唤作妈咪的,藏在褐色以及黄色的叶子中间,经过霜打,变软了,今天就可以榨成苹果酒。他们搭起板条箱,用来装那些掉在地上的苹果以及妈咪,过一会儿弗兰克·鲍兰就把箱子拿来,还要做一台压榨机。他会留十壶苹果酒,在外面放两个礼拜,等凝固了再贮藏进谷仓地板下面的地窖里。至少那是她的命令。父亲从不用地窖,但是他已经消失了,现在小麦蒂说了算,不管鲍兰私底下有些不满。"不要紧,要是有必要,奥玛和我能把它拆掉。"她今天早晨就这么羞辱他。他望望她,快速摇摇头。他们会见识到的,尽管她还年轻,意志却像父亲一样坚定,甚至比父亲还要坚强一倍。

虫害、疾病、疏于管理、兔子、鹿以及冬天里啃树皮的浣熊导致四分之一的树死亡。为了来年,今天早晨他们把死树全拔光了。过去一个月,她检查了每一棵树,在那些需要砍掉的树枝上粘了带子,这样明年夏天那些果实就能够得到充足的日照和空气了。尽管太阳用去一半的早晨化解草上的霜冻,夏日里最后的余热会持续到下午,黄昏时分又突然消散,他们正好有足够的时间。她深吸一口充满苹果香甜的空气。她想把果园弄成母亲规划的样子,依照她的记忆。

"一定要把树基周围清理干净了。"她朝汤姆·思普拉金斯和尼尔森·福利喊道,作为这里仅有的黑人,他们搭档工作,另外四个白人也两两一组。风俗习惯如此——她暂时还无能为力,尽管另一种安排会更合理,那就是让高大魁梧的福利去帮着挖树,而让矮小力弱的高盛·威尔去修剪杂草。相反,她得为工人毫无效率的荒谬工作时间付钱。有时她明白为什么雅克会放弃照顾这块田地。打从他离开起,她几乎夜夜疲惫不堪,瘫倒在床上,睡得连周公都不曾见到。

镰刀在福利的大手里看上去就像个玩具,他优雅地在树桩边移动着,动作一点儿也不浪费,这棵树颇为多产。虽然只有二十岁,但福利已经是个好工人了,他的姓氏沿袭自一个白人家庭,那家人在镇上的种植园房子是唯一幸存下来的东西。做完活儿的晚上,她看到他在厨房里跟奥玛交谈。他们分享着一种特殊的柔软语调,还分享着一种语言,这种语言跟小麦蒂毫无关系,就算跟弗兰克也毫无关系,他只有假装自己不是她丈夫,不是他们孩子的父亲。福利还没结婚,小麦蒂相信他是来找奥玛寻求建议的,因为奥玛一向我行我素。

"值得托付终身的男人尊重有内涵的女人。"奥玛说。"别成为你在那些杂志上看的那种蠢姑娘,"她过去曾经斥责过小麦蒂,"你对这片土地和这幢房子是有责任的,你父亲曾经为她们而战斗,就是为了你能在这个世界上有立足之地。没有什么事比这更重要了。"她常常对奥玛的言辞充耳不闻,但是打从雅克失踪以后,小麦蒂慢慢开始明白这位年长女人的意思了。小麦蒂判定他只是离开了,只要她能证明自己他就会回来,因此她努力工作,从谏如流,以便尽快让父亲回家。

母亲的果园比小麦蒂预想的要好得多。她种下去的果树树种优良,鲍竺常年时不时在空余时间默默地修剪树枝,同时也在消费苹果,她推测。小麦蒂十分想念父亲,但是做曾经被父亲忽略的事情又让她觉得宽慰,没有他指手画脚事情更容易。她可以这么说吗?她想知道。

思普拉金斯又操着镰刀,把巨大的刀锋砸在树干上,在上面砍出一个凹槽,停下手,惊讶地看着曝露在外的苍白木质。福利摇摇头,朝她看看。思普拉金斯应该被安排去爬树修剪她标记出来的树枝,尽管科林奇和哈泽德表了态,相信黑人无法胜任使用高度专业化工具的工作,比如锯子。

"尼尔森,你来用镰刀。汤姆,你跟着我去果园另一头。"她从一堆工具里拿出一把锯子和一把斧子,示意他带上采摘梯。科林奇和哈泽德定在那里望着她。

"你们别傻站着,把链子拴在树干上,用联畜把它拉出来。我们得在中午以前把这里的活儿干完,还得把新的树坑挖好。我们说话这会儿鲍竺正从镇上把树苗拿回来呢。"

坎普一直默不作声,好像哑巴一般,他放下铁铲,走去把联畜牵过来,它们正在几码开外的牧场上吃草呢。威尔看上去已经疲惫不堪,她想要建议说让他和福利对调,但是又厌倦了这些工人和他们的冥顽不灵。科林奇和哈泽德比较强壮,沼泽里长大,大河里成人,皮肤已经成了永久的棕色,行色匆匆,忙着打鱼、捕鳖、狩猎,以养活家人。他们工作勤勤恳恳,因为有一大家子要养活,冬天又日渐逼近。这些男人都不愿意听命于一个女人,尤其是一个才刚刚过完十七岁生日的女人。每天早晨鲍竺把他们安排得井井有条,这种秩序一直持续到下午过半,然后他们小小的反叛开始激怒她,而她要求他们做这做那的声音反过来又开始激怒他们。等到夜幕降临的时候,他们都对对方深恶痛绝,发誓第二天各不相认,可是日出时分他们又在一起了,穿过挨了霜打的草丛,留下一串黑色痕迹,就像一根指头划过一扇结霜的窗子。就这样他们工作了一个多礼拜。今天他们会种树,而一天结束的时候他们又会烧掉一大堆死树。

思普拉金斯站在那里,手臂里捧着锯子,就像一位初为人父的男人笨拙地接过自己的孩子一般。他歪着脑袋,朝那四个白人转动着眼睛,他们正忙着给戴了马具的马匹系上锁链和挽具。"那些人不愿意我干这个,麦蒂女士。"

他用外婆的名字来唤她,她没更正。也许她也不愿意再做"小"麦蒂了。"看到上面的红带子了吗?得把那些树枝砍下来。好好剪,一根也别落下。你修剪树枝,我来收集。觉得自己能行吗?"

她最后那句话羞辱了他,他又长又窄的脸对她绷得紧紧的,他放好采摘梯,梯子下宽上窄,能够搭在树冠里头。他把锯子从一只手抛到另一只手,爬了上去,头和躯干渐渐消失在正在枯萎的叶子里。锯了几分钟,叶子纷纷落下,一根树枝咯吱作响,大片树叶沙沙坠落,整棵树也摇晃了起来,终于枯树枝掉在了地上。

"上面还有两三根。"他嚷道。

"好的。"

沉重的树枝拖起来比她想象的要吃力得多,她开始希望能有两匹拉车的马了。也许可以说服它们去拖枯枝。她正要去拉马,这时福利走了过来,把思普拉金斯刚刚锯下来的大树枝抬起来,像根棍子一样举起扛在肩膀上,走到果园边把它跟其他的放在一起。拖树枝的间隙,他也没撇下镰刀,很快每一棵树边上的杂草都被清理干净了。

靠在最后一棵修剪好的树上,小麦蒂抬头凝视着树干上锯下枯枝后留下的年轮,发现秋天里明亮的蓝天正盯着自己。她把从一本书上学到的本领都使出来了,那本书就放在父亲的图书室里,是一个定居在佛蒙特的英国人写的,正是他把苹果树卖给了母亲。她闭上眼睛,空气中弥漫着熟透了的苹果的香甜,她让这股香甜渗入肌肤,又让它甜甜的呼吸打湿自己的头发,侧耳倾听,刀锯锯木,镰刀飞舞,工人窃窃私语,马具叮当,一时消散开去。还有另一种声音,脚下传来轻微的嗡嗡声。

她低头一看,发现自己没站稳,右脚踏在一个半烂半好的苹果上。她小心翼翼地把它举起来,退后一步,朝地上望望,突然发现有动静。是蛇?不,草短了以后,无数个苹果显出形来,有些掉下来的时候把皮摔成了褐色,还有一些非常完整,还不能做苹果酒。她用靴子趾头把其中一个翻过来,弯腰想要拾起,但是又作罢。半镂空的苹果变成了一个闪闪发光的金色黄蜂球,翻腾着,不,应该说在嗡嗡作响的光芒下不停旋转着。她连连后退,环顾四周。到处都是黄蜂,大肆享用着跌落的苹果,似乎是轮到它们攫取所需要的东西了。她心底突然涌出一腔渴望,一腔爱怜,她知道要是父亲在这儿的话,她会跑回家,领他过来见证这个奇迹。甚至可能把它画进本子里,就像安妮·拉克那样。小麦蒂想父亲想疯了。当她手里拿着个黄鹂鸟窝出现在他面前,鸟窝被暴风雨吹落,看上去就像一只灰色的袜子;她收集蛇蜕,放在桌子上,挨着他装着白兰地的白镴酒杯;那一天他们要他把酒杯放下,去给种马装马鞍,她跃上马背,绕围栏跑了两圈,从马背跌落,摔折了手腕,他引以为豪。每当这种时候,父亲见了都会把头一仰,大笑起来。现在,那些日子都一去不复返了。她变得茕茕孑立。奥玛又再说起要去新奥尔良,鲍竺又不是自己家人。他们跟黄蜂不大相同,黄蜂们只只大相径庭,相处时间又是如此短暂,就算认识对方都没有什么要紧。隐藏在心底的秘密只得她独自一人去探究,去解决,这给眼前奢华的光明蒙上了哀愁,威胁着要把她推进悲哀的深渊。她摇摇头,从悲愁的沉思里挣脱出来,回到忙着焚烧枯树的工人们中间。

马匹重重倚在挽具上,前蹄扒着地面,带着后半身努力想要朝前迈,坎普在后面催,拍打着缰绳,徒然地嚷着。哈泽德拉长音节大声咒骂着,她过来的时候正好撞见他把一根撬杆狠狠扎在离他最近的那匹红棕马的屁股上。那马颤抖着,疼得伸直了脖子,大声呻吟起来。另一匹马磕磕绊绊,踉踉跄跄让开,它吓坏了,因为以前还从没挨过打。他骂骂咧咧,把杆子又举起来。

"听着!"她跳了出来,"你认为你在干什么啊?"她一把夺过杆子,朝他头上挥去,他还没来得及躲开,就被杆子在脸颊上打出一条斜印子。他鼻子一哼,没等她再打就伸手去拿武器,但是她后退了,举着杆子。

"你会付出代价的,你这个乳臭未干的毛孩儿。"他咆哮着向前扑,但是她再一次后退。

"你们,威尔和科林奇,绕到她后面去。"

两个人看看哈泽德,不情愿地离他远点儿。坎特蹲下来,假装忙着收拾绳索。

"你们要是想继续在这儿干活儿就别插手。"她竭尽所能用最坚定的语气说。其实她快要被吓死了,骂自己今天早晨把父亲的手枪忘在外套口袋里了。哈泽德有一颗大脑袋,发白的金发,眼睛如此苍白,看上去像是一个怪诞的错误,身上瘦骨嶙峋。他可以像折树枝一样把她一折两段。一旦动起手来,他的孩子们就四散而逃,唯恐躲避不及,眼睛也避开别人的视线。彬彬有礼得就像教堂执事。

她迅速朝通向房子的路上看看,祈祷奥玛或者弗兰克或其他什么人能过来,可是除了工人们在劳作,田里面一片寂静。

"你敢碰我一根汗毛,阿爸就会像蛇一样追捕你,把你淹死在那条河里。你知道他杀过的人数也数不清,所以再多杀一个他只会高兴。"她竭力扮出微笑,把杆子抓得紧紧的,以免双手发抖。

哈泽德停下来,眼睛里开始出现疑虑。另外两个人驻足在他身后,离开他有几码,低头看着靴子。

威尔第一次出声了:"老雅克是个残忍的狗杂种,哈泽德。我可不想让他来找我的麻烦。他因为活剥人皮用来做捕鳖陷阱而远近闻名。这样可以让人慢慢死去。"威尔摇摇头,科林奇点点头表示同意。

"别去惹她,哈泽德,"科林奇说,"你不能行走四方打女人,而且她大了,已经不是个小姑娘了。最好把她嫁给你的某个懒儿子。"

哈泽德想了想,似乎那是一件在最远的未来将会变成现实的事情,点了点头,轻蔑地咧开嘴笑了:"我儿子完全可以把她教训好的。"

想到这儿她忍不住打了个激灵,强迫自己站得更直。"回去工作吧,"她咆哮道,"谁再打马匹就扣一天工资,还要炒鱿鱼。"为了达到戏剧性效果,她顿了一顿。"还得试着逃出我阿爸的手掌心。"

她再一次朝通向房子的路上看看,希望看到鲍竺正朝马车这边走过来。可是依然毫无动静。转过身,她看到尼尔森手里握着斧子,半掩在树后。从他的表情判断,她觉得他是会冒险站出来保护自己的。他们相互凝视了一会儿,他榛果色的脸因为担心绷紧了,一双深色的眼睛正对她进行着评判。

"干得不错,"她从身边经过的时候他说道,"但是当心哈泽德,小心被他发现雅克真的不在了。"

她小心翼翼地走,生怕在被风吹落的苹果中跌一跤,泄露内心的失衡。"他就在楼上卧床呢。"

福利摇摇那颗大脑袋说:"不,女士,他不在了,整个乡村都在谈论这件事。很快就不只是那些孩子来找你麻烦了,前赴后继,就像一列所向披靡的火车。你最好做好准备。"他们继续在树行间的小径上行走,小径足够宽,联畜和马车都可以通过。

"你刚才演了一出好戏,"——他换了一口气——"但是你必须尽快结婚。什么样的男人都行,只要他不会染指你的土地。老雅克没在镇上的律师那里签过遗嘱吗?他没告诉你万一自己不行了你该怎么做吗?"

她摇摇头,关于父亲的真相弄得她喉咙直发堵,说不出话来。大家都知道了。只有她和奥玛在想念他。不过是又一个老混蛋,她敢打赌他们在这么说着,老河匪也算有好报了。她这样想着,泪水突然涌上眼睛,她不得不扭过头,用袖子把它们擦掉。

"我需要帮助。"她说,声音压得很低。

他停下来,看着一排排的树,又转过来看看她,点点头。

24

弗兰克骑着棕红色的马，气宇轩昂地穿过田地。 他下了马,把缰绳缠在远处马车的轮子上,朝正在午休的工人们点点头,走上前来,她背靠一棵树,坐在那里。

看他脸上愉悦的表情就足够了。

"什么事?"她问。

"有访客,"他头一摇说道,"奥玛说你得过去看看他们。"他忍不住咧开嘴笑了。他洗了头,一丝不苟地往后梳,是过时的款式了,衣服又变得光鲜起来,因为家里现在又由奥玛掌持了。她想要对此说些什么来把他脸上那副潇洒的表情拉下来。

"谁啊?"她起身,伸着懒腰。劳作让她瘦削又精干,衣服这些日子也宽松得厉害了。奥玛慷慨的裁剪让她看上去像是穿着别人的上衣和裙子。"不是什么绅士拜访吧,是吗?"

弗兰克的嘴咧得更开了,再一次摇摇头说:"这回你得亲自看看。奥玛说你得洗个澡,换上干净的衣服,所以你得趁她还有耐心抓紧时间了。我把你的马牵过来了。栽培工作就由我来完成吧。"

"不会那么久的,是不是?"

"还是赶紧吧。"他说,上马的时候又帮了她一把,给大家伙儿瞥到了她的小腿。

她看看他们,对栽培工作点点头。"别挨得太近了,照着我母亲的样子,坑要挖得深,每棵树都要好好浇上一桶水,别把树种歪了,在坑里得放直了,还有——"

弗兰克朝她直挥手:"我们应付得来,麦蒂。结束以后还会把死树烧掉的,啊,是的,得先在周围挖条壕沟,旁边还得备好水。别担心,我经营这家农场可不止一个夏天了。"

经过牧马草场的时候,她又想起面临的下一个任务:挑选马匹,生育马驹。整个夏天她都在询问今年一至两岁马匹的情况,防止它们受孕。他们没有一岁的,只有两匹够年龄可以装马鞍。也没看到什么适于竞赛的马匹。如果她再不赶紧行动,他们就要被淘汰出局了。骑马和驮马赚得不够。在往谷仓的路上、解马鞍的时候、去房子的途中,她一直在思考这个问题。门廊台阶上拴着一辆华丽的四轮马车,漆成了黑色,又在上面画上金色和红色的涡卷。四匹马都是与马车颜色相称的发亮的栗色,膝盖以下是白色,金色的尾巴经过了修剪,又被拗断、摆正,在屁股后面弄成了耸立不动的装饰。

车夫帽子拉得很低,遮住了眼睛,在座位上懒洋洋地躺着。是奈特家的孩子,尽管刚刚把牛仔制服换成比较干净的黑裤子和穿旧了的白衬衫,衬衫上面立着硬纸板领子,但依然懒懒散散,傲慢自负。

"麦蒂,进来。"奥玛在房子的阴影里喊她。她一进门,奥玛就抓住她的胳膊,把她拽上了楼。右边正厅里传来其他女人的喃喃低语。

"谁在那儿?"进了自己的房间,关好门,小麦蒂赶紧问道。奥玛拿出一件漂亮的礼服,水手领,围兜,让她看上去像个孩子。尽管她已经成年,裙子却不够长。小麦蒂不情愿地用毛巾蘸了水罐里的冰水尽力把胳膊上、脸上、脖子上的土擦干净。弄好以后,烘干的毛巾上留下一道道土痕。她赶紧把衣服穿上,奥玛则试图把她的头发梳顺,最后还是放弃了,在她脑后挽了个发髻,让那些本该一缕缕温柔地打着卷儿的头发直直地垂在脸旁。奥玛后退一步,检查着这一团乱麻,摇了摇头。

"裙子太短了,还有这围兜——在这儿等着——"一分钟后她又回来了,手上搭着一件礼服。绿得真好看,用最轻的羊毛做的,上身修长,身后还有金属线笼成的腰垫,是最新款式!

"本来打算圣诞节送给你的。"她递上去,小麦蒂一把抓了过去。

"太漂亮了!"她把奥玛抱住,飞快地又把衣服脱了。羊毛穿在身上,在下午的热度里她一定汗流浃背,浑身发痒,但是她哪儿还顾得上这个呀。这是她有生以来第一件真正的成熟女士礼服!她把它穿上,发现正合身。长度也刚刚好。把上衣拉下来,她意识到自己身材不错——瘦臀细腰——带着腰垫,她几乎和杂志上的那些年轻女人一模一样了!

奥玛看着,一脸不安。麦蒂抓起一束头发,绝望地哼哼着,奥玛走上前,迅速固定好,这一次她把它编起来,又别住了,在姑娘的头上像顶王冠。虽然不是什么时兴发型,可是很适合她。她的颧骨看上去更高了,一双蓝眼睛看上去很深沉,几乎有点让人捉摸不透了。

奥玛把眼前的人看个仔细,从裙子口袋里拿出一样东西,伸出手,把两颗巨大的矩形翡翠放在姑娘掌心里,宝石上还吊着金耳环钩子。她麻利地把钩子穿进耳垂,又转一转让光芒照在冰冷的绿色上。

"是我母亲的。"她会意地说。

奥玛从口袋里拿出一枚巨大的胸针,一颗硕大的鹅蛋形翡翠,足有大拇指那么长,周围用黄金镶上了钻石和珍珠。小麦蒂看得更仔细些,发现黄金做成了美人鱼的样子,金发闪闪,身体镶满了珍珠,惬意地躺在翡翠上。

"像这种东西我从来没见过,"她倒抽一口气,"它有多少年历史了?一定非常非常古老,而且非常非常昂贵——"

奥玛三缄其口,默默地把它戴在小麦蒂的礼服上,可是当两个人一起转身往镜子里看时,奥玛轻轻地微笑起来了,她拍拍姑娘的肩膀:"你看上去就跟你母亲过去一个样。"眼睛里面满是忧郁的回忆。

"可是这些不是她的,对不对?"小麦蒂说道,突然明白过来了,"这些珠宝是你的。"

"是礼物,麦蒂。问这问那不礼貌。现在去见你的客人吧。"她举起手弄弄自己浓密的卷发,还是黑黝黝的,只有几缕灰色。奥玛,就像雅克,是不老的,但是麦蒂知道她不可能比雅克更老。她有自己的孩子——五个孩子,一男一女幸存下来——但是她的身体依然柔软,后背笔直,强壮得还像个小姑娘。可是她从不把孩子带到房子这儿来,事实上,小麦蒂从没见过他们,说来奇怪。她也从没见过奥玛在弗兰克面前表现得像个太太,小麦蒂小的时候以及生病的时候,她整夜甚至整周都陪在她身边。最近又是如此,因为雅克从这个世界上消失了。为什么两个家庭要分开来呢?显然她是一个手段很多的女人。

小麦蒂刚要张开嘴问她,奥玛就把一根手指抵在嘴巴上,嘘着要她出去。

"茶点由我来端,"她说,"记住,你现在是这所房子的女主人了。下巴抬起来,别像个男人似的抡着脖子叉着腿。"

进客厅之前,小麦蒂深吸一口气,把下巴抬起来,这样就可以垂目看那些坐着的女士们了。

"下午好,我是麦蒂·杜查姆,欢迎光临寒舍。"她向她们一一打招呼,让她们头往后仰向她致谢。其中两个妇女正是她骑着种马上镇子那天吓着的两只肥母鸡,道西·露易丝·宾尼恩和克拉拉·博伊德。第三位女士是莱恩·奈特的姨妈埃塞尔·梅·祖巴,很显然她才是牵头的。她朝自己的两位同伴一瞥,小麦蒂一在对面的长椅上落座,她就说明了来意。

"我们是代表第一卫理公会派①教堂的女士们来的。"埃塞尔·梅开门见山,麦蒂有礼貌地微笑着,那女人见状皱起了眉头。

"天气不错,正适合坐着马车兜兜。"麦蒂说,那女人的眉毛皱得更厉害了。麦蒂用蕾丝手帕扇着风,环顾四周,似乎生平头一遭注意到这里丰富的摆设。搬进来的时候,麦蒂的母亲用超厚软垫和特大家具重新布置了房间,家具用红色、金色的长毛绒、凸花厚缎和天鹅绒做装饰,又用了流苏和穗子,显示出土耳其风格。她把三面墙涂成铜褐色以突出家具,又对着她们的墙面贴了壁纸,上面画着十字军东征的场景,延续了土耳其主题,基督徒所向无敌,撒拉逊人躺在地上,遭人践踏,被人打败了。母亲真有一种戏剧精神。沉重的金色天鹅绒窗帘让麦蒂想象这间房间一定像极了宜春院。她正想邀请各位女士把墙上的场景看个仔细,奥玛大步流星走了进来,手里端着个沉甸甸的银盘,上面摆着茶点。茶具是乔治风格的银器,不知打哪儿来的,但是非常高雅,很有分量。她把托盘重重放下,利摩日杯子危险地晃着。奥玛开始斟茶,在每个碟子里放上一片精美的姜饼,小麦蒂随后递给每一位女士。

女士们呷了一口茶,脸上满是愁苦,麦蒂差点儿笑出声来。

"这是什么?"道西·露易丝·宾尼恩迷惑地问,帽子上的填充知更鸟剧烈地点着头,在栖息之所摇摇欲坠。

"怎么,是块根马利筋茶,宾尼恩女士。有舒缓妇科疾病的疗效。"奥玛慢条斯理地说道。

小麦蒂吃惊地望着她,发现奥玛的行为举止和衣服全变了。她换上了棉连身衬衣,又在腰上系了最破旧的围裙,头发塞在一条白布后面,就像个普普通通的洗衣妇,要么就是个厨子。她甚至可能连鞋子也脱了!任何一个精明人都看得出她的脚比大多数女士的手保养得还要好,趾甲修剪得整整齐齐,皮肤光滑柔嫩。

---

① 卫理公会派:新教派别之一。英国人约翰·卫斯理创立了基督新教卫斯理宗(Wesleyans)。美国独立后,美国卫斯理宗脱离圣公会而组成独立的教会。其后教会分裂为美以美会、坚理会、美普会、循理会和圣教会等。一九三九年,美以美会、坚理会和美普会合并成现今的卫理公会。

白人女士们迟疑地再呷一口,咂咂皱起嘴唇,品鉴着茶味。

奥玛眼神愉悦,慢条斯理地又开了腔:"可以安神。再加几块方糖,喝起来就像嘬妈妈甜美的奶头。"没等女士们抗议,她就转了一圈,在每个杯子里铲进几块方糖。她们盯着茶杯,手足无措。

"充分搅拌一下,对了——"奥玛给自己倒了一杯,又加了糖,疯狂地搅着,银调羹在茶杯里叮当作响,眼看就要把杯子撞碎了。一番小小的表演之后,她举起茶杯,一饮而尽,最后大声咂着嘴说:"哎呀,真是一杯好茶,是不是,麦蒂女士。在这儿我们可不需要那叫什么可乐的东西!"

不等女士们再举杯,奥玛就一把夺下杯子,随意堆在托盘里,好像利摩日是最便宜的邮购瓷器。女士们盯着托盘和奥玛,最后把眼睛落在腿上的碟子上,里面还装着姜饼。

"我回来之前你们该用饼干了。它们也很不错。我天天用它们来喂狗,还有欧芹和姜,狗儿们呼出的气也是甜的,保证肠胃健康又宽松。"奥玛大嘴一张,露齿而笑,拔腿离去,屁股大摇大摆。

"哎,我从没——"道西·露易丝·宾尼恩用戴着手套的手指拍拍嘴唇,一粒汗珠从脸颊上滑下,克服了浓墨重粉,留下一道痕迹。

"这个该怎么处理?"克拉拉·博伊德胆怯地举起姜饼,手捏在碟子边上,似乎再多点接触就会要了她的命。尽管肥肉满身,她似乎吃得十分精细,可能也常常昏厥吧,小麦蒂立刻打定主意,自己不欢迎她。这些女人越早离开越好。

"给我吧。"她伸出援手。

女士们把饼干递过来,她把饼干整洁地摞在手上。她靠在长椅上,故意把右腿跷起来,脚踝搁在左膝上,虽然奥玛叮嘱她不要这么做,但她拿起一块饼干,吃起来了。

埃塞尔·梅·祖巴下巴一抬,眼睛盯在远处墙壁上,一张奥玛的巨幅照片也在盯着她看,照片经过人工上色,那时小麦蒂正在五岁上。照片上她金发碧眼,因为摄影师已经不记得她长得什么样了。清了清喉咙,这厮又开了腔。

"恕我直言,"她说,"一位像你这样的女士是不能独自一人住在这儿的。这可不合适。"她一甩头,把脸对着麦蒂。在那双炯炯有神的蓝眼睛的注视下,麦蒂不得不停止畏缩。"这甚至都不是基督徒的生活!"那女人极为不满。另外两位女士看上去也很不舒服,脑袋上上下下摇动着,但缺乏埃塞尔·梅的坚定信念。

"我父亲就在楼上。"

"他不在楼上,麦蒂·杜查姆,"她说,"你不能再躲在那个虚构背后了。整个郡都知道那个老河匪终于得到了最后的审判。赞美上帝。"另外两个女士跟着重复了最后那句话,半是慈悲,半是恐吓。

"好吧,我不是孤身一人。奥玛在这儿,还有弗兰克·鲍竺,还有——"

"那个女人才是最糟糕的!高尚的人是不会接受她那样的服务的,也不会收留那个叫鲍竺的男人以及他那些在黑人羊毛沼泽里的黑小鬼。在那里生孩子,只要是林子里长出来的东西都喂给他们——"她的嘴角现出一滴白色的唾沫星子,脸也因为嫌恶和鄙夷拉长了,看上去活脱脱一只狂爆的臭鼬。

"你在说我的姨妈,夫人,我恳求你立刻住嘴。"小麦蒂用能够把握的最冷漠的口气说道。姨妈这种事情是受去年冬天读的女性浪漫小说的启发,故事里充满了曲折,又是隐蔽的家族关系,又是近亲的乱伦。

"你的姨妈!一派胡言——你以为你在跟谁讲话呢,姐妹?"埃塞尔·梅气急败坏地说。

"你最好把你那卫理公会派的高头大马牵走,夫人,房子这儿不允许有牲畜,"麦蒂起身走向门口,"现在你还是走吧。你错把我当成了别人。我是雅克·杜查姆的女儿,如果他是劫匪,那我也是。趁着为时不晚,你最好赶紧带着珠宝和马匹逃走吧。至于这些饼干?是你吃过的姜饼中最美味的。"

她把一整块饼干丢进嘴里,大声嚼着,女士们纷纷起身,几乎把自己绊倒,从她身边冲过去,夺门而出,来到入口大厅。道西的腰垫被挤到一边,看上去就像屁股上长了一个大肿瘤,克拉拉的小鸟帽子已经丢了魂,滑落下来,知更鸟悬在那里吃她的耳朵。只有埃塞尔·梅·祖巴没有失态,不过那只是因为她行动起来就像船入大海,所有在甲板上的东西都捆得牢牢的。她把胸脯顶端挤过去,推开纱门。嘴里还在嘟嘟囔囔,嘀咕着山里的女巫、河里的蟊贼,还有黑鬼。

"还有,这些珠宝货真价实!"麦蒂在她们身后大叫道,愤怒极了,她们居然敢批评她的新财富。

外面,埃塞尔·梅粗鲁地朝莱恩·奈特大声嚷嚷,要他帮她们上车,麦蒂踮起脚尖来到门口,看着眼前的场景。每当莱恩半拉半推,把女士一一安排在座位上的时候,受尽折磨的马匹就会一会儿后退一会儿又往前冲。这一场骚动引得奥玛从大厅下来,把他们嘲笑了一番,她把一只手搭在姑娘的肩膀上说:"你最好去拉住马,否则他们永远也不要想离开这里了。"

女士们精疲力竭地坐进了马车,麦蒂利用这个机会抚摸马匹,让它们镇静下来,又松开碍事的缰绳,让它们可以伸展脖子,把头低一低。她挠一挠它们的胸膛,马蝇叮得很凶,留下斑斑血迹,马匹减轻了痛苦,很响地出了一口气。光滑的栗色毛皮上流下一道道紧张的汗水,她想立刻把这些马买下来,可是埃塞尔·梅是绝对不肯转手卖给她的。也许她该让雅克的律师,利·圣·克莱尔①出面去买。现在她有钱了,而且赶着她的马在星期天早晨经过卫理公会派教堂的场面让她欢喜。那女人居然胆敢高声叫嚣说她父亲只是一个普通的河匪!

要是父亲能听到这些就好了。麦蒂外婆虽然死了,却比任何人更有活力。她看着自己的孙女。当然小麦蒂看不到她,不像那个蓝衣女士,总在雾色深沉的夜里在草上掠过,搅得父亲不得安宁,把灯笼也挂出来。要是母亲在的话,她会比奥玛更起劲,不只是取笑她们而已。母亲会对她们还以颜色,把她们一路赶回镇上。她是一位如此显贵的夫人。小麦蒂见识过那些箱子,装满了昂贵衣服,还有离开前房间里那些原本属于她的珠宝。关于母亲有一出巨大的悲剧——她可能跟年轻的情人私奔了,那情人是个劫匪!父亲一直都很老,在小说里女人就会私奔,最后孤独地死去,要么就是因为太想念自己的骨肉而自杀。想到这儿小麦蒂难过起来了,所以宁愿把事情往好处想。母亲死了,被大河卷了去,父亲从此难过终身。现在他也去了,她得建构出他的故事,趁自己还没被身边贪婪的人们卷了去。

那天晚上,吃过晚饭以后她要弗兰克和奥玛来客厅见她。是时候了。作为开场白,她宣布第二天早晨要上镇子里去见父亲的律师,如果需要的话还要去拜访郡法官。她要告诉他们父亲死了,她要开始把房子和田产当作自己的来经营。她还要知会郡治安官,不速之客都会被当场枪毙。

奥玛面带不易察觉的微笑望着她,不住地点着头。弗兰克盯着自己酒杯里的白兰地,在灯光底下转动着,桌子上方吊着一盏沉甸甸的水晶灯,琥珀色的液体在手里碎成一片一片。他举起酒杯一饮而尽,就当它是威士忌,又把杯子轻轻地放在深色的桃花心木台面上。

小麦蒂还穿着那件成人礼服,第一次觉得自己是个成年人了。她往高脚杯

---

① 利·圣·克莱尔:即后文提到的利兰·圣·克莱尔。

里倒一点白兰地,像雅克那样打着旋,闻一闻,让冒烟的液体升起来,刺激鼻子,这才小小地呷一口。起初液体像在燃烧,又缓和下来,温暖她的喉咙,打个冒烟的旋转落到了肚子里面。

"我还要在裁缝那里停一停。有没有好建议?"她问奥玛。

奥玛一耸肩。"阿尔西·托尔在镇上手艺顶好,就是话太多。试试罗伊·戈林利吧。"她望望弗兰克,"她是个年轻黑人,住在我们附近。针脚工夫很好。但是你得给她看式样,帮她弄花纹。"

弗兰克又斟满酒杯,拿起来又放下,用大手擦擦脸,污垢深深嵌在皱纹里,弄不干净了。他摊开双手,放在桌子上,直直地望着她,问:"不觉得是时候拍封电报给你哥哥了吗?"

她没有立刻作答,拿起杯子把白兰地一口喝干,一边想着雅克,不允许冒烟的灼烧升起来把她哽住。她也摊开双手,放在桌子上,母亲那颗硕大的黄钻在灯光下熠熠生辉。

"我不想打扰基顿。他在那儿过得很开心,应该继续下去。津贴照给,什么也没改变,而且我不允许任何人干涉这样的安排。"她直直地看着弗兰克的眼睛,想着母亲和父亲也会这么做的。"清楚了吗?"

奥玛看着他们,指头轻轻敲着桌面。

弗兰克耸耸肩,轻轻摇摇头,似乎他已看透世事,愚蠢世事徒然让他厌倦。"好吧,我只希望你做好准备,应付接下来的事情。"

"什么事情?"她又斟上白兰地,这一回倒得更多。

"我们随时准备着,"奥玛说,声音非常坚定,"现在让我们谈谈冬天要留下谁帮忙。"

小麦蒂告诉他们要雇用尼尔森·福利,对于思普拉金斯和坎普则不置可否。他们决定两个都要,弗兰克说他会找他们谈。他们都是可靠的工人,打架的时候能够克制自己,口风又紧。

他们又讨论了马匹的运作和换掉一些母马或种马的前景,尽管麦蒂不同意失去种马。最后她告诉弗兰克她有意买下埃塞尔·梅·祖巴驾驶的那一队栗色马匹。

"这没有什么好处。"奥玛警告说。

"必要的话可以偷。"

"现在你说起话来就像你父亲。"弗兰克往后一靠,大笑起来。

"我们没钱花在阉马上,"奥玛说,"要弄纯种赛马回来。"

"下个月温泉城有一场纯种马拍卖会,"弗兰克说,"我们可以把一些母马带去,可能还会把种马带去,还有那两匹小马驹,看我们能带回来些什么。"他的声音头一遭听起来有些兴奋了,似乎重整农场、重振声威的想法终于扎了根。

"不,"奥玛说,"任何人都不许去温泉城。想都别想。"

弗兰克和麦蒂盯着她。

"别问。把马弄去列克星敦或者孟菲斯。肯塔基和田纳西有很多马。家里面任何人都没有必要去阿肯色。"她拿眼睛盯住那姑娘,"是雅克的意思。"

麦蒂呷一口白兰地,注意到这种味道和头晕的感觉是很容易适应的。

"那儿还有良种马呢,我猜。"弗兰克又倒了一杯白兰地,慷慨大方地喝着她父亲的酒。现在是她的了。她克制自己,不去把酒瓶拿到他够不到的地方。她觉得惊奇,物主身份原来可以这么快把一个人变得自私起来,便提醒自己切记不要冲动。

"好,"她说,"既然果园已经收拾好了,明天就可以挑选马匹,随时准备,一有拍卖会就出发。"她一推桌子准备离开,但是弗兰克清了清喉咙。

"最后一件事——"

"好吧。"她又坐下来,交叉双手放在腿上,一副女主人的模样。

"我没有照你的意思把树烧掉。"

她洗耳恭听。

"我想,既然我们这么快清理木头、砍伐木头,而那些木材这些天又值点儿钱,我们还是不要拿来做柴火的好。我想我们可以把老苹果树劈成柴,今年冬天烧。你父亲想要把木头烧成木炭,可是你周围还有这么多木头,我想——"他耸耸肩。

她换了口气想了想。要是有人不听话该怎么做? 雅克会怎么做?

"这样很好,弗兰克,"奥玛说,"他在帮你省钱,省很多钱,麦蒂,你应该谢谢他。"她的声音很低很坚定。

姑娘又想了一会儿,不想这么容易就让步,然后慢慢点点头。"好的。无论如何我们得把所有能找到的钱集中起来买马。但是弗兰克?"她顿一顿,盯着他的眼睛,"下次没跟我商量以前可不许那么做。"

他头一闪。"是,女士。"他喃喃地说。奥玛的后背僵硬起来了。他又抬起头,对上她的眼睛,两个人在交流着什么。这姑娘看不明白,这让她头一遭妒火中烧。奥玛更爱谁?父亲只爱我一个。现在父亲没了,奥玛想要一个只属于她的人吗?她的胸膛里积着疑惑,让她难过,她望着奥玛,皮肤不甚黑的黑人妇女,打从生下来就一直生活在那里,行为举止就像是女主人、继承人,而不是——谁知道她到底是什么身份。到底是什么身份?小麦蒂从不清楚因为她从没怀疑过。奥玛是谁?为什么父亲会照她的吩咐去做?为什么他对她的态度是平起平坐的?不只是平起平坐,他的举止就好像他们是——什么?

"我累了。"小麦蒂给白兰地塞了木塞,站起来,表明要中止谈话。她需要思考,既然父亲已经死了。

25

利兰·圣·克莱尔的律师事务所有趣得就像亨利·詹姆斯①小说里的男性社交俱乐部。 墙上挂着圣·克莱尔的画像,摆着姿势,旁边要么是美洲狮,要么就是熊、鹅、鹿、鸭子、斑鸠、兔子等等,只要能被枪、弓或是刀杀死的东西通通都在上面。他就在那里,每一张画上都有他,那么小,说他是个男孩也不过分,脸上微微笑着,露出牙齿。在画像上他的衣服总是那么整洁干净,她怀疑他根本就没有猎杀过任何动物,是别人替他做的。她担心的就是这个——他和他们是一伙儿的。

门被小心翼翼地打开了,她看到一只眼睛焦急地从门缝里朝外看。然后门被完全打开,猎手自己进来了,轻轻把门带上。尽管他的头发花白,但穿着却是从事体育运动的人士时兴的装扮,然而他没有选择一项运动,而是一下子展示了多项。小麦蒂想表现得严肃,却禁不住笑了起来。他穿一条褐色的羊毛灯笼裤,及膝黄袜,就像棒球运动员穿的那样,一件浅黄条纹和褐色条纹交织的运动衫,似乎他要航海行遍全世界。一双鞋子最怪,帆布低帮,橡胶底。她在最新一期杂志上看到过一双,知道那叫"网球鞋",可是身上的其他装备又与这种运动不符。

---

① 亨利·詹姆斯(1843—1916):美国出生的英国小说家。作品主题基本为新大陆的乡土气和旺盛生机与旧世界的腐败和精明之间的冲突。代表作有《黛西·密勒》《贵妇的画像》《金碗》等。

他站了一会儿,对着手里的文件眉头紧锁,然后坐在她旁边的摩洛哥皮椅上,对着那个又小设计得又差的烧炭壁炉,壁炉挣扎着把又冷又湿的清晨愉快地烧了起来,与此同时又朝屋子里放出些煤烟。尽管曾经发过誓,麦蒂还是只用了一个月就重新踏进这间屋子。可能是因为她怕知道真相吧。

圣·克莱尔把文件放在他们面前的桌子上,台面上放着一个失去光泽的银碗,里面盛着长了褐斑的苹果和一些男人喜欢的杂志:《大众科学》、《斯克莱布诺》《单车世界》,还有本新杂志,名叫《国家地理》。最后这本杂志的封面上说杂志里有关于非洲部落、南极探险和古罗马遗迹的文章。意识到她想要挑这本,圣·克莱尔往前一探,从其他杂志里把它拿出来,轻叹一声把杂志收拾整齐。

"我必须道歉,这间屋子里的女士通常不会——"他顿一顿,眼睛里满是对她装束的赞美。她穿着奥玛送的礼服,没戴翡翠首饰,打算在镇上再挑一对,或者再订做。她咬住自己的舌头,免得脱口而出说自己打从能扛枪起就一直在打猎,而且骑马比郡上任何人都骑得快。

"你找到我父亲的文件了吗?"她调转话题。

他朝桌子上薄薄的一捆东西一低头。"就是它了。我担心令尊没有详详细细规定细节。"

她伸手去够,他看出了她的动作,把那一捆东西又拿了起来。他开始让她觉得恼人了。

"您知道这些是令尊的私人文件,没有适当的证据证明令尊已经,哎,证明令尊已经过世,那么——"他结结巴巴,措辞谨慎,脸也红肿起来,她深吸一口气,骂了他一声混蛋,上来抢文件。

"圣·克莱尔先生,"她说,"我父亲死了。你不能指望我就这么等着,直到有一天某个傻子把他的尸首从那条河里钓出来。你知道他的。内战之前你们全家就已认识他了。你知道他绝对不会离开雅克码头长达五个月的!打从他落脚开始,我父亲就从没离开过那所房子和那块土地。"

"令尊常常来镇子上。"小个子男人盯着燃烧的炭火,很明显正在考虑她的困境。没有所有权她就没有办法前进。当然,除非她嫁了人,她丈夫会横行推进,而这是她不愿做的。

"这个镇子就坐落在他的土地上,就算他做了什么,也已经结束了。"她挺起胸,把手伸过去。

他耸耸肩,递过文件。

雅克的遗嘱再简单不过了,他把所有一切都留给了亲生子女。然而有两份遗嘱附录引起了她的注意。一份附录说基顿将继续得到津贴,只要不住在本州,而且不对遗嘱提出异议。第二份附录对她有直接影响,读的时候她小心翼翼不让自己的表情产生变化,但是呼吸卡在了胸膛里,刺激的煤烟味好像一直萦绕在舌头上。

"对于这最后一项必须做点儿什么。"她说,努力保持坚定的声音。

圣·克莱尔把指头弄成拱形,灰色石英壁炉架上面的墙面嵌了镶板,上面一对喂饱了的雉鸡正在打架,他正盯着它们看。他有一双炯炯有神的褐色眼睛,太大了,好像他们下个礼拜就要送去拍卖的红棕母马的眼睛。

"我试着跟令尊谈过不要加这一项,真的。遗憾的是令尊听不进去。因为某种原因,好像,哎,看起来,哎,令尊希望家族血脉结束,哎,在你这里结束。"

"太荒谬了!"她呵斥道,"你怎么能这么说!"

他扬起灰色细眉,望着火,又望望她手里的文件,最后把眼睛落在她脸上。

"令堂……"他用食指轻叩上嘴唇。

"我父亲爱我母亲!"她站起来,把文件紧紧攥在手里。

"是的,是的,令尊爱。刚开始,可以说没有人见过一个男人坠入爱河坠得这么深。而且您的半个哥哥,基顿,也会终身受益于那一份挚爱的,事实上,但是,然后,老夫少妻,人之常情,哎,婚姻——"

她走到火边,想要把文件丢进去,可是接下来她还得对付圣·克莱尔,上帝才知道还有什么人——她只是想拿回自己的东西!可是他在说母亲什么话?什么意思?

"有话请直说,圣·克莱尔先生。你这种猫鼠游戏要把我逼疯了。"她把肩膀抵在花岗岩壁炉架上,等待这场风暴的到来,炉火烘着她裙子和腿的后面。

"令尊似乎相信令堂,哎,令堂可能不忠。"他不敢看她。

"不忠。"她愚蠢地重复道。原来还有这档子事儿?"她和另一个男人私奔了?你说的是这意思吗?是的,你就是这个意思,是不是?"她狠狠咬住口腔,不让眼泪留下来,嘴里满是血腥味。

他摇摇头。"我不知道。我不知道令堂去了哪里。令尊从没说起过。七年前令尊来我这里说要立一份遗嘱。令尊想保护您,令尊说。"

她考虑了一会儿,在这间狭小的房间里兜了一圈,经过圣·克莱尔凯旋的画像。甚至还有一幅画,画里有一队人骑在马背上,是乱糟糟的英式狩猎场面,布鲁泰克猎犬在旁边乱跑,两边分别站了个黑人,手里举着棍棒,上面拴着一排死掉的负鼠。她现在的感觉正是这样,被拴在一根棍子上,内脏被狗掏空了。

"他还说了些什么?他神智清楚吗?没有酗酒吗?"她站在他身后,似乎要把真相从他灵魂里掘出来,如果必要的话。

"对不起,"他开腔道,"我父亲一直说雅克是个怪人,但神智健全。我发现的确如此。那天下午令尊的确喝了酒,但是并没有喝醉。令尊是法国人,不能奢望会有所节制。令尊说要回家给您庆祝生日,您的十岁生日,我想。"

她记起那天了。她想要匹马,不是小马,而是匹真正的完全长成的马,就她一个人骑。她还想要杆枪,打从七岁开始她就在用父亲的或是弗兰克的枪,她相信自己已经准备好独自一人去打猎了。那天早晨她醒来,预想那会是一生中最美好的一天,但她发现父亲没给她一匹可以骑的马,相反却买了一辆女性访客用的马车,套着一匹去了势的灰色小花斑马。这匹马太老了,慢跑都不行,小跑起来简直就是溜达,毫无章法。也没看见枪。她还得到了一副女士弓箭,院子里还竖起了靶子给她打。她火冒三丈,把箭抵在膝盖上一把折断,不等父亲和奥玛上前阻止就把弓丢上了一棵橡树。马匹稀疏的鬃毛上系着红罗缎丝带,她视而不见,开始用扫帚攻击马车。父亲想要抓她,她拿扫帚对着他,大喊着说讨厌他,说要离家出走,就像她母亲,因为他什么也不是,只是一个令人厌恶的老头子,他甚至都不是她父亲。

回忆把讨厌的眼泪勾了出来,她哽咽想要把喉咙里的哽咽抑制住。难怪他会来拜访律师。可是又有谁会把一个十岁孩子的话当真呢?

"告诉我真相吧,圣·克莱尔先生。关于我母亲的真相。我需要知道。"她坐在他旁边的椅子上,俯身前倾,把一只戴着手套的手放在他手上,她想象一个成熟的夫人是会这么做来增强信心的。

他面红耳赤。

"内战结束后令堂来到这里,您知道,帮助麦蒂女士悬壶济世。嫁给独臂雅克以后,人们大为惊讶令堂给令尊带来如此勃勃的生机。当然,令堂更年轻,想要在房子里摆新东西,在镇子上的商人那里花了令尊很多钱。令尊走起路来似乎也轻快了。关于您半个哥哥的安排是令堂的主意,令尊对令堂言听计从,竭尽所能哄令堂开心,当你出生的时候,令尊好像一下子年轻了几十岁。"

"她是个,我母亲是个坏女人吗?"她轻声问。

"哦,不,"他赶紧说,"令堂很高傲。令堂很美很高傲。"他的眼睛告诉她她长得像她母亲。她把手抽回来,微笑着靠在椅背上。

"你出生以后令堂去了温泉城,从那里回来以后就再也没有人见过令堂。令堂生病了,令尊和医生都认为矿泉浴对令堂身体有好处。那位黑人妇女,奥玛,和令堂一同前往。我不知道发生了什么。没人知道。有天早晨令堂来到镇上,然后就消失了。再也没有人看到过令堂。我们只好猜想令堂逃走了。在令尊面前我们就再也不提令堂了。令尊不允许。"

他把空出来的那只手搭在她手上。"很遗憾。"

"你表弟曾经为他工作,他说过些什么吗?"

他两手一摊,好像在说其余的无可奉告。

他们坐着,听煤火嘶嘶燃烧,屋子里煤烟越来越浓。透过重重帷幕后的窗子,天空低垂、晦暗,下着冰冷的雨滴,从她下车开始就一直没停过。拉车的栗色马披着上好的羊毛毯以保持背部温暖,缰绳系得也不紧,它们把脖子伸向人行道,希望得到糖果,它们开始相信每个人身上都一定带着糖果。她不会失去它们。她什么也不会失去。

"圣·克莱尔先生。"她开口说,朝他靠过去,摘掉了手套,给他看到戴在手上的硕大黄钻。不费吹灰之力,她慢下来,声音里面满是拉长的腔调。"有没有什么小事你可以帮我做的?"她把手放在他胳膊上,轻柔地捏了一捏。

他的一双大眼睛显出同情。"我想我可以起草一份请求书,请求解除那项附录。但是——"

她抓起他的手,放自己手里,又抵在嘴唇上。"你愿意为我做这件事吗,先生?你愿意帮助像我这样一个可怜的孤儿吗?"

这些话一出口,她就意识到自己把戏演得过分了。他把手赶紧拿开,立刻站了起来。脸上的表情在说她应该还有很多其他方法来说服一个男人,而不是一上来就用性这一招儿。他踱着步,她看着,过了一会儿她开腔了。

"我已经到了结婚年龄,先生。禁止我结婚是违反自然规律的。法官和陪审团肯定同意我的看法,"她戏剧性地一顿,"当然,如果你愿意,我会去希斯凯顿,或者吉拉多角,又或者去圣路易斯请律师。放心,会有人想要我的钱的。"她开始把精致的小山羊皮革手套又戴回手上,手套和她新做的海狸皮斗篷很相配,斗篷上还有个帽子,挡风避雨。

他站在她面前,所以她不得不把头靠在椅背上,抬头望着他。

"没提到婚姻,我亲爱的。只是不准要孩子。雅克不想家族血统再传下去。"刺耳的声音正好搭配更加刺耳的讽刺,她强忍住想要抽他的冲动。

相反,她披上斗篷,忙着把钮子扣上。"那会是怎样的婚姻呢,先生?什么样的男人会嫁给一个永远不能履行自己誓言的女人呢?"

她立刻起身,撞在他身上,他朝后打了个趔趄,扶着壁炉才没摔倒。门边上有一面镜子,上面蚀刻着打猎用具,她站在那里整理头发和斗篷,并且观察他的表情。他长叹一声,她转过身来,微笑着。

"我这个礼拜就开始起草,"他说,"新年过后法官就会听证。然后就是预审。与此同时,请您找找看,看能不能找到证据,证明雅克已经亡故。在法庭上他们需要这个。如果当事人还活着,就很难推翻他的遗嘱。明白我的意思了吧?"

"我明白。得弄清楚现在是谁说了算。"她来不及等他,自己开了门,朝他的伙计们微笑着点点头,冲出了办公室。

外面,雨一落地就立刻变得冰冷刺骨,尽管披着毯子,她的马还是冷得瑟瑟发抖、垂头丧气,冰包裹住它们的脖子、脸和挽具。她解开缰绳,缰绳窸拨作响,片片松动的冰滑落下来,就像玻璃碎片。上马车的铁制台阶非常滑,重心转移到上面直打滑,到第三次靴子才踩住。虽然有顶棚,皮革座位上还是覆盖了一层冰,一坐下,冰就窸拨开裂。她把熊皮长袍盖在腿上,长袍沉甸甸的,又潮,她拿起冻僵的缰绳。整个街道空空荡荡,她把老大不情愿的马匹转了个方向,冲进雨里,前往裁缝铺。在他们旁边,大河好像被冰雨冻僵了,雨滴点在大河表面,冰敲打在树上,敲打在马路上,发出细微的噪音,在她的沉思里咔嗒作响。

律师透露出来的消息依然使她震惊,全然没有注意到马匹在朝哪儿走。她还没有意识到,它们就转了街道,前往老东家埃塞尔·梅·祖巴家的马厩。不破坏草地他们就没地方转弯,在她的咒骂声中,他们来到了那所大房子后面的马厩院子。本能把它们带到了最近的庇护所,单单让它们掉个头都用了好几分钟的甜言蜜语和支持保证。她正要下车牵它们走,有个人从房子里跑了出来,茶色马金托什雨衣像风帆在他身后拍打着,手里拿一顶茶色宽边牛仔帽。有那么混乱的一刻,她以为一定是父亲冒着雨水和寒冷来救自己了。但是她又记起自己身处何方,想了想莱恩·奈特,埃塞尔·梅的侄子和他在西部做牧牛学徒的经历,然后他回了家,变成了酒鬼,她猜想自己是不是要屈服于某种粗野的行为。她把手伸进身边的织锦口袋,拿出雅克那把左轮手枪,放在腿上。马匹顽固地不肯离开那扇关着的马厩大门。很显然,就算待它们再好也没有办法战胜生存本能。马宁可冻死也不肯离开它们认为是避难所的地方,尾巴随风在冰暴里飘着。

"女士?"来人不是莱恩·奈特。他身高超过一米八,微微把帽子从前额拿开,从容地往马车里望着。他留着低垂的深褐色长髭须,当中还夹杂着些银色,脸上满是皱纹,常年的田间劳作把皮肤永久地晒黑了。深褐色的眼睛因为高兴而生出了鱼尾纹,眼下她可没心情跟着乐。

"请让开,先生,我得下去牵我的马。"她尽可能生硬地说,尴尬地想要把枪藏在长袍底下。

他把手搭在她胳膊上,那只手很大,被太阳晒得黝黑,她逼迫自己不退缩。"现在请你待在原地。我得让那些顽固种子转弯,沿原路返回。"

"陌生人的手它们是不理的——别——"她的话很荒谬,直惹得他高兴地笑起来,一边还跟着咳嗽。然后他的手缓缓摸上它们的头,沿着身体安慰地轻轻拍了一拍,还跟它们说悄悄话。当他伸手去拉嚼子底下的缰绳时,它们低下了头,靠在他身上,好像他会拯救它们,不让冰霜侵入眼睛和鼻子周围单薄的皮肤里。他摩挲着它们的前额,一边咳嗽一边喃喃低语,开始慢慢地牵着它们离开马厩。外套在他周围拍打,它们居然毫不惊吓。他的袖子太短了,伸手去掏马耳朵里的冰时,腕关节的骨头露了出来,突然使他看起来极易受伤害。他的手上布满古老的疤痕和皱纹,可能是多刺的金属丝和绳子刮出来的。即使坐在座位上,她也能看到他指头和手掌上遍布的老茧。难怪她仍然觉得那只手正抓着自己的胳膊。

他又走回来,在身边那匹马的屁股上安慰地拍了一拍,对着剪短弄折了的尾巴皱起了眉头,对她怒目而视。

"我想我应该跟你一起驾马,女士。这场风暴铁了心在结束以前要给我们点儿颜色看看。如果你愿意等着,让我——"他朝马厩看看,把拳头抵在嘴上又咳嗽起来。

"我确信自己不会有事的,先生。"她说,打算换口气,然后谢谢他。可是他早已伸手拉开马厩的门走进去了,她的话被风雪卷走了。狂风肆虐,眼看就要把马车顶上的薄布撕开。她把斗篷上的帽子戴上,包住脸部四周,思忖起下一步行动。要是她离开,似乎有些忘恩负义;可是要是留下来,又要对这个陌生男人负起责任。为什么她不会害怕?她问自己。她朝祖巴家的房子看看,仔细观察那些垂着重重幕布的窗子,看看有没有动静,可是莱恩·奈特连个人影也没出现。她把枪又放到腿上,这一回摆得很显眼。她的确需要有人帮助来操控那些马,现在它们又要回去了,想要再转回到马厩那里。她轻声对它们讲话,可是早被狂风吹散,根本传不到它们的耳朵里,风鬼哭狼嚎,把冰雪像小块岩石一样猛地丢在大地之上。马匹退缩闪避,原地跳舞,她拼命拉它们的嘴巴,以引起它们的注意。

她正把长袍拿到一边,准备下车走去马头那边,这时马厩的门打开了,那个陌生人和一匹高大的斑点马从里面走出来,进入暴风雪之中,马身上配着西部风格的马鞍。陌生人轻轻一跃,上了马鞍,催促马前进。由小路去大街的路越发艰难,小路也铺上了冰,马好像在大理石上走着,又好像踩着鸟蛋,它们跟着那匹高大的斑点马跟跟跄跄地往前走。

在大街上,那人停下等她上来,然后俯身问她方向。她决定放弃裁缝铺,指向西面,大声说出转弯地方的名字。他俯得再低些,说冰很快就会被雪覆盖,气温在下降,所以他们最好马上出发。她点点头,他们就出发了。因为咳嗽,他的肩膀弓了起来。看着他让人觉得安慰,宽帽子用手工编织的羊毛围巾扎得很低,围巾同时还护住耳朵,马金托什雨衣换成了红黑格子花呢羊毛毯外衣,手上戴着皮手套,上面用羊毛画出线条,他在马车旁边骑着,这给了她的马信心,也给她一种过去并不习惯的东西,一种感觉,抵消了雅克曾经做过的事情。她父亲是个怪人,老脑筋。这不是他第一次犯错误。她希望自己能够说再见,如此而已,如此而已,如此而已,轮子在冰雪覆盖的车辙里摇摇摆摆,似乎在这样说。她眼睛里噙满泪水,随它去吧,很快她就感觉到那股潮湿冻结在了脸颊上。

半个镇子的人都隔着窗帘,要么就是透过商店的橱窗看着眼前这个奇怪的小小的旅行团,但是除了焦急地想要克服眼前越来越猛的暴风雪之外,到家之后她还要担心奥玛和弗兰克。弗兰克开始深信某个男人会骗她,要她离开雅克的土地,尽管她向他做了保证,但他变得比父亲有过之而无不及,扬言说如果她胆敢未经允许就考虑别人的求婚或婚姻,他就要把她锁在单身厢房。你不用再担心了,今天晚上她就要跟他说,雅克已经永远地解决了那个问题。马铁掌最终弄得马匹举步维艰,她示意陌生人停下来休息一会儿。他们松开被冰雪包住的挽具,把马从马车上解开,又把马车停在路边。把沉甸甸的熊皮长袍铺在一匹马身上,她跨上去骑着,把另一匹交给那人牵着。起初她的马不肯走,雪太大了,几乎看不见路,更别提两边还有树木。隔着厚长袍她使出吃奶的力气用大腿和小腿挤压坐骑,口中喊着"驾,驾……",马试探着迈出一步,又迈出一步。陌生人在前面走着,她的马在后面往前滑,抓住唯一的避难所。她紧紧抓着帽子,横在脸上,坚持住了,尽管其实本来引以为傲的小山羊皮革薄手套早已经湿透、冻僵了,手指也跟着麻木了。她的另一只手抓着缰绳,而缰绳又埋在皮斗篷的衣边下面,但是当她想换手休息时,手指头夹在帽檐里,拿不出来了。马已经住了脚,但是她担心自己的手,有一会儿没注意周围。抬头一看,四面白色盘旋,寒风肆虐。另外两匹马失去了踪迹!

她踢它,但是马不肯动,跟她一样困惑不已。"救命啊!"她大叫,马吓得受了惊,直往左边跑,但是她坚持下来,喊了又喊,疯狂地寻找。她想起自己放回口袋的那把枪,想办法把它拔了出来,上了膛。用一只手和两条腿把马稳住,她举枪向天开火。她担心暴风雪盖住了大部分声音,他听到的话简直就是个奇迹,但是一个模糊的身影突然出现在他们面前,咳得更厉害了。

他饶有兴趣地看着那把枪,但是当她把困难喊出来时,他立刻照顾起她的手来。他摘掉自己的一只手套,套在她苍白的手上,那只手已经失去了知觉。他拿开斗篷,把那只手塞在她胳膊底下,手指在她上衣前襟摩擦。已经顾不上责骂了,他把斗篷又裹在她身上,尝试塞在她的大腿下面。放弃这一尝试,他又把熊皮裹在她腿上,把她像木乃伊一样包裹起来。他的高头大马喷着鼻息,焦急地看着熊皮,但是一动也不动。她那两匹栗色的马已经被暴风雪彻底打垮,顾不上担心这种事了。

陌生人俯身,嘶哑地朝她耳朵里喊:"还有多远?"

"在T字路口往北走,就不远了。让大河始终在你右边。"她喊了回去,风把帽子从头上撕开,又把最后几个字卷走。他又把帽子给她戴上,松开绑住帽子的针织围巾,飞快围住她下半张脸,系紧了,帽子被固定住了。闻起来有木炭味道,还有马身上的味道,还有其他味道,是他的体味,她相信。

他把帽子塞进衣服,自己光着脑袋。两只耳朵已经红了。要是她系着这条围巾的话,他的耳朵就保不住了。她要解开,却被他阻止了。

"你会冻伤的!"她叫道。

"我习惯了。出发吧。"他拿起一根她的缰绳,和另一匹马的引导绳一起缠在那只裸露的手上,塞在外套的前面,催促斑点马慢跑前进。另外的马没有选择,只得跟着。

他们差点错过了T字路口,但是斑点马在最后关头突然转向,她的马踉踉跄跄跟着,差点把她摔下去。为了安慰自己她开始背诵惠蒂埃①的《赤脚男孩》,但是背完第二节之后就怎么也记不起来了。奥玛说得对,人永远不知道自己何时需要知道些什么。冻僵的手指随着回暖开始疼起来了,眼睛几乎就要冻得闭上了,只能眯开一条缝,但是风向一转,参天的古老柏树和大果栎树排成一行,她冲前面的人嚷了起来。

马匹自然而然转弯,急急忙忙赶去谷仓,风留在了身后。那人低身把门闩打开,他们低头骑了进去,三匹马在拥挤的走廊里挤挤挨挨了一小会儿。那人疲惫不堪地坐在马鞍上,一动不动,除了一阵一阵的咳嗽。她滑下马,解开围巾。谷仓里很温暖,味道很重,又是苹果的香甜,又是马和牛的气味。破坏性的暴风雪在阁楼里闹着,卷起灰尘又将它们撒下,除此之外只有一片温暖的昏昏欲睡的静寂,大型牲畜都在休息,一匹马在轻轻地朝鼻孔吹气,牛心满意足地嚼着。没有谁因为他们的出现而被打扰。

她把长袍和羊毛毯子从马背上取下来,接着又取下身下的挽具,任马笼头垂在斑点马的侧面,接着迅速用一张大毯子裹住她骑的那匹马,顺着脸和脖子擦下去。把它安置在畜栏里,她又去照顾另一匹栗色马。拖缰绳的时候,陌生人醒了过来,慢慢把手从外套里拿出来。她不得不解开缰绳,尽管天气很冷,她注意到了他皮肤上的灼烧。给第二匹马擦过身子,又给它裹上毯子,她把干草叉进三个畜栏,确保桶里装满了水,而且没有上冻,接着来到陌生人的马身边。暴风雪怒吼着,可是敲在屋顶上的巨响以及窗子上的咔嗒声在谷仓里模糊的微光下都被蒙住了。头顶的椽子上,一只鸟在温柔地叽叽喳喳。

"先生?"她摇摇他的衣袖,不知道该怎么做。看上去他睡着了。"先生?你得下来,让我安顿你的马。"

"得回去找他们。"他咕哝道,举起一只手,又颓然地落在颤抖的大腿上。她惊恐地看着他全身上下都在像波浪一样颤抖着。他的裤子湿透了!他在挨冻!

---

① 惠蒂埃(1807—1893):美国诗人。其早期作品反映了他对奴隶制的反对,最著名的作品是对新英格兰的怀旧诗歌《大雪封门》。

"赶紧,"这一回她使劲拉他的袖子把他推翻过来,"下来。我们一定得让你暖和起来。赶紧。"她把缰绳从他手上取下来,让那匹马沿着过道走到她准备好的那个畜栏。看到深深的稻草以及新鲜的干草,这匹马撞开门,撞到了那人的腿,他哼了一声。马开始卧下来准备打滚,她抓住了它的缰绳。

陌生人好像醒过来了,环顾四周,一副不知所措的表情。

"下来,这样我才能给它解鞍。"她命令道,他慢慢抡起腿,滑了下来,脚一落地就打了个趔趄。要是他躺下去了,她就不可能再把他扶起来,所以她扶他去畜栏分割墙,让他靠在上面,开始迅速照料他的马。这头牲畜很感激她的关心,她想把沉甸甸的帆布和羊毛毯子盖在它身上,但是这让它受惊,很明显它是西部牧牛马,从不知道马厩生活的精致。他厚实的冬毛根根直立,擦过以后很快就干了,眼睛依然炯炯有神。它低头用干草塞满嘴巴。显然它已经习惯于这样的自然环境了。

然而那人却成了问题,他靠在墙上,双眼紧闭。脸色苍白,大汗淋漓,好像发烧了。她把手掌搭在他脸颊上,滚烫滚烫的。

她能把这陌生人扶到房子里,不让他瘫倒在地上吗?她应该走去房子那儿,看有没有人可以搭把手吗?要是今天他们都回家与家人团聚去了怎么办?今天早晨她离开的时候,尼尔森·福利已经给马装好了挽具,计划去修篱笆。假期过后他就会搬去单身厢房住,坎普和思普拉金斯夙兴夜寐,所以应该有人帮忙的,可是在这样一场怪诞异常的暴风雪里他们是不会来的。弗兰克和奥玛轮流陪她,可是昨天夜里她把他们打发回家了。家里可能只有她一个人了。

深吸一口气,她把肩膀架在他胳膊底下,让他半趴在自己背上。"我们得坚持着到房子里去。我需要你的协助。能走吗?"她嚷道,吓坏了斑点马,它抬起头,停止咀嚼,看着他们跟跟跄跄往马厩门那儿走去。

到外门用了很长时间,这让她很不满意。照这样的速度,他们两个人要被冻死在外面了,可是又别无选择。她挨着墙喘口气,拿出一根长绳。

"我要把我们两个绑在一起,"她说,"在外面我们可不能分开。"她把绳子缠在两个人的腰部,宽松地绑上。要是他倒下去,她也会被拖累,但是总好过完全失去他。

"先生?你在听吗,先生?"她捆他耳光,他的眼睛暂时聚焦了。"我们得坚持着到房子里去。现在你得自己走路。我背不动你。要是你不走我们就死在外头了。明白吗?"

他咳嗽着茫然地笑笑。"坚韧的姑娘。"他说。

"是成年妇女!"她气急败坏地说,"现在赶紧吧。"她猛拉搭在自己肩膀上的胳膊,把被风封锁的门推开。两个人一起推才终于打开。接着风又把门从他们手上一把夺过,重重摔在谷仓上,"啪"一声巨响,吓着了关在里面的牲畜。把门关上也是费尽周折,她终于把门闩上的时候,门口已经积起了一小堆雪。

风越发紧,朝他们身上刮着、摔打着,但是房子的轮廓在眼前出现了好一阵,让她辨明了方向。长裙,小山羊皮靴,风打衣裳,让她在打滑的地面上几乎站不直,更别提还有牛仔重重压在她身上,但是他们还是踉跄前行,像马一样低着头。她把湿透的手套落在了谷仓里,手很快又冻上了。可是她现在已经顾不得了,又背诵起惠蒂埃的诗篇,一步一字。"赤——脚——男——孩——"

走到一半他打了个趔趄,剧烈地咳嗽起来,好像窒息了,威胁着要把两个人一起掀翻。她大喊大叫,隔着厚衣服用拳头猛击他的侧身和后背,可是没有用,所以她站直了,用冻僵的手捆他耳光,这才让他恢复神智。他直直身子,又踉跄着朝前走了,一路还拖着她。

到门廊台阶的时候两个人精疲力竭,瘫倒在地,只能爬了。在门口她想解开绳子,但是指头太硬了,解不开冻住的绳结。她不得不把绳子放低,从里面爬出来。似乎用去了永恒的时间,这才把门打开,她猛地把他推进去,门关上,她倒在地板上,闭上了眼睛,终于到家了。但是房子里面是冷的。她不在的时候火已经熄了,她必须赶快再站起来。

湿裙子太重了,她把它脱掉,搭在厨房椅背上,又从湿透了的靴子和袜子里面走出来,在烧饭炉子里放了新柴,生了火,把水壶放在上面烧茶。接着她又去了其他房间,把壁炉和炉膛都点着,急急忙忙,因为地板在她一双赤脚底下冷极了。当她最后回到入口的时候,陌生人坐了起来,外套钮子解开了,迷惑地望着盘旋的宽楼梯。

"我叫斯万斯万。"他说。

26

"没关系,"她说,"你能站起来吗? 厨房里生了火。"

他不回答,眼睛闭着,她意识到他昏过去了。他的脸冻得发红,汗珠发光,呼吸嘶哑。他不能呆在走廊入口,要是生病的话,可能也不该呆在厨房地板上。

"哦,该死的,人都去了哪里?"举足一顿,她沿着楼梯往二楼楼梯平台望去,看到有什么东西。是什么?看上去像是个奇怪的阴影,在护栏那边,悬在半空中。她的胃搅动起来,接着听到小狗爪子在地板上喀哒喀哒直响,它出现在台阶顶端。

"皮特!你在上面干什么呢?过来,孩子。"她轻柔地唤它。它呜呜叫着,转头看看,又看看她,没有动。它应该冲房子里的陌生人叫的,她想,它怎么了?阴影似乎沿着护栏在移动,在小白狗头上停了下来。她眯起眼睛,看得更仔细些。一定是从法式门那儿透出来的诡异的光反射到了走廊里。她把眼睛移开,再一看,消失了。

"过来,皮特。"她又唤它。它跃下楼梯,好像刚刚意识到她回家了。一看见地板上的人,它就往后退,开始咆哮、狂吠。

声音吵醒了那人,她扶他起身,朝楼上走去,要把他安顿在床上。要是尼尔森·福利搬进了单身厢房,她就把他安顿在那儿,可是现在不行。

她安全地把他安置在麦蒂外婆房间的床上,要给他脱掉湿透的裤子和衬衫可是需要技巧的,好在她过去常常在夜里帮醉酒的父亲宽衣,所以最后她还是成功了。他的身体比她依照那饱经风霜的脸和双手估计的要年轻,苍白的大腿上肌肉紧绷,父亲的大腿则比较瘦。她给他脱掉袜子,花了一会儿工夫研究长脚趾下精巧的骨骼,这副骨骼在这间被暴风雨弄得暗淡的房间里显得那么脆弱,小趾指甲磨成了碎片。他的脚太冰了,她用两只手磨着,给它弄暖了,过去她常给父亲磨。陌生人咕哝着把脚拿开,把一只胳膊丢在被子上,似乎太热了。她赶紧拿条毯子盖上他的脚,到屋子另一端点亮梳妆台上的灯,赶去厨房倒茶。

她要是在外婆照料病人或给心脏病人秘方的时候多注意些外婆的炮制方法就好了。父亲总是用白兰地和雏菊茶医治百病,但是他尊敬麦蒂外婆的技艺,她在厨房里忙着整草药和茶的时候,父亲就神情严肃、沉默起来。怎样治高烧呢?

"小白菊茶,开花的山茱萸能医治疟疾、高烧以及出血,老一辈印第安人就这么用。"外婆对她说。回来了!麦蒂听到了外婆的声音,好像那老妇人就站在身后!

"荚蒾树皮。"外婆窃窃私语,可是她一转身,厨房空空荡荡,只有对面墙上,一个诡异扭曲的阴影,一定是积在窗台上的雪……

外婆的瓶瓶罐罐原地放在那里,里面装着草药、茶和膏药,放在食品储藏室里,就在水槽边的橱柜上。装茶叶的粗棉布条也还在那儿。她的手好像在外婆手上盘旋,指导她把碾碎的树皮捏一撮放在方布上,熟练地扎起来。把烧在炉子上的壶拿下来,将开水倒进茶壶里,麦蒂让它泡着,直到颜色对了,这才提着茶壶上楼给病人喝。

麦蒂叫醒他给他喝了茶,确保火不会在烟囱外面的冷空气和风的入侵下熄灭,她在床旁边的椅子上睡着了。皮特上了楼,在走廊里来回走着,她打着瞌睡,它的爪子在地板上喀哒喀哒,声音越来越响,最后走过这间屋子,声音越来越远,又越来越响,又越来越远,来来回回像个活闹钟。在睡梦里,她想像它的爪子在软柏木地板上留下一个个逗号,几十年过去,被一个和她同龄的女人发现了,她跪下来,膝手着地,把手指头在花纹上摸着,一天下午她会看见他们在暴风雪里等待着,世上万物都藏起来睡了,终于,连死亡也睡过去了。

黄昏时分麦蒂醒来,小狗呜呜叫着想要出去,尽管风还在继续敲击着房子,在窗棂里摇晃百叶窗和窗子。她俯身看看,那人眼睛睁着,望着她。她也望着他,一点也不觉得害羞,好像两人早已熟识。

"斯万斯万,"他虚弱地嘶哑着说,"我的名字——"

她举起手制止他。"麦蒂·杜查姆。你感觉好点了吗?"

门口,皮特的呜呜声增强成了吠叫,她起身,赶紧离开。"我很快就回来——"

接下来的二十四小时暴风雪愈演愈烈,她担心牲畜,但是又没什么可做。鸡鸭安全地呆在窝里,尽管很快它们就需要水和食物了;马牛也有了避难所,等待天气转好,它们一向如此。谷仓里的猫安全地躲在干草里。除非必要出去了两次,小狗心满意足地在斯万先生卧室里的炉火前拳曲着,她始终保持炉火旺盛。隔一会儿她就去一次厨房,拿汤、拿茶,添柴加薪,但是她把大多数时间都用在了他的屋子里,从厨房拖柴火上楼,这样他们就可以舒舒服服的。高烧时起时落,他也时睡时醒,一阵阵咳得非常厉害。她给他喝櫸树茶以止咳,可是似乎没什么用。尽管她等着,希望再听到外婆的声音,可是那声音一去不返。她祈祷,向外婆祷告,向母亲祷告,向父亲祷告,感谢他们在自己正需要男人的时候送了一个上门来,祈祷他们为了她保佑斯万无恙,因为在长长的守夜当中,在某一时刻,她坠入了爱河。

"你要我做什么,斯万?"

五月里,寒冬冷春持续了太久,现在终于结束了,他们也终于可以出去在农场工作了。

"你可以离开。"他在修理种马的笼头,一天早晨在春天的草地上它为了追求一只新来的母马把笼头弄坏了。她在清理福利和坎普刚刚盖起来的马具间,他们给一个畜栏加了墙,又安上了门。她拿起一块帆布马垫,一只老鼠从羊毛衬里飞了出来,连滚带爬跑出门去。

"这是我家,斯万。"她拿起沉甸甸的衬里,上面结着一块泥,抖一抖。好几个渺小的红色身体落在地板上,静静地蠕动着。老鼠。该死。她抬起脚,但是踩不下去。相反,她蹲下来,一只一只捡起来放在手掌上,它们蠕动着,像是寄生的玫瑰花苞——

"可是在这里我们不能交朋友,麦蒂。"他把锥子穿过双线缝合的皮鞭,在另一端抓住了细绳。他在用涂过蜡的结实亚麻绳,是他们从圣路易斯马具店订购的,修补的成果就在笼头和鞍架的大多数装备上熠熠生辉。他甚至连破掉的毯子和马斗篷也修补了。事实上,马具间也是他设计的,一可以下床,他就连续几个钟头在那里搞设计,一刻也不闲着。她也一样。

"我们可以交朋友的。只是不能对别人说。我们可以在别的郡结婚——去新奥尔良,那就够远了。"她看着手里这些微小的没有毛发的红色生灵。母亲会因为它们身上带上了人的气味而抛弃它们吗?现在杀不杀它们已经毫无悬念了,那种事要趁还没想过就赶紧动手。

"把它们放在外面谷仓旁边的野草里。它会找到它们的。"斯万朝下一看,笑她的窘境。

"或者其他东西也会找到的。谷仓里那些猫去了哪里?我以为它们就在附近。"她望出去,看着主仓库,阳光透过窗子和门铺下一块块巨大的黄色方块,方块里满是灰尘。

"你拖得越久……"他提醒她。他们已经有好几个兔笼,放在一个畜栏里,而且越来越满,是去年冬天那场诡异的暴风雪之后,她在丁香树丛里的一个兔子窝里找到的。母亲再也没回来过,她要弗兰克把兔宝宝拿进来照顾。她不知道自己被什么影响了,但是就是受不了有东西死掉。

她不知道自己是这么宅心仁厚。这些天来所有的事都让她吃惊。她笑着把老鼠藏在一丛高高的紫茉莉深处,粉色的花盖在上面,直到下午过半一直封闭着。斯万要对此负责。上帝知道这些老鼠可能会长大,明年冬天就会啃她新栽的苹果树干,那时她就会诅咒今天了。

她停在马具间门口看他,似乎可以感觉到如黄金一般的尘埃,一个人把它们吸进去,它们附着在肺壁上,因此而永生,比它们知道的这个世界活得还要长。突然,这一天变得非常脆弱,眼泪涌了出来。这一天永不再来。她知道。她感觉到麦蒂外婆的嘴唇贴在她耳朵上,脸颊上有一缕头发。记住这一刻吧,一个声音说,她的心变得渴望这个男人,细瘦的肩膀因为工作弯了下来。他有一头长发,跟父亲的一样长,也和父亲一样扎在后面,因为生病而变作银色,一双足以胜任的大手,虽然遭受毁坏却那么灵巧。他穿着父亲的亚麻羊毛混织工作服,宽吊带吊住高腰长裤。脚穿一双父亲的鹿皮鞋,那鞋可有些年头了。他甚至带着父亲那条古旧僵硬的皮围裙,几十年的皮革加工在上面弄出一个个伤疤和污点。

如果父亲还活着,她会让另一个男人穿雅克·杜查姆的衣服吗?她应该质问圣·克莱尔和那法官。证据,他们说。证据就是这个男人正生活在她屋檐下——证据就是夜里她赤裸的身体躺在他赤裸的手臂里。想起来就令她颤抖,他们赤裸的肚子相互抵着,她的胃撕扯起来,又跌落下去,同样的精力分散又向她袭来。一匹发情的母马。今天早晨她爬到他身上又做了一次,他笑着数落她。"是你激发了我们!"她也笑了,"母马和种马从没像现在这样繁殖。我不由想到是因为你,斯万。你朝空气和水施了某种魔法。"他吻她的乳头,缓慢地,美味地,弄得她弓起后背,迷失了自己。

斯万和她是怎么变成这样的呢?一个人,不是那些与她终身为伍的人们,不离不弃的陪伴是一种如此令人兴奋的经历。他的语言,他的一举一动,一切都是那样新鲜,那样与众不同。他诉说他的生活,他的家人,她一听就是几个钟头。他所爱的,她也学着去爱,从他嘴唇说出那些话来的形状上,从他眼睛因为回忆而改变颜色的方式上。

"十五岁离开家,去邻居家的养牛场工作,就在怀俄明温德河保留地附近,"她追问他家事,他就告诉她,"阿爸和我意见不一。好在邻居埃利斯·韦弗是个体面人,有自己的家庭。我努力工作,他为人也很公正。二十五岁我就成了领班。赶牛群去内布拉斯加的奥加拉拉铁路终点站,跟偷牛贼战斗,还有蓝舌病、黑脚病、响尾蛇、狼、暴风雪、干旱,各种各样的麻烦。"

"最后流落到了蒙大纳,在一个英国人的牧场里工作,那人在英国犯了事儿,就来了美国。我猜,他像我一样,除了他是个有钱人以外。他喜欢打猎,所以有五年的时间我跟随他到处闲逛,打猎以获取它们的头和皮。但是我不喜欢那样把猎物的肉都浪费了,所以又去了博兹曼一家大工场。我在马上受了伤,冬天就躺在工棚里。第二年春天场主死了。一间公司买了这块地方,要我走。我就又回到英国人那里。他厌倦了打猎,开始养马、牛、山羊。计划把山羊卖去各个地方。我呢,就看不出有什么市场。山羊很麻烦的——冲出羊圈,把牲畜赶得到处都是。是努比亚山羊。所以当他派我坐火车一路赶去肯塔基,监督一头公山羊的买卖和运输时,我计划回去时骑马穿过密苏里,到奥马哈再乘火车,回位于怀俄明的家,去我家的牧场。"他的眼睛闪烁着光芒,她喜欢去想能够遇见他真是幸运至极、令人称奇。

"路上我大病了一场,躺在奈特孩童之家,等疾病痊愈,而你又出现了。一场福祉,又是祸害——"

"你们有自己的地?"小麦蒂问道。

"是我亲戚的。阿爸死了。阿妈死了。两个弟弟和一个妹妹不想再有任何瓜葛。像我一样,一旦条件允许他们都离开了。"

能够奢侈地听这个男人讲述自己的身世真是令她陶醉,因为她从没被允许和其他孩子一起上过学,也从没进过镇上的房子,更没有和其他家庭一起参加过礼拜。起初她扶他起来从杯子里呷肉汤,要么就是用调羹舀汤送进他嘴里,藉着这种机会用指头在他脸颊上摸摸,那一双嘴唇她渴望吻上去!他接受了她的触摸,她就愈发胆大,手指在他胸膛和手臂上逗留,直到有一天他的手握住了她的,似乎水到渠成,她的心飞起来了!

"告诉我你经历过的最美好的一天和最糟糕的一天,我也告诉你。"她觉得自己得了灵感。让斯万谈论自己是很困难的,她想让他继续下去。

"你没有事要做吗,麦蒂?"他揶揄道。

"最糟糕的一天?"

他深吸了一口气。"我得说最美好的一天也是最糟糕的——我离开家那天。

阿爸和阿妈坐着马车离开了一个礼拜。他给她的时间很短,只够收拾一口袋衣服的,半推着把她安置在座位上。她甚至来不及和扎克告别,小家伙跟在后面跑着、哭着。他是最小的,只有八岁。莫利比我小一岁,却已经开始负责烧饭和外面的杂务。阿妈又开始了新一轮的'悲伤',一天早晨都不能起床了。夜里我听到阿爸压低声音愤怒地说:'你就不能表现的更好点儿吗?'"斯万望着麦蒂,她脸也不红了。

"我问莫利他们要去哪里,但是她咬着嘴唇,摇了摇头。我现在认为她是知道的,她是怕一旦泄露我就会追上去。她不想阿妈走,但是也不想我挨一顿打。她可能会告诉我的。弟弟尼尔森,那时十二岁,站在那儿,手插在口袋里,嘴唇抖着,努力不哭出来,好像阿爸还在那儿,随时准备砸他的脑袋,因为他的表现像个小孩儿。阿爸是个可怜的老混蛋。真好笑,我们孤零零地在家待了一个礼拜,却没人说起阿爸把阿妈带去了哪里,也没人问起我们对事情怎么看。我们只是继续生活下去,就好像阿爸还在,像老鹰一样盯着我们的一举一动,随时准备因为一丁点儿的错误而拳脚相加。尼尔森给马上笼头的时候手抖得那么厉害,我不得不把眼睛转向别处,咬住嘴唇,以免自己会忍不住提醒他说老家伙根本不在。扎克虽然只有八岁,却夜夜哭着入睡,什么也不肯吃。最后我去了亲戚屋里,从椅背上把被单拿下来,床被占用的时候阿爸就把它搭在那里。我把被单给他。他闻了闻,像小狗一样蜷起身子,睡着了。阿爸回来以后,从没发现扎克拿了。我想那孩子一有机会离开家,就把那条被单拿走了。

"阿爸回来以后,第一件事就是四处跺脚,抱怨我们把这个地方弄得一片狼藉,让我们一直工作到深夜,打扫卫生,修修补补。大多数事情都是他早该做的,但是我们不敢有丝毫怨言。尼尔森被迫爬上干草棚,把下面畜栏上的蜘蛛网除掉。我被迫打扫马厩,把堆积了十年、混着马尿的马粪清除掉。莫利被迫把稻草从鸡舍里拿出来,粉刷里面,再把下蛋的盒子装回去。可怜的小扎克负责用肥皂清洗马鞍、笼头和靴子,再给它们上油。

"他抱着盘子三次睡了过去,阿爸这才让他去睡觉。我们剩下的人也没好多少,我想他是故意这么做的,因为当他告诉我们说阿妈不会回来了的时候,我们都累得吵不动了。他把她带去夏延一个给疯子待的地方,他就是这么说的。她没有疯,我想争辩。她就是难过……谁能因为她有那样的感觉而责怪她呢。他看看我们。当然,我一言不发,我们都沉默着,因为他正等着呢。一手拿刀,一手拿叉,握的姿势就是准备扎什么东西的,他下巴上的肌肉动着,眼睛里什么东西在放光,有些不对。他在等待着,等揍人的机会,我可不能让他高兴,你明白吧。十六岁时,我就已经学会了那么多东西。我再也没有看到过她。这些年我想过找她,可是又没有。我们也没有收到过任何信或消息。她就像死了,据我所知,他的确这么做了,把她杀了,丢在地上,就像他对待一头干涸的奶牛一样。那是最糟糕的一天,那天他回了家,而她却没有。

"最美好的部分出现在早晨,我从自己养的马上摔下来,伤了自己。老头子抬眼看看我,说:'那匹马你欠我十五块。'他吝啬地咧开嘴笑了,以为把我难住了,但是我对那老混蛋已经了如指掌。我从口袋里掏出钱,丢在他脚底下,上马疾驰而去。我离开了,穿着衣服,笼头是我做的,没有马鞍,没有毯子,没有外套。我有那杆老来复枪,是爷爷给的,那时我和扎克一般年纪,还有一些火药,一把猎刀。甚至都没给马抓一把燕麦。十五块是马价,不包括其他东西。我猜要不是他大吃一惊的话,阿爸还会让我付衣服钱的,要不然就是把我扒光,说我还欠他一副骨头和一张皮呢。有两次我写信给莫利,后来她嫁了人,搬去内布拉斯加。尼尔森和扎克则音讯全无。"

"听起来不那么奇妙。"麦蒂咕哝道。

"相信我,很奇妙。"

他一定大步疾驰沿着小路离开了家,一边诅咒那罪有应得的老家伙,直到来到主干道上,回头朝东望去。什么也没有,只有他自己扬起的灰尘。没人跟上来。然后他看看西,看看北,看看南——一片空荡荡。

"头顶两只老鹰,风吹草翻浪,阳光耀眼。万籁俱寂,我听得到自己的心脏在跳,让我觉得在活着的人当中自己是世界上最自由的。我再也不必过那样的生活了,某个吝啬的老混蛋让我再也不想那样过了。"他说。

麦蒂一时沉默了。虽然她父亲是个怪人,但是曾经爱过自己,她真是幸运。她认识到有时血脉相连纯属意外事件,大家的眼睛颜色相同、脸型一样,并不代表会相互关心。斯万在她眼中更脆弱了,胸中的悸动原本只为那些小动物,那是种要保护它们免遭伤痛和苦难的冲动,现在也为他摇荡。她猜想这是身为女人的一部分,让女人准备成为母亲——首先在一个男人身上发现脆弱之处,然后想要保护他——彻头彻尾的荒谬,她知道。

他身体好转,她读书给他听,选择那些恋爱故事,从下午到黄昏,终于捉住他的手,有一天他举起她的手抵在嘴唇上,自然得好像他已经是她的恋人了。她跪在地板上,在他床边,抬起脸庞贴上他的脸……

进来的时候她已经锁了门。现在她飞快地抛开衣服,爬到他床上,可是阅读还得继续,她的声音让奥玛和弗兰克放心,他们需要。

"'密西西比河永远我行我素……'"

与此同时斯万和她做爱,她不得不压抑愉悦的喘息,免得妙计败露,声音随激情而高涨——"'……任何……操纵……都不能……改变……它的……主张!'"

那些书上的内容她几乎全不记得,也不知道当自己的身体在灼烧的愉悦里扭曲的时候,她的嘴唇又怎么能够说出那些词来。她只希望吐温先生、霍桑先生以及梅尔维尔先生,尤其是梅尔维尔先生的亚哈,能够原谅自己的不专心。有一天她会再读的,那时她已经太老了,已经忘记斯万在跟自己的贞操战斗时,她捧住这些厚重卷册时滑稽的折磨了。

那一双手现在精巧地在皮革上用绳子结成针脚,哦,这个场景才是活着的意义!她终于搞懂了这么些年以来看过的小说和杂志上的故事。这些日子奥玛几乎看也不看她一眼,弗兰克几个礼拜一言不发。他们以为自己的不赞成会让这一切过去,但是她绝对不会让这个男人离开。绝对不。她十指交叉发誓,空气里突然升起一阵寒意,似乎把光也弄得不透明了,真是奇怪。她告诉自己是一片云正飘过天空,如此而已,如此而已,又听到那首古老的诗歌在回响。如此而已。

"要是你怀了孕,"这天早晨斯万说,"你会失去所有这一切——"他手臂一挥,把房子、谷仓、牧场、果园以及森林统统包括进去。"但是我们就可以走了,去西部我的小牧场那里,羊牛,养马,还有孩子。你会看见的,麦蒂,你会爱上它的。"一谈到他的西部,他的眼神就变得更加深邃,更加遥远。她担心,有一天一觉醒来就只剩下她一个,所以睡觉的时候她的手或脚一定要挨着他的身体。要想逃跑,他就一定要砍掉自己身体的一部分,留在床上,留在她指头底下。他爱她。她认为他是爱她的。昨天晚上她问他:"就像安东尼和克利奥帕特拉?就像特里斯坦和伊索尔特?就像特洛伊罗斯和克雷西达?你会为我而死吗,就像莎士比亚的罗密欧和朱丽叶?"

他大笑起来,说:"《草叶集》。我的爱就像坟墓上未经修剪的头发——"今天早晨她从圣路易斯书商那里紧急订了一本华尔特·惠特曼①的诗集。她诗歌看得不多,只读过一点点被认为是适合年轻女孩读的诗节。惠特曼先生不适合女士去读,可是奥玛不知道,而且她已经十七岁了,除了自己她谁的话也不听。

"我不知道你读过这么多书。"今天早晨喝咖啡的时候她说。

他迷惑不解,旋即笑了。他一直拿她来嘲笑。"我只读过这一本,有一年冬天待在工棚里的时候,那时我在做第一份工,做牛仔。最后我差不多把整本都记住了,为了不让自己疯掉。读罐头上的标签,读塞在墙洞里的报纸。唱每一首会唱的歌,直到编出新的歌词。等不及要忘掉一些诗和诗句,就又去读那本该死的东西,"他的眼神又变得遥远,从她肩膀上望出去,穿过窗子,望着牧场和果园,"你不知道大山里的寂寞会对你有什么影响。"

她敢说并没有那么糟,否则他就不会那样望着外面,好像只要能离开,只要能回家,他肯砍下一只胳膊,留在餐桌上。内心深处她为他感到难过,千真万确,就像她为那些兔子和老鼠仔感到难过一样,可是她不能放他走。现在他属于她。

"今天去瑞尔福特湖钓鱼怎么样?"他问,"带上午饭,开车去渡口。"

她摇摇头,失望浮上他的脸庞。"今天下午要去见律师,"她撒了谎,转过去检查破裂笼头上的口络。斯万的一项发明,用生牛皮包成个椭圆,套住马嘴来操控马匹,而不用马嚼子。他已经开始训练那四匹去年冬天买来的小母马,把它们补充进马群。今年夏天它们就会参赛了,除非能在跑道上证明自己的价值,否则就得回来生育。

"好吧,"斯万说,"去见他,然后我们就能从那儿渡过大河了。"他放下缰绳,看着她。

"我想时间会来不及。我还得看看蒙哥马利·沃德目录是不是到了。还得去裁缝店。"

"麦蒂!"他站起来,伸手去拉她的胳膊,把她拉到自己身边。他身上都是油腻的老皮革味道,夹着烟草味。有烟的话他会吸烟,但是他闻起来最像父亲。她一扭身子,走开去,简短地笑笑,在声音里听出不确定。

"你刚才吓着我了。"她喘不过气来。

---

① 华尔特·惠特曼(1819—1892):美国诗人、新闻工作者和随笔作家,其诗集《草叶集》是美国文学史上的里程碑。

"亲爱的姑娘,"他说,但是没有走得更近,而是一只手颤抖着梳一梳头发,转头望着窗子外面,好像在辩论的样子,他抱着胳膊,摇摇头,鹿皮鞋趾头一推地板上的木质鞋箱,"我是你的佣人喽?一个禁锢起来的恋人,你那些小说里废物男人中的一个?每当镇上有夫人前来拜访,你就藏在阁楼里的人喽?"

他转过来,望着她,一张长脸,一副严肃神情,连嘴也冷酷。"我不能那么做,麦蒂。"

她将要失去他。肺紧紧地箍起来,她要喘不过气来。"我太年轻了。"

他摇摇头。"别再对我说谎话了。你要我在这儿干什么?"他摊开胳膊,"我不能指挥工人干活。该死,我甚至不能看你黑人助手的眼睛。"

过了一会儿她才弄明白他在说谁。"你是说奥玛?她不是——"

他举手一挥,把她的话打发走,长叹一声。"我指的不是奥玛。该死,她更像你的母亲,而不是别的什么。你明白我的意思,麦蒂。我是个男人,而你不肯给我——"他寻找合适的措辞,"尊重,我想是这个意思。在这儿我觉得自己什么都不是,除了听从你的指挥,以及夜里陪你睡。我不知道这样做我到底算什么。"他紧紧盯住她的眼睛。"但是这不好,是不是?"

"我阿爸,"她说,"我不能离开他。"

他望着她,望了好一会儿,然后垂下眼睑。"我知道,亲爱的。"他张开双臂,她走了进去,品尝胜利的苦涩,这是第一次,还有很多次。

"等到秋天吧,"她朝他耳朵里咕哝,用鼻子蹭他脸颊上的胡子茬,伸手去摸他裤子。"你可以砍木材,把分割东面两块田的沼泽抽干。等着看那些树吧——柏树、橡树、香枫、悬铃木、榆树,还有很多很多——你可以修条木杆道,直通铁路,这样一来运输马匹和棉花就容易多了。我们还可以收费。拖走雅克码头下面锯木厂里剩下的东西,我的要求就这么多。"

她的指头摸到了膨胀的那活儿,他呻吟起来。"你在对我施妖术,麦蒂·杜查姆。"

她大笑起来,像猫一样舔他脸颊。"当然了,斯万。而你径直走进了我的姜饼小屋,对不对?"

他拉她躺在厚木地板上,急赤白脸地做爱,裙子收到脖子上,内裤贴在膝盖上,他进入的时候,她的腿没有办法张得很开,但是他们应付得了。

"嫁给我。"拥抱着躺在一起的时候他说。窗子外面一棵小胡桃树上,一窝小蓝松鸦嗷嗷叫着,听起来就像婴儿。

"秋天,"她喃喃自语,"等苹果熟了以后。"到那时她会再想办法的。整个夏天,她要让他爱她。她要当心,不能怀孕了。奥玛知道怎么做。

她回到房子,换衣服去镇上。"你会毁了他的,"奥玛说,"他不是个男孩,也不是只宠物。"她正坐在前门廊上,拿一封信当扇子扇,今天早晨收到的,但是小麦蒂太生气了,顾不上去问。

"他想怎么做就怎么做。"她说。

奥玛给她个脸色看,不知什么原因让麦蒂想起父亲,她突然很高兴父亲不在。

"哎呀,哎呀,哎呀,"她说,转去麦蒂讨厌的平板声调,"小姐给那可怜的人儿自由了。真是好心的女主人,她要那男人独自一人抽干她的老沼泽,还要砍树。下一步干什么?她要让老奥玛给她洗内裤吗?"她撅起下嘴唇,嘴巴松松垮垮,瞪大了眼睛,眼珠鼓出来。

"别说了。"麦蒂火大了,下嘴唇也撅出来,一屁股坐在她旁边的椅子上。

"听着,小姑娘。"奥玛拿信封拍着大腿,望着外面院子边上的紫丁香花,空气里弥漫着醉人的香甜气息。

"不管发生什么,我都不会放弃他。你逼我都没用!"她两只脚一起跺地板,小鸡被吓得拍着翅膀逃下台阶。

"很快我就得离开了。带我的女儿、儿子北上,他们要上学。"她瞥了她一眼,"走之前我想要把这位斯万的事情安排好。"

一席话吓坏了麦蒂。"弗兰克也要走吗?"她的声音充满期待。她应该说我很难过,请别走,或是别的什么,但是她感到一阵隐秘的愉快正从心底升上来。太好了!他们就要过二人世界,想干什么就干什么!

"不。弗兰克留在这里,"她看着她,"陪你,麦蒂。他留下来照顾你。"

"可是我已经是大人了。"她板着脸。

"你不能和那个人结婚,而且从现在起不许和他睡在一起!"

有东西从麦蒂内心升上来,她看着奥玛,眼睛、面色都很坚定,镇定地说:"我只要你教我怎样避孕,直到我说服那些镇子上的老糊涂修改雅克的遗嘱。"

令人惊讶,奥玛的嘴唇弯成一个微笑——不是甜美的,而是心照不宣的。

"你不知道自己有多像你的母亲。"

"那么告诉我——"提到母亲她心一跳,"跟我说说她,你以前从没告诉过我。我已经长大了,不会感到震惊的。"

不知道是出于报复,还是出于渴望揭开最后的隐藏在她童年误解后面的真相,奥玛告诉她母亲怎样嫁给了父亲;怎样在孩子出生后把孩子交给奶妈,去往温泉城恢复健康,奶妈是一个黑人母亲,她自己的孩子一生下来就死了;雅克怎样付金币给奶妈,引起镇上人的怀疑,她被打、关进监狱,悲痛欲绝,上吊自杀,雅克去镇上救她,可是为时晚矣。她就埋在这里。在农场。

"她的坟墓在哪儿?"麦蒂问,可怕的详情让她连骨头都在颤抖。

奥玛模糊地朝院子北面边上的家族墓地挥挥手。"雅克没来得及树碑。"

"他有很多年啊!"她抗议道,热泪刺痛鼻子。

"有时候事情并不像看上去那么简单。"她说。

故事中的一个细节让她感到迷惑。"钱打哪儿来的?那些金币,他从哪儿弄来的?我以为他很穷。他一直在说我们没钱。"

奥玛望出去,穿过丁香树梢,望着马路另一边的大河。"哦,他有很多钱。只是除非必要他都不用罢了。"她瞥一眼麦蒂,脸上的皱纹越发深了,终于让她显出年纪,虽然不知道有多少岁,"他想要确保你不用像他那样为了生活拼上老命,确保你不用去做问心有愧的事情。"

现在她真的心虚了。"像现在这样?"她轻声问。

奥玛慢慢地点了一下头。"可是你倔得像头驴。他早该看出来的。也许他看出来了。"她用在手里翻来覆去的信封拍拍麦蒂的脑袋。

"那我的钱在哪儿呢?"再明显不过的问题了。

她愁眉苦脸,朝单身厢房看看,又看看谷仓。"我不确定。他从没跟人说起藏在哪里……放在哪里。他失踪以后,我只能猜他在找,他自己也忘了藏在哪里。"她咯咯地笑,带着一丝苦涩。

"金币是他从哪儿弄来的?"

"他省吃俭用,就像我刚才说的。"她微笑着,眼神狡黠。

"不,他从哪儿弄来金子,还有我的珠宝,我母亲的——打哪儿来的?"他们在农场工作的时候,她把黄钻褪了下来,但是结婚的时候她可要戴着。

奥玛盯着她,微微笑着,嘴角翘了起来。

287

"你不会告诉我的,是不是? 我知道人们叫他劫匪,叫他河匪,是部分真相吗?"她的声音高起来了,还在谷仓里工作的斯万走出来朝房子看着。

"别去在意劫匪什么的。注意我要告诉你的,小姐。他是个成年男子,他既不属于你,也不属于这个地方。把他留在这里只会毁了他。"

她的话让麦蒂的肩膀僵硬起来,但是她不能无视做爱带来的潮湿渗进内裤。"你是谁? 我的家庭和我的利益关你什么事?"这个问题她早就想问。

"哎呀,我是我母亲的孩子,和你一样。"奥玛低头看信。"我在这里长大。在这所房子里生活。而且——"她深吸一口气,把那封信放在大腿上,伸出满是疤痕的双手,"雅克和我曾经一起在大河上,"她的声音减弱成了窃窃私语,"但是不许你跟任何人,跟任何人说起。"她完全变了个人,声音变得毛糙,眼神变得狡诈。

"劫匪? 河匪? 真的?"她轻声问。

先前的神情消失了,突如其来,倏然而逝。奥玛耸耸肩,歪着脑袋,古灵精怪地微笑着。"金银岛,麦蒂?"她大笑起来,"不,恐怕我们都只是不辞辛劳的人们。你父亲把木材卖给河船,经营一家客栈。但那是在战前,那时你和你母亲还远没出现呢。"

麦蒂摇摇头。"所有那些家具是怎么回事? 还有你说的那些金币? 那些马匹? 就算把这里的木头通通卖掉他也买不起所有这些。"

她冲信封笑笑,又把它拾起来。"哦,把人们从旅途劳顿中解救出来,他们是多么感恩戴德,你一定会惊奇的,麦蒂。"

"那又是什么意思? 人们送他家具和马匹?"

"意思是他是一个恋爱中的男人,恋爱中的男人会做些事情。任何事,为了心爱的女人。通常不怎么好看,但是有时就是如此。那男人用无畏组织起一场生活。"

小麦蒂把长发带扔在肩膀上。"他爱谁? 不是我母亲。他们是内战结束后才遇见的。他的初恋情人是谁,告诉我。你认识她吗? 她叫什么?"她朝隐藏了那么多秘密的女人靠了过去,抓住她的手,她的手掌是那么软,比她自己的还要软。奥玛几乎不怎么干活了,可是并不是因为老了,她和父亲一样是永恒的。弗兰克看上去老多了,头发花白,脖子上的皮肤松垂,眼角、嘴角皱纹很深,可是她的脸却光洁幼滑,毫无瑕疵。也许弗兰克说得对,有天夜里她和大河之神签了协议,不论那是什么意思。

奥玛用细长的手指抚摸女孩的手背,又拍拍关节。"安妮·拉克,我相信这就是她的名字。图书室里某个地方,要么就在阁楼里的某个地方,有一些她画的画,还有一两本日记。我还是个孩子的时候看到的,但是后来又消失了。你的外婆跟我说过她。安妮认识你麦蒂外婆的母亲。那是很久以前了,你知道。那时你父亲是个小伙子——她死得很悲惨。"

悲剧爱情故事让小麦蒂直发抖,发誓一旦有空就把房子翻个底朝天。"他爱她爱得很深很深吗?"

奥玛点点头。"我想他从没有从她的死里恢复过来。"她望着女孩,捏一捏她的手。"直到他和你母亲结婚。那天我见到了他最高兴的样子。"她微笑着,"这就是为什么我希望你能等真正的那个人出现,麦蒂,而不是送上门来的。"

她不明白!"你有等过吗?"

什么东西划过她的脸,她放了麦蒂的手,转了转大腿上的信封,让它立起来。"我没有爱情的好运,麦蒂,总之寥寥无几。"

小麦蒂很想问问弗兰克,但是奥玛声音里有些东西,肩膀又垂落下来,使她不得不闭了嘴。你不能这样咄咄逼人,把每一个秘密都挖出来,她开始发现这一点。有些事情藏在心里更好,它们已经结成又硬又苦的核,在黑暗里能够依然保持。她朝谷仓那边看看,斯万仍然站在阳光底下,脸朝上看,好像打算把自己弄成瞎子,她想知道他会不会变成自己心里的一块碎片,一种爱的幸运,又以不好的结果收场。她发誓只要自己能扭转就绝对不让这种事情发生。她要把他牢牢捆在身边,教会他另一个人在他生命中能有多重要。他永不会想要离开她!但是饶是如此说着,她还是感觉到身后的阴影,有什么东西抵在纱门上,张望着、等待着。

27

这个陌生矮个子男人皮肤黄中带褐,背个毯制旅行包,正午时分在满是泥泞的路上跋涉。 小麦蒂看到他,以为又是一个前来向他们兜售东西的旅行推销员。倾盆大雨倒了一个礼拜,路上马车已经不通,他的茶色裤子自膝盖以下都被染成了红色,靴子上黏了厚厚的泥。虽然增加不少分量,他走起来还是带着弹性,轻轻松松抬起脚,就像她用来拉车的栗色马一样。上了草地,他捡起一根树枝,刮鞋底的泥。风几乎就没有停过,伴着暴风雨,把树枝吹得到处都是。她把奥玛和弗兰克从厨房里叫出来,两人正在规划夏天的工作。

在门口他们见面了。"瓦尔丁·弗伦奇。"他说。他举起硬圆顶礼帽,上面粘着红泥点,展示出一头棕黄色的头发,被帽子压成怪异的球形。让麦蒂吃惊的是,奥玛打开纱门,要她站在一边。

"奥玛·杜查姆,"她毫不犹豫用上了杜查姆这个姓氏,"我给你母亲写了信。"

他犹豫了一小下,就热情地笑了起来。"一抽出时间我就出发了。花了些时间,大河发了洪水,一直蔓延到新奥尔良。"他隔着前院朝褐色的水望过去,河岸已经被卷走,路正遭侵袭。昨天,雨终于停了,因此大家都希望洪水不会冲过马路。

"母亲托我给你带个口信。"他的声音又轻又细,听上去很是悦耳,几乎没有低音。他把毯制旅行包丢在地上,声音铿锵。

"里面是你的工具?"奥玛问。麦蒂转头望着弗兰克,和自己一样,他也是一脸困惑。

"是的,夫人。没有它们可不行。"他跪下来。打开包,搜寻里面的东西,她注意到他的老式蓝上衣磨破了接缝,领口、袖口也磨破了。眼下他站着,手里拿着一个厚纸包,里面包着一枚黄色的蜡印,递到奥玛手里。

"她没送别的了?"奥玛往脚下的包里看一看。

瓦尔丁·弗伦奇从上衣袖子里把衬衫袖子拉出来,把稍微沾了些灰尘的白色领结摆摆正,几乎踮着脚尖站在那里,似乎无时不刻在想着弄个好印象。

"她还送了什么别的吗?"奥玛重复道。

他笑了,摇摇头,把硬圆顶礼帽再一次举起来。"说要把那封信交给你。提醒你说木蓝能够照顾整个家庭。"

奥玛不耐烦地皱起眉头,把他上上下下打量一番,突然一转身。"那就过来吧。"她转头说。矮个子男人拾起毯制旅行袋,又一次举起硬圆顶礼帽,弗兰克和麦蒂闪到一边,他贴着他们,穿过大门,穿过走廊,往厨房去了。

"你觉得那人会是谁?"麦蒂问。

"这些天有什么事她不大跟我说,她一向如此,顺便告诉你。奥玛口风很紧。对了,木蓝可是好东西,能毒死给你惹麻烦的家伙。"他望望大河,打起哈欠。"不如去捉鳖,洪水冲下来一些。大家伙都饿了。觉得斯万愿意一起去吗?"

他们一起看看他造的驯马场,他正放倒一匹阉割的赛马,买来用作驯马。马侧躺着,四蹄绑在一起,斯万用粗麻布口袋给他擦全身。在这个世界上马要学会忍受,才能膘肥体壮,有一些事做,斯万说。最近他们达成了一致意见,麦蒂本想独自经营,因为农场太大,顾不过来。现在马匹由他负责,弗兰克高兴地让了出来,他的背已经不允许他再照顾马匹了。麦蒂负责果园、农田、罐头制造以及菜园。弗兰克照顾牛群、猪以及家禽。割草、收玉米和棉花的时候则全员一同动手。三个雇来的工人,汤姆·思普拉金斯、尼尔森·福利和阿蒂·坎普做粗活,协助麦蒂。奥玛负责房子,两个黑人女孩给她打下手,她们正是裁缝的女儿。奥玛自己的孩子绝对不为杜查姆家干活。有时麦蒂怀疑他们是否真的存在,证据太少了。她一提起,奥玛就说他们在忙着学习。没时间玩。弗兰克和麦蒂从不谈论他的家庭。这是一条不成文的规矩。他直接谈起奥玛,真是太阳从西边出来啊。

"这个礼拜割草?"麦蒂问。

"草一干就开始,"他说,"你知道的,一割草天就下雨。我们现在需要几个艳阳天。别冲在你的马前面。"他咧开嘴,侧脸看她。

"我听上去像雅克,我猜。"她大笑起来。

"谁是你父亲毫无疑问。"

"他爱这个地方,是不是?"这些天来她就在想这件事,因为她太爱这片土地了,为了保住它她什么都肯做。

"有时爱得比别人深些。到最后,哎,老人有一些疯狂的想法。不能用一个人的最后时光来给他下定论。"

她迅速看看他的脸,沉思的表情,松弛的肌肉,却丝毫不能掩盖英俊的五官。

"父亲有太多我不知道的事情。"她说。

"我想斯万正让那狗娘养的舔他的手,看啊!"弗兰克指指围栏,斯万正在摩挲那匹马的口鼻,它已经站了起来,深情地把头靠在他胳膊上。"他是怎么做到的?"

"糖,有时用盐,要么就是胡萝卜,或是苹果块。现在只要他一喊,它们就过去。实际上是蜂拥而至。"

"那匹老种马也表现得像匹小公马了。他对它做了什么?这一回可不是糖了。"

"弄匹挑逗的母马,还有那匹两岁的小公马,让老东西觉得有竞争。它忘了自己的本分,斯万说。它性欲如此旺盛,我都不能靠近了。可是现在我们正需要它那样。母马一准备好,斯万就让它开工。"

"那匹种马不是唯一在做事的,是不是?"弗兰克轻声说,没有笑。

"明年我们就会有很多孩子了。也许终于又可以赚钱了。马匹得尽快养活自己。奥玛和我昨天过了账目,手头有点儿紧。今年我们得把所有事情都理顺了。"她顿一顿,叹了口气,"真希望我知道父亲把金子藏在哪儿了。"

弗兰克的脸一动不动,似乎在听大河之上传来的驳船声。

"弗兰克?你知道雅克的金子在哪儿吗?"说的时候她心脏扑通直跳,似乎这句话上缠着些可怕的意思。

他转过来,歪着脑袋,打量了她一番,说:"刚才那会儿,你听上去跟你母亲一模一样。几乎就像她从坟墓里回来了……"他在脸颊上把想象出来的苍蝇赶走,故作镇定,可是手却在颤抖。

"她死的时候你在场吗?"

他看上去被吓着了,差点冲口而出,又飞快地摇摇头。

"你为雅克工作多久了,弗兰克?你在大河之上帮过他吗?"她一针见血,而他下面的话把她吓了一跳。

"我只是个孩子。做了不该做的事。艰难时世,艰难时世。一个人作奸犯科就为了混口饭吃,作奸犯科——"

"弗兰克!"奥玛的声音吓得两人跳了起来,"你能帮帮弗伦奇吗,求你了?他今天就要开工。麦蒂,你也过来。你得决定你的放在哪儿。"

她推开门,朝弗兰克皱皱眉头,领着大家下楼梯,矮个子男人拖在后面。

"出什么事儿了?"麦蒂问道,赶紧跟了上去。

"弗伦奇先生是石匠。他来给我父母亲雕刻墓碑,我想你也想给雅克刻墓碑吧。还有你母亲。我还要给自己做,你也可以给自己做好。"她没有提及弗兰克,也没有提及她的孩子们,小麦蒂转过头来望着他,但是他正盯着需要修剪的草坪,似乎杜查姆的事情和他无关。

"石头就在工棚底下。"她指着一幢摇摇欲坠的小小建筑,那是用石块搭起来的。麦蒂从不敢进去,因为下面住着条响尾蛇。据她所知整个就是蛇窝。青色游蛇、黑色捕鼠蛇，甚至还有铜斑蛇，一到冬天它们就挤在一起，她就是知道它们在那工棚底下藏得很好。见到一条又长又老的棉口蛇也没什么好大惊小怪的。就连狗也远远躲开那些石阶和地基周围的蒿草。

"没有拐杖和枪我是不会进去的。"弗兰克说。奥玛又朝他皱皱眉头。

"尼尔森和坎普在哪儿？让他们把石头搬出来，送到你工作的地方。你想怎样只管吩咐。"隔着矮个子男人的头，她看看弗兰克，眉头继续皱着。

"我可以看看墓地吗？"弗伦奇问。

奥玛领他去院子边上的家族墓地，很大的一块地方。尽管锻铁栅栏已经湮没在野花野草里，又积了好多年的大果栎和柳树叶，她还是拉开了门闩，将四英尺高的大门打开了。里面也不见得好多少。他们不得不四处踩踏才找到腐朽的木质十字架，可即便如此还是辨不清是谁葬在了那里。但是奥玛知道。她指着两个低陷的地方，沿着栅栏另一边，那里埋葬着她的父母亲。然后她又说出好几个名字，小麦蒂都不认识，除了知道他们一定曾经为雅克工作过。

他们来到一个小池塘边，周围堆着白沙，是个沙涌。这时小麦蒂问道："我母亲的坟墓在哪儿？"

弗兰克和奥玛快速交换了一下眼神，快得女孩差点没看到，接着奥玛看看四周，指指大果栎树下野葡萄缠绕着的一个不起眼的地方。"他为什么把她葬在那里？"小麦蒂在草丛里穿行，小心翼翼留心蛇影，看看哪儿有坟墓的痕迹，可是地面既没低陷又没隆起，连个标记都没有。

她想抗议，可是奥玛根本不看他，弗兰克专心致志研究沙涌，好像马上就会涌出一艘金银船来。

"那么阿爸第一任太太的呢？"这一回可真幸运，奥玛指着一个地方，远离她母亲的坟墓，草被弄平，好像有鹿曾经在那儿睡过。弗兰克猛一抬头，盯着那个地方，下巴也松了。同样没有低陷，没有墓石，没有十字架。他们可能正站在死人坟墓上，没人照管。麦蒂后退几步，跟跟跄跄撞在弗伦奇先生身上，差点扑在毯制旅行袋上面，那口袋重极了，纹丝不动。这个矮个子男人怎么可以这么轻松地拎着那么重的东西呀？

"你会葬在哪里，奥玛？"小麦蒂问，"还有弗兰克以及你们的孩子们？"

现在轮到麦蒂皱眉头了。根据以往的经验，她知道奥玛是不能糊弄的，但是现在她也不能被糊弄了，所以她报以微笑。

"叫福利来把这里打扫干净。"奥玛对弗兰克和麦蒂说。她又转向弗伦奇,说:"在这儿工作行吗?"

他举起硬圆顶礼帽,再一次向大家展示橙色的圆形发垫。"我需要又平又坚实的表面。我用的工具很锋利。一个差错整块石头可就报废了。在你们房子后面找个地方就可以。"他指指凉亭,上面挂着圆叶葡萄藤,树荫里弥漫着浓郁的葡萄香甜。一条石板路从房子通向凉亭,延展开来提供一块地板。小麦蒂小时候常常在那儿玩,谷仓里的猫狗做她的玩伴。有时她会找一只小鸡或小鸭,塞进婴儿车里,放在瓷脸娃娃旁边。她从来都不太喜欢那个娃娃。她的脸太硬了,又太冰。羽毛就软多了,也温暖多了,玩耍的时候她喜欢把娃娃放在婴儿车外面;久而久之娃娃就被丢在了外面,任凭风吹雨淋,布做的身体发了霉,接着腐烂掉,只剩下门把手一样硬的脑袋、小手和双脚,就像远古部落的矮人残骸。和娃娃相比,麦蒂更喜欢那些碎片,就把它们收藏起来,塞进雪松木保险箱里。等她有了孩子,就把它们送给她,让她苦思冥想其中的意思。等她有了孩子——这种想法直到这一刻才真正进入到她脑子里,她轻轻拍拍平坦的肚子。阿爸,她暗暗发誓,你不能阻止我,我现在是这里所有东西的女主人了。

夏天就这样铭刻下来,凿声叮当,在墓石上穿凿出来自奥玛之手的精心图样。 有一次麦蒂问他那些错综复杂有鸟有水的场景,瓦尔丁·弗伦奇说它们是部落图案,非洲的,还说奥玛知道是什么意思,尽管他自己只能猜。瓦尔丁,大伙儿都这么叫他,不得不慢工出细活,因为如果一口气工作得太久,他的一双小手就会抽筋、肿胀,还会僵硬。给死人刻碑是一份悠闲的差事,大量的自由时间就在葡萄藤阴影下休息,结出的绿色果实慢慢变红,又变成深红。她常常看见他在读从图书室里拿出来的书,要么就在写东西,边写边喃喃自语。她向奥玛提起,奥玛就对她说他是个诗人,作品在好几家北方文学杂志上发表,在那里他以杰出的抒情诗人而闻名。

"你怎么找到他的?"她问。

"他奶奶曾经是牙买加来的奴隶,你的父亲帮助解放了她和她兄弟。她一直跟杜查姆家有来往。多年以前,你母亲离开以后,我去新奥尔良,在路上遇见她。这个女人很有影响力。她把它遗传给了她女儿。瓦尔丁则是另一种类型。"奥玛做这一番小小演讲的时候没有看麦蒂,女孩只能想象她略过了什么。

"阿爸解放奴隶？我以为他自己拥有——"

奥玛一拍桌子，不耐烦地咂咂嘴，每当女孩说些她不喜欢或不愿回答的事情时，她总是如此。坦白说，麦蒂已经厌倦了这些秘密。

"那么瓦尔丁有多大了？"她问。她想问的是奥玛什么时候走，会不会再回来，麦蒂该怎样安排弗兰克，怎样安排斯万，她母亲究竟在哪儿——疑问层出不穷，可是她发现自己已经不能再和奥玛谈下去了。她早就不在了，麦蒂意识到。她早已经离开自己了。就像之前，父亲也是这样。所有老人都走了。奥玛打开信，看了起来，不去回答麦蒂的问题。

突然之间，八月就来到了，时间就像一束燕麦秆，沉甸甸的头一拔掉，麦秆就被丢在一旁。 瓦尔丁完成了奥玛一家的墓石，今天早晨他开始在雅克一家的墓石上刻最后几笔。安妮·比克，麦蒂女士的母亲，麦蒂，都刻好了，就剩下日期了。但是麦蒂没对斯万说起，他又把一张充满渴望的脸朝向西方了。沟渠只挖了一半，砍木材的活儿也停了，要等到抽干两块田之间的沼泽才会复工。可是小麦蒂学会了一件事：要想把男人留在身边，就不要唠唠叨叨要他做事。你得哄骗，还要发誓——

最近斯万在上午过半时开始和瓦尔丁坐在一起，瓦尔丁在凉亭的荫凉底下做工，两个人交谈得很是热络，但是女孩一靠近，他们就停下来。她想象着他们在交流旅行心得，南部和西部，但是今天早晨她悄无声息地靠近，发现他们在谈论政治。

"达科他、蒙大纳、爱达荷，还有怀俄明，都加入了联邦。西部就要完了。那些可怜的狗娘养的一点机会也没有。"斯万懒洋洋地说。

"我父亲的母亲曾经在密西西比给印第安人酋长做奴隶，"瓦尔丁换一个小写些的锤子敲凿子，在她母亲的墓石上凿出一个完美的字母 L，"我猜我有一部分印第安人血统，但是我并不非常喜欢。"

"看上去你还有一些白人血统——橙色的头发，浅色的皮肤，你认为呢？"

瓦尔丁放下凿子，拾起一根炭笔，沿着浅蓝灰色墓石的中线画出第二个字母。"我母亲不是那种愿意说出细节的人。她是牙买加人，但是她是不是做过什么奴隶就不得而知了。她曾经说过她母亲年轻时是奴隶，但是又好像她可以随心所欲，来去自由。我怀疑自己就是在这种自由里诞生出来的。"他轻轻一笑。

"至少你受过教育。"斯万说。

"她坚持的结果。奶奶过世之后,我们就住进她的农舍。里面到处都是书,我想要不是我小小年纪就显露出学习的兴趣,她会把书烧了或是卖掉,腾出地方放她的草药和制剂。"瓦尔丁吃力地敲出字母 A,拿食指在凹槽里摩挲着。瓦尔丁的凿子一旦落在墓石上,斯万就安静了。

小麦蒂站在葡萄藤阴影里,熟葡萄发出的醉人香气引得蜜蜂、黄蜂以及鸟儿纷纷到来。他们很快就要开始采摘,做果汁和果冻,可能还会做一些家酿葡萄酒。出乎意料的慷慨,奥玛提出要酿,就像她母亲过去为雅克酿葡萄酒一样。可能日益迫近的离别让她意识到离开雅克码头后她会想念的一切吧。最近她逐个翻看单身厢房里的箱子,还有阁楼里的家具和盒子。她也在找雅克的金子吗?麦蒂想要阻止她——

"我和印第安人之间从没有什么矛盾,"斯万叹道,"我们不期而遇,就分享了食物,新杀的鹿,要么就是羚羊。要是他们的孩子饿就把不再产奶的奶牛送给他们。该死,他们看上去永远都是饿的。"他盯着自己的手,懒散地搁在大腿上,然后把目光穿过弗伦奇和等待凿刻的空白墓石,望向墓地。头再转过去一点就看到她了,他的太太。她就是他的太太。她已经宣称是了。她是他的女主人,他是她的男主子。他们结为夫妻,这件事真实得比任何人知道的还要真实。小麦蒂已经嫁人了!想到这儿她直想把这个消息四下传播开去。她已经把那枚黄钻戴在了无名指上,只有奥玛看了看,皱起眉头。

"我们生活在尘世之中。"斯万边说边摇头,垂下眼睑看着一双空手,又把手翻过去。

"是啊,"弗伦奇说,"是的,先生,的确如此。"

"你有没有想过去西部?"斯万问。她的心上下颠簸。一只黄蜂摇摇晃晃朝她脸上冲过来,她挥手把它赶走,斯万察觉到动静,转过来。

"麦蒂,"他说,"刚才没听到你的动静。"

"早上好!"她使出最欢快的语调,绕着繁茂的葡萄藤悄悄走着。

她站在弗伦奇身后看,他的锤子停了下来,直到她退后挨着丈夫坐在花岗岩长凳上,这才又开始凿刻。

"你们刚才是不是在谈论红头发印第安人?"她尽量把声音弄得欢快,尽管很想从靴子里抽出刀,押解斯万去厢房,把他锁起来。

弗伦奇放下锤子,转身倒一杯甜凉茶,小小的银水罐在他身边渗出汗珠。现在他们有冰块了,用船从下游运来,储藏在谷仓里一个畜栏的锯屑堆里。父亲应该会喜欢的。喝了一大口,弗伦奇小心翼翼把杯子放在工具旁边;他伸展身体,肩膀和脖子格格直响,摇摇手,晃晃指头,像布条飞舞。"好了。"他靠在椅子上,是从厨房征用的。

"我昨天在圣路易斯的报纸上读到些东西——"她满怀期待地等着,但是两个男人似乎都不想听一个年轻的蠢姑娘说些什么,即使这个姑娘的男人比她大一倍。但是如果他要离开她——

弗伦奇凝视着她,鼓励地笑笑。他受过良好的家教。"你看完那张报纸以后,要是能给我看看,我将会万分感激。"他说。斯万是如此安静,也许和她的小狗皮特一样在弗伦奇的椅子旁边睡了过去。他们很快变成了朋友,时机一到,也许那条狗会跟石匠一起走掉。

"是有关一种新宗教,印第安人正在加入。他们跳舞、挨饿,直到昏迷过去。他们相信如果举国一起跳舞就能让那些死去的人起死回生。鬼魂舞。他们起的名字。他们穿着特别的浅蓝衬衫,刀枪不入。"她为自己的故事骄傲,将视线从弗伦奇身上转到斯万身上,希望得到他的肯定。

"怀疑它有没有用。"斯万说。

"如果有用的话都不错啊。"弗伦奇用在镇上买来的烟草和卷烟纸卷雪茄,预先做的被他吸完了。他用厨房里的火柴点着一端,跷起二郎腿,靠在椅背上,深吸一口,吐出一根细流,烟袅袅升起,消失在头顶繁茂的葡萄藤里。他笃笃悠悠吸着,享受着小心翼翼的乐趣,就像手里握着凿刻工具。完成的墓石在他面前排成个半圆,就像吹毛求疵的拜访者,僵着脖子,浑身不自在。

"好吧,"斯万叹口气,朝房子和远处的谷仓看看,"我猜我该过去了。"他听上去累极了,她的心都要跳出来了。

"我们去钓鱼吧,"她说,"庆祝你工作结束。"她起身朝房子挥挥手。"我去打包准备野餐。我们可以去瑞尔福特湖。"她把最美的微笑送上,知道斯万一定会跟着她穿过大河去那个该死的地方,去体验传说中的钓鱼经历。作为男人,他们享受自己的时间,但是还是会转头。

"我去看看弗兰克想不想去。"斯万蹦起来,急急忙忙往房子里赶,弗伦奇则小心翼翼地把工具装进毯制旅行袋。他只有两条裤子,现在正穿着另一条,金丝锦缎马甲,无领无袖白衬衫,戴着那顶硬圆顶礼帽。

"可能你想问问弗兰克有没有适合的衣服。"她说。

他摆摆手,说:"我不钓鱼。我和女士们一起坐着看看,或者画画儿。明天要把日期刻上去。"

说到日期他朝房子看看,然后忙着把工具整整齐齐放在口袋底上。合上之前他喜欢把工具一一摆好。工具可不能叠在一起,尽管事实上他把口袋一提起来,你就听得出它们又挤在一起了。有关日期的问题是没人能告诉她。她母亲的,不知道。雅克的墓石上只刻着他的名字,出生年是"生于——?"要是她不提供个日期,母亲墓石上就什么也没有了。那看起来就像是她一定还在某个地方活着,要么就是虚构的人物,一场幻想,一个妖魔或者鬼怪,因为她既没有出生也没有死亡。那些信在哪里?还有那些保存下来的奇奇怪怪的东西?她也会藏东西——绿玻璃耳环;内战中留下来的制服钮子,是她在大沙涌边上的田里玩耍时找到的;洋娃娃的瓷手瓷脚;女式雕花小银刀,是她要像父亲佩戴的那种大猎刀时他送的。她自己保存过很多东西,他们的又在哪里?不论她看哪儿,都有雅克·杜查姆生活过的痕迹:房子,土地,以他的名字命名的镇子。奥玛沿袭了他的姓氏。小麦蒂一生下来就跟他的姓。他为什么不准她把这个姓氏传下去?去年冬天开始她就被这个疑问困扰。律师和法官不断搪塞她,可是她不会就此罢休。她会赢的。她知道她会。

奥玛和弗兰克在最后一刻决定跟他们一起去,一行快乐的人骑马坐车来到雅克码头渡船边,把马和马车装上了渡船,开始穿越大河,绳子穿在滑轮上,拉他们过去。他们到达田纳西这边,走过几英里的土路,来到湖边的时候,下午刚刚开始。瑞尔福特湖是在新马德里大地震时出现的,湖水不深,幅员广袤,古老的巨树幽灵站在水中央,根已经腐烂。人们可以小心翼翼乘一叶扁舟绕这些巨树打转。在一些地方香蒲非常茂密,人们要想游出来的话就会永远被困在里面了。瑞尔福特湖里面的棉口蛇长得很像水蛇,所以最好避开它们。在一个粗木船坞的旁边有一间细长的小屋,他们在这里停了下来。弗兰克下车走了进去,租下一条钓鱼船,奥玛和弗伦奇赶着马车离开河岸前进三百码,来到一片榆树林,野餐就选在这里。麦蒂骑着马,裙子底下穿着一条雅克的旧裤子。大家还不知道她打算跟着去钓鱼。

她走上前,抓住斯万的手。"有惊喜给你。"她冲动地说。上帝才知道她为什么这么说,但是她想的是今天夜里的事情。

他抬起眼睛,朝她微笑。不经意间被她看到嘴角和眼角阴郁的皱纹。他在想家。

"你去钓鱼?"他问,"船上有女人,带来坏运道。"他摇摇头,朝旁边吐口唾沫,就像那些夏天坐在酒店门口的老头子。

弗兰克走下人行道,跟斯万讲话,就好像她不存在一样。"如果你要骑马过去,就把马拴在奥玛旁边的树上,然后回到这儿,钓竿、鱼饵我来负责。"他开始从马鞍上解短钓竿和桶子,斯万朝马车走去。

策马加鞭,她超过斯万,等到他开始从弗兰克的马背上取下马鞍时,她已经绑了马腿,卸了马鞍。她从马车顶上一把抓过草帽,跑回船坞。她上了船,船危险地摇着,终于安全地坐在船尾长凳上,拿草帽在手上拍着。弗兰克见状吃惊极了。

弗兰克把短钓竿和鱼饵桶放在船中央,直起身子,用手挡住眼睛。

"你用不着这么做。"他平静地说。瞄了一眼斯万,他正慢条斯理地朝他们这边走过来,又补充道:"随他去吧。"

她试着微笑,但是他一直瞪着她,直到她起身离开船,最后几步格外蹒跚,差点坠落,他不得不抓住她的胳膊。她把他甩开,跺着脚走下船坞木板,尽可能大地弄出动静,从斯万身边走过,一言不发。

奥玛会意地点着头,麦蒂咬着嘴唇把自己丢在被子上,用草帽遮住眼睛,这样就不用眼睁睁看着船离开。她不是想睡觉——她想告诉别人自己遭到了斯万不公正的对待——可是奥玛和弗伦奇融洽的低语安慰了她受伤的感情,终于她睡过去了。

她首先梦到了父亲,年富力强,阳光下,在大河边上嘲笑着什么东西。接下来是个老头子,老态龙钟,皮肤好像经了烘烤,发脆、褐色,塞在炉子还是壁炉下面的一个橱里面。屋子看起来很熟悉,她正在想到底是在哪里,这时有个声音从梦里传来,说他死了。可是她仍旧站在那里,想要确定他的死讯。

她以为是自己亲手杀了他,担心极了——她醒过来,数字萦绕在脑海里——是日期——墓石上的日期。她得把父亲找出来。她觉得自己已经知道他在哪儿了。

男人们钓鱼回来,她立刻要他们装好马车,没吃晚饭就往回走。

"出什么事儿了?"斯万不停地问。

可是赶到房子的时候天已经黑了,人们不住地看她,想要确定没出什么事。她得等到第二天早上再单独行动了。

她以为自己睡不着,可是事实正好相反。一倒在斯万怀里,她就沉沉睡去,连梦也没有。

别人还在梦周公的时候,她就爬起来了,蹑手蹑脚走出房子,来到第一缕玫瑰黄阳光里面,小狗在身后嗒嗒地跑,眨眨眼睛赶走困顿。

她发现弗伦奇夜里不知什么时候做完了所有事情,雅克的死亡日期也刻上去了,就在他把她锁在房间里的第二天。那么他是真的死了。她转身看看母亲的墓碑,死亡日期也刻在上面了——女儿出生后的那一年,在五月。她也死了。她意识到唯有奥玛能够向弗伦奇提供这些日期,奥玛一直都在。

在瑞尔福特湖做的那个梦里,她以为她已经认出了那间屋子,但是现在又犹豫起来……要是他真的在那里怎么办? 突然她开始飞速走回房子,穿过厨房,把通向厢房的门打开。皮特在门口停了下来,呜呜叫着,不肯跟上来,可是她一路向前走,穿过满是灰尘的走廊来到尽头,站在门口,使出吃奶的力气往外拉门,终于把门打开,她摔在了地上。站起来一看,这间屋子没什么变化。床上是满是灰尘的玫瑰花被子,桌子上有几截蜡烛残梗,木钉上挂着一件破旧的女式睡衣。唯一的不同是腐烂的味道消失了,过了这么久也应该消散了。

她蹑手蹑脚进去,想要感觉出什么事或什么人;她不知道该期待什么。她发现又一样不同——窗子是用栅木板阻断的,窗台变作黑色,满是苍蝇的尸体,是那种又大行动又慢的苍蝇,在死尸上才会看到的那种。她走进后墙,它们发脆的尸体在脚下碎掉。

她把脸颊和手掌贴在窗子旁边褪色的柏木墙板上,轻声呼唤:"阿爸——"在一侧脸颊上感到极微弱的空气流动。她吓坏了,直往后退,仔细查看墙和窗框结合的部位。发现一条很细很细的线,好像窗子没安好。她用指尖在这条线上摩挲,想要察觉温度最细微的差别。她察觉到了,是的,似乎窗子可以被轻松移开。过了一会儿才发现只要拉窗台,窗框就会一点一点离开墙面朝自己靠近。真是灵巧。最后,整个窗框摇摇晃晃移到屋子里面,就像谷仓里畜栏门的上半部分,在另一边露出一个黑暗的通道。如果这个设计是在模仿马厩的话,下半部分就应该有个门闩,既然知道了自己在找什么,她很容易就看到了。做工精湛,一个不知内情的人是万万不会发觉这扇门的轮廓的。在下半扇门的另一侧她找到了门闩,门开了,上面装着铰链,沉甸甸的,足以支撑一英尺厚的挡板,挡板敲上去是实心的。

她朝黑暗里瞄一瞄,发现了台阶,通往一截地道,要么就是一间地下室。她回头看看桌子上的蜡烛残梗。要是全点燃了她也许就可以走下去再走回来。门里面有个架子,架子上摆着一个锡罐,里面装着硫磺,但是没能找到更多的蜡烛。要是她回去找蜡烛或灯,就可能撞上另一个早起的人。不,她得将就着使用已有的这些东西。

第一根蜡烛在她刚刚到台阶顶上的时候就熄灭了,她赶紧点上两根。她举着蜡烛走下台阶,惊讶于台阶的坚固和悄无声息。她在前面的黑暗里听到微弱的沙沙声,就停下脚步叫道,"阿爸?"下面有蛇吗? 老鼠,巨大的河鼠,世上最恐怖的东西——想到这儿她打了个激灵,却依然走下去,台阶越往下空气越凉。地上铺着古老的稻草垫,用来消音。她举高蜡烛,发现地道砖墙上有好几个支架,支着烛台。她止步,踮起脚尖,取下两根细蜡烛。借着烛光,她终于把地道尽头的屋子看了个究竟。

屋子里堆满了家具,木头遭啃,装潢被咬,油画发霉,古董箱子用生锈的铰链拴在一起,木头潮湿变形,只有一条狭窄的小径让她穿过去。

父亲在这下面。她小心翼翼地迈着步子,不时停下来朝一堆堆烂窗帘和烂被褥底下看看,还有椅子底下,这些椅子已经被老鼠咬穿了,又用精细的巢穴营造出迷宫。还有开着盖子的箱子,散落着掠夺来的镶着照片的盘子、书以及天鹅绒窗帘。她父亲在哪里? 他藏起来的财宝在哪里?

她在各个房间之间游走,有些房间实际是在石灰岩上掏出来的古老洞穴,这些石灰岩濒临大河和泉眼。她一直听说密西西比河底下藏有洞穴迷宫。这就是证据。她不得不猜想他用战利品又填满了多少个,很多都迅速遭到毁灭,还有很多年代久远不能使用了。浪费,她尖锐地思忖道,就为了一个人真是浪费啊。

她发现自己即将走到地道的尽头。脚下的尘土开始变湿,她觉得自己在前面听到了大河的汨汨声。转个弯,她进入了最后一间大屋子,出口被岩石和原木堵住了,但是很显然并没有堵住一切。现在大河的声音更响了,似乎这间屋子就位于海平面上。她举起蜡烛。

他在那儿,倚在一张摇椅上,一个黑色的身影,干瘪得认不出身份,只有那把猎刀紧紧握在手里,放在大腿上,淳朴劳作的农民衣服,脖子上系着花围巾,鹿皮及膝系带靴子——她认出是从他房间里的箱子里拿出来的。他又穿成了设阱捕兽手的法国佬模样,就像过去一样。她走近尸体,检查有没有伤痕,可是皮肤依旧完好无损,尽管饱经沧桑,几乎成了赭色,好像已经有一千岁了。她又注意到在他肩膀上和地板上有几簇头发。很明显他剪了头发,可是不对——头发是黑色的,不是老年人的银色。她拾起一簇,感觉到奇怪的黏性。这些头发外面涂了某种重油……

她再走近些,踢到一个白兰地酒瓶。低头一看,她发现周围全是白兰地酒瓶。他是来这里结束生命的。

蜡烛飘移,显出要熄灭的样子,她用手捂住烛火,直到火苗又稳定下来。她抬头一看,穿蓝衣的女人正站在那堵挡住去路的墙壁前面,清风穿过岩石和原木,吹动她的衣服。麦蒂辨不清她的脸,可是感觉到对方正盯着她。那人影没有开口,可是麦蒂在脑子里听到了她的话。雅克现在回家了,和她在一起。财宝在另一个洞里,就在这个洞的下面,入口就在雅克椅子下面。但是麦蒂得等待,等到真有需要的时候,这种需要紧迫到雅克码头可能不保,她即使再努力也于事无补。麦蒂突然觉得羞耻,因为她知道金子和珠宝都是偷来的,很多人丧了命,就因为这样雅克才可以把财富传到她手上。

"他死得很痛苦吗?"麦蒂问。

穿蓝衣的女人开始渐渐消失。

"阿爸?安妮?"麦蒂呼唤道,空气在周围涌动,抚摸她的脸颊。她觉得自己听到了雅克那条老狗的叹息和抽鼻子的声音,但是又看不到什么。她并不想哭,连自己都觉得奇怪,可能因为早就哀悼过了,她的父亲……还有母亲。现在她跟他们道别,送他们离去,好像他们正在上火车,去往圣路易斯,得有一段日子看不到他们了。世界在他们窗前经过,她在脑海里画出白色亚麻桌布、沉甸甸的咖啡餐具以及椅子上的厚皮革坐垫。

她根本不打算下去看看那些财宝。她不敢。可是她告诉自己说要记住写封信,交给圣·克莱尔,信里要写明怎样找到财宝,将来由圣·克莱尔交给她的孩子们。她永远也不会需要雅克的钱,对于这一点她充满自信。她完全可以自己赚钱。

她举起蜡烛,环顾这间屋子,它永远是父亲的了。"再见,阿爸,好好睡吧。"

她轻声说。一口凉爽的呼吸摩挲着她的脸。不过是大河上的清风而已,她告诉自己。

28

"**我拥有的一切都是我自己努力工作得来的。**"小麦蒂说。

"没有人否认这一点。"圣·克莱尔说。尽管已经是一九〇二年了,但什么也没有改变,除了利兰的头发由灰白变成了雪白,乱糟糟的,淡紫色织锦马甲的前襟点缀着吃饭留下的污迹。黑色皮鞋和白色鞋罩在红泥里跋涉,被糟蹋了。搞不清楚为什么大白天他会在办公室里穿着如此正式的皮鞋,尤其还穿着深褐色的粗花呢披风,皱巴巴的黑色西装裤,当然还有奇怪的华丽马甲。他的头发没洗,而且太长了,还是旧时发型,就快披到肩膀上了。

十三年前她第一次坐在这间办公室讨论父亲的遗嘱,十三年过去了,他的脸和身体布满了岁月的痕迹。有一次他们终于达成一致意见认为他死了,她不准备把他从洞里拉出来,到处展示他的枯骨以满足他们病态的好奇心,剩下的问题应该就是宣布遗嘱附录没有效力,可是法庭已经拖了若干年。现在,每年五月她头一件事就是去雅克码头,威胁着要去圣路易斯雇一个资格好的律师,讨论棉花和木材的价格,在镇上越来越多的商店里购物,然后回家。

他从桌子后面过来,往火里再添些煤,已经太热的屋子里更添些有毒的烟,他僵硬地蹒跚着,拨火棍在手里直抖。似乎就在她到来的这几分钟里他衰败了下去。那些狩猎图画也堆上了尘土,似乎在这十三年间也跟着利兰一起暗淡下去。

利兰有些过于暖和地坐在靠背长椅上,抵在她身上,他那条古董猎狗,一条德国短毛犬,在炉火边不舒服地换个姿势,一把骨头沉重地撞在炉石上。它叹一口气,抬起头,朝他们这里茫然地看着,眼珠模糊,眼神呆滞。利兰不得不抬起狗的腿,带它去外面撒尿。她见他这么做已经三年了。

"我也许可以在州高院辩论。"利兰狡猾地说,一边想着可能到手的金钱。他身体可能已经垮了,但是头脑依然灵敏。

"我们连地方裁决也没能得到。"她争辩道,很想说从他鼻子里穿出来的硬直鼻毛和眉毛都需要修剪了,她愿意付钱,因为他似乎确信自己穷得连剃头匠也请不起。

"斯万过得怎么样?"他用指尖弯出个拱形,专注地望着她。

"斯万?想着去西部呢。他不停买马,就好像我是用钱做的,木头一砍下来就拉去锯木厂,然后又飞快地卖掉。我想将来他会扫清障碍去怀俄明。奥扎克高地可能难克服些,我跟他说。"

"那些铁路上的人们还把他们的铁路连着你的铁路吗?"利兰问。他对棉花带铁路线清楚得很,就是四年前修建的,和她的线连在一起,火车日夜奔忙,吵得她睡不着,吵得斯万直跳脚。

"那个家伙就在我们上头做木炭生意,你就不能做点儿别的什么吗?要是早知道他会做这种龌龊生意,我就一寸地都不卖给他。"她手拿最新一期《麦克卢尔》①当扇子扇,欢迎着凉爽的流动空气,炉煤也要被吹灭了。

利兰沉重地叹口气。这已经成为他的标志了。紧挨着她坐下,把手放在她膝盖上往上摸,这些都已经成了他的招牌动作。在这些简短的会见中,他们默默地战斗着。她什么也没说,因为她想他根本就没有意识到自己在这么做。但是既然他了解这个案例,又了解雅克,不像镇上的其他三个律师,她就继续雇他。反正这就像是和一只有些坏脾气却又坚持不懈的小狗打交道一样。他的手爬上来,她把它推开;它爬上来,她把它推开……

"你准备把那匹大灰马卖给我了吗?"他问。

"那是匹癞马。它会要了你的命。"她说,就像往常一样。那匹灰马已经死了五年了,他知道得很清楚。转入正题之前还有很多东西要说。

"准备卖的时候就告诉我。"利兰说,举起一根指头颤颤巍巍地把眼角的眼屎抠掉。

上帝啊,她希望自己永远都不要变老。

"你没有一匹拉车的好马吗?"她问。

他曾孙每天早晨送他过来,晚上再接他回去,一路横冲直撞,就像好几年前他父亲一样。真弄不懂这个白痴男孩是怎么说服都布森家的姑娘跟他结婚生子的。从牧牛到饮酒,他和莱恩·奈特在下游开了个锯木厂,一个木材搭起来的镇

---

① 《麦克卢尔》:美国插图月刊,十九世纪初非常流行,创刊于一八九三年,内容主要涉及政治和文学。一九二九年停刊。

子在锯木厂周围发展起来了。现在他们成了周围最受尊敬的市民。但是这骗不了她;在他们的眼睛里她仍然看到愚蠢悃下在闪烁。

"是的,是的,我有。你卖给我的那匹黑马。谢谢你。我孙子说得再买一匹,和原来那匹配成一双。我说我会找找看。"他心不在焉地扯一扯肥厚的耳垂。和利兰·圣·克莱尔谈话的时候,一个人有很多时间可以用来思考。

"我得问问斯万,看他怎么说。"一到不能开诚布公的时候她就抬出这个幌子——她宁愿砍掉一只胳膊也不愿意把自己的马给那个小流氓。要不是那匹黑马性子倔、脾气坏、后腿罗圈而且内八字的话,她才不会把它卖给利兰呢。有些人对马一窍不通——他们全家就是这样。要说狗,他们给狗施了魔法,一个表情、一举手一投足,狗都能心领神会。那条老德国短毛狗是郡里最著名的猎狗。它抬起灰白的口套,朝她所在的方向盯着,好像能够看穿她的心思,又把头重重搁在壁炉地面上。

"我今天来找你,是因为有别的事,利兰。"她说,外表苍老的律师又活泛起来了。

"是吗?"他的声音加强了,好像一条老狗在第一个明媚的春日里追逐着一辆脚踏车。

"我要立一份遗嘱。我想要确保附录被判无效以后,将来我的孩子能够继承。"

他潮湿的眼睛放出光来。"明智的决定。孩子是最重要的。"

他们谈论了细节,他一一记下,一手字潦草难辨,字体又大,比实际需要的多占了好几页纸。最后,他突然变得好像信心十足,确信自己可以提出诉状,法庭也会接受。似乎因为下一代的卷入和将来可能的生意,他终于相信起她的案子了。

利兰靠在椅背上,挠挠下巴,盯住正在闷烧着的煤火。"我们来看看,邦纳·威尔森六月坐堂。他是个坚守法律的人。"他望着她,双眼满含着兴味,"但是他有个恶习。"

"什么恶习?"她问。

"马。他中意马。"他斜眼看看壁炉上的墙面,"过去我们常常骑骡子猎浣熊,他的骡子一跃能越过六根装了倒刺的铁丝栅栏。他在北部是个打猎行家,养有五十条猎狗。还参加赛马。你要是知道哪里有好的赛马,他会砍下右臂来和你交换,还会附上个好价钱。"

"马得有多好才行?"

"你的财产值多少钱?"

她点点头。所以结果就是用她马厩里最好的马来买她的土地,反正土地是她的。她不知道斯万听到这个消息会作何反应。

"你会告诉我何时何地送的,对吗?"

"我会打听一下然后通知你的。这家伙对马可痴迷着呢。"

他们谈论了棉花的前景,他告诉她一个圣路易斯来的人在他儿子的工厂里订了两万根木材。

"你有新奥尔良那边的人的消息吗?"他问,指的是奥玛和她的孩子们。"他们很好。"她一如既往地回答道。他告诉她据说要开挖沼泽,疏浚水流成为海湾,将剩下的树木全部砍倒,包括那些古老的柏树、橡树、香枫、多花紫树、悬铃木、榆树以及朴树。他扳着指头数着,好像每一棵都是自己的熟人。"我过去一直都在那些沼泽里打猎。"他说。

"你认为他们什么时候会开工?"

"不要多久。这些日子人们都盼着呢。"

"我只想要属于我的。"

他缓缓点一点头,似乎已经睡着了,他们就坐在那间不通风的办公室里,听秘书慢条斯理地在打字机上打着字。外面,隔着重重帷幕,他们听到一辆汽车经过,轰鸣的引擎卷走旧世界的一切,把它们像灰尘一样撇在身后,遥远而又无法改变。

她起身,充满遗憾,要么就是难过,她也辨不清,有一种要最后一次离开他办公室的感觉。她立刻为这些年来取笑利兰·圣·克莱尔而难过,尤其是现在,他只是个老头儿,对于自己的怪异无能为力。他为她忠实效力,所以她做了能够为他做得最好的事——她忽然拥抱他,紧紧贴在他身上,给他清清楚楚感觉到自己的胸脯。

他笑了,答应会把文件给她送过去签字,然后心不在焉地挥手要她走,好像她是来向他兜售东西的。她离开的时候,在外间办公的秘书朝她礼貌地点点头。她是她的老裁缝的女儿,利兰家雇她来打字,还要照顾他。这些日子她穿起了成衣,每个礼拜一拿到薪水她就先去买成衣,尽管价格高昂。她身穿白色罩衫,领子上系着褐色的男式领结,一条宽松的褐色斜纹软呢裙。麦蒂恭维她衣服漂亮,心里却觉得什么衣服都比不上她母亲的手工。

街道尽头,装火车货物的货车车厢周围挤满了装着鸡和鸡蛋的柳条箱,一早的火车就会把它们运去希斯凯顿和圣路易斯。镇子应该建在树林那边,可是那场大地震发生后,过了九十年,人们在疯狂的乐观情绪下又回到了密西西比。现在,在同样疯狂的乐观情绪下,人们在这里建起了邮局、车马出租所、共济会①旅馆、谷物和面粉磨坊、窄板和桶磨坊、五金店、干货店、娱乐厅,还有银行,都建在离地只有两英尺的地基上,木板垫高了的人行道在前面经过。法院朝后退了很多,用本地的花岗岩和石灰岩建造,高大、壮丽,河水根本奈何不得。

去年秋天,一场火烧毁了一块商业街区,今天早晨人们正忙着再建。这是那块街区经历的第二次重建:一次是在一八六四年,联邦军队烧毁了卫理公会派教堂;还有这次,当啤酒酒馆、游泳馆、面包房和理发店建起来以后。那块街区遭到了诅咒,镇上每个人都这么说。没有东西,没有人能在那里繁荣昌盛。都怨麦蒂女士的孩子们,人们确信,尽管都是他们的胡编乱造。麦蒂女士的两个孩子就是在法院被联邦军队枪毙的。她的家庭因为各种各样的不幸而遭到人们的谴责。但是更加乐观的人们今天早晨捏住了经济的缰绳,高兴地重建起一整排店面,二楼就用来做办公室,要么就用来出租。

尽管持续的震颤使得人们更喜欢一楼,但连续的洪水让二楼变得成为必需。她很幸运,父亲把房子造在山上,而且又抬高了地基。到目前为止他们还从没有遭过洪灾,尽管曾经有两次大河舔舐过最底下的台阶,离开的时候留下了棉口蛇和死鱼。

第二站,她去拜访医生办公室,为了避人耳目,她踩着干货店楼上的楼梯从办公室侧门进去。会面简短而切中要害。之后她去了蕾费百货商店,犯了今天的第一个错误。

埃塞尔·梅·祖巴因为她夺了自己的栗色马匹梯队而耿耿于怀,眼下她跟希利斯·蕾费和道西·露易丝·宾尼恩正为了黑人吵得不可开交。交谈时每个

---

① 共济会:共济会并非宗教,在成立的初期属于一种秘密结社。一七一七年,共济会的第一个联合组织"共济总会"在英格兰成立,很快传播到英帝国其他国家。共济会在美国独立战争及后来的美国政治上扮演重要的角色。共济会的会员必须是相信上帝的存在并坚信灵魂不灭说的成年男子。

白人嘴上都是这个话题,不管他们信的是卫理教、天主教、浸礼宗①还是摇喊派②。

"他们要召开会议,就在这个镇子上。"埃塞尔·梅说,大脚一跺,震得木地板摇撼着身后架子上的锅碗瓢盆。

"是复兴大会。"希利斯头也不抬地说道,他正翻看着华德先生的《愿望之书》。

"他们应该在自己的镇上开。"道西怯生生地说,声音似乎是从她沉重的肉身里挤出来的。两位夫人一如既往穿着入时,垫着腰垫,束着束胸,捆着绑着,就像"肥"头大马,主人生怕它们逃掉。

"那会是哪个镇子啊?"麦蒂受不了他们的愚蠢,简直就像黏蝇纸。

"我觉得这个讨论没你的份儿。"埃塞尔·梅抽一抽鼻子。

麦蒂笑了,想起以前她们脸上的表情,那是好几年前的一天,奥玛要她们尝尝她的药茶和饼干。

"好吧,"道西叹了口气,满怀被人利用的感慨,"这个周末我得让孙子孙女们待在房子里了。"

"他们又不是吉卜赛人,"麦蒂说,"他们不会偷你的孩子的。复兴大会在哪间教堂举行?"

"非洲第一卫理公会派教堂。"希利斯说。他抬眼看看她,眼睛里闪过一线光。"你想得到救赎?"

"就在那一天!"埃塞尔·梅像头老肥猪,喷着鼻息。麦蒂冲她灿烂地笑了。

"你一定得给我些建议,"她说,"让我们看看,它会涉及什么?我的农场?我的丈夫?我的工人?还是只有卑微年老的我?"

希利斯皱起眉头给她个警告,但是她骑着高头大马,看不清地面上的状况。

"丈夫?"埃塞尔·梅把自己庞大的身躯集聚在一起,盯着麦蒂的眼睛,"我可

---

① 浸礼宗:基督教新教宗派之一。反对婴儿受洗,主张只对理解受洗意义的信徒施洗。洗礼采用全身浸入水中、不用点水于额的方式。浸礼宗产生于十七世纪的英国,一八六九年获法律保护,十九世纪获得巨大发展,在美国传播甚广。浸礼宗多数教会在一切信仰与实践问题上以《圣经》为最高权威,反对教阶制和教区制,在教会生活中所有信徒一律平等。其崇拜形式与归正宗、公理宗等接近,重视读经、讲道、唱赞美诗,祷告多采用即兴方式,强调地方组织在信仰和教会活动中的权威。

② 摇喊派:摇喊派教徒,或类似摇喊派教徒的教派,教徒通常用喊叫和激烈的身体运动来表达宗教狂热。

爱的姑娘,你和那个男人已经非法同居十三年了,你自己心知肚明。说到别的,你们一家一直以来都太喜欢黑人了。只有老天才知道你有多少个淡肤色的兄弟姐妹。还有你那亲爱的奥玛?人尽皆知她是你父亲的情妇,虽然还有弗兰克·鲍竺。他把她给了鲍竺,以换取鲍竺的劳力,就当她是一头母牛或是头骡子。"

她的脸挂了下来,但是什么也没说——她已经出离愤怒了,说不出话来。医生说要避免感情大起大落,要休养,养成女士该有的消遣,比如阅读,比如织绒线。他根本不知道在这个镇子上她要面对些什么。

"别忘了被她杀掉的那个黑人。"道西火上添油,脸红得像猪肝,眼睛盯住目录上男士睡衣的那一页。

"什么!"麦蒂努力克制自己,差点就要把道西的萝卜脑袋从肩膀上敲下来。

"瓦尔丁·弗伦奇。"埃塞尔·梅满怀深意地把名字供了出来,"我们都听说了,但是即便是我仍然为你的所作所为感到震惊,麦蒂·杜查姆。"

"都不知道你在说些什么,埃塞尔·梅。你连牛粪和山核桃都分不清。那人在新奥尔良,活着,而且活得很好!"

希利斯朝她挥手,想要制止双方,但是她熟视无睹。脆弱的书页在他手里急速翻过,有一页差点被撕成两半,他用侧掌把它抚平。

埃塞尔·梅挺起胸膛,把一只手放在柜台上以显示自己的铁腕,眼睛一瞪。"这个镇子上的居民对于来自你和你们全家的欺凌深恶痛绝!"

麦蒂说:"你知不知道瓦尔丁·弗伦奇是谁呀?"

她头一次乱了阵脚,匆匆朝道西一瞥,皱起嘴唇,眼睛又一瞪。"你父亲从新奥尔良雇来刷房子的黑人。好像我们本地人手艺不够好似的!"她的眼神变得狡黠,"你伙同弗兰克·鲍竺串通合谋将他谋杀了,因为他和你们的奥玛有一腿。"

麦蒂禁不住大笑起来,这样的想象力真是既耸人听闻又司空见惯啊。她一笑,埃塞尔·梅自然皱起眉头,一脸吃不准,看看道西和希利斯。

"你真该为《警察新闻》写稿子,还有那些专登谣言、不报事实的花边小报,埃塞尔·梅。"她又大笑起来,埃塞尔·梅皱起眉头,活像一头大嚼萝卜缨子的老母猪。麦蒂见了十分受用。"瓦尔丁·弗伦奇是个著名诗人,还是石匠。而且——"她突然打住,心想他住得这么远应该无伤大雅。"跟女人比起来,他更喜欢男人,所以要是有感情的话,他应该会放在弗兰克或斯万身上吧。我回家一定跟他们说说。他们可能会想来和你以及你全家讨论一下的。"

有些部分是她编造出来的,可是这厮不需要知道。"如果他更喜欢女人的话,埃塞尔·梅?"希利斯猛挥手,门叮当一声打开了,但是麦蒂抢先了一步。

"我会成为他心灵悸动的恋人。他拥有我所见过的最纯洁的心灵,可是你不知道,是不是?"

埃塞尔·梅咬得牙齿咯咯响,眼球缩得那么小,好像就要掩埋在肥头大耳里了。"你一无是处,就爱黑鬼,麦蒂·杜查姆。这让你比最下贱的人还要更下贱。"

麦蒂拍拍手,把笑声挤出来。"哦,你就是嫉妒——"

这厮火冒三丈,眼看就要烧起来了,最近麦蒂正好对自我毁灭这档子事特别有兴趣,还真希望她能燃出火焰,可是埃塞尔·梅辜负了她,她鞋跟一转,一言不发,大步流星走出了商店,道西紧随其后。

"更加破釜沉舟了,我明白的。"斯万顽皮地咧开嘴笑了,把帽子一歪,好像两人只是熟客一般,好几年了,在公共场合他总是这样。

"斯万。"希利斯点点头,算是打招呼,"有什么可以为你效劳?"

斯万皱着眉头四下看看。"以为你这儿有钳子可以给马匹修理牙齿,要么就是我在目录上看到的?"

希利斯眼睛直视前方,在脑子里把商店里的货物过了一遍。店里每一样商品他都一清二楚:药物、五金、衣服、肉、杂货、饲料以及种子。春天还要进小鸡、小鸭、小火鸡以及小鹅,大多数农场都需要饲养家禽,养大就宰了上餐桌。一直以来他们家就在这儿做生意,希利斯虽然刚刚二十出头,但看上去已经继承了家族遗传的智慧,瘦削的脸,金丝眼镜后面一双眼睛有些茫然,棕色头发已经掺了点花白。他的脸上没有皱纹,可即便如此在他纤细的皮肤底下已经看得出先辈的面貌来。

斯万和希利斯去商店内部黑黢黢的地方找钳子,麦蒂则思忖着一家人在一个地方繁衍数代以后,人们会不会把这家人相互糅合在一起。对她来说,希利斯就是如此。埃塞尔·梅每次看到她都提到雅克·杜查姆的暴行,所以根本不是她,至少不是全部,连大部分也算不上,是另一个人在生活中累积起来的罪行。而她承担那种生活,就像身上缠着一件令人窒息的长袍。只是她不单单要为父亲负责,还有他的第一任太太安妮、奥玛、弗兰克以及他们的孩子、外婆麦蒂女士、母亲劳拉,现在再加上瓦尔丁·弗伦奇。麦蒂已经没有地方容纳她自己和斯万的罪行了。难怪埃塞尔·梅还有其他人会火冒三丈了,这是个重担,担起她自己,也担起她百科全书式的过去。人的记忆——是一个怎样的目录啊,包含了亦真亦幻的谎言和神话,生活结成一条脆弱的线,将上述一切捆扎起来。难怪一个人死到临头的时候总有些负罪的欣慰,把自己从书页上划去,给周围每个人合上至少一本书的机会。要是相互不甚了解,他们可能过得更好些,可是这样的话又得编造些没有亲眼见到的东西——这可就更难了。

斯万把手放在受惊马匹颤抖着的侧身上,让它安定下来,她希望埃塞尔·梅见识一下他的手法。那只手还把悲恸从她肩膀上松绑、拿走,就像从她脖子上拿走轭,又用爱来替代。弗兰克·鲍竺打理墓地,墓石上面刻着美丽的飞鸟,他就在这些飞鸟周围修修剪剪,墓石上刻着奥玛的双亲、雅克、安妮、麦蒂女士,还有劳拉。她希望埃塞尔·梅见识一下他修剪的姿势。尽管有些墓石上只是简略地刻着首字母和日期,瓦尔丁提醒他们向死者致意是一种美丽,也是一种补偿。他还说他们一定要预约生命,否则每次进入这个世界的时候就会落入野兽的血盆大口,那些野兽正嚎叫着等在门外。他们决不可与那些死去的人们为伍,尽管这种诱惑非常强烈,瓦尔丁在一首诗里写道,斯万拿这首诗来给她看。他们抵抗这个贪婪世界的力量是多么渺小。

今天早晨她太思辨了,这让她疲惫不堪、精神紧张,她不想有任何事来打搅即将带给斯万的好消息。他和希利斯沿着走廊笃笃悠悠踱过来,一手拿着巨大的钳子,另一只手拿着明晃晃的锯齿锉刀,她挽起丈夫的手臂。他脸红了,对她突然在公共场合表露感情感到讶异。他们结婚了吗?她敢说他们的结合就像奥玛和弗兰克,而且比她父亲和母亲结合得更深些。如果父亲还活着,她会让他,故事的始作俑者,来主持婚礼。

"准备好了吗?"斯万转向她,胳膊下面夹着个包袱。

她微笑着抬起头,面对他瘦削的脸庞,拖曳的银须和那双敏锐的褐色眼睛。这双眼睛见证了她走过漫长的路途,长得只能想象出来。"别把我埋葬在这里。"昨天夜里他们做爱以后,他对她说。她没有作答。她想,所有的计划——上帝啊,来不及眨眼我们就被裹挟着席卷而去,沿着马路往下冲,去驾驭洪水!我们唯有赶紧祈祷,避免疯狂,坚持下去,直到世界的尽头。

第四部

海蒂·瑞丝·杜查姆

"天使依旧明亮,尽管最亮的已经坠落。"

尾　声

　　其余有关小麦蒂的事情是从克莱门特的舅舅基顿那里听来的,这些事情他反反复复听人讲起,终于自己也好像身临其境,亲眼目睹一样。
　　一九〇二年十二月二十四日,克莱门特·杜查姆·斯万出生了。小麦蒂和斯万都为这个男婴感到无上自豪,但是一直没有公开这个消息,直到第二年夏天,小麦蒂用来换取男孩未来的那匹马在肯塔基拿了赛马奖金,邦纳·威尔森法官裁定雅克的遗嘱附录无效。那匹马又赢了很多场比赛,成为一个良种马大家族的不祧之祖。这种马全身黑色,额头上一滴白色泪珠,小腿有一到两只也是白色的。
　　两年之后,二月里,在一次打猎事故中,斯万被奈特家的一个男孩打死了,四月初,小麦蒂死于白喉时疫。
　　一场奇怪的冰雪风暴沿大河而下,突然把一切都浓妆素裹,风景变成一片光辉。后来被人们描述成奇迹。马匹把棺材从卫理公会派教堂拉到家,它们的睫毛立刻结了冰,最后半英里几乎瞎着跟跟跄跄走了下来,得有人领着才得以从入口进到院子里。人们想要抬起棺材,可是上面覆盖了一层厚厚的冰,他们不得不用榔头敲,吊绳这才松开。送葬行列喧闹地穿过前院,太阳突然出现,雅克的房子似乎顿时光彩夺目,人们惊呆了,冰持续不断从棺材四面掉落下来,就像细微的玻璃碎片。

据说有一个女子,身穿旧式蓝色衣服,披着黄色开司米披肩,站在院子边上。几个在大果栎树下旁观的人看到她,有些人发誓说就是独臂老雅克从二楼走廊的角落里窥伺着。一个礼拜以前,郁金香、水仙花、百合和紫茉莉神秘地一时齐放,人们异口同声认定这是个奇迹,是在安慰垂死的小麦蒂,沉甸甸的冰没能打坏这些花,也没有压坏。恰恰相反,冰把花朵包绕起来,温柔而又辉煌地呵护着它们,没有人能够破冰取出一枝放在棺材上,棺材旁边就是它黑黢黢的新家。

小麦蒂喜欢这样子,弗兰克喃喃地说。坚持继续为她工作的汤姆·思普拉金斯、阿蒂·坎普和利昂·威尔站在那里,等着往朴素的柏树盒子上铲潮湿的红土。弥留之际,神志不清的小麦蒂要已经死掉的斯万用他们最好的柏木为自己打口棺材,因为柏木可以抵御潮湿和洪水,弗兰克亲眼看着它完成,在这种天气里他不得不从二楼走廊上撬几块地板下来完工。金黄色的木材带着光泽,看上去就像经过了煞费苦心的蚀刻,铺着小小的银纹多角蛱蝶①。就连埃塞尔·梅·祖巴,在侄子莱恩·圣·克莱尔的搀扶下,都对它的美丽赞不绝口。对于有些镇子上的居民来说,这是他们生平第一次来老雅克的地盘,其他人也有好多年没来了,因此每个人都东张张西望望,同时又尽量不表现出对于死者的缺乏体谅。谁知道下次再获准前来拜访要多久以后呢。

在最后一刻,一位高大的黑人女性出现了,她充满自信地穿越人群,人们纷纷避让。车马出租所里最好的马车等在前面的草坪上,拉车的马清一色纯白,红泥一直溅到膝盖。马车径直来到房子台阶前,以免那女人下来后沾着泥。她脚上穿一双浅绿色的波纹绸鞋,手捧新采摘下来的野木蓝、黄色山胡椒以及紫荆花。她把花束横放在棺材上。她低声说了些话,用指关节轻叩棺盖,转身进了房子。

她身披最新款式的斗篷,边上镶着貂皮,走上台阶,毫不犹豫地进了房子,循着孩子哭喊的声音走过去,送葬者这才意识到他们刚来的时候哭声就一直持续

---

① 银纹多角蛱蝶:一种银纹多角蛱蝶属蝴蝶,有棕色、带不规则V字形凹口边缘的翼。

着,以至于大家都忘了它的存在,就像窗玻璃上嗡嗡作响的、恼人的苍蝇。只有弗兰克·鲍竺确切知道这女人是为谁而来。利兰·圣·克莱尔从后面盯着她,脸上浮出微笑,好像他也认识她,但是那时还没有人晓得利兰到底知道些什么。

奥玛待了很久,确保孩子有人照顾,又向弗兰克提意见,说孩子的名字是一个不幸的错误——它不是个姓,小麦蒂本想用它来纪念自己的外婆,相反的,它是外婆曾经的丈夫的名字,他坏事做尽,很快就被外婆抛弃了。临走前一天,奥玛去小墓地拜祭自己的双亲,又在雅克的墓石边站了站,试图召唤他的财宝,在小麦蒂的坟上撒了一把南军和北军制服上的白镴钮子,这些钮子她收集了好几年。她跟这个家庭简短地作别,骨子里确信自己很快就要回来。毕竟,她在这个家庭的家族史里写下了自己的故事。

奥玛离开后,利兰·圣·克莱尔——那位律师先生——联系了基顿,小麦蒂的半个哥哥,要他回来接手农场,抚养孩子。如果小麦蒂真有写过那份有关雅克财宝的信的话,那封信从没交到她儿子或儿子的监护人手里。克莱门特后来变成那样是因为基顿的骄纵,但是更有可能是因为两个没有母亲的男孩面对着一个缺乏安慰的世界吧。

尽管我发誓要在新的一九三二年里把雅克的财宝找出来拯救我们,但这一次当克莱门特夜里出去的时候情况有所不同,我安慰他说很快就会找到财宝了,他却并不买账,当然了,我自己也不太相信。听起来太孩子气了,但是我就是受不了夜晚过后克莱门特的样子。他的表情像是永远被魔鬼缠了身,眼睛一眨不眨盯着门和窗子,一有响动他就跳起来。进门之前我一定要确保自己先报上家门,小心翼翼地拥抱他,以免他反应过于激烈,把我打飞。

他这副样子让我火冒三丈,一天夜里我把所有的门都上了锁,他不得不在那辆又大又华丽的车里过夜。他想要离开的时候我也和他对着干,看着他的脸变得绝望,还嘲笑他。我把他的夜行衣藏起来,把他高级皮鞋的鞋跟割下来,把他的刮胡刀在瓷质水槽的粗糙底上磨,让他刮胡子的时候划伤。在他头油里掺马尿。什么也阻止不了他。只有把情况弄得越来越糟。他有好几天没回来了。接着他失踪了两个半礼拜,我做了最愚蠢的事——我叫郡治安官来农场。

他表现冷淡,饥饿的瘦脸闷闷不乐,两只眼睛骨碌碌盯着富丽的家具和我手上戴着的硕大的黄钻戒指,它现在是我的护身符。

"他的生意决定了他无规律的出门——你不这样想吗?"他慢条斯理。

"畜牧?"

郡治安官咯咯笑了,用手的侧面刷玫瑰红丝绸锦缎沙发,好像在收集面包屑。

"以前从没听过那样叫的。好吧,女士,"他朝我倾斜,露出褐色牙齿,"你告诉克莱门特我要的不多,可是一点都不给我也不行。"他眨眨眼,让我觉得恶心。要是身上有枪,我当场就毙了这个肥头大耳狗娘养的。

"你自己跟他说吧。"我起身朝门口走去。克莱门特在入口那张桌子里放了把枪,但是郡治安官重重叹了口气,站了起来,最后看了看四周,似乎在给那些即将属于自己的东西做记号,跟着我来到门口。

"没想到像你这样的女士会想要和那个跟那样的女孩儿睡在一起的男人住在同一屋檐下,但是人不可貌相。一个人的毒药可能是另一个人的佳肴呢。"

"别把你那种污浊的想法带到这儿来。"我把门打开,准备把他锁在外面。

"那你也别再叫我来了。再从这里出去,我一定会带个人进监狱。"他从我头顶望过去,最后看一看这所房子,就像一个在牲畜拍卖会上买牲口的家伙。"我们到这个地方的时候也会把这个地方占据下来的。"

他阴险地笑着,我把大门"砰"地关上,跑上楼去搜我丈夫的壁橱和梳妆台。

有很多火柴盒、餐巾和酒店收据,有希斯凯顿的,有开普吉拉多的,甚至还有温泉城的、圣路易斯的以及孟菲斯的。他为什么什么地方都去!我从他的樱桃木大衣柜里把西装从衣架上扯下来,又把短裤到处乱扔。

我脑子里面响起一支牙膏的电台广告歌——"刷啊,刷啊,刷啊……"一边把他的东西丢到盖着雪的车道上,浇上煤油,点一根火柴丢在上面。他哪儿也别想去了。我们一起找雅克的财宝……我们要生一屋子的孩子……我把这些誓词放进牙膏广告歌里,一遍遍地唱着,飞奔回房子。单身厢房我已经去过十五遍了,可是又再去了一次,努力想听到墙壁里发出中空的声音,告诉我宝藏在哪里。什么也没有。什么也没有。什么也没有。那天夜里我倒在床上,哭着祈祷,渴望得到帮助。

我心中的恐惧不断累积,总觉得有什么不对,就连耶西也没法安慰。耶西现在有自己的烦恼。印迪尔从姨妈家跑了,据说人们在东圣路易斯见过她,沙龙、俱乐部以及三更半夜的下流场所。薇诗缇想到自己唯一的孩子身上发生了什么,都快要病倒了。

接下来最奇怪的事情发生了。每年情人节这一天,雅克码头义务消防队都会举行一场慈善甜心薄饼晚餐,除了一般节目,特色节目就有接吻亭、轮盘赌以及业余才能比拼。轮盘赌的奖品由本地商人提供。薇诗缇、耶西和我都没打算去。这样的聚会我们从不参加,我刚刚在图书室坐下来开始看威尔基·科林斯①的小说,走廊里就传来脚步声,门一下打开了。我一跃而起,寻找枪支,克莱门特慢慢悠悠踱进来,红光满面,汗津津的,穿一件白色宴会夹克,一条西装裤,旁边垂着绸带。他的领结歪了,但我是不会告诉他的。虽然衣着光鲜,但他的皮肤难掩病态,汗如雨下,眼睛红极了,一定是在回家路上喝高了。

他立刻去摆着白兰地的橱柜那儿,给自己倒了一大杯酒,一饮而尽,手抖得厉害,要两只手一起握住酒杯。他又倒了一杯,望着我,眨眨眼睛。

"你好?"他说。好像我是衣帽间服务员。

"你去哪儿——"

他举起手,摇摇头,又倒一杯。"我在这儿,带你去参加情人夜宴,海蒂。你仍然是我的情人,是不是?"那个笑容过去让我爱,让我原谅他,现在却让我心生疑窦。可是我知道,争吵已经解决不了问题了,所以把书放在一边,站了起来。

"我得换衣服。"我说。

"快点儿——可不想错过这场娱乐——"他在后面叫道。

因为那一刻并没有感到深情款款,我就穿了那套斜纹软呢套装,我有时去希斯凯顿和开普吉拉多购物的时候穿,还有一次是去卫理公会派教堂查看小麦蒂家庭的记录。除了涂淡色口红,我没有化妆。在镜子里,我看起来像人家的姐姐,而不像个年轻太太。我对自己点点头。要是想要甜心,他就得多多回家。

我们到那儿的时候,薄饼几乎已经供应完了,培根和香肠也没了,可是克莱门特本就不关心吃的。他给我三片蛋糕,像一块银币般大小,看着我一点一点伴着热黄油和糖浆把它们吃掉。

"像你这般年纪的女人吃东西可得注意。"他评论道。他摸出一根香烟,塞在嘴角,找打火机。

---

① 威尔基·科林斯(1824—1889):英国小说家。在从事商业和律师业失败后,开始写作并且与狄更斯关系密切。代表作有《白衣女人》、《月亮宝石》等。

"我只有十九岁。"我抗议道。

"那就看看你自己吧,"他说,"再看看别的姑娘。"他从嘴上拿过香烟,检查一下烟嘴,似乎已经点着了一样。

的确,最近我的衣衫有些破旧。他指望什么?这套斜纹软呢套装是个错误,我现在明白了。我忘了做一个情人意味着什么,尤其是做他的情人。我正要伸手握住他的手,他点着了香烟,朝我的盘子一挥手。

"继续把它吃掉。我在玩儿呢。"我看得出他已经不再注意我。他不停环顾屋子四周,似乎要见某个重要得多或是有趣得多的人。跟着他的眼光,像蚊子一样从这个人跳到另一个人,我看到了耶西和薇诗缇在屋子另一头和其他黑人坐在一起。令人吃惊的是,印迪尔就坐在他们旁边的长椅上,膝盖上搁着盘子,就像其他黑人一样,看着眼前整个世界,像个正在接受培训的图书管理员,而不像在夜总会混的野姑娘。

"他们在这儿干什么?"我说,打算起身走过去,跟他们坐在一起。

"那姑娘要参加才能比拼,我相信。"克莱门特吐出一口烟,说道。

"你怎么知道?"

"一天夜里我撞见了她,那地方在东圣路易斯,名字叫雷德。她在那儿唱歌,唱得人们直从椅子上掉下来。那姑娘的声音非常迷人——"

"我想应该跟薇诗缇和耶西打声招呼。你去哪儿?"我没有真的生气,只是不喜欢他知道家庭以外的印迪尔。

他笑了,从口袋里拿出一沓厚厚的钞票,剥下一张十块的票子。"赌博,海蒂,只要有我在,他们一点机会也没有。现在去找点儿乐子吧。才能比拼场见。给我留个位子。"

小小的家庭坐着,阴沉地默不作声,我上前打招呼,他们看着我,挤出一个微笑,笑容还没延展到眼睛。这是一次不开心的重聚。活像个地雷。我站着,等他们邀请我坐下,直到看出他们明显不准备这么做。我还是坐下了,引得周围人好奇地观看,围在外面的白人也在看。

"我听说你要参加才能比拼。"我对印迪尔说。

她点了点头,面无表情。我不禁怀疑她是不是生病了。

"一小时前她突然露面,要求我们带她到这儿来,现在她说要穿着这身衣服在这群疯子面前唱歌。"这些字一个一个从耶西的嘴巴里蹦了出来,对着黑色绸缎紧身短裙直挥叉子,脖子上还戴着情人项链,相形之下,我简直就是一个放了假的英国奶妈。这次她穿了一双和上次不一样的高跟鞋——黑绸缎,露脚趾,脚踝上缠着带子,上面点缀着水晶。耳朵上坠着钻石耳环。

薇诗缇用报纸上撕下来的方块轻拍嘴巴,是消防队员提供给黑人用来做餐巾纸的。"至少她安全回来了,"她对丈夫咕哝道,"随她去吧。"

我把它当作对自己的劝告,起身,穿过拥挤的房间去找克莱门特。在接吻亭找到了他,手里攥着一把钞票,斜靠在柜台上,嘴巴贴住一个年轻女人,她看上去还是个高中生。

我想让他舔消防站的水门汀地板,相反却走上前去,勾住他的胳膊。"我们玩玩轮盘赌,赢的人来决定今天晚上在床上玩什么。"我咬着他的耳朵说。过去这一招很管用。

"什么事儿?"他朝那女孩眨眨眼,她弯起眉毛,心领神会地朝我们俩看看,穿过亭子,朝另一位客人走去,是个与她年龄相仿的男孩。

他把钞票塞回口袋,把我的胳膊塞进他的胳膊里,闲逛着去了里屋,那里有轮盘赌。我们所到之处人们纷纷窃窃私语,我开始明白我们在雅克码头臭名昭著——酿私酒的贼骨头和他的小新娘子。我抬起下巴,昂然地走着,好像穿着电影明星的舞会礼服,而不是图书管理员的斜纹软呢服。真希望身边有奥玛那样的人给我建议。就连小麦蒂在男人方面都比我在行。

来到里屋,这里挤满了人,我们不得不住前挤着来到桌子边。问题是没人愿意放弃自己的位子,直到我们旁边的一个人拍拍前面人的肩膀,低声说:"克莱门特·杜查姆在你后面。"此话一出,我们前面突然奇迹般地空出来了。没有人朝我们直直地看。我注意到自己在这里是唯一一个结了婚的女人。还有三个女人,年龄都比我大,衣衫破破烂烂,她们一定穿着去了公路边的旅馆。她们把指甲涂成暗红色,口红是鲜红色的,头发漂成黄色,戴着廉价的首饰,脖子和手腕上已经留下了绿色线条。她们这种女人把香烟夹在嘴唇上,身子趴在轮盘赌上,叫着相互拍打肩膀和后背。

"你想要什么?"克莱门特头一歪,示意轮盘上用红色和黑色数字标出来的物品清单。

"饲料加工厂里的一百磅燕麦。"我说。他笑着在我脸颊上轻轻一嘬。

"这才是我的姑娘。你的事就不是小事。稳住,燕麦马上就到手。"他在红十五上压了二十块。

他说话的方式让我觉得他在拿我和别的女人作比较。去年春天那个叫凯特玲的女人一下子在脑海中闪过,可是现在我心里知道他和她之间没发生什么。

其他人下了小赌注,避开雅克的数字,轮盘转起来了。是红十五。我们退后,找到了手拿写有奖品纸片的那个人。他抬头认出了克莱门特,结结巴巴地说:"哦,哦,哦,给……给……给你,"但是又松不开手,纸片被撕成了两半,他清了清嗓子,把前面的话又重复了一遍,就像唱针卡在唱片上。

"这里太热了。"克莱门特说着领我坐在椅子上,椅子后面是一个临时舞台,搭在巨大的消防车隔间里。"在这儿等着,我去弄点儿皇冠可乐①。"

尽管只有我一个人,在金属折叠椅里坐着休息却很舒服。这些日子我的胃又闹腾起来了,今晚也不例外。我闭上眼睛,让身体休息一会儿。我一定睡着了,因为等我一抬头,睁开眼,椅子都要占满了。我把外衣留在我们的椅子上,匆匆穿过走廊。

我找到了他,他站在门口的阴影里,门已经锁上了,他抱着个女人,热络地攀谈着。我知道那人就是克莱门特,白色宴会夹克在黑暗里发光。我看不出那女人是谁,可是这已经无关紧要了。

尽管我想冲上去,可是又感到身体柔弱。有些头晕,胃又在翻滚,就返回到才能比拼现场。人们还没有尽数落座,印迪尔已经跃跃欲试,准备第一个上场。报幕员站在屋子一边,拒绝上来给她作介绍,所以过了一会儿她大步流星上台,没有伴奏就唱了起来。这首歌是支民谣,压抑、缓慢、悲伤,她抑郁的嗓音处理得很好。事实上,歌声中有一些关于一个女孩的心碎,在她这个年龄上正可以把握,似乎她早已经历了歌曲里描写的爱与背叛。声音绕梁三日,屋子里顿时安静下来。一曲结束,屋子里鸦雀无声,接着零星的掌声响了起来,因为大家都已经倾倒了。报幕员立刻把她轰下台,好让舞棒双胞胎上场。

我也起身离开,想要给她些鼓励,可是耶西和薇诗缇已经在领她出门了。克莱门特过来,勾住我的胳膊,从另一扇门离开了。他开车载我回家,在门口把我放下来,答应几个钟头以后就回来。"去镇上见个人。"他说。我想我已经猜出来

---

① 皇冠可乐:一种软饮料,一九〇五年由美国人克劳德·A·哈彻尔创制,虽然没有可口可乐和百事可乐那么有人气,却也有自己的忠实粉丝,因口味平和而又大胆受人推崇。

了,可是没有对自己大声说出来,所以还不算真的。

到了三月,克莱门特和印迪尔都没回来,我们大家都吓坏了。三月里,一个雪霁的深夜,我独自一人在马厩,听到一辆车隆隆驶过大桥,转上我们的路,停了下来,启动器摩擦,引擎再次发动。汽油太多,引擎咆哮着,劈劈啪啪,轮胎打转,汽车又开起来了,没有亮头灯。我从马具间拿起来复枪,站在阴影幢幢的门口。

终于黑色的庞然大物犹犹豫豫在泥泞的车道斜坡上笨重地行走着,就像一头垂死的公牛。

在斜坡顶端,这辆车缓慢地挪动着,总算我认出来了,朝它走过去,可是有些不对劲——突然,我看见车门被打穿了,留下一串串的洞,车窗玻璃也碎了。

"哦,我的上帝,克莱门特!哦,我的上帝——"我径直冲向驾驶室。完全不明就里——把车门猛地拉开。克莱门特系着安全带,坐直了,双眼紧闭,手放在方向盘上。月光和着雪光,他的脸显出蓝紫色,浆过的白衬衫前襟整个被染成了发光的紫色,淌下来,流到裤子上,蔓延到座位上,滴在车厢地板上。脸部侧面又青又肿。

我把手伸进去,关掉引擎,拉好手闸。血腥味夹杂着肉体腐烂的味道,我屏住呼吸,把手臂伸到他后背,抬他下车——后背是干的,子弹还在他身体里面。他看上去比几星期前离开时更年轻,也更重了。我觉得自己抬不动他。

"与她无关——放开她——帮帮这孩子,让她出去——"他嘀嘀咕咕。盯着我,他没认出来,说:"她没事儿吧?我说过别伤害她——她还是个孩子——母亲要她回家——她没事儿吧?"

"谁?"我看看空荡荡的旅客座。他指的是我吗?

"后座。她没事儿吧?还是个孩子……她没事儿吧?"

我朝后座一看,立刻朝后退,双手搂住自己,浑身发抖,一颗臼齿崩了,听到了响声,一阵疼痛让我伸手打开车门。

她躺在那儿,那么年轻,蓝褐色的嘴唇因为震惊或是疼痛张开着,她遍体鳞伤,双眼肿胀,鼻子也撞断了。衣服被扯成细条,右臂烧焦了,似乎烧到了骨头里,左臂弯折的角度也很奇怪,看来已经断了。我又看到她左胸有一个小洞。印迪尔·佳图死了。

"是谁干的!是不是你干的?克莱门特!醒来,你这个混蛋!"我摇他,打他,把他弄醒,但是他神志不清,嘀嘀咕咕。

"他们就要来了——"他的眼睛茫然地看看车,又看看笼罩在房子周围的黑暗,"把我们藏起来——他们就要来了!"

"谁就要来了?是谁干的,克莱门特?你都干了些什么?"我朝他大吼,免得他再昏死过去。血流出的速度慢了,却依然坚定地流着,一条血柱从车里蔓延出来,淌到我脚底的雪上。"你这个混蛋!"我掴他耳光。

"在大河上把我抓住了——"他喘着气,"跟她说了,要待在车里——"

"为什么印迪尔在这儿?"我压低声音,"克莱门特,印迪尔怎么会在你车上?"一提她的名字,他似乎又活泛起来了。他睁大眼睛瞪着,似乎在重新体验当时的场景。"她要做的事情就是——待在车里——"他呜咽起来,"带她回家——"他的手指在胸前的鲜血里乱抓,捧起来,惊愕地瞧着。"枪毙我吧。什么也感觉不到。"他给我看黑黢黢闪亮的指尖。

我往后退,朝路上左右看看。不能送他去希斯凯顿的医院——他撑不住的。

"我要死了,"他一针见血,"把我藏起来。要是被他们找到,农场就保不住了。把我藏起来。"他看着我,头一次认出来了。"海蒂,亲爱的——"

"我马上回来。"我朝房子飞奔过去,边跑边回头大叫,"别死,克莱门特——"

我打电话给佳图家,薇诗缇接了电话,她一向睡得很轻,我不得不和她斡旋,请耶西来听电话。

"事关印迪尔和克莱门特——情况很糟。"话音刚落,我就听到一声闷响,似乎一口气从他嘴里冲了出来,电话挂断了。

几分钟以后他们到了,没等我们去拦,薇诗缇已经从卡车里跳了出来,冲向克莱门特的车。噩耗硬生生打在她脸上,直到我们把印迪尔的尸体运上卡车,她才肯离开。我们眼睁睁看她开车离去,那么缓慢,像个盲人摸着盲道穿过泥泞暗淡的雪回家。后来我才意识到,是独自一人回家的恐惧消解了挣扎:她得把女儿残缺的尸体搬出卡车,走上楼梯,进入房子。她经历了怎样的嚎啕大哭和痛苦诅咒啊。

我们再一次朝车里看。"把车藏起来,保住自己的性命——"克莱门特轻声说,声音满是诧异,"沙涌。"

"不,我不会那么做的——克莱门特,你给我听着,你这个混蛋,坐起来,告诉我怎么帮你!"

我看看耶西,他摇摇头。克莱门特就要死了,我们不能依靠他来帮忙。太迟了。他们会找到我们的——郡治安官早就说了,我们是孤立无援的。只有一个地方,在那里他们永远找不到他。

我摇摇头。"我不会这么做。他不会死的。克莱门特,你现在可不能死!"我抱住他的头,摇着,吻他冰冷的嘴唇,尝到了血腥味,呕在车旁的雪地上。耶西抓住我的肩膀,要我转身。

"上车。"他命令道。

"我来开。"我说。我不能让他出意外。

黑黢黢的夜,没有车头灯,雪又大又潮,要把车开到最远的干草地绝非易事,克莱门特在我们中间的位子上直打滑,座位上满是鲜血。我的鞋子浸在他的鲜血里,要集中十二万分的注意力防止脚在油门上打滑。耶西和我不停回头看看房子,看看路,确保没有车头灯在闪。夜里这条路上是不会有人来的,除非有事。

我已经麻木了,对任何事都没了反应,除了确保轮胎不会陷进沙涌,又要避开在田野边蜿蜒的车辙,车辙很浅。雪又下起来了,雪花很大,密密匝匝,打在挡风玻璃上,覆盖了一切。

车子终于跌跌撞撞停在了干草地上。耶西说:"车子开不进去。"声音很轻,我看看他。

我们在沙地上颠簸,卡了些沙砾,我踩油门,车轮翻滚起来,我们直穿过田野来到大沙涌旁边,去年夏天在这里我们损失了撒粪机。雪夜月光,看上去很牢,可是沙涌可怕就可怕在这里。一有风吹草动,不管是车还是机器,它的表面即刻化作液态。

耶西一脸平静,又如此空洞,我担心他帮不上忙。他摇摇克莱门特的胳膊,从后面捏住他的脖子,就像一个淘气的学生,晃晃他的脑袋,克莱门特呻吟起来。

"什么人就要来了?"耶西问,"克莱门特,醒醒!是谁害了我姑娘?"

克莱门特前后晃荡着脑袋,睁开眼睛说:"他们就要来了。"

我回头一看,觉得自己看到了隐隐约约的灯光。

"耶西,他还活着。我们该怎么办?"

克莱门特气若游丝,轻得就像在网上挣扎着的蝴蝶——

"灯。"他说,我眯着眼睛,觉得自己的确看到了,是的,路上有两柱细细的灯光。要是给他们看到——

"她是我生命里的美好,"耶西轻轻说,"还是个小姑娘——"

克莱门特苟延残喘,血流得更慢了。他一时清醒,一时昏迷,嘴里说些听不懂的胡话。但是呼吸还在。

我从车上下来,摔了个四肢着地,又是鲜血,又是冰雪,我的鞋直打滑。他们在车道上会看到血迹吗?我记得用脚把血迹抹掉了吗?还是大雪早已覆盖了一切?我的心脏跳得厉害,手臂酸痛,盯着沙涌,又看看车另一侧的耶西,重新缩回到车上。克莱门特倾斜得厉害,半躺在座位上,浸在自己的血液里。我仔细端详他的胸口,气若游丝,依然起起伏伏。这个天杀的。他就要死了,我直想诅咒他下地狱——我已经出离愤怒了——现在我们大家都要死了。

双脚冰冷。我低头一看,脚上还穿着拖鞋呐。去马厩的时候我忘了脱掉,现在这双拖鞋又黑又亮,失去了原来装饰有鸵鸟羽毛的粉红色。克莱门特中意鞋子,中意年轻的脚……我又斜靠在座位上,他停止呼吸了吗?不,他嘴唇歙合,交换着空气——

"他们上了你的车道,"耶西说,"让我回去。"

我回头一看。已经太迟了。

"让我去吧,亲爱的,"克莱门特轻声说,"接管农场,要是你不———切——都是为了你——亲爱的——"

我俯身吻他的额头,把他的头发梳到脑后。"晚安,亲爱的,好梦。"我低声细语,接着坐直了,动弹不得。

"我来,"耶西终于开口,"别挡着。"他从汽车尾部行李箱里拿出千斤顶,声音又低沉又严厉,我不知道他要干什么。

千斤顶压在油门上,耶西往前推,我放开刹车,帕卡德直往前冲。前轮碰到沙砾,登时车停了,两个人齐心协力把车全部推进去。车在上面待了一小会儿,好像不会沉下去,接着表面似乎裂开了,车沉了下去,先是淹了轮毂罩,一声往里吸的轻音,车门底边也淹了进去。引擎轰鸣,沙砾爬上窗子,淹没了碎掉玻璃的窗子,引擎发出厚重的汩汩声,终于停下来了。我往前冲,但是被耶西一把拽住,脚趾就踩在沙涌的边缘,软软的。也许我们可以救他的——我们太着急了。沙砾吞没了窗框,车子摇摇晃晃,终于趴下了,湿沙砾开始灌进车厢。他是不是还——

车子静止了一会儿,沙砾淹没了座位,我惊慌失措,怕它不会沉了。接着一声刺耳的长叹,车继续沉下去,艰难地一寸又一寸,表面终于恢复了平静。

万籁俱寂，只听到我自己抽抽搭搭的啜泣。克莱门特死了。我爱过他，不论结局如何。他还在我心里，而现在，我一无所有。我们的孩子没了。丈夫也没了。是我杀了他。我杀了克莱门特。这些话直撞我的胸口，我喘不过气，喘不过来——耶西抱住我，我往后倚靠，让他抱着我，过了一会儿我的呼吸又恢复了。我又能呼吸了，真希望不能。

我想象克莱门特的脑子和身体还没来得及搞清楚发生了什么，嘴里、眼中已经填满了沙砾。他伸手要穿过深重的表面来拯救自己，可惜已经太迟了。他神志不清。他要死了。我知道的。他要我把他藏起来。要我保住他珍爱的农场。雅克的土地。我踢落在地上的雪，跌倒了。这块该死的土地。

我们走回去，雪越发大了，上午回暖，又下成了冰雨，很快将我们淹没，稀释了衣服里面的血液。等我们跟跟跄跄回到马厩，那些人已经掉头走了。直到今天我都不知道他们是何许人也——是缉私酒官员、联邦密探、本地警察，还是土匪？我脱掉恶臭的衣服，走进滚烫的浴盆，血把水染成了粉红，我不得不把水放掉，再从头来过。我确信那些人还会卷土重来，把我杀掉，我不知道自己是不是在乎。我现在一无所有，茕茕孑立，形影相吊。克莱门特——他怎么能这样对我？我爱他，哭泣止也止不住，洗澡水变得冰冷，皮肤冻得直发青。整个礼拜我都在颤抖。喝着酒，我从前面窗子望出去，等着什么人来结果我这条命，因为我亲手杀死了自己的丈夫。没有人来。一直都没有。我也不知道为什么。

我猜我们是幸运的。我们从没见过把那些人杀死的人。这一直困扰着耶西。可是我不。

耶西和薇诗缇把印迪尔藏在他们农场里的一个浅洞里—藏就是四个月，等到觉得安全了，他们才把她带到这儿来，埋葬在杜查姆家族的墓地里。

那一夜过后，薇诗缇一言不发。她最后的话是在诅咒杜查姆，又说要用我送她的瓷器盒子打碎耶西的脸。又等了半年，我们联系她家在新奥尔良的律师。第二天他就到了，安排了一切。原来她是奥玛的女儿——终究也是杜查姆家的人。

我回忆起那天早晨，他们小小的家来到农场为我们工作——他们开着破破烂烂的卡车，减震器用铁丝绑着，一只车头灯掉了出来，乘客席的门凹了下去，怎么也打不开。可是耶西怡然自得，就像从一辆崭新的凯迪拉克上下来，昂首挺胸，褐色浅顶软呢帽在头上翘着，双手轻松地插在褐色裤子口袋里，零钱在口袋里叮当直响——整个世界就像是一个人,下了火车,来到了新的镇子。我走上门廊,他开始吹一段美妙繁复的旋律,朝我点点头。我还记得克莱门特那时还在梦周公呢。我把指头抵在嘴唇上,耶西点点头,回到卡车里。

印迪尔从方向盘底下溜走,跳了出来,轻盈盈地落在地上,像只猫,可是又立即又起双手,四处看看,愁眉不展。她头上围着褪了色的蓝色格子围巾,式样就像在室外劳作的黑人,我几乎可以触摸到她修长纤细的手指,涂着鲜红的指甲油,直想把头发上那块破布扯下来。尽管身穿一条没了形状又褪了色的裙子(最有可能是她母亲的),直垂到小腿肚子上,年轻而坚实的曲线却更加焦急地显露无遗,远胜一条合身的裙子。她一转头,说了些什么,她母亲在方向盘下放松下来,小心翼翼下车,站在土地上,站在女儿和丈夫身边。

薇诗缇小巧玲珑,婀娜多姿,有时缺乏某种活力。她是我们大家的焦点,声音醇厚深沉,就像威士忌,出其不意地从小小的身体里发出来,脸上映出一个人该有的所有情绪。一顶红毡帽戴在头上,与一身旧劳动服格格不入。女儿说了些什么,薇诗缇朝女儿快速一瞥,站直了,抬起下巴,朝房子径直走来,好像她就住在这里。作为奥玛的女儿,我想她有权这么做,尽管那时我还没意识到这一点。

我们也没有意识到卡车隆隆的声音早已吵醒了克莱门特,他站在二楼窗子前望着,印迪尔正收集腰上多余的衣料,把它收收紧,显出夺人眼球的臀部和坚实高耸的胸脯。耶西大笑着拍拍女儿的屁股,她拔腿就跑,像一匹长脚马驹,忽然又成了个孩子——

很多年过去了,现在已经是一九五〇年了。电话响了很久我才接起来,早就知道是谁了。克莱门特早就走了。现在轮到薇诗缇了。整晚我都在等,就像很多年前一样,一边看着这个家族的故事,一边等。

"她是不是——"我说。

"她找到了自己的安宁。"耶西的声音平静、坚定。他也找到了自己的安宁。

"就这样了。"我愚蠢地说,因为我知道结局就是这样了。

"是的。"

"她会来这儿吗?"我问。

"早晨就到。"

"好的,"我说,"我会叫——"

"不,"他说,"明天一早我就过去。"

这么快?挂电话的时候我想问。不能多等一两天吗?

"薇诗缇?"我大声唤她的名字,万一她和其他人团聚了呢,可是作答的唯有沉默。他们是不是都去了一间远处的屋子见她了——独臂老雅克·杜查姆是不是在那儿欢迎另一位大河之妻呢?

我把杰克·丹尼①酒瓶凑在嘴上,嘴里灌满热辣呛人的液体,咽下去,又喝了一口。这一口我一直含着,直到舌头燃烧起来,牙龈也疼了,才慢慢咽下喉咙。

我拿起笔,写下曾经答应耶西和薇诗缇的故事,对于别人则三缄其口。

我再喝一口。故事要从我嫁给克莱门特·斯万·杜查姆那天讲起。把那些丢失的片段都补进去——奥玛怎样下葬,基顿模模糊糊把她当作雅克的仆人回忆起来,让人在家族墓地栅栏边挖了个坑,不论怎样讨论都不能说服基顿承认自己错了,即使把她父母和他们儿子的墓碑指给他看也不行。临死之前,基顿还是认为这些墓碑是雅克一些远房亲戚的,也正因如此,他们肯定是白人。我把实情告诉了克莱门特,他一笑了之。

奥玛的坟墓到今天还在,用棉白杨锯出十字架,墓石上雕刻着最美丽的飞鸟和树木,斜靠在栅栏上,好像要跟另一边的父母亲和女儿的墓碑团聚在一起。

你瞧,我们最后都要归于沉寂,张牙舞爪已经结束,心脏绞死在最后降临于大地的灰色光芒里,地平线上又有一场新的暴风雨,除非我们停止把彼此逼疯。

我想,一个人能够做到的最勇敢的事就是闯入另一个家庭。在时间的大河中将你我捆绑在一起,我们有无穷无尽的办法。可是事先我们根本就不可能知道。我们怎样与他们握手呢,每一个死者,每一个幽灵,每一个邪恶的灵魂,每一个爱着的灵魂以及每一个迷失的灵魂。不用多久他们就成为了我们,走廊里的生梨香味,夜夜穿过庭院去往家族墓地的褪了色的蓝色长袍,低吟浅唱的乞求,生脆的笑,手臂上的温暖呼吸,脸颊上温润的嘴唇接触,睡觉时床边沉甸甸的身体重压——客厅里那条狗突然止步,看着门口,脖子上的毛竖了起来。跟老人们生活就是这么回事,一个人孤零零住在雅克码头农场,我现在就是这样。

夜里,我在黑暗里呼唤雅克的名字,因为正是雅克那只死去的手将苦难一代

---

① 杰克·丹尼:一种威士忌。

一代传下去,就像祖传瓷器。他回应我,在大河低沉的呜咽里,在被抓住被杀死的万物的呼告里,在巨大月盘直率的凝视里。这就是为什么白天我会疲惫不堪,因为长夜难捱。只有穿着华丽衣服、眼睛又大又亲切的马匹才能拯救我,我迅速睡去,就像一支火把湮灭于大河——

明天我就去古旧的单身厢房,把墙壁、地板通通拆掉,也许就可以找到雅克的财宝,为最后一位杜查姆把土地保住。克莱门特死后六个月,我们的儿子斯万·杜查姆出生了。他现在在读大学,主修农业和女孩。耶西和我努力把他培养成一个正直的人,但是我们必须等待,看家族遗传会怎样。因此,今天夜里我回到这个故事,这个我正在家庭之书上书写的故事,这个故事从一九三〇年开始,那一年,那一天,我,海蒂·瑞丝和克莱门特·斯万·杜查姆结了婚。那年我十七岁,他几乎大我一倍,是个成年男子,但是我已经开始相信爱是邪恶的天使……

致谢

感谢我长期的编辑兼朋友珍·冯梅伦以及朋友兼代理艾玛·斯维尼,她们相信我能写出这部小说。感谢我的家人和与我一起在大河之上旅行的人们——杰基·艾吉、辛迪·伯特歇尔、布伦达·鲍比特、辛迪,罗斯、小迈克和特拉维斯·艾吉、泰尔波特和布莱斯·盖伊。感谢洛·奥托在三十余年的时间里做我的写作同伴。感谢一路上鼓励我的朋友:比尔·瑞查特、吉姆·西拉、海德·厄德里克、莱斯利·米勒、汤姆·雷德肖、格雷戈·休伊特、托尼·艾诺、莎朗·绮米拉斯、安德烈、比彻姆、芭芭拉、迪伯纳德、乔伊、里奇、泰德、库舍、希尔达·拉兹、帕特、弗莱明、迈克·达尔顿以及莎伦·华纳。还要感谢安德鲁202的人们,让我每一天都过得更轻松、更美好:黎安·梅辛、伊莱恩·德弗扎克、苏·哈特、珍妮特·卡尔森、凯莉、卡莱尔和琳达·罗希特。感谢莫利和泰瑞·福斯特去年帮助我渡过难关。感谢我的研究生,是他们让我觉得写作与其说是工作不如说是快乐。感谢卡蒂·克拉默、辛迪·奥尔森、达瑞尔·法玛尔、戴夫·麦登、朱莉·克拉夫特、阿莉、阿凡特、蔡特林、蒂尔、阿拉·罗斯和考尼·史洛德,他们牺牲自己的时间,在我写作这本书时给予我帮助。最后,我想感谢琳达·普拉特给予我的帮助和友谊,还带我来到内布拉斯加大学,让我终于为自己的作品找到了一个家。感谢霍尔一家提供的阿黛尔·霍尔椅子,并提供继续写作的经费支持,还要感谢内布拉斯加-林肯大学。